O AMANTE DE LADY CHATTERLEY

DAVID HERBERT LAWRENCE nasceu em 1885, o quarto dos cinco filhos de uma família de mineiros de Eastwood, Nottinghamshire. Em 1911, publicou seu primeiro romance, *The white peacock* [O pavão branco]. Em 1912, esteve na Alemanha e na Itália com Frieda Weekley, a esposa alemã de um professor do Nottingham University College, onde ele havia estudado; Frieda se divorciou e os dois se casaram ao retornar à Inglaterra em 1914. Lawrence havia publicado *Filhos e amantes* em 1913; mas *O arco-íris*, concluído em 1915, foi proibido, e ele passou três anos sem encontrar editor para *Mulheres apaixonadas*, que só terminou em 1917. Depois da Primeira Guerra Mundial, viajou muito pela Europa, a Austrália, os Estados Unidos e o México. Tendo retornado à Europa em 1925, morou principalmente na Itália e na França. Seu último romance, *O amante de lady Chatterley*, publicado em 1928, foi proibido na Inglaterra e nos Estados Unidos. Em 1930, Lawrence faleceu em Vence, no sul da França, aos 44 anos de idade.

DORIS LESSING nasceu em 1919. Entre seus livros mais recentes, figuram *As avós* e *Time bites* [O tempo morde], uma coletânea de ensaios e resenhas. Agraciada com a ordem dos Companheiros de Honra e com o título de Companheira da Literatura da Royal Society of Literature, recebeu o David Cohen Prize for British Literature, o prêmio espanhol Príncipe das Astúrias e o S. T. Dupont Golden PEN Award por uma Vida de Ilustres Serviços à Literatura. Em 2007, recebeu o prêmio Nobel de literatura.

PAUL POPLAWSKI é professor da Universidade de Leicester. Membro do conselho editorial da Cambridge Edition of Lawrence's Works, preparou a terceira edição revisada de

A *bibliography of D. H. Lawrence* (Cambridge, 2001) e a *Encyclopedia of literary modernism* (Greenwood, 2003).

SERGIO FLAKSMAN nasceu no Rio de Janeiro em 1949, e é tradutor desde 1966. Começou a trabalhar em projetos de enciclopédias e, em 1968, fez sua primeira tradução literária, da novela *Bonequinha de luxo*, de Truman Capote, publicada pela Nova Fronteira, junto com dois outros contos longos do autor, traduzidos pela jornalista Lena Chaves.

Envolvido em equipes de produção de grandes obras de referência até 1982 (como a chefia de redação do *Dicionário histórico-biográfico* do CPDOC da Fundação Getúlio Vargas, para o qual formou a primeira equipe de redatores e fixou os padrões e as normas de produção dos verbetes), foi ainda editor dos doze primeiros números da revista de divulgação científica *Ciência Hoje*, da SBPC, antes de ocupar os cargos de diretor editorial adjunto e efetivo da Editora Record, onde ficou até 1986.

Entre os autores que traduziu estão Stephen Jay Gould, Peter Gay, Gore Vidal, Mark Twain, Shakespeare, Albert Camus, Pirandello, Umberto Eco, Émile Zola, Alfred Jarry, Philip Roth, Jonathan Frenzen, Martin Amis, William Kennedy, Molière, Ariane Mnouchkine, Eugène Ionesco, J. M. Coetzee. Das dezenas de traduções que fez para a Companhia das Letras, destacam-se *A sangue frio*, de Truman Capote, *Istambul* e *O livro negro*, de Orhan Pamuk, *Dias na Birmânia*, de George Orwell, *Coração das trevas*, de Joseph Conrad, e a trilogia *Sexus*, *Plexus* e *Nexus*, de Henry Miller.

D. H. LAWRENCE

O amante de lady Chatterley

Tradução de
SERGIO FLAKSMAN

Introdução de
DORIS LESSING

Notas de
MICHAEL SQUIRES

3ª reimpressão

COMPANHIA DAS LETRAS

Copyright da introdução © 2006 by Doris Lessing
Copyright das notas © Michael Squires. Publicado pela
primeira vez em 1993 pela Cambridge University Press
Copyright da cronologia e da nota sobre os textos
© 2006 by Paul Poplawski

*Grafia atualizada segundo o Acordo Ortográfico da Língua
Portuguesa de 1990, que entrou em vigor no Brasil em 2009.*

Penguin and the associated logo and trade dress are registered
and/or unregistered trademarks of Penguin Books Limited and/or
Penguin Group (USA) Inc. Used with permission.

Published by Companhia das Letras in association
with Penguin Group (USA) Inc.

TÍTULO ORIGINAL
Lady Chatterley's lover

CAPA E PROJETO GRÁFICO PENGUIN-COMPANHIA
Raul Loureiro, Claudia Warrak

TRADUÇÃO DAS BIOGRAFIAS, APÊNDICE,
NOTA SOBRE OS TEXTOS E CRONOLOGIA
Luiz A. de Araújo

PREPARAÇÃO
Silvia Massimini Felix

REVISÃO
Huendel Viana
Valquíria Della Pozza
Marise S. Leal

Dados Internacionais de Catalogação na Publicação (CIP)
(Câmara Brasileira do Livro, SP, Brasil)

Lawrence, D. H.
O amante de lady Chatterley / D. H. Lawrence;
tradução de Sergio Flaksman; introdução Doris Lessing. —
São Paulo : Penguin Classics Companhia das Letras, 2010.

Título original: Lady Chatterley's lover.
ISBN 978-85-63560-09-4

1. Ficção inglesa I. Lessing, Doris. II. Título.

10-12661   CDD-823

Índice para catálogo sistemático:
1. Ficção : Literatura inglesa 823

Todos os direitos desta edição reservados à
EDITORA SCHWARCZ S.A.
Rua Bandeira Paulista, 702, cj. 32
04532-002 — São Paulo — SP
Telefone: (11) 3707-3500
www.penguincompanhia.com.br
www.companhiadasletras.com.br
www.blogdacompanhia.com.br

Sumário

Introdução — Doris Lessing 7
Nota sobre os textos — Paul Poplawski 39

O AMANTE DE LADY CHATTERLEY 43

A PROPÓSITO DE "O AMANTE
DE LADY CHATTERLEY" 471

Cronologia 519
Apêndice 525
Notas 541

Introdução

DORIS LESSING

Lady Chatterley está tão viva na imaginação popular quanto lady Godiva nua, atravessando Coventry montada em seu cavalo e coberta apenas pela cortina dos cabelos. Mas lady Godiva foi uma heroína da pureza e da integridade, causando na maioria das pessoas vergonha de sequer lhe dar uma espiada, enquanto lady Chatterley sempre pode ser motivo de chacota ou de alguma piada suja: lady Chatterley e suas proezas sexuais. Graças a Lawrence, basta a qualquer comediante mencionar um guarda-caça para provocar risadas; e quanta ironia, porque Lawrence pregava o sexo como uma espécie de sacramento e, mais ainda, um sacramento capaz de nos salvar dos efeitos da guerra e dos males de nossa civilização. "Denegrir o sexo", anatematizou ele, "é o crime do nosso tempo, porque precisamos é de ternura pelo corpo, pelo sexo, precisamos foder com ternura." Era assim que ele falava, mas o que terá acontecido? Ele virou representante da obscenidade e do riso abafado, pelo menos no nível popular.

Muitos romances não ganham nada quando relacionados a seu tempo. Entre tantos, *O grande Meaulnes*[1] é eterno, e quem quer conhecer a biografia de seu autor?

---

1 Alain-Fournier, *Le grand Meaulnes* (1913).

E o mesmo acontece com *O jardim secreto*.[2] Precisamos conhecer a história pessoal de Dickens para apreciar suas obras? Já outros romances, geralmente do tipo mais polêmico, só podem ser compreendidos no contexto, e *O amante de lady Chatterley* é um deles. Lê-lo sem nenhuma outra informação, especialmente na forma febril da terceira versão, só pode levar o leitor a se perguntar do que estará falando toda essa pregação tão enfática, especialmente nos dias de hoje, quando é tão difícil sequer lembrar de quanto era hipócrita a sociedade em que Lawrence escrevia. Era puritana, reprimida e dissimulada, e, como sempre ocorre em tempos assim, o riso sujo nunca estava muito distante.

As três versões de *O amante de lady Chatterley* foram escritas nos quatro anos anteriores à morte do autor. Foi sua maneira de reescrever completamente o texto, não se limitando a uma revisão mas chegando a uma visão renovada. Tendia a dar mais valor à vivacidade do novo que à reelaboração do texto. Podemos achar que a terceira versão não seja a melhor, e é o que muita gente pensa; no entanto, é a versão apresentada aqui, e a que Lawrence decidiu apresentar por último. É a mais emocional, insistente, urgente: talvez tenha sido a intensidade deste romance que valeu a Lawrence sua reputação de escritor obcecado por sexo.

E, então, quais eram as circunstâncias? Primeiro, o autor estava morrendo de tuberculose, mas vivia, como dizemos hoje, em estado de negação, embora a doença tivesse sido devidamente diagnosticada e parte da mente de Lawrence soubesse da verdade. Ele sempre sofrera de "fraqueza do peito": naqueles dias, a expressão era quase sempre um eufemismo para tuberculose. Ainda jovem tivera pneumonias, bronquites, gripes e tosses de todo tipo. Parece ter sido contaminado pela grande epidemia de gri-

---

[2] Frances Hodgson Burnett, *The secret garden* (1911).

pe de 1918-9. Ainda assim, recusava-se a admitir a tuberculose e falava de suas bronquites, de suas gripes, de suas tosses, dizia que contraíra um resfriado — tudo, menos tuberculose. O que era estranho num homem que valorizava tanto a verdade, defendendo a clareza de expressão e pensamento, particularmente em questões físicas.

Antes ainda de *O amante de lady Chatterley,* Lawrence já tinha adquirido a reputação de cruzado do sexo. Seus romances e contos eram banidos, confiscados, causavam escândalo. Às vezes os comentários às suas obras tinham mais um tom de lástima que de irritação; tamanho talento, mas aliado a tamanha crueza: este era muitas vezes o tom que a crítica literária usava para se referir a ele e à sua obra. *Mulheres apaixonadas* deixara as pessoas especialmente chocadas. Lawrence sempre exibia uma disposição belicosa, pronto à defesa e ao ataque, sendo defendido pelos outros.

Tinha o temperamento que acompanha a tuberculose: hipersensível, excitável. Esses doentes são muito irritáveis, dados a explosões de mau humor. Sabem que seu tempo é curto. Cada arquejo, cada tosse os faz lembrar de sua morte. A tosse incessante de Lawrence em seus últimos anos de vida lhe valeu a expulsão de alguns hotéis, obrigando-o a escolher com cuidado os lugares onde se hospedava. Na juventude Lawrence se orgulhava de seu corpo, apesar da "fraqueza do peito". O que transparece em seus primeiros romances, especialmente em *The white peacock* [O pavão branco], é o retrato de um jovem perfeitamente à vontade no campo, com amigos, atento a cada pássaro, animal, inseto e planta. Ele podia ter dito, como John Clare, "amo as coisas naturais quase à loucura". Com John Clare, o jovem Lawrence estava na companhia certa.

Este jovem orgulhoso do corpo mas acometido de "fraqueza do peito" se tornou o homem cujo corpo em decomposição o enchia de sofrimento e desprezo por si mesmo.

Eram essas as muitas emoções tumultuadas e exasperantes que atuavam nesse homem muito doente quando ele escreveu e reescreveu *O amante de lady Chatterley*.

Sua mulher Frieda vinha mantendo um caso amoroso com um italiano lascivo, e Lawrence sabia de tudo. Frieda nunca fora uma mulher muito dada ao tato, portanto não fazia esforço para esconder seus encontros clandestinos. E não poupava em nada os sentimentos do marido. Dizem que ela contou a amigos que Lawrence estava impotente desde 1926. A tuberculose tem dois efeitos violentos e contraditórios: acentua a sexualidade e suas fantasias febris, mas provoca impotência.

A vida sexual desses dois sempre foi ruidosa e tumultuada; o que jamais constituiu segredo. Os amigos, visitantes e acólitos enamorados que Lawrence atraía eram informados dos vários estágios de seu amor e de sua vida sexual, em prosa e verso — Lawrence tratava de tudo, do que pensava, do que fazia, o tempo todo, em cartas para amigos de toda parte, e em suas conversas. Frieda se queixava da sexualidade dele em conversas com as irmãs, com os ex-amantes, com amigos. Ele não a satisfazia, na verdade era mais homossexual que a média. Frieda era uma mulher que tivera e teria muitos amantes; não era nem um pouco ignorante sobre o sexo e se comportava com absoluta desinibição: levou Lawrence para a cama poucos minutos depois que se conheceram.[3] A despeito de todo o pragmatismo e de toda a experiência da mulher, Lawrence cultivava ideias não muito distantes de uma verdadeira mística. Sempre acreditou que a única coisa que servia no amor físico era o orgasmo recíproco. "Gozamos juntos desta vez", ou palavras semelhantes, figuram em mais de um de seus contos. Algumas de suas fantasias, da forma como apa-

---

[3] Brenda Maddox, *The married man: a life of D. H. Lawrence* (1994), pp. 113-4.

recem em *O amante de lady Chatterley*, eram as de um rapaz romântico. A época era de tamanha ignorância sexual que hoje é difícil lembrar ou compreender. Lawrence desconhecia o clitóris, que via como "um bico". Um bico que arranhava e rasgava, "como nas putas velhas". Para ele, o clitóris era uma arma, usada contra o homem. E esse nível de ignorância era comum. O clitóris só era mencionado sem ênfase nos manuais de sexo, isso quando era mencionado. Lembro que, durante a guerra, um jovem aviador me contou que uma certa moça, amiga comum, tinha "uma coisa que parecia um pé de coelho lá embaixo, bem peluda, com que eu adoro brincar, do que ela gosta muito também", confidenciou-me. De maneira que não era preciso conhecer bem a coisa para lhe extrair algum prazer. Quanto a mim, fiquei sabendo do clitóris através de Balzac — não de sua existência ou de seus usos, mas que fazia parte do léxico do amor, com um certo destaque. Lawrence sabia de tudo sobre o ponto G, embora jamais deva ter ouvido o termo e provavelmente achasse abominável a ideia de sair à sua procura ou lhe dar um nome. O orgasmo vaginal no que tem de melhor, da maneira como é descrito por ele — certamente informado por uma de suas amantes —, é tão fidedigno quanto a ignorância do que ele diz sobre o clitóris. Mas aqui nos encontramos em meio a um verdadeiro campo de batalha emocional: Lawrence gozava depressa demais, diz Frieda, e, por outro lado, queixa-se Lawrence, ela precisava sistematicamente provocar seu próprio orgasmo com a ajuda do incômodo clitóris. Mas, visto que as ocorrências sexuais serviam de marcos do progresso em sua guerra polêmica permanente, o que os dois diziam em seus momentos de queixa não devia ser mais que a metade dos fatos.

Quando Lawrence descobriu o sexo anal, as coisas começaram a andar bem, pelo menos para ele, embora o apelido que usasse para a mulher fosse "saco de merda".

Se as cenas de sexo de O *amante de lady Chatterley* falam sempre de uma mescla de ilusão e maravilha, as conversas no rancho de Taos, as brigas, os fuxicos eram francamente repulsivos. Enquanto Lawrence conquistava e chocava o mundo com seus romances e contos, os visitantes do rancho quase sempre se viam decepcionados e mesmo tomados de repulsa pelo casal, devido à violência e, ocasionalmente, à grosseria declarada da situação. Alguns visitantes contam que Lawrence às vezes "castigava" Frieda por alguma transgressão obrigando-a a esfregar o piso, e que Frieda obedecia, chorando, gemendo e adorando cada minuto. Lawrence espancava Frieda. Ela o espancava de volta. Tudo acontecia ruidosamente, e em público, naquele palco povoado de acólitos, pretendentes a futuros amantes, visitantes convidados e sem convite; ainda assim, um jovem discípulo conta que este homem mencionado nos jornais como uma espécie de monstro, devido ao que escrevia, era o mais encantador dos anfitriões, um ótimo parceiro de conversa — costumava deixar seus ouvintes eletrizados — e bom cozinheiro. Tinha jeito com as crianças, que gostavam dele. Uma dessas experiências, em que as expectativas eram contrariadas de tantas maneiras, deu a um visitante, pelo que ele nos diz, um vislumbre dos mistérios do processo criativo: não conseguiu conciliar o que viu em Taos com a obra de Lawrence.

Mas os frequentes contratempos da vida emocional não eram, claramente, o que o casal achava mais importante ou crucial. Tinham algo de profundo em comum que transcendia as brigas e os jogos sadomasoquistas. Lawrence dizia a Frieda que ela era e sempre tinha sido a experiência central de sua vida e que, sem ela, ele não seria nada. Quando alguém manifestou a Frieda, depois da morte de Lawrence, sua piedade pelo que via como um péssimo casamento, ela respondeu que ele não entendera nada: Lawrence era maravilhoso, e juntos eles haviam vivido uma experiência fora do alcance da maioria das pessoas.

Um dos laços que os unia é que tinham ideias comuns sobre a vida. O que era fundamental àquela altura. As ideias, os modelos de vida, eram o que respondia pela atração entre as pessoas e as conservava como companheiras em face de um mundo cego e bárbaro. Tudo isso aconteceu quando eu era jovem — e como hoje parece estranho. Você conhecia alguém e na mesma hora precisava apresentar suas credenciais, que eram suas ideias, aquilo em que você acreditava, em qual dos grandes campos ideológicos você se situava. Todos os amigos de Lawrence tinham uma moeda comum de ideias e ideais. Todos se viam como pessoas civilizadas, excluídos num mundo de bárbaros. Tinham planos de organizar paraísos comunitários, e seu modo de vida tinha a ver com o matrimônio, o amor livre, o casamento sem papel e sem filhos, todos os tipos de variações sexuais, e tudo debatido o tempo todo.

Frieda e Lawrence discutiam, brigavam e acreditavam juntos: eram companheiros na luta por uma vida *verdadeira*, que jamais poderia ser alcançada pelo rebanho das pessoas comuns.

Diz-se que a realidade de um casamento é impenetrável para quem o vê de fora, e isso não poderia se aplicar melhor que ao casamento de Lawrence.

Não eram só as relações maritais belicosas que muitas vezes chocavam as testemunhas; contam que às vezes Lawrence era cruel com os animais. Surrou uma cadelinha porque estava no cio e pendurou uma galinha de ponta-cabeça "para refrescá-la lá embaixo" quando ela estava choca. Lá estava ele, impotente, enquanto pregava a importância do sexo; lá estavam aquelas fêmeas empedernidas, como se as Bacantes tivessem assumido a forma de animais domésticos, e ele precisava castigá-las. O que significa que tinha seus lapsos de loucura, mas o problema é que sempre precisava ter razão, mesmo sendo tão contraditório. Esse homem, que era capaz de machucar os bichos, escrevia lindos poemas e contos inesquecíveis sobre animais, e — depois de se exilar de Taos devido a problemas com as autoridades da imigração americana relacionados à sua tuberculose — escreveu na Itália que sonhava com a hora do anoitecer no rancho. Se estivesse lá, sairia ao luar para ver se as galinhas estavam bem abrigadas, se o cavalos estavam todos à vista, se Susan, a vaca preta, tinha ido para o lugar de sempre passar a noite protegida entre as árvores — Susan vagava ao luar, porque a lua cheia a deixava inquieta. E Lawrence imaginava a sombra dos coiotes se esquivando em meio à plantação de alfafa.

E é fácil imaginar Lawrence como um coiote, correndo com eles: de tão evocativamente ele se via nos animais.

O que nos traz aos contos que tanto enfureciam as feministas. "The fox" é um deles, mas eu não entendo por quê. O que sinto mais é o desalento frio e despojado da Inglaterra depois da guerra, atingida pela grande epidemia de gripe, carecendo de comida e calor. E quem será aquela raposa vermelha que se vislumbra em meio à relva, com os olhos conscientes fixos nas duas jovens mulheres e em sua luta para sobreviver?

"St. Mawr" é qualificado como expressão de ódio às mulheres, um conto mágico sobre um cavalo, mas o que certamente se destaca no texto é a fúria das queixas contra os homens que não são suficientemente masculinos, que não são propriamente homens, pois esta é uma queixa perene de Lawrence: de que os homens se tornaram afeminados. St. Mawr, o cavalo, é macho e magnífico, mas nenhum cavalo da realidade jamais foi tal criatura mitológica e demoníaca, esse garanhão fogoso que — já que precisamos atenuar os poderes da criatura — deve ser uma emanação dos desejos imaginados de Lawrence, pobre Lawrence, tão doente, tão enfraquecido. Esse

cavalo permanece na memória e na imaginação como
Pégaso, como o Bucéfalo de Alexandre, como os cavalos
brancos da Camargue empinando em seus charcos como
num sonho, ou os cavalos das grutas de Lascaux, ou os
cavalos celestes de Aquiles. Ou, também, o cavalo preto
do anúncio do Lloyds Bank — os publicitários sabem
muito bem o que fazem quando recorrem ao aspecto fabuloso do cavalo para nos vender alguma coisa.

St. Mawr é totalmente masculino, e as mulheres do
conto o comparam aos homens modernos, que consideram tão domesticados e frágeis.

Do início ao fim da obra de Lawrence encontramos
homens descritos como inadequados, fracos, desprovidos de colhões, frágeis e insuficientemente masculinos, e
as mulheres estão sempre à procura de homens "de verdade". Em *Mulheres apaixonadas*, em "St. Mawr", em
contos como "The captain's doll", os homens são objeto
de zombaria e de riso, as mulheres fogem à procura de
homens "de verdade", atrás de guarda-caças, ciganos, índios, sempre lançando comentários zombeteiros e cruéis.

Lawrence é descrito como misógino. O que certamente é uma grande ironia. O que ele nos deixou foi um
relato da guerra dos sexos no seu tempo, e não houve
quem a descrevesse melhor. Os homens e as mulheres
de suas obras geralmente se desentendem ou entram em
estranhas conjunções espirituais, como em "The ladybird". "Homens e mulheres não gostam uns dos outros"
— tema que torna a aparecer em *O amante de lady
Chatterley*. Ninguém jamais escreveu tão bem sobre as
disputas de poder no sexo e no amor. Que paradoxo.
Lawrence escreveu muitas bobagens sobre a mecânica
do sexo, mas teve percepções profundas sobre os homens e as mulheres. Só Proust tinha a mesma clareza sobre a disputa de poder entre homens e mulheres, com a
vantagem de se mostrar às vezes muito engraçado. Lawrence também era capaz de ser engraçado, mas certa-

mente nunca faz graça em O *amante de lady Chatterley*, seu testamento. O mais perto que chega é em trechos como: "Nossa época é essencialmente trágica, por isso nos recusamos a vê-la tragicamente". Sim, acho que aí se pode ver um ligeiro sorriso torto, talvez.

O que anuncia o que considero o tema principal do romance, geralmente subestimado. Eis o começo do romance:

> Nossa época é essencialmente trágica, por isso nos recusamos a vê-la tragicamente. O cataclismo já aconteceu e nos encontramos em meio às ruínas, começando a construir novos pequenos habitats, a adquirir novas pequenas esperanças. É trabalho difícil: não temos mais pela frente um caminho aberto para o futuro, mas contornamos ou passamos por cima dos obstáculos. Precisamos viver, não importa quantos tenham sido os céus que desabaram. (p. 45)

Os céus desabaram. Este romance é permeado pela Primeira Guerra Mundial, por todo o seu horror, como uma parte tão grande da obra de Lawrence.

"E nos encontramos em meio às ruínas", diz Lawrence ao iniciar a narrativa que supostamente fala do sexo, que há de nos salvar — o sexo com ternura no coração.

Muitas vezes o tema central ou fundamental de uma obra não é percebido. Outro dia, ouvi um grupo de jovens sensíveis e inteligentes discutindo *O senhor das moscas* no rádio,[4] praticamente sem mencionar por que Golding escreveu o livro, a dor que o inspirou. Golding era um romântico idealista — como os jovens tendem a ser — quando a Segunda Guerra Mundial começou, mas viu o que os seres humanos são capazes de fazer uns aos outros, culminando nos campos de morte nazistas, e seu velho coração se partiu. O resultado foi *O senhor das moscas*.

---

4 William Golding, *The lord of the flies* (1954).

Mas os filhos da paz, pessoas que nunca sofreram esse grande choque para o coração e a mente, conseguiram discutir o romance por uma hora inteira sem mencionar a experiência central que levou a ele. Foi a coisa mais estranha, especialmente quando a pessoa conheceu William Golding e o ouviu falar sobre o que lhe aconteceu.

E o mesmo ocorre com *O amante de lady Chatterley* em relação à Primeira Guerra Mundial.

Grandes calamidades públicas que marcam as psiques de um povo, de um país, permanecem vivas nos pesadelos das pessoas, mas levam tempo para aflorar à consciência — não temos facilidade para lidar com o horror. Mais recentemente, depois da Segunda Guerra Mundial, vimos alguns países demorarem a reconhecer o que lhes acontecera — a Alemanha, a França. As trincheiras da Primeira Guerra Mundial não transmitiram de imediato seus horrores. Meu pai, antigo soldado, costumava zombar do "Grande Imencionável" — a maneira como os veteranos se referiam à relutância geral dos civis em falar sobre a guerra. Décadas se passaram antes que a Primeira Guerra Mundial fosse admitida na consciência do público; a essa altura, transformara-se em história, histórias dos pais e dos avós. Mas, na década de 1920, na França e na Bélgica, a terra acolhia milhões de corpos em decomposição de homens na maioria jovens e, se as referências à guerra começavam a ser canalizadas em segurança para os memoriais e os dias comemorativos, as pessoas que estiveram perto do pesadelo não tinham como deixar de se lembrar. A mulher de Lawrence era alemã, e para os dois não podia haver uma escolha simples e patriótica entre o bem e o mal.

E contra os horrores, os corpos decompostos, a carnificina sem sentido das trincheiras, a pobreza e o desespero do pós-guerra — contra o cataclismo, os "céus desabados", Lawrence decide opor o amor, o sexo com ternura, os corpos delicados das pessoas apaixonadas; a Inglaterra podia ser salva se todos fodessem com o devido carinho.

Depois da terceira versão de O *amante de lady Chatterley*, em meio ao tumulto e ao escândalo, Lawrence escreveu A *propósito de "O amante de lady Chatterley"*, em que invoca o passado e nos convoca para que regressemos todos ao tempo em que vivíamos em harmonia com as estações, com a grande roda do ano. Como tudo que ele escrevia, o texto é extremamente persuasivo; como um encantamento, arrebata o leitor e triunfa contra os débeis protestos que a mente deste possa esboçar, com páginas e mais páginas dessas palavras mágicas, uma conclamação à vida nova que precisa ter suas raízes num tipo novo de casamento, que não pode ser apenas pessoal, com a tola consciência pessoal, mas precisa estar ajustado ao ritmo do sol e da lua. O casamento não é casamento quando não for básica e permanentemente fálico, quando não estiver ligado ao sol e às estações do ano, à lua, às estrelas e aos planetas, ao ritmo dos dias, das décadas, dos séculos. O casamento não é casamento quando não for uma correspondência do sangue...

Antes de Platão — antes do sexo frio, nervoso, "branco" e "poético", o sexo pessoal, o único que nós modernos conhecemos — havia um sexo diferente, um sexo de conhecimento sanguíneo, pois o homem e a mulher eram duas colunas de sangue que entravam em contato...

Mas toda essa história de sangue surgia em mau momento, pois os nazistas logo também começariam a falar de sangue — embora, claro, num nível muito mais baixo que Lawrence.

> Se quisermos regenerar a Inglaterra [...] então será pelo surgimento de um novo contato do sangue, um novo toque e um novo casamento [...]. Pois o falo é apenas o grande símbolo antigo da vitalidade divina no homem, e da conexão imediata. (*A propósito*, p. 506)

Quando Lawrence afirma que o sexo precisa reencontrar os ritmos da natureza, responder à chegada da primavera, depois da parcimônia da Quaresma, celebrar o verão, viver um último lampejo com as fogueiras que antecedem a chegada das sombras e adormecer no inverno... como alguém poderia deixar de ser tocado por esse hino à perda do mundo natural? Mas, esperemos um minuto, a pequena inteligência se recusa ao silêncio. Como Lawrence podia saber de tudo isso a respeito do sexo diferente, o sexo do sangue, que ocorria no passado distante? Por que ele insiste em deplorar que tudo se perdeu para um mundo mecanicista desligado dos ritmos naturais?

Na noite passada, por acaso, eu observava as fogueiras e os fogos de artifício do Dia de Guy Fawkes iluminando o céu noturno de Londres, como o fogo vem desafiando as forças das trevas desde muito antes de Guy Fawkes e do cristianismo. Não se pode duvidar que a velha Londres tenha vivido ontem um belo festival de foda, e tudo indica que deve ter sido antes fálico do que "branco", tendo em vista que muita gente devia estar um tanto alcoolizada. Meu palpite é de que as velhas fodas fálicas praticadas pelos nossos ancestrais, como diz Lawrence, devem ter devido bastante ao álcool. Só pode ter sido. Nossas festividades sempre foram ocasião de bolo e cerveja.

A propósito de "O amante de lady Chatterley", escrito não muito antes da morte de Lawrence, é um texto muitíssimo triste, um lamento por céus desabados e tempos decaídos, e confirma quanto é triste o próprio romance.

Connie voltou lentamente para casa, em Wragby. "Seu lar" seria um modo excessivamente caloroso de se referir àquele casarão imenso e triste. Mas a expressão se aplicara durante um tempo. Depois, de algum modo, viu-se cancelada. Todas as grandes palavras, pensou Connie, tinham sido canceladas para sua geração: amor, alegria, felicidade, lar, mãe, pai, marido, todas essas palavras grandiosas e vitais estavam agora semimortas, e morriam mais a cada dia. O lar era um lugar onde a pessoa vivia, o amor era uma coisa com quem ninguém devia se iludir, alegria era uma palavra que se usava para descrever uma nova sessão de charleston, felicidade era um termo hipócrita utilizado para dar uma ideia errada às outras pessoas, pai era um indivíduo que cuidava de aproveitar sua própria existência, marido era o homem com quem a pessoa vivia e se mantinha ligada em espírito. Quanto ao sexo, a última das grandes palavras, era apenas um termo em uso nos coquetéis para descrever uma sensação que mantinha você animado por algum tempo e, depois, o deixava mais esfacelado que nunca. Em frangalhos! Era como se a própria matéria de que a pessoa era feita fosse um material de segunda, e se esfacelasse até se desmanchar. (pp. 28-9)

Quem estava se desmanchando? Lawrence, com certeza, estava.

A narrativa começa com o casamento entre Constance e seu soldado, em 1917. E ele lhe é devolvido das trincheiras seis meses mais tarde, "mais ou menos em frangalhos". Ficara paralítico da cintura para baixo, paralítico "para sempre".

Quando perguntaram a Lawrence se ele imaginou a paralisia de Clifford Chatterley como uma metáfora — para a Inglaterra, para a vida moderna —, ele respondeu que não, que era assim que o personagem "lhe tinha ocorrido" e ele deixara ser, embora ele próprio se perguntasse se aquela paralisia poderia ser uma metáfora. Preocupava-se de ter acumulado fatores demais contra Clifford. E certamente há momentos, na leitura do romance, em que o leitor se pergunta a que se deverá tamanha aparente má vontade de Lawrence contra o pobre aleijado, como se ter ficado paralítico fosse um crime. Má vontade contra quem, ou contra o quê? Quem ficara impotente "para sempre", quem estava em frangalhos? Sim, não deixa de ser um jogo fascinante, comparar fato a fato, condição a condição, mas, supondo que concordemos em equacionar o corpo maltratado de Clifford com o de Lawrence, o que teremos então? Clifford, pobre aleijado, tão hostilizado por Lawrence que é difícil lembrar que era um homem corajoso e cheio de recursos, digno de ser admirado por sua coragem, pelo menos. Talvez o que nos caiba lembrar seja o que disse o discípulo em visita a Taos que, observando o casamento de Lawrence, e o escritor em sua vida cotidiana, conclui que o processo criativo é um mistério.

Então, Lawrence atribuiu sua impotência e seu corpo avariado a Clifford, e seus sentimentos acerca da sexualidade da mulher e de seu amante lascivo a Connie e a Mellors — e o que dissemos sobre a força do romance, que Lawrence via como seu testamento, a nada menos que uma conclamação à Inglaterra a se salvar por meio do sexo com carinho.

O amante de lady Chatterley é um hino à carne, ao amor. Nunca um romance mais persuasivo de propaganda tinha sido escrito em favor do casamento, da fidelidade profunda que vem não da moral pública, das "resoluções" tomadas por esta ou aquela pessoa ou da religião, mas da unidade entre um homem e uma mulher que torna totalmente impossível o sexo casual ou qualquer tipo de infidelidade.

O casamento amoroso e fiel há de nos salvar a todos, há de salvar a Inglaterra: da lembrança dos milhões de corpos em decomposição do outro lado do canal ao "cataclismo", aos céus que desabam, contrapomos o sexo com ternura e o contato caloroso entre homens e mulheres, e também entre homens e homens. Lawrence defende um "contato terno" entre homens e homens. Mas precisamos lembrar que, na época em que ele escrevia, os homens nunca se tocavam, a menos que estivessem cuidando de um ferido ou de um morto, ou praticando boxe ou luta: na Itália os homens podiam andar de mãos dadas sem que ninguém pensasse mal deles, mas na Inglaterra certamente não. Agora os homens se abraçam e se beijam no rosto, e os esportistas trocam abraços apertados como de amantes.

Mas o que Lawrence via como uma invocação em favor do sexo e do amor não pode ser lido de maneira tão pouco ambígua. Ficamos com as imagens de um homem e de uma mulher, ambos atingidos pela guerra, pelo cataclismo, órfãos na tempestade, sobreviventes, abrigados um nos braços do outro; e o que Lawrence faz Mellors dizer, quando escreve para a amada?

> Na verdade estou com medo. Estou sentindo o demônio no ar, e ele vai tentar acabar conosco. Ou não o demônio — mas Mammon: que, no fim das contas, acho eu, não é mais que a vontade coletiva das pessoas, gastando dinheiro e detestando a vida [...]. Tempos difíceis se aproximam. Tempos difíceis se aproximam, rapazes, tempos difíceis se aproximam! Se as coisas continuarem do jeito que estão, o futuro só reserva morte e destruição para essas massas industriais. Às vezes sinto que minhas entranhas se desfazem. (p. 467)

Pois é verdade, tempos difíceis se aproximavam. Lawrence escreveu o romance menos de dez anos depois do fim da Primeira Guerra Mundial, e dez anos mais tarde viria a Segunda. Os bandos de fascistas de camisas-negras já estavam à solta na Itália: Lawrence os descreve em *A vara de Aarão*. As hordas de nazistas de camisas pardas logo desceriam às ruas da Alemanha. Muito próximas estavam a Alemanha de Hitler com os crematórios e a Rússia de Stálin, onde os campos da morte já se enchiam de prisioneiros. Os arsenais do mundo cresciam. Havia uma expressão muito usada no período entre as guerras, que hoje parece esquecida — e como isso é estranho! —:

os "fabricantes de armamentos". Era usada, cinicamente, pelos cidadãos de todos os países da Europa, e, sim, os fabricantes de armamentos engordavam sem parar.

Agora, olhando retrospectivamente de mais de sessenta anos depois daquela terrível segunda guerra, vemos Mellors, que serviu na Índia durante a Primeira Guerra Mundial, e Constance Chatterley, com seu marido aleijado pela guerra, aferrados um ao outro, e logo mais adiante a guerra seguinte que haveria de envolver o mundo inteiro — embora seja muito provável que os historiadores do futuro acabem vendo as duas guerras como um único processo, em que uma guerra engendrou a outra.

Quando eu era menina me deram uma dessas estatuetas, creio que da China, produzidas de tal maneira que um de seus aspectos parecia um velho, mas, se você a girasse um pouco, aparecia uma menina, depois girava de novo e aparecia um pássaro, mais um giro e aparecia um cervo. Você podia estudar o objeto horas a fio, maravilhado: ainda assim, não havia um ponto em que o velho e a menina se confundissem, ou a menina e o passarinho. O artesão engenhoso produzira sua obra de maneira que cada imagem fosse vista como perfeita. Você olhava para o cervo, mas nem o giro mais sutil dos dedos produzia uma mistura entre o cervo e o velho, uma imagem intermediária. Você só via o velho, a menina, o passarinho e o cervo, e era impossível surpreender o momento da metamorfose. Por mais delicado que fosse o movimento dos dedos, nunca era ligeiro o bastante: cada visão da estatueta era inequivocadamente ela mesma, e quando se olhava para ela os outros aspectos estavam absolutamente ausentes.

Todos já tivemos a experiência de ler um livro e depois, na releitura, talvez anos depois, encontrar algo totalmente diverso.

Não é que, depois de ter visto como a sombra da guerra está presente nesse relato e ameaça esses amantes, a história de amor do romance perca sua pungência, mas para mim ela deixa de ser o tema central, independentemente da intenção de Lawrence. Duas pessoas indefesas, com a vida já atingida pela guerra, atiram-se nos braços uma da outra, fugitivos dos horrores, tentando encontrar algum lugar seguro, como animais pequenos que fogem de um incêndio na floresta, as asas das chamas já próximas em seu encalço, nuvens de fumaça negra encobrindo o sol.

Hoje acredito que este romance seja um dos mais poderosos jamais escritos contra a guerra. Mas, como foi que isso me escapou, quando o li pela primeira vez?

> E ela percebeu então, de maneira ainda vaga, uma das grandes leis da alma humana: quando a alma emocional sofre um choque violento que não mata o corpo, dá a impressão de recuperar-se ao mesmo tempo que o corpo. Mas é simples aparência. Na verdade, trata-se apenas da mecânica do hábito retomado. Aos poucos, muito aos poucos, as marcas na alma começam a se revelar, como uma ferida que só gradualmente aprofunda sua dor terrível, até preencher enfim toda a psique. E, quando achamos que estamos recuperados, que já nos esquecemos, é então que os terríveis efeitos secundários se manifestam em seu grau mais violento. (p. 111)

Como pude ter deixado de perceber? Mas não percebi. Lembro-me de ter lido essa passagem e pensar: Sim, aplica-se ao meu pai (e à minha mãe também, mas isso eu só veria anos mais tarde). E agora começamos a reconhecer quantos homens e mulheres sobrevivem às guerras aparentemente intactos, mas feridos por dentro, podendo não se recuperar nunca. Milhões deles, em toda parte.

Esse e outros trechos chamaram minha atenção, mas eu era jovem e ali estava aquele romance, com toda a sua fama de escandaloso, finalmente em minhas mãos. Conseguira atravessar águas coalhadas de submarinos alemães, desde as livrarias de Londres. A edição expurgada, claro. E logo me vi encantada com os amantes em sua cabana, com cenas como a de Connie acocorada com o filhote de faisão na palma da mão, enquanto Mellors se debruça para ajudá-la; as lágrimas dela; as belíssimas descrições da chegada da primavera ao bosque que ela percorre; as invocações de ternura; o grande tema dos dois contra o mundo.

Estávamos no meio daquela guerra horrível, que Mellors antevira com seu "tempos difíceis se aproximam...", e os tempos difíceis tinham chegado, realmente difíceis, mais difíceis do que ele poderia ter imaginado, com o mundo inteiro envolvido... e isso antes que soubéssemos das câmaras de gás de Hitler e dos milhões assassinados por Stálin.

"Dias negros se aproximam — para nós e para todo mundo", diz Mellors (p. 335). Sua visão sombria do futuro já podia ser detectada na industrialização, que ele odiava. Lawrence esteve na Inglaterra em 1926 e tornou a ver as paisagens de sua juventude, os bosques e as campinas de *The white peacock*, *Filhos e amantes* e alguns contos, todas modificadas, todas despojadas. O ódio do que viu está presente em *O amante de lady Chatterley*.

> Mas mesmo adormecido o mundo era desconfortável, cruel, agitado pelo rumor da passagem de um trem ou de um caminhão pesado, e manchado pelo fulgor de algum raio de luz rosada emitido pelas fornalhas. Aquele era um mundo de ferro e carvão, a crueldade do ferro e a fumaça do carvão, e a cobiça infinita, infinita, que regia tudo aquilo. (p. 245)

Há páginas e mais páginas do mesmo tipo de coisa em todo o livro. O ferro e o carvão não são o que veríamos hoje, imaginando os horrores industriais, mas a visão é igualmente poderosa:

Porque quando eu sinto que o mundo dos homens está condenado, que se condenou a si mesmo por sua própria estupidez mesquinha, então eu sinto que as colônias ainda ficam perto demais. Nem a lua fica longe o bastante, porque mesmo de lá se pode ver a Terra, suja, feia, sensaborona entre os astros: arruinada pelos homens. Nessas horas eu sinto que engoli bílis pura, que ela está corroendo minhas entranhas e não há lugar longe o bastante para o qual se possa fugir. Mas, quando tenho uma oportunidade, esqueço tudo de novo. Embora seja um absurdo o que fizemos com as pessoas nos últimos cem anos: homens transformados em insetos trabalhadores, toda a masculinidade removida, sem qualquer vida autêntica. Por mim, eu faria desaparecer todas as máquinas da face da Terra e acabaria de uma vez por todas com a era industrial, um erro pavoroso. Mas, como está fora do meu alcance, e do alcance de qualquer pessoa, prefiro calar a boca e tentar viver minha vida: se é que tenho uma vida a viver, o que eu duvido muito. (pp. 355-6)

A qualidade do horror de Lawrence diante do que acontecia a seu país, a sensação que transmite, certamente nos lembra alguém muito semelhante — Tolkien. Sabemos que as visões do inferno de Tolkien foram inspiradas pelo que viu na Primeira Guerra Mundial, e as "oficinas negras e satânicas" de Blake nunca foram mais bem imaginadas que na filmagem de *O senhor dos anéis*.

Durante a vida de Lawrence, a Inglaterra pôs fim aos longos séculos de sua vida agrícola, enquanto as fazendas perdiam seus trabalhadores, que se mudavam para as cidades. Os poetas sabiam o que estava começando.

Muitos são os camponeses fortes
Cujo coração se partiria ao meio,
Pudesse ele ver as cidades
Para as quais nos dirigimos;

disse Yeats.[5] E eis aqui a Inglaterra de Lawrence:

> O bosque estava em silêncio, imóvel e secreto na chuva fina da noite, abarrotado com o mistério dos ovos e dos brotos entreabertos, de flores semirreveladas. Na obscuridade geral, as árvores reluziam escuras e nuas, como se tivessem tirado a roupa, e o verde espalhado pela terra parecia queimar de tanto verdor. (p. 215)

A Inglaterra moderna, aquela em que vivemos, partia o coração de Lawrence, como partiu o de Tolkien e de outras pessoas lúcidas que sabiam que dias negros se aproximavam.

Clifford Chatterley diz a Connie, sua mulher:

> "As massas sempre foram assim, e sempre hão de ser assim. Os escravos de Nero eram muito pouco diferentes dos nossos mineiros ou dos operários da fábrica Ford [...] São as massas: elas são imutáveis." (p. 302)

E prossegue:

> "E o que precisamos usar agora [...] é o chicote, e não a espada. As massas são comandadas desde o começo dos tempos, e até o fim dos tempos continuarão precisando de comando. É pura hipocrisia, e uma farsa, dizer que elas são capazes de autogoverno."
> "Mas você é capaz de governá-las?", perguntou ela.
> "Eu? Claro!" (p. 302)

E é desse tipo de coisa que Connie corre para se refugiar com Mellors.

"Meu Deus, o que o homem fez com o próprio homem? O que os líderes dos homens fizeram com seus

---

[5] W. B. Yeats, "The happy townland", *Yeat's poems*, ed. A. Norman Jeffares (1989).

semelhantes?" (p. 260). É Constance quem fala, mas temos razão de crer que ela falava por Lawrence.

É com uma compreensão muito mais profunda do que o homem é capaz de fazer com o próprio homem que lemos hoje trechos como este. Comparativamente, eles eram inocentes. Se hoje corresse a notícia, digamos, de que 4 milhões de pessoas tinham sido assassinadas por algum tirano, podíamos ficar chocados, mas não ficaríamos surpresos. Tomamos conhecimento de tantos horrores que nada mais nos surpreende. Quando a Segunda Guerra Mundial acabou, não conseguíamos "absorver" os milhões assassinados por Stálin, e muitas pessoas ainda não conseguiram. Vivem em estado de "negação", como dizemos.

Relendo este romance muitos anos e alguns amores mais tarde, as grandes cenas de sexo perderam a força. Vivemos uma revolução sexual, e recebemos uma imensa quantidade de informações. Algumas das passagens líricas ainda emocionam jovens mulheres. Em partes do mundo onde as mulheres não são livres, podendo ser condenadas à morte por apedrejamento ou enforcamento público (Irã, 2004) por crime de adultério, este romance ainda é lido como Lawrence queria que fosse; como um manifesto em favor do sexo e do amor.

Algumas de suas cenas beiram o ridículo, mas não há dúvida de que precisamos homenagear a coragem do autor. Todo amante pode se comportar de maneira absurda, nas conversas amorosas e nas intimidades que não deseja ver vislumbradas por gente de fora, mas Lawrence não tem nenhum pudor de fazer seus amantes correrem nus pela chuva, a mulher dançando — era moda naquele tempo, por conta de Isadora Duncan —, ou entremeando flores nos pelos pubianos um do outro. E é precisamente sua coragem que em certos pontos o leva à beira da farsa. "E qual é o problema?", podemos imaginá-lo respondendo. "Se você quer pensar mal da cena, problema seu." Um romancista mais matreiro, ou menor, teria removido esses trechos capazes de despertar o ridículo, já que as pessoas são como são.

No entanto, ao longo de toda a obra de Lawrence, o maravilhoso pode conviver lado a lado com o absurdo.

Lawrence, filho de mineiro, tinha muito a dizer sobre a guerra entre classes. Seus versos sobre as classes superiores, classes médias, encontram-se entre os mais tolos de todos os tempos. É difícil acreditar que tenha sido o mesmo homem que escreveu alguns dos mais lindos poemas da língua inglesa. "Snake." "The ship of death." "Bavarian gentians." "Not I, ... but the wind." O lindo poema ("The piano") sobre o adulto que se lembra da mãe tocando para ele na infância:

Baixinho, ao entardecer, a mulher canta para mim...

mas depois vêm os poemas que podiam ter sido escritos por um colegial. E parece que Lawrence gostava deles. Mas o Lawrence que escreveu "The ship of death" certamente nunca foi apresentado ao homem que escrevia sobre os burgueses bestiais. Lawrence se casou com uma aristocrata alemã e escreveu um romance sobre uma lady Chatterley casada com um baronete. Entre seus amigos havia vários aristocratas. Em tudo isso ele se conforma à regra segundo a qual toda vez que um jovem turco irrompe de forma explosiva, subindo da classe trabalhadora, existe uma boa possibilidade de que se case com uma filha das classes superiores e termine na Câmara dos Lordes, ou vivendo nos moldes do patriciado, imitando um aristocrata rural. Quando algum escrevinhador denigre as pessoas que vivem nas áreas mais elegantes de Londres, é muito provável que ele próprio se instale ali assim que adquira os recursos para tanto.

Lawrence pode ter escolhido viver longe de suas origens, mas nunca escreveu melhor do que quando fala da inesquecível filha da comunidade de mineiros, Ivy Bolton, que se define tão solidamente de acordo com os valores de sua classe, embora aspire aos refinamentos das classes superiores, assim como Clifford Chatterley permanece fiel aos valores da sua, ao julgar que "existe um abismo, e um abismo absoluto, entre as classes governantes e as classes servis" (p. 303).

O marido de Ivy Bolton morreu num acidente na mina, e ela diz: "Não, sou fiel ao que eu sinto. Não respeito muito as pessoas..." (p. 276).

Um sentimento que é manifestado por muitos dos personagens deste livro, cada qual a seu tempo. O que nos leva aos amigos mais próximos de Clifford, que o visitam e sentam-se em roda, trocando opiniões desencantadas. Todos são oficiais das trincheiras, os céus para eles desabaram por completo e eles se julgam na obrigação de consertar as coisas, ou pelo menos defini-las. Acreditam na vida da mente, e Constance se instala para escutá-los, o coração frio no peito devido à negatividade mortífera de tudo que dizem. Ela se sente tão distante e solitária, e os vê como totalmente negativos, opostos à vida e à mulher. Ela pergunta a Tommy Dukes por que os homens e as mulheres não gostam muito uns dos outros nos dias que correm.

O general de brigada Tommy Dukes tem hoje um interesse para nós que Lawrence não tinha como prever. Sabemos agora — fomos informados recentemente — que existem pessoas simplesmente assexuais. Não se interessam pelo sexo e não experimentam os desejos que animam ou afligem o resto de nós. O que isso significa, que existe um tipo desconhecido de humanidade, assexuado como as obreiras de uma colmeia? Um acidente da natureza? Criaturas que se constituem com outras finalidades? Não são homossexuais, e existem em número tão grande quanto os homossexuais.

Lawrence nos apresenta Tommy Dukes para ilustrar sua tese pessoal, de que falta virilidade, faltam colhões, aos ingleses, no geral fracos e pouco masculinos. Embora não haja nada de pouco masculino em Tommy Dukes. Ele parece perfeitamente contente, muito obrigado, fazendo o que quer, mas sem sexo.

Constance pergunta, com a devida melancolia, se ele não gostaria de fazer amor com ela, mas não, Tommy Dukes responde que gosta dela mas que não desejaria fazer amor.

"Como não conheço nenhuma mulher que eu deseje, e nunca vejo qualquer mulher assim — bom, imagino que eu deva ser frio" (p. 121). E mais adiante: "Estou lhe dizendo, se posso ser descrito como um macho, que nunca me deparei com a fêmea da minha espécie". (p. 122).

E isso enquanto Mellors se declara disposto a morrer por uma boa boceta. Constance está presente ao longo de todo o romance como uma mulher de verdade, com uma bunda de bom tamanho e as pernas de uma mulher, não uma dessas mocinhas modernas, "com o tórax chato e as nádegas estreitas de um menino" (p. 66), sem a menor feminilidade. E como isso me tocou quando eu era jovem: que Mellors amasse Constance Chatterley porque ela era feminina.

Durante a revolução feminista da década de 1960, fiquei surpresa e espantada ao ouvir certas feministas muito articuladas dizendo que tinham lido *Lady Chatterley* da mesma forma que eu, uma ou duas gerações antes. Precisamos aceitar o fato de que a maioria das mulheres ainda anseia pelo amante verdadeiro, perfeito e completo, sua metade perdida (Platão — embora Lawrence não lhe fizesse caso), pelo Príncipe Encantado, o que só é confirmado pelos acontecimentos mais recentes. Um livro muito espirituoso, *O diário de Bridget Jones*,[6] desencadeou o lançamento de dezenas de romances escritos por jovens mulheres, todas à procura do homem

---

6 Helen Fielding, *Bridget Jones's diary* (2001).

certo, de um homem que, como Mellors, "tivesse a coragem de ser terno", embora a ternura não figurasse na agenda da revolução dos anos 1960. E nenhuma dessas feministas, filhas da paz, percebeu a profunda raiva contra a guerra, e os efeitos da guerra, que a meu ver constitui a base emocional de todo o romance. Mal se recordavam da Segunda Guerra Mundial, problema dos seus pais, e a Primeira Guerra Mundial ainda não era lembrada como é hoje, ainda era o Grande Imencionável, ou então se limitava a uma ou duas linhas nos livros de história.

Em 1960 ocorreu um julgamento por causa deste romance, um caso ruidoso, um marco na história da literatura inglesa, pois foi uma tentativa de banir sua versão não expurgada. Muitos literatos notáveis se ergueram em defesa do livro, e em defesa da liberdade de expressão. Mas um certo aspecto desse julgamento só veio a ser percebido depois de muito tempo.

Entre as famosas cenas de amor do romance existe uma que não foi assinalada pelo juiz ou pelo júri, pela acusação ou pela defesa — por ninguém. Nela, Lawrence louva a foda anal como o auge da experiência sexual, mas a cena é descrita de modo a não ser explícita. Bem, é fato sabido que muita gente gosta de sexo anal. Nos dias de hoje, ele não precisaria escrever de modo tão obscuro. Aparentemente, ele deixou para trás a foda afetuosa e o orgasmo vaginal, para não falar do pobre clitóris esquecido, pois o que descreve é na verdade um estupro anal. De que Constance gosta, atingindo sua realização como mulher — pelo que nos diz Lawrence. Mas é muito engraçado que ninguém naquele tribunal tenha percebido o que Lawrence realmente dizia em seu romance, tão defendido como uma obra *na verdade* moral e saudável.

O que hoje deve chamar nossa atenção é o tom polêmico e exaltado da passagem. E agora, nesse trecho, chegamos de fato ao ridículo, devido à cegueira do autor quanto à maneira como sua insistência nos soa, depois que ela fica clara. Sabemos que os problemas sexuais de Lawrence foram resolvidos com o sexo anal, e hoje em dia pouca gente responderia a isso dizendo mais do que "É mesmo? Interessante, tendo em vista o quanto ele fala de boceta". E aqui nos deparamos com esse trecho moralista e feroz, que tem por trás de si todo o poderio de Lawrence. E o que o sexo com ternura no coração tem a ver com o estupro anal?

Por que não dizer, simplesmente, que Mellors e sua Constance apreciavam um enrabamento? Mas não, este romance é um manifesto, ou talvez vários manifestos, devido às diferentes personalidades que viviam sob a pele de Lawrence, e foi produzido pela força do desejo que esse homem moribundo e impetuoso tinha de dizer ao mundo que podia salvá-lo.

Um chamado às armas... uma nova moral oposta à antiga... a salvação da Inglaterra contra todas as pressões do novo tempo, impelido pela máquina.

Eis o que Lawrence espera do seu romance:

Afinal, podemos ouvir falar dos assuntos mais particulares dos outros, mas só no espírito do maior respeito por essa coisa combativa e maltratada que é qualquer alma humana, e num espírito de criteriosa e devida piedade. Pois mesmo a sátira é uma forma de compaixão, e a maneira como nossa compaixão se estende ou se retrai é determinante para nossas vidas. E nisso reside a vasta importância da literatura, quando tratada da forma correta. Ela pode manter informadas e conduzir a novos paradeiros as extensões da nossa consciência empática, ou fazer com que ela se retraia diante de coisas que já morreram. E assim os romances, tratados da maneira certa, podem nos revelar os aspectos mais recônditos da vida: pois são esses pontos secretos e *pas-*

sionais da vida, acima de tudo, que precisam ser banhados pelas altas e baixas da maré da percepção sensorial, promovendo sua limpeza e renovação.

Mas os romances, como os comentários sobre a vida alheia, também podem despertar simpatias e rejeições espúrias, mecânicas e sufocantes para a psique. Os romances podem glorificar os sentimentos mais corruptos, contanto que *convencionalmente* sejam vistos como "puros". (pp. 184-5)

Hoje eu termino esta leitura do romance com uma visão de duas pessoas feridas, arrastando-se para os braços uma da outra em busca de refúgio para tempos terríveis — e o que farão para escapar deles? Partir para as colônias é uma das soluções. Mas a guerra vindoura, os tempos terríveis, envolverá o mundo inteiro: podemos lembrar da família que, no início da Segunda Guerra Mundial, escolhe como um ponto de segurança provável o canal do Panamá.

Possuí um chalé rural perto de Dartmoor, e muitas vezes fui e voltei de carro a Londres, sempre dando carona, como nesses dias fazíamos todos sem hesitar. Certa vez, ao passar por Devon, parei perto da planície de Salisbury, onde o exército treinava, para dar carona a um soldado muito jovem que, logo vi, encontrava-se num estado de espírito muito fora do comum. Estava corado, sorria muito, não conseguia parar de falar, às vezes explodindo em jovens risadas, surpreendendo a si mesmo e a mim. Estava apaixonado. Mal tomando conhecimento da minha presença, daquela senhora de meia-idade que lhe dava uma carona até Londres ao encontro de seu verdadeiro amor, ele precisava falar, precisava contar a alguém... queria ser capaz de me dizer como se sentia. Ele não sabia as palavras certas, mas será que eu conhecia este livro aqui? E me mostrou um exemplar de *O amante de lady Chatterley*. Um amigo lhe dera o livro, dizendo que falava do amor, e sim, esse amigo tinha razão, ele nunca tinha lido nada igual, bem, na verdade nem lia tanto assim, na verdade era o único livro que já tinha lido inteiro. Mas o lera várias vezes, e a cada vez encontrava uma coisa nova. Eu já tinha lido?, quis saber, e se não tivesse precisava conseguir um exemplar. Aí eu poderia entender o que ele estava sentindo agora... e lá ficou ele, até chegar a Londres, com *O amante de lady Chatterley* na mão, sorrindo muito, entregue a seu júbilo.

Seria aquele jovem, prestes a se casar, o leitor ideal de Lawrence, para o qual ele escrevera três vezes seu romance-testamento, além de seu apaixonado apêndice, *A propósito de "O amante de lady Chatterley"*?

Isso aconteceu há muito tempo, o jovem soldado exaltado deve estar hoje com mais de sessenta anos, Lawrence morreu há mais de setenta e *O amante de lady Chatterley* continua à solta pelo mundo, ainda poderoso e persuasivo, e chegando às mãos de jovens mulheres em países onde elas sabem que podem ser condenadas à morte por amor. E hoje em dia ninguém dá mais carona: todos temos medo.

Usei as palavras "foder" e "boceta" à vontade, neste texto, porque Lawrence estava decidido a resgatá-las do léxico "sujo" dos palavrões e transformá-las nas representantes de um respeito salutar pelo sexo.

Quando eu era moça, a palavra *bloody* [literalmente "sangrento", porém mais ou menos equivalente a "desgraçado"], apesar dos esforços de Eliza Doolittle, era desagradável demais para ser usada exceto em casos de susto, pelos mais ousados, ou então para assinalar que quem falava ignorava as convenções. Tinha substituído *damn* ["maldição"], às vezes usada por minha mãe com um ar de malícia. Em seguida *bloody* foi absorvida pela fala cotidiana e não causava mais choque. O novo palavrão era *fuck*, "foda, foder", cujo uso como expletivo era deplorado pelos românticos que tinham sido instruídos por D. H. Lawrence; e protestávamos que o sexo era lindo e jamais deveria ser usado como ofensa. A beleza do sexo era uma reação à geração que baixava a voz com gestos acanhados para indicar as partes "sujas" do corpo. *Cunt* ["boceta"] nem aparecia no horizonte. Não me lembro de jamais ter sequer ouvido a palavra em voz alta. Mas dali a pouco *fuck*, como ocorrera com *bloody* e *damn* a seu tempo, transformara-se num verdadeiro campo de batalha entre os progressistas e o passado, e a *c-word* [forma eufemística de referência a *cunt*] se aproximava aos poucos. *Shit* tinha associações na verdade muito desagradáveis, a despeito dos franceses chiques e de seu *merde*.

E o que diria o pobre Lawrence se nos visse hoje, quando *fuck* pode ser usado a torto e a direito em tom casual, tendo quase perdido seu poder de chocar? E *cunt* não é muito diferente? E o ato sexual pode não representar muito mais que um copo de vinho barato?

O fato de ainda nos interessarmos pelo que Lawrence pudesse pensar é sem dúvida um sinal da vitalidade desse escritor.

Eis aqui um esboço de como poderia ficar o verbete "David Herbert Lawrence" num dicionário biográfico britânico de, digamos, 2050.

> Nascido numa família de mineiros de carvão, tornou-se escritor, fato notável para sua época, em que as divisões de classe se encontravam no auge. Foi acolhido e auxiliado pelos literatos, e deixou para trás as limitações de sua formação pessoal. A energia furiosa de seu talento, sua força, situa-o acima de seus contemporâneos, sobre os quais exerceu uma influência extraordinária. Era um tempo de ideologias, polêmicas e crenças apaixonadas. Os escritores quase sempre se alinhavam na defesa de algum *-ismo* — no caso dele, da franqueza e da naturalidade em relação ao sexo. O puritanismo da sociedade

de então muitas vezes era acompanhado da ignorância sexual, e algumas de suas afirmações parecem hoje singulares e antiquadas, para dizer o mínimo. Por quase toda a vida sofreu de tuberculose, de que acabou morrendo. É uma doença que aguça a emoção e a sexualidade, e alguns críticos acham que a qualidade febril de parte de sua produção literária se deve à moléstia. De qualquer maneira, o frescor e a vivacidade de suas primeiras obras acabaram sobrepujados por uma outra voz, estrídula e insistente. Não é exagero dizer que o maior escritor de seu tempo acabou muito prejudicado por sua necessidade de proferir sermões.

Mas, depois disso — o pior que se pode dizer a seu respeito —, o que permanece são alguns dos textos mais vigorosos, melhores e mais vitais já escritos em língua inglesa. Os talentos de Lawrence eram fenomenais, e não existe na literatura inglesa quem o alcance, em seus melhores momentos. *O amante de lady Chatterley* foi o mais polêmico de seus romances, e ele o considerava seu testamento.

Nota sobre os textos

PAUL POPLAWSKI

Os textos desta edição foram os estabelecidos para a edição da Cambridge University Press de *O amante de lady Chatterley/ A propósito de "O amante de lady Chatterley"*, editada em 1993 por Michael Squires. A edição da Cambridge contém um aparato crítico de todas as alterações operadas nos textos-base, uma discussão completa acerca das decisões editoriais tomadas e um relato minucioso da complicada história da transmissão textual, inclusive os lugares de todas as fontes manuscritas e datiloscritas remanescentes.

O amante de lady Chatterley foi escrito na Villa Mirenda, perto de Florença, Itália. Duas versões completas e separadas foram redigidas entre outubro de 1926 e março de 1927; um terceiro manuscrito definitivo (que se acha na Universidade do Texas em Austin) foi iniciado no fim de novembro de 1927 e concluído em janeiro de 1928. Lawrence contou com a ajuda de amigos para que se datilografassem três cópias; uma delas, corrigida (não localizada), serviu de original da primeira edição florentina, cujas provas ele revisou. Tecnicamente não houve editor, já que o livro foi um empreendimento particular financiado pelo próprio autor e à disposição apenas dos assinantes. Lawrence escolheu pessoalmente o papel e o tecido da encadernação do livro, desenhou a fênix impressa na capa e organizou a distribuição em colaboração com o amigo e livreiro florentino Giuseppe ("Pino") Orili. Os primeiros exemplares do romance foram remetidos aos assinantes em 27 de junho de 1928.

Uma cópia subsistente do texto datilografado (Universidade do Texas em Austin) foi revista por Lawrence para uma frustrada edição americana expurgada; quando aparecem na primeira edição florentina, as revisões desse datiloscrito são usadas para emendar o manuscrito como texto-base dos capítulos 1-5. O original dos capítulos 6-19 é o manuscrito revisado seletivamente a partir da primeira edição, com exceção do trecho que vai da 18ª linha da p. 288 até o fim do capítulo 12 (que o autor datilografou de novo e revisou em prova), cujo texto-base é a primeira edição emendada a partir do manuscrito.

Em maio de 1929, pouco depois da publicação da primeira edição, Lawrence foi informado de várias publicações piratas do romance e, na tentativa de dificultá-las, providenciou a publicação particular de uma "edição popular" barata, em Paris. Os planos de edições expurgadas não deram em nada durante sua vida, mas, em 1932, o executor literário de Lawrence autorizou tais edições pela Secker, na Grã-Bretanha, e pela Knopf, nos Estados Unidos. O texto integral continuou proibido nos dois países até que a Grove Press, nos Estados Unidos (1959), e a Penguin Books, na Grã-Bretanha (1960), tivessem sucesso na defesa do romance contra acusações de obscenidade em duas ruidosas demandas judiciais.

Lawrence escreveu *A propósito de "O amante de lady Chatterley"* em abril de 1929 (como introdução à edição parisiense do romance) com o título "My skirmish with Jolly Roger" [Minha luta com a bandeira pirata] (manuscrito guardado na Southern Illinois University); em outubro de 1929, Lawrence revisou o datiloscrito (Universidade do Novo México) e o ampliou com muitas páginas manuscritas (Universidade do Texas em Austin). Os dois manuscritos são o texto-base desta edição, seletivamente emendada a partir do datiloscrito e da primeira impressão do ensaio ampliado publicado pela Mandrake Press em 1930.

O amante
de lady Chatterley

I

Nossa época é essencialmente trágica, por isso nos recusamos a vê-la tragicamente. O cataclismo já aconteceu e nos encontramos em meio às ruínas, começando a construir novos pequenos habitats, a adquirir novas pequenas esperanças. É trabalho difícil: não temos mais pela frente um caminho aberto para o futuro, mas contornamos ou passamos por cima dos obstáculos. Precisamos viver, não importa quantos tenham sido os céus que desabaram.

Era esta mais ou menos a posição de Constance Chatterley. A guerra derrubara o teto sobre sua cabeça. E ela percebera que todos precisamos viver e aprender.

Casou-se com Clifford Chatterley em 1917, quando ele veio passar um mês de folga do exército em casa. Tiveram um mês de lua de mel. Em seguida ele voltou para Flandres,[1] mas foi embarcado de volta para a Inglaterra seis meses depois, mais ou menos em frangalhos. Constance, sua esposa, tinha vinte e três anos; ele, vinte e nove.[2]

Seu apego à vida foi extraordinário. Não morreu, e seus fragmentos parecem ter readquirido a coesão. Permaneceu dois anos nas mãos dos médicos. Depois disso, pronunciaram sua cura e ele pôde voltar à vida, com a metade inferior do corpo, da cintura para baixo, paralisada para sempre.

Isso aconteceu em 1920. Voltaram, Clifford e Constance, para a casa dele, chamada Wragby Hall, a "sede" da família. O pai dele morrera, Clifford era agora baronete,[3] sir Clifford, e Constance era lady Chatterley. Vieram assumir os cuidados da casa e começar a vida de casados na residência um tanto abandonada da família, com uma renda consideravelmente inadequada. Clifford tinha uma irmã, mas ela partira de casa, e não havia nenhum outro parente próximo. O irmão mais velho morrera na guerra. Aleijado para sempre, sabendo que jamais poderia ter filhos, Clifford voltou para casa nas enfumaçadas Midlands para manter vivo o nome Chatterley enquanto pudesse.

Mas na realidade não estava abatido. Deslocava-se por conta própria numa cadeira de rodas, e mandara adaptar um motor a uma dessas cadeiras móveis de jardim para poder trafegar lentamente em meio aos canteiros e pelo belo parque melancólico que na verdade lhe trazia um imenso orgulho, embora ele afetasse votar-lhe uma certa indiferença.

Tendo sofrido tanto, sua capacidade de sofrer se esgotara até certo ponto. Continuava estranho, alegre e animado, e quase, pode-se dizer, radiante, com seu rosto sanguíneo e saudável e os olhos brilhantes e desafiadores, de um azul muito claro. Tinha ombros largos e fortes, e mãos poderosas. Vestia-se com alfaiates caros de Londres e usava belas gravatas de Bond Street.[4] Ainda assim, em seu rosto, podia-se ver a expressão alerta, e também a ligeira vaguidão, dos inválidos.

Esteve tão perto de perder a vida que atribuía extremo valor a quanto dela lhe restara. Ficava óbvio, no brilho ansioso dos seus olhos, como se orgulhava de ainda estar vivo depois do grande choque. Mas seus ferimentos foram de tal ordem que alguma coisa dentro dele se extinguira. Alguns dos seus sentimentos se perderam, deixando uma lacuna inanimada.

Constance, sua mulher, era uma jovem corada com ar de camponesa, macios cabelos castanhos, um corpo cheio e movimentos lentos, repletos de uma energia incomum. Tinha olhos azuis, grandes e inquietos, e uma voz mansa e suave; parecia ter acabado de chegar de sua aldeia natal.

O que estava muito longe da verdade. Seu pai era o velho sir Malcolm Reid, pintor da Academia Real[5] bastante conhecido em sua época. Sua mãe fora uma das participantes mais cultas da Sociedade Fabiana[6] nos seus tempos mais gloriosos, praticamente pré-rafaelitas. Cercadas de artistas e socialistas cultos, Constance e sua irmã Hilda tiveram o que se poderia definir como uma formação esteticamente nada convencional. Viajaram por Paris, Florença e Roma para respirar o mundo da arte, e noutra direção foram levadas a Haia e Berlim para as grandes convenções socialistas, onde oradores discursavam em todas as línguas civilizadas e ninguém se mostrava constrangido.

As duas moças, portanto, desde muito novas não se intimidavam nem um pouco diante da arte ou dos ideais políticos, uma atmosfera natural para elas. Eram ao mesmo tempo cosmopolitas e provincianas, com o provincianismo cosmopolita da arte que sempre acompanha os ideais sociais mais puros.

Foram mandadas para Dresden aos quinze anos de idade, pela música, entre outras coisas. E divertiam-se muito por lá. Viviam soltas em meio aos estudantes, discutiam com os homens questões filosóficas, sociológicas e artísticas, e eram equivalentes aos homens em tudo: só que ainda melhores, pois eram mulheres. E faziam excursões pelas florestas com rapazes vigorosos munidos de violões, tlang-tlang! —, entoavam as canções dos Wandervogel[7] e eram livres. Livres! Era a grande palavra. À solta no vasto mundo, à solta nas florestas matutinas, com jovens rapazes transbordantes de desejo e dotados de esplêndidas vozes, livres para fazer o que quisessem e, acima de tudo, dizer o que bem entendessem. O que contava mais que tudo eram as conversas, o intercâmbio apaixonado da fala. O amor era apenas um acompanhamento ocasional.

Tanto Hilda quanto Constance tiveram suas primeiras experiências amorosas em torno dos dezoito anos. Os rapazes com quem conversavam com tanta paixão, cantavam com tanta ânsia e acampavam com tamanha liberdade sob as árvores sempre queriam, claro, a conexão amorosa. As jovens tinham muitas dúvidas, mas afinal falava-se tanto dessa coisa, supostamente tão importante. E os rapazes se mostravam tão humildes e suplicantes. Por que então uma jovem não podia portar-se como uma rainha e conceder a ele a dádiva de si mesma?

De maneira que tinham concedido as dádivas de si mesmas, cada uma ao rapaz com quem tinha as discussões mais íntimas e sutis. As conversas, as discussões, eram o que importava: o amor físico, a conexão, era apenas uma espécie de reversão primitiva, e em boa parte um anticlímax. Depois dela, sentiam-se bem menos apaixonadas pelo rapaz e até um pouco inclinadas a odiá-lo, como se ele tivesse violado a privacidade e a liberdade interior de cada uma. Pois obviamente, no caso das moças, toda a dignidade, todo o sentido da vida, consistia na conquista de uma liberdade absoluta, perfeita, pura e majestática. O que mais podia significar a vida de uma jovem? Desembaraçar-se das antigas e sórdidas conexões e submissões.

E, por mais que se pudesse sentimentalizá-la, toda essa história de sexo era uma das conexões e submissões mais sórdidas e antigas que existiam. Os poetas que a glorificaram eram quase todos homens. As mulheres sempre souberam que existia uma coisa melhor e mais elevada. E agora sabiam disso mais definitivamente que nunca. A linda e pura liberdade da mulher era infinitamente mais magnífica que qualquer amor sexual. A única dificuldade é que nessa matéria os homens estavam muito mais atrasados que as mulheres. E faziam questão da coisa do sexo, como cães.

E a mulher tinha de ceder. O homem era como uma criança, com seus apetites. A mulher tinha de conceder o que o homem queria ou o mais provável era que ele, igual a uma criança, perdesse o controle, debatendo-se pelo chão e arruinando o que sempre tinha sido uma ligação muito agradável. Mas a mulher podia ceder sem entregar ao homem o que ela possuía de mais interior e de mais livre. Que os poetas e os que falavam tanto sobre sexo não pareciam levar na devida conta. A mulher podia aceitar um homem sem na verdade entregar-se a ele. E certamente podia aceitá-lo sem se entregar ao seu poder. Em vez disso, podia usar essa coisa do sexo para adquirir poder sobre ele. Pois bastava ela se conter na relação sexual, deixá-lo acabar e esgotar-se sem chegar ela própria à crise, para em seguida prolongar a conexão e chegar a seu orgasmo e sua crise tendo-o como um simples instrumento.

As irmãs já haviam tido suas experiências amorosas quando a guerra chegou e precisaram voltar às pressas para a Inglaterra. Nenhuma das duas jamais se apaixonara por um rapaz a menos que os dois estivessem verbalmente muito próximos: melhor dizendo, a menos que estivessem profundamente interessados, *conversando* muito um com o outro. A emoção extraordinária, profunda e inacreditável que podia haver em conversas apaixonadas com um jovem realmente inteligente, por muitas horas, retomada dia após dia — disto elas só foram saber quando lhes aconteceu. A promessa desse paraíso: Terás homens com quem conversar! jamais fora proferida. Mas cumpriu-se antes que soubessem o quanto era preciosa.

E se, depois da intimidade despertada por essas conversas animadas que iluminavam a alma, a coisa do sexo se tornava mais ou menos inevitável, então que assim fosse. Era sempre a forma de assinalar o fim de um capítulo. E também tinha seu apelo: um estranho apelo que vibrava no fundo do corpo, um espasmo final de autoafirmação, como a última palavra, estimulante, e muito parecida com a linha de asteriscos que podem ser usados para demonstrar o final de um parágrafo e uma guinada no tema.

Quando as moças vieram à Inglaterra para as férias de verão de 1913, época em que Hilda tinha vinte anos e Constance, dezoito, o pai das duas percebeu claramente que haviam tido a experiência amorosa. *L'amour avait passé par là*,[8] como disse alguém. Mas ele próprio era um homem experiente e deixou a vida seguir seu curso. Já a mãe, inválida e muito nervosa nos últimos meses de vida, só desejava que as filhas fossem "livres" e "realizadas". Ela própria jamais conseguira ser totalmente ela mesma, isso lhe fora negado. Sabe-se lá por que, pois tinha renda própria e era dona do seu nariz. Para ela, a culpa era do marido. Mas a verdadeira culpada era alguma antiga impressão de autoridade deixada em seu espírito ou em sua alma, de que não conseguia libertar-se. E isso nada tinha a ver com sir Malcolm, que sempre deixava a mulher, nervosamente hostil e muito agitada, cuidar como quisesse dos seus domínios, enquanto ele seguia seu próprio caminho.

De maneira que as moças eram "livres", e voltaram para Dresden, para a música, a universidade e os rapazes. Adoravam seus respectivos rapazes, e seus respectivos rapazes as adoravam com toda a paixão da atração mental. Todas as coisas maravilhosas que aqueles rapazes pensavam, diziam e escreviam, pensavam, diziam e escreviam para as duas moças. O rapaz de Connie era musical, o de Hilda era técnico. Mas simplesmente viviam para suas jovens. No espírito e na excitação mental das duas, bem entendido. Noutras partes não eram tão bem-aceitos, embora não soubessem disso.

Era óbvio neles também que o amor passara por ali: melhor dizendo, a experiência física. É curiosa a transmutação sutil mas inconfundível que ela opera, tanto no corpo das mulheres como no dos homens: a mulher mais florida, mais sutilmente arredondada, com as angularidades da juventude atenuadas e a expressão ansiosa ou triunfante: o homem muito mais calado, mais introspectivo, os próprios contornos de seus ombros e suas nádegas menos assertivos, mais hesitantes.

Na emoção propriamente sexual no interior do corpo, as duas irmãs quase sucumbiram ao estranho poder masculino. Mas em pouco tempo se recuperaram, entenderam aquilo como mais uma sensação e permaneceram livres. Enquanto os homens, gratos pela experiência sexual, entregaram a elas suas almas. E depois ficaram com aquela expressão de quem perde algum dinheiro mas em seguida recupera metade da quantia. O homem de Connie às vezes era um tanto cismado, e o de Hilda um pouco zombeteiro. Mas os homens são assim! Ingratos e nunca satisfeitos. Quando você não os aceita eles a detestam, e quando você os aceita eles a detestam assim mesmo, por algum outro motivo. Ou por motivo nenhum além do simples fato de que são sempre meninos descontentes, jamais satisfeitos com o que conseguem, faça a mulher o que fizer.

Entretanto, começou a guerra. Hilda e Connie foram trazidas às pressas de volta para casa — depois de já terem vindo passar algum tempo na Inglaterra em maio, para o enterro da mãe. Antes do Natal de 1914 seus rapazes alemães já tinham morrido: as irmãs choraram e amaram apaixonadamente os dois rapazes, mas no fundo esqueceram-se deles. Simplesmente não existiam mais.

As irmãs foram morar na casa do pai — na realidade da mãe — em Kensington,[9] e conviviam com o grupo de jovens de Cambridge, o grupo apegado à "liberdade", às calças de flanela, às camisas de colarinho desabotoado, a uma espécie de anarquia emocional bem-nascida, a um tom de voz sempre suave e murmurante e a um comportamento ultrassensível. Hilda, todavia, casou-se de uma hora para outra com um homem dez anos mais velho que ela, membro antigo do mesmo grupo de Cambridge, homem com bastante dinheiro e um confortável emprego público assegurado por parentesco: também escrevia ensaios filosóficos. Foram morar juntos numa pequena casa em Westminster,[10] e frequentavam o tipo de boa sociedade de funcionários do governo que não figuram no alto da pirâmide mas são, ou seriam, o *verdadeiro* poder inteligente do país: as pessoas que sabem do que falam: ou falam como se soubessem.

Connie fazia um trabalho leve como parte do esforço de guerra, e convivia com os intransigentes de Cambridge de calças de flanela que continuavam a zombar delicadamente de tudo, até então. Seu "amigo" era um certo Clifford Chatterley, um jovem de vinte e dois anos que voltara às pressas de Bonn,[11] onde estudava aspectos técnicos da mineração de carvão. Antes passara dois anos em Cambridge. Agora tornara-se primeiro-tenente de um regimento vistoso, de maneira que podia rir de tudo ainda mais elegante, de uniforme.

Clifford Chatterley era de classe mais alta que Connie. Ela pertencia à *intelligentsia* bem de vida, mas ele vinha da aristocracia. Não alta, mas ainda assim autêntica. Seu pai era baronete, sua falecida mãe era filha de um visconde.

Mas Clifford, embora de nascimento mais alto que Connie e mais bem situado na sociedade, era a seu modo mais tímido e provinciano. Sentia-se perfeitamente à vontade no círculo exíguo do *"grand monde"* — ou seja, a sociedade dos aristocratas donos de terras —, mas se mostrava embaraçado e nervoso diante daquele outro grande mundo formado pelas vastas hordas das classes médias e baixas, além dos estrangeiros. Na verdade, sentia um certo medo das vastas hordas da humanidade de classe média ou baixa e dos estrangeiros que não pertencessem à mesma classe que ele. Tinha uma consciência quase paralisante de sua própria vulnerabilidade, embora contasse com todas as defesas do privilégio. O que é curioso, mas um fenômeno do nosso tempo.

E eis por que a peculiar e suave segurança de uma jovem como Constance Reid o deixou fascinado. Ela era tão mais senhora de si, no caos daquele mundo exterior, do que ele conseguia ser.

Ainda assim, também ele era um rebelde: rebelado inclusive contra sua própria classe. Ou talvez rebelde seja uma palavra forte demais; forte além da conta. Apenas aderia à aversão, generalizada e tão em voga entre os jovens, pelas convenções e qualquer tipo de verdadeira autoridade. Todo pai era ridículo: o dele, tão obstinado, o mais ridículo de todos. E todo governo era ridículo: especialmente do tipo que temos, sempre esperando para ver o que acontece. E todo exército era ridículo, e todo general velho e incompetente: especialmente o rubicundo Kitchener.[12] Até a guerra era ridícula, embora matasse de fato muita gente.

Na verdade tudo era um pouco ridículo, ou muito ridículo: e sem dúvida tudo que tivesse a ver com a autoridade, fosse no governo, no exército ou nas universidades, também era ridículo até certo ponto. E à medida que a classe governante tinha alguma pretensão de governar, era ridícula também. Sir Geoffrey, o pai de Clifford, era intensamente ridículo, abatendo suas árvores e escolhendo, entre seus mineiros, homens que empurrava para a guerra; enquanto ele próprio se mantinha a salvo e intensamente patriótico; por outro lado, gastando com seu país mais dinheiro do que na verdade possuía.

Quando a srta. Chatterley — Emma — saiu das Midlands e veio para Londres trabalhar algum tempo como enfermeira, gracejava muito de forma discreta sobre sir

Geoffrey e seu renitente patriotismo. Herbert, o irmão mais velho e herdeiro, ria francamente do pai, embora fossem suas as árvores abatidas e transformadas em esteios de trincheira. Mas Clifford se limitava a sorrir com um certo desconforto. Tudo era ridículo, é bem verdade. Mas, quando a coisa era assim tão próxima, e a própria pessoa também caía no ridículo? Pelo menos as pessoas de classe diferente, como Connie, levavam *algo* a sério. Acreditavam em alguma coisa.

Falavam com grande seriedade dos soldados rasos, da ameaça do recrutamento[13] e da escassez de açúcar e doces para as crianças. Em todos esses casos, evidentemente, as autoridades eram culpadas da maneira mais ridícula. Mas Clifford não conseguia levar aquilo a sério. Para ele, as autoridades eram ridículas *ab ovo*, não por causa dos doces ou dos soldados rasos.

E as autoridades sentiam-se ridículas, comportavam-se de maneira consideravelmente ridícula e, por algum tempo, tudo parecia um chá organizado pelo Chapeleiro Louco.[14] Até as coisas mudarem por lá, e Lloyd George aparecer na Inglaterra para salvar a situação.[15] Que era muito mais grave que ridícula. Os jovens petulantes não riam mais.

Em 1916 Herbert Chatterley foi morto, e Clifford se tornou o herdeiro. Mesmo isso o deixava aterrorizado. Sua importância como filho de sir Geoffrey, e filho de Wragby, a sede da família, fora-lhe incutida a tal ponto que Clifford jamais poderia livrar-se dela. Entretanto, sabia que isso também, aos olhos do mundo vasto e febril, era ridículo. Agora ele era o herdeiro e responsável por Wragby, a velha Wragby. Não era uma coisa terrível? E também esplêndida, ao mesmo tempo esplêndida! e ao mesmo tempo, talvez, puramente absurda.

Mas sir Geoffrey não queria saber de absurdo nenhum. Vivia pálido e tenso, totalmente ensimesmado e obstinadamente decidido a salvar seu país e sua própria posição, fosse sob as ordens de Lloyd George ou de qualquer outro. Vivia tão distante, tão divorciado da Inglaterra que era realmente a Inglaterra, tão absolutamente incapacitado, que tinha Horatio Bottomley[16] em boa conta. Sir Geoffrey defendia a Inglaterra e Lloyd George como os seus antepassados haviam defendido a Inglaterra e São Jorge; e jamais cogitou que pudesse haver alguma diferença. De maneira que sir Geoffrey derrubava suas árvores e se erguia em defesa de Lloyd George e a Inglaterra, a Inglaterra e Lloyd George.

E queria que Clifford se casasse e produzisse um herdeiro. Clifford achava o pai um anacronismo sem remédio. Mas, no que ele próprio era mais atualizado, exceto naquela consciência contraída do ridículo de tudo — e do ridículo insuperável de sua própria posição? Já que, mesmo a contragosto, encarava Wragby e seu título de baronete com a mais profunda seriedade.

A animação mais alegre do início desaparecera da guerra — estava morta. Morte e horror além da conta. Um homem precisa de apoio e consolo. Um homem precisa de uma âncora num mundo seguro. Um homem precisa de uma esposa.

Os Chatterley, dois irmãos e uma irmã, viviam até então num isolamento singular, encerrados em Wragby Hall apesar de todas as relações que mantinham. A sensação de isolamento intensificava a ligação familiar, a consciência da fragilidade da posição dos três, a consciência de sua vulnerabilidade, a despeito, ou talvez por causa, de seu título de nobreza e da terra que possuíam. Viviam sem contato direto com a região fabril das Midlands em que moravam. E sem contato direto com sua própria classe, por força da natureza introvertida, obstinada e muda de sir Geoffrey, o pai deles, que ridicularizavam mas ao qual mostravam-se muito suscetíveis.

Os três haviam decidido que morariam juntos para sempre. Mas agora Herbert estava morto e sir Geoffrey queria que Clifford se casasse. Sir Geoffrey praticamente não tocou no assunto: falava muito pouco. Mas a insistência silenciosa com que remoía esse seu desejo era tão intensa que Clifford não teve como resistir.

Mas Emma disse "Não!". Era dez anos mais velha que Clifford, e sentia que, se ele se casasse, aquilo equivaleria a uma deserção, a uma traição ao que os jovens da família sempre tinham defendido.

Clifford casou-se com Connie, ainda assim, e viveu com ela seu mês de lua de mel. Corria o terrível ano de 1917, e viveram a intimidade de duas pessoas que se veem juntas num navio que naufraga. Clifford era virgem quando se casou, e a coisa do sexo não significava muito para ele. Eram tão próximos, ele e ela, tirando isso. E Connie exultava um pouco com essa intimidade, que ia além do sexo e da "satisfação" do homem. Clifford, de qualquer maneira, não fazia tanta questão da "satisfação" quanto os outros homens pareciam fazer. Não, a intimidade entre eles era mais profunda, mais pessoal que isso. E o sexo era um mero acidente, ou um acessório: um desses curiosos e obsoletos processos orgânicos que persistem em embaraçar-nos, embora na verdade desnecessários. Ainda que Connie, na verdade, *quisesse* filhos: mesmo que apenas para se fortaceler perante a cunhada, Emma.

Mas no início de 1918 Clifford foi embarcado de volta para casa em frangalhos, e nunca houve filho algum. E sir Geoffrey morreu de desgosto.

2

Connie e Clifford mudaram-se para Wragby Hall no outono de 1920. A srta. Chatterley, ainda contrariada com a deserção do irmão, partiu e foi morar num apartamento em Londres.

Wragby Hall era um palacete baixo e comprido em pedra escura, construído a partir de meados do século XVIII e aos poucos ampliado até se converter numa série de cômodos que se enfileiravam sem muita distinção. Erguia-se numa elevação em meio a um belo renque de antigos carvalhos: mas infelizmente, a meia distância, de lá se avistava a chaminé da mina de Tevershall com suas nuvens de fumaça e vapor e, mais ao longe, na encosta úmida e enevoada, a desordem crua do povoado de Tevershall, que começava quase junto aos portões do parque e se espalhava com sua feiura ostensiva e sem remédio por mais de um longo e triste quilômetro: casas, fileiras e mais fileiras de casas lamentáveis de tijolo, pequenas e recobertas de fuligem sob a tampa de telhados negros de ardósia, formando ângulos agudos e exibindo uma desolação deliberada e indiferente.

Connie estava acostumada a Kensington, às colinas da Escócia ou às baixadas de Sussex que, para ela, constituíam a Inglaterra. Com o estoicismo dos jovens, captou à primeira vista a feiura desalmada e absoluta das Midlands de carvão e ferro, e deixou-a de lado tal como era: uma coisa inacreditável, a não ser contemplada em pensamento. Dos aposentos lúgubres de Wragby Hall ela ouvia o chacoalhar das grades da separadora da mina, o ronco do motor que acionava a roda dos cabos, o clangor dos vagões em manobra e o apito rouco e fraco das locomotivas. Na boca da mina de Tevershall o fogo queimava o monte do refugo,[17] que vinha ardendo havia anos e custaria milhares de libras para apagar. De maneira que deixavam queimar. E, quando o vento soprava de lá, o que era frequente, a casa ficava cheia do mau cheiro daquela combustão sulfurosa do excremento da terra. Mesmo nos dias sem vento, porém, o ar sempre recendia a algo de subterrâneo: enxofre, carvão, ferro ou ácido. E mesmo nas rosas de inverno a fuligem pousava com uma persistência incrível, como um maná[18] negro dos céus do fim do mundo.

Bem, era assim: condenada, como o resto das coisas! Era realmente pavoroso, mas de que valia espernear? Nada. Tudo seguia da mesma forma. A pessoa também seguia em frente. E a vida, como todo o resto! À noite, no teto baixo e escuro das nuvens, manchas vermelhas ardiam e ondulavam, repartindo-se, inchando e diminuindo, lembrando queimaduras muito dolorosas. Eram as fornalhas. Num primeiro momento, produziram em Connie um fascínio mesclado com uma espécie de horror; parecia-lhe estar vivendo no submundo. Depois acostumou-se com elas. E de manhã chovia.

Clifford alegava gostar mais de Wragby que de Londres. Aquela região tinha uma sombria vontade própria, e as pessoas tinham substância. Connie se perguntava o que mais teriam: certamente não olhos, nem cérebros. Eram tão miseráveis, informes e desagradáveis quanto a paisagem, e igualmente antipáticas. Mas havia, na maneira gutural como pronunciavam seu dialeto e no modo como arrastavam as botas de trabalho de solas ferradas quando voltavam para casa em bandos pelo asfalto, alguma coisa terrível e um tanto misteriosa.

Não houvera qualquer recepção quando do retorno do jovem senhor das terras — nenhuma festividade, nenhuma visita de delegação, nem mesmo uma única flor. Só uma viagem de automóvel em que subiram por uma estrada escura e úmida, trafegando em meio a árvores sombrias e depois subiram a ladeira do parque onde pastavam ovelhas molhadas e cinzentas, até o topo da elevação onde a casa exibia sua escura fachada marrom e a governanta e seu marido estavam à espera, como inquilinos inseguros na face da Terra, prontos a gaguejar suas boas-vindas.

Não havia comunicação alguma entre Wragby Hall e a aldeia de Tevershall — nada. Ninguém levava os dedos à aba do chapéu ou abaixava a cabeça em reverência. Os mineiros limitavam-se a olhar fixo; os comerciantes tiravam o chapéu para Connie como se ela fosse uma conhecida, faziam um desajeitado aceno de cabeça para Clifford; e mais nada. De parte a parte, um abismo intransponível e um ressentimento sem palavras. No começo, Connie sofria com esse constante chuvisco de hostilidade que lhe chegava da aldeia. Depois ficou mais calejada e aquilo se transformou para ela numa espécie de tônico, uma oposição que infundia ânimo à sua vida. Não que ela e Clifford fossem impopulares — apenas pertenciam a uma espécie completamente diversa da dos mineiros. Abismo intransponível, lacuna indescritível, como talvez não exista ao sul de Trent. Mas, nas Midlands e no Norte fabril, um abismo intransponível, através do qual nenhuma comunicação poderia ocorrer — "Você fica do seu lado e eu fico do meu!" —, uma estranha negação do pulso comum da humanidade.

Ainda que o povoado sentisse ter uma ligação abstrata com Clifford e Connie, na vida real era — "Deixem-me em paz!" — de parte a parte.

O *rector*, pároco da igreja anglicana local, era um homem bom de cerca de sessenta anos, muito cônscio do seu dever, e pessoalmente reduzido a uma quase não entidade pelo silencioso — "Deixem-me em paz!" — da aldeia. As mulheres dos mineiros eram quase todas metodistas. Os mineiros não eram nada. Mas mesmo o escasso uniforme oficial envergado pelo clérigo já bastava para encobrir inteiramente o fato de que era um homem como os outros. Não, ele era Mester Ashby, uma espécie de produtor automático de prédicas e orações.

Esta reação instintiva e obstinada — "Achamos que somos iguais à senhora, se é que a senhora *é* lady Chatterley!" — deixou Charlotte intrigada e desconcertada num primeiro momento. A curiosa falsa amabilidade desconfiada com que as mulheres dos mineiros respondiam às suas tentativas de conversa; o matiz curiosamente ofensivo de "Ah, olhem só! *Agora* eu virei alguém, depois que lady Chatterley resolveu conversar comigo! Mas nem por isso ela precisa achar que eu seja igual a ela, apesar de tudo!", que ela sempre ouvia ressoar nas vozes um tanto aduladoras das mulheres, era impossível. Não havia como ignorá-lo. Era de um inconformismo[19] ofensivo e irremediável.

Clifford os deixava em paz, e ela aprendeu a fazer o mesmo: simplesmente passava por eles sem olhá-los, e eles a fitavam como se ela fosse um boneco de cera ambulante. Quando precisava tratar de alguma coisa diretamente com eles, Clifford mostrava-se altaneiro e desdenhoso; não podia mais dar-se ao luxo de ser amigável. Na verdade ele afetava um ar superior e desdenhoso com qualquer um que não fosse de sua classe. E defendia seu território, sem qualquer tentativa de conciliação. E não tinha o afeto nem a antipatia das pessoas: era apenas parte da ordem das coisas, como a boca da mina e o próprio casarão de Wragby.

Mas Clifford era na verdade extremamente tímido e tinha vergonha de sua invalidez presente. Detestava estar com qualquer pessoa além de seus criados pessoais. Pois precisava estar sempre sentado numa cadeira de rodas ou em sua espécie de cadeira motorizada. Ainda assim, continuava tão meticulosamente bem-vestido como sempre, com roupas de seus alfaiates caros, usando como antes as mesmas cuidadosas gravatas de Bond Street, e da cintura para cima exibia a mesma elegância e confiança de sempre. Nunca fora um desses jovens modernos de aparência um tanto feminilizada: tinha antes um ar mais rústico, com o rosto corado e os ombros largos. Mas a voz muito contida e hesitante, e os olhos, a um tempo ousados e medrosos, seguros e incertos, traíam sua verdadeira natureza. Sua postura era muitas vezes ofensivamente desdenhosa, ao mesmo tempo que se mostrava modesta e humilde, quase receosa.

Connie e ele eram muito ligados, à maneira moderna e mais distante. Ele carregava dor demais, o grande choque de sua invalidez, para comportar-se com leveza e altivez. Era uma criatura ferida. E, nessa medida, Connie apegava-se a ele com verdadeira paixão.

Ainda assim, não tinha como deixar de sentir o quanto eram fracas as ligações que ele na verdade mantinha com as pessoas. Os mineiros estavam, num certo sentido, sob seu comando; mas ele os via antes como objetos que como pessoas, mais parte da mina que da vida, antes fenômenos naturais crus que seres humanos como ele. De certa maneira ele os temia e não suportava que olhassem para ele, agora que estava aleijado. E a vida estranha e rude que levavam parecia a Clifford tão pouco natural quanto a dos porcos-espinhos.

Ele cultivava um interesse distante pelas coisas; mas como um homem que olha para baixo por um microscópio, ou para o alto por um telescópio. Não mantinha contato. Não entrava em contato direto com ninguém; exceto, tradicionalmente, com Wragby e, através do laço da defesa dos interesses da família, com Emma. Além disso nada o tocava de fato. Connie sentia que ela própria não conseguia tocá-lo de verdade, não de maneira efetiva; e talvez não houvesse no fim das contas nada a tocar; só a negação do contato humano.

Contudo, ele dependia totalmente de Connie e precisava dela a todo momento. Por maior e mais forte que fosse, não dava conta de si mesmo. Era capaz de empurrar sua cadeira de rodas, e tinha uma espécie de cadeira de jardim de três rodas com um motor adaptado, em que conseguia se deslocar lenta e ruidosamente pelo parque. Mas deixado por conta própria era um caso perdido. Precisava de Connie a seu lado, para assegurar-se de que existia realmente.

Ainda assim, era ambicioso. Decidira dedicar-se a escrever contos; contos curiosos e muito pessoais sobre pessoas que conhecera. Contos inteligentes, bastante cruéis e, de algum modo misterioso, desprovidos de sentido. A observação era singular e fora do comum. Mas ninguém tocava em ninguém, nenhum contato real ocorria. Era como se tudo acontecesse num vácuo. E, já que nos dias de hoje o campo da vida é em grande parte um palco banhado de luz artificial, os contos eram curiosamente fiéis à vida moderna, ou melhor, à psicologia moderna.

Clifford mostrava-se quase morbidamente suscetível em relação a esses contos. Queria que todos os considerassem bons, entre os melhores, *ne plus ultra*. Eram publicados nas revistas mais modernas, e elogiados e criticados como sempre. Mas para Clifford as críticas negativas eram uma tortura, facas na carne. Era como se todo o seu ser estivesse naquelas histórias.

Connie ajudava o quanto podia. Num primeiro momento mostrou-se muito animada. Clifford discutia tudo com ela ponto a ponto, de maneira insistente e obstinada, e ela precisava responder com todo o empenho. Era como se toda a sua alma, seu corpo e seu sexo tivessem de ser mobilizados e ingressar nesses contos dele. Ela achava isso eletrizante e se deixava absorver por completo.

Experimentavam muito pouco da vida física. Ela precisava superintender a casa. Mas a governanta fora empregada de sir Geoffrey por muitos anos, e aquela senhora ressecada, idosa e superlativamente correta — mal podia ser chamada de criada, ou mesmo de mulher — que servia à mesa estava na casa havia quarenta anos. Mesmo as arrumadeiras não eram mais propriamente jovens. Era horrível! O que se podia fazer com um lugar como esse, além de deixá-lo por conta própria? Todos aqueles incontáveis aposentos que ninguém usava, toda aquela rotina típica das Midlands, a limpeza mecânica e a ordem mecânica! Clifford fizera questão de uma cozinheira nova, mulher experiente que trabalhara para ele em sua residência de Londres. Quanto ao resto, a casa lembrava uma anarquia metódica. Tudo funcionava em relativa ordem, com a mais estrita limpeza e a mais estrita pontualidade: e mesmo uma honestidade praticamente estrita. Ainda assim, para Connie, era uma anarquia metódica. Não havia o calor de um sentimento dando-lhe uma coesão orgânica. A casa parecia tão deserta quanto uma rua sem uso.

E o que ela podia fazer além de deixar a casa por conta própria? E foi o que fez. A srta. Chatterley aparecia às vezes e exultava, pelas indicações do seu rosto magro e aristocrático, ao ver que nada mudara. Jamais perdoaria Connie por tê-la expulsado da consciência em uníssono com o irmão. Era ela, Emma, quem devia estar colaborando com ele na gestação daqueles contos e livros; as histórias dos Chatterley, uma coisa inédita no mundo. Era tudo o que importava: uma coisa inédita, que *eles*, os Chatterley, haviam criado. Não havia outro padrão. Não havia qualquer conexão orgânica com o pensamento e a literatura anteriores. Apenas uma coisa inédita no mundo: os livros dos Chatterley, inteiramente pessoais.

O pai de Connie, quando fez uma visita breve a Wragby, disse em particular à filha: "Quanto a essas coisas que Clifford escreve, são elegantes, mas não dizem nada. E não vão durar!". Connie fitou o corpulento par do reino escocês que, ele próprio, fizera sucesso a vida inteira, e seus olhos, seus grandes olhos azuis ainda sonhadores, assumiram uma expressão vaga. Não diziam nada! O que ele queria dizer com aquilo, *não diziam nada*? Se os críticos elogiavam tanto, e se o nome de Clifford se tornara quase famoso, e os contos tinham até rendido algum dinheiro: o que o pai dela queria dizer afirmando que as coisas que Clifford escrevia não diziam nada? O que mais elas poderiam dizer?

Pois Connie tinha adotado o padrão dos jovens: o que existia no momento era tudo. E os momentos se sucediam sem necessariamente se encadear uns aos outros.

Em seu segundo inverno em Wragby, o pai lhe disse:

"Espero, Connie, que você não vá deixar que as circunstâncias a forcem a viver como uma *demi-vierge*."

"*Demi-vierge*?", respondeu Connie, de novo com uma expressão vaga. "Por quê? E por que não?"

"A menos que você goste, claro!", emendou o pai às pressas.

E para Clifford disse a mesma coisa, quando os dois se viram a sós:

"Temo que não faça muito bem a Connie viver como uma *demi-vierge*."

"Uma semivirgem!", respondera Clifford, traduzindo a expressão para ter certeza do que significava.

Pensou por algum tempo, depois seu rosto ficou muito vermelho. Enfureceu-se e ficou ofendido.

"E de que maneira isso não faz bem a ela?", perguntou rígido.

"Ela está ficando magra — angulosa. Não é o estilo dela. Ela não é esse tipo de moça, fina como uma sardinha. É uma bela truta escocesa!"

"Mas sem as pintas nas escamas, claro!", respondeu Clifford.

Quis dizer algo mais tarde a Connie sobre essa história de *demi-vierge* — o estado semivirginal da vida dela. Mas não conseguiu. Eram ao mesmo tempo íntimos demais e de menos. Sentia-se totalmente unido a ela em espírito. Mas corporeamente inexistiam um para o outro, e nenhum dos dois suportava mencionar aquele *corpus delicti*.[20] Eram tão íntimos e tão completamente desconectados.

Connie, entretanto, percebeu que seu pai lhe dissera alguma coisa, e que havia algo também presente no espírito de Clifford. Sabia que ele não se importava que ela fosse *demi-vierge* ou *demi-monde*,[21] contanto que não soubesse nem fosse obrigado a ver. O que os olhos não veem, e a mente desconhece, não existe.

Connie agora já estava em Wragby havia dois anos, levando essa vida nebulosa de absorção em Clifford e no quanto ele precisava dela, e no seu trabalho, especialmente no seu trabalho. Os interesses de ambos nunca deixavam de fluir para o mesmo lugar: o que ele escrevia. Conversavam e discutiam empolgados com a criação, e tinham a sensação de que alguma coisa estava acontecendo, acontecendo de verdade, naquele vácuo.

E até então, assim era a vida: num vácuo. Quanto ao resto, era uma não existência. Wragby estava sempre presente, os criados; mas como espectros, sem existência real. Connie saía para caminhadas pelo parque e o bosque anexo ao parque, apreciando a solidão e o mistério, espalhando com os pés as folhas castanhas do outono e colhendo as prímulas da primavera. Mas era tudo como um sonho; ou melhor, como um simulacro de realidade. As folhas de carvalho para ela eram como folhas de carvalho que visse agitadas num espelho, ela própria era uma figura sobre a qual alguém tinha lido, colhendo prímulas que não passavam de sombras, ou lembranças, ou palavras. Nenhuma substância nela própria ou em coisa alguma — nenhum toque, nenhum contato. Só aquela vida com Clifford, aquela infindável urdidura de tramas, as minúcias da consciência, aquelas histórias que para sir Malcolm não diziam nada e não tinham como perdurar. E por que deveriam dizer alguma coisa, por que precisariam permanecer? Basta a cada dia o mal que ele contém.[22] E basta a cada momento a *aparência* de sua realidade.

Clifford tinha um bom número de amigos, na verdade simples conhecidos, que convidava para virem a Wragby. Convidava gente de todo tipo, críticos e escritores, pessoas que pudessem contribuir para o sucesso de seus livros. E todos ficavam lisonjeados do convite para virem a Wragby, e faziam seus elogios. Connie entendia perfeitamente tudo aquilo. E por que não? Aquela era uma das imagens passageiras que ela via num espelho. O que tinha de errado?

Ela servia de anfitriã àquelas pessoas — na maioria homens. Também era a anfitriã ocasional dos aristocratas das relações de Clifford. Sendo uma jovem suave, corada e com tendência às sardas, de aspecto um tanto campestre com seus olhos azuis e os cabelos castanhos e cacheados, uma voz doce e quadris fortes e femininos, era considerada um tanto antiquada e demasiadamente "feminil". Não era fina como uma sardinha, como um garoto, com o tórax chato e as nádegas estreitas de um menino. Era feminina demais para ser propriamente elegante.

De maneira que os homens, especialmente os já não tão jovens, tendiam a tratá-la muito bem. Entretanto, sabendo dos tormentos que o pobre Clifford devia sentir ao menor sinal de que estivesse flertando, ela não lhes dava o menor sinal de estímulo. Mostrava-se calada e absorta, evitava maior contato com eles e não pretendia nada do tipo. O que deixava Clifford extraordinariamente envaidecido.

Os parentes dele a tratavam com extrema gentileza. Ela sabia que aqueles modos gentis indicavam uma certa falta de medo — e que aquelas pessoas só respeitavam quem lhes inspirasse algum temor. De qualquer maneira, ela evitava qualquer contato. Deixava-os em paz, deixava que se mostrassem gentis e desdenhosos, deixava-os sentir que não precisavam trazer o aço nu da lâmina ao alcance da mão. Não tinha qualquer ligação autêntica com eles.

O tempo passava. E, por mais que acontecesse algo, nada acontecia, porque ela se mantinha tão lindamente desconectada. Ela e Clifford viviam em suas ideias e nos livros dele. Ela recebia — havia sempre hóspedes na casa. O tempo seguia em frente como nos relógios, oito e meia e não mais sete e meia.

3

Connie, entretanto, sentia uma inquietação cada vez maior. Com origem em sua desconexão, essa inquietação apossava-se dela como uma loucura. Contraía seus braços e pernas quando não queria movê-los, provocava-lhe espasmos na espinha quando nem pensava em endireitar as costas e preferia continuar em uma posição mais confortável de repouso. Experimentava um alvoroço dentro do corpo, no ventre, em algum lugar, que a levava a sentir que precisava mergulhar na água e nadar para longe daquilo; uma inquietação louca. Fazia disparar seu coração sem motivo algum. E ela começou a emagrecer.

Era apenas inquietação. Às vezes ela saía correndo pelo parque, deixando Clifford para trás e se atirando de bruços nas samambaias. Ver-se longe daquela casa — precisava afastar-se daquela casa e de todo mundo. O bosque era seu único refúgio, seu santuário.

Mas na verdade não era refúgio nem santuário, porque ela não tinha uma ligação com ele. Era apenas um lugar onde podia ver-se *longe* de tudo. Nunca entrou realmente em contato com o espírito do bosque — se é que um absurdo como este de fato existia.

De maneira vaga, sabia que ela própria de alguma forma se despedaçava. De maneira vaga, sabia que estava desconectada: perdera toda ligação com o mundo da substância e da vitalidade. Só Clifford e seus livros, que não existiam — que não continham nada! Do vácuo ao vácuo. De maneira vaga, ela sabia. Mas era como dar com a cabeça numa pedra.

Seu pai tornou a adverti-la: "Por que você não arranja um belo acompanhante, Connie? Ia lhe fazer muito bem!".

Naquele inverno, Michaelis hospedou-se alguns dias em Wragby. Era um jovem irlandês que fizera fortuna com suas peças teatrais nos Estados Unidos. Fora aceito por algum tempo com razoável entusiasmo pela sociedade elegante de Londres, pois escrevia textos elegantes sobre a sociedade. E então, aos poucos, a sociedade elegante percebeu que vinha sendo ridicularizada por um rato mal-ajambrado das ruas de Dublin, e veio a repulsa. Michaelis passou a ser a última palavra em matéria de arrivismo e grosseria. Descobriram que era anti-inglês, e para a classe responsável pela descoberta não podia haver crime mais imundo. Foi excluído da vida social, e seu corpo jogado na lata de lixo.

Ainda assim, Michaelis tinha seu apartamento em Mayfair[23] e costumava caminhar pela Bond Street com a estampa perfeita de um cavalheiro, pois não há meio de obrigar os melhores alfaiates a recusarem mesmo os fregueses mais abjetos, quando estes têm como pagar.

Clifford recebeu aquele jovem de trinta anos num momento inauspicioso da respectiva carreira. Ainda assim, Clifford não hesitou. Michaelis tinha um público de provavelmente vários milhões de pessoas: e, tendo sido repelido inapelavelmente pela sociedade, sem dúvida ficaria grato de ser convidado para Wragby naquele momento, quando o resto do mundo elegante o excluía. E, ficando grato, certamente poderia fazer alguma coisa pela obra de Clifford nos Estados Unidos. O renome! Um homem adquire grande renome, do tipo que for, quando falam dele da maneira certa, especialmente no Novo Mundo. Clifford era o homem do momento: e era notável como seu instinto publicitário era sólido. Mais adiante Michaelis o representou de maneira bastante nobre numa peça, e Clifford virou uma espécie de herói popular. Até a hora do revertério, ao descobrir que fora ridicularizado.

Connie se admirava um pouco diante daquele impulso cego e imperioso de Clifford no sentido de tornar-se conhecido: conhecido, melhor dizendo, para o vasto mundo sem forma que ele próprio não conhecia e do qual sentia um temor desconcertante; conhecido como escritor, um escritor moderno de primeira linha. Connie sabia, pelo que lhe contava o bem-sucedido, velho, animado e fanfarrão sir Malcolm, que os artistas sempre se alardeiam e fazem o possível para divulgar sua obra. Mas seu pai usava os canais já existentes, os mesmos que os demais membros da Academia Real usavam para a venda dos seus quadros. Enquanto Clifford se dedicava a descobrir novos canais de divulgação. Recebia gente de todo tipo em Wragby — sem exatamente rebaixar-se. No entanto, determinado a construir o mais depressa possível o monumento de sua própria fama, usava na obra qualquer entulho que caísse em suas mãos.

Michaelis chegou em grande estilo, num belíssimo carro, com um chofer e um criado pessoal. Era Bond Street da cabeça aos pés: mas um simples olhar foi suficiente para despertar uma certa aversão na alma "fidalga" de Clifford. Ele não era exatamente — não exatamente: na verdade, não era nem um pouco —, bem, o que sua aparência tentava dar a entender. Para Clifford, isso era definitivo e mais que suficiente. Ainda assim foi extremamente cortês com o sujeito: com o sucesso estrondoso que havia nele. A deusa-cadela do Sucesso,[24] como a chamam, girava, rosnando com ar protetor, em torno dos calcanhares de Michaelis, homem em parte humilde e em parte provocador, deixando Clifford totalmente intimidado: pois o que ele também desejava era prostituir-se àquela deusa-cadela do Sucesso, no momento em que ela o aceitasse.

Saltava aos olhos que Michaelis não era inglês, a despeito de todos os alfaiates, chapeleiros, barbeiros e fabricantes de botinas dos melhores endereços de Londres. Não, não, saltava aos olhos que não era inglês: o tipo errado de postura e de rosto um tanto chato e pálido; e o tipo errado de queixa. Era ressentido, além de queixoso: o que saltava aos olhos de qualquer genuíno cavalheiro inglês, que se desprezaria caso alguma coisa parecida transparecesse em seus modos. O pobre Michaelis tomara muitos pontapés na vida, de maneira que ainda tinha um certo ar de rabo-entre-as-pernas, mesmo agora. Abrira caminho à custa de instinto bruto e de uma desfaçatez ainda mais brutal exibida no palco e dirigida à plateia: em suas peças. Conseguira conquistar o público. E agora achava que os pontapés tinham ficado para trás. Infelizmente, não tinham — e jamais seriam esquecidos. Porque ele, de certa maneira, pedia que o chutassem. Fazia de tudo para figurar num lugar que não era o seu — em meio às classes superiores inglesas. E quanto prazer não sentiam elas com os pontapés que lhe desferiam! E como ele as odiava!

Ainda assim, viajava com um criado pessoal em seu belíssimo carro, esse vira-lata dublinense.

Havia nele alguma coisa que agradava a Connie. Ele não fazia pose: não cultivava ilusões sobre si mesmo. Tinha com Clifford conversas sensatas e breves, sobre praticamente tudo que Clifford queria saber. Não falava além da conta nem se entregava a digressões. Sabia que fora convidado a Wragby para ser usado, e como um mercador ou grande empresário calejado, sagaz e quase indiferente, deixava que Clifford lhe fizesse todas as perguntas, às quais respondia com o mínimo dispêndio possível de sentimento.

"O dinheiro!", dizia ele. "O dinheiro é uma espécie de instinto. O homem tem uma espécie de propensão natural a ganhar dinheiro. E nem é nada que a pessoa *faça*.

Não é um truque que você precise executar. É uma espécie de acidente contínuo da sua própria natureza; depois que você começa, passa a ganhar mais dinheiro e segue em frente; até um certo ponto, imagino."

"Mas sempre precisa começar", disse Clifford.

"Sem dúvida! Antes de mais nada, você precisa *entrar*. Não pode fazer nada enquanto estiver de fora. Precisa abrir caminho e entrar. Depois disso, não depende mais da sua vontade."

"Mas o senhor teria outro modo de ganhar dinheiro além das suas peças?", perguntou Clifford.

"Ah, acho que não! Posso ser bom escritor ou mau escritor, mas escritor, e escritor de peças de teatro, é o que eu sou e o que preciso ser. Sem dúvida alguma."

"E o senhor acha que escritor de peças de teatro de sucesso é o que precisa ser?", perguntou Connie.

"Isso mesmo, exatamente!", disse ele, virando-se para ela com uma súbita animação. "E não é nem um pouco difícil! A popularidade não é nada demais. O público não é nada demais, no fim das contas. Na verdade, minhas peças não fazem sucesso porque *contêm* alguma coisa especial. Elas são apenas — como o tempo que faz lá fora — o tipo de coisa que *tem* de acontecer, pelo menos por enquanto..."

Assestou seus olhos lentos e bastante grandes, até então imersos naquele cinismo insondável, em Connie, e ela estremeceu de leve. Ele lhe parecia tão velho — infinitamente velho, constituído de camadas e camadas de descrença, que nele remontavam a várias gerações sucessivas, como estratos geológicos; e ao mesmo tempo exibia o desamparo de um menino. Um exilado, num certo sentido; mas com uma bravura desesperada em sua existência, como a de um rato.

"Pelo menos o que o senhor conseguiu realizar até aqui em sua vida é muito bom", disse Clifford em tom contemplativo.

"Tenho trinta anos — isso, trinta anos!", disse Michaelis, bruscamente e em voz alta, com um riso estranho; oco, triunfal e amargo.

"E o senhor está sozinho?", perguntou Connie.

"Em que sentido? Se eu vivo só? Tenho meu criado. Quando o homem não tem esposa precisa de um criado. Ele é grego, pelo que me disse, e totalmente incompetente. Mas eu o mantenho mesmo assim. E pretendo me casar. Ah, sim, preciso me casar."

"O senhor fala como quem diz que precisa cortar o cabelo", riu Connie. "Vai ser muito desagradável?"

Ele a olhou com um ar de admiração.

"Pois bem, lady Chatterley... de certa forma sim! Eu acho — se me perdoam —, acho que não posso me casar com uma inglesa, nem mesmo uma irlandesa..."

"Tente uma americana", disse Clifford.

"Ah, uma americana!", emitiu um riso oco. "Não, perguntei a meu encarregado se ele consegue me encontrar uma turca, ou coisa assim — alguma coisa mais próxima de oriental."

Connie ficou realmente admirada com aquela estranha e melancólica amostra do sucesso extraordinário; dizia-se que recebia uma renda de cinquenta mil dólares por ano só dos Estados Unidos. Às vezes ele ficava bonito: em certos momentos, quando olhava de lado ou para baixo e a luz caía em seu rosto, ele tinha a beleza silenciosa e persistente de uma máscara africana entalhada em marfim, com seus olhos grandes, as sobrancelhas fortes e estranhamente arqueadas, a boca imóvel e comprimida; aquela imobilidade momentânea mas revelada, uma imobilidade, uma atemporalidade à qual o Buda aspira e que os negros às vezes conseguem expressar inconscientemente; uma coisa antiga, antiga e intrínseca à raça! Milênios de entrega ao destino da raça, em vez da resistência que lhe opomos como indivíduos. E então nadar para a outra margem, como ratos atravessando a água escura de um rio. Connie sentiu um súbito e inesperado arroubo de simpatia por ele, uma simpatia misturada à compaixão e temperada de repulsa, quase resultando em amor. O excluído! O homem de fora! E diziam que ele era um arrivista! Pois Clifford lhe parecia muito mais arrivista e interesseiro! E muito mais idiota!

Michaelis percebeu de imediato que a deixara impressionada. Assestou nela seus olhos grandes, de um castanho de avelã e ligeiramente proeminentes, com uma expressão de absoluto desinteresse. Aproveitava para avaliar, além dela, a importância da impressão que lhe causara. Com os ingleses, nada poderia salvá-lo da condição de eterno excluído, nem mesmo o amor. Mas às vezes as mulheres se encantavam com ele, inclusive as inglesas.

Ele sabia perfeitamente onde se situava em relação a Clifford. Eram dois cães desconhecidos que adorariam ficar rosnando um para o outro, mas que as circunstâncias obrigavam a trocar sorrisos. Já quanto à mulher, ele não tinha tanta certeza.

O desjejum era servido nos quartos; Clifford nunca aparecia antes do almoço, e a sala de jantar era um tanto inóspita. Depois do café Michaelis, alma agitada e sempre em movimento, perguntou-se o que devia fazer. Era um belo dia de novembro — belo para Wragby. Ele passou os olhos pelo triste parque. Meus Deus! Que lugar!

Mandou uma criada perguntar se poderia ser de alguma utilidade a lady Chatterley: pensava em ir de carro até Sheffield. Em resposta, ela lhe perguntou se ele aceitaria fazer uma visita à sala pessoal de lady Chatterley.

Connie tinha uma sala de visitas própria no terceiro piso da casa, o andar mais alto de sua porção central. Os aposentos de Clifford ficavam no térreo, é claro. Michaelis ficou lisonjeado com o convite para a sala de lady Chatterley. Saiu seguindo a criada às cegas — jamais reparava nas coisas ou atentava para os ambientes que o cercavam. Na sala dela, correu vagamente os olhos pelas belas reproduções alemãs de telas de Renoir e Cézanne.[25]

"É muito agradável, aqui", disse ele, com seu sorriso diferente, como se sorrir, mostrar os dentes, lhe causasse dor. "A senhora faz bem de se instalar no alto."

"Sim, também acho", disse ela.

Sua sala era o único aposento moderno e alegre da casa, o único local de Wragby onde se tinha algum vislumbre de sua personalidade. Clifford jamais estivera lá — eram muito poucas as pessoas que ela recebia naquele cômodo.

Agora ela e Michaelis se instalaram dos dois lados da lareira, conversando. Ela perguntou sobre a vida dele, sua mãe, seu pai, seus irmãos — as outras pessoas sempre lhe despertavam um interesse quase assombroso, e quando sua simpatia era despertada ela se mostrava praticamente despojada de sentimento de classe. Michaelis falava com franqueza sobre si mesmo, sem afetação e de maneira simples, revelando sua alma amarga e indiferente de cão sem dono, exibindo em seguida um fulgor de orgulho vingativo por seu sucesso.

"Mas por que o senhor é uma ave tão solitária?", perguntou Connie; e ele tornou a fitá-la com seus olhos grandes, inquisitivos, cor de avelã.

"É assim *mesmo* que certas aves são", respondeu ele. E então, com um toque de ironia familiar: "Mas veja bem, e a senhora? Também não será por sua vez uma espécie de ave solitária?".

Connie, um tanto sobressaltada, pensou por alguns instantes antes de dizer:

"Só de certa forma! Não totalmente, como o senhor!"

"Quer dizer que eu sou uma ave totalmente solitária?", perguntou ele com seu estranho sorriso arreganhado, que quase dava a impressão de que estava com dor de dentes, de tão retorcido, enquanto seus olhos se mostravam tão perfeita e invariavelmente melancólicos, ou estoicos, ou descrentes, ou cheios de medo.

"Ora!", disse ela, olhando para ele um pouco sem fôlego. "O senhor é assim, não é mesmo?"

Ela sentia um apelo fortíssimo que lhe chegava dele e quase a fazia perder o equilíbrio.

"Ah, a senhora tem toda razão!", disse ele, desviando o rosto e olhando de lado para baixo, com aquela estranha imobilidade súbita de uma raça ancestral que mal se revela nos dias de hoje. E foi isso que realmente fez Connie perder sua capacidade de vê-lo desligado de si mesma.

Ele olhou para ela com um olhar intenso que tudo via e tudo registrava. Ao mesmo tempo, o bebê que chorava no meio da noite clamava por ela do peito dele, de um modo que a atingia no próprio ventre.[26]

"É muito bondoso da sua parte se preocupar comigo", disse ele, lacônico.

"E por que não deveria me preocupar com o senhor?", exclamou ela, quase sem fôlego para aquelas poucas palavras.

Ele emitiu o silvo torto e rápido de um riso.

"Ah, nesse sentido! Posso segurar sua mão por um instante?", perguntou ele repentinamente, fixando os olhos nela com uma energia quase hipnótica e emitindo um apelo que a atingia diretamente no ventre.

Connie o fitou atarantada e quase em transe, ao que ele se aproximou e ajoelhou-se ao seu lado, juntando os pés dela em suas mãos e enterrando o rosto em seu colo, ficando imóvel. Ela ficou perfeitamente ofuscada e confusa, olhando com espanto para a nuca vulnerável daquele homem, sentindo a pressão daquele rosto sobre suas coxas. Nesse ardente desconcerto, não conseguiu evitar pousar a mão, com ternura e piedade, naquela nuca indefesa, o que o fez estremecer profundamente.

Em seguida ele a fitou com aquele apelo terrível nos olhos intensos e brilhantes. E ela foi totalmente incapaz de resistir. Do seu peito transbordou em resposta um desejo imenso por ele; estava disposta a dar-lhe tudo, qualquer coisa.

Ele era um amante curioso e muito delicado, muito delicado com a mulher, tremendo incontrolavelmente, mas ao mesmo tempo comedido e consciente, consciente de cada som exterior.

Para ela, aquilo não significou mais que entregar-se a ele. E ao fim de algum tempo ele parou totalmente de tremer e ficou imóvel, absolutamente imóvel. E então, com dedos leves e compassivos, ela acariciou a cabeça dele pousada em seu seio.

Quando ele se levantou, beijou as mãos dela, em seguida os pés, em seus chinelos de camurça, e em silêncio deslocou-se para a outra extremidade da sala, onde ficou parado de costas. Fez-se silêncio por alguns minutos. Depois ele se virou e aproximou-se de novo dela, sentada no mesmo lugar ao lado do fogo.

"Agora imagino que você vá me detestar!", disse ele num tom surdo e fatídico.

Ela ergueu depressa os olhos para ele.

"E por que eu haveria de detestá-lo?", perguntou ela.

"É o que acontece com a maioria delas", disse ele; em seguida se recobrou. "Quer dizer — é o que acontece com as mulheres."

"Pois este é o último momento em que eu pensaria em detestá-lo", disse ela, ressentida.

"Eu sei! Eu sei! E é assim que deve ser! A senhora foi *terrivelmente* boa comigo!", exclamou ele em tom infeliz.

Ela se perguntou o porquê daquela infelicidade.

"Não quer sentar-se?", disse ela. Ele olhou para a porta.

"Sir Clifford...!", disse ele, "não vai... não vai ficar...?"

Ela fez a pausa de um momento para refletir.

"Talvez!", disse ela. E ergueu os olhos para ele. "Não quero que Clifford saiba — nem mesmo desconfie. Ficaria tão magoado. Mas eu não acho que tenha sido errado — e o senhor?"

"Errado! Santo Deus, não! É só que a senhora me trata com uma bondade infinita — e eu mal consigo suportar."

Virou-se de lado, e ela percebeu que dali a um instante ele começaria a soluçar.

"Mas não precisamos deixar que Clifford saiba, não é?", pediu ela. "Ele realmente ficaria *tão* magoado. E se ele nunca souber, nunca desconfiar, ninguém sairá magoado."

"Eu?", disse ele, num tom quase feroz. "De mim ele não saberá nada! A senhora vai ver se ele descobre. *Eu*, revelar alguma coisa a meu respeito? Ha-ha!", riu ele em tom oco e cínico da ideia.

Ela olhou para Michaelis espantada. E ele perguntou:

"Posso beijar sua mão e ir embora? Acho que vou até Sheffield. Almoço por lá, com sua licença, e volto para o chá. Posso lhe trazer alguma coisa? Posso ter certeza de que não me odeia? — e nem *vai* me odiar?" E terminou com uma nota de cinismo desesperado.

"Não, eu não o odeio", disse ela. "Acho o senhor muito gentil."

"Ah!", respondeu ele em tom enfático, "prefiro que me diga isso do que dizer que me ama! É tão mais significativo... Até a tarde, então. Até lá tenho muito o que pensar." Beijou-lhe humildemente as mãos e foi embora.

"Acho que não suporto esse rapaz", disse Clifford à mesa do almoço.

"Por quê?", perguntou Connie.

"Ele é tão interesseiro, por baixo daquele verniz — pronto para se aproveitar de nós."

"Acho que as pessoas são muito pouco gentis com ele", disse Connie.

"E você se admira? E acha que ele usa seu tempo iluminado para espalhar gestos de gentileza?"

"Acho que ele tem uma certa generosidade."

"Para com quem?"

"Não sei direito."

"Claro que não. Acho que você está confundindo falta de escrúpulo com generosidade."

Connie fez uma pausa. Seria mesmo? Era bem possível. Ainda assim, a falta de escrúpulos de Michaelis exercia um certo fascínio sobre ela. Ele já percorrera grandes distâncias, enquanto Clifford só dera timidamente uns poucos passos. A seu modo, ele conquistara o mundo: exatamente o que Clifford queria. Métodos diferentes? Seriam os de Michaelis mais desprezíveis que os de Clifford? Será que a maneira como aquele pobre excluído forcejara e abrira caminho para progredir e avançar, em pessoa e entrando pelas portas dos fundos, de alguma forma era pior que a maneira como Clifford se promovia em busca da proeminência? A deusa-cadela do Sucesso vivia acossada por milhares de machos, cães ofegantes de língua de fora. O primeiro a chegar a ela era o verdadeiro cão entre os cães. A julgar pelo sucesso, Michaelis bem que podia andar com a cauda em pé.

E o mais estranho é que não andava. Voltou pouco antes do chá com um imenso punhado de violetas e lírios, sempre com a mesma expressão de cão sem dono. Connie se perguntou se não seria uma espécie de máscara destinada a desarmar os adversários, porque era quase fixa demais. Seria ele de fato um cachorro tão triste?

Aquele comportamento apagado de cão triste persistiu a noite inteira, embora por trás dele Clifford identificasse a petulância oculta. Connie não percebia a mesma coisa, talvez porque não fosse dirigida contra as mulheres; só contra os homens, sua presunção e sua soberba. Aquela petulância interior indestrutível, naquele sujeito sem substância, era o que despertava entre os homens tanta antipatia contra Michaelis. Sua simples presença já bastava para insultar um homem de sociedade, por mais que viesse envolta num manto de pretensas boas maneiras.

Connie estava apaixonada por ele, mas conseguiu ficar sentada com seu bordado e deixar os homens conversarem, sem dar sinal do que sentia. Quanto a Michaelis, comportou-se da maneira perfeita: exatamente o mesmo jovem melancólico, atencioso e meio distante da noite anterior, a milhões de graus de distância de seus anfitriões, ainda assim contando-lhes tudo da maneira mais lacônica mas na medida certa, e nunca se impondo a eles de modo algum. Connie sentia que ele devia ter se esquecido daquela manhã. Ele não esquecera. Mas sabia perfeitamente onde estava — no lugar de sempre, do lado de fora, onde ficavam os excluídos de nascença. Não achava que o fato de terem feito amor tivesse um significado propriamente pessoal. Sabia que aquilo não poderia transformá-lo de um cão sem dono, cuja coleira de ouro provocava rancor à toda volta, num confortável cão de sociedade.

No fim das contas, a verdade é que no fundo de sua alma ele *era* de fato alguém de fora, uma criatura antissocial, e isso era algo que aceitava interiormente, por mais que ostentasse uma aparência de acordo com os ditames da Bond Street. Para ele o isolamento era uma necessidade: assim como a *aparência* de conformidade e harmonia com as pessoas elegantes também era necessária.

Mas o amor ocasional, como consolo e alívio, também era uma boa coisa, e ele não era mal-agradecido. Ao contrário, sentia-se fervorosa e pungentemente grato por aquele pouco de gentileza natural e espontânea: quase ao ponto das lágrimas. Por trás do rosto pálido, inexpressivo e descrente, sua alma de menino soluçava de gratidão por aquela mulher e ardia de desejo de tornar a ela: na mesma medida em que sua alma de desterrado sabia que na verdade *devia* evitá-la.

Encontrou uma oportunidade de dizer a ela, enquanto as velas do salão eram acesas:

"Posso vir?"

"Eu irei ao seu encontro", disse ela.

"Ah, ótimo!"

Ele esperou muito tempo por ela — mas ela veio. Ele era o tipo de amante trêmulo e emocionado, cuja crise vinha logo e se acabava. Havia algo de curiosamente infantil e indefeso em seu corpo nu: uma nudez de criança. Suas defesas estavam todas em sua presença de espírito e em sua sagacidade, no seu instinto profundo de sagacidade, e quando ele depunha essas armas parecia duplamente nu e semelhante a uma criança de carne tenra e inacabada, e de algum modo debatendo-se indefesa.

Ele despertava na mulher uma compaixão e uma ânsia intensas, e um desejo físico faminto e selvagem. Esse desejo físico dela ele não satisfez: sempre chegava e terminava tão depressa, e depois se encolhia em seu regaço, recuperando parte de sua petulância enquanto ela ficava ali atarantada, decepcionada, perdida.

Mas logo ela aprendeu a segurá-lo, a mantê-lo dentro de si mesmo depois que ele chegava à sua crise. E aí ele se mostrou generoso e curiosamente potente: permaneceu firme dentro dela, entregue a ela enquanto ela se lançava à atividade, uma atividade intensa e apaixonada, até chegar à sua própria crise. E quando ele sentiu o frenesi da mulher ao atingir a satisfação orgástica a partir de sua passividade rígida e ereta, foi tomado por um curioso sentimento de orgulho e satisfação.

"Ah, como é bom!", murmurou ela com voz trêmula: e depois ficou parada, agarrada a ele. E ele ficou deitado ali em seu isolamento, mas de algum modo cheio de orgulho.

Ele ficou dessa vez apenas três dias, e com Clifford foi sempre exatamente o mesmo homem da primeira noite; e com Connie também. Nada abalava sua aparência exterior.

Escreveu para Connie, com o mesmo tom melancólico e queixoso de sempre, às vezes engraçado, e temperado de uma estranha afeição assexuada. Parecia sentir por ela uma espécie de afeto sem esperança, e a distância essencial nunca deixava de ser a mesma. No cerne de sua existência não tinha qualquer esperança, e nem queria ter. Detestava a esperança. "*Une immense espérance a traversé la terre*",[27] leu ele em algum lugar, e limitou-se a comentar: "e no caminho afogou tudo que valia a pena."

Connie jamais conseguiu entendê-lo. A seu modo, porém, ela o amava. E o tempo todo sentia em si mesma o reflexo da total falta de esperança dele. Não era realmente capaz de amar sem qualquer esperança. E ele, homem desprovido de esperança, jamais foi propriamente capaz de amar.

E assim continuaram por mais algum tempo, trocando cartas e travando encontros ocasionais em Londres. Ela continuava querendo os arroubos físicos e sexuais que conseguia atingir com ele graças à sua própria atividade, depois que se encerrava o breve orgasmo dele. E ele ainda queria dar-lhe o que podia. O que bastava para mantê-los conectados. E para conferir a ela um tipo sutil de segurança, cega e um tanto arrogante. Era quase uma confiança mecânica em seus próprios poderes, que vinha acompanhada de um grande bom humor.

Ela se mostrava incrivelmente alegre em Wragby. E usava toda aquela energia e satisfação que nela brotavam para estimular Clifford, de maneira que ele nunca escreveu melhor que nessa época, quase feliz ele também em sua estranha cegueira. Na verdade, colhia os frutos da satisfação sensual que ela obtinha com a passividade masculina ereta de Michaelis dentro de si. Mas claro que ele jamais soube disso e, se tivesse sabido, não teria feito seus agradecimentos!

No entanto, quando aqueles dias da grande alegria, contentamento e estímulo dela se acabaram, esgotaram-se de todo, e ela ficou deprimida e irritada, como Clifford desejou que retornassem! Talvez, se soubesse, tivesse até desejado que ela e Michaelis voltassem a ficar juntos.

4

Connie sempre pressentira que seu caso com Mick, como as pessoas o chamavam, não tinha futuro. No entanto, outros homens não pareciam significar nada para ela. Mantinha-se apegada a Clifford. Ele esperava muito da vida dela, o que ela jamais lhe negava. Mas ela desejava muito da vida de um homem, e isso Clifford não lhe dava: não tinha como dar. Havia os espasmos ocasionais com Michaelis. Mas, como ela sabia em seus presságios, aquilo logo chegaria ao fim. Mick não *era capaz* de ser constante em nada. Era-lhe quase compulsório, por sua natureza, romper toda ligação e voltar a viver solto, isolado, de novo um cão totalmente solitário. Era sua maior necessidade, muito embora ele sempre dissesse: "Ela me deixou!".

O mundo é supostamente cheio de possibilidades, que entretanto se reduzem a muito poucas na maioria das experiências pessoais. Existem muitos bons peixes no mar — talvez! Mas a vasta maioria parece ser composta de cavalinhas ou arenques, e, se você próprio não for um desses peixes, tenderá a encontrar grande dificuldade em achar peixe bom no mar.

Clifford vinha fazendo grandes progressos rumo à fama: e até à fortuna. Muita gente vinha vê-lo. Connie quase sempre estava recebendo alguém em Wragby. Mas quando não eram cavalinha eram arenque, ocasionalmente um bagre ou um congro.

Mas havia alguns homens que frequentavam regularmente a casa, convidados constantes: homens que tinham estudando com Clifford em Cambridge. Havia Tommy Dukes, que continuara no exército e chegara a general de brigada. "O exército me deixa tempo para pensar e me poupa da batalha da vida", dizia ele. Havia Charles May, um irlandês, que escrevia textos científicos sobre as estrelas. Havia Hammond, mais um escritor. Todos eram mais ou menos da mesma idade de Clifford, os jovens intelectuais do momento. Todos acreditavam na vida da mente. O que a pessoa fazia noutras áreas era assunto particular, e não interessava muito. Ninguém cogitava em perguntar aos outros a que horas iam ao banheiro. Isso só interessa à pessoa em questão.

E o mesmo se aplica à maioria dos aspectos da vida cotidiana — a maneira como a pessoa ganha dinheiro, se ama de fato a esposa ou tem "casos amorosos". Todas essas questões só dizem respeito à pessoa envolvida e, assim como a hora em que vai ao banheiro, não interessam a mais ninguém.

"Toda a explicação do problema do sexo", dizia Hammond, que era um sujeito alto e magro com mulher e dois filhos, mas uma ligação muito mais intensa com sua máquina de escrever, "é que não há explicação. No sentido estrito, o problema nem existe. Nem pensamos em ir atrás de um homem quando ele vai ao banheiro, então por que devemos querer saber o que acontece quando ele vai para a cama com uma mulher? É aí que está o problema. Se não déssemos mais atenção a uma coisa que à outra, não *haveria* problema algum. Não faz o menor sentido nem leva a lugar nenhum; é só uma questão de curiosidade mal-empregada."

"Realmente, Hammond, realmente! Mas, se alguém começar um caso com Julia, você vai borbulhar; e, se o caso continuar, em pouco tempo você terá passado do ponto de fervura."

Julia era a mulher de Hammond.

"Pois justamente! O que me aconteceria também se a mesma pessoa se pusesse a urinar num canto da minha sala de visitas. Tudo tem seu lugar."

"Quer dizer que você não se incomodaria se ele e Julia se amassem em alguma alcova discreta?"

O tom de Charlie May era levemente sardônico, pois tivera um flerte ligeiro com Julia e Hammond reagira com grande aspereza.

"Claro que eu me incomodaria. O sexo é uma coisa particular entre mim e Julia: é claro que eu me incomodaria se alguém mais tentasse se imiscuir."

"A bem da verdade", disse o esguio e sardento Tommy Dukes, dono de uma aparência mais irlandesa que May, que era muito branco e um tanto gordo, "a bem da verdade, Hammond, você tem um forte instinto de propriedade e um considerável impulso de autoafirmação, e está à caça do sucesso. Como entrei definitivamente para o exército, afastei-me dos acontecimentos mundanos, e agora vejo como a ânsia de autoafirmação e sucesso nos homens é extraordinariamente forte. É imensamente superdesenvolvida. É nisso que desemboca toda a nossa individualidade. E é natural que homens como você achem que se sairão melhor com o apoio de uma mulher. E é por isso que são tão ciumentos. Eis o que é o sexo para você — um pequeno dínamo vital entre você e Julia, destinado a gerar sucesso. Se você tiver os primeiros malogros, vai começar a flertar à sua volta — como Charlie, que não faz sucesso. Pessoas casadas como você e Julia trazem etiquetas, como os baús de quem viaja. Julia traz a etiqueta *sra. Arnold B. Hammond* — exatamente como um baú despachado num trem pelo dono. E sua etiqueta diz: *Arnold B. Hammond a/c sra. Arnold B. Hammond*. Ah, você tem toda razão, toda razão! A vida da mente precisa de uma casa confortável e de boa comida. Você tem toda razão. Precisa inclusive de uma posteridade. Mas tudo depende do instinto para o sucesso. Eis o eixo em torno do qual tudo gira."

Hammond reagiu com um ar incomodado. Orgulhava-se bastante de sua integridade intelectual, e do fato de *não* ser um oportunista bajulador. Ainda assim, sempre almejara o sucesso.

"É verdade, não se pode viver sem dinheiro", disse May. "Você precisa de uma certa quantidade de dinheiro para poder viver e seguir em frente — mesmo para ter a liberdade de *pensar*, você precisa de dinheiro; caso contrário, seu estômago não deixa. Mas me parece melhor deixar o sexo livre de rótulos e etiquetas. Se temos a liberdade de falar com qualquer pessoa, por que não temos a liberdade de fazer amor com qualquer mulher que nos atraia?"

"É o que diz o celta lascivo", falou Clifford.

"Lascivo! Bem, por que não? Não acho que vá prejudicar mais uma mulher por dormir que por dançar com ela — ou mesmo por conversar com ela sobre o tempo que faz. É só um intercâmbio de sensações, em vez de uma troca de ideias — por que não?"

"Sejamos promíscuos como os coelhos!", disse Hammond.

"Por que não? O que os coelhos têm de errado? Por acaso são piores que uma humanidade neurótica e revolucionária, tomada por um ódio nervoso?"

"Mas ainda assim não somos coelhos", disse Hammond.

"Exatamente! Eu tenho a minha mente: preciso fazer alguns cálculos sobre certas questões astronômicas que me preocupam quase mais que a vida ou a morte. Às vezes a indigestão me atrapalha. E a fome me atrapalharia de maneira calamitosa. Da mesma forma, a fome sexual também me prejudicaria. E então?"

"Eu imaginaria que a indigestão sexual por excesso poderia prejudicá-lo ainda mais", disse Hammond em tom satírico.

"Não! Nunca como em excesso nem fodo em excesso. A pessoa pode escolher não comer demais. Mas você preferiria me ver morrer de fome."

"De maneira alguma! Você sempre pode se casar."

"E como você sabe se eu posso? Talvez não seja a melhor coisa para a minha mente. O casamento pode — e deve — acabar embotando meus processos mentais. Não sou bem aparelhado para isso. E então devo viver acorrentado num canil, como um monge? Disparate e covardia, meu rapaz. Preciso viver e fazer meus cálculos. Às vezes preciso de uma mulher. Mas me recuso a exagerar a importância disso, e não aceito a condenação moral ou a interdição de quem quer que seja. Ficaria envergonhado de ver qualquer mulher circulando com meu nome numa etiqueta, além do endereço e da estação de destino, como uma arca de viagem..."

Aqueles dois homens não se haviam perdoado mutuamente por causa do flerte com Julia.

"É uma ideia engraçada, Charlie", disse Dukes, "que o sexo seja apenas uma forma diferente de conversa, onde atuamos em vez de trocar palavras. E imagino que seja mesmo verdade. Imagino que seja possível manter com as mulheres uma troca de sensações e emoções como trocamos ideias sobre a chuva e o bom tempo, por exemplo. O sexo pode ser uma espécie de conversa física normal entre um homem e uma mulher. Você só conversa com uma mulher quando tem ideias em comum com ela: ou melhor, só assim a conversa tem interesse. E, da mesma forma, a menos que tenha alguma emoção ou simpatia em comum com uma mulher, não poderia dormir com ela. Mas *se tiver*..."

"Quando você *tem* o tipo certo de emoção ou simpatia por uma mulher, você *deve* dormir com ela", disse May. "É a única coisa decente a fazer, ir para a cama com ela. Da mesma forma como, quando você está interessado em conversar com uma mulher, a coisa decente a fazer é travar logo a conversa. Nenhum pudor faz você morder a língua nessas horas. Você simplesmente diz o que tem a dizer. E o mesmo se aplica ao outro caso."

"Não", disse Hammond. "Está errado. Você por exemplo, May, desperdiça metade de sua energia com as mulheres. Nunca faz realmente o que devia, com a inteligência que tem. Uma parte sua grande demais se perde pelo outro lado."

"Pode ser. E no seu caso uma parte *pequena* demais, Hammond, meu rapaz, casado ou não. Você pode manter a pureza e a integridade de sua mente, mas ela está secando. Seu puro intelecto está ficando tão seco quanto uma pilha de gravetos, pelo que estou vendo. Você está deixando tudo seco e salgado."

Tommy Dukes rebentou numa risada.

"Parem com isso, grandes intelectos!", disse ele. "Olhem para mim — não faço nenhum trabalho elevado e puramente intelectual, no máximo rabisco uma ideia ou outra. E, mesmo assim, nem me casei nem corro atrás das mulheres. Acho que Charlie tem razão: se ele quer correr atrás das mulheres, tem toda a liberdade de não correr depressa demais nem o tempo todo: mas eu é que não vou proibi-lo de correr. Quanto a Hammond, ele tem um instinto de propriedade, de maneira que o caminho reto e a porta estreita são o que lhe convém.[28] Em pouco tempo ele vai se transformar num Escritor Inglês com direito a inclusão nos anais. Já eu, não sou nada, um joão-ninguém. E você, Clifford? Também acha que o sexo é um dínamo que ajuda o homem a produzir sucesso no mundo?"

Clifford raramente falava muito nessas conversas. Nunca defendia nenhuma posição; suas ideias não lhe eram muito vitais, na verdade ele era confuso e emotivo além da conta. Chamado a falar, corou e fez uma expressão de desconforto.

"Bom!", disse ele, "como por meu lado me encontro *hors de combat*,[29] acho que não tenho nada a dizer sobre o assunto."

"De maneira alguma!", respondeu Dukes. "Sua metade superior não está de modo algum *hors de combat*. Você tem uma vida intelectual plena e intacta. Por isso queremos ouvir suas ideias."

"Bem!", gaguejou Clifford. "Mesmo assim, acho que não tenho muito a dizer. Acho que a fórmula casar-e--dar-conta-do-assunto é uma boa tradução do que eu penso. Mas é claro que, entre um homem e uma mulher que gostam um do outro, é uma coisa formidável."

"Que tipo de coisa formidável?", disse Tommy.

"Oh... aperfeiçoa a intimidade", disse Clifford, desconfortável como uma mulher nesse tipo de conversa.

"Bem, Charlie e eu acreditamos que o sexo é uma forma de comunicação, tanto quanto a fala, e devia ser tão livre quanto a fala. Se uma mulher resolver travar uma conversa sexual comigo, o natural é eu ir para cama com ela para levar o assunto até o fim: cada coisa no seu devido tempo. Infelizmente mulher alguma toma essa iniciativa comigo, de maneira que vou para a cama sozinho; e nem por isso estou muito pior — ou pelo menos é o que espero, pois como poderia saber? De qualquer maneira, não tenho nenhum cálculo astronômico que possa ser prejudicado nem qualquer obra imortal a escrever. Sou só um sujeito marcando passo nas fileiras do exército..."

Caiu o silêncio. Os quatro homens continuaram fumando. E Connie, sentada bem perto, dava mais um ponto em seu bordado. Sim, ela estava sentada na mesma sala! Precisava ficar sentada sem dizer palavra, quieta como um rato para não interferir com as especulações imensamente elevadas daqueles cavalheiros de alta inteligência. Mas precisava ficar lá. Eles não se davam tão bem sem ela; as ideias não fluíam com a mesma facilidade. Clifford ficava muito mais tenso e nervoso, perdia a coragem muito mais depressa na ausência de Connie, e a conversa não andava. Tommy Dukes era quem se saía melhor; sentia-se um pouco mais inspirado na presença dela. De Hammond ela não gostava muito; parecia-lhe intelectualmente muito egoísta. E Charles May, embora ela gostasse de alguma coisa nele, soava-lhe um tanto repulsivo e desarrumado, a despeito de suas estrelas.

Quantas noites Connie já não passara escutando o que diziam aqueles quatro homens! Eles, e às vezes um ou dois outros. O fato de eles nunca parecerem chegar a conclusão alguma não a incomodava. Ela se limitava a ouvir o que tinham a dizer, especialmente quando Tommy estava presente. Era divertido. Em vez de homens que a beijavam e que tocavam seu corpo, aqueles lhes revelavam seu espírito. Era muito interessante! Mas que mentes frias!

E ao mesmo tempo era um pouco irritante. Ela tinha mais respeito por Michaelis, cujo nome todos eles cobriam do mais ácido desprezo, tratando-o como um *arrivista* vira-lata e um oportunista ignorante da pior espécie. Vira-lata e oportunista ou não, era um homem que tirava suas próprias conclusões. Não se limitava a rodeá-las horas a fio à custa de milhões de palavras, numa permanente exibição da vida da mente.

Connie gostava bastante da vida da mente, que lhe dava um grande prazer. Mas achava que sempre tendia a exagerar seu próprio valor. Ela adorava estar ali, mergulhada na fumaça do tabaco daquelas famosas noites dos mais próximos, como as chamava de si para si. Achava-as infinitamente divertidas, e também ficava orgulhosa de ver que nem conversar eles conseguiam sem sua presença silenciosa. Tinha um respeito imenso pelo pensamento — e aqueles homens pelo menos tentavam pensar honestamente. Mas havia algo que de alguma forma nunca era dito. Todos evitavam falar de alguma coisa, embora ela não soubesse dizer o que era, por mais que tentasse descobrir. E era algo que Mick também não revelava.

Mas acontece que Mick se limitava a tentar seguir em frente com sua vida, e extrair das outras pessoas tanto quanto tentavam extrair dele. Na verdade era uma criatura antissocial. O que despertava a antipatia de Clifford e dos seus amigos mais próximos. Clifford e seus amigos mais próximos não eram antissociais: tinham uma certa inclinação por salvar a humanidade: ou por educá-la, no mínimo.

Uma esplêndida conversa ocorreu na noite de domingo, quando o assunto aos poucos foi novamente recaindo no amor.

"'Abençoado o laço que une
Nossos peitos no amor disso-ou-aquilo'",[30] citou Tommy Dukes, lembrando um hino religioso. "Bem que eu gostaria de conhecer que laço é esse! O laço que nos une neste momento é o atrito mental entre nós: afora ele, há muito pouca coisa a nos unir. Amanhã vamos cada um para um lado, dizendo coisas maldosas uns sobre os outros, como todos os outros malditos intelectuais do mundo inteiro. Como todas as malditas pessoas, na verdade, pois todos fazem a mesma coisa. Se ficamos juntos, escondemos nossos sentimentos maldosos com falsidades açucaradas. É curioso o quanto a vida da mente só parece florescer com as raízes na maldade, uma maldade invariável e infinita. E sempre foi assim! Basta ver Sócrates, na obra de Platão, e o grupo em torno dele! A má vontade que reinava ali, a alegria de reduzir os outros a pedaços — Protágoras, ou quem quer que fosse! E Alcibíades, e os discípulos menores que se metiam na briga como cachorros![31] É o tipo de coisa que me faz preferir Buda, sentado em silêncio debaixo da figueira, ou Jesus, contando calmamente suas historietas dominicais aos seus discípulos, com toda tranquilidade e sem tantos fogos de artifício intelectuais. Existe sem dúvida algo de errado na vida da mente, radicalmente errado. Ela tem suas raízes na maldade e na inveja, na inveja e na maldade. Pelo fruto se conhece a árvore."[32]

"Não acho que sejamos tão maldosos assim", disse Clifford.

"Meu caro Clifford, basta ver a maneira como falamos uns dos outros — *todos* nós. Eu, aliás, sou bem pior que qualquer outro. Porque prefiro de longe a malevolência espontânea às pílulas douradas cobertas de açúcar: *estas* são um veneno. Se eu começo a falar dizendo como Clifford é um ótimo sujeito etc. etc., pobre Clifford. Pelo amor de Deus, espero que vocês todos digam as piores coisas a meu respeito, pois aí vou saber que significo alguma coisa para vocês. Não comecem a dourar a pílula, pois isso acabará comigo."

"Oh, mas *acredito* que gostamos honestamente uns dos outros", protestou Hammond.

"Só pode ser — é o que eu digo! Dizemos coisas horríveis uns aos outros e uns sobre os outros pelas costas! E eu sou o pior de todos."

"Acho que você está confundindo a vida da mente com a atividade crítica. Concordo com você. Sócrates foi o grande iniciador da atividade crítica. Mas não ficou só nisso", disse Charles May em tom professoral. Aqueles amigos tinham um estranho tom pomposo por baixo de sua modéstia fingida. Tudo era dito *ex cathedra*,[33] ao mesmo tempo que pretendia soar humilde.

Dukes recusou-se a ser atraído para uma discussão sobre Sócrates.

"É bem verdade que a crítica e o conhecimento não são a mesma coisa", disse Hammond.

"Claro que não são", interrompeu desnecessariamente Berry, um jovem tímido de cabelos escuros que tinha vindo para se encontrar com Dukes, e se hospedaria em Wragby até o dia seguinte.

Todos olharam para ele, como se um asno tivesse falado.[34]

"Eu não estava falando do conhecimento — mas da vida da mente", riu Dukes. "O verdadeiro conhecimento vem da totalidade da consciência, tanto da barriga e do pênis quanto do cérebro e da mente. A mente só pode analisar e racionalizar. Tente usar apenas a mente e a razão para dar conta de todo o resto, e elas só conseguem criticar e produzir estagnação. Não conseguem mais nada. E isso é muito importante. Meu Deus, o mundo de hoje precisa ser criticado — criticado a mais não poder. Por isso vamos nos dedicar à vida da mente, entregar-nos ao regozijo da nossa malevolência e acabar com a velha festa. Mas não adianta, porque é assim. Enquanto você *vive* sua vida, de algum modo forma uma totalidade orgânica com tudo que é vivo. Mas, quando se dedica à vida da mente, colhe a maçã. Corta a ligação entre a maçã e a árvore: a ligação orgânica. E se na sua vida a *única* coisa que existe é a vida da mente, então você próprio não é nada mais que uma maçã colhida, você caiu da árvore. E aí passa a ter a necessidade lógica de ser malévolo, assim como a necessidade natural da maçã colhida é apodrecer."

Clifford arregalou os olhos: tudo aquilo era material para ele. Connie riu secretamente consigo mesma.

"Pois nesse caso somos todos maçãs tiradas do pé", disse Hammond em tom ácido e petulante.

"Então vamos aproveitar e nos transformar em cidra", disse Charlie.

"Mas o que vocês acham do bolchevismo?",[35] intercedeu o jovem Berry, como se tudo que fora dito levasse àquele tema.

"Bravo!", berrou Charlie May. "O que vocês acham do bolchevismo?"

"Isso mesmo! Vamos reduzir o bolchevismo a pó...!", disse Dukes.

"O problema é que o bolchevismo é uma questão muito ampla", disse Hammond, balançando a cabeça com uma expressão grave.

"O bolchevismo, na minha opinião", disse Charlie, "é só um ódio superlativo de tudo que eles chamam de burguês; já o que é burguês não está muito definido. É o capitalismo, entre outras coisas. Os sentimentos e as emoções também são tão claramente burgueses que chegou a hora de inventar um homem que não tenha nada disso. E o indivíduo também, especialmente a *pessoa* do homem, é burguês: de maneira que precisa ser suprimida. Todos precisamos mergulhar na coisa maior, a coisa social, soviética. Mesmo o organismo é burguês: de maneira que o ideal só pode ser mecânico. A única coisa que forma um todo inorgânico, composto de muitas partes diferentes mas igualmente essenciais, é a máquina. Cada homem é uma peça da máquina, e a energia que impele a máquina é o ódio: o ódio à burguesia! Eis, para mim, o bolchevismo."

"Exatamente!", disse Tommy. "Mas também me parece uma descrição perfeita do ideal fabril como um todo. É a definição perfeita do ideal de todo industrial: a única diferença é que ele negaria que a força motriz de tudo seja o ódio. Mas, ainda assim, é de fato o ódio: o ódio à própria vida. Basta olhar para estas Midlands, onde isso tudo aparece tão claramente. Mas tudo isso faz parte da vida da mente — não passa de um desdobramento lógico."

"Pois eu discordo que o bolchevismo seja lógico, já que ele rejeita a maior parte das premissas", disse Hammond.

"Meu caro, ele admite a premissa material. Tanto quanto o puro intelecto — exclusivamente ela."

"Pelo menos o bolchevismo vai ao fundo das coisas", disse Charlie.

"O fundo! O fundo que não tem fundo! Os bolchevistas terão o melhor exército do mundo dentro de muito pouco tempo, com o melhor equipamento mecânico."

"Mas isso não pode continuar — toda essa história do ódio. Alguma reação *precisa* ocorrer...", disse Hammond.

"Bom... já faz mais de dez anos que estamos esperando — podemos esperar mais. O ódio é uma coisa em crescimento, como tudo mais. É o desdobramento inevitável de termos dado vida à força para certas ideias, contrariando nossos instintos mais profundos, nossos sentimentos mais profundos que obrigamos a se adequar a certas ideias. Comandamos a nós próprios a partir de uma fórmula, como uma máquina. A mente lógica faz de conta que controla tudo, mas tudo se converte em puro ódio. Todos nós somos bolchevistas, só que hipócritas. Os russos são bolchevistas sem hipocrisia."

"Mas existem muitas outras maneiras", disse Hammond, "além da soviética. Na verdade os bolchevistas não são muito inteligentes."

"Claro que não. Mas às vezes é mais inteligente ser meio estúpido: para atingir seus fins. Pessoalmente eu acho o bolchevismo meio estúpido. Mas acho a mesma coisa da nossa vida social no Ocidente: meio estúpida. E ainda acho a mesma coisa até da nossa tão decantada vida da mente. Somos todos frios como uns imbecis: tão desapaixonados quanto idiotas. Todos nós somos bolchevistas — só que damos outro nome à coisa. Nós nos vemos como deuses — homens comparáveis ao deuses! É a mesma coisa que o bolchevismo. Precisamos ser humanos, cada um ter um coração e um pênis, para escapar a essa transformação num deus ou num bolchevista — pois os dois são a mesma coisa: bons demais para serem verdade."

E em meio ao silêncio de reprovação ouviu-se a pergunta ansiosa de Berry:

"Mas você acredita no amor, Tommy, não acredita?"

"Rapaz encantador!", disse Tommy. "Não, meu anjo, nove entre cada dez vezes, não! O amor é mais um desses espetáculos meio idiotas dos dias de hoje. Sujeitos de cintura maleável comendo meninas adeptas do jazz com suas bundinhas de menino do tamanho de cerejas. É desse tipo de amor que está falando? Ou um amor do tipo comunhão-de-bens, sucesso-no-matrimônio, meu--marido-minha-esposa? Não, meu bom rapaz, não acredito em nada nisso!"

"Mas acredita em alguma coisa, afinal?"

"Eu? Bem, intelectualmente, acredito em ter um coração compassivo, um pênis animado, uma inteligência vivaz e a coragem de dizer 'merda!' diante de uma dama."

"Bom, não lhe falta nada disso", disse Berry.

Tommy Dukes rebentou numa gargalhada.

"Meu rapaz angelical! Quem me dera! Quem me dera! Não; meu coração é tão insensível quanto uma batata, meu pênis vive desanimado e nunca levanta a cabeça, e eu preferia cortá-lo fora a dizer 'merda' na frente de minha mãe ou minha tia — damas *de verdade*, diga-se de passagem; nem sou de fato muito inteligente, só um adepto da 'vida da mente'. Adoraria ser inteligente: aí eu me sentiria vivo em todas as partes mencionadas e imencionáveis. O pênis levanta a cabeça e pergunta: Como vai? para qualquer pessoa inteligente. Renoir dizia que pintava seus quadros com o pênis — e deve ser verdade, como são lindos![36] Quem me dera saber fazer alguma coisa com o meu. Deus, quando tudo que fazemos é falar! Mais uma tortura acrescentada ao Hades! E foi Sócrates quem começou."

"Existem mulheres boas no mundo", disse Connie, levantando a cabeça e finalmente dizendo alguma coisa.

Os homens reagiram mal: ela devia ter fingido que não estava ouvindo nada. Detestavam que ela admitisse ter prestado tanta atenção a uma conversa como aquela.

"'Meu Deus! Se comigo elas não são boas.

Pouco se me dá se são boas ou não!...'[37]

Não, nada a fazer! Simplesmente não consigo vibrar em uníssono com uma mulher. Não existe mulher que eu consiga realmente querer, quando me vejo frente a frente com ela. E não é agora que vou começar a me forçar — meu Deus! Vou continuar como sou, e levando a vida da mente. É a única coisa honesta ao meu alcance. Posso me sentir muito feliz *conversando* com uma mulher: mas é sempre uma coisa pura, irremediavelmente pura. Irremediavelmente pura! O que você me diz, Hildebrando, meu jovem?"[38]

"É bem menos complicado quando permanecemos puros", disse Berry.

"Exatamente, a vida é muito simples!"

5

Numa gélida manhã com um débil sol de fevereiro, Clifford e Connie saíram caminhando através do parque para um passeio no bosque. Melhor dizendo, Clifford chacoalhava em sua cadeira motorizada, enquanto Connie andava a seu lado.

O ar áspero mostrava-se como sempre sulfuroso, mas ambos estavam acostumados. O horizonte próximo estava rodeado de neblina, opalescente com o frio e a fumaça, e acima dele erguia-se uma faixa estreita de céu azul; de modo que parecia que estavam no interior de um área cercada, invariavelmente do lado de dentro. A vida, sempre um sonho ou um frenesi no interior de uma área cercada.

As ovelhas tossiam na grama áspera e ressecada do parque, onde a geada se depositava azul na base de cada tufo. Através do parque uma trilha descia até o portão de madeira, uma fina faixa rosada. Clifford mandara revesti-la pouco antes com uma nova camada de cascalho peneirado, vindo da entrada da mina. Depois que as pedras e a escória do submundo queimavam e tinham todo o enxofre consumido, adquiriam um tom vivo de cor-de-rosa, cor de camarão em dias ensolarados e cor de caranguejo nos dias encobertos. Agora apresentavam uma cor de camarão claro, com uma fina cobertura branco-azulada de gelo. Connie sempre se encantava com aquele piso de cascalho peneirado cor-de-rosa. Mesmo das piores coisas sempre se extraía algo de bom.

Clifford conduzia sua cadeira com cuidado na descida do caminho, e Connie mantinha a mão pousada no encosto. À frente deles estendia-se o bosque, primeiro um aglomerado de aveleiras, mais adiante a densidade arroxeada dos carvalhos. Na orla do bosque, coelhos pastavam e mascavam em sossego. Uma fileira negra de gralhas levantou voo, seguindo em linha para o céu estreito.

Connie abriu o portão de madeira, e Clifford enveredou, em marcha lenta e ruidosa, pela alameda mais larga que se estendia pelo terreno desmatado em meio às aveleiras. O bosque era um fragmento que restava da grande floresta onde Robin Hood costumava caçar, e aquela alameda era um trecho de uma estrada muito, muito antiga que antigamente atravessava a região.[39] Agora, claro, reduzia-se a uma simples alameda através daquele bosque particular. A estrada que vinha de Mansfield descrevia uma curva mais ao norte.

No bosque tudo estava imóvel, as folhas antigas do chão conservavam a geada em sua face inferior. Um gaio chilreou com rispidez, e muitos passarinhos menores sacudiram as asas. Mas não havia caça — nenhum faisão. Tinham sido todos abatidos durante a guerra, e o bosque ficara desguarnecido até Clifford pouco antes contratar novamente um guarda-caça.

Clifford amava o bosque. Amava os velhos carvalhos. Sentia que pertenciam a ele havia muitas gerações. Queria protegê-los. Queria aquele lugar inviolado, isolado do mundo.

A cadeira ofegava subindo lentamente a ladeira, oscilando e sacudindo a cada torrão de terra congelada. E de repente, à esquerda, chegaram a uma clareira onde não havia nada além de um emaranhado de samambaias mortas, uma delgada muda de árvore aqui e ali e imensos tocos serrados exibindo seus cortes e as raízes ainda aferradas ao solo, sem vida: e áreas pretas nos locais onde os lenhadores tinham queimado o mato baixo e os ramos mais finos das árvores derrubadas.

Era um dos lugares onde sir Geoffrey autorizara o abate ao longo da guerra, para obter esteios de trincheiras. Toda área daquele topo, que se erguia suave à direita da alameda, fora despojada e exibia uma estranha desolação. No alto da pequena elevação, onde antes se erguiam os carvalhos, agora não havia nada; e de lá, por cima da copa das árvores, podia-se vislumbrar o pequeno caminho de ferro da mina e as novas instalações de Stacks Gate. Connie fora até lá para olhar: era uma brecha na absoluta reclusão do bosque. Deixava entrar o mundo. Mas não disse nada a Clifford.

Aquele lugar desnudado sempre deixava Clifford curiosamente enfurecido. Ele passara pela guerra, tinha visto o que significava. Mas só ficara realmente furioso ao ver aquele alto de morro totalmente posto a nu. Mandara replantar a área. Mas ela sempre lhe despertava um verdadeiro ódio por sir Geoffrey.

Clifford seguia sentado com o rosto imóvel enquanto sua cadeira subia devagar. Quando chegaram ao alto da ladeira ele parou: não queria arriscar a descida do outro lado, uma rampa extensa e muito irregular. Ficou sentado olhando para a alameda verde que descia a encosta, um caminho limpo em meio às samambaias e aos carvalhos. Serpenteava até o pé do morro e desaparecia. Mas tinha um traçado tão suave e adorável, com cavaleiros em seus corcéis e damas em palafréns.

"Acho que este é o verdadeiro coração da Inglaterra", disse Clifford a Connie, sentado em sua cadeira ao sol fraco de fevereiro.

"Acha mesmo?", perguntou ela, sentando-se, em seu vestido azul de tricô, num toco de árvore à beira do caminho.

"Acho! Esta é a velha Inglaterra, o coração dela; e pretendo mantê-lo intacto."

"Ah, sim!", disse Connie. Ao mesmo tempo, entretanto, ouviu o apito que assinalava as onze horas na mina de Stacks Gate. Clifford estava acostumado demais ao som para percebê-lo.

"Quero este bosque perfeito — intocado. Não quero que *nenhum* invasor entre aqui", disse Clifford.

O que era um tanto patético. O bosque ainda conservava parte do mistério da velha Inglaterra selvagem; mas os abates de sir Geoffrey durante a guerra haviam lhe desferido um golpe considerável. Como as árvores se mostravam tranquilas, erguendo para o céu seus ramos inumeráveis e quebradiços, com seus troncos cinzentos e obstinados brotando entre as samambaias crestadas pelo frio! Com quanta segurança os passarinhos voavam em meio a elas! E houve um tempo em que a floresta continha cervos e arqueiros, e monges que viajavam penosamente no lombo de jumentos. O lugar se lembrava, ainda se lembrava.

Clifford seguia sentado ao sol pálido, com a luz tocando seus cabelos macios e bastante alourados, seu rosto largo e corado inescrutável.

"Eu me incomodo muito mais de não ter um filho quando venho aqui do que em qualquer outro momento", disse ele.

"Mas o bosque é anterior à sua família", disse Connie com uma voz suave. E era verdade. Os Chatterley só estavam em Wragby havia duzentos anos.

"Muito anterior!", disse Clifford. "Mas fomos nós que o preservamos. Não fosse por nós, ele acabaria: já teria acabado, como o restante da floresta. É preciso preservar alguma coisa da velha Inglaterra!"

"É mesmo!", disse Connie. "Se precisa mesmo ser preservada, e preservada contra a nova Inglaterra? É triste, eu sei."

"Se uma parte da antiga Inglaterra não for preservada, logo não haverá mais Inglaterra alguma", disse Clifford. "E nós, que temos esse tipo de propriedade e o gosto por ela, precisamos preservá-la."

Fez-se uma pausa triste.

"Sim, por algum tempo", disse Connie.

"Por algum tempo! É tudo que podemos fazer. Só podemos fazer nossa parte. Sinto que todo homem da minha família fez a parte que lhe cabia, aqui, desde que este lugar nos pertence. Podemos ir contra as convenções, mas devemos preservar a tradição."

Mais uma pausa.

"Qual tradição?", perguntou Connie.

"A tradição da Inglaterra! Disto aqui!"

"Sim!", concordou ela depois de algum tempo.

"E é por isso que ter um filho ajuda. Somos apenas mais um elo numa corrente", disse ele.

Connie não tinha muita simpatia por correntes, mas não disse nada. Pensava na curiosa impessoalidade da maneira como ele falava do seu desejo de ter um filho.

"Sinto muito não podermos ter um filho", disse ela.

Ele lhe dirigiu um olhar lento, com seus olhos grandes de um azul muito claro.

"Seria quase bom se você tivesse um filho de outro homem", disse ele. "Se criássemos o menino em Wragby, ele seria nosso e do lugar. Não acredito muito intensamente na paternidade. Se tivéssemos um menino para criar, ele seria uma coisa nossa. E tudo teria sua continuidade. Você não acha que isso vale a pena?"

Connie finalmente olhou para ele. O filho, o filho deles, seria só uma "coisa" para ele. Uma coisa... uma coisa... uma coisa!

"Mas e o outro homem?", perguntou ela.

"Será que faz *muita* diferença? Será que essas coisas no fundo nos afetam mesmo? Você teve aquele amante na Alemanha — e hoje, o que ficou disso? Quase nada!

Quero crer que não são esses pequenos atos, essas pequenas ligações que acontecem na nossa vida, que importam muito. Tudo isso passa, e onde todos foram parar? Onde estão as neves de outrora?[40] O que importa é o que permanece por toda a vida de cada um; minha vida importa para mim, em sua continuidade e seu desenvolvimento. Mas o que contam as ligações ocasionais? E especialmente as ligações sexuais fortuitas? Quando as pessoas não as exageram da maneira mais ridícula, são tão passageiras quanto o acasalamento das aves. E é assim que deve ser. Que diferença faz? O que importa é o companheirismo da vida toda. É a vida em comum dia após dia, e não termos dormido juntos uma ou duas vezes. Você e eu somos casados, aconteça o que acontecer conosco. Estamos habituados um ao outro. E o hábito, a meu ver, é mais decisivo que qualquer excitação ocasional. A coisa longa, lenta, duradoura: é por ela que vivemos — não por um espasmo ocasional desse ou daquele tipo. Pouco a pouco, vivendo juntos, as duas pessoas acabam caindo numa espécie de uníssono, respondem de maneira tão intricada um às vibrações do outro. Eis o verdadeiro segredo do casamento, e não o sexo: pelo menos não a simples função do sexo. Você e eu estamos estreitamente unidos na trama de um casamento. Se nos mantivermos fiéis a isso, talvez possamos arranjar alguma forma de cuidar dessa coisa do sexo, assim como providenciamos uma ida ao dentista: já que nesse caso o destino nos deu um xeque-mate físico."

Connie escutava aquilo como que atônita, e com medo, ali sentada. Não sabia se Clifford estava certo ou não. Havia Michaelis, que ela amava; era o que ela dizia a si mesma. Mas seu amor por ele era apenas um desvio do seu casamento com Clifford: o lento e laborioso hábito da intimidade, formado ao longo de anos de sofrimento e paciência. Talvez a alma humana precisasse dessas mudanças de ares, que ninguém lhe podia negar. Mas toda excursão pressupunha uma volta para casa.

"E para você não faz diferença *de qual homem* seja o filho que eu terei?", perguntou ela.

"Ora, Connie, acho que posso confiar em seu instinto natural de decência e em seus critérios. Você jamais deixaria o tipo errado de homem tocar em você."

Ela pensou em Michaelis! Que era exatamente a ideia que Clifford fazia do tipo errado de homem!

"Mas os homens e as mulheres têm impressões diferentes sobre qual seja o tipo certo de homem", disse ela.

"Não", respondeu Clifford. "Você gostou de mim. Não acredito que algum dia pudesse gostar de um homem que me fosse totalmente repulsivo. Seu ritmo não permitiria uma coisa dessas."

Ela ficou calada. A lógica podia ser uma coisa irrespondível, de tanto que se mostrava equivocada.

"E você iria esperar que eu lhe contasse?", perguntou ela, erguendo os olhos para ele quase furtivamente.

"De maneira alguma. Prefiro não saber. Mas você concorda comigo, não é, que essa coisa do sexo ocasional não é nada, comparada a uma longa vida em comum? Não concorda que seja possível subordinar essa coisa do sexo às necessidades de uma vida prolongada? É só uma coisa que você usa, já que sente o impulso. Afinal, essas excitações ocasionais têm alguma importância? E o problema todo da vida não é a construção lenta de uma personalidade integral ao longo dos anos? Viver uma existência integrada? Uma existência desintegrada não faz sentido. Se a falta de sexo ameaça desintegrar alguém, a pessoa deve sair e ter um caso amoroso. Se a falta de um filho ameaça desintegrar a pessoa, ela deve cuidar de ter um filho, se a possibilidade surgir. Mas essas coisas só podem ser feitas se você tiver uma vida integrada, que forme uma coisa harmoniosa e duradoura. E você e eu podemos chegar a isso juntos — você não acha? — se conseguirmos nos adaptar às necessidades e ao mesmo tempo cuidar de integrar juntos essa adaptação à trama constante da nossa vida em comum. Você não concorda?"

Connie ficou um pouco espantada com as palavras dele. Sabia que, teoricamente, ele estava certo. Mas quando pensava concretamente na trama constante da vida que tinham em comum, ela hesitava. Seria realmente seu destino integrar a trama da vida dele até o fim da vida? E mais nada?

E seria só isso? Deveria bastar-lhe contribuir para a trama de uma vida em comum com ele, urdida num único tecido, talvez bordado com a colorida flor ocasional de uma aventura. Mas como ela poderia saber o que estaria sentindo no ano seguinte? Como alguém podia saber? Como alguém podia dizer "sim!" por anos e anos a fio? Aquele pequeno "sim!" emitido num único alento! Por que a pessoa devia permanecer transfixada pela borboleta dessa única palavra? Claro que devia bater as asas e sair pelos ares, sendo seguida por outros "sins!" e "nãos!" como uma revoada de borboletas.

"Acho que você tem razão, Clifford. E até onde consigo ver estou de acordo. Só que a vida pode mudar totalmente a face das coisas."

"Mas até que essa mudança aconteça, você concorda?"

"Ah, sim! Acredito que sim — de verdade."

Ela observava um spaniel castanho que emergira correndo de uma trilha transversal e olhou para eles com o focinho erguido, emitindo um latido surdo e abafado. Um homem com uma arma apareceu andando a passos rápidos, logo depois do cão, olhando na direção deles como se pensasse em atacá-los; em vez disso parou, fez uma reverência e deu meia-volta ladeira abaixo. Era apenas o novo guarda-caça, mas assustara Connie, surgindo assim bruscamente e dando uma impressão de ameaça. Foi assim que ela o viu, como o bote súbito de uma ameaça surgida de lugar nenhum.

Era um homem vestindo belbutina verde e perneiras à moda antiga — com o rosto corado, um bigode ruivo e olhos distantes. Descia a ladeira a passos rápidos.

"Mellors!", chamou Clifford.

O homem lançou um rápido olhar para trás e fez um breve gesto de continência: um soldado!

"Você pode virar minha cadeira de volta e dar um empurrão? Vai ser mais fácil", disse Clifford.

Na mesma hora o homem pendurou a arma no ombro e se aproximou com os mesmos movimentos curiosos, rápidos mas suaves, como se procurasse manter-se invisível. Era moderadamente alto e magro; e calado. Não dirigiu os olhos para Connie, só fitava a cadeira.

"Connie, este é o novo guarda-caça, Mellors. Você ainda não teve a oportunidade de falar com lady Chatterley, Mellors?"

"Não, sir Clifford", veio a resposta pronta e neutra.

O homem tirou o chapéu sem sair do lugar, expondo os cabelos densos e um tanto louros. Era quase bonito, sem o chapéu. Olhou diretamente nos olhos de Connie, com uma expressão perfeitamente destemida e impessoal, como se quisesse verificar como ela era. E deixou-a constrangida. Ela abaixou a cabeça timidamente diante dele, e ele, transferindo o chapéu para a mão esquerda, fez uma reverência ligeira, como um cavalheiro; mas não disse nada. Permaneceu por um tempo ali parado, com o chapéu na mão.

"Mas já faz algum tempo que o senhor está aqui, não é?", perguntou Connie.

"Oito meses, senhora… lady Chatterley!", corrigiu-se ele calmamente.

"E está gostando?"

Ela o olhou nos olhos. Os olhos dele estreitaram-se um pouco, com ironia, talvez uma certa desfaçatez.

"Ah, sim, muito obrigado, lady Chatterley! Fui criado aqui mesmo…" Fez mais uma breve mesura, deu meia-volta, pôs o chapéu na cabeça e adiantou-se para segurar o encosto da cadeira. Sua voz, nas últimas palavras, recaíra na carregada pronúncia dialetal daquela região — talvez como uma forma de zombaria, pois antes ela não percebera qualquer vestígio de dialeto em sua fala. Parecia quase um cavalheiro. De qualquer maneira, era um sujeito interessante, rápido e diferente, solitário mas seguro de si.

Clifford deu a partida no pequeno motor, o homem girou a cadeira com cuidado e apontou-a de volta na direção da rampa que descrevia uma curva suave até o denso aglomerado de aveleiras.

"Só isso, sir Clifford?", perguntou o homem.

"Não, melhor você vir conosco para o caso de a cadeira empacar. O motor não tem força bastante para dar conta da ladeira."

O homem olhou em volta à procura do seu cachorro, uma fêmea — um olhar rápido e carinhoso. A spaniel olhou de volta para ele e abanou de leve a cauda. Um ligeiro sorriso, de zombaria ou provocação, mas ainda assim gentil, surgiu nos olhos dele por um instante e em seguida apagou-se, deixando seu rosto sem qualquer expressão. Avançavam bem depressa ladeira abaixo, o homem segurando a cadeira para mantê-la firme. Parecia antes um soldado de folga que um criado. E alguma coisa nele fazia Connie pensar em Tommy Dukes.

Quando chegaram às aveleiras, Connie saiu correndo à frente e abriu o portão que dava para o parque. Enquanto o mantinha aberto, os dois homens olharam para ela de passagem, Clifford com ar crítico, o outro homem com uma curiosidade contida; querendo saber, de maneira impessoal, como ela seria. Ela viu em seus olhos azuis e impessoais um ar de sofrimento e distância, mas ainda assim uma certa afabilidade. Mas por que ele se mantinha tão distante, evitando qualquer contato?

Clifford freou a cadeira, depois que passaram o portão, e o homem se apressou, cortesmente, em vir fechá-lo.

"Por que você correu para abrir o portão?", perguntou Clifford a Connie com a voz contida e calma que demonstrava sua contrariedade. "Mellors estava lá para abrir."

"Achei que vocês podiam passar direto", disse Connie.

"E deixar você para trás, tendo de correr para nos alcançar?", perguntou Clifford.

"Ora, às vezes eu gosto de correr um pouco!"

Mellors tornou a empunhar a cadeira, com um ar de perfeita indiferença, mas Connie notou que estava atento a tudo. Enquanto empurrava a cadeira ladeira acima até a elevação onde ficava a casa, respirava depressa, através dos lábios entreabertos. Na verdade ele era um tanto frágil. Curiosamente cheio de vitalidade, mas um pouco fraco e esgotado. Seu instinto feminino percebia.

Connie ficou para trás, deixando que a cadeira se adiantasse. O dia se tornara mais cinzento: a faixa estreita de céu azul que flutuava baixa sobre uma borda circular de névoa voltara a se fechar, a tampa descera, o frio se tornara mais áspero. Ia nevar. Tudo cinza, tudo cinza! O mundo parecia gasto.

A cadeira a esperava no alto da trilha cor-de-rosa. Clifford olhava em volta procurando por ela.

"Ficou cansada?", perguntou ele.

"Ah, não!", ela respondeu.

Mas estava. Uma ansiedade, estranha e indolente, uma insatisfação despontara nela. Clifford nem percebeu: não eram coisas que costumava notar. Mas o desconhecido viu. Para Connie, tudo em seu mundo e em sua vida parecia desgastado, e sua insatisfação era mais antiga que aquelas montanhas.

Chegaram à casa e deram a volta até os fundos, onde não havia escada para entrar. Clifford conseguiu transferir-se sozinho para a cadeira de rodas baixa de uso caseiro: tinha os braços fortes e ágeis. Em seguida Connie ajeitou na cadeira o fardo de suas pernas mortas.

O guarda-caça, esperando em posição de sentido pela dispensa, observou tudo atentamente, sem perder nenhum detalhe. Empalideceu, com um certo temor, quando viu Connie erguer as pernas inertes do homem nos braços, transferindo-as para a outra cadeira ao mesmo tempo que Clifford girava para fazer a troca. Aquilo o deixou assustado.

"Obrigado pela ajuda, então, Mellors", disse Clifford em tom casual, enquanto empurrava a cadeira de rodas pela passagem que levava aos alojamentos dos criados.

"Nada mais, sir Clifford?", respondeu a voz neutra, como que em sonho.

"Nada. Bom dia!"

"Bom dia, sir Clifford."

"Bom dia! Foi muita gentileza sua empurrar a cadeira na subida da ladeira; espero que não tenha sido pesado demais para o senhor", disse Connie, olhando para o guarda-caça postado junto à porta.

Seus olhos encontraram-se com os dela por um instante, como se ele tivesse acabado de acordar. E tomou consciência dela.

"Ah, não! Nada pesada!", respondeu ele de imediato. E em seguida sua voz recaiu novamente nos sons mais guturais do sotaque local: "Um bom dia pra vossa mercê!".

"Quem é este seu guarda-caça?", perguntou Connie na hora do almoço.

"Mellors! Você o conheceu", respondeu Clifford.

"Sim, mas de onde ele vem?"

"De lugar nenhum! Era um dos meninos de Tevershall — filho de um mineiro, eu acho."

"E chegou a trabalhar na mina?"

"Foi ferreiro, mas trabalhava do lado de fora, acredito: chegou a capataz dos ferreiros.[41] Mas trabalhou aqui de guarda-caça por dois anos antes da guerra — antes de se alistar. Meu pai sempre teve boa impressão dele, e então, quando ele voltou e se reapresentou na mina para o trabalho de ferreiro, eu simplesmente o trouxe de volta para o cargo de guarda-caça. Fiquei muito satisfeito de encontrá-lo — é quase impossível achar um bom homem nessas redondezas, para servir de guarda-caça — e o homem certo para o serviço precisa conhecer as pessoas."

"E ele não é casado?"

"Foi. Mas a mulher começou a andar com... com outros homens... e finalmente com um mineiro de Stacks Gate, e acho que ela ainda mora por lá."

"Então ele vive sozinho?"

"Mais ou menos! A mãe dele mora na aldeia — e ele também tem uma criança, se não me engano."

Clifford olhou para Connie com seus olhos azul-claros e ligeiramente proeminentes, em que uma certa vaguidão começava a se instalar. Parecia muito alerta num primeiro plano, mas a camada de fundo era como a atmosfera das Midlands, enevoada, uma cerração cinzenta. E o nevoeiro parecia estar em progresso. Assim, quando ele olhou para Connie a seu modo peculiar, enquanto lhe dava aquelas informações precisas, ela sentiu que o fundo da mente do marido era tomado por uma névoa, por coisa nenhuma. E aquilo a deixou assustada. Dava a ele um ar impessoal, quase ao ponto da idiotia.

E ela percebeu então, de maneira ainda vaga, uma das grandes leis da alma humana: quando a alma emocional sofre um choque violento que não mata o corpo, dá a impressão de recuperar-se ao mesmo tempo que o corpo. Mas é simples aparência. Na verdade, trata-se apenas da mecânica do hábito retomado. Aos poucos, muito aos poucos, as marcas na alma começam a se revelar, como uma ferida que só gradualmente aprofunda sua dor terrível, até preencher enfim toda a psique. E quando achamos que estamos recuperados, que já nos esquecemos, é então que os terríveis efeitos secundários se manifestam em seu grau mais violento.

E assim foi com Clifford. Depois que ficou "bom", que regressou a Wragby, escrevendo seus contos e sentindo-se seguro na vida a despeito de tudo, deu a impressão de que se esquecera e havia recobrado sua plena equanimidade. Mas agora, à medida que os anos passavam devagar, tão devagar, Connie sentia que as marcas do medo e do horror começavam a emergir e tomar conta dele. Por algum tempo, tinham permanecido tão no fundo que pareciam fora de alcance, quase inexistentes. Agora, aos poucos, começavam a mostrar-se sob a forma de um medo difuso, quase paralisante. Mentalmente ele continuava alerta. Mas a paralisia, efeito daquele choque tremendo, aos poucos se espalhava por sua existência afetiva.

E, à medida que se espalhava por Clifford, Connie também se sentia tomada. Um medo interior, um vazio, uma indiferença a tudo se apossavam de sua alma. Quando Clifford se animava, ainda era capaz de falar com brilho e, por assim dizer, tomar nas mãos as rédeas do seu futuro: como naquele momento no bosque, em que lhe falara de um filho e de ela lhe dar um herdeiro para Wragby. Mas no dia seguinte todas aquelas palavras brilhantes pareciam folhas secas que se desfaziam e viravam pó, na verdade sem qualquer significado, arrebatadas pela primeira rajada de vento. Não eram as folhas pujantes que brotavam dos ramos de uma vida produtiva, jovem, cheia de energia; aquelas palavras eram as folhas secas acumuladas de uma vida sem sentido.

E era a impressão que chegava a Connie de todo lado. Os mineiros de Tevershall falavam novamente de uma greve.[42] E ali também lhe parecia não se tratar de uma manifestação de energia, mas de efeitos retardados da guerra que tinham dado uma trégua mas agora emergiam lentamente, gerando a dor intensa da inquietação e o estupor do descontentamento. As marcas eram profundas, profundas, profundas — as marcas da guerra falsa e desumana. Muitos anos ainda seriam necessários para que o sangue vivo de várias gerações conseguisse dissolver o vasto hematoma negro que a guerra produzira, e que continuava presente no fundo de suas almas e de seus corpos. E uma nova esperança, também.

Pobre Connie! À medida que os anos se sucediam, o que mais a afetava era o medo do vazio em sua vida. A vida intelectual de Clifford, e a dela própria, aos poucos começou a parecer-lhe vazia. Seu casamento, a vida integrada dos dois com base no hábito da intimidade, de que ele tanto falava: havia dias em que parecia totalmente vazia, nula. Eram palavras, só palavras. A única realidade era o vazio, e por cima dele a hipocrisia das palavras.

Havia o sucesso de Clifford: a deusa-cadela! É verdade: ele ficara quase famoso, e seu livro mais recente lhe rendera mil libras. Sua fotografia aparecia em toda parte. Havia um busto dele numa das galerias, e retratos seus em duas. Sua voz parecia a mais moderna das vozes modernas. Com seu impressionante instinto bruto para a publicidade, em quatro ou cinco anos ele se tornara um dos jovens "intelectuais" mais conhecidos da Inglaterra. Onde exatamente entrava tanto intelecto era uma coisa que Connie não entendia muito bem. Clifford era de fato sagaz para o tipo de análise ligeiramente engraçada das pessoas e de suas motivações que, no final, reduz tudo a frangalhos. Mas era como um cachorrinho que estraçalha as almofadas do sofá: só que nada tinha de muito jovem ou divertido, mas era estranhamente velho, e obstinadamente presunçoso. Era estranho, e não era nada. Eis o sentimento que ecoava e tornava a ecoar no fundo da alma de Connie: nada daquilo era coisa alguma, tudo não passava de uma esplêndida ostentação do vazio. Ao mesmo tempo, uma exibição. Uma exibição, uma exibição, uma exibição!

Michaelis decidira utilizar Clifford como personagem central de uma peça; já esboçara toda a trama e escrevera o primeiro ato. Pois Michaelis conseguia superar bastante

Clifford em matéria de exibir o vazio. Era o último resquício de paixão que persistia nesses homens: a paixão de exibir-se. Sexualmente eram ambos desapaixonados, quase mortos. E agora não era dinheiro que Michaelis perseguia. Clifford nunca almejara primariamente o dinheiro, embora cuidasse de ganhá-lo sempre que possível, pois o dinheiro é o carimbo que legitima o sucesso. E sucesso era o que eles queriam. Queriam, ambos, exibir-se ao máximo — um homem revelando o máximo de si mesmo, a fim de seduzir o vasto público o mais rápido possível.

Era estranha — essa prostituição à deusa-cadela. Para Connie, uma vez que na verdade sentia-se alheia àquilo e insensível à emoção que o sucesso despertava, aquilo também, novamente, era nada. Mesmo a prostituição à deusa-cadela não era nada, embora tantas vezes os homens se prostituíssem. Nada, aquilo também.

Michaelis escreveu para Clifford falando de sua peça. Claro que Connie já sabia do texto havia tempo. E novamente Clifford ficou animado. Estava a ponto de tornar a ser exibido: mas dessa vez era outro que o exibiria, e sob uma luz favorável. Convidou Michaelis a vir a Wragby, trazendo o primeiro ato.

E Michaelis veio: em pleno verão, de terno claro e luvas de camurça brancas, trazendo orquídeas malva para Connie, lindas, e o primeiro ato. A leitura do fragmento foi um grande sucesso. Até Connie ficou encantada — encantada até o pouco de medula que ainda lhe restava. E Michaelis, encantado com seu poder de encantar, esteve realmente muito bem — e ainda muito bonito, aos olhos de Connie. Ela ainda via nele aquela imobilidade ancestral de uma raça que não tem mais como desiludir-se, um extremo, talvez, da impureza que torna a ser pura. Do outro lado dessa suprema prostituição à deusa-cadela ele lhe parecia puro, puro como uma máscara africana de marfim que transforma em sonhos a impureza em pureza, através de suas curvas e superfícies de marfim.

Seu momento de emoção extrema com o casal Chatterley, naquele momento em que simplesmente arrebatou Connie e Clifford, foi um dos maiores da vida de Michaelis. Ele conseguiu: conseguiu deixar os dois arrebatados. Até Clifford apaixonou-se temporariamente por ele — se é que se pode dizer assim.

Na manhã seguinte, portanto, Mick sentia-se mais desconfortável do que nunca: inquieto, angustiado, as mãos nervosas nos bolsos das calças. Connie não viera a seu encontro durante a noite — e ele não tinha ideia de onde encontrá-la. Fazendo-se de difícil naquele seu momento de triunfo.

Subiu até a sala de visitas de Connie ainda de manhã. Ela sabia que ele acabaria vindo. E o nervosismo dele era evidente. Perguntou o que ela achara da peça — era mesmo boa? Ele *precisava* ouvir elogios a seu texto: aquilo o afetava com um último rasgo tênue de paixão, mais intenso que um orgasmo sexual. E ela não se furtou de elogios enfáticos. Ainda assim, o tempo todo, no fundo da alma, ela sabia que aquilo não era nada — a deusa-cadela!

"Olhe aqui!", disse ele finalmente em tom brusco. "Por que você e eu não deixamos logo tudo em pratos limpos? Por que não nos casamos?"

"Mas eu sou casada!", disse ela atônita, e ainda assim sem sentir coisa alguma.

"Ah, *isso*! Mas ele lhe dará o divórcio sem a menor dúvida. Por que você e eu não nos casamos? Eu *quero* me casar. Sei que seria o melhor para mim — me casar e ter uma vida normal. Minha vida é um inferno, e está acabando comigo. Escute, você e eu fomos feitos um para o outro — mão e luva. Por que não nos casamos? Você sabe de algum motivo que impeça?"

Connie olhou para ele atônita: e mesmo assim ainda não sentia nada. Esses homens eram todos iguais, e não sabiam levar nada em conta. Simplesmente deixavam sua cabeça desprender uma chuva de fagulhas, como buscapés, e esperavam que você se deixasse levar para os céus junto com eles, conduzida precariamente por suas finas varetas.

"Mas eu já sou casada", disse ela. "Não posso deixar Clifford, você sabe disso."

"Por que não? Por que não?", exclamou ele. "Ele mal vai perceber que você foi embora, talvez ao final de seis meses. Ele não sabe da existência de mais ninguém além de si mesmo. Ora, você não tem a menor utilidade para esse homem, até onde eu possa perceber: ele vive completamente absorvido em si mesmo."

Connie sentiu que era verdade. Mas sentia também que Mick tampouco se mostrava muito desprendido.

"Todos os homens não vivem absorvidos em si mesmos?", perguntou ela.

"Ah, mais ou menos, admito. Qualquer homem *precisa* disso para poder progredir. Mas a questão não é essa. A questão é o tipo de vida que o homem pode proporcionar a uma mulher. Se pode ou não lhe proporcionar bons momentos. Se não puder, não tem direito a ela..." Fez uma pausa e fitou-a com seus grandes olhos cor de avelã, quase hipnóticos. "Já eu", acrescentou ele, "estou certo de poder proporcionar os melhores momentos que uma mulher pode querer. E acho que posso garantir."

"Que tipo de bons momentos?", perguntou Connie, ainda olhando para ele com uma espécie de surpresa que podia ser entendida como alguma animação; mas por baixo sem sentir nada.

"Bons momentos de todo tipo, ora essa, de todo tipo! Vestidos, joias até certo ponto, qualquer clube noturno que você quiser, conhecer qualquer pessoa que queira, estar sempre na linha de frente — viajar — e ser alguém aonde quer que vá. Ora, *todo tipo* de bons momentos!"

Falava com um brilho quase triunfal, e Connie olhava para ele como que aturdida, sem realmente sentir coisa alguma. Mesmo a superfície de sua mente mal se deixava arranhar pelos atrativos daquelas promessas cintilantes. Mesmo a camada mais exterior do seu ser mal reagia, quando em qualquer outro momento ficaria extremamente alvoroçada. Aquilo simplesmente não lhe despertava sentimento algum, não acendia nenhum rastilho. Ficou apenas sentada ali, com os olhos fixos e atônita, sem sentir nada. Só percebia muito ao longe o odor repulsivo da deusa-cadela.

Mick estava indócil, debruçando-se para a frente em sua cadeira, fitando-a com um olhar quase histérico: e era antes a vaidade que o deixava ansioso para ouvi-la dizer "sim!" ou estava na verdade paralisado pelo medo de que ela *realmente* dissesse sim! quem saberá dizer?

"Preciso de tempo para pensar", respondeu ela. "Agora não sei o que dizer. Você pode achar que Clifford não conta — mas ele conta, sim. Quando penso na invalidez dele..."

"Ora, que diabos, se o sujeito vai se valer de quanto sofre... eu poderia lhe falar de quanto me sinto só, e sempre estive sozinho, e me entregar a toda essa choradeira sentimental! Que diabos, se o que recomenda o sujeito são só seus problemas..."

Virou-se de lado, as mãos furiosamente agitadas dentro dos bolsos das calças.

À noite, Michaelis disse a ela:

"Você vem ao meu quarto hoje, não vem? Não sei onde fica seu maldito quarto!"

"Está bem!", disse ela.

Naquela noite ele foi um amante mais excitado, com sua estranha excitação infantil e sua frágil nudez de menino. Connie achou impossível atingir sua crise antes que ele tivesse chegado totalmente ao final da dele. E, como ele conseguiu despertar nela uma certa paixão ávida, com sua nudez e brancura de menino, ela precisou continuar depois que ele acabara, no tumulto e no vaivém desenfreado dos seus quadris, enquanto ele se mantinha heroicamente ereto e presente dentro dela, com toda a sua força de vontade e espírito de sacrifício, até ela conseguir provocar sua própria crise, assinalada por estranhos gritinhos.

Quando finalmente ele se retirou dela, disse numa voz amarga e quase queixosa:

"Você não consegue acabar ao mesmo tempo que o homem, não é? Precisa provocar seu próprio prazer! Precisa ter o comando das ações!"

E esse breve discurso, naquele momento, foi um dos grandes choques da vida de Connie. Porque aquela espécie de entrega passiva era obviamente a única forma de intercurso que ele era realmente capaz de manter.

"O que você quer dizer?", perguntou ela.

"Você sabe. Você ainda continua por horas, bem depois de eu ter terminado — e eu que aguente firme, com os dentes cerrados, até você conseguir chegar ao seu prazer, mas por conta dos seus próprios movimentos."

Ela ficou aturdida com aquela demonstração inesperada de brutalidade, no momento em que ainda usufruía de um prazer que vai além das palavras, sentindo até um certo amor por ele. Porque, afinal de contas, como tantos homens modernos, ele já tinha acabado quase antes de começar. O que forçava a mulher a tomar a iniciativa.

"Mas você *não quer* que eu continue até alcançar minha satisfação?", perguntou ela.

Ele deu uma de suas risadas breves e ocas.

"Sim, quero!", disse ele. "É bom! Adoro aguentar firme com os dentes cerrados, enquanto você faz minha parte!"

"Então *não quer*?", insistiu ela.

Ele evitou a pergunta.

"Todas as malditas mulheres são assim", disse ele. "Ou nunca conseguem acabar, como se não tivessem vida ali — ou ficam esperando até o sujeito acabar, e aí começam a cuidar do próprio prazer, enquanto o sujeito precisa aguentar firme. Até hoje, nunca tive uma mulher que acabasse junto comigo."

Connie só ouviu pela metade essa informação inédita e masculina. Estava apenas surpresa com a hostilidade dele contra ela — aquela brutalidade incompreensível. Sentia-se tão inocente.

"Mas você não quer que eu também alcance minha satisfação?", repetiu ela.

"Ah, claro que sim! Não tenho nada contra. Mas posso lhe garantir que ficar aguentando firme enquanto espera a mulher acabar não é muito divertido para o homem..."

Essa conversa foi um dos choques cruciais da vida de Connie. Matou alguma coisa dentro dela. Já não fizera tanta questão de conquistar Michaelis. Até ele começar, ela nem o desejava. Era como se nunca o tivesse desejado de fato. Mas, depois que ele a tinha despertado, parecia-lhe mais que natural chegar à sua crise com ele. E quase se apaixonara por ele por causa disso — quase, naquela noite, apaixonara-se por ele e concordara em desposá-lo.

Talvez instintivamente ele soubesse, e tenha sido isso que provocou seu impulso de botar tudo abaixo de maneira tão brutal: o castelo de cartas. Todo o sentimento sexual que ela tinha por ele, ou por qualquer homem, desmoronou naquela noite. Sua vida separou-se da dele tão completamente como se ele jamais tivesse existido.

E ela seguia em frente, entediada e farta, dia após dia. Agora não havia nada além daquele rame-rame vazio que Clifford chamava de vida integrada, a prolongada vida em comum de duas pessoas habituadas a estarem na mesma casa.

Nada! Aceitar o grande vazio da existência parecia ser o único objetivo da vida. Todas as coisinhas absorventes e fundamentais que resultam no grande somatório do nada!

6

"Por que os homens e as mulheres não gostam mais uns dos outros de verdade nos dias de hoje?", perguntou Connie a Tommy Dukes, que era mais ou menos seu oráculo.

"Ora, mas gostam sim! Desde que a espécie humana foi inventada, não acho que tenha havido outra época em que homens e mulheres tenham gostado tanto uns dos outros quanto nos dias de hoje. Afeto genuíno! Eu, por exemplo — na verdade *gosto* mais das mulheres que dos homens — são mais corajosas — e podemos ser mais francos com elas."

Connie refletiu sobre aquelas palavras.

"Sim, mas você nunca se envolve com elas!", disse.

"Eu? Mas o que estou fazendo, além de justamente estar conversando com a mais absoluta franqueza com uma mulher, neste exato momento?"

"Sim... conversar..."

"E o que mais eu poderia fazer se você fosse um homem, além de conversar com você com a mais absoluta franqueza?"

"Nada, talvez... Já as mulheres..."

"A mulher quer que você goste dela e converse com ela — ao mesmo tempo que se apaixona por ela e a deseja muito —, e me parece que essas duas coisas são mutuamente excludentes."

"Mas não deviam ser."

"Não há dúvida de que a água não devia ser tão molhada quanto é; é um exagero de umidade. Mas é assim que ela é! Gosto das mulheres e de conversar com elas, e portanto não me apaixono nem desejo muito nenhuma delas. Em mim essas duas coisas não acontecem ao mesmo tempo."

"Pois acho que deviam."

"Vá lá. O fato de que as coisas *deviam* ser diferentes do que são não é meu departamento."

Connie pensou um pouco.

"Não é verdade", disse ela. "Os homens podem amar as mulheres e conversar com elas. Não vejo como poderiam amá-las *sem* conversar com amizade e intimidade: como seria possível?"

"Bem!", disse ele. "Não sei dizer. De que adianta eu ficar aqui generalizando? Só sei do meu próprio caso. Gosto das mulheres — mas não desejo nenhuma delas. Gosto de conversar com elas — mas conversar com as mulheres, embora nos torne íntimos de certa forma, deixa-me a quilômetros de distância de beijá-las, por exemplo. E pronto! Mas melhor não me considerar um exemplo geral — talvez eu seja um caso à parte: um desses homens que gostam das mulheres, mas não as amam — e posso até odiá-las se me forçarem a assumir um amor fingido... ou uma aparência de envolvimento..."

"Mas isso não o deixa triste?"

"Por que deveria? Nem um pouco! Olho para Charlie May — e para o resto dos homens que têm casos amorosos... E não sinto a menor inveja deles. Se o destino me mandar uma mulher que eu deseje, muito bem. Como não conheço nenhuma mulher que eu deseje, e nunca vejo qualquer mulher assim — bom, imagino que eu deva ser frio, e na verdade *goste* muito de certas mulheres..."

"Você gosta de mim?"

"Muito! E você entende que entre nós dois essa questão dos beijos nem ocorre, não é?"

"Nem de longe!", disse Connie. "Mas não deveria ocorrer?"

"Mas *por quê*, em nome de Deus? Eu gosto de Clifford. Mas o que você diria se de repente eu lhe desse um beijo?"

"Mas não existe uma diferença?"

"E onde está, no que nos diz respeito? Somos todos seres humanos inteligentes, e deixamos em suspenso essa questão de quem é macho ou fêmea. Só por algum tempo. O que você iria achar se eu começasse a agir como um europeu do continente a partir de agora, e pusesse a coisa do sexo acima de tudo?"

"Eu iria detestar."

"Pois então! Estou lhe dizendo, se posso ser descrito como um macho, que nunca me deparei com a fêmea da minha espécie. E ela nem me faz falta. Eu apenas *gosto* de mulheres — quem vai me forçar a amá-las, ou fazer de conta que as amo, só para manter em movimento o jogo do sexo?"

"Eu é que não. Mas alguma coisa aí não está errada?"

"Você pode achar que sim — eu não acho."

"Pois é... acho que alguma coisa está errada entre os homens e as mulheres. As mulheres não são mais irresistíveis para os homens."

"E os homens, para as mulheres?"

Ela ponderou sobre o outro lado da questão.

"Não muito", admitiu ela com franqueza.

"Então vamos deixar isso de lado, e apenas nos comportar com decência e simplicidade uns com os outros, como seres humanos dignos do nome. Maldita seja essa compulsão artificial em torno do sexo — que eu renego!"

Connie sabia que na verdade ele tinha razão. Ainda assim, aquilo a deixava sentindo-se tão distante: tão distante e desgarrada. Como uma lasca de madeira na superfície de um laguinho insignificante. Qual seria o sentido dela própria ou de qualquer coisa?

Era sua juventude que se rebelava. Aqueles homens lhe pareciam tão velhos e frios. Tudo lhe parecia velho e frio. E Michaelis era tão decepcionante. Ele não prestava. Os homens não queriam ninguém. Na verdade não desejavam realmente as mulheres — nem mesmo Michaelis. E os oportunistas que faziam de conta que sim, e se entregavam ao jogo do sexo, eram os piores de todos.

Era tudo muito triste, e não havia alternativa. É verdade que os homens não eram mais irresistíveis para as mulheres. Se a pessoa conseguia se convencer de que eram — como ela, iludida no caso de Michaelis —, era o melhor que se podia fazer. À parte isso, havia que levar a vida em frente, e nada mais. Ela entendia perfeitamente por que as pessoas frequentavam festas e dançavam o jazz e o charleston[43] até a exaustão. É preciso gastar a juventude de algum modo — ou ela acaba com você. Mas que coisa terrível, aquela juventude! Você se sentia da mesma idade de Matusalém,[44] mas ainda assim aquela coisa de algum modo continuava fervilhando, e não lhe dava sossego. Uma vida muito desagradável! — e sem perspectiva! Ela quase sentia vontade de ter ido embora com Mick e transformado a vida numa festa sem fim, com jazz todas as noites. De qualquer maneira, era melhor que viver a esmo até a sepultura.

Num dos seus dias piores ela saiu sozinha para caminhar pelo bosque, a passos lentos, sem prestar atenção em nada, nem mesmo percebendo por onde andava. O disparo não muito distante de uma arma deu-lhe um susto e deixou-a furiosa.

Então, avançando mais, ela ouviu vozes e se encolheu. Gente! Não queria ver ninguém. Mas seu ouvido sensível captou outro som, e ela despertou; os soluços de uma criança. Ela acorreu na mesma hora. Alguém estava maltratando uma criança.

Desceu a passos largos pelo caminho molhado, movida por sua contrariedade. Estava pronta a fazer uma cena.

Dobrando a curva, viu duas figuras no caminho mais adiante: o guarda-caça e uma garotinha de casaco roxo e gorro de couro, chorando.

"Ah, cala a boca, desgraçada, falsa!", chegou-lhe a voz enraivecida do homem, e a criança respondeu soluçando mais alto.

Constance se aproximou, os olhos faiscantes. O homem se virou e olhou para ela, cumprimentando-a friamente, mas pálido de raiva.

"O que houve? Por que ela está chorando?", perguntou Constance, peremptória mas um tanto sem fôlego.

Um sorriso fraco quase de desprezo formou-se no rosto do homem, que respondeu com um sotaque tão carregado que era quase incompreensível:

"Cê pergunta pra ela se quiser."

Connie sentiu-se como que esbofeteada, e seu rosto mudou de cor. Em seguida, reuniu toda a sua coragem e o encarou, seus escuros olhos azuis faiscando.

"Perguntei ao *senhor*!", arquejou ela.

Ele fez uma curta reverência um tanto estranha, tirando o chapéu.

"Realmente, lady Chatterley perguntou a mim", disse ele; e depois, voltando ao dialeto, "mas num dá preu responder."

E se transformou num soldado, inescrutável, só um tanto pálido de contrariedade.

Connie virou-se para a criança — uma garota corada de cabelos pretos, com uns nove ou dez anos de idade.

"O que foi, querida? Conte por que está chorando!", disse ela, com a doçura convencional adequada ao caso.

Mais soluços violentos — um tanto forçados!

E mais doçura ainda da parte de Connie.

"Pronto, pronto, não chore! Conte o que fizeram com você!", com uma ternura imensa no tom. Ao mesmo tempo, Connie procurou nos bolsos de seu casaco de tricô, e por sorte encontrou uma moeda de seis *pence*.

"Agora pare de chorar!", disse ela, curvando-se em frente à menina. "Olhe aqui! Olhe o que eu achei para você!"

Soluços, fungadelas, um punho que se afasta do rosto inchado e um olho muito escuro e arguto pousado na moeda por um segundo. Em seguida novos soluços, mas cada vez mais contidos.

"Pronto, agora me conte o que houve. Conte!", disse Connie, pondo a moeda na mão gorducha da menina, que se fechou em torno do disco de metal.

"Foi o... foi o... gatinho!"

Estremecimentos de soluços quase controlados.

"Que gatinho, querida?"

Depois de um silêncio o punho tímido, ainda cerrado em torno da sua moeda, apontou para a sebe de espinheiro.

"Ali!"

Connie olhou. E lá estava de fato um gato preto e grande, estirado, com um pouco de sangue no pelo.

"Ah!", disse ela com repulsa.

"Um caçador clandestino, lady Chatterley", disse o homem em tom de ironia.

Ela ergueu os olhos contrariados para ele.

"Não admira que a menina esteja chorando", disse ela, "se o senhor atirou no gato na presença dela. Não admira que ela esteja chorando!"

Ele olhou nos olhos de Connie, lacônico, desdenhoso, sem esconder seus sentimentos. E novamente Connie ruborizou-se; sentiu que estava fazendo uma cena e que o homem não a respeitava.

"Como você se chama?", perguntou ela à criança em tom alegre. "Não vai me dizer seu nome?"

Fungadelas; depois, numa voz aguda e em tom muito afetado:

"Connie Mellors!"

"Connie Mellors! Mas que belo nome!... E você estava andando com seu pai, e ele atirou no gatinho? Mas era um gato mau!"

A menina olhou para ela, com seus olhos escuros e atrevidos, aquilatando aquela mulher e suas condolências.

"Eu queria ficar com minha vó", disse a menina.

"É mesmo? Mas onde está sua avó?"

A menina levantou um braço, indicando um ponto mais à frente do caminho.

"No chalé."

"No chalé? E você quer voltar para junto dela?"

Súbitos estremecimentos inesperados, na lembrança dos soluços:

"Quero sim!"

"Então vamos, quer que eu vá com você? Até a casa da sua avó? Então seu pai pode cuidar do que precisa." Virou-se para o homem. "É sua filha, não é?"

Ele fez uma reverência e um aceno leve de cabeça, confirmando.

"Posso ir com ela até o chalé?", perguntou Connie.

"Se lady Chatterley achar melhor."

Novamente ele a fitou, com aquele olhar calmo, distante e inquiridor. Um homem muito isolado, acostumado a cuidar de si mesmo.

"Você quer que eu vá com você até o chalé encontrar sua avó, querida?"

A menina tornou a dirigir-lhe um olhar furtivo.

"Quero!", choramingou.

Connie não gostou dela — aquela mulherzinha falsa e mimada. Ainda assim enxugou a face da garota e pegou-a pela mão. O guarda-caça lhe prestou uma reverência silenciosa.

"Bom dia!", disse-lhe Connie.

Era cerca de um quilômetro e meio até o chalé, e a mais velha das Connies estava bastante aborrecida com a menor quando avistaram a pequena e pitoresca residência do guarda-caça. A menina já era mais cheia de truques que um mico de circo, e muito segura de si.

No chalé a porta estava aberta, e lá dentro ouvia-se um chacoalhar. Connie parou, a menina largou sua mão e correu para dentro.

"Vovó! Vovó!"

"Ué, cê já tá de volta?"

A avó estava limpando a chaminé da lareira — era manhã de sábado. Veio até a porta com seu avental de trabalho, com uma escova na mão e uma mancha preta no nariz. Era uma mulher miúda e praticamente ressecada.

"Ora, o que temos aqui?", disse ela, passando depressa o braço pelo rosto ao ver Connie de pé do lado de fora.

"Bom dia!", disse Connie. "Ela estava chorando, então eu a trouxe de volta para casa."

A avó virou-se depressa e olhou para a menina.

"Mas cadê teu pai?"

A menina se agarrou à saia da avó e choramingou.

"Ele estava com ela", disse Connie, "mas atirou num gato sem dono solto no mato e a menina ficou impressionada."

"Ora, mas a senhora nem percisava ter se dado ao trabalho, lady Chatterley! Claro que foi muita bondade da senhora e tudo, mas nem percisava. Ora, cê já imaginou uma coisa dessa!" — e a mulher virou-se para a menina: "Lady Chatterley toda elegante tendo todo esse trabalho por causa docê! Ora, nem percisava!".

"Não foi nada — só uma caminhada", disse Connie sorrindo.

"Mas foi muita bondade da senhora, isso sim! Quer dizer que ela tava chorando! Eu sabia que logo ia acontecer alguma coisa, antes deles chegar muito longe. Ela morre de medo dele, o pobrema é esse. Ele nem conhece ela direito... nem conhece... e eu num acho que eles dois é do tipo que se dá muito bem. Ele tem o jeito lá dele..."

Connie não soube o que dizer.

"Olhe, vovó!", choramingou a menina.

A velha olhou para a moeda na mão da garota.

"Ah! E ainda por cima uma moeda de seis *pence*! Ah, não percisava, não percisava. Olha só como lady Chatley é *boa* cocê! Quanta sorte cê teve hoje de manhã!"

Pronunciou o nome como todo mundo naquela área: Chatley. —"Lady Chatley foi tão *boa* com você!" — Connie não conseguia tirar os olhos da mancha no nariz da velha, e esta última limpou vagamente o rosto com as costas do pulso, mas não acertou na mancha.

Connie estava indo embora.

"Bem, *muito* obrigada, lady Chatley, muito agradecida. Diz *obrigada* pra lady Chatley!" — para a menina.

"Obrigada", entoou a menina.

"Muito bem!", riu Connie, e se afastou de lá, dando-lhes bom-dia, muito aliviada de se afastar daquele contato. Curioso, pensou ela, que aquele homem magro e orgulhoso tivesse aquela mãe baixinha e esperta!

A velha, assim que Connie foi embora, correu para o pedaço de espelho da despensa e examinou o próprio rosto. Ao se ver, bateu o pé de impaciência. "É *claro* que ela tinha de me encontrar de avental de trabalho, e a cara suja! Que bela ideia deve ter formado de *mim*!"

Connie voltou lentamente para casa, em Wragby. "Seu lar" seria um modo excessivamente caloroso de se referir àquele casarão imenso e triste. Mas a expressão se aplicara durante um tempo. Depois, de algum modo, viu-se cancelada. Todas as grandes palavras, pensou Connie, tinham sido canceladas para sua geração: amor, alegria, felicidade, lar, mãe, pai, marido, todas essas palavras grandiosas e vitais estavam agora semimortas, e morriam mais a cada dia. O lar era um lugar onde a pessoa vivia, o amor era uma coisa com quem ninguém devia se iludir, alegria era uma palavra que se usava para descrever uma nova sessão de charleston, felicidade era um termo hipócrita utilizado para dar uma ideia errada às outras pessoas, pai era um indivíduo que cuidava de aproveitar sua própria existência, marido era o homem com que a pessoa vivia e se mantinha ligada em espírito. Quanto ao sexo, a última das grandes palavras, era apenas um termo em uso nos coquetéis para descrever uma sensação que mantinha você animado por algum tempo e, depois, o deixava mais esfacelado que nunca. Em frangalhos! Era como se a própria matéria de que a pessoa era feita fosse um material de segunda, e se esfacelasse até se desmanchar.

Tudo que restava na verdade era um estoicismo obstinado: e nisso havia um certo prazer. Na própria experiência da vacuidade da vida, fase atrás de fase, *étape* depois de *étape*,⁴⁵ havia uma certa satisfação sinistra. Assunto *encerrado*! Era sempre esta a sentença final: lar, amor, casamento, Michaelis: Assunto *encerrado*! E, quando a pessoa morresse, as derradeiras palavras haveriam de ser: Assunto *encerrado*!

O dinheiro? Talvez aqui fosse possível dizer a mesma coisa. Dinheiro as pessoas sempre queriam. Dinheiro, sucesso — a deusa-cadela, como Tommy Dukes insistia em defini-lo, nas palavras de Henry James —, isso era uma necessidade permanente. Ninguém pode gastar seu último vintém e finalmente concluir: assunto *encerrado*! Não, a pessoa ainda pode viver mais dez minutos, precisando de um vintém ou outro para alguma coisa. Só para manter as coisas funcionando mecanicamente, a pessoa precisa de dinheiro. Não há como deixar de ter dinheiro. Dinheiro, você *precisa* ter. Na verdade, nem precisa de mais nada. E assunto *encerrado*!

Porque, claro, a culpa de estar vivo é só sua. E, você estando vivo, o dinheiro é uma necessidade — a única necessidade absoluta. De todo o resto é possível prescindir sem muita hesitação. Mas não o dinheiro. Enfaticamente, assunto *encerrado*!

Pensou em Michaelis, no dinheiro que poderia ter tido com ele. Mas nem mesmo isso ela queria. Preferia as somas mais modestas que ajudava Clifford a ganhar com o que escrevia. Que ela de fato o ajudava a ganhar. "Clifford e eu, juntos, fazemos mil e duzentas libras por ano com o que escrevemos" — era assim que ela descrevia os fatos a si mesma. Fazer dinheiro! Fazer! A partir do nada. Extraído do ar! O último feito de que o ser humano pode se orgulhar! O resto não tem a menor importância.

E então ela voltou a passos lentos para casa e para Clifford, de maneira a somar forças novamente com ele e criar mais uma história a partir do nada: e qualquer história significava dinheiro. Clifford dava a impressão de considerar muito importante que seus contos fossem vistos como literatura de primeira. Ela, a rigor, pouco se importava. Não queriam dizer nada!, dissera o pai dela. Mil e duzentas libras no ano anterior! Era a resposta simples e definitiva.

Quando você é jovem, cerra os dentes, morde o freio e aguenta firme até o dinheiro começar a jorrar do nada. É uma questão de poder. É uma questão de vontade. Uma emanação poderosa e muito sutil da vontade da pessoa produz em resposta o nada misterioso que é o dinheiro: uma palavra num pedaço de papel. É uma espécie de truque mágico. Sem dúvida é uma forma de triunfo. A deusa-cadela! Bem, se é o caso de se prostituir, que seja para uma deusa-cadela! A pessoa sempre pode continuar a desprezá-la enquanto se prostitui para ela. O que é uma boa coisa!

Clifford, obviamente, ainda conservava muitos tabus e fetiches infantis. Queria que o vissem como um escritor "realmente bom". O que não passava de uma rematada bobagem. O que é realmente bom é o que faz sucesso. De nada adianta ser considerado realmente bom e continuar ignorado. A maioria dos escritores "realmente bons" parecia ter perdido o ônibus por pouco. Afinal, cada um tem uma única vida: e, se perde o ônibus, fica para trás na calçada, no meio dos outros fracassados.

Connie cogitava passar o inverno seguinte em Londres com Clifford. Os dois tinham conseguido embarcar naquele ônibus, de maneira que bem podiam fazer parte da viagem no andar de cima, ostentando o sucesso.

O problema é que Clifford tendia a mostrar-se vago e ausente, e a recair em acessos de depressão. Era a ferida em sua psique que se manifestava. E aquilo deixava Connie com vontade de gritar. Ah, meu Deus, se o próprio mecanismo da consciência vai dar errado, o que se há de fazer? Ao inferno com tudo, cada um faz seu papel! Será que *tudo* precisa ser uma decepção?

Às vezes ela chorava amargamente, mas ao mesmo tempo pensava consigo mesma: Sua idiota, encharcando lencinhos! Como se isso fosse adiantar alguma coisa!

Depois de Michaelis, resolvera que não queria mais nada. O que lhe parecia a solução mais simples para o que de resto não tinha mesmo solução possível. Não almejava nada além do que já possuía; só queria seguir adiante com o que já tinha. Clifford, os contos, Wragby, o título de lady Chatterley, o dinheiro e a fama, no volume em que viessem — queria seguir em frente com aquilo tudo. O amor, o sexo, esse tipo de coisa, eram simples sorvetes! Uma lambida, e pode esquecer. Se você não fixa a mente nessas coisas, elas não representam nada. Especialmente o sexo — nada! Basta se decidir a respeito, e o problema está resolvido. Sexo, uma bebida — ambos duram mais ou menos o mesmo tempo, têm o mesmo efeito e significam mais ou menos a mesma coisa.

Mas um filho — um bebê! Esta ainda era uma das sensações. Ela bem que se arriscaria, com todo cuidado, a essa experiência. Havia que decidir quem seria o homem. E era engraçado, mas não havia homem no mundo cujo filho ela quisesse. Um filho de Mick! Que ideia repelente! Melhor ter filhos com um coelho! Tommy Dukes — era muito boa pessoa, mas de algum modo impossível de ser associado a um bebê, a outra geração. Era um fim de linha. E, entre todo o resto dos muitos conhecidos de Clifford, não havia homem algum que não provocasse seu desprezo, quando pensava em ter um filho dele. Vários seriam bastante possíveis como amantes — até mesmo Mick. Mas deixar que gerassem um filho nela! Que horror! Humilhante e abominável.

E assunto *encerrado*!

Ainda assim, Connie ficou com aquele filho no fundo da mente. Calma! Calma! Ela podia passar várias gerações de homens por sua peneira, e ver se não encontrava um que lhe servisse. "Percorrei as ruas e praças de Jerusalém, a ver se podeis achar um *homem*."[46] E fora impossível encontrar um homem na Jerusalém do profeta — embora fossem milhares os humanos do sexo masculino. Mas um *homem*! *C'est une autre chose!*[47]

Ela teve a impressão de que precisaria ser um estrangeiro: não inglês, nem escocês, menos ainda um irlandês. Um estrangeiro de verdade.

Mas calma! Calma! No inverno seguinte ia com Clifford para Londres; no outro, viajaria com ele para o sul da França e a Itália... Calma! Não tinha pressa nenhuma de ter aquele filho. Era uma decisão particular, exclusivamente dela, e a única questão que, a seu modo peculiar e feminino, levava realmente a sério, no fundo da alma. Não iria arriscar algum conhecido casual. Não ela! Podia-se encontrar um amante praticamente a qualquer momento. Mas um homem que pudesse dar-lhe um filho! Calma! Calma! É coisa muito diferente. "Percorrei as ruas e praças de Jerusalém..." Não era uma questão de amor. Era questão de encontrar um *homem*. Ora, pessoalmente podia até achá-lo odioso. Mas, se ele fosse de fato o homem, que importância teria seu ódio pessoal? Toda essa história tinha a ver com uma outra parte dela.

Havia chovido, como sempre, e os caminhos estavam enlameados demais para a cadeira de Clifford. Mas Connie resolveu sair. Agora saía sozinha todo dia, quase sempre para o bosque, onde podia ficar realmente só. E não via ninguém por lá.

Dessa vez, contudo, Clifford quis mandar um recado para o guarda-caça, e, como o menino de recados da casa estava gripado — alguém sempre estava gripado em Wragby —, Connie disse que iria até o chalé.

O ar estava leve e parado, como se o mundo inteiro agonizasse aos poucos. Cinzento e pegajoso, e silencioso mesmo sem o som das máquinas da mina, pois a extração só estava funcionando em tempo parcial e naquele dia tinha parado de todo. O fim dos tempos!

No bosque, tudo estava totalmente inerte e sem movimento. Só gotas grandes se desprendiam dos galhos nus, produzindo um pequeno som oco na queda. Quanto ao resto, em meio às velhas árvores depositavam-se camadas e camadas de uma inércia cinzenta e irremediável, o silêncio, nada.

Constance seguia caminhando sem muita consciência do que a cercava. O antigo bosque emanava uma melancolia arcaica que de algum modo a reconfortava, melhor que a áspera insensibilidade do mundo exterior. Ela gostava da *interioridade* daquele resto de floresta, da reticência sem palavras das velhas árvores. Pareciam encarnar o poder do silêncio, embora fossem uma presença vital. Elas também estavam à espera: esperavam com obstinação e estoicismo, impregnadas da potência do silêncio. Talvez estivessem só à espera do fim: de serem cortadas, removidas — do fim da floresta; para elas, o fim de tudo. Mas talvez aquele silêncio forte e aristocrático, o silêncio de árvores poderosas, tivesse outro significado.

Quando ela emergiu do bosque do lado norte, o chalé do guarda-caça, uma construção escura de pedra castanha, com empenas e uma elegante chaminé, parecia desocupado, de tão silencioso e solitário. Mas um penacho de fumaça se erguia da chaminé — e o pequeno jardim cercado em frente à casa estava revolvido e muito limpo. A porta estava fechada.

Agora que estava ali, Connie sentiu que aquele homem, com seus olhos curiosos e perspicazes, a deixava um tanto acanhada. Não lhe agradava vir trazer ordens a ele. Queria ir embora. Bateu fraco na porta. Ninguém veio. Tornou a bater — mas ainda sem força. Nenhuma resposta. Espiou pela janela e examinou o pequeno aposento mal iluminado, com sua privacidade quase sinistra, sem qualquer desejo de ser invadido.

Ela ficou escutando. E lhe pareceu ouvir sons fracos vindo dos fundos. Não tendo conseguido fazer-se escutar, meteu-se em brios. Não iria dar-se por derrotada.

Fez a volta na casa. Nos fundos do chalé o terreno se elevava bruscamente, de modo que o quintal ficava num nível inferior, cercado por um muro baixo de pedra. Ela dobrou uma esquina da casa e parou. No pequeno quintal, a dois passos dela, o homem se lavava, sem a menor ideia de estar sendo observado. Tinha o peito nu, com as calças de veludo abertas querendo escorregar por seus quadris esguios. E suas costas brancas e esbeltas se curvavam sobre uma bacia cheia de água ensaboada, em que mergulhou a cabeça, sacudindo-a com um movimento rápido e estranho, erguendo os braços brancos e magros para bombear a água ensaboada para fora dos ouvidos: rápido e sutil como uma doninha brincando com água, e totalmente só.

Connie refez o caminho contornando a casa e voltou depressa para o bosque. Para sua surpresa, tivera um choque. No fim das contas, era apenas um homem a se lavar! Coisa muito comum, como todos sabem.

No entanto, de algum modo curioso, foi uma experiência visionária: e atingiu-a no meio do corpo. Ela viu as calças rústicas abertas, revelando os quadris lisos, delicados e brancos em que os ossos se destacavam um pouco, e a sensação de isolamento, de uma criatura absolutamente só, causou-lhe uma forte impressão. A nudez perfeita, branca e solitária de um ser que vive isolado, e interiormente só. E, para além disso, uma certa beleza de criatura intocada. Não a essência da beleza, nem mesmo o corpo da beleza, mas um certo fulgor, a chama branca e cálida de uma vida singular que se revela em contornos palpáveis: um corpo!

Connie sentira o choque dessa visão em pleno ventre, e sabia disso. Persistia no fundo dela. Mas mentalmente tendia a rir daquilo. Um homem se lavando no quintal de casa! Certamente com sabão amarelo e malcheiroso! Ficou muito contrariada. Por que precisava deparar-se com aquelas intimidades tão vulgares?

E então saiu andando para afastar-se de si mesma. Mas depois de algum tempo sentou-se num toco de árvore. Estava confusa demais para pensar. No torvelinho de sua confusão, porém, decidiu que daria o recado que trouxera para aquele sujeito. Não iria desistir. Precisava dar-lhe o tempo para se vestir, mas não para sair de casa. Ele parecia estar se preparando para ir a algum lugar.

De maneira que perambulou de volta devagar, escutando sempre. Quando se aproximou, o chalé estava igual a antes. Ouviu um latido — e bateu na porta, o coração num alvoroço que independia dela.

Ouviu o homem descendo a escada com passos leves. Ele abriu a porta com uma curiosa rapidez que a assustou. Ele também parecia acanhado, mas imediatamente um sorriso assomou ao seu rosto.

"Lady Chatterley!", disse ele. "Quer entrar?"

Seus modos eram tão perfeitamente fluentes e impecáveis que ela ultrapassou o umbral e entrou no pequeno aposento despojado.

"Só vim trazer um recado de sir Clifford", disse ela com sua voz macia e quase sem fôlego.

O homem a fitava com aqueles olhos azuis que tudo viam, o que a fez desviar um pouco o rosto. Ele a achou interessante, quase linda, em seu acanhamento, e assumiu de imediato o comando da situação.

"Lady Chatterley gostaria de se sentar?", perguntou ele, imaginando que ela iria recusar. A porta continuava aberta.

"Não, obrigada! Sir Clifford queria saber se o senhor...", e deu-lhe o recado, inconscientemente tornando a olhá-lo nos olhos.

E dessa vez o olhar dele tinha uma expressão calorosa e gentil, especialmente para uma mulher: uma gentileza e um calor maravilhosos, e à vontade.

"Muito bem, lady Chatterley! Vou providenciar agora mesmo."

Ao receber suas ordens, ele todo se transformara, recoberto de uma espécie de verniz de dureza e distância.

Connie hesitou. Devia ir embora. Mas correu os olhos pela salinha limpa, arrumada e quase nua, com uma espécie de compaixão.

"O senhor vive aqui sozinho?", perguntou.

"Totalmente só, lady Chatterley."

"Mas sua mãe...?"

"Mora na casinha dela, no povoado."

"Com a menina?", perguntou Connie.

"Com a menina!"

E seu rosto comum e bastante cansado assumiu uma expressão indefinível de zombaria. Era um rosto desconcertante, que mudava o tempo todo.

"Não", disse ele, vendo que Connie não entendera bem. "Minha mãe vem fazer a faxina aos sábados: do resto eu mesmo cuido."

Connie tornou a olhar para ele, cujos olhos sorriam novamente, com um certo ar zombeteiro mas calorosos, azuis, e de certa forma cheios de gentileza. Ela se perguntou como ele seria. Estava de calças de passeio, camisa de flanela e uma gravata cinza, com o cabelo macio e úmido, o rosto pálido e cansado. Quando seus olhos paravam de rir davam a impressão de terem sofrido bastante, mas sem jamais perderem o calor. Porém ele foi tomado pela palidez do isolamento — e era como se ela não estivesse presente. E ela sentiu nele uma curiosa diferença, uma certa intensidade; entretanto, não muito distante da morte.

Ela queria dizer tantas coisas, mas não disse nada. Só tornou a erguer os olhos para ele e observou:

"Espero não ter incomodado."

O leve sorriso zombeteiro estreitou os olhos dele.

"Só estava penteando o cabelo, me desculpe. Sinto muito não ter vestido o paletó, mas não tinha ideia de quem estava batendo. Ninguém bate à minha porta. E tudo que é inesperado nos assusta."

Ele se adiantou à frente dela pelo caminho do jardim para abrir o portãozinho. Em mangas de camisa, sem o desconfortável paletó de belbutim, ela tornou a ver o quanto ele era esguio e magro, um pouco curvado. Ainda assim, ao passar por ele, sentiu algo de jovem e radioso em seus cabelos claros e macios, e em seus olhos vivazes. Ele devia ter trinta e sete ou trinta e oito anos.

Ela seguiu caminhando pelo bosque, sabendo que ele a acompanhava com os olhos. Ele a perturbara tanto, contra a vontade dela.

E ele, ao entrar em casa, pensava: "Ela é boa pessoa: é de verdade! Melhor do que acha que é".

Ela pensou muito nele: não tinha *nada* a ver com um guarda-caça, na verdade nem parecia um trabalhador; embora tivesse algo em comum com os habitantes locais. Mas também alguma coisa muito incomum.

"O guarda-caça, Mellors, é um tipo curioso de pessoa", disse ela a Clifford. "Quase podia ser um cavalheiro."

"Será?", perguntou Clifford. "Nunca reparei."

"Mas ele não tem alguma coisa diferente?", insistiu Connie.

"Acho que é um sujeito agradável, mas sei muito pouco a respeito dele. Ele só deixou o exército no ano passado — menos de um ano atrás. Veio da Índia, acho eu. Pode ter aprendido algumas coisas por lá — talvez tenha sido ajudante de ordens de algum oficial, e melhorado de posição. Alguns dos soldados são assim. Mas nem adianta muito para eles — porque depois precisam tornar a se encaixar no lugar de antes, quando voltam para casa."

Connie olhou para Clifford com ar contemplativo. Viu nele a repulsa tensa e peculiar inspirada por qualquer membro das classes inferiores que pudesse estar realmente melhorando de posição, repulsa que ela sabia ser característica da sua estirpe.

"Mas você não acha que ele tenha alguma coisa diferente?", perguntou ela.

"Falando francamente, não! Nada que eu tenha percebido."

Ele olhou para ela com uma expressão curiosa — desconfortável, quase desconfiada. E ela sentiu que ele não estava dizendo a *autêntica* verdade — que não admitia nem para si mesmo, eis a questão. Rejeitava qualquer sugestão de um ser humano realmente fora do comum. As pessoas precisavam estar mais ou menos no mesmo nível que ele — ou mais abaixo.

Connie tornou a sentir a estreiteza e a mesquinharia dos homens de sua geração. Eram tão tensos, tinham tanto medo da vida!

7

Quando Connie subiu para seu quarto, fez o que havia muito não fazia: tirou toda a roupa e olhou-se nua no espelho. Não sabia muito claramente o que procurava ou o que queria ver, mas deslocou o abajur até a luz iluminá-la por completo.

E tornou a lhe ocorrer o que já pensara tantas vezes: que coisa frágil, fácil de ferir, quase patética é um corpo humano nu: de alguma forma um tanto inacabado e incompleto!

Supostamente seu corpo era bonito, mas agora saíra de moda: um pouco feminina demais, diferente demais de um menino na adolescência. Não era muito alta — um tanto escocesa e baixa: mas exibia uma certa graça fluida e torneada que podia ser tida por beleza. Sua pele era ligeiramente amorenada, seus braços e pernas tinham uma certa elegância, seu corpo deveria ostentar uma fartura generosa e cheia de curvas; mas alguma coisa lhe faltava.

Em vez de apresentar o amadurecimento de suas curvas firmes e bem definidas, seu corpo vinha se achatando e adquirindo uma certa desarmonia. Era como se lhe faltassem o sol e o calor. Ficara um pouco acinzentado e desprovido de seiva. Decepcionado com a realidade de sua condição de mulher, ainda assim ele não conseguira ficar parecido com o de um menino, insubstancial e transparente. Em vez disso, tornara-se opaco.

Seus seios eram um tanto pequenos e pendiam na forma de peras. Mas não eram maduros, e sim um tanto amargos, pendendo ali sem sentido. E seu ventre também perdera o lustro arredondado e fresco que tinha na juventude, no tempo de seu namorado alemão, que a amava fisicamente de verdade. Naquela época sua barriga era jovem e expectante, dotada de uma personalidade própria. Agora estava ficando flácida e um pouco achatada, mais magra — mas de uma magreza frouxa. Suas coxas, também, que costumavam parecer tão velozes e passageiras em sua carnação de mulher, de algum modo também perdiam a curvatura, estavam ficando flácidas e sem sentido.

Seu corpo estava perdendo o sentido, tornando-se fosco e opaco, mera substância sem significado. O que a deixava imensamente deprimida e sem esperanças. Que esperança podia haver? Estava velha, velha aos vinte e sete anos, sem brilho ou centelha na carne. Velha devido à negligência e à negação: sim, a negação. As mulheres que seguiam a moda mantinham o brilho do corpo, como peças de porcelana delicada, graças à atenção alheia. Não havia nada dentro da porcelana. Mas nem esse brilho ela apresentava. A vida do intelecto! De uma hora para outra começou a detestá-la com uma fúria torrencial, aquela vigarice!

Olhou no outro espelho o reflexo das suas costas, da sua cintura, dos seus quadris. Estava emagrecendo, mas a magreza não lhe caía bem. As pregas da sua cintura, vistas de costas quando se inclinou para olhá-las, estavam um tanto gastas; e antes tinham um ar tão jovial! E a longa curvatura dos quadris e das nádegas perdera a fartura e o lustro que antes possuía. Perdidos! Só o rapaz alemão os tinha amado, e fazia quase dez anos que ele estava morto. Como o tempo passava! Ela só tinha vinte e sete anos. E aquele rapaz saudável, com a sensualidade vigorosa e desajeitada de que ela zombava tanto, morto havia dez! Onde poderia agora encontrar a mesma coisa? Desaparecera dos homens. Podiam ter seus espasmos patéticos de dois segundos, como Michaelis. Mas não a saudável sensualidade humana, que aquece o sangue e refresca todo o ser.

Ainda assim, julgava que a parte mais bonita do seu corpo era a longa curva descendente das ancas a partir da cintura, e a altivez redonda e adormecida de suas nádegas. Lembravam dunas, como dizem os árabes, descendo macias num ângulo suave. Aqui ainda havia vida e esperança. Mas lá também ela emagrecera, vinha adquirindo adstringência e perdendo o viço.

Mas era a parte dianteira do seu corpo que a deixava mais infeliz. Já começava a adquirir uma certa flacidez, murchando com uma espécie de magreza quase fanada, envelhecendo antes mesmo de ter vivido por completo. Pensou no filho que de algum modo poderia carregar no ventre. Estaria fisicamente pronta para isso?

Vestiu a camisola e foi para a cama, onde prorrompeu em amargos soluços. E em sua amargura ardia uma indignação gelada contra Clifford e tudo que ele escrevia e dizia: contra todos os homens do tipo dele, que negavam às mulheres até mesmo seus próprios corpos. Injusto! Injusto! A sensação de profunda injustiça física queimava no cerne da sua alma.

Mas pela manhã, mesmo assim, estava de pé às sete, descendo as escadas ao encontro de Clifford. Precisava ajudá-lo em todas as suas necessidades íntimas, pois ele não tinha criado e recusara os préstimos de uma empregada. O marido da governanta, que o conhecia desde menino, costumava ajudá-lo e carregava todo peso necessário. Mas Connie se incumbia dos cuidados pessoais. E com a maior boa vontade. Era trabalhoso, mas ela sempre quis fazer tudo que pudesse.

E assim ela quase não se afastava de Wragby, e nunca por mais de um ou dois dias: e nessas ocasiões a sra. Betts, a governanta, cuidava de Clifford. Ele, como era inevitável com o passar do tempo, nem tomava conhecimento do serviço que lhe prestavam. O que era apenas natural.

No entanto, bem no fundo, Connie começava a sofrer com uma sensação de injustiça, de ter sido lograda. A sensação física de injustiça é um sentimento perigoso, depois que é despertada. Precisa encontrar uma válvula de escape, ou acaba por consumir a pessoa em que se manifesta.

Pobre Clifford, a culpa não era dele. A ele cabia a maior infelicidade. Tudo era parte de uma calamidade mais geral.

Ainda assim, a culpa não era dele de certa forma? Aquela falta de afeto, aquela falta do contato físico mais simples e caloroso — não era culpa dele? Nunca tinha sido muito afetuoso, jamais. Gentil, delicado, atencioso, de um modo frio e bem-educado! Mas jamais com o calor que um homem era capaz de dar a uma mulher: como até o pai de Connie era às vezes com ela, com o afeto de um homem que se tratava bem, como pretendia, mas ainda assim era capaz de transmitir à mulher algum conforto com sua energia masculina...

Mas Clifford não era assim. Ninguém da sua raça era assim. Todos eram endurecidos por dentro e viviam isolados. Para eles, a afeição era simplesmente de mau gosto. Você precisava viver sem ela e manter-se bem. O que não era problema quando você era da mesma classe e raça: podia ser frio mas ainda assim muito respeitável, manter sua posição e gozar a satisfação correspondente. Mas, se você fosse de classe diferente, ou de outra raça, não era assim que funcionava; não havia a menor graça em manter sua posição e sentir que pertencia à classe dominante. Qual era a vantagem disso, quando mesmo os aristocratas mais inteligentes não tinham nada de positivo a manter, e seu domínio era na verdade uma farsa, e não um comando verdadeiro? Era tudo um completo absurdo.

Uma sensação de revolta fumegava dentro de Connie.

De que valia tudo aquilo? De que valia seu sacrifício, ter dedicado a vida a Clifford? Ela estava a serviço do quê, afinal? Um frio espírito de vaidade, que não tinha qualquer contato humano e caloroso e era tão corrompido quanto um judeu qualquer de nascimento vil em seu impulso de prostituir-se à deusa-cadela do Sucesso. Mesmo a segurança tranquila e independente de Clifford de que pertencia à classe dominante não impedia sua língua de pender enquanto ele arquejava de desejo atrás da deusa-cadela. No fim das contas, a atitude de Michaelis na matéria era na verdade mais digna, além de muitíssimo mais bem-sucedida. No fim das contas, se você fosse examinar Clifford bem de perto enquanto ele perseguia ofegante a deusa-cadela, ele era um bufão. E ser um bufão é mais humilhante que ser um arrivista.

Fosse escolher entre os dois homens, Michaelis seria realmente muito mais útil para ela do que Clifford. E inclusive precisava mais dela. Qualquer boa enfermeira pode cuidar de pernas entrevadas! E, em matéria de esforço heroico, Michaelis era um rato heroico enquanto Clifford, na verdade, não passava de um poodle amestrado.

Tinham convidados em casa, entre eles a tia Eva de Clifford, lady Bennerley. Era uma senhora magra de sessenta anos com o nariz vermelho, viúva e ainda, até certo ponto, uma *grande dame*. Pertencia a uma das melhores famílias e tinha uma personalidade à altura. Connie gostava dela, que era perfeitamente simples e franca sempre que queria, e muito bondosa na superfície. Por dentro era uma antiga mestra na arte de manter sua posição, e os outros um pouco abaixo de si. Não era esnobe de maneira alguma — era confiante demais. Tinha um desempenho perfeito no esporte atlético social de manter a posição sem esforço aparente e evocar a deferência alheia.

Tratava Connie com muita gentileza, e tentava penetrar em sua alma de mulher com a verruma afiada de suas observações de senhora bem-nascida.

"Você é maravilhosa, na minha opinião", dizia ela a Connie. "Fez maravilhas por Clifford. Eu jamais tinha visto o florescimento de um gênio, e agora ele está aí, causando tanto furor."

Tia Eva sentia um orgulho complacente do sucesso de Clifford. Mais um troféu para a família! Não dava a menor importância aos livros dele: mas por que deveria interessar-se?

"Ah, acho que nada disso foi por minha causa", disse Connie.

"Só pode ter sido! De quem mais haveria de ser? Mas me parece que você não lucrou muito com tudo isso."

"Como?"

"Veja a maneira como vive fechada aqui. Eu disse a Clifford: se essa menina se revoltar um dia, o único culpado será você."

"Mas Clifford nunca me nega nada", disse Connie.

"Escute aqui, minha querida menina", e lady Bennerley pousou a mão magra no braço de Connie, "a mulher precisa viver a vida, ou acaba arrependida do que não viveu. Acredite em mim!" E tomou mais um gole de brandy, que talvez fosse sua forma de arrepender-se.

"Mas eu *vivo* minha vida, não vivo?"

"Não na minha opinião! Clifford devia trazer você a Londres e deixá-la circular um pouco. Esses amigos são os melhores para ele — mas o que são para você? Se eu estivesse em seu lugar, estaria achando que não basta. Você está deixando sua juventude passar, e vai acabar passando a velhice — e a meia-idade também — no arrependimento."

A velha lady recaiu num silêncio contemplativo, acalentado pelo brandy.

Mas Connie não fazia a menor questão de viajar para Londres e ser conduzida por lady Bennerley no mundo dos elegantes. Não se achava realmente elegante: aquilo não a interessava. E sentia a frieza peculiar e mortífera que havia por baixo daquilo tudo; como o solo da península do Labrador, que exibe belas florzinhas na superfície mas, um palmo abaixo, é congelado.

Tommy Dukes estava em Wragby, e outro homem, Harry Winterslow, além de Jack Strangeways com a mulher, Olive. A conversa era muito mais desanimada do que nas reuniões dos mais próximos — e todos se mostravam um tanto entediados, porque o tempo estava ruim e tudo que podiam fazer era jogar bilhar, além de dançar um pouco ao som da pianola.

Olive estava lendo um livro sobre o futuro, quando as crianças seriam geradas em jarros e as mulheres seriam todas "imunizadas".

"Muito interessante!", disse ela. "Aí as mulheres poderão ter uma vida própria."

Strangeways queria filhos, e ela não.

"E você gostaria mesmo de ser *imunizada*?", perguntou-lhe Winterslow, com um sorriso feio.

"Claro que sim — naturalmente", respondeu ela. "De qualquer maneira, o futuro vai fazer mais sentido, e as mulheres não serão mais prejudicadas por suas *funções*."

"Talvez até saiam voando pelo espaço", disse Dukes.

"Mas acho que a civilização devia mesmo eliminar uma boa parte das dificuldades físicas", disse Clifford. "Toda essa questão do amor, por exemplo, bem que podia ficar para trás. O que imagino que aconteceria, se pudéssemos produzir os bebês em frascos."

"Não!", exclamou Olive. "Só deixaria mais possibilidades para a diversão."

"Imagino", disse lady Bennerley em tom contemplativo, "que se a questão do amor fosse mesmo eliminada alguma outra coisa tomaria seu lugar. O consumo de morfina, por exemplo. Um pouco de morfina no ar que respiramos. Poderia ser muito estimulante para todo mundo."

"O governo espalhando éter no ar aos sábados, para alegrar o fim de semana!", disse Jack. "Parece boa ideia. Mas onde iríamos parar na quarta-feira?"

"Feliz é quem consegue se esquecer do corpo", disse lady Bennerley. "Assim que tomamos consciência do corpo começamos a sofrer. Se a civilização serve de alguma coisa, precisa nos ajudar a esquecer do nosso corpo, e aí o tempo passa feliz, sem nos incomodar."

"Precisa nos ajudar a nos livrar do nosso corpo de uma vez por todas", disse Winterslow. "Já está mais que na hora de o homem começar a modificar sua natureza para melhor, especialmente no aspecto físico."

"Imaginem se pudéssemos flutuar como fumaça de tabaco!", disse Connie.

"Nunca vai acontecer", disse Dukes. "Essa nossa produção vai fracassar: nossa civilização vai cair. Vai mergulhar num poço sem fundo, até as profundezas do abismo infinito. E, podem acreditar, a única ponte por cima do abismo vai ser o falo!"

"Ora, francamente! O senhor é *impossível*, general!", exclamou Olive.

"*Eu* acredito que nossa civilização vai desabar", disse tia Eva.

"E o que virá depois?", perguntou Clifford.

"Não tenho a mais vaga ideia. Mas alguma coisa, imagino", respondeu a velha senhora.

"Connie fala de pessoas reduzidas a baforadas de fumaça, Olive fala de mulheres imunizadas e bebês produzidos em frascos, e Dukes diz que o falo é a ponte para o futuro. Eu me pergunto o que vai realmente acontecer", disse Clifford.

"Ora, nem se incomode com isso! Vamos seguir cuidando do dia de hoje", disse Olive.

"Só espero que os frascos de reprodução cheguem logo, para que nós, as pobres mulheres, possamos nos livrar disso."

"E pode ser que na próxima fase até apareçam homens de verdade", disse Tommy. "Homens autênticos, inteligentes e saudáveis, e mulheres belas e saudáveis!

Não seria uma mudança? Uma mudança e tanto em relação a *nós*! *Nós* não somos homens — nem as mulheres são mulheres. Nós só celebramos simulacros, experiências mecânicas e intelectuais. Pode até vir uma civilização de homens e mulheres genuínos, no lugar desse nosso bandinho de sabichões, todos com a idade mental de sete anos. Seria ainda melhor do que pessoas de fumaça ou bebês produzidos em frascos."

"Ah, quando as pessoas começam a falar das mulheres de verdade, eu desisto", disse Olive.

"Mas não há dúvida de que a única coisa em nós que vale a pena é o espírito", disse Winterslow.

"O espírito do vinho e das aguardentes!", disse Jack, tomando um gole de seu uísque com soda.

"É mesmo? Pois eu preferia a ressurreição do corpo!", disse Dukes. "Que vai acabar acontecendo, com o tempo — assim que conseguirmos tirar do centro a ideia do cérebro, do dinheiro e tudo o mais. Aí teremos uma democracia do tato, em vez de uma democracia dos bolsos."

Alguma coisa ecoou dentro de Connie. "Pois eu preferia a ressurreição do corpo! A democracia do tato!" Ela não sabia ao certo o que aquilo significava, mas de alguma forma lhe parecia reconfortante, como ocorre tantas vezes com insignificâncias.

De qualquer modo, aquela conversa era muito boba, e ela estava exasperada de tanto tédio diante de tudo, Clifford, tia Eva, Olive e Jack, Winterslow, e até mesmo Dukes. Conversa, conversa, conversa! Que inferno, aquela tagarelice ininterrupta!

E então, depois que todos os convidados partiram, nada melhorou. Ela continuava seguindo em frente passo a passo, mas a metade inferior do seu corpo fora tomada pela exasperação e a irritação, e ela não sabia como escapar. Os dias pareciam avançar sob o peso esmagador de um moinho muito lento e especialmente doloroso; mas nada acontecia. E ela cada vez mais magra. Até a governanta reparou e perguntou diretamente a ela como estava se sentindo. Mesmo Tommy Dukes afirmava que ela não estava bem. Mas ela repetia que não tinha nada. Só começou a sentir medo das lúgubres lápides brancas, da brancura especialmente sinistra do mármore de Carrara,[48] tão detestável quanto dentes postiços, que se enfileiravam na encosta abaixo da igreja de Tevershall e que ela enxergava do parque de Wragby com uma incômoda nitidez. Os proeminentes e macabros dentes falsos daquelas lápides, enfileirados na colina, provocavam nela um pavor medonho. E antevia a hora não muito distante em que seria sepultada ali, juntando-se às hostes horripilantes acumuladas no local, debaixo daquelas lápides e monumentos, na imundície daquelas Midlands.

Ela precisava de ajuda, e teve clareza disso. Escreveu um breve *cri de coeur*[49] para sua irmã, Hilda. "Não tenho passado bem ultimamente, e não sei o que está havendo comigo."

Hilda lhe escreveu em resposta da Escócia, onde fixara residência. E veio em março, sozinha, dirigindo ela própria um ágil automóvel de dois lugares. Chegou subindo o caminho de acesso à casa, o motor resfolgando na rampa antes de contornar o gramado oval, onde se erguiam as duas grandes faias, na área plana em frente à casa.

Connie saíra correndo até os degraus da entrada. Hilda estacionou o carro, desceu e beijou a irmã.

"Connie!", disse ela. "O que está acontecendo?"

"Nada!", respondeu Connie, um tanto encabulada.

Mas sabia o quanto sofrera, pelo contraste com Hilda. As irmãs tinham a mesma pele um tanto morena e acetinada, o mesmo cabelo castanho macio e corpos igualmente fortes e calorosos. Mas agora Connie estava magra, com uma cor terrosa, um pescoço emaciado e amarelo que emergia do seu vestido caseiro.

"Mas você está doente, menina!", disse Hilda, com a

voz baixa e um tanto ofegante que era tão parecida nas duas. Hilda era quase dois anos mais velha que Connie.

"Não, doente não. Talvez entediada", disse Connie num tom quase patético.

A luz da combatividade cintilava no rosto de Hilda: apesar da aparência suave e tranquila, era uma mulher da antiga estirpe das amazonas, que não fora feita para adaptar-se aos homens.

"Esse lugar pavoroso!", disse ela baixinho, olhando com um ódio genuíno para a pobre, velha e desgraciosa Wragby. Parecia uma mulher suave e calorosa, como uma pera madura: mas era uma autêntica amazona da velha estirpe.

Entrou calmamente ao encontro de Clifford. Ele a achou com ótima aparência, mas também se encolheu diante dela. A família de sua mulher não tinha os mesmos modos que ele nem respeitava a mesma etiqueta. Ele os via como recém-chegados: mas, depois que entraram no círculo, eram-lhe muito superiores.

Clifford estava muito bem sentado na sua cadeira, o cabelo louro penteado, o rosto lavado, seus olhos azul-claros e um pouco proeminentes, sua expressão inescrutável mas bem-nascida — que Hilda achava melancólica e estúpida. Ficou esperando. Afetava uma certa altivez, mas Hilda deu pouca atenção a seus ares. Estava em pé de guerra, e agiria da mesma forma se ele fosse um imperador ou o papa em pessoa.

"Connie está me parecendo muito indisposta", disse ela em sua voz baixa, fitando-o com seus lindos e cintilantes olhos cinzentos. Tinha um ar juvenil de inocência: como Connie. Mas ele conhecia bem a pedra escocesa de obstinação que havia por baixo daquilo.

"Ela emagreceu mesmo um pouco", disse ele.

"E você não tomou nenhuma providência?"

"Você acha necessário?", perguntou ele, com sua rigidez mais inglesa e melíflua: pois as duas coisas eram quase sempre indissociáveis.

Hilda limitou-se a encará-lo enfurecida, sem responder. A troca de farpas não era seu forte; nem o de Connie. De maneira que ela fez uma expressão contrariada, e Clifford ficou muito mais desconfortável do que se ela lhe tivesse dito poucas e boas.

"Vou levá-la a um médico", disse Hilda finalmente. "Tem algum aqui por perto para sugerir?"

"Infelizmente não."

"Então vou levá-la a Londres, onde temos um médico de confiança."

Embora fervendo de raiva, Clifford não disse nada.

"Acho que será melhor eu passar a noite aqui", disse Hilda, tirando as luvas, "e amanhã levo Connie de carro a Londres."

Clifford ficou tomado pela cólera e à noite seus olhos ainda exibiam um tom amarelado. Tinha um temperamento bilioso. Mas Hilda mostrava-se contida e jovial o tempo todo.

"Você precisava de uma enfermeira, ou alguém, para dar conta dos seus cuidados pessoais. Na verdade, devia mesmo era ter um criado homem", disse Hilda assim que se acomodaram, com uma aparência de completa calma, para tomar o café depois do jantar. Falava com seu tom suave e supostamente gentil, mas Clifford recebia suas palavras como golpes de marreta na cabeça.

"Você acha?", perguntou ele em tom gélido.

"Tenho certeza! É necessário. Caso contrário, meu pai e eu vamos levar Connie daqui por uns meses. Assim é que não pode continuar."

"O que não pode continuar?"

"Você não está vendo a menina?", perguntou Hilda, olhando-o de cheio.

Naquele momento, ele lhe parecia um imenso lagostim cozido: ou pelo menos era o que ela imaginava.

"Connie e eu vamos discutir a questão", disse ele.

"Já discuti o assunto com ela", respondeu Hilda.

Clifford passara tempo demais nas mãos de enfermeiras. Ele as detestava, porque no fim das contas retiravam sua privacidade. E um criado homem! Não suportava a ideia de um homem pairando à sua volta. Era quase melhor *qualquer* mulher. Mas por que não Connie?

As duas irmãs partiram de carro pela manhã. Connie com uma expressão de cordeiro da Páscoa, apequenada ao lado de Hilda, que manejava o volante. Sir Malcolm estava viajando, mas a casa da família em Kensington estava aberta.

O médico examinou Connie com o maior cuidado e fez muitas perguntas sobre sua vida. "Às vezes vejo sua fotografia, com sir Clifford, nas revistas. Quase célebres, não é mesmo? Então é nisso que se transformam as meninas mais sossegadas, embora você ainda seja uma menina bem sossegada, apesar das revistas. Não, não, não vejo nenhum problema orgânico. Mas assim não é possível, não é possível! Diga a sir Clifford que ele precisa trazê-la à cidade ou levá-la ao estrangeiro, para se divertir. Você precisa se divertir! Sua vitalidade está baixa demais: sem reservas, sem reservas. Os nervos do coração já estão um pouco alterados: ah, sim! Nervos, só os nervos; por mim, você iria passar um mês em Cannes ou Biarritz.[50] Mas assim não pode continuar: *não pode*, estou dizendo: ou não me responsabilizo pelas consequências. Você está jogando sua vida fora, sem renovar as energias. Precisa se distrair, de distração saudável e adequada. Está gastando toda a sua vitalidade sem reposição. Assim não pode continuar, sabe. A depressão! Evite a depressão!"

Hilda cerrou os dentes, e isso queria dizer alguma coisa.

Michaelis soube que as duas estavam em Londres e veio correndo com um buquê de rosas.

"Ora, mas o que está havendo?", exclamou ele. "Você se transformou na sombra de si mesma! Nunca vi mudança igual! Por que não me disse nada? Venha para Nice comigo! Para a Sicília! Vamos, venha para a Sicília comigo, essa época do ano lá é maravilhosa. Você precisa pegar sol! Você precisa de vida! Mas você está se acabando! Venha comigo! Vamos à África! Ah, maldito sir Clifford! Largue esse homem e venha comigo. Eu me caso com você no momento em que ele aceitar o divórcio. Venha comigo, e vamos experimentar outra vida! Pelo amor de Deus! Aquele lugar, Wragby, acaba matando qualquer um. Lugar medonho! Lugar fétido! Mata qualquer um! Venha comigo para o sol! É de sol que você precisa, claro, e um pouco de vida normal..."

Mas o coração de Connie ficou simplesmente paralisado diante da ideia de abandonar Clifford naquela hora. Ela não seria capaz. Não — não! Simplesmente não seria capaz. Precisava voltar para Wragby.

Michaelis ficou arrasado. Hilda não gostava de Michaelis, mas *quase* o preferia a Clifford. E lá voltaram as irmãs para as Midlands.

Hilda conversou com Clifford — que ainda exibia os olhos amarelados quando elas chegaram. Ele também, a seu modo, estava esgotado. Mas precisou ouvir tudo que Hilda lhe disse, tudo que o médico dissera: não o que dissera Michaelis, claro. E escutou calado até o fim do ultimato.

"Eis o endereço de um bom criado homem, que trabalhou com um paciente do nosso médico até ele morrer no mês passado. É ótima pessoa: e deve aceitar a oferta de vir para cá."

"Mas não sou inválido, e *não quero* ter um criado homem", disse Clifford, coitado.

"E aqui tenho o endereço de duas mulheres, estive com uma delas, que também serviria perfeitamente; tem uns cinquenta anos, é sossegada, forte, gentil, e a seu modo até refinada..."

Clifford só ficou amuado, sem nada responder.

"Muito bem, Clifford. Se não tivermos nada acertado

até amanhã, mando um telegrama para meu pai e levamos Connie embora."

"E Connie está de acordo em ir?", perguntou Clifford.

"Não é o que ela quer. Mas ela sabe que precisa. Nossa mãe morreu de câncer, provocado pelo desgosto. Não queremos correr nenhum risco."

No dia seguinte, então, Clifford sugeriu a sra. Bolton, enfermeira da paróquia de Tevershall. Aparentemente, tinha sido indicação da sra. Betts. A sra. Bolton estava prestes a se aposentar de seus deveres paroquiais e procurando algum trabalho de enfermeira particular. Clifford tinha um estranho pavor de se entregar às mãos de uma desconhecida. Mas a sra. Bolton já cuidara dele quando tivera escarlatina, e ele a conhecia.

As duas irmãs foram imediatamente ver a sra. Bolton, numa casa praticamente nova numa rua bastante distinta para Tevershall. Encontraram uma senhora de boa aparência, com quarenta e poucos anos, de uniforme de enfermeira com colarinho e avental brancos, preparando o chá numa sala miúda e mobiliada além da conta.

A sra. Bolton mostrou-se muito atenta e cordial, e deu ótima impressão, falando com um pouco de sotaque mas um inglês pesado e correto, e de tanto dar ordens a mineiros doentes por tantos anos adquirira uma ótima opinião sobre si mesma, além de grande segurança. Em suma, a seu modo, fazia parte da classe dominante da localidade e era muito respeitada.

"De fato, lady Chatterley não me parece muito bem! Antes ela era tão corada, não é? Mas vem passando mal o inverno todo! Ah, é difícil, é mesmo. Pobre sir Clifford! Ah, essa guerra passou muito da conta."

E a sra. Bolton concordou em vir imediatamente para Wragby, se o dr. Shardlow não se opusesse. Ainda tinha mais duas semanas como enfermeira da paróquia, pela lei, mas talvez conseguisse uma substituta.

Hilda mandou um bilhete para o dr. Shardlow, e no

domingo seguinte a sra. Bolton chegou a Wragby na charrete de Leiver, com dois baús. Hilda conversou bastante com ela. A qualquer momento a sra. Bolton estava pronta para conversar. E tinha um ar tão jovem! A maneira como a paixão ruborizava suas faces tão pálidas! Tinha quarenta e sete anos.

Seu marido, Ted Bolton, tinha morrido na mina vinte e dois anos antes, completados no último Natal, bem no Natal, deixando-a com duas filhas, uma delas ainda de colo. Ah, a menorzinha àquela altura já estava casada, Edith, com um rapaz que trabalhava na farmácia de Sheffield. A outra era professora em Chesterfield e costumava vir para casa nos fins de semana, quando não era convidada para algum outro lugar. Hoje em dia os jovens se divertiam — de uma maneira diferente de quando ela, Ivy Bolton, era moça.

Ted Bolton tinha vinte e oito anos quando morreu numa explosão no fundo da mina. O primeiro da fila gritou para que todos se abaixassem depressa, eram quatro no total. E todos se estenderam no chão a tempo, menos Ted, que morreu na hora. E então no inquérito, do lado dos patrões, disseram que Ted tinha ficado com medo e tentado correr em vez de obedecer às ordens, de maneira que na verdade tinha sido culpa dele mesmo, praticamente. Então a indenização tinha sido de só trezentas libras, e pagas mais como se fossem um favor do que uma indenização legal, porque na verdade a culpa tinha sido dele próprio. E não deixaram que ela recebesse o dinheiro todo de uma vez; ela queria abrir uma lojinha. Mas disseram que se fosse daquele jeito ela havia certamente de gastar tudo de qualquer maneira, talvez até em bebida! Então ela só podia sacar trinta xelins por semana. Sim, toda manhã de segunda-feira ela precisava ir ao escritório e ficar algumas horas esperando a vez. Sim, por quase quatro anos ela foi até lá toda manhã de segunda-feira. O que mais ela poderia fazer, com duas meninas para criar? Mas a mãe de Ted foi muito boa com ela. Assim que a mais novinha começou a andar, passava o dia cuidando das crianças para que ela, Ivy Bolton, pudesse ir a Sheffield fazer o curso de atendimento de urgência, de ambulância[51] e depois, no quarto ano, ainda o curso de enfermagem, conseguindo o diploma. Estava determinada a ser independente e a sustentar suas filhas. Então trabalhou como assistente no hospital de Uthwaite, um lugar modesto, por algum tempo. Mas, quando a Companhia — a Companhia de Minas de Tevershall, na verdade sir Geoffrey — viu que ela sabia o que estava fazendo, foram muito generosos com ela, entregaram-lhe a enfermaria da paróquia e lhe deram todo o apoio, o que ela só podia agradecer. E era lá que ela vinha trabalhando desde então, mas ultimamente estava ficando um pouco puxado para ela, que precisava de um serviço um pouco mais leve, o movimento era *muito* para a enfermeira de todo o distrito.

"Sim, a Companhia *me* tratou muito bem, é o que eu sempre digo. Mas eu nunca vou esquecer o que eles disseram sobre Ted, porque ele era um dos sujeitos mais firmes e corajosos que já se enfiaram naqueles túneis, e praticamente puseram nele a marca de covarde. Mas ele tinha morrido e não podia responder nada, a nenhum deles!"

Era uma estranha mistura de sentimentos que aquela mulher exibia quando falava. Gostava dos mineiros, de quem cuidara por tanto tempo: mas sentia-se muito superior a eles. Considerava-se quase da classe alta; e ao mesmo tempo ardia nela um intenso ressentimento contra a classe dos proprietários. Os patrões! Numa disputa entre patrões e empregados, ela tomava sempre o lado dos empregados. Mas, quando essa disputa não estava em jogo, ela fazia o impossível para ser superior, para fazer parte das classes altas. As classes altas a fascinavam, devido à sua paixão singularmente inglesa por tudo que era superior. Ficou encantada de ir trabalhar em Wragby. Ficava encantada de conversar com lady Chatterley — por Deus, tão diferente das mulheres dos mineiros! E era o que declarava com todas as letras.

Mas era possível perceber nela a ponta de um certo rancor contra os Chatterley: o rancor contra os patrões.

"Mas sim, é claro que só podia deixar lady Chatterley exausta! Foi uma bênção ela ter aquela irmã para vir em sua ajuda. Os homens não pensam. Nem os pobres nem os ricos, acham que não custa nada o que as mulheres fazem por eles. Ah, quantas vezes eu falei disso com os mineiros! Mas é muito difícil, sabe, para sir Clifford, entrevado daquele jeito. Eles sempre foram uma família muito orgulhosa, até distante — o que tinham todo o direito de ser. E aí sofrer uma reviravolta dessas! E é muito duro para lady Chatterley, talvez para ela seja mais difícil ainda. Tudo que ela perde! Só tive Ted por três anos, mas podem acreditar que, enquanto ele estava lá, tive um marido que eu não posso esquecer. Era um em mil, e sempre muito alegre. Quem podia imaginar que ele iria morrer? Até hoje eu ainda não acredito — nunca acreditei direito —, apesar de ter lavado o corpo dele com minhas mãos. Mas para mim ele nunca morreu, nunca. Eu nunca admiti isso."

Aquela era uma voz nova em Wragby, muito nova aos ouvidos de Connie. E despertou nela um ouvido diferente.

Mais ou menos pela primeira semana, porém, a sra. Bolton se manteve bastante calada em Wragby. Deixou de lado seus modos seguros de si, seu costume de comandar, e mostrava-se nervosa. Com Clifford era tímida, assustada até, e quase não falava. Ele gostou, e logo recuperou seu autocontrole, deixando-a cuidar dele sem sequer reparar nela.

"Ela é uma nulidade muito útil!", disse ele.

Connie arregalou os olhos de surpresa, mas não replicou. As pessoas têm impressões tão diferentes!

E logo ele adquiriu uma certa soberba, um ar de senhor da sua enfermeira. Era mais ou menos a expectativa dela, a que ele correspondeu sem perceber. Tão suscetíveis que somos ao que se espera de nós. Os mineiros eram como crianças. Contavam tudo para ela e diziam onde doía enquanto ela trocava seus curativos ou lhes dava seus remédios. Sempre a faziam sentir-se tão importante, quase super-humana, por seus cuidados. Agora Clifford a fazia sentir-se diminuída como uma criada, e ela aceitava tudo sem dizer palavra, em sua adaptação às classes superiores.

Chegava sempre muito calada, com seu rosto comprido e agradável e os olhos baixos, para administrar-lhe seus cuidados. E perguntava em tom muito humilde: "Está na hora, sir Clifford? Posso fazer isso ou aquilo?".

"Não, deixe por enquanto. Mais tarde você faz."

"Perfeitamente, sir Clifford."

"Volte dentro de meia hora."

"Perfeitamente, sir Clifford."

"E leve esses papéis para jogar fora."

"Perfeitamente, sir Clifford."

Saía mansamente: e meia hora depois voltava a bater baixinho na porta. Estava sendo maltratada, mas nem se incomodava. Era uma experiência com as classes superiores. Não sentia raiva nem antipatia por sir Clifford. Ele era apenas parte do fenômeno, o fenômeno das pessoas de classe alta que ela até então desconhecia. Sentia-se mais à vontade com lady Chatterley — e afinal, é a dona da casa quem mais importa.

A sra. Bolton ajudava Clifford a deitar-se à noite, dormia do outro lado do corredor e acorria se ele a chamava durante a noite. Também o auxiliava pela manhã, e em pouco tempo assumiu todos os seus cuidados, até fazendo sua barba com modos hesitantes e suaves de mulher. Era muito boa e competente. E logo aprendeu a tê-lo sob seu poder. Nem era tão diferente dos mineiros, afinal, quando ela passava a espuma em seu queixo e esfregava de leve seus pelos eriçados. Os modos distantes e a falta de franqueza não a incomodavam. Tudo era uma nova experiência.

Clifford, todavia, no íntimo, jamais perdoou completamente Connie por transferir seus cuidados pessoais a uma mulher de fora, paga para isso. Era a morte, dizia-se ele, da verdadeira flor da intimidade que havia entre ele e ela. Mas Connie não se incomodava. Para ela, a fina flor da intimidade do casal era como uma orquídea, um bulbo parasitando sua árvore da vida para produzir, aos olhos dela, uma flor bastante medíocre.

Agora tinha mais tempo para si mesma. Podia tocar piano baixinho, no seu quarto, e cantar: "Não encoste no espinheiro, pois os laços do amor podem se desfazer".[52] Até pouco antes ela não percebia quanto aqueles laços do amor estavam prestes a se desfazer. Mas graças aos céus ela os havia afrouxado! Estava tão feliz por poder ficar só, sem precisar conversar com ele o tempo todo. Quando ele ficava sozinho batucava na máquina de escrever; ao infinito. Mas, quando não estava "trabalhando", e ela estava presente, ele falava, falava o tempo todo, uma análise infindável e minuciosa das pessoas, das motivações e dos resultados, do caráter e da personalidade de cada um — até que ela ficara farta. Por muitos anos ela adorara aquelas conversas — até ficar farta, e, de uma hora para outra, elas se tornaram insuportáveis. Sentia-se grata por estar sozinha.

Era como se milhares e milhares de pequenas raízes e fiapos de consciência dele e dela tivessem se reunido até formar um emaranhado que não tinha mais para onde crescer, e a planta estivesse a ponto de morrer. Agora, calmamente, com toda a sutileza, ela vinha desemaranhando as consciências deles dois, que separava aos poucos partindo discretamente cada fio, um por um, com paciência e impaciência, para se ver livre. Mas os laços de um amor assim tendem mais a se desfazer que a maioria dos outros; embora a chegada da sra. Bolton tenha sido uma grande ajuda.

Porém, ele continuava querendo as noites íntimas com Connie: conversando ou lendo em voz alta. Mas agora ela podia pedir à sra. Bolton que viesse às dez e os interrompesse. Às dez da noite Connie podia subir e ficar sozinha. Clifford ficava em boas mãos com a sra. Bolton.

A sra. Bolton fazia suas refeições com a sra. Betts na casa da governanta, pois as duas se davam bem. E era curioso como os alojamentos dos criados pareciam ter ficado mais próximos; bem perto das portas do gabinete de Clifford, quando até então eram tão distantes. Pois a sra. Betts às vezes vinha passar algum tempo no quarto da sra. Bolton, e Connie ouvia suas vozes contidas, e às vezes a vibração forte e diversa de gente trabalhadora quase invadindo a sala de estar, quando ela e Clifford ficavam a sós. Wragby mudara tanto, com a mera chegada da sra. Bolton.

E Connie sentia-se aliviada, num outro mundo. Sentia que respirava melhor. Mas continuava com medo ao ver quantas de suas raízes, algumas talvez vitais, ainda estavam emaranhadas às de Clifford. Mesmo assim, respirava com mais liberdade. Uma nova fase iria começar em sua vida.

8

A sra. Bolton também acompanhava Connie com olhos carinhosos, sentindo que precisava estender a ela sua proteção feminina e profissional. Estava sempre estimulando lady Chatterley a sair para uma caminhada, a ir de carro até Uthwaite, a aproveitar o ar livre. Pois Connie tinha adquirido o costume de sentar-se imóvel junto ao fogo, fingindo ler ou costurando sem muito entusiasmo, e quase nunca saía de casa.

Num dia de vento, pouco depois que Hilda foi embora, a sra. Bolton disse: "Por que a senhora não vai dar um passeio pelo bosque, olhar os narcisos que crescem atrás da casa do guarda-caça? Estão a coisa mais bonita que se pode ver num dia de passeio. E pode trazer alguns para botar no seu quarto, são tão alegres".

Connie recebeu bem a sugestão. Narcisos silvestres! Afinal, ninguém devia ficar cozinhando no próprio caldo. A primavera estava voltando. "As estações regressam, mas para mim não torna a Primavera..."[53]

E o guarda-caça — aquele corpo muito branco e delgado como o pistilo solitário de uma flor invisível! Ela se esquecera dele em sua horrenda depressão. Mas agora alguma coisa raiava. "Luzindo clara, além do umbral da porta"[54] — a coisa a fazer era ultrapassar portas e umbrais.

Ela estava mais forte — conseguia caminhar melhor. E no bosque o vento incomodava menos que na travessia do parque, em que tanto pressionava seu corpo. Ela queria esquecer, esquecer o mundo e todos os seus habitantes terríveis, com corpo de carniça. "Necessário vos é nascer de novo! — Creio na ressurreição do corpo! — Se o grão de trigo caindo na terra não morrer, não dá fruto.[55] — Quando o açafrão brotar, também eu hei de emergir e contemplar o sol!" Ao vento de março, frases infindáveis desfilavam por sua consciência.

Pequenas rajadas de sol sopravam, estranhamente brilhantes, e iluminavam as celidônias da fímbria do bosque, debaixo das aveleiras, onde se destacavam com seu amarelo forte. E o bosque estava imóvel, mais imóvel ainda, só atravessado por sopros de brisa e réstias de sol. As primeiras flores silvestres tinham acabado de brotar, e todo o bosque parecia mais claro com a cor pálida das infindáveis anêmonas miúdas que salpicavam o solo. "O mundo clareou com teu alento."[56] Mas era o hálito de Perséfone,[57] dessa vez. Decidira emergir dos infernos, no frio daquela manhã. Sopros frios de brisa faziam-se sentir, e no alto a fúria de ventos emaranhados deixava-se capturar pela ramagem. O vento também estava enredado nos galhos e tentava libertar-se, como Absalão.[58] E as anêmonas pareciam sentir frio, meneando os brancos ombros nus por sobre suas verdes saias rodadas. Mas aguentavam firme. Algumas precoces prímulas também, miúdas e desbotadas, apareciam à beira do caminho, e brotos amarelos que começavam a desenrolar-se.

Os uivos e a agitação aconteciam no alto, e só uma que outra rajada fria chegava abaixo da copa das árvores. Connie sentia uma estranha excitação no bosque, e exibia um rubor nas faces, um azul ardente nos olhos. Caminhava a passos medidos, colhendo algumas prímulas e as primeiras violetas, com seu aroma doce e frio, doce e frio. E seguia em frente sem atentar por onde andava.

Até que chegou à clareira na extremidade oposta do bosque e viu o chalé de pedra manchado de verde, parecendo quase rosado, como a carne inferior da copa de um cogumelo, com sua pedra aquecida por um clarão de sol. E lá estava o brilho dos jasmins amarelos junto à porta; a porta fechada. Mas nenhum som; fumaça alguma subia da chaminé; nenhum latido.

Ela contornou a casa em silêncio até os fundos, onde o terreno formava um barranco; tinha uma desculpa, ver os narcisos.

E lá estavam eles, flores de talo curto, agitadas, trêmulas e sussurrantes, tão coloridas e vivazes, mas sem terem como esconder o rosto, que procuravam desviar do sol.

Sacudiam seus farrapos coloridos e manchados de sol, em espasmos de aflição. Mas talvez na verdade gostassem daquilo. Talvez gostassem de fato daquela agitação.

Constance sentou-se com as costas apoiadas num jovem pinheiro que balançava com uma vida surpreendente, elástica e poderosa, voltando sempre à vertical. Aquela coisa viva e ereta, com sua folhagem ao sol! E ficou olhando enquanto os narcisos se tingiam de dourado, envoltos num raio de sol que aquecia suas mãos e seu regaço. Até ela conseguia captar o aroma tênue e alcatroado das flores. E sentada ali, tão quieta, sentiu que se entregava à correnteza do seu próprio destino. Estivera atada até então, retesando sua corda como um barco que dá repelões nas amarras; agora estava solta, e à deriva.

A luz do sol deu lugar a um hálito gelado; os narcisos estavam agora à sombra, cabisbaixos e silenciosos. E assim passariam o resto do dia e a longa noite gelada. Tão resistentes em sua fragilidade!

Levantou-se, um tanto enrijecida, colheu algumas flores e foi embora. Relutou em partir o talo das plantas, mas queria levar pelo menos uma ou duas consigo. Precisava voltar para Wragby e o abrigo das suas paredes. E nesse momento odiava aquela casa, especialmente suas paredes grossas. Paredes e muros! Sempre as paredes! Com aquele vento, porém, eram necessários.

Quando chegou em casa, Clifford perguntou:
"Aonde você foi?"
"Até o outro lado do bosque! Olhe esses narcisos, não são adoráveis? E pensar que brotam direto da terra!"
"Mas também do ar e do sol", disse ele.
"Mas modelados na terra", retorquiu ela, com uma disposição automática à contradição que a deixou um pouco surpresa.

Na tarde seguinte, saiu de novo para o bosque. Seguiu a alameda mais larga que subia descrevendo muitas curvas, em meio aos lariços, até uma fonte conhecida como o Poço de John. Fazia frio naquela encosta, e à sombra dos lariços não crescia uma flor sequer. Mas a fontezinha gelada brotava borbulhante de seu pequeno leito de seixos limpos de um branco avermelhado. Como era límpida e gelada! Uma delícia. O novo guarda-caça devia ter trocado os seixos do fundo. Ficou escutando o tênue marulho das águas à medida que o diminuto transbordamento formava um filete que descia morro abaixo. Mesmo em meio ao rumor do vento no bosque de lariços, que espalhava as sombras eriçadas, sem folhas e famintas pela encosta, ouvia como que o tinido de minúsculas sinetas líquidas.

O lugar era um pouco lúgubre, frio e úmido. No entanto, aquela fonte devia ser um bebedouro natural havia muitos séculos. Hoje não era mais assim. A pequena clareira onde brotava tinha vegetação abundante, era fria e triste.

Connie levantou-se e começou a caminhar lentamente de volta para casa. Enquanto andava, começou a escutar o ruído fraco de pancadas à sua direita, a uma certa distância, e parou para ouvir melhor. Seria um martelo ou um pica-pau? Certamente era um martelo.

Continuou a andar, sempre atenta. E então percebeu uma picada estreita entre os abetos jovens, trilha que parecia levar a lugar nenhum. Mas sentiu que vinha sendo usada. Aventurou-se a enveredar por ela, em meio aos abetos muito novos e densos, que logo adiante davam lugar ao antigo bosque de carvalhos. Seguiu a picada, e o som do martelo ficou mais próximo, no silêncio do bosque varrido pelo vento, pois as árvores produzem um certo silêncio mesmo quando sacudidas pelo vento.

Encontrou uma pequena clareira secreta, e uma pequena cabana secreta feita de toras rústicas. E nunca estivera ali antes! Percebeu que era o lugar protegido onde os faisões jovens eram criados; e o guarda-caça estava ajoelhado em mangas de camisa, martelando. Sua cachorra se adiantou num trote curto, com um latido curto. O guarda-caça ergueu o rosto de repente e deparou-se com ela. Tinha uma expressão de espanto nos olhos.

Ele se endireitou e fez uma reverência, observando-a em silêncio, enquanto ela se aproximava com as pernas um pouco bambas. Ele ficou aborrecido com a intrusão, tinha sua solidão em alta conta, era sua única e derradeira liberdade na vida.

"Eu quis saber o que eram essas marteladas", disse ela, sentido-se fraca e sem fôlego, e com um certo medo dele, que a fitava diretamente.

"Tou consertando os poleiro pros faisão pequeno", disse ele, em dialeto.

Ela não sabia o que dizer, e sentiu-se fraca.

"Só quero ficar algum tempo sentada", disse ela.

"Pode vim sentar aqui na cabana", disse ele, tomando-lhe a frente, afastando algumas tábuas e materiais e puxando um banco rústico, feito de sarrafos.

"E cê quer que eu acendo um foguinho?", perguntou ele, sempre com a curiosa ingenuidade do dialeto local.

"Ah, nem se incomode", respondeu ela.

Mas ele olhava para as mãos dela: estavam azuladas. De maneira que juntou às pressas alguns finos galhos secos de lariço na lareira de tijolos a um canto, e dali a pouco a chama amarela já se erguia na direção da chaminé. Arrumou um lugar ao lado da lareira.

"Senta antão um pouco aqui, pra se esquentar", disse ele.

Ela obedeceu. Ele tinha o curioso tipo de autoridade protetora que suscitava sua obediência imediata. De maneira que ela se sentou e aqueceu as mãos perto do fogo, pondo mais lenha na lareira enquanto lá fora ele voltava a martelar. Na verdade ela não queria ficar sentada naquele canto, junto ao fogo, preferia ficar olhando da porta, mas ele tinha decidido o que era melhor para ela, então precisava submeter-se.

A cabana era razoavelmente protegida, as paredes forradas de tábuas cruas sem verniz, com uma mesinha e um banco rústicos além da cadeira que ela ocupava, e mais uma bancada de carpinteiro, um caixote grande, ferramentas, tábuas novas, pregos; e várias outras coisas pendiam das paredes: machado, machadinha, armadilhas, artigos de couro, coisas guardadas em sacos, o casaco dele. Não tinha janela, e a luz entrava pela porta aberta. Continha uma verdadeira desordem, mas também era uma espécie de pequeno santuário.

Ela ficou ouvindo as batidas do martelo do homem. Agora soava menos feliz. Ele estava incomodado. Sua privacidade tinha sido invadida, e era uma invasão perigosa! Uma mulher! Ele chegara a um ponto em que só desejava no mundo poder ficar sozinho. Ainda assim, faltava-lhe o poder de preservar sua privacidade. Era um empregado, e aquelas pessoas eram seus patrões.

Mais especialmente, não queria travar novos contatos com mulher alguma. Tinha medo da simples ideia: e ainda trazia as marcas extensas dos antigos contatos. Sentia que precisava ficar só, que precisavam deixá-lo em paz; caso contrário, podia morrer. Sua retração do mundo exterior era completa; seu último refúgio era aquele bosque. Esconder-se lá!

Connie logo se aqueceu junto ao fogo, que alimentara além da conta: começou a sentir calor. Foi sentar-se no banquinho junto à porta, vendo o homem trabalhar. Ele parecia não se dar conta da sua presença: mas sabia. Ainda assim continuava trabalhando, como que totalmente absorto, com a cachorra marrom sempre sentada sobre a cauda junto dele, vigiando o mundo indigno de confiança.

Ágil, silencioso e rápido, o homem terminou a gaiola que estava fazendo, virou-a, experimentou a porta corrediça e a pôs de lado. Em seguida levantou-se, foi buscar outra gaiola velha e a levou até junto do toco onde estava trabalhando. Acocorado, testou a resistência das barras; algumas delas partiram-se nas suas mãos; começou a soltar os pregos. Em seguida virou a gaiola de lado e a examinou, sem dar o menor sinal de perceber a presença da mulher.

Connie continuava a observá-lo fixamente. E o mesmo isolamento solitário que vira no homem seminu agora via nele vestido: solitário e deliberado como um animal que trabalha só, mas também contemplativo e concentrado como uma alma refugiada que se retrai para evitar o contato humano. Em silêncio paciente, ele se retraía diante dela agora mesmo. E era aquela quietude, e aquele tipo de paciência indiferente ao tempo, num homem impaciente e passional, que repercutia no ventre de Connie. Ela via na cabeça abaixada do homem, em suas mãos rápidas e tranquilas, na curvatura de seus quadris esguios e sensíveis, alguma coisa paciente e recolhida. Sentia que a experiência dele devia ter sido mais profunda e abrangente, e talvez mais mortífera. E isso a distraía de si mesma, fazendo-a sentir-se quase irresponsável.

De maneira que permaneceu sentada junto à porta da cabana perdida em devaneio, indiferente por inteiro ao tempo e a qualquer outra circunstância. Deixara-se levar para tão longe naquela deriva que ele olhou rapidamente para ela, e percebeu a expressão completamente tranquila e expectante em seu rosto. Para ele, era um ar de expectativa. E uma pequena língua de fogo ardeu por um instante em seu ventre, na base da espinha, e ele gemeu em espírito. Temia, com um pavor quase mortal, qualquer novo contato íntimo com outra pessoa. Acima de tudo, desejava que ela fosse embora e o deixasse em sua solidão privativa. Ele temia a vontade dela, sua vontade de mulher, e sua insistência de mulher moderna. E acima de tudo temia seu despudor sereno de classe alta, de quem se vê com direito ao que quiser. Pois no fim das contas ele não passava de um empregado. E detestava a presença dela ali a seu lado.

Connie voltou a si com um desconforto repentino. Levantou-se. A tarde se convertia em noite, e ainda assim ela não conseguia ir embora. Aproximou-se do homem. Ele se pôs em posição de sentido, o rosto cansado rígido e sem expressão, os olhos atentos a ela.

"Aqui é tão bonito, tão repousante", disse ela. "Nunca tinha estado aqui antes."

"Não?"

"Acho que de vez em quando virei até aqui passar algum tempo."

"Sim?"

"O senhor deixa a cabana trancada quando não está aqui?"

"Sim, lady Chatley."

"E acha que eu poderia ficar com outra chave, para poder me refugiar aqui de vez em quando? Existe uma segunda chave?"

"Otra chave num tem, que eu saiba", respondeu ele, recaindo no dialeto. Connie hesitou; ele começava a esboçar uma resistência. E era dele, aquela cabana?

"Não podemos mandar fazer outra chave?", perguntou ela com sua voz mansa, que no fundo tinha o tom de uma mulher determinada a obter o que queria.

"Otra?", disse ele, olhando para ela com um rubor irritado, com um toque de sarcasmo.

"Sim, uma duplicata", disse ela, corando.

"Quem sabe cê preguntando pro sir Clifford", disse ele, descartando o pedido dela.

"Sim!", respondeu ela. "Ele talvez tenha uma segunda chave. Ou então podemos mandar tirar uma cópia da sua. Deve ficar pronta em menos de um dia, eu acho. Se o senhor puder dispensar sua chave por esse tempo."

"Num sei dizer, lady Chatley, num sei de ninguém que tira cópia de chave aqui por perto."

Connie teve um súbito arroubo de irritação.

"Muito bem!", disse ela. "Então eu cuido disso!"

"Perfeitamente, lady Chatterley", em inglês correto.

Os olhos dos dois se encontraram. Os dele tinham uma expressão fria e desagradável de antipatia e desdém, e indiferença ao que iria acontecer. Os dela ardiam de irritação.

Mas logo ela se deixou abater. Viu o quanto ele antipatizava com ela quando se opunha a ele. E percebeu nele uma espécie de desespero.

"Boa tarde!"

"Tarde, lady Chatley!", ele fez uma reverência e deu-lhe abruptamente as costas. Ela despertara nele os cães adormecidos de uma ira antiga e voraz, a ira contra a mulher de vontade forte. E não havia nada que ele pudesse fazer, nada! E ele sabia disso!

Ela, por sua vez, ficou irritada com aquele homem de vontade forte. E ainda por cima um empregado! Caminhou até em casa de mau humor.

Encontrou a sra. Bolton debaixo da grande faia no alto do morrinho, à procura dela.

"Só estava querendo saber se lady Chatterley já ia chegar", disse a mulher em tom ligeiro.

"Estou atrasada?", perguntou Connie.

"Oh! É só que sir Clifford estava esperando o chá."

"E por que a *senhora* não preparou?"

"Ah, não acho que seja meu lugar. E acho que sir Clifford não iria gostar nem um pouquinho, lady Chatterley."

"Não vejo por que não", disse Connie.

Entrou em casa, até o gabinete de Clifford, onde a velha chaleira de estanho fumegava na bandeja.

"Estou atrasada, Clifford!", disse ela, largando suas flores e pegando a bandeja do chá ainda de chapéu e cachecol. "Desculpe! Por que você não deixou a senhora Bolton preparar o chá?"

"A ideia nem me ocorreu", disse ele em tom irônico. "Não consigo imaginar a senhora Bolton sentada à cabeceira da mesa do chá."

"Ah, mas um bule de prata não tem nada de sacrossanto", rebateu Connie.

Ele ergueu os olhos curiosos para ela.

"O que você esteve fazendo a tarde inteira?", perguntou.

"Caminhando — e depois passei um tempo sentada num lugar abrigado. Você sabia que o pé de azevinho grande ainda está com algumas frutinhas?"

Ela tirou o cachecol, mas não o chapéu, e sentou-se para preparar o chá. A torrada devia estar uma sola de couro. Cobriu o bule com o abafador e levantou-se em busca de um vasinho para suas violetas. As pobrezinhas estavam caídas, com os talos moles e pendentes.

"Elas vão reviver!", disse ela, pondo-as à frente de Clifford em seu vasinho, para que ele sentisse o perfume.

"Ó meigas pálpebras de Juno."[59]

"Não vejo a menor ligação disso", disse ela, "com a realidade das violetas. Os elisabetanos eram muito pomposos."

Serviu o chá de Clifford.

"Você acha que existe uma segunda chave da porta daquela pequena cabana que fica mais ou menos perto do Poço de John, onde é o criadouro dos faisões?", perguntou ela.

"Pode ser. Por quê?"

"Encontrei o lugar hoje — e nunca tinha estado lá.

Achei o recanto adorável. Eu poderia às vezes ir até lá nos meus passeios."

"Mellors estava lá?"

"Estava! E foi assim que eu cheguei à cabana: ouvindo suas marteladas. Mas ele deu a impressão de não ter gostado nada da minha intrusão. Na verdade, quase respondeu com grosseria quando perguntei se ele tinha uma cópia da chave."

"O que ele disse?"

"Ah, nada: foi só a atitude dele! Disse que não sabia de chave nenhuma."

"Pode ser que haja uma cópia no gabinete do meu pai. Betts sabe de todas elas: ficam guardadas lá. Depois peço a ele para olhar."

"Ah, por favor!", disse ela.

"Quer dizer que Mellors foi quase grosseiro?"

"Na verdade não foi nada! Mas acho que ele não quer que eu tenha a liberdade de invadir aquele castelo toda vez que quiser."

"Acho que não."

"Ainda assim, ele não tem motivo para se incomodar. Não é a casa dele, no fim das contas. Não é seu domínio particular. Não vejo por que eu não possa entrar lá quando quiser, para descansar um pouco."

"Exatamente!", disse Clifford. "Esse homem se tem em conta alta demais."

"É mesmo?"

"Sem a menor dúvida! Ele se acha uma coisa fora do comum. Ele era casado mas não se dava muito bem com a mulher, e por isso se alistou em 1915 e foi mandado para a Índia, acho eu. De qualquer maneira, foi ferreiro de cavalaria durante algum tempo no Egito; sempre ligado aos cavalos, uma decisão inteligente. Então algum coronel do exército na Índia gostou dele e promoveu-o a tenente. Isso mesmo, conseguiu uma patente de oficial. Acho que depois voltou para a Índia com o coronel dele, para a região da fronteira noroeste.⁶⁰ Depois ficou doente; e agora recebe uma pensão. Só deixou o exército no ano passado, que eu saiba. E então, naturalmente, não é fácil para um homem assim voltar ao nível anterior. É natural que ele se debata um pouco. Mas comigo ele cumpre bem seus deveres. Só não vou admitir essa atitude de tenente Mellors."

"Mas como ele chegou a ter patente de oficial, falando com tanto sotaque de Derbyshire?"

"Ele só fala assim de vez em quando. É capaz de falar um inglês perfeitamente correto — pelo menos para ele. Acho que ele imagina que, tendo voltado para o meio dos soldados rasos, será melhor falar como eles falam."

"Por que você nunca me falou dele antes?"

"Ah, não tenho paciência com essas novelas. É isso que arruína toda ordem. Só posso lamentar muito que essas coisas aconteçam."

Connie tendia a concordar. De que serviam as pessoas descontentes, que não se encaixavam em lugar algum?

Com o súbito advento do bom tempo, Clifford decidiu passear também pelo bosque. O vento continuava frio, mas menos desgastante, e o sol lembrava a própria vida, quente e densa.

"É impressionante", disse Connie, "como a pessoa se sente diferente quando o dia está fresco e bonito. Geralmente o ar dá a impressão de estar quase morto. As pessoas estão matando o próprio ar."

"Você acha que são as pessoas?", perguntou ele.

"Acho! O vapor de todo o tédio, toda a infelicidade e raiva das pessoas acaba matando a vitalidade no ar. Estou certa disso."

"Mas talvez seja alguma condição da atmosfera que diminui a vitalidade das pessoas", disse ele.

"Não! O homem é que envenena o universo", reafirmou ela.

"Suja seu próprio ninho!", concluiu Clifford.

A cadeira continuava a avançar. Amentilhos dourados pendiam das aveleiras, e nos trechos banhados pelo sol as anêmonas dos bosques estavam totalmente abertas como se exclamassem com a alegria da vida, da mesma forma que no passado, quando as pessoas eram capazes de exclamar de alegria. Tinham um aroma suave de flor de macieira. Connie colheu algumas para Clifford.

Ele as pegou e examinou-as curioso.

"'Inviolada noiva da quietude'",[61] disse ele. "Parece mesmo se aplicar melhor às flores que a um jarro grego."

"A violação é uma coisa tão horrenda!", disse ela. "Só as pessoas violam e estragam as coisas."

"Ah, não sei... as lesmas e outros bichos", disse ele.

"Mas as lesmas só fazem comer. E as abelhas não estragam nada."

Estava irritada com ele, que transformava tudo em palavras. As violetas eram as pálpebras de Juno, e as anêmonas viravam noivas invioladas. Connie detestava as palavras, que sempre se interpunham entre ela e a vida! Elas é que estragavam tudo: as palavras e as frases feitas que sugavam toda a seiva essencial das coisas vivas.

O passeio com Clifford não foi muito bem-sucedido. Entre ele e Connie pairava uma tensão que ambos fingiam não perceber, mas estava sempre lá. De uma hora para outra, com toda a energia de seu instinto feminino, ela se esforçava em silêncio para afastá-lo de si. Queria ver-se livre de Clifford, e especialmente da consciência dele, de suas palavras, de sua obsessão consigo mesmo — a atenção obsessiva que cultivava o tempo todo, consigo mesmo e com suas próprias palavras.

O tempo voltou a ficar chuvoso. Mas ao cabo de um ou dois dias ela saiu na chuva. E foi para o bosque. E, lá chegando, encaminhou-se para a cabana. Chovia, mas não fazia frio. E o bosque lhe parecia tão silencioso e remoto, inacessível à pouca luz do dia de chuva.

Chegou à clareira. Ninguém! A cabana estava trancada. Mas ela se acomodou no degrau da entrada, feito de uma tora, debaixo do rústico portal, e encolheu-se para conservar o calor do corpo. Ficou sentada contemplando a chuva, tentando distinguir seus muitos sons abafados e os estranhos murmúrios do vento no topo das árvores, quando parecia não haver vento algum. Antigos carvalhos erguiam-se à sua volta, troncos cinzentos e poderosos enegrecidos pela chuva, encorpados e cheios de vida, dos quais se desprendiam ramos intimoratos. O solo se mostrava razoavelmente livre de mato miúdo, as anêmonas cintilavam e havia uma ou duas moitas floridas, de sabugueiro ou bolas-de-neve, além do emaranhado purpúreo de uma amoreira silvestre — e o velho tom ferruginoso das samambaias quase encoberto por tufos verdes de anêmonas. Talvez aquele fosse um dos lugares ainda inviolados, que ninguém estragara. Inviolado! O mundo inteiro estava estragado.

Há coisas que não se pode violar e estragar. Não há como violar e estragar uma lata de sardinhas. E tantas mulheres são assim: e homens também. Mas a terra...!

A chuva começou a esmorecer. Mal continuava a produzir uma certa escuridão entre os carvalhos. Connie quis ir embora. Mas permaneceu sentada. E começou a sentir frio. Mesmo assim, a inércia que predominava sobre sua inquietação íntima a mantinha como que paralisada.

Violada! A que ponto uma pessoa podia sentir-se violada sem ao menos ser tocada! Violada por palavras mortas que se tornavam obscenas, e por ideias mortas convertidas em obsessões.

Uma cachorra marrom e molhada chegou correndo e não latiu, ostentando bem alta a pluma encharcada da cauda. O homem vinha atrás, usando um casaco de oleado preto igual ao de um chofer, e com o rosto um pouco corado. Ela sentiu uma hesitação repentina em seus passos rápidos, assim que a viu. Ela se levantou, postada no palmo de terra seca protegido pelo portal rústico da cabana. Ele lhe fez uma reverência sem dizer nada, aproximando-se dela. Ela começou a recuar.

"Já estava indo embora", disse ela.

"Tava esperando pra entrar?", perguntou ele, olhando para a cabana e não para ela.

"Não! Só me sentei aqui um pouco para me proteger da chuva", disse ela, com uma dignidade serena.

Ele olhou para ela. Ela parecia estar com frio.

"Quer dizer que sir Clifford num tem otra chave?", perguntou ele.

"Não! Mas não importa. O portal me protegeu perfeitamente da chuva. Boa tarde!"

Ela detestava o excesso de sotaque nas palavras dele.

Ele a observava com atenção, enquanto ela se afastava. Em seguida abriu o casaco, enfiou a mão no bolso do culote e tirou a chave da cabana.

"Tou achando melhor cê ficar com essa chave aqui, que eu vou dar um jeito de cuidar dos bichinho notro canto."

"O que está querendo dizer?", perguntou ela.

"Tou dizendo que dá pra mim achar otro lugar bom pra criar os faisão novo. Se a senhora quer ficar vindo praqui, num vai querer me ver aparecendo toda hora."

Ela olhou para ele, entendendo a custo o que ele queria dizer através dos excessos do sotaque.

"Por que o senhor não fala inglês comum?", perguntou ela em tom frio.

"Eu?... Tava achando que era um inglês *bem* comum."

Ela ficou calada por alguns instantes, tomada pela raiva.

"Bom, se cê quer a chave, tem que pegar logo. Senão posso levar pra senhora amanhã, despeis de limpar tudo que tem aí dentro. Assim fica bom pra senhora?"

Ela ficou mais irritada ainda.

"Eu não queria sua chave", disse ela. "E não quero que tire nada daqui. De maneira alguma eu quero afastar o senhor da sua cabana, muito obrigada! Só queria poder entrar e me sentar nela de vez em quando — como hoje, por exemplo. Mas posso perfeitamente me proteger debaixo do portal. Então por favor não toque mais nesse assunto."

Ele tornou a olhar para ela, com seus malvados olhos azuis.

"Mas ora", disse ele, com um sotaque carregado e muito lento, "lady Chatley tem todo direito de ficar com a chave e tudo o mais bem do jeito que tá agora, só que tamos na época do ano que os bichinho nasce e eu preciso andar por aqui toda hora pra ver se tá tudo bem com eles! No inverno mesmo eu nem perciso chegar perto. Mas agora que é quase primavera, e sir Clifford tá querendo voltar a criar faisão... E lady Chatley num ia querer *me* ver toda hora assuntando aqui em volta quando tivesse aqui..."

Ela ficou escutando com um espanto vago.

"E por que eu havia de me importar com o senhor por perto?", perguntou ela.

Ele olhou para ela com curiosidade.

"E o incômodo pra mim?", respondeu ele depressa, mas em tom significativo. E ela corou.

"Pois muito bem!", respondeu Connie finalmente. "Não vou incomodá-lo. Mas não acho que fosse me importar de ficar sentada aqui vendo o senhor cuidar dos filhotes. Até iria gostar. Mas, já que o senhor acha que atrapalha seu serviço, não vou perturbá-lo, não se preocupe. O senhor é empregado de sir Clifford, e não meu."

A expressão soou estranha — ela não soube bem por quê. Mas deixou passar.

"Nada disso, lady Chatley. A cabana é da senhora. E tudo vai ser sempre do jeito que a senhora quiser. Pode me mandar andar a qualquer momento. Só que eu achei..."

"Achou o quê?", perguntou ela, ansiosa.

Ele empurrou o chapéu para trás, com um gesto curioso e engraçado.

"Só achei que a senhora ia querer ficar sozinha em paz aqui, quando quisesse vim, sem eu pra atrapalhar."

"Mas por quê?", perguntou ela, irritada. "O senhor não é uma pessoa civilizada? Acha que eu devia ter medo do senhor? Por que eu haveria de me incomodar com o senhor, se está por perto ou não? Que diferença faz?"

Ele olhou para ela, o rosto todo iluminado por um riso malicioso.

"Diferença nenhuma, lady Chatterley. Não faz a menor diferença", disse ele sem sombra de sotaque.

"E então, por que seria...?", perguntou ela.

"Lady Chatterley quer então que eu mande fazer uma cópia da chave?"

"Não, muito obrigada. Não quero mais."

"Mas vou mandar fazer de qualquer jeito", respondeu ele voltando ao dialeto. "Melhor ter duas chave pressa porta."

"O senhor é muito insolente", disse Connie, ruborizada e arquejando um pouco.

"Nem sou não!", respondeu ele depressa. "Nem me diz uma coisa dessa! Nada disso, eu nem quis dizer nada! Só pensei que a senhora vindo aqui eu ia ter que ir embora. E ia dar muito trabalho, começar tudo de novo noutro canto. Mas se lady Chatley num se incomoda comigo, aí então... a cabana é de sir Clifford, quem manda aqui é a senhora; e tudo vai ser do jeito que a senhora quer, do seu gosto, se a senhora num vai ficar reparando eu vim aqui fazer os serviço que eu perciso."

Connie foi embora completamente aturdida. Não sabia ao certo se tinha sido insultada e mortalmente ofendida ou não. Talvez o homem só estivesse querendo dizer aquilo mesmo: que imaginava que ela fosse querer que ele não aparecesse. Como se aquilo lhe passasse pela cabeça! E como se ele pudesse ter toda aquela importância, ele e sua presença insuportável.

Ela voltou para casa confusa, sem saber ao certo o que pensava ou sentia.

9

Connie estava surpresa com o sentimento de aversão que Clifford lhe inspirava. E mais, percebia que na verdade jamais gostara dele. Não que o odiasse: seu sentimento era desapaixonado. Mas nutria por ele uma profunda aversão física. E tinha quase a impressão de ter se casado com ele por causa justamente dessa aversão física e secreta. Mas é claro que na realidade se casara com ele devido à atração e ao estímulo que ele exercia sobre ela no plano do intelecto. Ele lhe parecia, de certa forma, um mestre, além do seu alcance.

Mas agora aquele estímulo intelectual fora findando aos poucos e desaparecera, e só lhe restava a consciência daquela aversão física que brotava do mais fundo de si mesma: e Connie percebia quanto aquilo vinha consumindo sua vida.

Sentia-se fraca e absolutamente isolada. Esperava que alguma ajuda pudesse chegar-lhe de fora. Mas em todo o mundo não havia quem pudesse ajudá-la. A sociedade era terrível, porque era louca.

A sociedade civilizada é louca. O dinheiro e o que se entende por amor são suas grandes manias; o dinheiro, de longe, em primeiro lugar. Em sua loucura desconexa, os indivíduos se afirmam de um destes dois modos: o dinheiro ou o amor. Bastava olhar para Michaelis! Sua vida e sua atividade eram pura loucura. Seu amor era uma espécie de loucura. Até suas peças eram uma forma de loucura.

E Clifford também. Todas aquelas conversas! Tudo que ele escrevia! Todo aquele empenho em fazer sucesso à força! Era completa loucura. E estava piorando, ele ficava cada vez mais maníaco.

Connie estava assustada. Mas pelo menos Clifford vinha transferindo suas garras, dela para a sra. Bolton. E nem se dava conta disso. Como no caso de tantos loucos, sua loucura podia ser medida por todas as coisas que deixava de perceber: as grandes lacunas desertas da consciência.

A sra. Bolton era admirável em muitos aspectos. Mas tinha aquele estranho impulso inconsciente de controle, de afirmar interminavelmente sua vontade, que é um dos sinais de loucura da mulher moderna. *Julgava-se* totalmente subserviente, posta a serviço dos outros. E Clifford a deixava fascinada porque sempre, ou quase sempre, frustrava suas iniciativas com toda calma, como que movido por um instinto mais apurado. Sua vontade de afirmar-se era mais determinada, mais sutil, que a dela. E era isso que a deixava tão encantada.

E talvez nisso também tivesse residido o encanto de Clifford sobre Connie.

"O dia hoje está lindo!", dizia a sra. Bolton, com sua voz suave e persuasiva. "Acho que o senhor iria gostar de um belo passeio na sua cadeira, o sol está uma delícia."

"É mesmo?... Pode me passar aquele livro... sim, o amarelo. E acho que prefiro que tire os jacintos da sala."

"Mas eles estão tão liiiindos!", dizia ela, prolongando muito o "i". "E o perfume é maravilhoso!"

"Meu problema é justamente o perfume", dizia ele. "Que me parece um tanto fúnebre."

"O senhor acha mesmo?", exclamava ela surpresa, ofendida só de leve, mas também impressionada. E levava os jacintos embora da sala, admirada da alta sensibilidade daquele aristocrata.

"Posso fazer sua barba, ou o senhor prefere se barbear sozinho?", sempre com o mesmo tom suave, carinhoso e subserviente, mas ainda assim de comando.

"Não sei. A senhora se incomoda de esperar um pouco? Eu toco a campainha quando decidir."

"Muito bem, sir Clifford!", respondia ela, em voz muito baixa e submissa, retirando-se em silêncio. Mas cada rejeição reforçava a energia acumulada de sua vontade.

Quando ele tocava a campainha, ao cabo de algum tempo, ela aparecia de imediato. E então ele dizia:

"Acho que prefiro que a senhora me barbeie hoje."

Seu coração sofria um pequeno sobressalto e ela respondia com uma voz especialmente macia:

"Perfeitamente, sir Clifford!"

A sra. Bolton era muito habilidosa, com um toque agradável e suave, bem vagaroso. Num primeiro momento ele se ressentira do contato infinitamente ligeiro daqueles dedos na pele do seu rosto. Mas agora ele gostava, com uma voluptuosidade cada vez maior. Ele a deixava barbeá-lo quase todo dia: o rosto dela perto do seu, com os olhos tão concentrados, procurando fazer o serviço da melhor maneira. E aos poucos as pontas dos seus dedos mapearam com perfeição as faces e os lábios de Clifford, seu maxilar, o queixo e o pescoço. Ele era bem nutrido e tinha boa aparência, seu rosto e seu pescoço eram bastante bonitos, e ele era um cavalheiro.

Ela também era bonita, pálida, com um rosto mais para longo e absolutamente tranquilo, os olhos brilhantes mas nada reveladores. Aos poucos, com uma suavidade infinita, quase com amor, ela foi assumindo as rédeas, e ele cedia.

Agora a sra. Bolton fazia quase tudo para Clifford e ele se sentia mais à vontade, menos acanhado de aceitar seus pequenos serviços, do que com Connie. Ela gostava de cuidar dele. Gostava de ter aquele corpo a seu encargo, com uma entrega absoluta, inclusive dos cuidados mais rasteiros. E disse a Connie um dia: "Todos os homens no fundo são bebês. Já cuidei dos sujeitos mais fortes que já entraram na mina de Tevershall. Mas, quando estão sofrendo de alguma doença e você precisa fazer alguma coisa por eles, viram todos bebês, crianças grandes. Ah, os homens são todos praticamente iguais!"

Num primeiro momento, a sra. Bolton acreditara que havia alguma diferença, pelo menos no caso dos cavalheiros, os cavalheiros *autênticos* como sir Clifford. O que dera a este uma boa vantagem inicial sobre ela. Mas gradualmente, à medida que ela chegava ao fundo do homem, para usar seus próprios termos, a sra. Bolton descobriu que ele era igual aos demais, um bebê que chegara às proporções de um homem: mas um bebê com estranhas variações de humor, modos impecáveis, dinheiro e poder em seu controle, além de conhecimentos variados com que ela jamais sonhara e que ele ainda podia usar para humilhá-la.

Connie sentia às vezes a tentação de dizer ao marido: "Por Deus, Clifford, é horrível, não se entregue tanto assim nas mãos dessa mulher!". Mas descobriu que, no fim das contas, não gostava dele a ponto de precisar chamar sua atenção.

Ainda tinham o hábito de ficar juntos às noites, até as dez. Era quando conversavam ou liam juntos, ou revisavam os originais dele. Mas agora ela não sentia mais qualquer atrativo. Achava seus textos aborrecidos. Ainda se encarregava de datilografá-los para ele. Entretanto, com o passar do tempo, até essa tarefa acabaria transferida para a sra. Bolton.

Pois a própria Connie sugeriu que ela aprendesse a datilografar. E a sra. Bolton, sempre disposta, começara na mesma hora, e treinava assiduamente. Agora, às vezes Clifford lhe ditava uma carta que ela datilografava com uma certa lentidão, mas sem erros. E ele tinha a paciência de soletrar para ela as palavras mais difíceis, ou uma que outra expressão em francês. Aquilo a deixava tão animada que era quase um prazer ensinar-lhe.

Agora Connie às vezes alegava dor de cabeça e subia direto para o quarto depois do jantar.

"Talvez a senhora Bolton queira jogar um pouco de *piquet*", dizia ela a Clifford.

"Pode deixar, não estou precisando de nada. Vá para seu quarto e descanse, minha querida."

Mas, assim que ela ia embora, ele tocava a campainha chamando a sra. Bolton, pedindo-lhe que o acompanhasse numa partida de *piquet* ou bezigue, ou até num jogo de xadrez. Ele lhe ensinara cada um desses jogos. E Connie ficava especialmente irritada ao ver a sra. Bolton, corada e trêmula como uma menina, encostando um dedo hesitante em seu rei ou em sua rainha para depois mudar de ideia. E Clifford, com o meio sorriso de uma superioridade quase zombeteira, dizendo a ela:

"A senhora precisa dizer *j'adoube*!"[62]

Ela erguia para ele os olhos brilhantes de admiração, e em seguida murmurava, tímida e obediente:

"*J'adoube!*"

Sim, ele estava aperfeiçoando sua formação. E com gosto, pois isso lhe trazia uma sensação de poder. E ela estava encantada. Pouco a pouco, apossava-se de tudo que sabiam os aristocratas, tudo que fazia deles a classe superior, além do dinheiro. E aquilo a deixava maravilhada. E, ao mesmo tempo, ela conseguia que ele a quisesse sempre a seu lado. Para ele, era uma lisonja sutil e profunda, o que resultava para ela na mais autêntica satisfação.

Connie tinha a impressão de que Clifford finalmente revelava seu verdadeiro caráter: um pouco vulgar, um pouco comum e desprovido de inspiração; além de indolente. Os truques e a pretensa humildade de Ivy Bolton também eram de uma absoluta transparência. Mas Connie se admirava com a animação genuína que a mulher extraía do seu convívio com Clifford. Dizer que ela estava apaixonada seria um equívoco. Ela adorava o contato que mantinha com aquele homem da classe superior, aquele aristocrata com um título de nobreza, aquele autor de livros e poemas cuja fotografia saía nas revistas. E adorava aquilo tudo com uma estranha paixão. E a dedicação dele a "educá-la" despertava nela uma resposta mais profunda do que qualquer caso amoroso poderia provocar. Na verdade, o fato mesmo de *não poder* haver um caso amoroso entre eles a deixava livre para entregar-se a essa outra paixão, a paixão peculiar do *conhecimento*, de aprender o que ele sabia.

Não havia como deixar de perceber que, de alguma forma, o que ela sentia por ele era amor: seja qual for a ênfase que apliquemos à palavra. Ela tinha um ar tão gracioso e jovem, e seus olhos cinzentos às vezes eram belíssimos. Ao mesmo tempo, circulava com uma espécie de aura de satisfação, até mesmo de triunfo, que Connie detestava. Um triunfo secreto, e uma satisfação particular! Ah, aquela satisfação particular! Como Connie a odiava!

Mas não surpreendia que Clifford se deixasse conquistar pela mulher. Ela o adorava a seu modo persistente e permanecia absolutamente a seu dispor, para que ele a usasse à vontade. Claro que ele se sentia lisonjeado!

Connie escutava as longas conversas que os dois travavam. Na verdade, a sra. Bolton era quem falava quase o tempo todo. Despejava para ele uma torrente infindável de comentários sobre a vida dos habitantes de Tevershall. E eram mais que histórias e comentários. Lembrava uma combinação entre as obras da sra. Gaskell, de George Eliot e da srta. Mitford, com muitos pormenores que essas escritoras tendiam a deixar de fora.[63] Depois que começava a falar da vida alheia, a sra. Bolton era mais interessante que qualquer livro. Conhecia a todos com tamanha intimidade, e manifestava um envolvimento tão peculiar e intenso com tudo que lhes acontecia, que ouvi-la falar era irresistível, e só *um pouco* humilhante. No início ela não se aventurava a falar para Clifford sobre "as coisas da cidade", como dizia. Entretanto, depois que começou não parava mais. Clifford a escutava em busca de "material", que encontrava em abundância. E Connie percebeu que a pretensa "genialidade" dele como escritor consistia exatamente nisto: um talento peculiar para falar com uma certa perspicácia da vida pessoal dos outros, com clareza e um aparente distanciamento. A sra. Bolton, claro, ficava muito animada quando falava das "coisas da cidade". Na verdade, deixava-se arrebatar. E era de fato impressionante, a quantidade de ocorrências que ela tinha registrado. Poderia ocupar dúzias e dúzias de volumes.

Connie ficava fascinada ouvindo suas histórias. Depois, entretanto, sempre um pouco envergonhada. Não devia dar ouvidos àquilo com curiosidade tão intensa. Afinal, podemos ouvir falar dos assuntos mais particulares dos outros, mas só no espírito do maior respeito por essa coisa combativa e maltratada que é qualquer alma humana, e num espírito de criteriosa e devida piedade. Pois mesmo a sátira é uma forma de compaixão, e a maneira como nossa compaixão se estende ou se retrai é determinante para nossa vida. E nisso reside a vasta importância da literatura, quando tratada da forma correta. Ela pode manter informadas e conduzir a novos paradeiros as extensões da nossa consciência empática, ou fazer com que ela se retraia diante de coisas que já morreram. E assim os romances, tratados da maneira certa, podem nos revelar os aspectos mais recônditos da vida: pois são esses pontos secretos e *passionais* da vida, acima de tudo, que precisam ser banhados pelas altas e baixas da maré da percepção sensorial, promovendo sua limpeza e renovação.

Mas os romances, como os comentários sobre a vida alheia, também podem despertar simpatias e rejeições espúrias, mecânicas e sufocantes para a psique. Os romances podem glorificar os sentimentos mais corruptos, contanto que *convencionalmente* sejam vistos como "puros". E a partir desse momento o romance, como os relatos sobre a vida alheia, adquire um caráter no mínimo vicioso e, como os relatos sobre a vida alheia, mais vicioso ainda por sempre se posicionar, para todos os efeitos, do lado dos anjos. Como ocorria invariavelmente com os comentários da sra. Bolton. "Mas ele era um sujeito tão *mau*, e ela uma mulher tão *boa*...", dizia ela, quando na verdade, como Connie podia deduzir só a partir do que ela contava, a mulher era apenas do tipo que nunca abria a boca, enquanto o sujeito era de uma franqueza colérica. Mas a franqueza colérica o transformava num homem "mau", enquanto a dissimulação a transformava numa "boa mulher", para a maneira viciada e convencional como a sra. Bolton canalizava suas simpatias.

Por isso os relatos sobre a vida alheia eram humilhantes. E, pelo mesmo motivo, a maioria dos romances, especialmente os mais populares, também pode ser humilhante. Hoje, o público só responde quando os escritores apelam para seus vícios.

Ainda assim, o interlocutor adquiria uma nova visão do povoado de Tevershall depois das conversas com a sra. Bolton. E a localidade emergia delas como uma pústula infectada e terrível de vida horrenda: nem de longe o tédio insosso que se via de fora. Clifford, claro, conhecia de vista a maioria das pessoas mencionadas; Connie só conhecia uma ou outra. Mas parecia antes a selva centro-africana que uma pacata aldeia inglesa.

"O senhor deve ter sabido que a senhorita Allsop se casou na semana passada! Quem iria imaginar! A senhorita Allsop, filha do velho James, o sapateiro. O senhor sabe que eles construíram uma casa em Pye Croft. O velho morreu no ano passado de uma queda: oitenta e três anos, e continuava ágil como um garoto. Aí escorregou numa rampa que os garotos tinham feito na Bestwood Hill, para descer de trenó no inverno passado, quebrou o fêmur e se acabou aí, coitado do velhinho, uma pena. Pois deixou todo o dinheiro para Tattie: nem um tostão para os rapazes. E Tattie, pelo que eu sei, tem cinco anos mais — isso mesmo, completou cinquenta e três anos no outono passado. E o senhor sabe que eles são muito religiosos. Ela deu aulas na escola dominical por trinta anos, até o pai morrer. Mas depois começou a ver um sujeito de Kinbrook, não sei se o senhor vai saber quem é, um sujeito mais velho de nariz vermelho, metido a elegante, Willcox, que trabalha na serraria de Hanson. Pois o homem tem pelo menos sessenta e cinco anos, mas até parece que os dois formam um casal de pombinhos inocentes, sempre de braço dado e trocando beijinhos no portão: pois é, e ela ainda se instala no colo dele bem diante da janela que dá para a Pye Croft Road, para todo mundo ver. E ele tem filhos de mais de quarenta anos: só perdeu a mulher dois anos atrás. Se o velho James Allsop não levantou da cova é porque ninguém levanta mesmo: no tempo dele, a vida da filha era muito controlada! Agora os dois se casaram e foram morar em Kinbrook, e dizem que ela passa o dia inteiro de camisola, de manhã à noite, um panorama e tanto. Eu acho horrível, essa coisa das pessoas que envelhecem mas não param! É *muito* pior que no caso dos jovens, um espetáculo repulsivo. Eu, por mim, deixava essas coisas para o cinema. Mas às vezes não dá para evitar. Eu sempre disse: um filme instrutivo a gente sempre deve ver, mas evitar sempre esses melodramas e as histórias de amor. De qualquer maneira, as crianças é que não deviam ver essas coisas! Mas não adianta, os adultos são piores ainda: e os velhos, os piores de todos. Ninguém mais pensa na moral! Ninguém dá a mínima. Cada um faz o que bem entende, e, se quer saber, acho melhor para eles. Mas estão precisando botar as barbas de molho, porque as minas estão produzindo cada vez menos e ninguém mais tem dinheiro. E como reclamam! É uma coisa horrível, especialmente as mulheres. Os homens são mais sossegados e pacientes. O que eles podem fazer, coitados? Mas as mulheres, ah, essas não param de falar! E mesmo assim ficam se exibindo, juntando dinheiro para um presente de casamento para a princesa Mary,[64] e depois, quando veem os outros presentes luxuosos que ela ganhou, ficam simplesmente furiosas: 'Quem ela pensa que é, melhor que todo mundo? Por que a Swans and Edgars[65] não manda para mim *só um* casaco de pele, em vez de dar logo *seis* para ela? Eu devia ter guardado meus dez xelins! O que ela um dia vai dar para *mim*, é isso que eu queria saber! Nem consegui comprar um casaco novo este ano, meu pai trabalha sem parar, e ela recebendo caminhões de presentes. Já estava na hora de isso acabar. Eu por mim estou farta. Estava na hora de os pobres terem um dinheirinho para gastar, os ricos já têm dinheiro desde sempre. Eu aqui, precisando de um casaco novo; e onde é que eu vou arranjar?'. E o que eu digo a elas é que deviam agradecer por comerem direito e terem alguma roupa para vestir, mesmo não sendo novas nem de luxo! E elas respondem: 'Pois a princesa Mary é que devia agradecer e continuar usando as mesmas roupas velhas, sem ganhar mais nada! As pessoas como *ela* recebem caminhões cheios, e eu nem consigo comprar um casaco novo. É um absurdo. Princesa! Tanto faz ela ser ou não princesa! O que conta é o dinheiro, e como ela é cheia de dinheiro ainda fica ganhando mais coisas! Pra mim ninguém dá nada, e eu mereço tanto quanto qualquer um. E não venham me falar de estudo. O que conta é o dinheiro. Eu queria um casaco novo, só isso, e vou ficar querendo, porque não tenho dinheiro'. É só nisso que elas pensam, roupas. Não veem o menor problema em pagar sete ou oito guinéus por um sobretudo — todas elas filhas de mineiros, veja bem —, ou dois guinéus por um chapeuzinho de criança. E então aparecem no serviço da capela todas com chapeuzinhos de dois guinéus, moças que no meu tempo ficariam mais que satisfeitas com um chapéu de três xelins e meio. Ouvi dizer que na festa da Igreja metodista deste ano, quando eles sempre constroem uma plataforma para as crianças da escola dominical, fazendo um palco que chega quase até o teto, ouvi a senhorita Thompson, professora da primeira turma das meninas na escola dominical, dizer que as roupas novas em cima daquela plataforma deviam somar bem umas mil libras! Nos tempos que correm! Mas não adianta, elas não desistem. São loucas por roupas. E os rapazes é a mesma coisa. Gastam até o último tostão com coisas para eles mesmos, roupas, cigarros, bebidas no pub, e vão a Sheffield duas ou três vezes por semana. É um outro mundo. E não têm medo de nada nem respeitam nada, os mais novos. Os mais velhos são tão bons e pacientes, na verdade, que deixam as mulheres tomar conta de tudo. E é nisso que acaba dando. As mulheres viram uns verdadeiros demônios. Mas os rapazes são muito diferentes dos pais. Não se sacrificam nem um pouco, em nada: tudo é para eles mesmos. Se você for dizer que deviam guardar alguma coisa, para comprar uma casa, eles respondem: 'Isso pode esperar. Vou me divertir enquanto posso. O resto pode esperar!'. Eles são grosseiros e egoístas, pode acreditar. Tudo cai em cima dos homens mais velhos, e só se vê dificuldade para todo lado."

Clifford começou a formar uma ideia diferente do seu povoado. O lugar sempre lhe metera medo, mas ele achava que era mais ou menos estável. Mas agora...?

"E o socialismo, o bolchevismo, no meio dos jovens?", quis saber ele.

"Ah!", disse a sra. Bolton. "Um ou outro é cheio de ideias. Mas quase sempre são mulheres que se endividaram. Os homens nem dão atenção. Acho que ninguém vai conseguir transformar os homens de Tevershall em vermelhos. São decentes demais. Mas os jovens às vezes ficam de conversa. Não que se interessem tanto assim. Só querem um dinheirinho no bolso, para gastar no pub ou irem bater perna em Sheffield. Só querem saber disso. Quando ficam sem dinheiro, aí eles escutam os discursos dos vermelhos.[66] Mas ninguém acredita neles."

"Então a senhora acha que não há perigo?"

"Ah, não! Não quando as coisas vão bem. Mas, se ficarem ruins por muito tempo, os jovens podem querer se engraçar. Eu já disse que só pensam em si mesmos, são todos mimados. Mas acho que nunca vão fazer nada. A única coisa que levam a sério é desfilar de motocicleta ou ir dançar nos salões de Sheffield. Nunca vão conseguir ser gente séria. Os mais sérios vestem gravata e vão se mostrar para as garotas dançando esses charlestons novos e tudo o mais. Às vezes os ônibus ficam cheios de rapazes de paletó, filhos de mineiros, indo para o baile; sem contar os que saem com as garotas de carro ou de motocicleta. Não pensam em nada a sério — afora as corridas de Doncaster e o Derby de Epsom;[67] porque todos apostam nas corridas. Sem falar no futebol! Mas nem o futebol é mais o mesmo, mudou muito. Ficou parecido demais com o trabalho, é o que eles dizem. Não, preferem sair de motocicleta e ir a Sheffield ou Nottingham nas tardes de sábado."

"Mas o que eles fazem por lá?"

"Ah, só ficam por ali — e tomam chá em alguma casa de chá elegante como a Mikado — e depois vão dançar, ou ao cinema ou ao teatro, com alguma garota. E as garotas se comportam com a mesma liberdade dos rapazes. Só fazem o que lhes dá na telha."

"E quando não têm dinheiro para essas coisas?"

"Sempre dão um jeito. E aí começam a falar em tom desagradável. Mas eu não sei como podíamos chegar ao bolchevismo, quando esses rapazes só querem dinheiro para se divertir e as meninas a mesma coisa, só que com roupas caras: ninguém quer saber de mais nada. Não têm miolos para ser socialistas. Não têm seriedade para levar nada a sério, nem nunca vão ter."

Connie pensou em quanto as classes inferiores soavam igual ao resto das classes. Era a mesma coisa, fosse em Tevershall, em Mayfair ou em Kensington. Hoje existia uma única classe: os meninos do dinheiro. Os meninos e as meninas do dinheiro: a única diferença era o quanto cada um tinha e quanto queria ter.

Sob a influência da sra. Bolton, Clifford adquiriu um interesse renovado pela operação da mina. Começou a sentir que aquele era seu lugar. Ostentava uma segurança renovada. Afinal, era ele o verdadeiro patrão de Tevershall, o dono da mina. Era uma nova sensação de poder, algo que até então ele tivera medo de assumir.

A mina de Tevershall rendia cada vez menos. Havia apenas duas jazidas: a de Tevershall propriamente dita e a de New London. Tevershall fora uma mina célebre e rendera muito dinheiro. Mas seus melhores dias tinham ficado para trás. New London nunca fora muito rica, e em tempos comuns produzia apenas o bastante para seguir minimamente funcionando. Mas agora os tempos eram difíceis, e jazidas como a de New London vinham sendo abandonadas.

"Muitos homens de Tevershall foram para Stacks Gate e Whiteover", disse a sra. Bolton. "O senhor ainda não viu a nova mina de Stacks Gate, aberta depois da guerra, não é, sir Clifford? Ah, precisa ir até lá um dia desses, é uma coisa diferente: uma imensa instalação química logo na boca do túnel, nem parece uma das nossas minas. Dizem que ganham mais dinheiro com os produtos químicos que com o carvão — nem consigo lembrar de todos. E as casas novas para os operários parecem mansões! Claro que atraiu gente imprestável do país inteiro. Mas muitos dos homens de Tevershall foram para lá e estão vivendo bem, muito melhor que aqueles que ficaram. Dizem que Tevershall está esgotada, acabada: daqui a poucos anos, vai ter de ser fechada. E New London antes ainda. Não vai ter muita graça, isso eu garanto, quando a mina de Tevershall não estiver mais funcionando. Quando vem uma greve já é complicado, mas se fechar de uma vez aí é que vai ser um fim de mundo. Quando eu era pequena ainda era a melhor mina do país, e qualquer um achava uma sorte conseguir trabalho aqui. Ah, ganhou-se muito dinheiro em Tevershall. Mas agora dizem que o navio está afundando e que está na hora de pular fora. Não é horrível? Mas claro que muita gente só vai embora se for obrigada. Ninguém gosta dessas minas novas que acabaram de abrir, tão fundas e com tantas máquinas trabalhando ao mesmo tempo. Alguns dos homens morrem de medo desses homens de ferro, como chamam as máquinas que extraem carvão, o trabalho que antes era feito por pessoas. E dizem que o desperdício é muito grande. Mas o que vai embora com o desperdício se economiza em salários, e muito mais. Parece que dentro de pouco tempo não vai haver mais trabalho para os homens na face da Terra, tudo vai ser feito pelas máquinas. Mas ouvi falar que diziam a mesma coisa quando trocaram os teares manuais. Ainda me lembro de ter visto alguns. Mas uma coisa é certa, quanto mais máquinas, mais gente, pelo menos é o que parece! Dizem que não encontram em Tevershall as mesmas substâncias que em Stacks Gate, e é engraçado, porque as duas ficam a menos de cinco quilômetros uma da outra. Mas é o que dizem. Todo mundo diz que é uma pena não começarem alguma outra coisa, para dar mais trabalho aos homens e empregar as moças. E todos vão para Sheffield todo dia! Meu Deus, ia ser muito bom se as minas de Tevershall ganhassem vida nova, depois de todo mundo dizer que estavam esgotadas, que estavam indo por água abaixo, e que todo mundo devia ir embora, como os ratos que abandonam o navio. Mas as pessoas falam demais. Claro que as coisas corriam melhor durante a guerra, quando sir Geoffrey juntou sua fortuna e aplicou bem o dinheiro, de alguma forma. Pelo menos é o que falam! Mas, pelo que dizem, nem os donos tiram muita coisa de lá hoje em dia. O que eu custo a acreditar! Eu pelo menos sempre achei que as minas iam durar para sempre. Quem poderia imaginar, quando eu era menina? Mas a New England fechou, e a Colwick Wood também: é assustador atravessar a serra e ver a Colwick Wood lá, deserta no meio das árvores, com o mato crescendo na boca da mina e os trilhos avermelhando de ferrugem. Dá até a impressão que você está vendo fantasmas! Uma mina morta parece a própria morte. O que a gente ia fazer se Tevershall fechasse? Nem dá para imaginar! Sempre tão movimentada, menos nas greves, nem nessas horas os ventiladores paravam, só na hora em que traziam os cavalos para cima. O mundo é muito estranho, e a gente nem sabe onde vai estar no ano que vem, na verdade não tem como saber."

Foram as conversas com a sra. Bolton que deram um novo ânimo a Clifford. Sua renda, como ela dizia, estava segura, graças às aplicações do pai, embora não fosse muito grande. A mina não o preocupava. O que ele sempre desejara conquistar era o outro mundo, o mundo da literatura e da fama; o mundo da popularidade, não o mundo do trabalho.

Agora ele percebia a diferença entre o sucesso popular e o sucesso no trabalho: o público do prazer e o público do trabalho. Ele, particularmente, destinava seus contos ao público do prazer. E conseguia ser lido. Mas por trás do público do prazer estava o público do trabalho, coberto de tristezas e fuligem, e muito feio. E essas pessoas também precisavam de quem produzisse para elas. Era muito mais difícil produzir para o público do trabalho que para o público do prazer. Enquanto ele escrevia seus contos e se tornava conhecido no mundo, Tevershall estava indo por água abaixo.

Clifford percebia agora que a deusa-cadela do Sucesso tinha dois apetites básicos: o primeiro por lisonja, por adulação, as carícias e cócegas que lhe faziam os escritores e artistas; mas o outro era um apetite mais macabro, por carne e osso. E a carne e os ossos que alimentavam a deusa-cadela vinham de homens que ganhavam dinheiro na indústria.

Sim, eram dois os bandos de cães que disputavam a deusa-cadela: o bando dos aduladores, os que lhe proporcionavam diversão, livros, filmes, peças de teatro; e a outra estirpe, muito menos bonita e mais feroz, que lhe fornecia a carne, a substância concreta do dinheiro. Os cães bonitinhos e bem tratados da diversão trocavam rosnados e ameaças pelos favores da deusa-cadela. Mas nem se comparavam à rinha mortal em que se batiam os realmente indispensáveis, os provedores de ossos.

Sob a influência da sra. Bolton, porém, Clifford sentiu-se tentado a entrar nessa outra arena, decidido a cativar a deusa-cadela com os encantos brutos da produção industrial. De algum modo, ele ficou de membro em riste. De certa maneira, a sra. Bolton fez com que ele se tornasse um homem, o que Connie jamais conseguira. Connie o mantinha apartado, o que o tornava hipersensível e tenso com seu estado. A sra. Bolton só lhe trazia a consciência de coisas externas. Por dentro, ele amolecia. Mas por fora começava a tornar-se eficiente.

Chegou até a animar-se e visitar novamente as minas: quando chegou lá, desceu dentro de um vagonete, e ainda num vagonete foi conduzido até o ponto da jazida em exploração. Coisas que ele aprendera antes da guerra, e que parecia ter esquecido por completo, agora lhe voltavam. Ficou ali sentado, inválido, na caçamba do vagonete, enquanto o capataz do túnel lhe mostrava os contornos do filão com uma lanterna forte. E quase não disse nada. Mas sua mente começou a funcionar.

Voltou a ler obras técnicas sobre a indústria de mineração, estudou relatórios do governo e leu com cuidado as novidades sobre a mineração e a química do carvão e do xisto que vinham sendo publicadas em alemão. Claro que as descobertas mais importantes eram mantidas sob o máximo possível de sigilo. Mas, depois que a pessoa começava a pesquisar o campo da mineração do carvão, estudando os métodos e recursos, os subprodutos e as possibilidades químicas do carvão, constatava o quanto eram espantosas a engenhosidade e a inteligência quase sobrenatural da mente técnica moderna, como se na verdade o próprio demônio tivesse cedido uma parte de sua proverbial esperteza aos cientistas e técnicos da indústria. Muito mais interessante que a arte ou a literatura, coisas menos inteligentes, era aquela ciência técnica da indústria. Nesse campo os homens quase assumiam a estatura de deuses, ou demônios, inspirados a fazer grandes descobertas e empenhados em torná-las concretas. Naquela atividade, os homens exibiam uma idade mental superior a qualquer coisa que se pudesse calcular. Mas Clifford sabia que, em matéria de vida emocional ou humana, os mesmíssimos homens ostentavam uma idade mental de uns treze anos, e não passavam de frágeis meninos. A discrepância era imensa e assustadora.

Mas tanto fazia. O homem que continuasse entregue à idiotice generalizada da mente "humana" e emocional: Clifford pouco se importava. Que fosse tudo para o inferno. O que o interessava eram os aspectos técnicos da moderna indústria carvoeira, e tirar Tevershall do buraco.

Descia os túneis da mina todo dia, estudava muito e obrigava o gerente-geral, o supervisor, o capataz dos túneis e os técnicos a um esforço com que jamais tinham sonhado. O poder! Aos poucos era tomado por uma nova sensação de poder: o poder sobre todos aqueles homens, sobre as centenas e centenas de mineiros. Estava descobrindo o que era: e assumindo o controle de tudo.

E parecia genuinamente renascer. *Agora* sentia-se tomado pela vida! Até então só vinha morrendo aos poucos, junto com Connie, naquela vida isolada e particular de artista e criatura consciente. Agora era abandonar aquilo tudo. Que ficasse adormecido. Sentia o influxo de uma vida que corria para ele do carvão, dos túneis da mina. Mesmo o ar estagnado do poço da mina lhe sabia melhor que o oxigênio. Trazia-lhe uma sensação de poder. Poder! Ele estava fazendo alguma coisa: e pretendia fazer ainda mais. Estava decidido a vencer. Vencer: não a vitória que conquistara com seus contos, mera publicidade, em meio aos ganidos de inveja e maledicência. Mas uma vitória de homem, sobre o carvão, sobre a própria imundície acumulada no poço da mina de Tevershall.

Num primeiro momento, julgou que a solução pudesse estar na eletricidade: converter o carvão em energia elétrica, lá mesmo na boca da mina, e vender a energia. Mas então teve outra ideia. Os alemães tinham inventado um novo tipo de locomotiva, com um alimentador automático de fornalha que dispensava o foguista. E essas máquinas precisavam de um combustível novo, que queimasse em quantidades menores a altíssima temperatura, sob certas condições.

A ideia de um novo combustível concentrado que pudesse queimar a um ritmo lento e constante em alta temperatura foi o que atraiu Clifford em primeiro lugar. Algum outro estímulo seria necessário para a queima daquele combustível, além de uma simples entrada de ar. Começou a fazer experiências e contratou a ajuda de um jovem que se mostrara brilhante em seus estudos de química.

E sentia-se triunfante. Finalmente saíra de si. Satisfizera o desejo secreto de toda a sua vida: sair de si mesmo. A arte não produzira nada parecido. A arte só tinha piorado as coisas. Mas agora, agora ele conseguira.

Não percebia o quanto a sra. Bolton o apoiara naquilo tudo. Não sabia o quanto dependia dela. Apesar de tudo, porém, era evidente quando estava com ela que sua voz adquiria um ritmo fluente e íntimo, quase uma certa vulgaridade.

Com Connie, ficava um pouco rígido. Julgava dever tudo, tudo à esposa e lhe demonstrava grande respeito e consideração, enquanto ela se limitava a uma aparência de respeito. Mas era óbvio que ela lhe inspirava um temor secreto. O novo Aquiles nele tinha um calcanhar, e nesse calcanhar a mulher, a mulher como sua esposa Connie, poderia feri-lo de morte.[68] Vivia com uma espécie de medo subserviente dela, a quem tratava extremamente bem. Mas sua voz se mostrava tensa sempre que falava com ela, e começou a refugiar-se no silêncio toda vez que ela estava presente.

Apenas quando ficava a sós com a sra. Bolton é que se sentia plenamente senhor e patrão, e com ela sua voz se mostrava quase tão solta e animada como a da mulher quando tagarelava horas a fio. E ele a deixava barbeá-lo ou lavar todo o seu corpo com uma esponja como se ele fosse uma criança, como se fosse realmente uma criança.

Connie agora passava muito tempo sozinha e recebia pouca gente em Wragby. Clifford não queria mais visitas. Afastara-se até mesmo dos amigos mais próximos. Cultivava hábitos estranhos. Preferia o rádio, que instalara a um preço consideravelmente alto e finalmente com algum sucesso. Às vezes conseguia pegar Madri, ou Frankfurt, lá mesmo do desconforto das Midlands.

E passava horas ali sentado sozinho, ouvindo os sons do alto-falante. Aquilo deixava Connie pasma e atônita. Mas lá ficava ele sentado, ostentando no rosto uma expressão vazia de transe, como alguém que tivesse enlouquecido, a escutar, ou dando a impressão de escutar, aquele aparelho pavoroso.

Estaria mesmo escutando? Ou seria como um soporífero que ele tomava, enquanto por baixo remoía alguma outra coisa? Connie não sabia dizer. Costumava bater em retirada para seu quarto: ou para fora de casa, na direção do bosque. Às vezes se sentia tomada por uma espécie de terror: um terror da loucura incipiente em toda a espécie civilizada.

Mas agora Clifford se desviara para essa outra excentricidade da atividade industrial, tendo-se quase transformado numa criatura de carne muito mole mas com uma concha externa dura e eficiente, um desses impressionantes caranguejos e lagostas do moderno mundo da indústria e das finanças, invertebrados da ordem dos crustáceos, com suas carapaças de aço, como máquinas, e corpos interiores de tecido muito tenro. Connie, por seu lado, sentia-se totalmente perdida.

Nem estava propriamente livre, pois Clifford fazia questão de tê-la perto de si. Parecia cultivar um terror nervoso de que ela o deixasse. A parte curiosamente mole dele, a parte emocional e individualmente humana, precisava terrivelmente da presença dela, como uma criança, quase como um idiota. Ela precisava estar ali, em Wragby, no papel de lady Chatterley, sua esposa. De outro modo, ele se veria perdido, como um idiota num charco.

Connie percebia essa impressionante dependência com uma espécie de horror. Ela o ouvia conversar com seus capatazes, os membros da sua diretoria, os jovens cientistas, e ficava espantada com a perspicácia com que ele via as coisas, seu poder, seu impressionante poder material sobre os chamados homens práticos. Ele se transformara também num homem prático, de uma sagacidade e um poder impressionantes: um verdadeiro mestre. Connie atribuía aquilo à influência da sra. Bolton sobre ele, naquela crise de sua vida.

Mas aquele homem prático, sagaz e poderoso era quase um idiota quando deixado a sós com sua vida emocional. Venerava Connie. Ela era sua esposa, um ser superior, e ele a adorava com uma estranha e faminta idolatria, como um selvagem: uma veneração contrabalançada por um medo imenso, até mesmo um certo ódio, dos poderes do ídolo, um ídolo implacável. Tudo que ele queria era que Connie jurasse, jurasse que jamais o deixaria nem desistiria dele.

"Clifford!", disse ela, já depois de ter obtido a chave da cabana, "você realmente quer que um dia eu tenha um filho?"

Ele olhou para ela com uma apreensão furtiva em seus olhos claros e proeminentes.

"Eu não me incomodaria, se não fizesse nenhuma diferença entre nós dois", disse ele.

"Nenhuma diferença no quê?", perguntou ela.

"Entre você e eu: no nosso amor um pelo outro! Se for afetar isso, então sou contra. Quem sabe um dia até eu mesmo consiga ter um filho!"

Ela olhou para ele cheia de espanto.

"Quer dizer, a coisa pode me voltar, um dia desses."

Ela continuou a olhá-lo atônita, e ele ficou constrangido.

"Então você não ia gostar se eu tivesse um filho?", perguntou ela.

"Já disse", respondeu ele de imediato, como um cachorro encurralado. "Concordo totalmente, contanto que não afete seu amor por mim. Se for afetar, sou totalmente contra."

Connie só conseguiu ficar muda, gelada de medo e desprezo. Aquelas palavras eram o delírio de um idiota. Ele não sabia mais o que dizia.

"Ah, mas não iria alterar em nada meus sentimentos por você", disse ela, com um certo sarcasmo.

"Então pronto!", disse ele. "É isso que interessa! E sendo assim não me incomodo nem um pouco. Quer dizer, será ótimo ter uma criança correndo pela casa e sentir que é para ela que estou construindo um futuro. É um bom objetivo para meus esforços. E eu iria saber que o filho é seu, não é mesmo, querida? Então ia ser como se fosse meu também. Porque é você que conta, nesse caso. Você sabe disso, não sabe, querida? Eu nem entro na história. Sou um zero à esquerda. Você é a divindade! Em matéria de criar a vida. Você sabe disso, não sabe? Quer dizer, no que me diz respeito. Quer dizer, se não fosse você, eu não seria nada. Só vivo por você e seu futuro. Para mim mesmo não represento nada..."

Connie ouvia isso tudo com uma tristeza e uma repulsa cada vez maiores. Tratava-se de uma dessas horrendas meias verdades que envenenam a existência humana. Que homem em seu perfeito juízo diria coisas assim a uma mulher? Mas os homens não têm juízo. Que homem com um mínimo de honra equilibraria esse fardo terrível de toda responsabilidade pela vida nos ombros de uma mulher, para depois deixá-la ali, num vazio?

Além disso, dali a meia hora Connie ouviu Clifford conversando com a sra. Bolton numa voz exaltada e impulsiva, revelando-se para a mulher numa espécie de paixão desapaixonada, como se ela fosse metade sua amante, metade sua mãe adotiva. E a sra. Bolton o vestia cuidadosamente num terno, pois havia na casa convidados importantes de negócios.

Connie às vezes realmente achava que fosse morrer, nessa época. Sentia-se esmagada até a morte por mentiras tortuosas e pela incontrolável crueldade da idiotice. A estranha eficiência de Clifford nos negócios a deixava de certa forma muito impressionada, e sua declaração de veneração pessoal a enchia de pânico. Não havia nada entre eles dois. Atualmente ela jamais sequer lhe encostava a mão, e ele nunca tocava nela. Nem pegava sua mão para apertá-la com carinho. Não! E como estava tão absolutamente, absolutamente sem contato, ele a torturava com suas declarações de idolatria. Era a crueldade da mais absoluta impotência. E ela ficava com a impressão de que sua razão estava a ponto de ceder, ou de que se aproximava da morte.

Passava o maior tempo possível no bosque. Uma tarde, enquanto estava lá sentada, imersa em seus pensamentos, vendo a água borbulhar tranquilamente no Poço de John, o guarda-caça aproximou-se dela.

"Mandei fazer uma chave para a senhora, lady Chatterley!", disse ele, com uma reverência. E entregou-lhe a chave.

"Muito obrigada!", respondeu ela, surpresa.

"A cabana não está muito arrumada, espero que a senhora não se incomode", disse ele. "Limpei o quanto pude."

"Mas eu não queria lhe dar trabalho!", disse ela.

"Ah, não foi trabalho nenhum. Vou prender as galinhas na semana que vem, mas elas não vão ficar com medo da senhora. Vou precisar cuidar delas todo dia de manhã e de noite, mas vou fazer o possível para não incomodá-la nunca."

"Não é incômodo nenhum", afirmou ela. "Se for para ficar no seu caminho, prefiro nem ir até a cabana."

Ele olhou para ela com seus olhos azuis e perspicazes. Parecia gentil, mas distante. Mas pelo menos era são, são e válido, mesmo com aquela aparência magra e doentia. Estava com tosse.

"O senhor está tossindo!", disse ela.

"Não é nada — só um resfriado! A última pneumonia me deixou com uma tosse — mas não é nada."

Mantinha-se a distância dela, e não se aproximava mais.

Ela ia com bastante frequência até a cabana, de manhã ou à tarde: mas nunca o encontrava por lá. Sem dúvida ele se esforçava em evitá-la. Queria respeitar sua privacidade.

Ele tinha arrumado a cabana, pondo a mesinha e a cadeira perto da lareira, deixando uma pilha de gravetos e achas de lenha já cortados, guardando as ferramentas o mais longe possível dali, apagando seus traços. Do lado de fora, junto à clareira, tinha construído um telhadinho baixo de ramos e palha, um abrigo para os animais, e debaixo dele alinhavam-se as cinco gaiolas. E um dia, ao chegar, ela encontrou duas galinhas vermelhas instaladas nos ninhos com ar alerta e feroz, chocando os ovos de faisão e eriçando orgulhosas as penas, acalentadas pelo acelerado sangue feminino. Connie ficou de coração quase partido. Ela própria se sentia tão distante e desusada, nem de longe uma fêmea, um mero joguete de terrores.

Logo todas as cinco gaiolas foram ocupadas por galinhas, três vermelhas, uma cinza e outra preta. Todas cobriam afanosamente seus ovos no ninho com a maciez ponderada do impulso feminino, a natureza da fêmea, afofando as penas. E com os olhos brilhantes acompanhavam os movimentos de Connie, que se acocorava diante delas provocando cacarejos agudos de raiva e alarme, mas basicamente de ciúme feminino perante essa aproximação.

Connie encontrou milho no pequeno celeiro da cabana, e oferecia os grãos para as galinhas na palma da mão. Elas se recusavam a comer. Só uma das galinhas respondeu bicando sua mão com uma estocada breve e feroz, que deixou Connie com medo. Mas ansiava por dar alguma coisa àquelas mães imobilizadas que não se alimentavam nem bebiam nada. Trouxe água numa latinha e ficou encantada quando uma das galinhas bebeu um pouco.

Agora vinha ver as galinhas todo dia: eram a única coisa no mundo que aquecia seu coração. As declarações de Clifford a deixavam fria da cabeça aos pés. A voz da sra. Bolton a fazia gelar, além do som dos homens de negócios que vinham sempre à sua casa. As cartas ocasionais de Michaelis produziam nela a mesma sensação de frieza. E sentia que acabaria morrendo se aquela situação perdurasse por mais tempo.

No entanto era primavera, as centáureas brotavam no bosque e os brotos de folhas das aveleiras abriam-se como um jorro de chuva verde. Como era terrível que, mesmo sendo primavera, tudo deixasse seu coração frio e indiferente. Só as galinhas, tão lindamente afofadas sobre seus ovos, a acalentavam: seus corpos mornos, quentes e férteis de fêmeas! Connie sentia-se à beira de um desmaio permanente.

E então um dia, um lindo dia de sol com grandes tufos de prímulas sob as aveleiras e muitas violetas ladeando os caminhos do bosque, Connie chegou à tarde junto dos ninhos e lá encontrou um filhote muito pequenino dando passos minúsculos em torno de um deles, enquanto a mãe galinha cacarejava de terror. O pinto de faisão era cinza acastanhado com marcas escuras, e naquele momento a chispa de criatura mais viva de todo o planeta. Connie acocorou-se para vê-lo mais de perto numa espécie de êxtase. Vida! Vida! Pura, faiscante, destemida, nova! Vida nova! Tão pequenina, e tão absolutamente sem medo! Mesmo quando voltava um tanto trôpego para refugiar-se no ninho, desaparecendo sob as penas da galinha em resposta aos gritos assustados da mãe, na verdade não estava com medo, mas tomava tudo aquilo como uma brincadeira, a brincadeira de viver. Porque dali a um instante a cabecinha já voltava a apontar em meio às penas acobreadas da galinha e encarava novamente o cosmos.

Connie ficou fascinada. E, ao mesmo tempo, nunca sentira com tanta pungência a agonia de seu próprio abandono feminino. Que estava ficando insuportável.

Agora só tinha um desejo, de ir até a clareira no bosque. O resto era uma espécie de sonho incômodo. Mas às vezes era obrigada a ficar o dia todo em Wragby, por seus deveres de anfitriã. E nessas ocasiões sentia-se como se ela também estivesse ficando vazia, vazia e louca.

Numa tarde, sem se importar com os hóspedes, deu uma escapada depois do chá. Era tarde, e atravessou o parque correndo como se temesse ser chamada de volta. O sol já se punha rosado quando ingressou no bosque, mas ela seguiu avançando em meio às flores. A luz ainda iria perdurar por sobre a copa das árvores.

Chegou à clareira alvoroçada e consciente apenas pela metade. O guarda-caça estava lá, em mangas de camisa, fechando as gaiolas para a noite em defesa de seus pequenos ocupantes. Mas um pequeno trio ainda insistia em andar por ali a passos minúsculos, criaturinhas cinzentas e muito vivazes sob o telhadinho de palha, recusando-se a atender aos apelos da mãe ansiosa.

"Eu precisava vir olhar os filhotes!", disse ela, arquejante, lançando um olhar tímido ao guarda-caça, quase sem perceber sequer a presença dele. "Já nasceram mais?"

"Até aqui foram trinta e seis!", disse ele. "Nada mau!"

Ele também derivava um prazer peculiar de acompanhar os primeiros passos dos bichinhos.

Connie abaixou-se em frente à última gaiola. Os três filhotes tinham finalmente entrado. Mas suas cabecinhas atrevidas ainda apontavam em meio às penas douradas antes de finalmente desaparecerem, e só uma cabecinha mínima ainda insistia em olhar para fora, de sob a vasta proteção do corpo materno.

"Eu adoraria pegar um deles!", disse ela, enfiando alguns dedos entre as barras da gaiola. Mas a mãe galinha enfurecida tentou bicar sua mão, que Connie retraiu assustada e surpresa.

"Olhe como ela me atacou! Ela me detesta!", disse ela, numa voz admirada. "Mas eu jamais faria mal aos filhotes!"

O homem de pé a seu lado riu e acocorou-se, com os joelhos afastados, enfiando a mão na gaiola com toda confiança, devagar e com calma. A galinha ainda tentou bicá-lo, mas sem a mesma ferocidade. E lentamente, aos poucos, com dedos gentis e seguros do que faziam, ele apalpou em meio às penas da velha ave e trouxe de lá um filhote que piava baixinho em sua mão fechada.

"Pronto!", disse ele, estendendo a mão para a patroa.

Ela pegou a coisinha parda entre as mãos, e ali ficou o bichinho, sustentado pelos impossíveis gravetos finos de suas pernas, aquele átomo de vida equilibrada transmitindo seu tremor às mãos de Connie através das patas quase sem peso. Mas sustentava erguida e orgulhosa a linda cabeça bem formada, olhando atento para tudo à sua volta, e emitiu um pio muito fraco.

"Como é adorável! E tão corajoso!", disse ela baixinho.

O guarda-caça, abaixado ao lado dela, também observava com o rosto divertido o audacioso filhote nas mãos dela. De repente, viu uma lágrima cair no pulso da mulher.

Levantou-se e se afastou, aproximando-se da gaiola

seguinte. Pois de repente percebeu a velha chama que se acendia e ardia em seu ventre, chama que ele esperava ter se aquietado para sempre. Lutou contra ela, dando as costas para a mulher. Mas a chama persistia e se espalhava para baixo, até rodear seus joelhos.

Tornou a virar-se para olhá-la. Ela estava ajoelhada e estendia devagar as mãos para que o filhote pudesse correr de volta para a mãe galinha. E havia na mulher algo tão mudo e distante que a compaixão por ela ardeu em suas entranhas.

Sem saber o que fazia, aproximou-se dela depressa e tornou a abaixar-se a seu lado, tirando o filhote das suas mãos, porque ela estava com medo da galinha, e devolvendo o animalzinho à gaiola. Na base de sua coluna, a chama ardeu subitamente com mais força.

Ele lhe lançou um olhar apreensivo. O rosto dela estava virado, e ela chorava cegamente, em toda a angústia do abandono da sua geração. O coração dele derreteu-se de imediato, como uma gota de fogo, e ele pousou a mão no joelho dela.

"A senhora não devia chorar!", disse ele baixinho.

Mas então ela cobriu o rosto com as mãos, sentiu que seu coração se partia de uma vez, e nada mais fazia diferença.

Ele pousou a mão no ombro dela, e de leve, mansamente, a mão começou a descer percorrendo a curva de suas costas, às cegas, num afago automático, até a curva de seus quadris. E lá a mão dele, muito de leve, alisou a curva de seu flanco, numa carícia cega e instintiva.

Ela encontrara seu lencinho e tentava em vão enxugar o rosto.

"Quer vir até a cabana?", perguntou ele em voz baixa e neutra.

E, segurando de leve seu braço, ele a ergueu e a conduziu lentamente para dentro da cabana, só soltando seu braço depois que ela entrou. Então afastou de lado a mesa e a cadeira e pegou um velho cobertor militar na arca de ferramentas, abrindo-o lentamente no chão. Ela olhou para seu rosto, enquanto se mantinha imóvel.

O rosto dele estava pálido e desprovido de expressão, como o de um homem que se entrega ao seu destino.

"Deite-se!", disse ele baixinho: e fechou a porta, de maneira que a cabana ficou escura, muito escura.

Com uma estranha obediência, ela se deitou no cobertor. Em seguida sentiu aquela mão macia, desejosa e desamparada tateando para apalpar seu corpo e tocar seu rosto, devagar, muito devagar, com uma suavidade e uma segurança infinitas, e finalmente ela sentiu o toque suave de um beijo em sua face.

Ficou deitada imóvel, numa espécie de sono, numa espécie de sonho. Em seguida, estremeceu quando sentiu a mão dele que avançava, com uma estranha falta de jeito, por entre suas roupas. Ainda assim, a mão sabia como despi-la onde desejava. Puxou para baixo a fina peça de seda, lentamente, com todo o cuidado, até seus pés e desembaraçou-a deles. Então, com um frêmito de extremo prazer ele encostou a mão naquele corpo quente e macio, e por um momento tocou o umbigo dela com um beijo. E precisou penetrá-la de imediato, refugiar-se na paz terrena do seu corpo imóvel e macio. Era o momento de pura paz para ele, a entrada no corpo da mulher.

Ela se deixou ficar imóvel, como que adormecida, sempre numa espécie de sono. A atividade, o orgasmo, foram dele, só dele: ela não podia mais tomar a iniciativa em favor de si mesma. Mesmo aqueles braços apertados em torno dela, mesmo a movimentação intensa do corpo dele e o jorro de sua semente dentro dela, tudo foi uma espécie de sono, do qual só começou a despertar depois que ele acabou e se estendeu, ofegando baixinho encostado em seu seio.

E então ela se perguntou, muito vagamente, por quê? Por que aquilo era necessário? Por que tinha removido uma nuvem pesada de cima dela, dando-lhe paz? Seria real? Seria real?

Seu cérebro atormentado de mulher moderna continuava inquieto. Seria real? E ela sabia que, caso se entregasse realmente àquele homem, seria real. Mas, se mantivesse o controle sobre si mesma, não seria nada. Sentiu-se velhíssima: com uma idade de milhões de anos. E finalmente, depois de algum tempo, ela não aguentou mais o fardo de ser quem era. Precisava ser possuída sem condições. Possuída sem condições.

O homem continuava deitado numa imobilidade misteriosa. O que estaria sentindo? O que estaria pensando? Ela não sabia. Não conhecia aquele homem, era um estranho para ela. Só podia esperar, pois não se atrevia a perturbar sua imobilidade misteriosa. Ele estava ali deitado com os braços à volta dela, o corpo no dela, o corpo molhado encostado no dela: tão perto. E completamente desconhecido. Ainda assim nada inquieto. Aquela imobilidade era muito tranquilizadora.

Foi o que lhe ocorreu quando ele finalmente se levantou e afastou-se dela. Era como se a tivesse abandonado. Abaixou o vestido dela no escuro, até cobrir seus joelhos, e ficou algum tempo de pé ao lado dela, ao que tudo indica arrumando suas roupas. Depois abriu a porta em silêncio e saiu.

Ela viu uma lua pequena e muito luminosa brilhando por cima da copa dos carvalhos. Rapidamente se levantou e arrumou-se: estava pronta. Então saiu pela porta da cabana.

Toda a parte inferior do bosque estava na sombra, quase às escuras. Por sua vez, no alto, o céu era um cristal. Mas quase não irradiava luz alguma. Ele emergiu das sombras mais baixas na direção dela, seu rosto erguido como uma mancha muito clara.

"Vamos embora, então?", perguntou ele.

"Para onde?"

"Eu levo a senhora até o portão."

Ele arrumou as coisas e as dispôs do jeito de sempre. Trancou a porta da cabana e pôs-se a andar atrás dela.

"Não está arrependida, não é?", perguntou ele, quando a alcançou.

"Eu? Não! E o senhor?", disse ela.

"Por isso? Não!", respondeu ele. E então, depois de algum tempo, acrescentou: "Mas continua a haver todo o resto".

"Que resto?"

"Sir Clifford. As outras pessoas! Todas as complicações."

"Complicações por quê?", quis saber ela, decepcionada.

"É sempre assim. Para mim e para a senhora. As coisas sempre se complicam." Ele caminhava a passos firmes no escuro.

"E você está arrependido?", perguntou ela.

"De certa maneira", respondeu ele, olhando para o céu. "Achei que já tinha me livrado disso tudo. E agora começou de novo."

"Começou de novo o quê?"

"A vida."

"A vida!", tornou a ecoar ela, tomada de um estranho sobressalto de emoção.

"É a vida", disse ele. "Não há como se manter a salvo. E, quando a pessoa consegue ficar a salvo da vida, é quase preferível morrer. Assim, se eu preciso quebrar a casca e me abrir de novo, eu..."

Não era exatamente assim que ela via as coisas, mas...

"É o amor, simplesmente", disse ela em tom jovial.

"Seja lá o que for!", respondeu ele.

Continuaram a caminhar pelo bosque escuro em silêncio, até quase chegarem ao portão.

"Mas você não ficou com raiva de mim, ficou?", perguntou ela, preocupada.

"Não, não!", respondeu ele. E repentinamente ele tornou a abraçá-la com força contra o peito, com a mesma paixão de antes. "Não, para mim foi bom, foi bom. E para você também?"

"Sim, para mim também", respondeu ela, mentindo um pouco, pois não conseguira sentir muita coisa.

Ele a beijou de leve, de leve, com os beijos do carinho.

"Se pelo menos não existissem tantas outras pessoas no mundo!", disse ele em tom lúgubre.

Ela riu. Estavam no portão que dava para o parque. Ele abriu para ela.

"Não vou mais além", disse ele.

"Não!", e ela estendeu a mão, como que para cumprimentá-lo de maneira formal. Mas ele a colheu entre as suas.

"Posso voltar lá?", perguntou ela, em tom triste.

"Pode! Pode!"

Ela se afastou dele e atravessou o parque.

E ele ficou olhando enquanto ela avançava no escuro, destacada contra a escassa claridade que restava no horizonte. Quase com amargor ele a acompanhava com os olhos. Ela tornara a conectá-lo, quando ele preferia estar só. Ela lhe custara a amarga privacidade do homem que deseja finalmente a solidão.

Regressou para a escuridão do bosque. Tudo estava em silêncio, a lua se pusera. Mas ele percebia os ruídos da noite, os motores de Stacks Gate, o tráfego na estrada. Subiu lentamente até o topo desmatado. E lá do alto podia avistar toda a região, linhas de luzes muito claras em Stacks Gate, luzes mais fracas na entrada da mina de Tevershall, as luzes amarelas da própria Tevershall, e luzes por toda parte, aqui e ali, em meio aos campos escuros, além do rubor distante das fornalhas, atenuado e quase róseo, pois a noite estava limpa, o fulgor do metal sendo vertido, aquecido a branco. Luzes elétricas penetrantes e maldosas em Stacks Gate! Contornando um núcleo indefinível de malignidade! E todo o desconforto, o medo sempre em movimento da noite industrial das Midlands! Ouviu os motores de Stacks Gate acionando os elevadores que desciam com os mineiros das sete. A mina funcionava em três turnos.[69]

Tornou a descer pelo caminho, buscando a escuridão e a proteção do bosque. Mas sabia que aquele isolamento era ilusório. Os ruídos industriais invadiam a solidão, e as luzes fortes, embora invisíveis dali, a desafiavam. Homem nenhum podia mais viver recluso e solitário. O mundo não aceita eremitas. E agora ele possuíra a mulher, precipitando para si mesmo o advento de um novo ciclo de dor e maldição. Pois tinha a experiência do que aquilo representava.

Não era culpa da mulher ou mesmo do amor, nem culpa do sexo. A culpa residia lá, lá longe, naquelas malignas luzes elétricas e naquele ronco diabólico dos motores. Lá, no mundo da cobiça mecânica, dos mecanismos vorazes e da cobiça mecanizada, vomitando metal quente à luz intensa de lâmpadas cegantes e aos urros do tráfego, era lá que espreitava aquela coisa vasta e maligna, pronta a destruir tudo que não se conformasse. Dali a pouco consumiria o bosque, e as centáureas nunca mais haveriam de florescer. Todas as coisas vulneráveis acabarão perecendo sob o avanço das rodas e o ferro fundido.

Pensou na mulher com uma ternura infinita. Pobre criatura solitária, era melhor ainda do que imaginava, e ah, boa demais para o duro destino em que se metera! Pobrezinha, também ela tinha uma vulnerabilidade comparável à dos jacintos silvestres, não contava com a proteção de borracha e platina das moças modernas. E também haviam de acabar com ela! Sem a menor dúvida, acabariam com ela, como acabam com toda vida naturalmente terna. Terna! Em algum lugar ela era terna, terna e suave como os jacintos recém-brotados, coisa que desaparecera nas mulheres de celuloide dos dias que correm. Mas ele haveria de protegê-la com sua coragem, por algum tempo. Por algum tempo, antes que o insensível mundo de ferro e o Mammon[70] da cobiça mecanizada não acabassem com eles dois, tanto com ele quanto com ela.

Voltou para casa com sua arma e sua cachorra, chegou ao chalé às escuras, acendeu o lampião e o fogo e comeu seu jantar de pão e queijo, cebolinhas e cerveja. Estava só, no silêncio que tanto amava. Seu chalé era limpo e arrumado, mas despojado ao extremo. Ainda assim o fogo ardia bem, a lareira era branca, o lampião de querosene pendia do teto distribuindo uma boa luz pela mesa, coberta com sua toalha branca de oleado. Abriu um livro sobre a Índia, mas naquela noite não conseguiria ler. Sentou-se ao lado do fogo em mangas de camisa, sem fumar, mas com uma caneca de cerveja ao alcance da mão. Pensando em Connie.

A bem da verdade, ele se arrependia do que acontecera, mais possivelmente por causa dela. Tinha um mau pressentimento. Não a sensação de ter cometido algum erro ou pecado: não era sua consciência que o incomodava. Sabia que a consciência consistia acima de tudo no medo da sociedade, ou no medo de si mesmo. Não sentia medo de si mesmo. Mas tinha um medo bastante consciente da sociedade, que, por instinto, sabia ser uma fera malévola e parcialmente louca.

A mulher! Se ela pudesse estar ali com ele, e não houvesse mais ninguém no mundo! O desejo tornou a erguer-se, seu pênis se agitava como uma ave viva. Ao mesmo tempo uma opressão, um medo de se expor, e a ela, àquela Coisa externa cujas luzes elétricas desprendiam chispas impiedosas, pesava em seus ombros. Ela, pobrezinha, era apenas uma jovem criatura feminina: mas uma jovem criatura feminina que ele penetrara, e que desejava novamente.

Espreguiçando-se com a curiosa sensação do desejo, pois vivia só e afastado de homens e mulheres havia quatro anos, levantou-se e tornou a pegar seu casaco e sua arma, diminuiu a luz do lampião e saiu na noite estrelada com sua cachorra. Movido pelo desejo, e pelo medo da Coisa maligna sempre à espreita do lado de fora, fez sua ronda pelo bosque, devagar, sem barulho. Adorava a escuridão e tentou dissolver-se nela. Era o que convinha ao inchaço do seu desejo que, apesar de tudo, era como um tesouro: a agitada inquietação do seu pênis, o fogo que sentia arder no ventre! Ah, se pelo menos houvesse outros homens com quem pudesse se juntar, para combater aquela Coisa que emitia fagulhas elétricas e preservar a fragilidade da vida, a fragilidade das mulheres e a riqueza natural do desejo. Se pelo menos houvesse homens ao lado dos quais pudesse lutar! Mas os homens também estavam todos do lado de lá, regozijando-se na entrega àquela Coisa, triunfantes na cobiça mecanizada ou no mecanismo da cobiça, ou sendo pisoteados por seu avanço.

Constance, por sua vez, atravessara correndo o parque até em casa, quase sem pensar. Até então ainda não refletira sobre o ocorrido. Ainda chegaria para o jantar.

Entretanto, ficou contrariada ao encontrar as portas trancadas e ser obrigada a tocar a campainha. A sra. Bolton veio abrir.

"Ora, mas é aqui que está lady Chatterley! Eu já estava me perguntando se a senhora estaria perdida!", disse ela com uma certa malícia. "Mas sir Clifford não perguntou pela senhora: o senhor Linley está com ele, conversando sobre alguma coisa. Pelo jeito ele vai ficar para o jantar, não acha, lady Chatterley?"

"Parece mesmo que sim", disse Connie.

"Quer que eu atrase o jantar quinze minutos? Assim a senhora terá tempo de se vestir com calma."

"Talvez seja melhor."

O sr. Linley era o gerente-geral das minas, um senhor já de certa idade, do norte, sem o grau de motivação desejado por Clifford, não naquelas condições do pós-guerra, e tampouco com aqueles mineiros do pós-guerra, cujo credo era só avançar aos poucos, com a máxima cautela. Mas Connie gostava do sr. Linley, embora preferisse ser poupada da obsequiosidade da respectiva esposa.

Linley ficou para jantar, e Connie foi a anfitriã de que os homens gostavam tanto, tão modesta mas ao mesmo tempo atenta e perceptiva, com os olhos azuis bem abertos e uma calma suave perfeitamente capaz de ocultar seus verdadeiros pensamentos. Connie fizera tantas vezes esse papel que aquilo se tornara quase automático para ela. No entanto, era curioso como tudo desaparecia de sua consciência nos momentos em que se entregava àquele personagem.

Esperou pacientemente até poder subir e entregar-se aos próprios pensamentos. Ela estava sempre esperando, o que parecia ser seu ponto forte.

Chegando ao seu quarto, porém, sentia-se ainda vaga e confusa. Não sabia o que pensar. Que espécie de homem seria ele, na verdade? Gostaria mesmo dela? Não muito, era o que lhe parecia. Mas era gentil. Havia alguma coisa, uma espécie de ternura calorosa e ingênua, curiosa e súbita, que quase escancarava seu ventre para ele. Mas sentia que ele devia ter aquela mesma gentileza com qualquer mulher. Ainda assim, porém, sua atitude era curiosamente reconfortante, um refrigério. E era um homem passional, íntegro e passional. Talvez não suficientemente diferenciado: era possível que tratasse toda mulher da mesma forma como a tratou. Não seria na verdade uma coisa pessoal. Para ele, ela podia ser apenas mais uma mulher.

Mas talvez fosse melhor assim. E afinal, ele era gentil com a mulher que havia nela, o que jamais homem nenhum havia sido. Os homens eram muito gentis com a *pessoa* que ela era, mas cruéis com a mulher, que desprezavam ou ignoravam por completo. Eram todos muito gentis com Constance Reid ou com lady Chatterley: mas não com seu ventre. E ele nem tomara conhecimento de

Constance ou de lady Chatterley: limitara-se a acariciar de leve seu ventre e seus seios.

Ela voltou ao bosque no dia seguinte. Era uma tarde cinzenta de ar parado, a erva mercurial de um verde-escuro espalhava-se por sob as copas das aveleiras e todas as árvores faziam um esforço silencioso para brotar. Hoje ela quase sentia em seu próprio corpo aquela pressão da seiva no interior das árvores imensas, subindo, subindo até cada botão para forçá-lo a abrir-se em pequenas folhas de carvalho cor de fogo, de um bronze sanguíneo. Era como uma alta irresistível da maré, que se espalhava até o céu.

Ela chegou à clareira, mas ele não estava lá. Ela nem contava muito com um encontro. Os filhotes de faisão corriam a passos leves, rápidos como insetos, em torno das gaiolas onde as mães galinhas cacarejavam ansiosas. Connie sentou-se e ficou observando os animais, e esperando. Só fazia esperar. Mesmo os filhotes ela mal percebia. Estava à espera.

O tempo passava com uma lentidão de sonho, e ele não chegou. Ela não tinha certeza se ele viria, e ele não chegou até o fim da tarde. Ela precisava estar em casa para o chá. Mas teve de forçar-se a ir embora.

Quando estava chegando em casa, começou a cair uma chuva fina.

"Está chovendo de novo?", perguntou Clifford, ao vê-la sacudir seu chapéu.

"Só um chuvisco."

Ela serviu o chá em silêncio, absorvida numa espécie de obstinação. Queria ver o guarda-caça ainda hoje, para verificar se o que ocorrera tinha sido mesmo real. Se fosse de fato real!

"Posso ler um pouco para você mais tarde", disse Clifford.

Ela olhou para ele. Teria percebido alguma coisa?

"A primavera me deixa estranha — minha vontade era descansar um pouco", disse ela.

"Como achar melhor. Mas não está se sentindo mal, ou está?"

"Não! Só cansada — coisas da primavera. Quer que a senhora Bolton venha jogar alguma coisa com você?"

"Não! Acho que vou ouvir rádio."

Ela detectou a curiosa satisfação na voz dele. E subiu para o quarto. Lá, ouviu o alto-falante começar a emitir, numa voz de uma idiota suavidade aveludada, alguma coisa sobre uma série com os pregões dos vendedores de rua, o auge da afetação imitando os velhos pregoeiros. Ela vestiu sua antiga capa de chuva roxa e saiu desapercebida de casa pela porta lateral.

A cortina de chuva era como um véu que cobria o mundo, misterioso, abafado, nada frio. Sentiu muito calor enquanto atravessava o parque correndo. Precisou abrir sua leve capa de chuva.

O bosque estava em silêncio, imóvel e secreto na chuva fina da noite, abarrotado com o mistério dos ovos e dos brotos entreabertos, de flores semirreveladas. Na obscuridade geral, as árvores reluziam escuras e nuas, como se tivessem tirado a roupa, e o verde espalhado pela terra parecia queimar de tanto verdor.

Ainda não havia ninguém na clareira. Quase todos os filhotes tinham se refugiado debaixo das mães galinhas, e só um ou dois últimos aventureiros ainda ciscavam a terra seca debaixo do telhadinho de palha. E pareciam em dúvida quanto ao que fazer.

Com que então ele ainda não tinha vindo. Mantinha-se ao largo de propósito. Ou talvez alguma coisa estivesse errada. Talvez ela devesse ir olhar no chalé.

Mas ela nascera para esperar. Abriu a cabana com sua chave. Estava toda arrumada, o milho guardado no cocho, os cobertores dobrados na prateleira, a palha empilhada num canto: um fardo novo de palha. O lampião pendia de um prego. A mesa e a cadeira tinham sido devolvidas ao lugar onde ela se deitara.

Sentou-se no banquinho junto à porta. Como tudo estava quieto! A chuva fina caía muito de manso, parecendo uma fina película, mas o vento não produzia som algum. Nenhum barulho. As árvores se erguiam como criaturas poderosas, escurecidas, crepusculares, silenciosas e muito vivas. Como tudo estava vivo!

A noite se aproximava de novo: ela precisava ir embora. Ele a estava evitando.

Mas de repente ele surgiu na clareira, com seu casaco preto de oleado igual ao de um motorista, reluzindo de água. Olhou rapidamente na direção da cabana, fez uma meia reverência, depois desviou-se e rumou para as gaiolas. Lá se acocorou em silêncio, examinando tudo com cuidado, depois fechou cuidadosamente as portas para proteger as galinhas e os filhotes durante a noite.

Finalmente aproximou-se dela devagar. Connie ainda estava sentada em seu banquinho. Ele se postou ao lado dela debaixo do portal.

"Cê veio então", disse ele, usando as entonações do dialeto.

"Vim!", disse ela, erguendo os olhos para ele. "Você se atrasou!"

"Foi!", respondeu ele, olhando para a distância no bosque.

Ela se levantou devagar, empurrando o banquinho para o lado.

"Não queria vir?", perguntou ela.

Ele olhou para ela com um ar perspicaz.

"Será que as pessoas num vão começar a achar coisas, se a senhora começar a vir aqui toda noite?", perguntou.

"Por quê?" E ela ergueu os olhos para ele, sem saber o que pensar. "Eu disse que viria. Ninguém sabe de nada."

"Mas logo vão saber", respondeu ele. "E então o que vai ser?"

Ela não soube o que dizer.

"E por que haveriam de saber?", perguntou ela.

"As pessoas sempre dão um jeito", respondeu ele em tom fatalista.

Os lábios dela estremeceram de leve.

"Eu não posso fazer nada", disse com a voz falhando.

"Ora, claro que pode!", disse ele. "É só cê num vir pra cá. Se preferir assim", acrescentou ele, num tom mais grave.

"Mas não é assim que eu prefiro", murmurou ela.

Ele desviou os olhos para o bosque, e continuou em silêncio.

"E quando as pessoas ficarem sabendo?", perguntou ele finalmente. "Pense um pouco! Pense em como vai se sentir rebaixada, um dos empregados do seu marido!"

Ela ergueu os olhos para o rosto que ele mantinha desviado.

"É porque...", gaguejou ela, "é porque você não me quer?"

"Pense um pouco!", disse ele. "Pense no que vai ser se as pessoas descobrirem... sir Clifford... e e todo mundo falando..."

"Bem, eu posso ir embora."

"Pra onde?"

"Qualquer lugar! Tenho um dinheiro só meu. Minha mãe deixou um fundo de vinte mil libras para mim — e eu sei que estão fora do alcance de Clifford. Posso ir embora, se eu quiser."

"Mas talvez cê num queira ir embora."

"Quero, quero sim! Não me importo com o que pode me acontecer."

"Ah, é o que a senhora pensa agora! Mas vai se importar. Vai ter de se importar, todo mundo se importa. A senhora precisa se lembrar. Lady Chatterley, a baronesa, metida com o guarda-caça! Se eu fosse um cavalheiro, seria diferente. Sim, a senhora vai acabar se importando. Vai sim!"

"Pois não me importo mesmo. Pouco estou ligando para meu título. Na verdade, é uma coisa que eu detesto. Quando me chamam de *milady*, sinto a zombaria na voz das pessoas. E elas estão zombando! Rindo de mim! Até você está de zombaria quando me chama assim."

"Eu!"

Pela primeira vez ele olhou diretamente para ela, dentro dos seus olhos.

"Nunca zombei da senhora", disse ele.

E quando ele olhou em seus olhos ela viu os dele escurecerem, quase por completo, com a dilatação das pupilas.

"E a senhora num liga mesmo pro risco?", perguntou ele, numa voz rouca. "Mas devia! Antes que seja tarde!"

Havia uma curiosa súplica de advertência na sua voz.

"Não tenho nada a perder!", disse ela em tom de desafio. "Se você soubesse como é, ia achar até melhor para mim, perder o que eu tenho. Mas é por você mesmo que está com medo?"

"É!", disse ele secamente. "Tou! Tou com medo. Tou com medo. Tou com medo das coisas."

"Que coisas?", perguntou ela.

Ele fez um estranho gesto de arranco com a cabeça, indicando o mundo lá fora.

"As coisas! Todo mundo! Tudo."

Então ele se inclinou e beijou inesperadamente o rosto infeliz de Connie.

"Não, eu num me importo!", disse ele. "Vamo em frente, e o resto que se dane. Mas se um dia a senhora se arrepender..."

"Não me evite!", pediu ela.

Ele tocou seu rosto com os dedos e tornou a beijá-la.

"Então deixa eu entrar", disse ele baixinho. "E tira essa capa de chuva."

Ele pendurou a arma, tirou o casaco de couro molhado e estendeu a mão para os cobertores.

"Trouxe mais um cobertor", disse ele, "pra gente poder se cobrir se der vontade."

"Não posso ficar muito tempo", disse ela. "O jantar é às sete e meia."

Ele lhe lançou um olhar apressado — depois consultou o relógio.

"Está bem!", disse ele.

Fechou a porta e acendeu bem baixinho o lampião da parede.

"Um dia vamos ter muito tempo", disse ele.

Estendeu os cobertores com cuidado, um deles dobrado para servir de apoio à cabeça dela. Em seguida sentou-se no banquinho e a puxou para ele, segurando-a com força com um dos braços enquanto apalpava seu corpo com a mão livre. Ela ouviu o ronco de sua inspiração súbita quando ele a encontrou. Por baixo das finas anáguas ela estava nua.

"Ah! Que coisa, tocar aqui!", disse ele, enquanto seus dedos acariciavam a pele delicada, morna, secreta, de sua cintura e dos seus quadris. Ele baixou o rosto e o esfregou contra a barriga e as coxas dela, mais e mais vezes. E novamente ela se perguntou que tipo de arrebatamento aquilo representava para ele. Não entendia a beleza que ele encontrava nela, através daquele toque em seu corpo vivo e secreto, quase um êxtase de beleza. Pois só a paixão tem meios de percebê-la. E quando a paixão está morta, ou ausente, a palpitação magnífica da beleza é incompreensível, e até um tanto merecedora de desprezo: a beleza viva e quente do contato, tão mais profunda que a beleza da visão. Ela sentia o atrito do rosto dele contra suas coxas, sua barriga e suas nádegas, o atrito do seu bigode e dos seus cabelos densos e macios, e seus joelhos começaram a tremer. Bem no fundo de si, ela sentiu o despertar de uma nova sensação, o surgimento de uma nova nudez. E experimentou um certo medo. Metade dela preferia que ele não a acariciasse daquele modo. De alguma forma ele a estava deixando sem saída. Mas ainda assim ela esperava, e esperava mais.

E quando ele entrou nela, com uma intensificação do alívio e uma consumação que foi pura paz para ele, ela ainda estava à espera. Sentia-se um pouco excluída. E sabia que, em parte, a culpa era dela mesma. Era ela que escolhera aquele isolamento, que agora talvez fosse o destino a que estava condenada. Ficou parada, sentindo os movimentos dele dentro de si, sua determinação a um mergulho cada vez mais fundo, a súbita estocada no momento do jorro da semente, e então os arrancos cada vez mais fracos e lentos. Aqueles arrancos das nádegas eram sem dúvida um tanto ridículos! Quando você é uma mulher, e assiste a tudo de uma certa distância, sem dúvida aquele espasmo das nádegas do homem é de um ridículo supremo. Sem dúvida, o homem é infinitamente ridículo em sua postura e em seus atos!

Mas ela deixou-se ficar imóvel, sem se retrair. Depois que ele acabou, inclusive, ela não tomou qualquer iniciativa em prol da própria satisfação, como fazia com Michaelis. Ficou apenas deitada, e lágrimas lentas se acumularam e transbordaram dos seus olhos.

Ele também ficou parado. Mas a abraçava com força, e tentava cobrir suas pobres pernas nuas com as dele, para mantê-las aquecidas. Continuava deitado em cima dela, com um calor próximo e sem restrições.

"Cê tá com frio?", perguntou ele em voz bem baixa, como se ela estivesse perto, muito perto. Quando na verdade estava fora dali, muito distante.

"Não! Mas preciso ir embora", disse ela com voz suave.

Ele suspirou, abraçou-a com mais força, depois relaxou de novo, em repouso. Não adivinhara as lágrimas dela. Achava que ela estava ali, presente, junto com ele.

"Preciso ir embora", repetiu ela.

Ele se levantou, ajoelhou-se ao lado dela por um instante, beijou o lado interno das suas coxas, depois baixou suas saias, abotoando as próprias roupas por reflexo, sem nem mesmo virar-se de lado, à luz fraca, muito fraca, do lampião.

"Um dia cê percisa vir até o chalé", disse ele, baixando os olhos para ela com um rosto caloroso, seguro de si e relaxado.

Mas ela ficou deitada inerte, e olhava para ele pensando: um desconhecido! Um desconhecido! Sentiu até uma certa raiva.

Ele vestiu o casaco e procurou seu chapéu, que tinha caído. Em seguida pendurou a arma no ombro.

"Vamos, então!", disse ele olhando para ela com aqueles olhos calorosos e tranquilos.

Ela se levantou devagar. Não queria ir embora. Também não estava com vontade de ficar. Ele a ajudou a vestir a capa de chuva e viu que ela estava pronta.

Em seguida abriu a porta. Estava bem escuro do lado de fora. A cachorra fiel estendida debaixo do portal levantou-se satisfeita ao vê-lo. As gotas finas da chuva caíam cinzentas, na escuridão. Estava bem escuro.

"A gente vai percisar do lampião", disse ele. "Num vai ter ninguém no mato!"

Ele caminhava um pouco à frente dela pela trilha estreita, balançando o lampião bem baixo para que ela pudesse ver a grama molhada, as raízes negras e lustrosas das árvores, que lembravam serpentes, as flores descoradas. Quanto ao resto, tudo era o cinza da chuva e do nevoeiro, e mais a escuridão completa.

"Um dia cê percisa vir até o chalé", disse ele quando chegaram ao caminho mais largo e ficaram lado a lado. "Cê vem? Se é pra gente ser enforcada, tanto faz um carneiro como o rebanho inteiro."

Aquilo a deixava intrigada, aquele desejo estranho e persistente que ele sentia por ela, quando nada existia entre os dois, quando ele e ela nunca tinham conversado *de verdade*. E, mesmo sem querer, o dialeto a deixava ofendida. Aquele "cê percisa vir" parecia dirigido não a ela, mas a alguma mulher comum.

Ela reconheceu as folhas de dedaleira do caminho e percebeu mais ou menos onde se encontravam.

"Ainda são sete e quinze", disse ele. "Vamos chegar na hora."

Ele mudara de voz, e parecia perceber o quanto ela estava distante.

Quando contornaram a última curva do caminho, perto das aveleiras e do portão, ele apagou o lampião com um sopro.

"A partir daqui dá pra gente enxergar", disse ele, segurando gentilmente o braço dela.

Mas foi difícil. A terra em que pisavam era um mistério. Porém ele adivinhava seu caminho pelo costume: estava habituado.

Junto ao portão, entregou a ela sua lanterna elétrica.

"O parque tá um pouco mais claro", disse ele. "Mas leva a lanterna, pra num se perder do caminho."

Era verdade, parecia haver um brilho tênue de pós-claridade no espaço aberto do parque.

De repente ele a puxou para si e enfiou novamente a mão por baixo das suas saias, apalpando seu corpo morno com a mão úmida e gelada.

"Eu era capaz de morrer pra poder tocar uma mulher como ocê", disse ele em tom gutural. "Se pelo menos cê pudesse ficar mais um minuto..."

Ela sentiu a força repentina do desejo dele que se reavivava.

"Não! Está na minha hora", disse ela, um pouco alvoroçada.

"Tá bem", respondeu ele, subitamente transformado, soltando-a.

Ela começou a se afastar. E no mesmo instante virou-se para ele, dizendo:

"Um beijo!"

Ele se inclinou sobre seu rosto indistinto e a beijou — no olho esquerdo. Ela lhe estendeu a boca e ele a beijou de leve, mas no mesmo instante recuou. Ele detestava beijos na boca.

"Amanhã eu vou", disse ela, enquanto se afastava. "Se puder", acrescentou.

"Vem! Mas num vem tão tarde", respondeu ele das sombras. Ela já não conseguia mais vê-lo.

"Boa noite!", disse ela.

"Boa noite, lady Chatterley", veio a resposta.

Ela parou e virou-se para ele na úmida escuridão. Mal conseguia distinguir seu vulto.

"Por que você disse isso?", perguntou ela.

"Por nada!", respondeu ele. "Boa noite, então! Corre!"

E ela mergulhou na noite de um cinza escuro quase tangível.

Encontrou a porta lateral aberta e entrou em seu quarto sem ser vista. Ao fechar a porta, o gongo tocou. Mas ia tomar seu banho de qualquer maneira. Precisava tomar seu banho.

"Mas nunca mais me atraso", pensou ela. "É irritante demais."

No dia seguinte ela não foi para o bosque, pois precisou ir com Clifford a Uthwaite. Ele agora às vezes saía de carro, e contratara um jovem chofer forte que podia ajudá-lo a descer do veículo, se fosse o caso.

E estava especialmente decidido a ir visitar seu padrinho, Leslie Winter, que vivia em Shipley Hall, não muito longe de Uthwaite. Winter já era um senhor idoso — rico, um dos ricos donos de minas que tiveram o auge da prosperidade no tempo do rei Eduardo.[71] O rei Eduardo pernoitara mais de uma vez em Shipley, para caçar. Era um belo palacete de estuque, muito elegantemente mobiliado, pois Winter era solteiro e orgulhava-se muito de seu estilo. Mas o lugar era cercado de entradas de mina.

Leslie Winter era ligado a Clifford, mas pessoalmente não tinha muito respeito por ele, devido às fotografias nas revistas e a toda aquela história de literatura. O velho era um seguidor da antiga escola eduardiana, para quem a vida era a vida, e os escrevinhadores, coisa muito diferente.

Com Connie o velho cavalheiro sempre se mostrava galante. Ele a via como uma moça contida e atraente, e um verdadeiro desperdício nas mãos de Clifford, e era uma pena que não tivesse a menor possibilidade de produzir um herdeiro para Wragby. Ele próprio tampouco tinha herdeiros.

Connie se perguntava o que ele diria se soubesse que o guarda-caça de Clifford vinha mantendo relações com ela, e dizendo: Cê percisa vir no meu chalé! Haveria de detestá-la e desprezá-la, pois sempre demonstrara verdadeiro ódio pelas reivindicações das classes trabalhadoras. Não se incomodaria com um homem da mesma classe que ela.

Mas Connie fora premiada pelo destino com aquela aparência de donzela comedida e submissa que talvez fizesse parte da sua natureza. Winter a chamou de "querida menina!" e lhe deu de presente uma adorável estatueta de uma dama do século XVIII. Ele sempre lhe dava presentes, muito contra a vontade dela.

Mas Connie só pensava em seu caso com o guarda-caça. Afinal, o sr. Winter, que na verdade era um cavalheiro e um homem do mundo, a tratava como uma pessoa, um indivíduo de critério. Não a misturava com o resto das mulheres do mundo, com aquela mesma familiaridade do guarda-caça.

Não voltou ao bosque naquele dia, nem no dia seguinte, nem no outro. Não voltou enquanto sentia, ou imaginava sentir, o homem esperando por ela, a desejá-la.

Mas no quarto dia sentiu-se tomada por uma inquietação e um desconforto terríveis. Ainda estava decidida a não voltar mais ao bosque e abrir de novo as pernas para aquele homem. Passou em revista todas as coisas que podia fazer

— uma ida de carro a Sheffield, algumas visitas. E a mera ideia dessas coisas lhe pareceu absolutamente repulsiva.

E finalmente ela decidiu caminhar um pouco, *não* na direção do bosque, mas para o lado oposto. Iria até Marehay, saindo pelo portãozinho de ferro do outro lado da cerca do parque.

Era um dia cinzento e tranquilo de primavera, e quase fazia calor. Ela caminhava despreocupada, absorvida em pensamentos dos quais nem sequer tinha muita consciência. Na verdade nem percebia muita coisa do mundo exterior, até ser sobressaltada pelos fortes latidos do cachorro de Marehay Farm. Marehay Farm! Os pastos da fazenda estendiam-se até a cerca do parque de Wragby, de maneira que as propriedades eram vizinhas. Mas fazia tempo que Connie não aparecia por lá.

"Bell!", disse ela para a bull-terrier branca e corpulenta. "Bell! Já se esqueceu de mim? Não está me reconhecendo?"

Ela tinha medo de cachorros. E Bell, recuando um pouco, latia para ela, que estava decidida a atravessar o quintal da fazenda e chegar ao caminho dos criadouros.

A sra. Flint apareceu. Era uma mulher da mesma idade de Constance. Tinha sido professora: tratava Constance com modos encantadores, mas esta desconfiava de que fosse um pouco dada à falsidade.

"Ora, mas é lady Chatterley! Vejam só!", e os olhos da sra. Flint tornaram a cintilar, enquanto ela corava como uma colegial. "Bell! Bell! Francamente, latindo para lady Chatterley...! Bell! Cale a boca!" E precipitou-se à frente, golpeando a cachorra com um pano branco que trazia na mão; em seguida se aproximou de Connie.

"Antigamente ela me reconhecia", disse Connie, trocando um aperto de mãos com a sra. Flint. O casal Flint arrendava terras dos Chatterley.

"Mas claro que ela sabe quem a senhora é! Só está se exibindo", disse a sra. Flint, enrubescendo e erguendo os olhos com uma certa confusão alvoroçada. "É que faz tanto tempo que ela não vê a senhora. A senhora melhorou?"

"Melhorei, obrigada. Agora estou bem."

"Quase não vimos a senhora o inverno todo. Quer entrar e ver o bebê?"

"Bem", hesitou Connie. "Só um minutinho."

A sra. Flint saiu correndo à sua frente, para arrumar a casa, e Connie veio caminhando devagar, hesitando um tempo na cozinha bastante sombria, onde a chaleira fervia ao fogo. E a sra. Flint ressurgiu.

"Espero que me desculpe", disse ela. "A senhora não quer entrar?"

Passaram para a sala, onde um bebê estava sentado no tapete de retalhos ao lado da lareira e a mesa estava posta às pressas para um chá. Uma jovem criada recuou corredor afora, nervosa e sem saber o que fazer.

O bebê era uma coisinha alegre de cerca de um ano de idade, com cabelos ruivos como os do pai e olhos azuis, claros e atrevidos. Era uma menina, e não se deixava intimidar. Estava instalada em meio a várias almofadas, cercada por bonecas de trapo e outros brinquedos em excesso, à moda moderna.

"Ora, mas como é linda!", disse Connie. "E como cresceu! Uma menina grande! Uma menina grande!"

Ela mandara um xale de presente no nascimento da menina, e um patinho de celuloide no Natal.

"Olhe, Josephine! Quem é *esta* que veio até aqui ver você? Quem é, Josephine? É lady Chatterley! Você sabe quem ela é, não sabe?"

A pequena estranha e empertigada encarou Connie com total desplante. Para ela, títulos de nobreza ainda não faziam a menor diferença.

"Venha! Quer vir no meu colo?", perguntou Connie ao bebê.

Para a menina não fazia diferença ser levantada ou não, de maneira que Connie a pegou no colo. Como era quente e adorável segurar um bebê nos braços! E aqueles bracinhos macios, as perninhas inconscientes e carnudas.

"Estava tomando uma xícara de chá puro aqui sozinha. Luke foi ao mercado, e então posso tomar meu chá na hora que quiser. Aceita uma xícara, lady Chatterley? Não deve ser do tipo que a senhora costuma tomar, mas, se tiver a bondade..."

Pois Connie aceitava; embora preferisse não ser lembrada do que costumava tomar. Houve um grande rearranjo e a mesa foi posta de novo, dessa vez com a melhor louça da casa e o melhor bule de chá.

"Não queria lhe dar nenhum trabalho!", disse Connie.

Mas se a sra. Flint não se desse ao trabalho, como iria se divertir? De maneira que Connie ficou brincando com a menina, entretendo-se com sua diminuta altivez feminina, extraindo um prazer voluptuoso de seu calor jovem e macio. Vida nova! E tão destemida! E destemida porque tampouco tinha defesas! Todas as pessoas mais velhas, tão limitadas pelo medo!

Tomou uma xícara do chá, que era bastante forte, com pão e manteiga muito bons, acompanhados de uma conserva de ameixas. A sra. Flint corava, resplandecia e mal se continha de tanta animação, como se Connie fosse um cavaleiro andante. E tiveram uma verdadeira conversa entre mulheres, que ambas apreciaram muito.

"Mas é só um chazinho simples", disse a sra. Flint.

"Muito melhor que o da minha casa", disse Connie com toda a sinceridade.

"Oooh!", disse a sra. Flint, sem acreditar, claro.

Mas finalmente Connie levantou-se.

"*Preciso* ir!", disse ela. "Meu marido nem imagina onde estou. Deve estar tendo as ideias mais extravagantes."

"Nunca irá pensar que a senhora está aqui!", riu muito animada a sra. Flint. "E vai mandar os criados procurá-la por toda parte!"

"Até logo, Josephine!", disse Connie, beijando a

garotinha e desmanchando com os dedos seus finos cabelos ruivos.

A sra. Flint fez questão de abrir a porta da frente, que estava fechada a chave e com uma tranca atravessada. Connie emergiu no jardinzinho da frente da casa, cercado por uma sebe de alfeneiro. Havia dois canteiros de orelha--de-urso ladeando o caminho, muito aveludada e densa.

"Lindas, as orelhas-de-urso!", disse Connie.

"Atrevidas, como diz Luke!", riu a sra. Flint. "Vou lhe dar um pouco!"

E de imediato colheu flores e algumas mudas.

"Já chega! Já chega!", disse Connie.

Chegaram ao portão do jardim.

"Para que lado a senhora vai?", perguntou a sra. Flint.

"Passando pelos criadouros."

"Deixe-me ver! Ah, sim, as vacas estão no curralzinho menor. Mas ainda não saíram. Só que a porteira está trancada, a senhora vai ter de passar por cima."

"Eu consigo", disse Connie.

"Posso ir até lá com a senhora."

Atravessaram o pastinho raspado, roído pelos coelhos. Os passarinhos piavam triunfais no fim de tarde do bosque. Um homem arrebanhava as últimas vacas, que avançavam a passo lento pelo pasto cansado.

"Hoje estão atrasados para tirar o leite", disse a sra. Flint em tom severo. "Sabem que Luke só vai voltar para casa depois que escurecer."

Chegaram à cerca, além da qual o arvoredo de jovens abetos se adensava eriçado. Havia um portãozinho, mas estava trancado. Na relva, do lado de dentro, havia uma garrafa vazia em pé.

"É a garrafa que o guarda-caça deixa aqui, para o leite dele", explicou a sra. Flint. "Nós trazemos aqui para ele, e ele vem pegar."

"Quando?", perguntou Connie.

"Ah, quando passa por aqui. Quase sempre de manhã cedo. Bem, até logo, lady Chatterley. E não deixe de aparecer de novo! Foi um prazer estar com a senhora!"

Connie passou por cima da cerca e encontrou a trilha estreita em meio aos jovens abetos de folhas espetadas. A sra. Flint voltou correndo para casa atravessando o pasto, subindo a encosta: e sempre de touca, porque afinal era professora.

Constance não gostava daquele trecho novo e denso do bosque. Parecia-lhe sinistro e sufocante. Apressou-se, de cabeça baixa, pensando na garotinha dos Flint. Era uma coisinha linda, mas no futuro teria as pernas meio arqueadas, como o pai — o que já se podia ver. Mas talvez aquilo passasse com o crescimento. Como era acalentador e reconfortante ter um bebê. E como a sra. Flint tinha exibido a filha: no fim das contas, era algo que ela possuía e Connie não tinha, nem aparentemente poderia ter. Sim, a sra. Flint tinha alardeado sua maternidade. E Connie sentira um pouco, só um pouco, de inveja. Era mais forte que ela.

Sobressaltada, viu-se afastada dos seus pensamentos e deu um gritinho de susto. Havia um homem ali.

Era o guarda-caça, atravessado no caminho como o asno de Balaão, barrando sua passagem.

"O que está havendo?", perguntou ele surpreso.

"De onde você surgiu?", arquejou ela.

"E *você*? Estava na cabana?"

"Não! Não! Fui a Marehay."

Ele a olhou com ar curioso, perscrutador, e ela deixou a cabeça pender com uma certa expressão de culpa.

"E agora, estava indo para a cabana?", perguntou ele em tom severo.

"Não! Não posso! Estive algum tempo em Marehay. Ninguém sabe onde estou. Estou atrasada. Preciso correr..."

"Para me evitar?", perguntou ele, com um sorriso irônico.

"Não! Não! Não é isso! É só que..."

"Por que outro motivo?", disse ele. Aproximou-se

dela e a abraçou. Ela sentiu a parte frontal do seu corpo muito perto de si, e muito viva.

"Ah, agora não! Agora não!", exclamou ela, tentando empurrá-lo.

"Por que não? Ainda são só seis horas. Você tem meia hora. Nada disso! Eu quero você."

Ele a segurou com força, e ela pôde sentir a urgência do seu desejo. Seu instinto automático foi tentar desvencilhar-se. Mas alguma outra coisa nela permanecia estranha, inerte e pesada. O corpo dele insistia na urgência junto ao dela, e acabou por lhe faltar a coragem de resistir.

Ele olhou em volta.

"Venha — venha cá! Por aqui!", disse ele, com um olhar atento para o denso arvoredo de abetos, árvores jovens e apenas meio crescidas.

Tornou a olhar para ela. Ela viu seus olhos tensos e cintilantes, ferozes, desprovidos de amor. Mas a força de vontade a abandonara por completo. Um estranho peso tomou conta dos seus membros. Ela estava cedendo. Ela estava desistindo.

Ele a conduziu por entre a barreira de árvores eriçadas, difícil de atravessar, até um lugar onde havia um pequeno espaço e uma pilha de galhos secos. Juntou mais um ou dois ramos, que cobriu com seu casaco e seu colete, e foi ali que ela precisou deitar-se, tendo por teto a ramada daquelas árvores, como um animal, enquanto ele esperava ali de pé, de camisa e culote, olhando para ela com os olhos assombrados. Mas ainda assim ele foi previdente — e a ajudou a deitar-se de um modo que não incomodasse. Entretanto, arrebentou os cordões de sua roupa de baixo, porque ela não ajudou, limitando-se a ficar deitada e inerte.

Ele também desnudara a parte dianteira do corpo, e ela sentiu o contato com sua carne nua antes que ele a penetrasse. Por um instante ele ficou imóvel dentro dela, túrgido e fremente. Então, quando ele começou a se mover no orgasmo súbito e incontrolável, despertaram novas e estranhas sensações que se espalhavam dentro dela como vagas, ondas, sucessivas ondulações de chamas suaves, macias como plumas, que se erguiam e se quebravam em pontos brilhantes, extraordinários, extraordinários, deixando-a inteiramente derretida por dentro. Era como um dobre de sinos, produzindo ressonâncias cada vez mais intensas até chegar a uma culminância. Não teve consciência dos gritinhos incontroláveis que emitiu no final. Mas tudo acabou depressa demais, depressa demais!

E agora ela não teria mais como provocar sua própria conclusão, à custa de sua própria atividade. Era diferente, era diferente, não havia nada que ela pudesse fazer. Não podia mais tomar a iniciativa e apertar com toda força por cima dele para obter sua própria satisfação. Podia apenas esperar, esperar e gemer por dentro enquanto o sentia dentro dela se retirando, retirando-se e se contraindo, chegando ao momento terrível em que escorregaria para fora dela e estaria tudo acabado; enquanto todo o ventre dela estava aberto, macio e clamando suavemente como uma anêmona dos mares ao sabor das marés, clamando para que ele voltasse e a deixasse preenchida.

Ela se agarrou a ele inconsciente na paixão, e ele nem chegou a escorregar de todo para fora de seu corpo. E ela sentiu aquele broto macio dentro dela readquirindo vida e, em estranhos ritmos, inchando em seu interior, com um singular movimento rítmico de crescimento, crescendo e crescendo até preencher toda a sua consciência fendida. E então recomeçou o movimento indescritível que na verdade nem era um movimento, mas redemoinhos puros e cada vez mais fundos de sensação, em giros que se aprofundavam mais e mais por todos os seus tecidos e por toda a sua consciência, até ela se transformar num fluido perfeitamente concêntrico de sensações. E lá estava ela proferindo gritos inconscientes e inarticulados, a voz emitida da noite mais extrema, o clamor da vida. E o homem escutava aquilo tudo debaixo dele com uma espécie de temor reverencial, enquanto sua vida jorrava para dentro dela. E ao mesmo tempo que tudo se acalmava ele também sossegou e ficou totalmente imóvel, sem conhecimento de nada, enquanto a força com que ela o abraçava cedia aos poucos e, finalmente, ela quedou inerte.

E lá ficaram eles deitados, sem conhecimento de nada, nem mesmo um do outro, os dois perdidos.

Até que finalmente ele começou a se levantar e tomou consciência de sua nudez indefesa. E ela percebeu que o corpo dele se desprendia do seu, que ele estava se afastando. Mas no íntimo ela sentia ser-lhe insuportável que ele a deixasse descoberta. Ele precisava cobri-la, agora e sempre.

Mas finalmente ele se desprendeu, beijou-a e cobriu-a com suas roupas, antes de começar a se vestir. Ela ficou deitada olhando para o alto através dos ramos das árvores, ainda incapaz de se mover. Ele se levantou e abotoou as calças, olhando em volta. Tudo estava denso e silencioso, exceto pela cachorra espantada, deitada com o focinho entre as patas.

Ele tornou a sentar-se na ramagem seca e pegou a mão de Connie em silêncio. Ela se virou e olhou para ele.

"Desta vez nós gozamos juntos", disse ele.

Ela não respondeu.

"É bom quando é assim. A maioria das pessoas passa a vida inteira sem saber como é isso", disse ele, em tom sonhador.

Ela olhou para seu rosto pensativo.

"É mesmo?", perguntou. "E você está contente?"

Ele tornou a olhá-la nos olhos.

"Contente!", disse ele. "Claro! Mas nem se incomode." Ele não queria que ela falasse.

Abaixou-se e tornou a beijá-la, e ela sentiu que ele precisava beijá-la assim para todo o sempre.

Finalmente ela se ergueu em parte e se sentou.

"As pessoas não costumam gozar juntas?", perguntou ela, com uma curiosidade ingênua.

"Muita gente, nunca. Dá para ver pelo jeito áspero que eles têm." Ele falava a contragosto, arrependido de ter começado a conversa.

"E você já gozou assim com outras mulheres?"

Ele olhou para ela, achando graça.

"Não sei", disse ele. "Não sei."

E ela percebeu que ele jamais lhe contaria nada que não quisesse contar. Observou seu rosto, e a paixão por ele lhe provocou uma reação nas tripas. Ela resistiu o quanto pôde, porque aquilo era a perda de si mesma até para si mesma.

Ele vestiu o colete e o casaco, e tornou a abrir caminho até a picada. Os últimos raios horizontais de sol atingiam o bosque.

"Não vou junto com você", disse ele. "Melhor não ir."

Ela olhou para ele pensativa, antes de se virar. A cachorra estava esperando ir embora com tanta ansiedade. E ele dava a impressão de não ter mais nada a dizer: não restava mais nada.

Connie voltou devagar para casa, avaliando a profundidade daquela outra coisa dentro dela. Outra criatura vivia nela, ardendo derretida, macia e sensível dentro de seu ventre e de suas entranhas. E com aquela outra identidade ela o adorava, ela o adorava a ponto de perder a firmeza dos joelhos enquanto caminhava. Em seu ventre e em suas entranhas sentia-se agora fluida e viva, e vulnerável, e irremediavelmente entregue à adoração por ele como a mais ingênua das mulheres.

"É como uma criança!", disse de si mesma. "Como se houvesse uma criança dentro de mim."

E era exatamente isso. Era como se seu ventre, que estivera sempre fechado, agora estivesse finalmente aberto e cheio de uma vida nova, quase um fardo, mas maravilhoso.

"Se eu tivesse um filho!", pensou ela consigo. "Se eu pudesse tê-lo dentro de mim, num filho!"

E suas pernas se derreteram com a ideia. E ela percebeu a gigantesca diferença que existe entre ter um filho só para si mesma e ter o filho de um homem que suas entranhas desejavam. O primeiro caso, de certa forma, parecia uma coisa comum. Mas ter o filho do homem que era adorado por suas entranhas, por seu ventre! Dava-lhe a ideia de quanto ficara diferente de quem era antes, como se mergulhasse cada vez mais fundo no cerne de toda condição feminina, e no sono da criação.

Não era a paixão que era nova para ela. Eram o desejo e a adoração. Ela sabia que sempre temera aqueles sentimentos. Pois a deixavam indefesa. E ainda sentia o mesmo medo. Se ela o adorasse além da conta poderia perder-se, ficar apagada. E não queria acabar apagada. Uma escrava, como uma selvagem. Não podia transformar-se numa escrava.

Tinha medo da adoração que sentia. Entretanto, não pretendia começar a combatê-la desde já. Sabia que tinha forças para tanto. Tinha uma força de vontade demoníaca no peito que poderia ter se oposto àquela adoração plena, suave e pesada de seu ventre e de suas entranhas, esmagando esse sentimento. E seria capaz disso, mesmo agora. Ou pelo menos era o que ela acreditava. E então poderia subjugar aquela sua paixão com a vontade.

Ah, sim, ser levada pela paixão como uma bacante, como numa bacanal, correndo loucamente pelos bosques. Invocar Íaco, o falo luminoso que não tinha personalidade independente por trás de si, puro servidor da divindade para a mulher! Que o homem, o indivíduo, não se atrevesse a qualquer intromissão. Ele não passava de um servidor do templo, portador e guardião do falo luminoso que pertencia a ela.

Assim, no fluxo de um novo despertar da consciência, a antiga paixão implacável ardeu nela por algum tempo, e o homem reduziu-se a um objeto desprezível, mero carregador do falo, a ser despedaçado depois de prestar seu serviço. Ela sentiu a força das Bacantes[72] em suas pernas e em seu corpo: a mulher fulgurante e rápida, derrotando o macho.

Entretanto, ao mesmo tempo que experimentava esses sentimentos, o coração lhe pesava. Ela não queria aquilo. Era conhecido e estéril, sem frutos. Aquela adoração era seu tesouro. Era tão insondável, tão suave, tão profunda, tão desconhecida. Não, não! Ela preferia abrir mão do fulgor de seu poder feminino arduamente conquistado. Estava cansada daquilo, que a deixara tão calejada. Agora iria mergulhar no banho renovado da vida, nas profundezas de seu ventre e de suas entranhas, que entoavam sem voz o canto da adoração. Ainda era cedo para começar a temer aquele homem.

"Dei um passeio até Marehay e tomei chá com a senhora Flint", disse ela a Clifford. "Queria ver o bebê. É uma menina tão linda, com o cabelo ruivo tão fino que parece uma teia de aranha! Tão bonita! O senhor Flint tinha ido ao mercado, então ela, eu e a menina tomamos chá juntas. Você queria saber onde eu andava?"

"Bem, eu me perguntei onde você poderia estar. Mas pensei que devia ter ido tomar chá em algum lugar", disse Clifford, enciumado.

Com uma espécie de sexto sentido ele percebia nela alguma coisa nova, algo que não tinha como compreender. Mas atribuiu aquilo ao contato com a criança. Concluiu que Connie ficara aborrecida por não ter um bebê: por não ter produzido automaticamente um deles, por assim dizer.

"Eu vi a senhora atravessando o parque até o portãozinho de ferro", disse a sra. Bolton. "E achei que talvez tivesse ido visitar a paróquia."

"E quase fui. Mas depois tomei o caminho de Marehay."

Os olhos das duas mulheres se cruzaram: os da sra. Bolton cinzentos, brilhantes e inquisitivos. Os de Connie azuis e velados, e estranhamente belos. A sra. Bolton estava quase certa de que ela tinha um amante. Mas como podia ser? E *quem* poderia ser? Onde havia um homem?

"Ah, é tão bom a senhora sair de vez em quando e encontrar gente", disse a sra. Bolton. "Eu estava dizendo a sir Clifford que lady Chatterley certamente se sentiria muito melhor caso se encontrasse mais com outras pessoas."

"Sim, estou contente de ter ido. E a bebê é tão linda, irresistível, e bochechuda, Clifford!", disse Connie. "Tem o cabelo fino como teia de aranha, e de um laranja vivo! E os olhos mais impressionantes e atrevidos, de um azul-claro de porcelana! Claro que é menina, ou não seria tão atrevida; mais atrevida que sir Francis Drake[73] na infância."

"Tem razão, lady Chatterley; é uma Flint de verdade! Sempre foram uma família de ruivos atrevidos", disse a sra. Bolton.

"Você não quer ver, Clifford? Convidei as duas para o chá, para você ver."

"Quem?", perguntou ele, olhando para Connie com grande desconforto.

"A senhora Flint e o bebê — segunda-feira que vem."

"Você pode tomar chá com ela na sua saleta", disse ele.

"Por quê, você não quer ver o bebê?", exclamou ela.

"Ah, eu vejo. Só não quero ficar o chá todo com as duas."

"Ah!", disse Connie, fitando-o com olhos dissimulados e muito abertos. Mas na verdade ele era uma outra pessoa, e ela não tinha como enxergá-lo.

"A senhora pode tomar o chá confortavelmente na sua saleta, e a senhora Flint vai sentir-se mais à vontade do que na presença de sir Clifford", disse a sra. Bolton.

Estava convencida de que Connie tinha um amante.

E alguma coisa em sua alma exultava. Mas quem seria, quem seria? Talvez a sra. Flint pudesse dar alguma pista.

Connie não quis tomar seu banho aquela noite. A sensação da carne dele em contato com ela, mesmo pegajosa, era-lhe preciosa, e num certo sentido até sagrada.

Clifford estava muito intranquilo. Não quis deixá-la ir para o quarto depois do jantar. E ela queria tanto ficar sozinha! Olhava para ele, mas se mostrava curiosamente submissa.

"Vamos jogar alguma coisa? Ou quer que eu leia para você? Ou o que vai ser?", perguntou ele, desconfortável.

"Leia para mim", disse Connie.

"Quer que eu leia o quê? Poesia ou prosa? Ou teatro?"

"Racine",[74] pediu ela.

Tinha sido um dos fortes dele, no passado, ler Racine com a genuína grandiloquência francesa. Mas agora estava enferrujado e um pouco encabulado. Na verdade, preferia ouvir rádio.

Mas Connie estava costurando, cosendo um vestidinho de seda cor-de-rosa, cortado de um de seus próprios vestidos, para a garotinha da sra. Flint. Entre chegar em casa e a hora do jantar, tinha cortado a peça. E agora estava sentada, imersa no arrebatamento suave e silencioso que sentia, cosendo, enquanto os sons da leitura prosseguiam. Dentro dela, sentia o zumbido da paixão, como a vibração que sucede ao tanger de sinos de som grave.

Clifford disse alguma coisa sobre Racine. E ela só entendeu depois que as palavras já tinham passado.

"Sim! Sim!", disse ela, erguendo os olhos para ele, "é esplêndido."

Novamente, Clifford sentiu medo do brilho azul-escuro dos olhos dela e de seu silêncio tranquilo, ali sentada. Ela nunca se mostrara tão suave e silenciosa. Sentia-se irremediavelmente fascinado por ela, como se algum perfume que ela emanava o deixasse intoxicado. De maneira que prosseguiu sem alternativa com sua leitura, e o som gutural do francês, para ela, lembrava o ronco do vento numa lareira. De Racine ela não ouvia uma sílaba sequer.

Estava embarcada em seu próprio arrebatamento contido, como uma floresta que suspira com o gemido abafado e alegre da primavera, acompanhando a brotação. Ela sentia que o homem estava naquele mesmo mundo com ela, o homem sem nome, caminhando com pés magníficos, lindo em seu mistério fálico. E nela própria, em cada veia de seu corpo, ela sentia ele e seu filho, ele e seu filho. O filho dele estava em cada veia dela, como um anoitecer.

"Mãos ela não tinha, nem olhos, nem pés, nem o
[dourado
Tesouro dos cabelos..."[75]

Ela era como uma floresta, como o emaranhado escuro dos ramos dos carvalhos, produzindo o murmúrio inaudível da infinidade de brotos que se abriam. Enquanto isso, os pássaros do desejo dormiam na vasta complexidade entrelaçada de seu corpo.

Mas a voz de Clifford não se calava, tagarelando e produzindo aqueles infrequentes sons guturais. Como era esquisito! Como Clifford era esquisito, debruçado ali sobre o livro, estranho, ávido e civilizado, com seus ombros largos e sem pernas dignas do nome! Que criatura estranha, com a vontade rigorosa, fria e inflexível de uma ave de rapina, e sem calor algum, desprovido de qualquer calor humano! Uma dessas criaturas do futuro, desalmadas mas com uma vontade extra-atenta, uma vontade gelada. Ela estremeceu um pouco, com medo daquele homem. No entanto, a chama suave e quente da vida era mais forte que ele, e o que existia na realidade lhe permanecia oculto.

A leitura acabou. Ela teve um sobressalto. Ergueu os olhos e mais espantada ainda ficou ao ver que Clifford a observava com seus olhos muito claros e assustadores, tomados como que de ódio.

"*Muito* obrigada! Você lê Racine de uma maneira linda!", disse ela baixinho.

"Quase tão linda quanto a atenção que você me dedica", respondeu ele em tom cruel.

"O que você está fazendo?", perguntou ele em seguida.

"Um vestido de criança para a filha da senhora Flint."

Ele lhe deu as costas. Uma criança! Uma criança! Era a obsessão dela.

"Afinal", disse ele com a voz de quem declamava, "pode-se encontrar tudo que se queira em Racine. As emoções ordenadas e bem controladas são mais importantes que as emoções caóticas."

Ela o encarou com olhos muito abertos, vagos e velados.

"Claro, com toda a certeza", disse ela.

"O mundo moderno só aceita a emoção vulgarizada, que se deixa à solta. Precisamos justamente do controle que havia no classicismo."

"Sim!", disse ela devagar, enquanto pensava no rosto sem expressão que ele exibia quando escutava as idiotices do rádio. "As pessoas fingem que têm emoções, mas na verdade não sentem nada. Deve ser isso, o sentimento romântico."

"Exatamente!", disse ele.

A bem da verdade, ele estava cansado. Aquela noite o deixara esgotado. Teria sido preferível ler seus livros técnicos, conversar com seu gerente ou ouvir rádio.

A sra. Bolton entrou, trazendo dois copos de leite maltado: um para Clifford, a fim de ajudá-lo a dormir, e outro para Connie, com a intenção de engordá-la. Era uma bebida noturna que ela introduzira na rotina da casa.

Connie ficou feliz de se retirar, depois de tomar seu copo: e estava grata porque não precisava ajudar Clifford a deitar-se. Pousou seu copo na bandeja, que depois pegou para deixar do lado de fora.

"Boa noite, Clifford! Durma bem! Racine toma conta da gente como um sonho. Boa noite!"

Ela chegara à porta. E ia embora sem lhe dar um beijo de boa-noite. Ele a observava com olhos frios e atentos. Então era assim! Ela não lhe dava nem mesmo um beijo de despedida, depois que ele passara horas lendo para ela. Quanta insensibilidade! Mesmo que fosse um beijo apenas formal; era de formalidades assim que a vida dependia. Na verdade ela era uma bolchevista. Tinha instintos bolchevistas! Ficou olhando com raiva e frieza para a porta por onde ela saíra. Raiva!

E novamente o medo da noite tomou conta dele. Ele era um feixe de nervos, quando não estava mobilizado para trabalhar e com menos energia: ou quando não estava ouvindo rádio, em estado de absoluta neutralidade; nessas horas ele era assolado pela ansiedade e uma sensação de perigo, de um vazio iminente. Tinha medo. E Connie poderia manter o medo a distância dele, se quisesse. Mas era óbvio que não queria, não queria. Era insensível, fria, e não gostava de nada do que ele fazia por ela. Ele desistira da vida por ela, e ela se mostrava insensível. Só queria as coisas do seu modo. "A senhora da casa é cheia de vontades."[76] Agora estava obcecada com a ideia de um bebê. Para que pudesse ser só dela, só dela, e não dele!

Clifford era um homem saudável, no fim das contas. Tinha um ar tão disposto e resistente, o rosto corado, os ombros largos e fortes, o peito amplo, e ficara mais corpulento. Entretanto, ao mesmo tempo, sentia medo da morte. Um vazio terrível parecia ameaçá-lo de alguma forma, em algum lugar, um vazio, um abismo que haveria de consumir toda a sua energia. Sem energia, sentia às vezes que estava morto, realmente morto.

E assim seus olhos um tanto proeminentes e claros tinham uma expressão estranha, furtiva mas um tanto cruel, tamanha era sua frieza: e ao mesmo tempo eram quase petulantes. Era uma expressão muito estranha, aquela expressão de petulância: como se ele triunfasse sobre a vida a despeito da própria vida. "Quem conhece os mistérios da vontade — pois ela é capaz de triunfar mesmo sobre os anjos."[77]

Mas o que ele mais temia eram as noites em que não conseguia dormir. Então passava péssimos bocados, e a aniquilação parecia cercá-lo por todos os lados. E nessas horas era horrível, existir sem uma vida de verdade: sem vida, só existindo, no meio da noite.

Mas agora ele podia tocar a campainha e chamar a sra. Bolton. E ela sempre vinha. O que era um grande conforto. Chegava de camisola, com os cabelos trançados descendo pelas costas, uma trança curiosa, desbotada e um tanto infantil, muito embora seus cabelos fossem grisalhos. E ela lhe fazia café ou chá de camomila, e jogava xadrez ou *piquet* com ele. Tinha a estranha faculdade feminina de jogar xadrez razoavelmente bem mesmo quando meio adormecida, o suficiente para manter o jogo interessante. Assim, na intimidade silenciosa da noite, ficavam ali os dois sentados, ou ela sentada e ele deitado na cama, com o abajur de leitura lançando sua luz solitária sobre ambos, ela quase adormecida, ele quase entregue a uma espécie de medo, e jogavam, jogavam juntos — quase sem falar, no silêncio da noite, mas servindo de consolo um ao outro.

E naquela noite ela se perguntava quem seria o amante de lady Chatterley. E pensava no seu falecido Ted, morto havia tanto tempo, mas nunca totalmente morto para ela. E, sempre que pensava nele, seu velho e arraigado ressentimento contra o mundo voltava a se fazer sentir, especialmente contra os patrões — que o tinham matado. Na verdade não tinham sido eles. Mas para ela, emocionalmente, foram eles. E em algum ponto bem no fundo de si, por causa disso, ela era uma niilista, na realidade uma anarquista.

Em seu devaneio quase adormecido, os pensamentos sobre Ted e sobre o amante desconhecido de lady Chatterley se misturaram, e então ela sentiu que comungava com a outra mulher num profundo rancor contra sir Clifford e tudo que ele representava. Ao mesmo tempo, estava jogando *piquet* com ele e apostavam moedas de seis *pence*. E era uma fonte de satisfação estar jogando *piquet* com um baronete, e mesmo perder algumas moedas para ele.

Quando jogavam cartas, os dois sempre apostavam. Aquilo o fazia esquecer de si mesmo. E ele geralmente ganhava. Hoje à noite também, ele estava ganhando. De maneira que só iria adormecer depois que o dia começasse a nascer. Por sorte, o céu começou a ficar claro em torno das quatro e meia da manhã.

A essa altura Connie estava deitada, dormindo profundamente. Mas o guarda-caça tampouco conseguia dormir. Tinha fechado as gaiolas dos faisões e feito a ronda do bosque, em seguida fora até sua casa cear. Mas não fora dormir. Em vez disso, sentara-se ao lado do fogo e ficara pensando.

Pensou na sua infância em Tevershall e nos seus cinco ou seis anos de vida de casado. Lembrou-se de sua mulher, e sempre com amargor. Ela lhe parecia tão brutal. Mas ele já não a via desde 1915, desde a primavera em que se alistara. Mas ela estava próxima, a menos de cinco quilômetros dali, e mais brutal que nunca. Ele esperava nunca mais tornar a vê-la na vida.

Pensou em sua vida no estrangeiro, como soldado: a Índia, o Egito e depois novamente a Índia: a vida cega e automática às voltas com os cavalos; o coronel que gostava dele e de quem ele gostava; os vários anos que servira como oficial, tenente com alguma possibilidade de chegar a capitão. E então a morte do coronel, vítima de pneumonia, e ele próprio escapando de morrer por pouco: sua saúde arruinada; sua inquietação profunda; o dia em que deixara o exército e voltara para a Inglaterra para tornar a viver como trabalhador.

Vinha vivendo em ponto morto. Julgava que estaria a salvo, pelo menos por algum tempo, naquele bosque. Ainda não tinha havido nenhuma caçada: só precisava criar os faisões. Não precisava cuidar de armas. Podia viver só e à margem da vida, exatamente o que queria. Precisava de algum tipo de distância. E ali era sua terra natal. Onde vivia até sua mãe, embora ela nunca tivesse significado muito para ele. E assim ele podia continuar vivendo, existindo de um dia para o outro, sem qualquer ligação com ninguém e sem esperança alguma. Porque não sabia o que fazer da sua vida.

Não sabia o que fazer da sua vida. Como tinha sido oficial por alguns anos, convivendo com outros oficiais e seus criados, com suas mulheres e suas famílias, perdera toda a ambição de "subir na vida". Sentia uma aspereza, uma curiosa aspereza e aversão à vida embasbacada das classes médias e altas que tinha conhecido, que despertavam nele uma frieza clara e a certeza de ser diferente.

Assim, voltara à sua classe de origem. Só para encontrar nela o que esquecera durante os anos de sua ausência, um comportamento vulgar e mesquinho profundamente repelente. Agora, admitia finalmente como os bons modos tinham importância. E admitia também como era importante pelo menos *fazer de conta* que não se incomodava com meros tostões ou as ninharias da vida. Mas no meio das pessoas comuns não havia disfarce. Um *penny* a mais ou a menos pelo bacon era pior que uma alteração na letra dos Evangelhos. Ele detestava aquilo.

E também havia a luta pelos salários. Tendo vivido em meio às classes proprietárias, ele tinha plena clareza da absoluta futilidade de esperar por qualquer solução da luta por melhores salários. Não havia solução alguma, afora a morte. O único remédio era não se incomodar, não se incomodar com a questão do salário.

No entanto, quando a pessoa era pobre, não tinha como deixar de se incomodar. De qualquer modo, aquilo estava se transformando na única coisa com que qualquer um se incomodava. O incômodo com o dinheiro era como um câncer imenso, devorando indivíduos de todas as classes. Ele se recusava a incomodar-se com dinheiro.

E então? O que mais a vida oferecia além do incômodo com o dinheiro? Nada.

Ainda assim ele podia viver sozinho, na escassa satisfação de estar só: e criar faisões destinados a ser mais tarde abatidos a tiros por senhores gordos entre o café da manhã e o almoço. Era de uma total futilidade, era a futilidade elevada à enésima potência.

Mas por que se incomodar, por que se importar? E ele não se importava nem se incomodava: até agora, quando essa mulher entrara na sua vida. Ele era quase dez anos mais velho que ela. E mil anos mais velho em experiência. A ligação entre eles estava se tornando mais próxima. Já dava para imaginar o dia em que se ligariam com mais força ainda, e precisariam viver juntos. "Pois os laços do amor podem se desfazer!"

E então? E então? Será que ele precisaria recomeçar tudo, a partir do zero? Levando consigo aquela mulher? E passar por um enfrentamento horrível com seu marido inválido? — e ainda algum enfrentamento horrível com sua própria mulher, que o detestava tanto? Sofrimento! Sofrimento de sobra! E ele já não era mais jovem e leviano. Nem era do tipo despreocupado. Cada dificuldade e cada momento amargo haveriam de magoá-lo: e à mulher!

Entretanto, mesmo que conseguissem livrar-se da mulher dele e de sir Clifford, mesmo que conseguissem fugir, o que haveriam de fazer? O que ele poderia fazer? O que faria da vida? Porque precisaria fazer alguma coisa. Não podia viver simplesmente à custa dela, do dinheiro dela e mais sua pensão modesta.

Não havia solução. A única coisa que lhe ocorria era ir para a América, tentar novos ares. Não acreditava no dólar. Mas talvez, talvez houvesse alguma outra coisa.

Não conseguiu relaxar nem ir para a cama. Depois de ficar sentado entregue à ruminação de pensamentos amargos até a meia-noite, levantou-se de repente da cadeira e apanhou o casaco e a arma.

"Vamos, garota", disse para sua cachorra. "Melhor irmos pra fora."

A noite estava estrelada, mas sem lua. E ele começou uma ronda lenta, escrupulosa, sorrateira, a passos silenciosos. A única coisa que precisava procurar eram mineiros que porventura estivessem dispondo armadilhas para coelhos, especialmente os mineiros de Stacks Gate, do lado de Marehay. Mas era a época de reprodução, e mesmo os mineiros respeitavam um pouco aquele calendário. Ainda assim, a ronda sorrateira e sistemática à procura de caçadores clandestinos acalmava seus nervos e afastava sua mente daqueles pensamentos.

No entanto, depois de percorrer lentamente e com cautela toda a extensão dos seus limites — uma caminhada de quase dez quilômetros —, ele ficou cansado. Subiu ao alto do morrote e olhou à sua volta. O único som era o ruído, abafado e arrastado, da mina de Stacks Gate, que nunca parava de funcionar: e quase não havia luzes acesas, salvo as fileiras de postes elétricos junto à mina. O mundo inteiro dormia, mergulhado na névoa e na escuridão. Eram duas e meia da manhã. Mas mesmo adormecido o mundo era desconfortável, cruel, agitado pelo rumor da passagem de um trem ou de um caminhão pesado, e manchado pelo fulgor de algum raio de luz rosada emitido pelas fornalhas. Aquele era um mundo de ferro e carvão, a crueldade do ferro e a fumaça do carvão, e a cobiça infinita, infinita, que regia tudo aquilo. Só a cobiça, a cobiça em seu sono agitado.

Fazia frio, e ele começou a tossir. Um vento gelado soprava ali no alto. Pensou na mulher. Naquele momento, daria tudo que tinha ou jamais viria a ter para senti-la quente entre os braços, os dois envoltos num cobertor e adormecidos. Abriria mão de todas as expectativas de eternidade e de todos os ganhos do passado só para tê-la ali, enrolada com ele no mesmo cobertor, e dormir, só dormir. Parecia-lhe que dormir com aquela mulher nos braços era sua única necessidade.

Foi até a cabana, enrolou-se nos cobertores e deitou-se no chão para dormir. Mas não conseguiu, estava frio. Além disso, tinha uma consciência cruel da sua própria natureza inacabada. Queria aquela mulher, tocá-la, apertá-la contra si num momento de completude e então dormir.

Tornou a se levantar e saiu andando, dessa vez na direção do portão do parque, e depois percorreu lentamente o caminho até a casa. Eram quase quatro da manhã, o céu estava quase clareando e fazia frio, mas ainda não havia sinal da aurora. Ele estava tão acostumado com o escuro que conseguia enxergar bem.

Foi atraído lentamente para junto da casa, como se ela fosse um ímã. Queria estar perto dela. Não era desejo, não dessa vez. Era uma sensação cruel de solidão e incompletude, a necessidade de uma mulher calada envolta em seus braços. Talvez conseguisse encontrá-la. Talvez pudesse até chamá-la para ir ter com ele: ou encontrar algum modo de ir ter com ela. A necessidade que sentia era imperiosa.

Subiu lentamente, em silêncio, o caminho que levava até a entrada da casa. Em seguida contornou as grandes árvores no alto da elevação e chegou à estradinha que descrevia uma curva aberta em torno de um losango de grama em frente à porta. Estava vendo as duas faias magníficas que se erguiam nesse losango plano diante da casa, destacando-se como sombras no ar escuro.

Lá estava a casa, baixa, comprida e escura, com uma luz acesa no piso térreo, no quarto de sir Clifford. Ele sabia que era o quarto de sir Clifford. Mas em que quarto estaria ela, a mulher que ele não conhecia, mas tinha nas mãos a outra ponta do fio frágil que o puxava tão irresistivelmente.

Aproximou-se mais um pouco, com a arma em punho, e ficou parado na estradinha, observando a casa. Talvez agora ele conseguisse descobrir onde ela estava, ir ao seu encontro de alguma forma. A casa não era impenetrável: ele era tão jeitoso quanto qualquer arrombador. Por que não ir até ela?

Ficou imóvel, esperando, enquanto a aurora aos poucos e imperceptivelmente clareava o céu atrás de si. Viu quando a luz dentro da casa apagou-se. Mas não viu a sra. Bolton aproximar-se da janela e puxar as velhas cortinas de seda azul-escura, e ficar também parada de pé no quarto escuro, olhando para fora no lusco-fusco do dia que começava, procurando distinguir a aurora tão desejada, esperando, esperando que sir Clifford se convencesse finalmente de que o dia tinha raiado. Pois ao ver que o dia tinha nascido, adormecia quase instantaneamente.

Ela estava de pé ao lado da janela, quase cega de sono, esperando. E ali mesmo, teve um sobressalto e quase gritou de susto. Porque viu um homem de pé junto à entrada, uma silhueta escura na luz crepuscular. Despertou quase completamente e ficou olhando, mas sem fazer nenhum som para não perturbar sir Clifford.

A luz do dia começou a se infiltrar no mundo, e a silhueta pareceu ficar menor e mais definida. Ela conseguiu distinguir a arma, as perneiras de couro e o casaco frouxo — só podia ser Oliver Mellors, o guarda-caça. Sim, porque havia um cachorro fuçando à volta dele como uma sombra, e à sua espera!

O que aquele homem quereria? Acordar todo mundo na casa? Por que estaria de pé ali, como que paralisado, olhando para a casa como um cão doente de amor diante da casa onde trancam a cadela?

Meu Deus! A descoberta atravessou a sra. Bolton como um tiro. Era ele o amante de lady Chatterley! Ele! Ele!

Mas pensando bem... Se ela mesma, Ivy Bolton, numa certa época tinha sido também um pouco apaixonada por ele, quando ele ainda era um rapaz de dezesseis anos e ela, uma mulher madura de vinte e seis. Foi quando ela estava estudando, e ele a ajudara bastante com a matéria de anatomia e outras coisas de que ela precisava aprender. Ele tinha sido um garoto inteligente, bolsista da Sheffield Grammar School, onde estudava francês e outras coisas. E depois, no fim de tudo, tinha virado ferreiro calçando cavalos, porque gostava deles, segundo dizia: mas na verdade porque tinha medo de sair e enfrentar o mundo, o que jamais admitia.

Mas tinha sido um ótimo rapaz, um ótimo rapaz, e a ajudara muito, tão inteligente e jeitoso para explicar as coisas. Era tão inteligente quanto sir Clifford: e sempre despertava o interesse das mulheres. Mais das mulheres que dos homens, pelo que diziam.

Até resolver casar com aquela Bertha Coutts, como se quisesse mesmo se mortificar. Certas pessoas se casam só para se mortificar, devido a alguma decepção ou outra coisa qualquer. E não admira que não tenha dado certo. Ele tinha passado anos longe, por toda a duração da guerra, e tinha voltado tenente e tudo: parecia um cavalheiro, realmente, parecia um cavalheiro! E aí tinha voltado para Tevershall e ido trabalhar como guarda-caça! Realmente, certas pessoas não sabiam aproveitar as oportunidades! E tinha até voltado a falar o dialeto local, como os piores, quando ela, Ivy Bolton, sabia que na verdade ele era capaz de falar como um *perfeito* cavalheiro.

Ora, vejam só! Quer dizer que lady Chatterley tinha caído por ele! Pois bem, lady Chatterley não era a primeira: ele tinha mesmo alguma coisa. Mas ainda assim! Ele nascido e criado nas ruas de Tevershall, e ela a senhora da propriedade, em plena Wragby Hall! Meu Deus, aquilo era um insulto e tanto aos poderosos Chatterley!

Mas ele, o guarda-caça, com o raiar do dia, tinha

percebido: não tem remédio! A solidão de cada um não tem remédio. A pessoa precisa viver com ela — pelo resto da vida. Só às vezes, muito raramente, aquela lacuna é preenchida. Raramente! Mas você precisa esperar sua vez. Aceitar a solidão e viver com ela, a vida inteira. E então aceitar as poucas vezes em que a lacuna é preenchida, sempre que elas aparecem. E precisam aparecer. Não existe meio de forçá-las a acontecer.

Com um estalo súbito, o desejo ardente que o atraíra para ela se partiu. E foi ele que o partiu, porque precisava ser assim. O encontro precisava se dar graças ao movimento das duas partes. E, se ela não estava vindo à procura dele, ele não devia sair em seu encalço. Não podia fazer isso. Tinha de ir embora, até ela vir.

Virou-se lentamente, com movimentos pesados, tornando a aceitar seu isolamento. Sabia que era melhor assim. Ela precisava vir à sua procura: não adiantava seguir os rastros dela. Não adiantava!

A sra. Bolton viu-o desaparecer, viu a cachorra sair correndo atrás dele.

"Ora, vejam só!", pensou ela. "O único homem em quem eu não tinha pensado; e justamente o homem que devia ter me ocorrido. Foi gentil comigo quando era rapaz, depois que perdi Ted. Ora, vejam só! O que *ele* não haveria de dizer, se soubesse!"

E contemplou triunfante Clifford, que já dormia, enquanto deixava o quarto com passos silenciosos.

11

Connie estava arrumando um dos quartos de guardados de Wragby. Eram muitos: a casa estava abarrotada e a família jamais vendia coisa alguma. O pai de sir Geoffrey gostava de quadros e a mãe de sir Geoffrey gostava de mobília quinhentista italiana. O próprio sir Geoffrey gostava de velhas arcas entalhadas de carvalho, do tipo usado para guardar trajes litúrgicos. De maneira que tudo aquilo se transmitia de geração em geração. Clifford colecionava quadros muito modernos — a preços muito moderados.

Assim, no quarto de guardados se acumulavam feios ninhos de pássaros pintados por sir Edwin Landseer, e ninhos horrendos pintados por William Henry Hunt:[78] e outros quadros acadêmicos, o suficiente para meter medo na filha de um membro da Academia Real. Constance decidiu que um dia iria examinar aqueles quadros um por um e se livrar de todos. E os móveis grotescos a interessavam.

Cuidadosamente embalado para preservá-lo de estragos e da ação dos fungos estava o antigo berço da família, feito de pau-rosa. Ela precisou desembrulhá-lo para olhar para ele. Tinha um certo encanto: Connie ficou olhando aquele bercinho por muito tempo.

"É realmente uma pena que nunca vá ser usado", suspirou a sra. Bolton, que estava ajudando. "Se bem que esse tipo de berço hoje está fora de moda."

"Mas ainda pode ser útil. Posso ter um filho", disse Connie em tom casual, como se dissesse que estava pensando em comprar um chapéu novo.

"Quer dizer... se alguma coisa acontecer com sir Clifford?", gaguejou a sra. Bolton.

"Não! Da maneira mesmo como as coisas estão. Sir Clifford sofre apenas de paralisia dos músculos — *ele* não foi afetado", disse Connie, mentindo com a naturalidade de quem respira.

Clifford pusera a ideia em sua cabeça. E tinha dito: "Claro que ainda posso ter um filho. Não estou totalmente mutilado. A potência ainda pode voltar, mesmo com os músculos dos quadris e das pernas paralisados. E aí a semente pode ser transferida".

Ele realmente acreditava, quando tinha seus períodos de energia e trabalhava intensamente envolvido com as minas, que sua potência sexual poderia voltar. Connie olhara para ele aterrorizada. Mas tinha suficiente presença de espírito para usar sua sugestão em proveito próprio. Pois de fato queria ter um filho, se pudesse: mas não dele.

A sra. Bolton ficou sufocada por um instante, sem palavras. Em seguida, não acreditou no que ouvia: julgou que fosse algum ardil. Mas os médicos de hoje em dia bem que podiam fazer essas coisas. Podiam dar um jeito de enxertar a semente...

"Pois espero que a senhora possa mesmo, lady Chatterley, e vou rezar para isso. Seria ótimo para a senhora: e para todo mundo. Imagine só, uma criança em Wragby, quanta diferença iria fazer!"

"Não é mesmo?", disse Connie.

E escolheu três quadros da Academia Real, datados de sessenta anos antes, para o bazar de caridade que a duquesa de Shortlands organizava por aqueles dias. Era conhecida como "a duquesa dos bazares": e sempre pedia aos moradores da região que lhe enviassem coisas para vender. Iria ficar encantada com três telas emolduradas pintadas por membros da Academia Real. Podia até vir fazer-lhe uma visita, em resposta à importância daquela doação. Como Clifford ficava furioso quando ela vinha visitá-los!

Mas minha nossa!, pensava a sra. Bolton consigo mesma. Será o filho de Oliver Mellors que a senhora quer nos fazer aceitar? Ora, nesse caso seria *mesmo* um filho de Tevershall no berço de Wragby, de verdade! E não deixaria de estar à sua altura!

Entre outras monstruosidades daquele quarto de guardados havia uma caixa preta laqueada de bom tamanho, muito engenhosa e de excelente acabamento, fabricada sessenta ou setenta anos antes, contendo os mais variados objetos que se possa imaginar. Numa primeira camada havia um verdadeiro conjunto de toucador: escovas, frascos, espelhos, pentes, caixinhas e até três lindas navalhas em seus estojos, com caneca de sabão e tudo. Por baixo disso, equipamento completo de escritório: folhas de mata-borrão, penas, tinteiros, papel, envelopes, blocos de memorando; e depois um impecável conjunto de costura, com tesouras de três tamanhos diferentes, dedais, agulhas, fios de seda e algodão, um ovo de cerzir, tudo da melhor qualidade e em perfeito estado. Em seguida vinha um pequeno estoque de remédios, com frascos rotulados Láudano, Tintura de Mirra, Ess.[79] de Cravo-da-Índia, e assim por diante: mas todos vazios. Todo o conteúdo em perfeitas condições. E reunido numa caixa que, fechada, era do tamanho de uma maleta de fim de semana. Dentro da qual tudo se encaixava como num quebra-cabeça. Os frascos nem teriam como vazar: não sobrava espaço.

Era um artigo lindamente produzido e imaginado, artesanato excelente da melhor safra vitoriana. De alguma forma, porém, era uma coisa monstruosa. Algum dos Chatterley, inclusive, devia ter percebido esse fato, porque a caixa jamais fora usada. Era um objeto especialmente desprovido de alma.

No entanto, a sra. Bolton ficou encantada.

"Olhe que escovas maravilhosas, tão finas, e até um pincel de barba! Olhe só essas lindas escovas de dente, tão boas, três, todas perfeitas! Não, e essas tesouras! Não se encontra coisa melhor por nenhum dinheiro. Ah, achei tudo tão *maravilhoso*!"

"É mesmo?", disse Connie. "Então a caixa é sua."

"Oh, não, lady Chatterley!"

"Mas claro! Caso contrário, vai ficar perdida aqui até o final dos tempos. Se a senhora não ficar com ela, vou acabar mandando para a duquesa junto com os quadros — e ela não merece. Aceite!"

"Oh, lady Chatterley! Ora, nunca vou ter como agradecer..."

"Nem se preocupe", riu Connie.

E a sra. Bolton zarpou do quarto de guardados com a caixa muito negra nos braços, extremamente corada em sua animação.

O sr. Betts levou-a até sua casa no povoado na charrete, com a caixa. E ela *teve* de receber algumas amigas, para poder mostrá-la: a professora da escola, a mulher do farmacêutico, a sra. Weedon, mulher do contador assistente. Todas acharam a caixa maravilhosa. E então começaram os cochichos sobre o bebê de lady Chatterley.

"Milagres sempre podem acontecer!", disse a sra. Weedon.

Mas a sra. Bolton estava *convencida* de que, se o bebê viesse, seria filho de sir Clifford. E ponto final!

Pouco tempo depois, o pároco de Tevershall perguntou a Clifford, em voz baixa:

"Será que podemos contar mesmo com um herdeiro em Wragby? Ah, seria de fato a mão de Deus manifestando sua misericórdia!"

"Bem, sempre mantemos a *esperança*", disse Clifford com uma leve ironia e, ao mesmo tempo, uma certa convicção. Começara a acreditar ser mesmo possível que o filho até pudesse ser *dele*.

Então, um dia à tarde, receberam em casa Leslie Winter, ou Squire Winter,[80] como todos o chamavam: magro e intacto aos setenta anos, e um cavalheiro da cabeça aos pés, como disse a sra. Bolton à sra. Betts. Na verdade, do alto da copa do chapéu à sola dos sapatos. Com seu modo antiquado de falar muito alto, parecia mais fora de moda que uma peruca empoada. O tempo, em seu voo, vai deixando cair essas belas plumas.

Conversaram sobre as minas. A ideia de Clifford era que seu carvão, mesmo o de mais baixa qualidade, podia ser convertido num combustível sólido concentrado com capacidade de queimar a altas temperaturas, caso lhe fosse adicionado um certo ar úmido e acidificado sob alta pressão. Já se sabia há algum tempo que, submetidas a ventos fortes e úmidos, as fornalhas queimavam com mais força, quase não produziam fumaça e deixavam um pó de cinza fina, em vez da escória em forma de cascalho cor-de-rosa.

"Mas onde você vai encontrar os motores certos para consumir seu combustível?", perguntou Winter.

"Eu mesmo vou construir. E eu mesmo vou consumir o combustível, para produzir energia elétrica e vender. Tenho certeza de que dará certo."

"Se é o que vai fazer, esplêndido, esplêndido, meu caro rapaz. Esplêndido! Se eu puder ajudar em alguma coisa, ficarei encantado. Acho que estou um pouco desatualizado, e minhas minas são antigas como eu. Mas quem sabe, depois que eu me for, podem aparecer homens como você. Esplêndido! Todos os homens vão voltar a ter emprego e ninguém vai precisar vender o carvão que produz, ou deixar de conseguir vender. Uma ideia esplêndida, e espero que seja um sucesso. Se eu tivesse filhos, sem dúvida eles também teriam ideias modernas para Shipley: sem dúvida! Aliás, meu caro rapaz, existe algum fundamento para o rumor de que podemos ter esperanças de um herdeiro para Wragby?"

"Rumor?", perguntou Clifford.

"Ora, meu rapaz, se Marshall de Fillingwood veio perguntar a *mim* — pode-se dizer que corre um rumor... Claro que não irei contar nada a ninguém, se não houver fundamento."

"Pois meu caro senhor", disse Clifford, desconfortável, mas com os olhos estranhamente brilhantes. "Temos esperança. Temos esperança."

Winter atravessou a sala e apertou a mão de Clifford.

"Meu caro rapaz, meu caro jovem, você pode imaginar quanto significa para mim ouvir essas palavras!... E ouvir que você tem a esperança de um filho: e que pode criar empregos para todos os homens de Tevershall... Ah, meu rapaz!... manter alto o nível da raça e proporcionar trabalho a todo homem que queira trabalhar!..."

O velho estava de fato comovido.

No dia seguinte, Connie arrumava tulipas amarelas de talo comprido num vaso de cristal.

"Connie", disse Clifford, "você sabia que corre o rumor de que você vai produzir um herdeiro ou uma herdeira para Wragby?"

Connie ficou fraca de terror, mas ainda assim se manteve tranquila e continuou arrumando as flores.

"Não!", disse ela. "Será uma piada? Ou maledicência?"

Ele fez uma pausa antes de responder.

"Nenhuma das duas, espero. Espero que possa ser uma profecia."

Connie continuou arranjando as flores.

"Chegou uma carta do meu pai hoje de manhã", disse ela. "Ele quer saber se recebi a notícia de que ele aceitou em meu nome o convite de sir Alexander Cooper para passar os meses de julho e agosto na Villa Esmeralda, em Veneza."

"Julho e agosto?", perguntou Clifford.

"Ah, mas não pretendo ficar lá o tempo todo. Você tem certeza de que não quer vir?"

"Não vou viajar para o estrangeiro", respondeu Clifford de imediato.

Ela levou as flores para a janela.

"E você se importa se eu for?", perguntou. "Você sabe que estava combinado, para o verão deste ano."

"Por quanto tempo?"

"Três semanas, talvez."

Fez-se um silêncio prolongado.

"Pois bem!", disse Clifford lentamente e num tom um tanto tristonho. "Acho que consigo aguentar três semanas: se tiver a certeza absoluta de que você vai voltar."

"Vou querer voltar", disse ela, com voz baixa e tom simples, carregado de convicção. Estava pensando no outro homem.

Clifford sentiu o quanto estava convicta, de algum modo acreditou nela e julgou que fosse por sua causa. Sentiu um imenso alívio, ficando muito alegre de repente.

"Neste caso", disse ele, "acho que tudo vai correr da melhor maneira, não concorda?"

"Acho que sim", disse ela.

"E a mudança vai lhe fazer bem?"

Ela ergueu para ele estranhos olhos azuis.

"Vou gostar de rever Veneza", disse ela, "e ir tomar banho de mar numa daquelas praias de seixos de uma das ilhas da laguna. Mas você sabe que eu detesto o Lido! E não sei se vou ficar muito feliz na companhia de sir Alexander Cooper e lady Cooper. Mas, se Hilda também for, e conseguirmos uma gôndola só para nós: acho que sim, que vai ser muito bom. E eu adoraria se você também viesse."

E estava sendo sincera. Adoraria agradar-lhe daquela maneira.

"Ah, mas imagine só como eu iria transitar pela Gare du Nord: ou pelo porto de Calais!"[81]

"Mas por que não? Vi outros homens que foram feridos na guerra carregados em liteiras. Além disso, vamos de carro até lá."

"Precisaríamos levar dois homens."

"Oh, não! Basta Field; sempre haveria mais um homem lá."

Mas Clifford abanou a cabeça.

"Este ano não, minha querida! Este ano não! No ano que vem eu talvez experimente!"

Ela foi embora aborrecida. No ano que vem! O que estaria acontecendo com ela dali a um ano? Ela própria não queria muito viajar para Veneza: não agora, não quando havia o outro homem. Mas resolvera que ia assim mesmo como que por disciplina: e também porque, se viesse a ter um filho, Clifford poderia achar que ela tivera um amante em Veneza.

Já estavam em maio, e a partida estava prevista para junho. Sempre essas providências! Sempre alguém dispondo da nossa vida! As engrenagens que controlavam e acionavam as pessoas, e sobre as quais elas não tinham o menor controle!

Era maio, mas voltara a chover e fazer frio. Um maio frio e chuvoso, bom para o trigo e o feno! Como se o trigo e o feno ainda contassem, nos dias atuais! Connie precisou ir a Uthwaite, que era a cidadezinha da região, onde a família Chatterley ainda era *a* família Chatterley. Foi sozinha, com Field dirigindo o automóvel.

Apesar de ser maio, e do verdor renovado, os campos estavam desolados. O frio estava bastante acentuado, havia fumaça misturada à chuva e um certo cheiro de escapamento no ar. As pessoas precisavam de muita resistência para sobreviver. Não admira que aquelas pessoas fossem feias e endurecidas.

O carro esforçou-se para subir a ladeira que atravessava a extensão esquálida de Tevershall, as casas de tijolo enegrecido, os telhados pretos de ardósia exibindo seus beirais aguçados, a lama enegrecida pelo pó de carvão, as calçadas molhadas e pretas. Era como se a desolação se tivesse impregnado em tudo, de fora a fora. A negação mais completa da beleza natural, a negação mais completa da alegria da vida, a ausência mais completa do gosto instintivo pela graça e pela beleza que existe em todo animal, a morte absoluta da faculdade intuitiva dos seres humanos, tudo aquilo era assustador. As barras de sabão empilhadas nas mercearias, os ruibarbos e limões nas lojas dos verdureiros, os chapéus horrendos na vitrine da chapelaria, tudo era feio, feio, feio, seguido pelo horror do cinema com seus adornos de gesso e seus frisos dourados, cartazes que anunciavam O *amor de uma mulher!*, e a nova capela metodista primitiva, grande e primitiva de fato, com seus tijolos aparentes e as enormes vidraças em que um tom esverdeado contrastava com um vermelho forte. A capela wesleyana, mais acima, era de tijolos pintados de preto e se erguia rodeada por uma cerca de metal e moitas enegrecidas. A capela congregacional, que se achava superior às demais, era construída de arenito rústico e tinha um campanário, mas não muito alto. Logo além ficavam os novos prédios da escola, de tijolo rosado mais caro e com um *playground* de cascalho rosado cercado por barras de ferro, tudo muito imponente, e sugerindo a combinação de uma capela com um presídio. As meninas do quinto ano[82] estavam tendo uma aula de canto, terminando os exercícios de solfejo lá-mi-dó-lá e começando a entoar uma "linda canção infantil". Difícil imaginar alguma coisa menos parecida com o canto, o canto espontâneo: era um grito estranho e esgoelado que se esfalfava para acompanhar os contornos de uma melodia. Não lembrava sequer um canto de selvagens: os selvagens têm ritmos sutis. E tampouco lembrava o urro de animais: os animais *transmitem* alguma coisa quando urram. Era uma coisa única, diferente de tudo no mundo, e incrivelmente chamada de canto. Connie ficou sentada escutando com o coração partido, enquanto Field enchia o tanque do automóvel. O que seria daquelas pessoas, pessoas em que a faculdade intuitiva da vida estava totalmente aniquilada e só restavam estranhos berros mecânicos e uma incrível força de vontade?

Uma carroça carregada de carvão vinha descendo a encosta, sacolejando na chuva. Field continuou subindo, passando pelas lojas de tecidos e de roupas, grandes mas de ar maltratado, pela sede dos correios, até chegar à pracinha central da cidade onde Sam Black olhava para fora da porta da "Sun", que definia a si mesma como uma estalagem, não um pub, e onde se hospedavam os caixeiros-viajantes, e fez uma reverência para o carro de lady Chatterley.

A igreja ficava mais adiante à esquerda, entre árvores negras. O carro seguiu avançando, agora ladeira abaixo, passando pelo Miners Arms. Já passara pelo Wellington, pelo Nelson e agora passava pelo Miners Arms, em seguida pelo Mechanics Hall, e depois o novo e quase luxuoso Miners Welfare — e assim, depois de mais alguns "casarões", chegaram à estrada enegrecida ladeada por sebes escuras e campos de um verde carregado, rumo a Stacks Gate.

Tevershall! Aquilo era Tevershall! A alegre Inglaterra! A Inglaterra de Shakespeare! Não, mas a Inglaterra de hoje, como Connie percebera desde que fora viver lá. Vinha produzindo uma nova raça humana, dotada de um apego agudo ao dinheiro e atenta ao lado social e político da vida, enquanto o lado espontâneo e intuitivo estava morto, absolutamente morto. Semicadáveres, todos eles: mas com uma consciência terrível e insistente na outra metade. Havia algo de sinistro e oculto naquilo tudo. Era um submundo. E praticamente inacessível. Como entender as reações de semicadáveres? Quando Connie viu os caminhões carregados com os operários das siderúrgicas de Sheffield, homenzinhos estranhos, miúdos e distorcidos, indo para um passeio a Matlock, suas entranhas gelaram e ela pensou: Meu Deus, o que o homem fez com o próprio homem? O que os líderes dos homens fizeram com seus semelhantes? Reduziram-nos a uma condição inferior à humana, e agora a fraternidade não é mais possível! É um pesadelo.

Sentiu novamente, numa onda de terror, a desolação cinzenta e fuliginosa daquelas vidas. Com criaturas assim constituindo as massas industriais, e as classes superiores que ela conhecia, não havia esperança, não havia mais esperança alguma. E ainda assim ela queria um filho, um herdeiro para Wragby! Um herdeiro para Wragby! Estremeceu de pavor.

Entretanto, era de tudo aquilo que viera Mellors. Sim, mas ele era tão distante daquilo quanto ela. Mesmo nele não restava mais fraternidade. Estava morta. A fraternidade estava morta. Havia apenas a distância, além da desesperança, no que dizia respeito àquilo tudo. E esta era a Inglaterra, a vasta maioria da Inglaterra: como Connie sabia, pois partira de carro do centro do país.

O carro subia na direção de Stacks Gate. A chuva continuava sem cair, e no ar brotou um estranho fulgor translúcido de maio. O campo se desenrolava em longas ondulações, para o sul rumo ao Peak, para leste rumo a Mansfield e Nottingham. Connie rumava para o sul.

À medida que foi ingressando em terras mais altas, pôde ver à sua esquerda, numa altura superior à que se encontrava, o volume sombrio e poderoso do Castelo Warsop, de um cinza escuro, tendo mais abaixo a massa vermelha dos casebres dos mineiros, de construção recente, e abaixo destes as colunas de fumaça escura e vapor branco que emergiam da grande mina que trazia tantos milhares de libras por ano para os bolsos do duque e seus acionistas. O antigo e poderoso castelo estava em ruínas, mas ainda ostentava sua presença no topo da montanha, acima das colunas de fumaça escura e vapor branco que dançavam no ar úmido abaixo de suas muralhas.

Uma curva, e subiram até chegar a Stacks Gate. Esta, vista do alto da estrada, não passava de um imenso e luxuoso hotel novo, o Coningsby Arms, erguendo-se vermelho, branco e dourado à margem da bárbara solidão da estrada. Mas olhando melhor podiam-se ver à esquerda fileiras de casas "modernas" e de boa aparência, dispostas como um jogo de dominó, com espaços livres e jardins, um estranho jogo de dominó que "patrões" perversos disputavam na terra surpresa. E além desses blocos de residências, ao fundo, erguiam-se as espantosas e assustadores instalações verticais de uma mina realmente moderna, instalações químicas e longas galerias, enormes e de formas até então desconhecidas pelo homem. A casa de motores e a entrada da mina propriamente dita estavam reduzidas à insignificância pela imensidão das novas instalações. E à frente delas o jogo de dominó se distribuía para sempre numa espécie de surpresa, esperando o próximo lance.

Isso era Stacks Gate, nova na face da Terra, posterior à guerra. Mas na verdade, muito embora Connie não soubesse, morro abaixo, mais ou menos a um quilômetro do "hotel", ficava a antiga Stacks Gate, com a velha entrada menor da mina e velhos prédios de tijolo enegrecido, uma ou duas capelas, uma ou duas lojas e um ou dois pubs.

Mas nada daquilo contava mais. As densas colunas de fumaça e vapor erguiam-se das novas instalações mais acima, que agora eram Stacks Gate: nada de capelas, de pubs nem de lojas. Só as imensas "instalações", essa Olímpia moderna com templos erguidos a todos os deuses; depois as habitações modelo; depois o hotel. Na verdade, o hotel não passava de um pub para os mineiros, embora tivesse aquela aparência de primeira classe.

Aquele novo lugar surgira depois da chegada de Connie a Wragby, e as casas-modelo tinham sido ocupadas por uma ralé que vinha de toda parte para se dedicar, entre outras ocupações, à caça clandestina dos coelhos de Clifford.

O carro seguiu em frente, subindo cada vez mais, vislumbrando um panorama cada vez mais vasto do condado. Aquele condado! No passado fora altivo e senhorial. Logo à frente, destacando-se contra o céu no alto da serra, a imensa e esplêndida massa de Chadwick Hall, mais janelas que fachada, uma das mais famosas residências do período elisabetano. Erguia-se isolada e nobre à beira de um grande parque, mas fora de moda, ultrapassado. Ainda era conservado, mas como uma amostra. "Vejam como nossos antepassados enobreciam a terra!"

Mas isso era o passado. O presente ficava mais abaixo. E só Deus sabe onde estaria o futuro. O carro já estava virando, em meio aos pequenos chalés enegrecidos onde viviam os mineiros, e começando a descer na direção de Uthwaite. E de Uthwaite, num dia chuvoso, desprendia-se toda uma variedade de colunas de fumaça e vapor, quaisquer que fossem os deuses em cuja honra se elevavam. Uthwaite no fundo do vale, atravessada por todas as linhas de aço das ferrovias que demandavam Sheffield, com as minas de carvão e as usinas siderúrgicas emitindo fumaça e calor através de imensas chaminés, com a patética ponta em saca-rolha da torre da igreja local destinada certamente a desabar, mas ainda apontando em meio à fumaça, sempre provocava um efeito estranho sobre Connie. A cidade era sede de uma antiga feira, centro de toda a área do vale. Uma das estalagens mais conhecidas era a Chatterley Arms. Lá, em Uthwaite, Wragby era conhecida apenas como Wragby, como se fosse toda uma localidade e não só uma casa, como entendiam os forasteiros: Wragby Hall, perto de Tevershall. Wragby, uma "sede".

Os casebres dos mineiros, enegrecidos, erguiam-se bem à beira das ruas, com aquela intimidade e pequenez das residências de mineiros com mais de cem anos de idade. Erguiam-se junto a toda a extensão da pista. A estrada se transformava numa rua, e o visitante se perdia, esquecia-se instantaneamente do campo aberto onde ainda dominavam os castelos e os casarões, mas agora reduzidos a fantasmas. A essa altura estávamos muito pouco acima do emaranhado dos trilhos expostos da ferrovia; as fundições e as outras "fábricas" erguiam-se mais acima, tão grandes que de fora só se viam suas paredes. O ferro emitia um clangor imenso que reverberava, caminhões gigantescos faziam a terra tremer e apitos uivavam.

Apesar de tudo, assim que você chegava ao fundo de Uthwaite, ao coração retorcido e malformado da cidade, por trás da igreja, encontrava-se no mundo de dois séculos antes, nas ruas tortuosas onde se erguiam a Chatterley Arms e a velha farmácia, ruas que antigamente conduziam ao mundo aberto e desprotegido dos castelos e das imponentes casas térreas.

Mas na esquina um policial erguia a mão enquanto três caminhões carregados de ferro passavam pesadamente, abalando a pobre igrejinha antiga. E só depois da passagem dos caminhões ele pôde fazer uma continência para lady Chatterley.

E assim era. À beira das velhas ruas tortas do burgo amontoavam-se hordas de casebres antigos e enegrecidos de mineiros, ladeando as ruas de fora a fora. E imediatamente depois deles vinham as casas mais novas, maiores e mais rosadas, cobrindo o fundo de todo o vale: as casas dos operários mais modernos. E mais adiante ainda, na região mais larga e sinuosa dos castelos, a fumaça ondulava contra o vapor, e camadas e mais camadas vermelhas de tijolo cru assinalavam as novas instalações da mina, às vezes em depressões do solo, às vezes exibindo sua feiura extrema na crista das colinas. E no meio delas, bem no meio, ficavam as ruínas da Inglaterra antiga, com seus chalés e diligências, até mesmo a Inglaterra de

Robin Hood, que os mineiros palmilhavam com a desolação profunda do instinto folgazão suprimido, quando não estavam trabalhando.

Inglaterra, minha Inglaterra! Mas qual é *minha* Inglaterra? As residências imponentes da Inglaterra dão boas fotografias e criam a ilusão de alguma conexão com os elisabetanos. Os belos antigos palacetes ainda estão aí, desde os dias da Boa Rainha Ana e de Tom Jones.[83] Mas a fuligem se acumula cada vez mais negra no revestimento que há muito deixou de ser dourado. E um a um, como os antigos castelos, são abandonados. E agora estão sendo demolidos. Quanto aos chalés da Inglaterra, ei-los ali — grandes extensões de casinhas de tijolo na paisagem desolada.

Agora estão demolindo os antigos palacetes, e as mansões georgianas estão desaparecendo. Fritchley, um perfeito exemplo de mansão georgiana, estava em pleno processo de demolição, no momento mesmo que Connie passou em seu carro. Continuava em excelente estado: até a guerra a família Weatherby vivia ali em grande estilo. Mas agora a residência ficara grande demais, cara demais, e a região se tornara inóspita demais. Os aristocratas partiam em busca de lugares mais agradáveis, onde podiam gastar seu dinheiro sem precisar ver onde era produzido.

Assim é a história. Uma Inglaterra anula a outra. As minas fizeram a riqueza dos palacetes. Agora os apagavam da paisagem, como já tinham provocado o desaparecimento dos antigos chalés. A Inglaterra industrial se sobrepunha à Inglaterra agrária. Um significado oblitera o outro. A nova Inglaterra oblitera a antiga. E a continuidade não é orgânica, mas mecânica.

Connie, pertencendo às classes favorecidas, apegava-se aos restos da antiga Inglaterra. Levara anos até perceber que na verdade a velha Inglaterra fora obliterada por essa Inglaterra assustadora, nova e repulsiva, e que o processo não iria parar enquanto não estivesse completo. Fritchley desaparecera, Eastwood desaparecera, Shipley estava desaparecendo: a amada Shipley de Squire Winter.

Connie fez uma parada em Shipley. Os portões do parque, ao fundo, abriam-se ao lado da passagem de nível da ferrovia da mina; a mina de Shipley propriamente dita estava logo além das árvores. Os portões ficavam sempre abertos, porque havia uma passagem através do parque que era utilizada pelos mineiros. E eles usavam o parque.

O carro passou pelos lagos ornamentais, em que os mineiros jogavam seus jornais, e enveredou pela estrada particular até a casa. Ela se erguia num ponto mais alto, de lado, uma construção muito agradável de meados do século XVIII. Tinha uma linda aleia de teixos conduzindo até uma casa mais antiga, e o casarão se espalhava sereno, suas vidraças georgianas cintilando como olhos que piscavam alegremente. Por trás da casa ficavam os jardins, realmente lindos.

Connie gostava muito mais do interior daquela casa que de Wragby. Era mais iluminado, mais vivo, bem decorado e elegante. Os aposentos tinham as paredes revestidas de madeira pintada de creme, os tetos tinham arrematos dourados e tudo era mantido na mais extraordinária ordem, todos os móveis se apresentavam perfeitos, custasse o que custasse. Até os corredores conseguiam ser amplos e bonitos, com curvas suaves, cheios de vida.

Mas Leslie Winter estava só. Adorava esta casa. Entretanto, seu parque estava cercado por três minas dele próprio. Fora um homem de ideias generosas. Quase abrira os portões do seu parque para os mineiros. Não tinham sido as minas que o deixaram rico? Assim, quando ele via os bandos de homens malvestidos à beira de suas águas ornamentais — não na área *particular* do parque, não, ele estabelecera um limite —, dizia: "Os mineiros podem não ser tão decorativos quanto os cervos, mas produzem muito mais lucro".

Mas isso fora nos anos de ouro — monetariamente falando — da segunda metade do reinado da rainha Vitória. Na época, os mineiros eram "nossos bravos trabalhadores".

Winter fizera esse discurso, parcialmente apologético, para seu hóspede, o então príncipe de Gales.[84] E o príncipe tinha respondido, com seu inglês gutural:

"Tem razão. Se encontrassem carvão debaixo de Sandringham,[85] eu mandaria abrir a mina no meio do gramado e diria que era jardinagem da melhor qualidade. E também estaria perfeitamente disposto a trocar meus cervos por mineiros, a valores equivalentes. E soube que seus homens são muito bons."

No entanto, o príncipe tinha uma ideia talvez exagerada da beleza do dinheiro e das bênçãos do industrialismo.

Mais adiante o príncipe se tornara rei, depois o rei morrera e agora havia outro rei, cuja principal função parecia ser inaugurar cozinhas de distribuição de sopa.[86]

E, de alguma forma, os bravos trabalhadores cercavam Shipley por todos os lados. Novos povoados de mineiros se erguiam no parque, e Winter sentia que aquela população era de algum modo estrangeira. Antes, com bom humor mas alguma pretensão, sentia-se senhor dos seus domínios e dos seus mineiros. Agora, por sutil influência do novo espírito, fora de alguma forma expulso de cena. Era *ele* que não fazia mais parte do quadro. Não havia a menor dúvida. As minas, a indústria, tinham uma vontade própria, e essa vontade era contrária à do fidalgo proprietário. Todos os mineiros participavam dessa vontade, e era difícil opor-se a ela. Ela empurrava você para fora do quadro, ou mesmo para fora da vida.

Squire Winter, um verdadeiro soldado, tinha resistido. Porém nunca mais saía a passeio pelo parque depois do jantar. Vivia praticamente escondido dentro de casa. Certa vez caminhara sem chapéu, com seus sapatos de verniz e suas meias de seda roxa, para acompanhar Connie até o portão, conversando com ela em seu inglês de acentos bem-educados mas tingido de um certo exagero. Entretanto, quando passaram pelos pequenos bandos de mineiros que se limitavam a olhar para eles sem sequer cumprimentá-los, Connie sentiu o quanto aquilo incomodava o velho magro e bem-educado, como um antílope elegante preso numa jaula se incomoda com a contemplação do populacho. Os mineiros não se mostravam *pessoalmente* hostis: nada disso. Mas tinham o espírito frio e não viam lugar para aquele homem. No fundo, claro, havia um rancor profundo. Os mineiros "trabalhavam para ele". E, em sua feiura, ofendiam-se com sua existência elegante, bem cuidada e bem-criada. "Quem ele acha que é!" Era a *diferença* que os ofendia.

E em algum lugar, no seu coração inglês mais recôndito, sendo um soldado, ele julgava que eles tivessem o direito de ofender-se com a diferença. Sentia-se um pouco no erro por ter todas as vantagens. Ainda assim, era representante de um sistema, e não permitiria que alguém o expulsasse de cena.

Salvo a morte. Que chegaria para ele, inesperadamente, pouco depois da visita de Connie. E ele se lembrou generosamente de Clifford em seu testamento.

Os herdeiros deram a ordem para a demolição imediata de Shipley. A manutenção da propriedade era cara demais. Ninguém queria morar lá. De maneira que foi derrubada. A aleia de teixos foi cortada. O parque foi despojado de todas as árvores e dividido em lotes. Ficava bem perto de Uthwaite. No estranho deserto calvo daquela nova terra de ninguém, ruazinhas de casas geminadas foram abertas, muito interessantes! No terreno onde antes ficava Shipley Hall!

Um ano depois da última visita de Connie, já ficara tudo pronto. Lá estava o loteamento de Shipley Hall, um entrelaçado de casas geminadas de tijolo vermelho à beira de ruas novas. Ninguém poderia imaginar que um palacete se erguia ali doze meses antes.

Mas isso é um estágio tardio do modelo de jardim eduardiano, do tipo que tem uma mina ornamental no meio do gramado.

Uma Inglaterra oblitera a outra. A Inglaterra de Squire Winters e de Wragby Hall estava perdida, morta. Mas a substituição ainda não estava concluída.

O que viria depois? Connie não conseguia imaginar. Só via as ruas novas de tijolo que se espalhavam pelos campos, os novos prédios construídos junto às minas, as novas meninas de meias de seda, os novos jovens mineiros passando o tempo no Pally ou no Welfare. A nova geração não tinha a menor consciência da velha Inglaterra. Havia uma lacuna na continuidade da consciência, quase americana: mas na verdade industrial. O que viria depois?

Connie sempre achou que depois disso não haveria nada. Queria enfiar a cabeça na areia: ou, pelo menos, no peito de um homem vivo.

O mundo era tão complicado, estranho e repulsivo! As pessoas comuns eram tão numerosas, e na verdade tão horríveis! Era o que ela pensava enquanto voltava para casa e via os mineiros emergindo dos túneis, quase completamente tingidos de preto, distorcidos, um ombro mais alto que o outro, arrastando as pesadas botas com as solas ferradas. Rostos cinzentos subterrâneos, os brancos dos olhos destacados, os pescoços apontando para fora do poço da mina, os ombros deformados. Homens! Homens! Até que, de certa maneira, homens bons e pacientes. Noutros aspectos, não tinham existência. Alguma coisa que os homens *precisavam* ter era eliminada neles, no nascimento ou pela criação. Mas ainda assim eram homens. Geravam filhos. Era possível carregar o filho de um deles. Pensamento terrível, terrível! Eram bondosos e gentis. Mas eram apenas meio homens, apenas a metade descorada de um ser humano. É verdade que nessa medida eram "bons". Mas mesmo essa bondade era apenas a bondade de sua existência parcial. Imagine se os mortos que havia neles se insurgissem! Mas não, era uma visão terrível demais. Connie tinha um medo mortal das massas industriais. Pareciam-lhe tão *estranhas*. Uma vida sem nenhuma beleza, sem nenhuma intuição, sempre enfiada no fundo de algum poço.

Um filho de um desses homens! Oh, Deus! Oh, Deus!

E no entanto Mellors tivera um pai assim. Não exatamente. Quarenta anos tinham feito uma diferença, uma diferença absurda em matéria de humanidade. O ferro e o carvão tinham corroído profundamente os corpos e as mentes dos homens.

A feiura encarnada, mas viva! O que ocorreria com todos eles? Talvez com o esgotamento do carvão também eles sumissem da face da Terra. Tinham brotado do nada aos milhares, quando o carvão demandara sua presença. Talvez fossem apenas uma estranha fauna das jazidas de carvão. Criaturas de uma outra realidade, espíritos elementares a serviço do elemento carvão, assim como os operários das fundições eram espíritos elementares a serviço do elemento ferro. Homens que não eram homens, mas emanações do carvão, do ferro e do barro. Fauna gerada pelos elementos, carvão, ferro, sílica: espíritos elementares. Talvez tivessem um pouco da beleza inumana dos minerais, o lustro do carvão, o peso, os reflexos azuis e a resistência do ferro, a transparência do vidro. Criaturas elementares, estranhas e deformadas, do mundo mineral! Seu elemento era o carvão, o ferro, o barro, assim como o mar é o elemento dos peixes e a madeira morta o elemento dos vermes. Emanações da decomposição mineral!

Connie ficou feliz de estar de volta em casa, podendo enterrar a cabeça na areia. Ficou feliz até de poder trocar inanidades com Clifford. Porque seu horror das Midlands das minas e do ferro produzira nela uma sensação estranha que tomava conta de seu corpo inteiro, como uma gripe.

"Claro que eu precisava tomar um chá na loja da senhorita Bentley", contava ela.

"É mesmo? Winter podia ter lhe servido um chá."

"Claro que sim! Mas não tive coragem de decepcionar a senhorita Bentley."

A srta. Bentley era uma solteirona velha e descorada com um nariz imenso e disposição romântica, que servia o chá com uma intensidade meticulosa digna de um sacramento.

"Ela perguntou por mim?", quis saber Clifford.

"Claro! — Será que *posso* perguntar a lady Chatterley como vai sir Clifford? — Acho que ela tem você em conta mais alta ainda que nossa heroína, a Enfermeira Cavell!"[87]

"E imagino que você tenha dito que eu estava muito bem."

"Claro! E ela me pareceu ficar tão feliz quanto se eu dissesse que os céus lhe abriam as portas de par em par. E eu ainda propus que, se algum dia ela viesse a Tevershall, passasse aqui para lhe fazer uma visita."

"A mim? Mas para quê? Visitar *a mim*?"

"Mas é claro, Clifford! Você não pode ser adorado a esse ponto e não dar nada em troca. Aos olhos dela, São Jorge da Capadócia[88] não chega aos seus pés."

"E você acha que ela virá?"

"Oh, ela corou! E ficou até bonita por um momento, coitada! Por que os homens não se casam com as mulheres que realmente os adoram?"

"As mulheres só começam a adorar tarde demais. Mas ela disse que viria?"

"Oh...!" E Connie imitou a fala entrecortada da srta. Bentley: "Lady Chatterley, imagine se um dia eu teria a coragem de tomar a liberdade...!"

"A coragem de tomar a liberdade! Que absurdo!

Mas Deus queira que ela não apareça por aqui. E o chá, que tal?"

"Bom — Lipton's[89] — e *muito* forte. Mas Clifford, você não vê que você é o *Roman de la rose*[90] da senhorita Bentley e de muitas outras como ela?"

"Nem assim fico lisonjeado."

"Elas recortam e guardam cada foto sua que sai nos jornais, e é bem provável que rezem por você toda noite. É maravilhoso."

Ela subiu para trocar de roupa.

Naquela noite ele disse a ela:

"Você acredita mesmo, não é, que existe algo de eterno no casamento?"

Ela olhou para ele.

"Mas, Clifford, da maneira como você fala fica parecendo que a eternidade é um calabouço — ou uma corrente muito comprida que cada um de nós arrasta atrás de si, por mais que tente se distanciar."

Ele olhou para ela, contrariado.

"O que eu quero dizer", explicou ele, "é que, se você vai para Veneza, não está indo na esperança de algum caso amoroso que possa levar *au grand sérieux*, não é?"

"Um caso amoroso em Veneza *au grand sérieux*? Não, isso eu garanto que não. Eu jamais levaria um caso amoroso em Veneza além do *très petit sérieux*."[91]

Falava com uma espécie de desprezo singular. Ele franziu o sobrolho, olhando para ela.

Ao descer pela manhã, ela encontrou a cadela do guarda-caça, Flossie, sentada no corredor junto à porta do quarto de Clifford, ganindo baixinho.

"Ora, Flossie!", disse ela baixinho. "O que está fazendo aqui?"

E abriu sem ruído a porta de Clifford, que estava sentado na cama, com a bandeja e a máquina de escrever empurrados para o lado, e o guarda-caça em posição de sentido ao pé da cama. Flossie entrou correndo. Com um gesto rápido da mão e dos olhos, Mellors mandou que ela voltasse para fora, e ela saiu se arrastando.

"Oh, bom dia, Clifford!", disse ela. "Não sabia que estava ocupado." Em seguida olhou para o guarda-caça, dando-lhe bom-dia. Ele murmurou uma resposta, olhando para ela como que de modo vago. Mas ela se sentiu tocada por um sopro de paixão, só por se encontrar na presença dele.

"Estou interrompendo, Clifford? Desculpe."

"Não, não é nada importante."

Ela tornou a sair do quarto, e voltou para o *boudoir* azul do andar de cima. Sentou-se à janela e ficou acompanhando com os olhos enquanto ele se afastava pelo caminho, com seus movimentos curiosamente silenciosos e apagados. Ele ostentava uma espécie de distinção natural, um orgulho distante, e também um certo ar de fragilidade. Um empregado! Um dos empregados de Clifford! "A culpa, querido Brutus, não é dos astros mas de nós mesmos, que nos rebaixamos a meros instrumentos!"[92]

Seria ele um mero instrumento? E o que acharia *dela*?

Era um dia de sol e Connie trabalhava no jardim, com a ajuda da sra. Bolton. Por algum motivo, as duas mulheres tinham se tornado próximas, num desses fluxos e refluxos inexplicáveis de simpatia que ocorrem entre as pessoas. Fincavam estacas para escorar os pés de cravo e plantavam novas flores para o verão. Era o tipo de trabalho de que as duas gostavam. Connie especialmente deleitava-se em enfiar as raízes delicadas das mudas numa poça de lama escura e macia, e acomodá-las com todo cuidado. Naquela manhã de primavera, sentia um frêmito no ventre, também, como se um toque do sol o tivesse deixado mais feliz.

"Faz muitos anos que a senhora perdeu seu marido?", perguntou à sra. Bolton, enquanto pegava mais uma muda e a acomodava em sua cova.

"Vinte e três!", disse a sra. Bolton, enquanto separava cuidadosamente os molhos de aquilégias em plantas individuais. "Vinte e três anos que o trouxeram de volta para casa."

O coração de Connie deu um salto diante da terrível finalidade daquelas palavras. "De volta para casa!"

"E, na sua opinião, por que ele morreu?", perguntou ela. "Estava feliz com a senhora."

Era a pergunta de uma mulher a outra. A sra. Bolton afastou uma mecha de cabelo que lhe caíra no rosto com as costas da mão.

"Não sei, lady Chatterley! Era como se ele nunca se acomodasse com as coisas: não queria ser igual aos outros. E detestava ter de abaixar a cabeça, pelo motivo que fosse. Era uma espécie de teimosia, que acaba provocando a morte da pessoa. Na verdade ele nem se incomodava muito. Eu ponho a culpa no poço da mina. Ele nunca devia ter descido naquele poço. Mas o pai dele obrigou, quando ainda era garoto; e aí, depois que você passa dos vinte anos, não é mais fácil sair de lá."

"E ele dizia que não gostava?"

"Não! Nunca! Nunca dizia que não gostava de alguma coisa. Só fazia uma cara diferente. Era uma dessas pessoas que nunca se incomodam muito com nada: parecido com alguns dos primeiros rapazes que foram para a guerra na maior alegria e morreram logo de cara. Na verdade ele não era desmiolado. Mas não prestava muita atenção. Eu sempre dizia que ele não dava importância a coisa nenhuma. Mas na verdade dava, sim. O jeito como ele se sentou do meu lado quando nossa primeira filha nasceu, sem se mexer, e os olhos com que ele me olhou, depois que acabou o parto! Eu passei um mau bocado, mas ainda tive de me preocupar em consolar *ele*. 'Está tudo bem, rapaz, está tudo bem!' E ele me olhou de um jeito diferente, com aquele sorriso estranho. Nunca me disse nada. Mas acho que depois disso ele nunca mais teve prazer direito comigo à noite — nunca se soltava totalmente. Eu dizia a ele: Ora, pode vir com tudo! E ele não dizia nada. Mas não se soltava nunca — ou não conseguia. Não queria que eu tivesse mais filhos. Eu *sempre* reclamei da mãe dele, por ter deixado que ele entrasse no quarto. Ele não tinha nada que ter entrado. Os homens exageram muito, depois que cismam com alguma coisa."

"E ele se incomodou tanto assim?", disse Connie, admirada.

"Acho que sim... não conseguia achar que toda aquela dor fosse exatamente natural. E acabou estragando o prazer dele no amor do casamento. Eu disse: se eu não ligo, por que você vai ligar? É no meu interesse! Mas ele só dizia que não achava certo."

"Talvez ele fosse sensível demais", disse Connie.

"Isso mesmo! Depois que se conhece bem os homens, é assim que eles são: sensíveis demais, e do jeito errado. E eu acredito que, sem nem ele mesmo saber direito, ele detestava o poço da mina: odiava aquele lugar. Estava com um ar tão quieto depois que morreu, como se tivesse conseguido se livrar daquilo. Era um rapaz muito bonito. Me partiu o coração ficar olhando para ele, tão quieto, com um ar tão puro, como se *quisesse* morrer. Ah, partiu meu coração. Mas foi a mina..."

Verteu umas poucas lágrimas amargas, e Connie chorou também. Era um dia quente de primavera, com um perfume de terra e flores amarelas, tantas coisas brotando, e o jardim muito quieto, como que absorvendo a seiva da luz do sol.

"Deve ter sido terrível para a senhora!", disse Connie.

"Ah, lady Chatterley! Num primeiro momento eu nem me dei conta. Só conseguia dizer: Ah, meu rapaz, por que você resolveu me deixar? Era só o que eu dizia enquanto chorava. Mas, de algum modo, achava que ele ainda ia voltar..."

"Mas não foi *ele* que resolveu deixá-la", disse Connie.

"Ah, não, lady Chatterley! Era só a bobagem que eu pensava na minha tristeza. E eu continuava esperando que ele voltasse para casa. Especialmente à noite. Acordava e pensava: Ué, ele não está na cama comigo! Era como se meus *sentimentos* não acreditassem que ele tinha morrido. Eu achava que ele *tinha* de voltar e deitar do meu lado, para eu poder sentir que estava comigo. Era tudo que eu queria, sentir que ele estava ali comigo, o calor dele. E precisei de mil sustos até me convencer que ele não ia mais voltar — foram muitos anos."

"Sentir o contato dele", disse Connie.

"Isso mesmo, lady Chatterley! O contato, o toque dele! É uma coisa que não consegui superar até hoje, e nunca hei de superar. E se existe um céu ele vai estar lá, e aí vai se deitar encostado em mim, para eu poder dormir."

Connie olhou espantada para aquele rosto bonito e pensativo. Mais uma pessoa passional, produzida em Tevershall! O toque dele! Porque os laços do amor podem se desfazer!

"É terrível, depois que um homem entra no seu sangue!", disse ela.

"Oh, lady Chatterley! E é isso que deixa a pessoa tão amarga. Fiquei achando que as pessoas *queriam* que ele morresse. Que a própria *mina* queria acabar com ele. Ah, eu pensava, se não fosse pela mina, e pela gente que manda na mina, ele nunca teria me deixado. Mas essa gente faz questão de separar a mulher do homem, quando estão juntos..."

"Quando estão unidos fisicamente", disse Connie.

"Exatamente, lady Chatterley! Existe muita gente de coração duro neste mundo. E todo dia de manhã, quando ele se levantava e ia para a mina, eu sentia que era errado, errado. Mas o que ele podia fazer? O que um homem pode fazer?"

Um ódio estranho inflamou-se naquela mulher.

"Mas será que um toque dura tanto assim?", perguntou Connie repentinamente. "Que a senhora continue sentindo o toque dele depois de tanto tempo?"

"Ah, lady Chatterley, o que mais pode durar? As crianças crescem e vão embora. Mas o homem...! Bem! Mas até *isso* eles fazem questão de matar na pessoa, até a lembrança do toque dele. Até isso! Mesmo seus próprios filhos! Mas enfim! Podíamos ter até nos separado, quem sabe. Mas o *sentimento* é outra coisa... Talvez fosse melhor nunca ter gostado... Mas quando eu vejo as mulheres que na verdade nunca sentiram nada com um homem — elas me parecem umas corujas tristes no fim das contas, por mais que possam se enfeitar e sair por aí. Não, sou fiel ao que eu sinto. Não respeito muito as pessoas..."

Connie seguiu para o bosque imediatamente depois do almoço. O dia estava realmente lindo, os primeiros dentes-de-leão parecendo verdadeiros sóis, as primeiras margaridas tão brancas. A ramagem de cada aveleira era um rendilhado de folhas semiabertas e das últimas perpendiculares pulverulentas dos amentilhos. Celidônias amarelas apareciam agora em grandes massas, abertas, espremidas em sua urgência e no fulgor amarelo que emitiam. Era o amarelo, o amarelo triunfal e poderoso do início do verão. E as prímulas mostravam-se largas e plenas de um abandono claro, prímulas em grandes aglomerados, já desprovidas de qualquer timidez. O verde-escuro e vivo dos jacintos era um mar, em que os brotos se erguiam como espigas claras, enquanto à beira do caminho os miosótis formavam almofadas, as aquilégias desdobravam suas pregas roxas e viam-se fragmentos de casca azul de ovo de passarinho debaixo das folhagens. Em toda parte, os brotos de flor e o ímpeto da vida!

O guarda-caça não estava na cabana. O bosque estava sereno, e os jovens faisões castanhos corriam animados. Connie saiu andando na direção do chalé, pois estava decidida a encontrá-lo.

O chalé estava em pleno sol, perto do limite do bosque. Em seu jardinzinho, os narcisos de pétalas duplas cresciam em tufos perto da porta escancarada, e margaridas vermelhas delimitavam o caminho de entrada. Ouviu um latido, e Flossie apareceu no umbral.

A porta escancarada! Então ele estava em casa. E a luz do sol caindo no piso de lajotas vermelhas! Enveredando pelo caminho, viu-o pela janela, sentado à mesa em mangas de camisa, comendo. A cachorra emitiu um latido abafado, abanando lentamente a cauda.

Ele se levantou e veio até a porta, limpando a boca com um lenço vermelho, sempre mastigando.

"Posso entrar?", perguntou ela.

"Entre!"

O sol iluminava a sala despojada, que ainda cheirava a costeletas de carneiro assadas num panelão de ferro posto à frente do fogo — porque o panelão de ferro ainda estava apoiado na grade, tendo ao lado na lareira branca a caçarola preta onde as batatas tinham sido preparadas, em cima de uma folha de papel. O fogo estava vermelho, bem baixo, e a chaleira chiava.

Na mesa estava o prato dele, com batatas e os restos das costeletas: além de uma cesta de pão, sal e uma caneca azul com cerveja. A toalha da mesa era de linóleo branco. Ele estava de pé na sombra.

"Já é muito tarde", disse ela. "Continue a comer!"

Sentou-se numa cadeira de pau, ao sol, junto à porta.

"Precisei ir a Uthwaite", disse ele, sentando-se à mesa mas sem recomeçar a comer.

"Coma!", disse ela.

Mas ele não tocou na comida.

"Cê quer alguma coisa?", perguntou ele. "Uma xícra de chá? A água da chaleira tá fervendo?" E fez menção de levantar-se da cadeira.

"Se você deixar que eu mesma prepare", disse ela, levantando-se.

Ele tinha um ar triste, e ela ficou com a impressão de que estava incomodando.

"Bem! O bule fica ali", apontou para uma prateleira

de canto, "e as xicra! E o chá tá na prateleira, bem em cima da sua cabeça."

Ela pegou o bule preto e a lata de chá na prateleira acima da lareira. Escaldou o bule com água quente, e hesitou um instante sem saber onde esvaziá-lo.

"Pode jogar direto lá fora", disse ele. "É água limpa."

Ela foi até a porta e despejou a água no caminho de entrada. Como era agradável ali, tão silencioso, tão realmente dentro do bosque. Os carvalhos exibiam folhas de um ocre amarelado; no jardim, as margaridas vermelhas pareciam feitas de pelúcia. Ela olhou para a grande laje de pedra clara do umbral da porta, já pisada por tantos pés.

"Mas aqui é lindo!", disse ela. "Tão tranquilo, tudo vivo e muito calmo."

Ele tinha voltado a comer, devagar e um tanto contra a vontade, e ela sentiu que ele estava um tanto desanimado. Preparou o chá sem dizer nada e pousou o bule perto do fogo, como sabia que era o costume. Ele empurrou o prato e foi até os fundos do chalé. Ela ouviu um ferrolho que se abria, e ele voltou com um prato de queijo, e manteiga.

Ela pôs as duas xícaras na mesa; só havia duas.

"Aceita uma xícara de chá?", perguntou ela.

"Se cê não se incomodar. O açúcar fica no armário. E do lado tem um potezinho de creme. O leite tá numa jarra, na despensa."

"Posso tirar seu prato?", perguntou ela.

Ele ergueu os olhos para ela com um leve sorriso de ironia.

"Bem... se quiser", disse ele, mastigando lentamente pão e queijo.

Ela se dirigiu para os fundos da casa, até o puxado onde ficava a bomba d'água. Abriu a porta e quase sorriu do lugar que ele chamava de despensa: um armário comprido e estreito, pintado de branco, com prateleiras. Ainda assim, continha um barrilete de cerveja, além de alguns pratos e alimentos. Ela pegou um pouco de leite da jarra amarela.

"Como você arranja leite?", perguntou ela quando voltou para a mesa.

"Os Flint! Eles me deixam uma garrafa perto dos viveiros. Sabe, onde eu a encontrei!"

Mas ele estava desanimado.

Ela serviu o chá, apresentando-lhe o pote de creme.

"Sem leite", disse ele.

Em seguida ele teve a impressão de ouvir alguma coisa, e olhou atento para fora da porta.

"Talvez seja melhor a gente fechar", disse ele.

"Mas é uma pena!", respondeu Connie. "Ninguém vai aparecer aqui, ou vai?"

"Uma vez em mil, talvez. Mas nunca se sabe."

"Mesmo que alguém apareça, tanto faz", disse ela. "É só uma xícara de chá. Onde ficam as colheres?"

Ele estendeu o braço e abriu a gaveta da mesa. Connie ficou sentada à mesa na faixa de sol, perto da porta.

"Flossie!", disse ele para a cachorra, que estava deitada num tapetinho ao pé da escada. "Vai pegar! *Vai!*"

Ele levantou um dedo, e sua ordem foi dada com voz forte. A cadela saiu trotando para farejar à volta do chalé.

"Você está triste hoje?", perguntou ela.

Ele virou depressa seus olhos azuis e a fitou diretamente.

"Triste? Não! Só entediado! Fui dar queixa contra dois caçadores clandestinos que peguei e... bem, eu não gosto muito de gente..."

Falava um inglês frio e perfeito, e sua voz estava cheia de raiva.

"Você detesta ser guarda-caça?", perguntou ela.

"Ser guarda-caça? Não — contanto que me deixem em paz. Mas quando preciso ir parar no posto policial e em outros lugares, e ficar esperando para ser atendido por algum idiota — ah, aí eu fico furioso." E sorriu com um tênue senso de humor.

"E você não tem como ser independente?", perguntou ela.

"Eu? Talvez conseguisse sobreviver só com minha pensão. Acho que sim! Mas preciso trabalhar, senão eu morro. Quer dizer, preciso ter alguma coisa que me mantenha ocupado. E não tenho o temperamento de quem trabalha por conta própria. Precisa ser um serviço para outra pessoa ou eu desisto em menos de um mês, de tanto mau humor. No fim das contas, aqui eu me sinto bastante bem — especialmente nos últimos tempos."

Ele riu para ela mais uma vez, com ar zombeteiro.

"Mas por que fica de mau humor?", perguntou ela. "Ou está *sempre* de mau humor?"

"Quase sempre", disse ele, rindo. "Não consigo digerir bem minha bílis."

"Mas que bílis?", perguntou ela.

"A bílis!", disse ele. "Você não sabe o que é?"

Ficou calada, sentida. Ele não estava dando muita atenção a ela.

"Vou passar o mês que vem viajando", disse ela.

"É mesmo? Vai para onde?"

"Veneza."

"Veneza! Com sir Clifford? Por quanto tempo?"

"Mais ou menos um mês", respondeu ela. "Clifford não vai."

"Ele vai ficar aqui?", perguntou ele.

"Vai! Tem vergonha de viajar no estado dele."

"Ai, coitado!", disse ele com compaixão.

Fez-se uma pausa.

"Você não vai me esquecer enquanto eu estiver longe, não é?", perguntou ela.

Novamente ele ergueu os olhos e a fitou francamente.

"Esquecer!", disse ele. "Você sabe que ninguém esquece. Não é uma questão de memória."

Ela quis perguntar, "Então o que é?", mas não disse nada. E contou em vez disso, com uma voz abafada:

"Eu disse a Clifford que podia ter um filho."

Agora ele olhou diretamente para ela, com uma expressão intensa e penetrante.

"É mesmo?", disse afinal. "E ele, o que respondeu?"

"Ah, que não se incomodaria. Que ficaria até contente; contanto que *parecesse* que o filho era dele." Não se atrevia a olhar para o homem.

Ele ficou calado por muito tempo. Depois tornou a olhá-la diretamente no rosto.

"Nada foi dito a meu respeito, é claro?", perguntou ele.

"Não! Nada", respondeu ela.

"Não! Acho que ele não iria me engolir como reprodutor substituto. Então onde é que você vai supostamente conseguir esse filho?"

"Posso ter um caso em Veneza", disse ela.

"Ah, pode", respondeu ele lentamente. "E é por isso que vai para lá?"

"Não para ter caso amoroso nenhum", disse ela, olhando para ele com um ar suplicante.

"Só para fazer de conta", atalhou ele.

Fez-se um silêncio. Ele ficou olhando pela janela com um sorriso tênue, meio zombeteiro e meio amargo, no rosto. Ela detestava aquele sorriso.

"Quer dizer que você não tomou precaução nenhuma para não ter um filho?", perguntou ele repentinamente. "Porque eu não tomei."

"Não!", disse ela com voz fraca. "Eu iria detestar qualquer coisa desse tipo."

Ele a fitou — e depois, com aquele sorriso sutil e peculiar, voltou a olhar para fora da janela. Houve um silêncio carregado de tensão.

Finalmente ele se virou para ela e disse em tom sardônico:

"Era por isso então que você me queria? Para poder ter um filho?"

Ela deixou a cabeça pender.

"Não! Na verdade não", disse ela.

"Então por quê?", perguntou ele em tom mordaz.

Ela olhou para ele com ar de queixa.

"Não sei", respondeu lentamente.

Ele começou a rir.

"Então eu é que não vou saber", disse ele.

Houve uma longa pausa silenciosa, um silêncio gélido.

"Bem", disse ele finalmente. "É como você quiser. Se tiver o bebê, sir Clifford pode ficar com ele. Não vou ter perdido nada. Ao contrário, tive uma bela experiência: belíssima, na verdade!" E espreguiçou-se com um bocejo semicontido. "Se você me usou", disse ele, "não é a primeira vez que terei sido usado, e nem sempre foi uma experiência tão agradável. Claro que ninguém pode se orgulhar muito da dignidade da situação..." Tornou a espreguiçar-se de maneira peculiar, com os músculos a tremer e o queixo estranhamente contraído.

"Mas eu não o usei", disse ela, defendendo-se.

"A seu serviço, lady Chatterley", respondeu ele.

"Não!", disse ela. "Eu gostei do seu corpo."

"É mesmo?", respondeu ele, e riu. "Então estamos quites, porque também gostei do seu."

Ele olhou para ela com olhos estranhos, sombrios.

"Quer subir comigo agora?", perguntou a ela, com uma voz estrangulada.

"Não, agora não! Aqui não!", disse ela enfaticamente. Entretanto, se ele usasse de alguma força ela teria cedido, pois não era capaz de lhe resistir.

Ele tornou a desviar o rosto dela, e pareceu esquecê-la.

"Queria pegar em você como você pega em mim", disse ela. "Nunca toquei de verdade seu corpo."

Ele olhou para ela e tornou a sorrir.

"Agora?", perguntou ele.

"Não! Não! Aqui não! Na cabana! Você se incomoda?"

"E como eu pego em você?", perguntou ele.

"Quando você toca em mim."

Ele olhou para ela, e fitou seus olhos pesados e ansiosos.

"E você gosta, quando eu toco?", perguntou ele, ainda rindo para ela.

"Gosto! E você?", perguntou ela.

"Ah, eu!" Depois ele mudou de tom. "Sim!", disse ele. "Você nem precisava perguntar."

O que era verdade.

Ela se levantou e pegou o chapéu.

"Preciso ir embora", disse ela.

"Está indo?", respondeu ele educadamente.

Ela queria que ele a tocasse, que lhe dissesse alguma coisa. Mas ele não disse nada, só ficou cortesmente à espera.

"Obrigada pelo chá", disse ela.

"Não agradeci a honra que a senhora me deu de usar meu bule", disse ele.

Ela saiu pelo caminho, ele ficou de pé à porta com um sorriso débil. Flossie chegou correndo, com a cauda em pé. E Connie precisou voltar a passos penosos através do bosque, sabendo que ele estava lá parado, olhando na sua direção com aquele sorriso incompreensível no rosto.

Chegou em casa muito abatida e contrariada. Não gostara nem um pouco de ouvi-lo dizer que tinha sido usado: porque, num certo sentido, era verdade. Mas mesmo assim ele não devia ter dito aquilo. E lá estava ela, novamente dividida entre dois sentimentos: o rancor e o desejo de fazer as pazes com ele.

Passou a hora do chá muito irritada e desconfortável, e subiu imediatamente para o quarto. E nem lá sentiu-se melhor. Não conseguia sossegar, nem sentada nem de pé. Precisava fazer alguma coisa. Precisava voltar para a cabana. Se ele não estivesse lá, tanto melhor.

Saiu pela porta lateral e tomou o caminho mais direto, um tanto amuada. Quando chegou à clareira sentia um desconforto tremendo. Mas lá estava ele, novamente em mangas de camisa, acocorando-se para abrir as gaiolas e soltar os jovens faisões, que cresciam bastante magros, mas muito mais fortes que frangos comuns.

Ela foi direto para ele.

"Está vendo que eu vim!", disse ela.

"Sim, tou vendo!", respondeu ele, endireitando as costas e olhando para ela com um ar levemente divertido.

"Agora você também solta as galinhas?", perguntou ela.

"Solto — elas ficaram tanto tempo chocando que tão pele e ossos", disse ele. "Só que agora nem se apressam pra sair e comer. Uma galinha no choco nunca pensa nela mesma: só quer saber dos ovos ou dos filhotes."

Pobres galinhas mães: uma devoção cega! Mesmo a ovos que não eram delas! Connie olhou para elas, compadecida. Um silêncio sem remédio recaiu entre o homem e a mulher.

"Vamo pra cabana?", perguntou ele.

"Você me quer?", perguntou ela, olhando para ele com uma espécie de desconfiança.

"Quero, se cê quiser vir."

Ela não disse nada.

"Então vem!", disse ele.

E ela entrou com ele na cabana. Ficou bastante escuro quando ele fechou a porta, de maneira que acendeu uma chama baixa no lampião, como da outra vez.

"Cê veio sem roupa de baixo?", perguntou ele.

"Vim!"

"Bem... então vou tirar as minhas também."

Estendeu os cobertores no chão, deixando um de lado para servir de coberta. Ela tirou o chapéu e sacudiu os cabelos. Ele se sentou, descalçando sapatos e meias e tirando o culote.

"Então deita!", disse ele quando ficou só de camisa.

Ela obedeceu em silêncio, ele se deitou ao lado dela e estendeu o outro cobertor sobre os dois.

"Pronto!", disse ele.

E levantou totalmente o vestido dela, até chegar aos seus seios. Beijou-os suavemente, rodeando os mamilos com os lábios em carícias sutis.

"Ah, mas como cê é linda, como cê é linda!", disse ele, esfregando de repente com força o rosto contra o ventre dela.

E ela passou os braços em volta dele, por baixo de sua camisa. Mas tinha medo, medo daquele corpo magro, liso e nu, que lhe parecia tão forte, medo da violência dos seus músculos. Retraiu-se, assustada.

E quando ele disse, com um suspiro ligeiro: "Isso mesmo, cê é linda!", alguma coisa nela estremeceu, e alguma coisa no seu espírito retesou-se em resistência: contraiu-se para escapar àquela intimidade terrivelmente física e à pressa peculiar com que ele a possuía. Dessa vez não lhe ocorreu o êxtase agudo da sua própria paixão, e ela ficou deitada com as mãos inertes espalmadas contra o esforçado corpo dele, e o tempo todo tinha a impressão de que seu espírito contemplava tudo de algum ponto acima da sua cabeça, e as contrações dos quadris dele lhe pareceram ridículas, bem como lhe parecia um tanto cômica aquela espécie de ansiedade do pênis dele em chegar logo à sua pequena crise de evacuação. Sim, era isso o amor, aqueles espasmos ridículos das nádegas e o atrito daquele pobre, pequeno, insignificante e úmido pênis. Era apenas aquilo, o divino amor! No fim das contas, os modernos tinham razão quando manifestavam seu desprezo por aquele espetáculo: porque era de fato um espetáculo. Era verdade, como tinham dito certos poetas, que o Deus que criara o homem devia ter um senso de humor tortuoso e peculiar, ao fazer dele um ser dotado de razão mas obrigado a assumir aquela postura ridícula, impelido àquele espetáculo degradante por uma ânsia cega. Até Maupassant via nisso um anticlímax humilhante. Os homens desprezavam o ato do amor, mas ainda assim entregavam-se a ele.

Fria e impiedosa, sua mente feminina singular manteve-se à parte. E, embora tivesse ficado perfeitamente imóvel, seu instinto era arquear os quadris e expulsar aquele homem, desembaraçar-se daquele abraço desagradável e dos espasmos frenéticos de suas ancas absurdas. O corpo dele era uma coisa idiota, atrevida, imperfeita, um pouco repulsivo em sua inacabada falta de jeito. E não podia haver dúvida de que uma evolução mais completa haveria de eliminar aquele espetáculo, aquela "função".

Ainda assim, depois que ele acabou, em pouco tempo, e ficou deitado muito quieto, recaindo num silêncio e numa estranha imobilidade distante, bem fora do alcance de sua percepção, o coração de Connie pôs-se a chorar. Ela o sentia recuar, cada vez mais longe, deixando-a para trás como a maré que recua deixa um seixo solto na areia. Ele estava indo embora. O espírito dele a estava deixando. Ele sabia.

E com uma dor real, atormentada pela duplicidade de sua consciência e de sua reação, ela começou a chorar. Ele não deu importância: ou talvez nem tenha percebido. A tempestade do pranto cresceu e a sacudiu: e aquilo o deixou impressionado.

"Ora!", disse ele. "Dessa vez não foi bom. Você nem estava aqui."

Então ele sabia! Os soluços dela ficaram mais violentos.

"Mas qual é o problema?", disse ele. "De vez em quando é mesmo assim."

"Eu... eu não posso me apaixonar por você!", soluçou ela, sentindo de repente que seu coração se partia.

"Ora! Mas nem por isso cê percisa ficar desse jeito", disse ele em dialeto. "Nenhuma lei te obriga a isso. É só aceitar as coisas como elas são."

Ainda estava com a mão no seio dela. Mas ela afastara as duas mãos do seu corpo.

As palavras dele não lhe serviam de consolo. Ela soluçava alto.

"Deixa disso!", continuou com o sotaque. "Cê precisa aceitar o ruim que vem junto com o bom. Dessa vez, pra variar, foi ruim."

Ela chorava amargamente, aos soluços:

"Mas eu quero me apaixonar por você — e *não consigo*. É horrível."

Ele deu um riso, meio amargo e meio divertido.

"Né nada horrível", disse ele, "apesar de cê achar que sim. E nem vai dar procê fazer disso uma coisa horrível. Num vai se aborrecer só porque num se apaixonou por mim! Cê num vai se apaixonar forçada. Claro que sempre tem alguma maçã estragada no barril. E cê percisa aceitar ela junto com as perfeitas."

Ele tirou a mão do seio dela e ficou imóvel, sem tocá-la. E agora ela estava intocada. E extraía disso uma satisfação quase perversa. Ela detestava quando ele falava em dialeto. Ele podia se levantar, se quisesse: e ficar em pé ali ao lado dela, abotoando aquele culote ridículo de veludo, bem diante dela. Michaelis, pelo menos, sempre tinha a decência de dar-lhe as costas. Aquele homem era tão seguro de si que não sabia quando alguém achava que era um palhaço: um sujeito de estirpe inferior.

No entanto, quando ele começou a recuar, para levantar-se em silêncio e deixá-la, ela se agarrou a ele, tomada pelo terror.

"Não! Não vá embora! Não me deixe! Não fique aborrecido! Me abrace! Me abrace com força!", murmurou ela num frenesi cego, sem nem mesmo saber o que dizia, aferrando-se a ele com uma força fora do comum. Era de si mesma que esperava ser salva, de sua própria raiva e resistência interiores. Mas como era violenta a resistência interior que tomava conta dela!

Ele tornou a abraçá-la e a puxou para junto de si, e de repente ela se apequenou nos braços dele, onde se aninhou.

A resistência tinha passado, e ela começou a dissolver-se numa paz maravilhosa. E enquanto se dissolvia, apequenando-se e sentindo-se extraordinariamente bem naqueles braços, tornou-se infinitamente desejável para ele, cujos vasos sanguíneos pareceram todos ferver com um desejo intenso porém carinhoso que dominava seu sangue. E bem devagar, com aquela maravilhosa carícia que quase a deixava fora de si de puro desejo, e bem de leve, ele acariciou as curvas sedosas dos seus quadris, descendo, descendo entre suas nádegas quentes e macias, cada vez mais perto do cerne da mulher. E ela percebia seu toque como uma chama de desejo, mas carinhosa, e sentia-se dissolver naquela chama. Abandonou todo controle. Sentiu o pênis dele erguer-se contra ela com uma espantosa e tranquila força de afirmação, e entregou-se a ele. Cedeu com um frêmito que lhe pareceu a morte, e abriu-se toda para ele. E, ah, se agora ele não a tivesse tratado com extremo carinho, como teria sido cruel, pois ela estava completamente aberta para ele, sem qualquer defesa!

Ela tornou a estremecer com a penetração poderosa e inexorável para dentro dela, tão estranha e terrível. Poderia ter vindo com o ímpeto de uma espada rasgando seu corpo aberto e vulnerável, e nesse caso lhe teria trazido a morte. Agarrou-se a ele numa súbita angústia de terror. Mas ele entrou com uma arremetida diferente, vagarosa e pacífica, a arremetida discreta da paz e de uma ternura profunda e primordial, igual à que criara o mundo no princípio. E o terror amainou em seu peito, e seu peito teve a coragem de deixar-se levar em paz, ela não se reteve em nada. Teve a coragem de abrir mão de todo controle e deixar-se levar pela correnteza.

E tinha impressão de encontrar-se em pleno oceano, em meio a ondas escuras que pulsavam, atingindo grandes alturas, de maneira que aos poucos toda aquela massa escura estava em movimento e ela própria era o mar, vivendo toda a agitação de seu volume sem cor nem palavras.

Ah, e mais fundo ainda dentro de si as águas se agitavam e desencadeavam por sua vez ondulações menores que se transmitiam a imensas distâncias, e depois, no cerne mais íntimo ainda de sua existência, as profundezas, a partir do ponto central que o êmbolo atingia, abriam-se e desencadeavam novas ondas enquanto o êmbolo mergulhava mais e mais, cada vez ainda mais fundo, e mais e mais e mais profundamente ela se expunha, e mais densas rolavam as ondas que brotavam no centro dela e partiam em busca de algum litoral, deixando-a descoberta, enquanto mais e mais perto mergulhava aquele desconhecido palpável, e mais e mais distantes rolavam as ondas de sua essência para longe de si, deixando-a para trás, até que de chofre, numa convulsão de tremores suaves, o núcleo de todo o seu plasma foi tocado e ela soube que fora tocada, a consumação tomou conta dela e ela desapareceu. Desapareceu, deixou de existir, e nasceu: uma mulher.

Ah, que maravilha, que maravilha! No refluxo ela percebeu o quanto era maravilhoso. Agora todo o seu corpo se aferrava com um amor terno ao homem desconhecido, e cegamente ao pênis que murchava, enquanto com grande ternura e delicadeza ele se retirava a contragosto, depois da arremetida feroz de sua potência. No momento em que aquela coisa, secreta e sensível, retirava-se e deixava seu corpo, ela soltou uma exclamação inconsciente de pura perda, e tentou reconduzi-lo para dentro de si. Tinha sido tão perfeito! E ela o amava tanto!

E só agora ela percebia a vulnerabilidade e a reticência de broto que tinha o pênis, e ela deixou escapar uma breve exclamação de admiração e pungência enquanto seu coração de mulher chorava pela tenra fragilidade daquilo que antes fora todo o poder.

"Foi tão bom!", gemeu ela. "Foi tão bom!" Mas ele não disse nada, e limitou-se a beijá-la de leve, ainda deitado sobre seu corpo. E ela gemeu com uma espécie de deleite, como a vítima do sacrifício e uma criatura recém-nascida.

E agora, em seu coração, despertava a admiração singular que ele lhe provocava. Um homem! O impacto nela da estranha potência masculina! Suas mãos passearam pelo corpo dele, ainda um pouco temerosas. Com medo daquela coisa estranha, hostil e levemente repulsiva que até então ele fora para ela, um homem. E agora ela o tocava, e eram os filhos de deus com as filhas dos homens. Como ele lhe parecia magnífico ao tato, como seus tecidos eram puros! Como era bela, bela, forte mas ainda assim pura e delicada, aquela imobilidade de um corpo sensível! A absoluta quietude da potência e da carne delicada! Como era belo, como era belo. Suas mãos desceram timidamente pelas costas dele, até os globos macios e pequenos das nádegas. Beleza! Quanta beleza! Sentiu-se atravessada pela chama repentina e diminuta de uma nova consciência. Como era possível, toda aquela beleza ali, onde antes ela sentia apenas a repulsa? A indescritível beleza ao toque daquelas nádegas vivas e quentes! A vida dentro da vida, a simples beleza cálida e potente. E o estranho peso dos ovos entre suas pernas! Quanto mistério! Que estranho e pesado volume de mistério, capaz de entregar seu peso macio à mão de quem tocava! A origem, a raiz de tudo que é belo, a raiz primal de toda a beleza plena.

Agarrou-se a ele com um arquejo de admiração que também manifestava espanto e terror. Ele a abraçou com força, mas não dizia nada. Ele jamais diria nada. Aproximou-se ainda mais dele, mais perto, só para estar mais próxima à beleza sensual que ele emanava. E em plena imobilidade incompreensível que ele mantinha, ela sentiu mais uma vez a lenta, imponente, irresistível nova ereção do falo, o outro poder. E seu coração derreteu-se com uma espécie de idolatria.

E dessa vez a presença dele dentro dela foi suave e iridescente, puramente suave e iridescente, algo que consciência alguma teria como apreender. Todo o seu ser estremeceu, vivo e inconsciente como puro plasma. Ela não tinha como saber o que era aquilo. Não tinha como se lembrar do que tinha sido. Só que foi ainda melhor do que qualquer coisa poderia ser. Só isso. E depois ficou totalmente imóvel, totalmente sem consciência, por um tempo incalculável. E ele ainda estava com ela, num silêncio insondável a seu lado. E sobre isso eles jamais haveriam de falar.

Quando o conhecimento do mundo exterior começou a retornar-lhe, ela se agarrou ao peito dele, murmurando: "Meu amor! Meu amor!". Ele a abraçou em silêncio. E ela se aninhou contra seu peito, na perfeição.

Mas o silêncio dele era um poço sem fundo. As mãos dele a seguravam, imóveis e de um modo estranho, como se ela fosse um ramo de flores. "Onde você está?", murmurou ela. "Onde você está? Fale comigo! Diga alguma coisa!"

Ele a beijou de leve, murmurando: "Ah, minha garota!". Mas ela não entendeu o que ele queria dizer ou onde se encontrava. Mergulhado no silêncio, parecia-lhe totalmente fora de seu alcance.

"Você me ama, não ama?", murmurou ela.

"Cê sabe que sim!", disse ele.

"Mas me diga!", pediu ela.

"Ora! Cê num sentiu?", disse ele em voz fraca, mas segura e delicada. E ela o abraçou com mais força ainda, ainda mais de perto. Ele ficava tão mais tranquilo no amor do que ela, e ela queria tanto que ele a reconfortasse.

"Você me ama!", murmurou ela, em tom afirmativo. E as mãos dele a acariciaram, muito de leve, como se fosse uma flor, sem o ardor do desejo mas com uma proximidade delicada. E ainda assim ela continuava atormentada por uma necessidade inquieta de compreender e dominar o amor.

"Diga que vai me amar para sempre!", pediu ela.

"Vou!", disse ele, distraído. E ela sentiu que sua insistência o afastava dela.

"Num tá na hora de levantar?", disse ele finalmente.

"Não!", respondeu ela.

Mas ela sentia que a consciência dele se afastava dali, procurando distinguir os sons do lado de fora da cabana.

"Já tá quase escuro!", disse ele. E ela ouviu a pressão das circunstâncias em sua voz. E beijou-o, com a dor da mulher quando soa o fim da sua hora.

Ele se levantou e aumentou a luz do lampião, depois começou a se vestir, desaparecendo depressa dentro das roupas. Em seguida ficou ali de pé, abotoando o culote e olhando para ela com seus olhos escuros e grandes, o rosto um pouco corado e os cabelos desalinhados, curiosamente cálido, imóvel e belo à luz fraca do lampião, tão belo, ela jamais saberia dizer-lhe como era belo. Tinha o impulso de abraçá-lo com força, agarrar-se a ele, pois havia na beleza dele uma distância calorosa e semiadormecida que lhe dava vontade de gritar e não deixá-lo ir embora, guardá-lo só para si. Mas jamais poderia ser dona dele. E por isso deixou-se ficar deitada no cobertor com os quadris curvos, macios e nus e, se ele não tinha ideia do que passava pela mente da mulher, ainda assim ela também lhe parecia linda, a criatura macia e maravilhosa na qual ele podia entrar, para além de tudo.

"Eu te amo por poder entrar em ti", disse ele.

"Você gosta de mim?", perguntou ela, com o coração disparado.

"Cura tudo, eu poder entrar em ti. Eu te amo porque cê se abriu pra mim. Eu te amo por ter chegado assim ao fundo de ti."

Abaixou-se e beijou seu flanco macio, esfregou o rosto contra ele e depois o cobriu.

"E você nunca irá me deixar?", perguntou ela.

"Cê num devia me preguntar essas coisas", disse ele.

"Mas acredita que eu o amo?", disse ela.

"Cê me amou agora mesmo, muito mais do que antes

se achava capaz. Mas quem sabe o que pode acontecer, depois que cê começar a pensar nisso tudo!"

"Não, não diga essas coisas! Você não acha que na verdade eu só queria usá-lo, não é?"

"De que modo?"

"Para ter um filho...?"

"Qualquer um pode ter um filho neste mundo", disse ele, e sentou-se para afivelar as perneiras.

"Ah, não!", exclamou ela. "Você não está falando sério!"

"De todo modo", disse ele, olhando para ela de cabeça baixa, "essa foi a melhor de todas."

Ela se aquietou. Ele abriu devagar a porta da cabana. O céu estava de um azul-escuro, com uma borda cristalina em tons de turquesa. Saiu para fechar as gaiolas das galinhas, falando baixinho com sua cachorra. E ela ficou ali deitada, pensando nos prodígios da vida e da existência.

Quando ele voltou, ela continuava estendida, satisfeita como uma cigana. Ele se instalou no banquinho perto dela.

"Cê percisa vir uma noite dessas no meu chalé, antes de viajar... cê vem?", perguntou ele, erguendo as sobrancelhas enquanto a fitava, as mãos pendentes entre os joelhos.

"Cê vem?", ecoou ela, zombando dele.

Ele sorriu.

"Sim, cê vem?", repetiu ele.

"Ora se vou!", disse ela, imitando o sotaque local.

"Tá certo!", disse ele.

"Tá certo!", repetiu ela.

"Vem dormir mais eu", disse ele. "Tamo percisando. Quando que cê vem?"

"Quando que é preu ir?", disse ela.

"Não", disse ele, "cê num sabe o jeito certo. Quando que cê vem?"

"Quem sabe que no domingo", disse ela.

"Quem sabe que no domingo! Tá certo!"

"Tá certo!", disse ela.

Ele riu do jeito dela.

"Não, cê num sabe", protestou ele.

"E por que que eu num sei?", perguntou ela.

Ele riu. As tentativas que ela fazia de imitar o dialeto eram tão ridículas.

"Então vamo, agora cê tem que ir!", disse ele.

"Tou?"

"Tenho!", corrigiu ele.

"E ainda por cima ainda diz que eu falo errado", protestou ela. "Você me trata muito mal."

"Té parece!", disse ele, debruçando-se e acariciando-a de leve no rosto. "Mas cê tem a melhor boceta que eu já vi, né? A melhor boceta de toda a terra. Quando cê quer! Quando cê resolve!"

"O que é boceta?", perguntou ela.

"E cê num sabe? Boceta! É isso que cê tem aí; por onde eu vou pra entrar em você... e tudo em volta disso... tudo isso!"

"Tudo isso!", zombou ela. "Boceta! Então é a mesma coisa que foder."

"Não, não. Foder é só o que cê faz. Qualquer animal fode. Mas a boceta é muito mais. É você: e cê é muito mais que um animal, né? Até quando fode! Boceta! É tua beleza, menina!"

Ela se levantou e beijou-o entre os olhos, que olhavam para ela tão escuros e suaves e indizivelmente calorosos, tão intoleravelmente belos.

"É mesmo?", disse ela. "E você gosta de mim?"

Ele a beijou sem responder.

"Cê percisa ir embora — deixa eu bater tua roupa", disse ele.

A mão dele percorreu as curvas do seu corpo, com firmeza, sem desejo, mas com um conhecimento seguro, suave e íntimo.

Enquanto ela corria para casa, ao cair da noite, o mundo lhe parecia um sonho; as árvores do parque davam a impressão de oscilar ao sabor da maré, contidas por âncoras. E toda a ondulação da encosta até a casa estava viva.

No domingo Clifford quis ir até o bosque. A manhã estava linda, as flores das pereiras e das ameixeiras tinham brotado de repente, num prodígio de brancura aqui e ali.

Foi cruel para Clifford, naquele momento em que o mundo florescia, precisar ser transferido a braços da cadeira de rodas para a cadeira motorizada. Mas ele esquecera disso e até parecia ostentar um certo orgulho em sua invalidez. Connie ainda sofria sempre que precisava erguer suas pernas inertes para ajeitá-las. Atualmente, quem fazia a manobra era a sra. Bolton ou Field.

Ficou esperando por ele no alto do caminho, à beira da fileira de faias. A cadeira dele veio arquejando com uma espécie de pompa lenta e enfermiça. Quando chegou perto da mulher, ele lhe disse:

"Sir Clifford em seu fogoso corcel!"

"Pelo menos ele bufa bastante!", riu ela.

Ele parou e virou-se para contemplar a fachada marrom da velha casa comprida e baixa.

"Wragby nem faz qualquer objeção!", disse ele. "Mas por que deveria? Estou montado no produto da mente humana, o que é bem superior a um simples cavalo."

"Deve ser. E as almas de Platão, que costumavam ascender ao céu numa carruagem puxada por dois cavalos, hoje em dia andariam num automóvel Ford", disse ela.

"Ou um Rolls-Royce. Platão era um aristocrata!"

"Exatamente! Nada de cavalos pretos que a pessoa precise surrar e maltratar. Platão nunca imaginou que conseguiríamos coisa melhor que seu garanhão negro e seu garanhão branco, dispensando qualquer cavalo e precisando apenas de um motor!"[93]

"De um motor — e da gasolina!", corrigiu Clifford. "Estou pensando em reformar a casa no ano que vem. Acho que vão me sobrar umas mil libras para isso: mas a mão de obra anda tão cara!"

"Ah, ótimo!", disse Connie. "Se pelo menos não houver mais nenhuma greve!"

"De que adiantaria eles entrarem em greve de novo? Só conseguiriam arruinar a indústria, o que ainda resta dela: e sem dúvida mesmo esses gênios estão começando a perceber."

"Talvez eles não se incomodem de arruinar a indústria", disse Connie.

"Ah, você está falando como mulher! É a indústria que enche a barriga deles, mesmo se não andam com os bolsos muito cheios", disse ele, usando imagens que, estranhamente, lembravam o modo de falar da sra. Bolton.

"Mas você mesmo não disse outro dia que era um anarquista conservador?", perguntou ela num tom inocente.

"E você entendeu o que eu quis dizer?", retorquiu ele. "Só falei que as pessoas podem ser o que quiserem, sentir o que quiserem e fazer o que quiserem no âmbito estritamente particular, contanto que não alterem a *forma* de sua vida, nem o funcionamento."

Connie deu mais alguns passos em silêncio. E então disse, insistente:

"Você parece estar dizendo que o ovo pode apodrecer o quanto quiser, contanto que a casca fique inteira. Mas os ovos podres acabam quebrando por conta própria."

"Não acho que as pessoas sejam ovos", disse ele. "Nem mesmo ovos de anjo, minha querida pregadora."

Ele estava muito animado, naquela manhã de sol. As cotovias cantavam pelo parque, a mina distante no fundo do vale emitia uma coluna silenciosa de vapor. Era quase como nos velhos tempos, antes da guerra. Connie não queria discutir. Mas tampouco queria passear no bosque com Clifford. De maneira que caminhava ao lado da cadeira dele por uma certa obstinação do espírito.

"Não", disse ele. "Não vai haver mais nenhuma greve, se cuidarem direito das coisas."

"Por que não?"

"Porque vamos tornar as greves praticamente impossíveis."

"E os homens vão deixar?", disse ela.

"Não vamos perguntar a eles. Vamos tomar a decisão mesmo contra a vontade deles: pelo bem deles próprios, para salvar a indústria."

"E para o bem de vocês também", disse ela.

"Naturalmente! Para o bem de todos! Mas ainda mais para o bem deles que para o meu. Eu consigo viver sem a mina. Eles, não. Se a mina fechar, eles morrem de fome. Eu tenho outros recursos."

Olharam para a mina do outro lado do vale estreito e, além dela, para as casas cobertas de fuligem de Tevershall, formando como que uma serpente que se arrastava morro acima. Na antiga igreja marrom, os sinos dobravam: domingo, domingo, domingo!

"Mas os homens vão deixar que você dite os termos?", perguntou ela.

"Minha cara, não vão ter escolha: se fizermos com jeito."

"Mas não deveria haver um acordo entre as partes?"

"Claro: quando eles entenderem que a indústria vem antes dos indivíduos."

"Mas precisa ser você o dono da indústria?", disse ela.

"Não. Mas à medida que já sou, sim, preciso. A propriedade transformou-se hoje numa questão religiosa: como já vem sendo desde Jesus e são Francisco.[94] A questão *não* é 'pega tudo que tens e dá aos pobres',[95] mas usar o que você tem para desenvolver a indústria e dar trabalho aos pobres. É o único modo de alimentar todas as bocas e vestir todos os corpos. Dar tudo que temos para os pobres significa a fome para os pobres, além de nós. E a fome universal não é uma meta elevada. Nem a pobreza generalizada é bela. A pobreza é feia."

"Mas a desigualdade!"

"É o destino. Por que Júpiter brilha mais que Netuno? Não se pode querer alterar a natureza das coisas!"

"Mas depois que essa inveja, esse ressentimento e esse descontentamento principiam...", começou ela.

"Há que se fazer o possível para detê-los. Alguém *precisa* comandar o espetáculo!"

"Mas quem comanda o espetáculo?", perguntou ela.

"Os homens que possuem e administram as indústrias."

Fez-se um silêncio prolongado.

"Pois me parece que comandam muito mal", disse ela.

"Por que você não sugere o que deveriam fazer?"

"Não levam seu comando devidamente a sério", desabafou ela.

Ele parou a cadeira e olhou para ela.

"E quem está fugindo à responsabilidade agora?", perguntou ele. "Quem está tentando evitar *agora* a responsabilidade do comando, como diz você?"

"Mas eu não quero nenhuma posição de comando", protestou ela.

"Ah! Isso é conversa fiada. Não precisa querer: você já nasceu com esse destino. E devia mostrar-se à altura dele. Quem deu aos mineiros tudo que eles têm e que vale a pena? A liberdade política, a educação que eles conseguem, o saneamento, as condições de saúde, os livros, a música, tudo? Quem deu a eles? Foram mineiros, que deram a outros mineiros? Não! São as Wragbys e Shipleys da Inglaterra que cumprem esse papel, e precisam continuar cumprindo. É esta sua responsabilidade."

Connie escutava, e ficou muito ruborizada.

"Bem que eu gostaria de poder contribuir com alguma coisa", disse ela. "Mas não deixam. Hoje em dia tudo precisa ser vendido e pago; e todas essas coisas de que você fala, Wragby e Shipley *vendem* para as pessoas, e ganhando um bom lucro no processo. Tudo é vendido. Ninguém dá nem um suspiro de compaixão. E, além disso, quem privou as pessoas de sua vida natural e da masculinidade, dando-lhes em troca esse horror industrial? Quem?"

"E o que eu posso fazer?", perguntou ele, verde. "Pedir a eles que venham pilhar tudo que eu tenho?"

"Por que Tevershall é tão feia, tão intragável? Por que as vidas deles são tão desprovidas de esperança?"

"Foram eles que construíram a Tevershall onde vivem — faz parte da liberdade deles. Foram eles que construíram a linda Tevershall deles, e eles que levam lá suas vidinhas, que eu não posso viver no lugar deles. Cada qual com sua vida."

"Mas eles trabalham para você. A vida que eles vivem é a da sua mina de carvão."

"De maneira nenhuma. Cada um ganha o pão onde quer. Ninguém é obrigado a trabalhar para mim."

"As vidas deles são industrializadas e sem esperança, e as nossas também", exclamou ela.

"Acho que não. Isso é só uma figura de linguagem romântica, uma relíquia do romantismo dos desmaios e das mortes por amor. Você não me parece nem de longe uma pessoa sem esperança, Connie querida."

O que era verdade. Pois seus escuros olhos azuis faiscavam, o rubor era intenso no seu rosto e ela parecia tomada de uma paixão rebelde muito diversa do desalento e da desesperança. Ela percebia, nos pontos onde a relva formava tufos, jovens primaveras brancas e aveludadas de pé, ainda lacrimejantes de orvalho. E perguntou-se enfurecida por que tinha tanta certeza de que Clifford estava *errado*, embora não conseguisse dizer a ele exatamente *onde* se equivocava.

"Não admira que os homens o detestem", disse ela.

"Nada disso!", respondeu ele. "E não se engane: no seu sentido da palavra, eles *não são* homens. São animais que você nunca compreendeu nem poderia entender. Não tente impor suas ilusões aos outros. As massas sempre foram assim, e sempre hão de ser assim. Os escravos de Nero[96] eram muito pouco diferentes dos nossos mineiros ou dos operários da fábrica Ford. Tanto os escravos que trabalhavam nas minas de Nero quanto nos campos. São as massas: elas são imutáveis. Um ou outro indivíduo pode se destacar nas massas. Mas isso não afeta as próprias massas. As massas são inalteráveis. Eis um dos fatos mais patentes da ciência social. *Panem et circenses!*[97] Só que hoje a educação é um dos substitutos inadequados do circo. Hoje, o que está errado é que estragamos profundamente a parte circense do programa, envenenando as massas com um pouco de instrução."

Quando Clifford começava a falar com entusiasmo de seus autênticos sentimentos sobre as pessoas do povo, Connie ficava assustada. Havia algo de devastadoramente verdadeiro no que ele dizia. Mas era uma verdade letal. Ao vê-la pálida e calada, Clifford tornou a dar partida na cadeira, e não disse mais nada até tornar a parar junto ao portão do bosque, enquanto ela o abria.

"E o que precisamos usar agora", disse ele, "é o chicote, e não a espada. As massas são comandadas desde o começo dos tempos, e até o fim dos tempos continuarão precisando de comando. É pura hipocrisia, e uma farsa, dizer que elas são capazes de autogoverno."

"Mas você é capaz de governá-las?", perguntou ela.

"Eu? Claro! Nem minha mente nem minha vontade

estão aleijadas, e não é com as pernas que eu comando. Sou capaz de cumprir minha parte: sem a menor dúvida, a parte de comando que me cabe. E, se você me der um filho, ele também haverá de ser capaz de cumprir com a parte dele depois de mim."

"Mas ele não seria seu filho de verdade, da sua classe dirigente... ou talvez não...", gaguejou ela.

"Nem me importa quem possa ser o pai dele, contanto que seja um homem saudável de inteligência pelo menos normal. Se você me der o filho de qualquer homem são de inteligência normal, posso transformá-lo num Chatterley perfeitamente competente. O que importa não é quem nos gera, mas onde o destino nos põe. Eduque qualquer criança no meio das classes governantes e ela haverá de crescer capaz de governar, na respectiva medida. Crie os filhos de reis e duques em meio às massas, e eles serão jovens plebeus, produtos das massas. É a pressão irresistível do meio."

"Quer dizer que as pessoas comuns não são uma raça... e não é ao sangue que os aristocratas devem...", disse ela.

"Não, minha filha! Tudo isso são ilusões românticas. A aristocracia é uma função, um papel que nos é destinado. E as massas são decorrência de outro aspecto do destino. O indivíduo pouco importa. É uma questão da função que você é criado para desempenhar e à qual se adapta. Não são os indivíduos que fazem a aristocracia: é o funcionamento da aristocracia como um todo. E é o funcionamento das massas como um todo que faz do homem comum quem ele é."

"Então não existe uma condição humana comum a todos nós!"

"Como você quiser. Todos precisamos encher a barriga. Mas, quando você pensa nos funcionamentos expressivos ou executivos, acredito que existe um abismo, e um abismo absoluto, entre as classes governantes e as classes servis. As duas funções são opostas. E é a função que determina o indivíduo."

Connie fitou-o com os olhos enevoados.

"Não quer continuar?", disse ela.

E ele tornou a dar partida na cadeira. Dissera o que tinha a dizer. Agora recaíra na sua apatia peculiar e vaga, que Connie achava tão penosa. No bosque, porém, ela estava determinada a não discutir.

À frente deles desenrolava-se o corte aberto do caminho, em meio às paredes castanhas e às alegres árvores cinzentas. A cadeira avançava lentamente, aos arquejos, atropelando lentamente os miosótis que se espalhavam pelo caminho como espuma de leite, além da sombra das aveleiras. Clifford seguia bem pelo meio do caminho, onde os pés que por lá passavam haviam aberto um canal através das flores. Mas Connie, caminhando atrás dele, via suas rodas esmagando aspérulas e canutilhos, e passando por cima das pequenas taças amarelas das flores de lisimáquia. E agora abriam um rastro em meio aos miosótis.

Havia todas as flores, as primeiras campainhas aglomeradas em manchas azuis, como poças d'água.

"Você tem razão sobre a beleza deste bosque", disse Clifford. "É impressionante. Não existe *nada* mais lindo que a primavera inglesa!"

A Connie ele pareceu dizer que até a primavera só chegava por decisão do Parlamento inglês. A primavera inglesa! Por que não a primavera irlandesa ou a primavera dos judeus?

A cadeira avançava devagar, passando por tufos de resistentes campainhas que lembravam hastes de trigo, e por sobre folhas acinzentadas de bardana. Quando chegaram à clareira onde as árvores tinham sido derrubadas, a luz quase os cegou. E as campainhas formavam camadas de um azul brilhante, descaindo aqui e ali para o lilás e o roxo. E no meio, as samambaias erguiam suas cabeças castanhas enroscadas, como legiões de jovens serpentes ansiosas por sussurrar um novo segredo para Eva.

Clifford manteve a cadeira em movimento até chegar à crista da colina. Connie o seguia a passos lentos. As folhas novas dos carvalhos abriam-se macias e acastanhadas. Tudo brotava tenro da antiga aspereza. Mesmo nos carvalhos mais velhos e tortos despontavam as folhas mais tenras e jovens, estendendo asas finas e bronzeadas que lembravam asas de morcego contra a luz do sol. Por que os homens nunca tinham nada de renovado, nenhum frescor para apresentar? Homens estagnados!

Clifford freou a cadeira no alto da encosta e olhou para baixo. As campainhas se espalhavam como água da enxurrada pelo caminho largo e iluminavam a ladeira de descida com um azul cálido.

"A cor é linda", disse Clifford, "mas inútil para um quadro."

"Sem dúvida!", disse Connie, totalmente desinteressada.

"Será que vou até a fonte?", perguntou Clifford.

"A cadeira consegue subir?", disse ela.

"Vamos tentar. Quem não arrisca não petisca!"

E a cadeira começou a avançar lentamente aos solavancos, descendo o lindo caminho largo banhado pelos jacintos azuis que cresciam pelo chão. Ó derradeiro dos navios, a singrar os baixios jacintinos! Ó escaler que se aventura pelo último oceano inexplorado, cumprindo a viagem final da nossa civilização! Aonde te diriges, barcaça de estranhas rodas, avançando em teu lento curso...!![98] Calado e cheio de si, Clifford manobrava a cana do leme da aventura: com seu velho chapéu preto e seu paletó de *tweed*, imóvel e cauteloso. Ó Capitão, meu Capitão, terminou nossa esplêndida viagem! Ainda não, porém! Descendo a ladeira, em seu rastro, vinha Constance em seu vestido cinza, acompanhando os sacolejos da cadeira.

Passaram pela picada estreita que levava até a cabana. Graças a Deus era apertada demais para a cadeira: mal dava passagem para uma pessoa por vez. A cadeira

chegou ao pé da encosta e fez a curva, desaparecendo.
E Connie ouviu um assobio baixo atrás de si. Olhou
depressa: o guarda-caça vinha descendo a ladeira atrás
dela, seguido por sua cachorra.

"Sir Clifford está indo para o chalé?", perguntou ele,
olhando-a nos olhos.

"Não, só até a fonte."

"Ah, ótimo, então posso ficar fora das vistas. Mas
vejo você à noite. Estarei esperando perto do portão do
parque — em torno das dez."

E olhou novamente bem nos olhos dela.

"Sim", cedeu ela.

Ouviram o grito da buzina de Clifford, chamando
Connie. Ela gritou "estou aqui" em resposta. O rosto do
guarda-caça exibiu uma careta rápida, e com a mão ele
raspou de leve o seio dela, de baixo para cima. Ela olhou
para ele, assustada, e começou a descer pelo caminho,
chamando novamente por Clifford. O homem ficou mais
acima olhando para ela — depois fez meia-volta, com
um sorriso leve, e retomou seu caminho.

Clifford avançava lentamente na direção da fonte,
que ficava a meia altura de uma encosta num trecho coberto de lariços. Era ali que ele se encontrava quando ela o alcançou.

"Ela se comportou muito bem", disse ele, referindo-se à cadeira.

Connie olhou para as grandes folhas cinzentas de
bardana que cresciam como fantasmas junto aos pés de
lariço. Muita gente conhecia aquela planta como ruibarbo de Robin Hood. E a sombra junto ao poço, como
estava silenciosa! Embora a água borbulhasse cintilante, linda, e houvesse pés de eufrásia e campainhas azuis.
E ali, à beira do barranco, a terra amarela começou a
mexer-se. Uma toupeira! O animal emergiu, exibindo
as mãozinhas rosadas e franzindo o rosto cego, com a
pequena ponta rósea do focinho apontando para cima.

"Parece até que ela enxerga com a ponta do nariz", disse Connie.

"Melhor que com os olhos!", disse ele. "Quer um pouco d'água?"

"Você quer?"

Ela pegou uma caneca esmaltada que pendia de um galho e abaixou-se a fim de enchê-la para ele. Ele tomou a água em pequenos goles. Depois ela tornou a se debruçar e bebeu um pouco também.

"Tão gelada!", disse ela, arquejante.

"Boa, não é? Fez um pedido?"

"Você fez?"

"Fiz. Mas não vou contar."

Ela ouviu as pancadas de um pica-pau — e depois o som do vento, brando e assustador em meio aos lariços. Ela ergueu os olhos. Nuvens brancas cruzavam o azul.

"Nuvens!", disse ela.

"Só carneiros brancos", respondeu ele.

Uma sombra atravessou a pequena clareira. A toupeira saíra da água para a terra amarela e macia.

"Criaturinha desagradável — devíamos ter matado o bicho", disse Clifford.

"Olhe só! Parece um pregador no púlpito", disse ela.

Ela juntou alguns ramos de aspérula e trouxe para ele.

"Feno recém-colhido!", disse ele. "Não tem o cheiro das mulheres românticas do século passado, que no fim das contas até tinham a cabeça no lugar?"

Ela estava olhando para as nuvens brancas.

"Será que vai chover?", perguntou ela.

"Chover? Por quê? Você quer que chova?"

Começaram a jornada de volta, Clifford manobrando com cuidado no trecho de descida. Chegaram ao ponto mais baixo do vale, viraram à direita, e depois de mais uns cem metros chegaram de novo ao pé da longa rampa, onde as campainhas estavam em plena luz.

"Agora, menina!", disse Clifford, fazendo a cadeira subir.

Era uma subida acidentada e trabalhosa. A cadeira derrapava, forcejava e subia devagar, muito a contragosto. Ainda assim, ganhava terreno a uma velocidade irregular, até chegar num ponto onde os jacintos a cercaram por todos os lados e ela empacou; tentou avançar, deu um arranco que a tirou do meio das flores, mas então parou de vez.

"É melhor tocarmos a buzina para ver se o guarda-caça aparece", disse Connie. "Ele pode empurrar um pouco. Aliás, vou empurrar. Sempre pode ser uma ajuda."

"Vamos deixar a cadeira recuperar o fôlego", disse Clifford. "Você podia pôr um calço debaixo da roda?"

Connie encontrou uma pedra, e ficaram esperando. Depois de algum tempo, Clifford voltou a dar partida no motor e acionou novamente a cadeira. O motor engasgava e falhava como se estivesse doente, com ruídos estranhos.

"Deixe-me empurrar!", disse Connie, vindo por trás.

"Não! Não empurre!", disse ele, irritado. "Qual é a vantagem dessa maldita coisa se ela precisa ser empurrada? Calce a roda com a pedra!"

Fizeram outra pausa, depois uma nova tentativa; ainda mais malsucedida que a anterior.

"Você *precisa* me deixar empurrar", disse ela. "Ou então tocar a buzina para chamar o guarda-caça."

"Espere!"

Ela esperou; e ele fez mais uma tentativa, sem resultado.

"Toque a buzina, então, se não quer deixar que eu empurre", disse ela.

"Inferno! Fique calada um pouco!"

Ela ficou calada: e ele fez alguns esforços de fazer funcionar seu motorzinho.

"Você só vai quebrar a coisa de uma vez, Clifford", insistiu ela; "além de esgotar sua energia nervosa."

"Se pelo menos eu pudesse descer daqui, para examinar essa coisa maldita!", disse ele, exasperado. E tocou a buzina estridente. "Talvez Mellors consiga entender qual é o problema."

Ficaram esperando, em meio às flores esmagadas, debaixo de um céu que aos poucos se forrava de nuvens. No silêncio, uma pomba torcaz começou a arrulhar, e Clifford a reduziu ao silêncio com um berro da buzina.

O guarda-caça apareceu em seguida, emergindo de uma curva com ar inquisitivo. Fez uma reverência.

"Você entende alguma coisa de motores?", perguntou Clifford.

"Infelizmente não. Ela deu algum problema?"

"É o que parece!", respondeu Clifford em tom brusco.

O homem acocorou-se solicitamente ao lado da roda e examinou o pequeno motor.

"Infelizmente não entendo nada dessas coisas mecânicas, sir Clifford", respondeu ele calmamente. "Se o motor estiver abastecido de gasolina e óleo..."

"Olhe com cuidado e veja se descobre alguma coisa quebrada", atalhou Clifford.

O homem apoiou a arma numa árvore, tirou o casaco e o estendeu no chão a seu lado. A cachorra montava guarda. Então o homem se acocorou e olhou debaixo da cadeira, cutucando o motor coberto de graxa com o dedo, irritando-se com aquelas manchas de graxa em sua camisa limpa de domingo.

"Não vi nada quebrado", disse ele. E se levantou, empurrando o chapéu para trás, esfregando a testa e pensando.

"Você olhou os eixos de baixo?", perguntou Clifford. "Viu se estão no lugar?"

O homem estendeu-se de barriga para baixo no chão com o pescoço virado para trás, esgueirando-se para baixo do motor e examinando o que podia com o dedo. Connie percebeu como ele ficava patético, frágil e apequenado quando se estendia de bruços na terra.

"Parece que está tudo certo, até onde dá para eu ver", veio sua voz abafada.

"Então acho que você não pode fazer nada", disse Clifford.

"Parece que não!" Ele se esgueirou para fora e tornou a sentar-se nos calcanhares, à moda dos mineiros. "Não vi nada que esteja obviamente quebrado."

"Cuidado! Vou ligar de novo."

Clifford tornou a ligar o motor e engrenou a marcha. A cadeira não saiu do lugar.

"Parece que o senhor forçou demais a máquina", sugeriu o guarda-caça.

Clifford se aborreceu com o palpite: mas continuou a fazer seu motor zumbir como uma varejeira. Em seguida o mecanismo tossiu e rosnou, e deu a impressão de que rodava mais solto.

"Parece que vai voltar a funcionar melhor", disse Mellors.

Mas Clifford já tinha engrenado a marcha da cadeira, que deu um solavanco e começou a avançar muito lentamente.

"Se eu der um empurrão ela pega", disse o guarda-caça, postando-se atrás da cadeira.

"Nada disso!", exclamou Clifford. "Ela vai andar sozinha!"

"Mas Clifford", intercedeu Connie do barranco. "Você sabe que está além das forças dela. Por que resolveu teimar tanto?"

Clifford ficou lívido de raiva. Acionou com força suas alavancas de comando. A cadeira reanimou-se, rodou mais uns poucos metros e parou de vez no meio de um canteiro de campainhas especialmente promissor.

"Assim não vai andar!", disse o guarda-caça. "Não tem força para a subida."

"Ela já passou aqui", respondeu Clifford friamente.

"Mas dessa vez não vai andar", disse o guarda-caça.

Clifford não respondeu. Começou a tentar várias manobras com o motor, acelerando e baixando o giro, tentando regular seu funcionamento. O bosque ressoava com aqueles estranhos ruídos. Então ele tornou a engrenar o motor, depois de soltar o freio da cadeira.

"O senhor vai estourar o motor", murmurou o guarda-caça.

A cadeira derrapou para o lado e quase caiu numa vala.

"Clifford!", gritou Connie, correndo para ele.

Mas o guarda-caça já tinha segurado a cadeira pelo encosto. Clifford, com um grande esforço, conseguira conduzi-la de volta para o caminho, e com um ronco estranho a cadeira forcejava ladeira acima. Mellors a empurrava por trás e ela ia subindo, como que decidida a recuperar-se.

"Está vendo, agora ela vai!", disse Clifford triunfante, olhando por cima do ombro. E então ele viu o rosto do guarda-caça.

"Você está empurrando a cadeira?"

"Sem isso ela não consegue."

"Pode largar. Eu disse para não empurrar."

"Ela não vai subir."

"*Deixe-a tentar sozinha!*", rosnou Clifford, com toda ênfase.

O guarda-caça deu um passo atrás: depois virou-se para ir buscar o casaco e a arma. A cadeira pareceu afogar na mesma hora. E imobilizou-se. Clifford, um prisioneiro em seu assento, estava lívido de contrariedade. Mexia nas alavancas de comando com as mãos — seus pés não funcionavam. Ainda conseguiu extrair ruídos estranhos da cadeira. Mas ela não saiu mais do lugar. Não, ficara imóvel. Clifford desligou o motor e ficou ali sentado, hirto de ódio.

Constance sentou-se mais atrás e ficou olhando para as campainhas pisoteadas. "Nada mais lindo que uma primavera inglesa." "Posso cumprir a parte de comando que me cabe." "Precisamos agora do chicote, e não da espada." "A classe governante!"

O guarda-caça veio subindo o caminho com seu casaco e sua arma, seguido por Flossie, que, cautelosa, avançava atrás dele. Clifford pediu que o homem fizesse isso ou aquilo no motor. Connie, que não entendia nada de motores e já tinha sua experiência daqueles enguiços, ficou pacientemente sentada à beira do caminho, como se nem existisse. O guarda-caça tornou a se estender de barriga no chão. As classes governantes e as classes subalternas!

Ele se levantou e disse em tom paciente:

"Pode tentar de novo agora."

Falava numa voz muito baixa, como que se dirigindo a uma criança.

Clifford ligou a cadeira, e Mellors postou-se rapidamente atrás dela, começando a empurrar. Ela avançava, o motor respondendo por metade da força, o homem pelo resto.

Clifford correu os olhos à sua volta, amarelo de ódio.

"Quer largar a cadeira?"

O guarda-caça soltou a cadeira imediatamente, e Clifford acrescentou: "Como é que eu vou saber se ela está funcionando bem...!".

O homem apoiou a arma no chão e começou a vestir o casaco; não ia fazer mais nada. A cadeira começou a andar lentamente para trás.

"Clifford, o freio!", gritou Connie.

Ela, Mellors e Clifford agiram ao mesmo tempo, Connie e o guarda-caça esbarrando de leve um no outro. A cadeira parou. Houve um instante de silêncio total.

"É óbvio que estou à mercê dos outros!", disse Clifford. A raiva deixara seu rosto amarelo. Ninguém respondeu. Mellors acomodava a arma no ombro, com o rosto estranho e sem expressão, salvo por um ar vago de paciência. A cachorra Flossie, que montava guarda quase entre as pernas do dono, agitou-se inquieta, olhando para a cadeira com grande desconfiança e antipatia, e muito perplexa com aqueles três seres humanos. O *tableau vivant*[99] se manteve praticamente imóvel entre as campainhas esmagadas, sem que ninguém dissesse palavra.

"Acho que ela vai precisar ser empurrada", disse finalmente Clifford, afetando um certo *sang froid*.

Nenhuma resposta. O rosto distraído de Mellors parecia indicar que ele não ouvira nada. Connie olhou para ele, ansiosa. Clifford também olhou para trás.

"Você se incomoda de empurrar a cadeira até minha casa, Mellors?", disse ele num tom frio e superior. "Espero que não tenha ficado ofendido", acrescentou em tom desgostoso.

"De maneira alguma, sir Clifford! O senhor quer que eu empurre sua cadeira?"

"Se tiver a bondade."

O homem pôs mãos à obra: mas dessa vez não conseguiu nada. O freio estava emperrado. Puxaram e sacudiram, e o guarda-caça tornou a tirar a arma e o casaco. Dessa vez Clifford não dizia nada. Finalmente o guarda-caça levantou as rodas traseiras do chão e, com um pontapé, tentou soltá-las. Não conseguiu, e a cadeira voltou ao lugar onde estava. Clifford agarrava-se aos braços. O homem arquejava com o peso.

"Não faça assim!", gritou Connie para ele.

"Se a senhora empurrar a roda assim... para lá!", disse ele, mostrando como fazer.

"Não! Não levante a cadeira de novo! O senhor vai se machucar", disse ela, agora rubra de raiva.

Mas ele a olhou nos olhos e fez um gesto de confirmação com a cabeça. E ela acabou segurando a roda, a postos. Ele levantou a cadeira, ela puxou a roda e a cadeira entrou em movimento.

"Pelo amor de Deus!", gritou Clifford aterrorizado.

Mas estava tudo bem, o freio tinha soltado. O guarda-

-caça calçou a roda com uma pedra e foi sentar-se no barranco, o coração disparado e seu rosto muito branco com o esforço, semiconsciente. Connie olhou para ele e quase chorou de raiva. Houve uma pausa e um silêncio mortal. Ela viu que as mãos dele tremiam, apoiadas nas coxas.

"O senhor se machucou?", perguntou ela, aproximando-se dele.

"Não!", e ele virou o rosto, quase irritado.

Um silêncio absoluto. A parte de trás da cabeça clara de Clifford não se moveu. Até a cachorra permanecia imóvel. O céu se cobrira de nuvens.

Finalmente ele suspirou, e assoou o nariz em seu lenço vermelho.

"A pneumonia diminuiu muito minhas forças", disse ele.

Ninguém respondeu. Connie calculou a força que ele devia ter feito para levantar aquela cadeira e mais o pesado Clifford: força em excesso, força além da conta! O homem devia ter uma força extraordinária, na verdade. Caso contrário, teria morrido.

Ele se levantou e, mais uma vez, pegou seu casaco, que pendurou nas costas da cadeira.

"Está pronto agora, sir Clifford?"

"Quando quiser!"

O homem se abaixou, tirou o calço e, em seguida, jogou todo o seu peso contra a cadeira. Connie nunca o tinha visto tão pálido assim: nem tão ausente. Clifford era um homem pesado, e a ladeira era íngreme. Connie postou-se ao lado do guarda-caça.

"Vou empurrar também!", disse ela.

E começou a fazer força, com a turbulenta energia da fúria feminina. A cadeira avançou mais depressa. Clifford olhou em torno.

"Precisa mesmo?", perguntou ele.

"Claro! Quer matar esse homem? Se você tivesse deixado o motor trabalhar enquanto ainda funcionava..."

Mas não terminou a frase. Já estava sem fôlego. Diminuiu um pouco a força, porque o trabalho era surpreendentemente pesado.

"Ora, mais devagar!", disse o homem ao lado dela, com um ligeiro sorriso nos olhos.

"Tem certeza de que não se machucou?", perguntou ela em tom altivo.

Ele fez que não com a cabeça. Ela olhou para a mão dele, pequena e viva, bronzeada pela exposição ao tempo. Era a mão que a acariciava. E ela nunca a examinara antes. Parecia tão tranquila, como ele próprio, dotada de uma curiosa calma interior que lhe dava vontade de agarrar, como se ela jamais fosse capaz de alcançá-la por conta própria. De repente, toda a sua alma estendeu-se para ele: estava tão calado, tão além do seu alcance! E ele sentiu que suas pernas e braços recobravam vida. Sempre empurrando com a mão esquerda, pousou a direita no pulso torneado e branco da mulher, que envolveu suavemente numa carícia. E aquela força inflamada desceu por suas costas e seu ventre, renovando-lhe o ânimo. E ela, arquejante, abaixou a cabeça inesperadamente e beijou sua mão. Enquanto isso, a nuca de Clifford permanecia impecável e imóvel, bem à frente dos dois.

No alto da encosta descansaram, e Connie sentiu imenso alívio em poder largar a cadeira. Tivera sonhos de uma amizade entre aqueles dois homens: um o seu marido, outro o pai do seu filho. Agora percebia como seus sonhos eram de um absurdo gritante. Aqueles dois homens eram tão masculinamente hostis um ao outro quanto a água e o fogo. Exterminavam-se mutuamente. E Connie entendeu finalmente o quanto o ódio é sutil e estranho. Pela primeira vez, sentia por Clifford um ódio consciente e definitivo, um ódio perfeitamente nítido: desejando que ele fosse obliterado da face da Terra. E era estranho odiá-lo, e admitir plenamente aquele ódio para si mesma a fazia sentir-se livre e cheia de vida. "Agora que senti esse ódio por ele, não conseguirei mais continuar vivendo em sua companhia", foi o pensamento que lhe ocorreu.

Em terreno plano, o guarda-caça conseguia empurrar a cadeira sem ajuda. Clifford encetou uma breve conversa com ela, para demonstrar que estava totalmente recomposto: falou sobre a tia Eva, que estava em Dieppe,[100] e sobre sir Malcolm, que escrevera convidando Connie a ir com ele em seu carrinho até Veneza, a menos que ela e Hilda preferissem ir de trem.

"Prefiro ir de trem", disse Connie. "Detesto longas viagens de carro, especialmente com tempo seco e empoeirado. Mas vou ver o que Hilda quer fazer."

"Ela vai querer ir no carro dela, dirigindo, e levando você com ela", disse ele.

"É provável! Aqui eu preciso ajudar. Você não faz ideia do quanto esta cadeira é pesada."

Emparelhou-se ao guarda-caça nas costas da cadeira e seguiu avançando lado a lado com ele, pela trilha cor-de-rosa acima. E não dava a mínima se alguém a visse.

"Por que não me deixa esperando aqui e vai chamar Field? Ele é forte e dará conta do serviço", disse Clifford.

"Está tão perto", arquejou ela.

Mas tanto ela quanto Mellors precisaram enxugar o suor do rosto quando chegaram ao alto. Curiosamente, aquele trabalho conjunto havia deixado os dois muito mais próximos que antes.

"Muito obrigado, Mellors", disse Clifford quando chegaram à porta da casa. "Preciso de outro tipo de motor, só isso. Não quer ir até a cozinha comer alguma coisa? Deve estar na sua hora do almoço."

"Obrigado, sir Clifford. Eu vou jantar hoje com minha mãe. Domingo."

"Como queira."

Mellors vestiu o casaco, olhou para Connie, fez uma reverência e foi embora. Connie, furiosa, subiu as escadas.

Na hora do almoço, não conseguiu conter-se.

"Por que você é tão abominavelmente desprovido de consideração, Clifford?", perguntou ela.

"Com quem?"

"Com o guarda-caça! Se é isso que você entende como classe governante, achei uma coisa de dar pena."

"Por quê?"

"Um homem que esteve doente, e não é forte! Francamente, se eu fosse das classes subalternas, ia deixar você esperando pelo serviço. Você que ficasse tocando o apito."

"Não duvido."

"Se fosse *ele* sentado numa cadeira com as pernas paralisadas e se comportasse como você se comportou, o que você teria feito?"

"Minha cara evangelista, essa mistura de pessoas e personalidades é de muito mau gosto."

"E sua desagradável e estéril falta de empatia é de mais mau gosto ainda, mais do que se pode imaginar. *Noblesse oblige!*[101] Você e sua classe governante!"

"E ao que ela devia me obrigar? A cultivar sentimentos desnecessários pelo meu guarda-caça? Isso eu recuso. Deixo tudo por conta da minha evangelista."

"Como se ele não fosse um homem tanto quanto você!"

"E ainda por cima meu guarda-caça, a quem eu pago duas libras por semana e dou moradia."

"Você paga! E, no seu entender, ao que lhe dão direito essas duas libras por semana, e mais a moradia?"

"Aos serviços dele."

"Bah! Pois eu lhe diria para ficar com suas duas libras por semana, e mais sua casa."

"É provável que ele quisesse me dar a mesma resposta, mas não pode se dar a esse luxo!"

"Você, e o *comando*!", disse ela. "Mas você não comanda e não governa nada, não se iluda. Só tem mais dinheiro do que merecia, e faz as pessoas trabalharem para você por duas libras por semana, caso contrário passam fome. Comando! O que você entende de comandar os outros? Você está seco! Só sabe intimidar os outros com seu dinheiro, como qualquer judeu ou qualquer *Schieber*[102] do mercado negro!"

"Ah, com quanta elegância a senhora fala, lady Chatterley!"

"E posso lhe garantir que você também demonstrou grande elegância no caminho do bosque. Morri de vergonha de você. Ora, meu pai é um ser humano dez vezes melhor que você: você, um *nobre*!"

Ele estendeu a mão e tocou a campainha, chamando a sra. Bolton. Mas estava tomado pela raiva.

Ela subiu para o quarto furiosa, dizendo a si mesma: "Ele só pensa em comprar as pessoas! Pois a mim ele não compra, e por isso não tenho a menor necessidade de ficar com ele. Um nobre que mais parece um peixe morto, com uma alma de celuloide! E como as pessoas enganam, com toda essa aparência de gentileza e bons modos. Não têm mais sentimento que um pedaço de celuloide!"

Traçou seus planos para a noite e decidiu tirar Clifford da cabeça. Não queria odiá-lo. Não queria se ver intimamente envolvida com ele através de sentimento algum. Não queria que ele soubesse de nada a seu respeito: e especialmente nada sobre o que ela sentia pelo guarda-caça. Aquele desentendimento quanto à atitude em relação aos criados era coisa antiga. Ele sempre achou que ela cultivava um excesso de familiaridade, ela sempre achou que ele se mostrava estupidamente insensível, caloso e indiferente em relação aos outros.

Desceu calmamente as escadas, com a postura comedida de sempre, na hora do jantar. Ele ainda estava furioso: a ponto de ter uma das suas crises biliosas, quando ficava realmente insuportável. E estava lendo um livro francês.

"Você já leu Proust?",[103] perguntou ele.

"Tentei, mas ele me cansa."

"Na verdade, é absolutamente extraordinário."

"Pode ser! Mas me cansa, é sofisticação demais! Não tem sentimentos, só torrentes de palavras sobre os sentimentos. Estou cansada dessas mentalidades que se levam a sério demais."

"Prefere as animalidades que se levam a sério?"

"Talvez! Mas sempre se pode encontrar alguma coisa que não se leve a sério demais."

"Bom, eu gosto da sutileza de Proust e do seu anarquismo bem-nascido."

"Na verdade, acho maçante até a morte."

"Falou nossa pequena evangelista."

Já estavam de novo trocando farpas, de novo a mesma coisa! Mas ela não conseguia evitar as discussões com ele. Ele parecia um esqueleto ali sentado, emitindo contra ela sua vontade fria e macabra de esqueleto. Ela quase conseguia sentir aquele esqueleto agarrá-la e apertá-la contra suas costelas aparentes. E ele também estava em pé de guerra: e inspirava nela um certo medo.

Connie subiu para o quarto assim que pôde e deitou-se bem cedo. Mas às nove e meia levantou-se e saiu do quarto para escutar. Som nenhum. Vestiu um roupão e desceu as escadas. Clifford e a sra. Bolton estavam jogando cartas, apostando. Era provável que o jogo se prolongasse até a meia-noite.

Voltou ao seu quarto, jogou o pijama na cama desfeita, envergou um vestido fino de noite e por cima dele um vestido de lã, calçou sapatos de tênis de sola de borracha, vestiu um casaco leve e estava pronta. Se esbarrasse com alguém, diria que só estava saindo por alguns minutos. E de manhã, quando chegasse de volta, diria que tinha saído para um passeio curto ao amanhecer, como fazia tantas vezes antes do desjejum. Quanto ao resto, o único perigo era que alguém entrasse em seu quarto durante a noite. Mas isso era muito improvável: menos de uma possibilidade em cem.

Betts ainda não tinha trancado a casa. Ele fechava os ferrolhos às dez e tornava a abri-los às sete da manhã. Saiu em silêncio e sem ser vista. Havia uma meia-lua brilhando no céu, o suficiente para espalhar um pouco de luz no mundo, mas não o bastante para revelar seu vulto de casaco cinzento. Atravessou o parque a passos rápidos, não propriamente eletrizada pelo encontro, mas com alguma raiva e rebeldia ainda ardendo em seu peito. Não era o melhor estado de espírito para um encontro amoroso. Mas *à la guerre comme à la guerre*![104]

Quando chegou perto do portão do parque, ouviu o estalido do ferrolho. Quer dizer que ele estava lá, na escuridão do bosque, e a tinha visto!

"Está chegando cedo, como prometeu", disse ele no escuro. "Correu tudo bem?"

"Perfeitamente fácil."

Ele fechou o portão sem fazer barulho depois que ela passou, e projetou um facho de luz no caminho escuro, mostrando as flores claras de pé e abertas em plena noite. Caminharam separados, em silêncio.

"Tem certeza de que não se machucou hoje de manhã com aquela cadeira?", perguntou ela.

"Não, não!"

"Quando você teve sua pneumonia, o que aconteceu?"

"Ah, nada! Deixou meu coração um pouco mais fraco — e os pulmões menos elásticos. Mas é o que a pneumonia sempre causa."

"E você costuma fazer esforços físicos mais violentos?"

"Só de vez em quando."

Ela continuou a caminhar num silêncio irritado.

"Você ficou com ódio de Clifford?", disse ela finalmente.

"Ódio? Não! Conheci homens demais como ele e nem me dou mais ao trabalho de odiá-los. Já sei que não gosto do tipo, e basta."

"Que tipo?"

"Ora, você sabe melhor que eu. Esses jovens nobres que se comportam um pouco como uma mulher. Sem colhões."

Ela refletiu.

"Mas você acha que é disso que se trata?", perguntou ela, um pouco aborrecida.

"Quando um homem é bobo, a gente diz que não tem miolos; quando ele é malvado, que não tem coração; quando é covarde, que não tem estômago. E quando não tem o espírito vivo e incontrolável de homem, o que se diz é que não tem colhões. Quando parece domesticado."

Ela refletiu.

"E Clifford é domesticado?", perguntou ela.

"Domesticado, mas com raiva disso: como a maioria dos homens que são assim, quando você esbarra num deles."

"E você, a seu ver, não é domesticado?"

"Talvez não completamente — não de todo!"

Finalmente ela avistou ao longe uma luz amarelada. E parou.

"Estou vendo uma luz", disse ela.

"Sempre deixo uma luz acesa em casa", esclareceu ele.

Ela voltou a avançar ao lado dele, mas sem tocá-lo, perguntando-se por que viera à sua procura.

Ele abriu e os dois entraram, depois do que ele trancou a porta. Como se entrasse numa prisão, pensou ela! A chaleira cantava junto ao fogo avermelhado, havia xícaras na mesa.

Ela se sentou na cadeira de braços junto ao fogo. Ali estava quente, depois do frio que sentira no caminho.

"Vou tirar os sapatos, ficaram molhados", disse ela.

Sentou-se, com os pés só de meias apoiados na grade de aço que protegia o fogo. Ele foi até a despensa, voltando de lá com comida: pão e manteiga e língua prensada. Ela começou a sentir calor e tirou o casaco. Ele o pendurou na porta.

"Prefere chocolate, chá ou café?", perguntou ele.

"Acho que não quero nada", respondeu ela, olhando para a mesa. "Mas você pode comer."

"Não, não faço questão. Vou só dar comida para a cachorra."

Deslocava-se com uma inevitabilidade sem palavras pelo chão de lajotas, pondo a comida para o animal numa tigela marrom. A spaniel olhou para ele com ar ansioso.

"Pois é, seu jantar — até parece que ia ficar sem comida!", disse ele.

Pôs a tigela no capacho da entrada e sentou-se numa cadeira perto da parede, para tirar as perneiras e as botas. A cachorra, em vez de comer, aproximou-se de novo e ficou sentada olhando para ele, inquieta. Ele desabotoou lentamente as perneiras. A cachorra se aproximou um pouco mais.

"Qual é o problema, afinal? Perturbada porque tem outra pessoa na casa? Cê é mesmo uma fêmea, isso sim! Vai comer seu jantar!"

Pôs a mão na cabeça do animal, e a cachorra encostou a cabeça de lado em sua perna. Lentamente, e de leve, ele puxou a orelha sedosa do bicho.

"Pronto!", disse ele. "Pronto! Pode ir comer seu jantar. Vai logo!"

Apontou para a tigela com o queixo, e a cachorra, humilde, finalmente foi comer.

"Você gosta de cães?", perguntou Connie.

"Não muito. São domesticados e agarrados demais."

Tinha tirado as perneiras e desamarrava os cordões das botas pesadas. Connie se afastara do fogo. Como aquela salinha era despojada! Ainda assim, por cima da cabeça dele, pendia da parede a horrenda fotografia ampliada de um jovem casal de noivos, aparentemente ele e uma jovem de ar atrevido, sem dúvida sua esposa.

"É você?", perguntou Connie.

Ele se virou e olhou para a fotografia na parede.

"É! A foto foi batida pouco antes da hora do casamento — quando eu tinha vinte e um anos." Seu ar era impassível.

"E você gosta da fotografia?", perguntou Connie.

"Se eu gosto? Não! E nem jamais gostei. Mas ela mandou enquadrar, e..."

Continuou tirando as botas.

"Se você não gosta da fotografia, por que deixa pendurada na parede? Talvez sua mulher preferisse ficar com ela", disse Connie.

Ele ergueu os olhos para ela com um sorriso repentino.

"Ela levou embora de casa tudo que tinha algum valor", disse ele. "Mas *isso* ela deixou."

"E por que você guardou? Razões sentimentais?"

"Não, nunca nem olho pra esse retrato. Nem sabia direito que ainda tava aí. Taí desde que eu vim pra cá."

"E por que você não queima?", perguntou ela.

Ele tornou a se virar e olhar para a fotografia ampliada. Tinha uma moldura marrom com frisos dourados, horrenda. Mostrava um rapaz bem barbeado, alerta e de aparência muito jovem, usando um colarinho alto, e uma jovem um tanto corpulenta e de ar atrevido, com o cabelo arrumado e ondulado, vestindo uma blusa escura de cetim.

"Até que não seria má ideia, não é?", disse ele.

Tinha acabado de tirar as botas, e calçou um par de chinelos. Subiu na cadeira e tirou a fotografia, que deixou uma área mais clara no papel de parede esverdeado.

"Agora não preciso mais manter isso limpo", disse ele, apoiando o quadro na parede.

Foi até a despensa e voltou com um martelo e uma torquês. Sentado no mesmo lugar de antes, começou a rasgar o papel dos fundos da moldura, arrancando um a um os pregos que prendiam a tábua dos fundos, trabalhando com a concentração imediata e silenciosa que lhe era característica.

Logo tinha arrancado todos os pregos; em seguida retirou o quadro de apoio e a própria ampliação com a cartolina branca em que estava montada. Olhou para a fotografia com ar divertido.

"Mostra bem como eu era, um jovem vigário, e ela também como era, uma brutamontes", disse ele. "O puritano e a brutamontes!"

"Deixe-me ver!", disse Connie.

Ele realmente tinha um ar muito bem escanhoado e de limpeza extrema, um dos jovens muito limpos de vinte anos antes. Mas mesmo naquela fotografia seus olhos se mostravam atentos e indomáveis. E a mulher não era de todo uma brutamontes, embora tivesse um queixo forte. Havia nela alguma coisa atraente.

"As pessoas não deviam guardar essas coisas", disse Connie.

"Não essa daí! Não devíamos nem ter mandado fazer!"

Ele partiu a cartolina no joelho e rasgou a fotografia, e depois, quando a reduziu a pedaços bem pequenos, jogou tudo no fogo.

"O problema é que vai estragar o fogo", disse ele.

Ele levou o vidro e as tábuas do fundo cuidadosamente para cima. Desmanchou a moldura com algumas marteladas, fazendo voar o gesso. Em seguida, levou os pedaços restantes para a despensa.

"Amanhã eu queimo isso", disse ele. "Tem gesso demais."

Depois de acabar de limpar, ele tornou a sentar-se.

"Você amava sua mulher?", perguntou ela.

"Se eu amava?", perguntou ele. "E você, amava sir Clifford?"

Nem assim ela mudou de assunto.

"Mas gostava dela?", insistiu.

"Se eu gostava?", ele sorriu.

"Talvez ainda goste dela", disse Connie.

"Eu?", ele arregalou os olhos. "Ah, não, nem consigo pensar nela", disse ele baixinho.

"Por quê?"

Mas ele balançou a cabeça.

"Então por que não se divorciou? Um dia ela acaba voltando", disse Connie.

Ele ergueu bruscamente os olhos para ela.

"Ela não chegaria nem a um quilômetro de mim. Ela me detesta muito mais do que eu a ela."

"Você vai ver que ela acaba voltando."

"Nunca vai acontecer. Está tudo acabado! Só de olhar para ela eu fico doente."

"Pois ela vai aparecer. Vocês nem estão legalmente separados, não é?"

"Não."

"Pois então... ela ainda acaba voltando, e você vai ter de aceitá-la de volta."

Ele olhou fixamente para Connie. Em seguida inclinou a cabeça com seu estranho gesto característico.

"Pode ser que sim. Foi bobagem minha ter voltado para cá. Mas eu estava meio perdido, precisava de um lugar para ir. Um homem sem rumo se sente meio abandonado, à deriva. Mas você tem razão — vou me divorciar e pôr um fim nessa história. Detesto essas coisas tanto quanto a morte: cartórios, tribunais e juízes. Mas preciso cuidar disso. Vou resolver meu divórcio."

E ela viu seu ar decidido. Por dentro, ela exultava.

"Acho que vou aceitar uma xícara de chá fraco", disse ela.

Ele se levantou para preparar. Mas continuava com a expressão tensa.

Quando se sentaram à mesa, ela perguntou:

"Por que se casou com ela? Ela estava abaixo de você. A senhora Bolton me falou dela, e disse que nunca entendeu por que você se casou com ela."

Ele a encarou fixamente.

"Vou lhe contar", disse ele. "A primeira namorada que eu tive, comecei com dezesseis anos. Era filha de um professor em Ollerton — bonita, na verdade linda. Eu era um rapaz com fama de inteligente da Sheffield Grammar School, sabendo um pouco de francês e alemão, bastante convencido. E ela era do tipo romântico, detestando tudo que era comum. Ela me iniciou na poesia e na leitura: de certa maneira, me transformou num homem. Eu lia e pensava o tempo todo, por causa dela. E ainda trabalhava nos Butterley Offices, um sujeito magro e pálido com a cabeça fumegando por causa de tudo que lia. E conversava com ela sobre *tudo*: tudo mesmo. Nas nossas conversas, íamos de Persépolis a Timbuctu.[105] Éramos o casal com mais cultura literária de todo o planeta. Eu me sentia arrebatado quando conversava com ela, totalmente arrebatado. Eu pegava fogo. E ela me adorava. Mas a serpente escondida era o sexo. Ela aparentemente não tinha sexo. Pelo menos não no lugar certo. E eu ia ficando cada dia mais magro e mais louco. Então disse a ela que precisávamos virar amantes. E consegui convencê-la, como sempre. Ela consentiu. Eu estava muito excitado, mas ela nunca quis nada. Ela me idolatrava, adorava conversar comigo e me beijar: até esse ponto, tinha paixão por mim. Mas o resto ela simplesmente não queria. Existem muitas mulheres assim. Mas era exatamente o resto que *eu* queria. E então nos separamos. Eu fui cruel e a deixei. Depois comecei com uma outra moça, uma professora, que tinha sido personagem de um escândalo por ter um romance com um homem casado, que ela quase levou à loucura. Era uma mulher suave, de pele clara, mais velha que eu, e tocava violino. E era um verdadeiro demônio. Adorava tudo ligado ao amor, menos o sexo. Agarrar, acariciar, grudar--se a você de todas as maneiras: mas, se você resolvesse forçá-la ao sexo propriamente dito, ela cerrava os dentes e era tomada pelo ódio. Eu forcei: e ela se tornou capaz de me imobilizar com ódio por causa disso. De maneira que eu estava novamente empacado. Detestava essa história toda. Queria uma mulher que me quisesse e aceitasse *tudo*. Então me apareceu Bertha Coutts. Moravam na casa vizinha à nossa quando eu era pequeno, então eu conhecia bem todos eles. E eram gente comum. Bem, Bertha tinha ido para algum lugar em Birmingham, dizia ela, como dama de companhia de alguma senhora fina; todo mundo dizia que ela tinha ido trabalhar de garçonete ou alguma outra coisa num hotel. De qualquer maneira, bem quando eu estava mais que farto dessa outra moça, aos vinte e um anos, Bertha me aparece de volta, cheia de ares, roupas elegantes e como que florida: uma espécie de floração sensual que às vezes se vê nas mulheres, ou enfeitando as charretes. Bem, eu estava a ponto de me tornar um assassino. Larguei meu emprego em Butterley porque achei que ia acabar um zero à esquerda, se continuasse trabalhando como escrevente para eles, e virei ferreiro em Tevershall: principalmente calçando ferraduras em cavalos. Era o trabalho do meu pai, e eu sempre tinha morado com ele. Era um trabalho de que eu gostava, cuidar de cavalos, e eu tinha um jeito natural. E assim parei de falar 'bonito', como dizem — parei de falar inglês correto — e voltei ao dialeto da terra. Ainda lia muitos livros em casa: mas trabalhava de ferreiro, tinha meu próprio brete para imobilizar cavalos e era um Homem Importante. Meu pai me deixou trezentas libras quando morreu. Então eu me amarrei com Bertha, contente de saber que ela era bem comum. Era mesmo o que eu queria, que ela fosse uma pessoa comum. E eu também, queria virar uma pessoa comum. Bem, casei com Bertha, e ela tinha lá suas qualidades. As outras mulheres, todas 'puras', quase tinham me deixado sem colhões, mas nesse sentido Bertha não tinha o menor problema. Ela me queria e não fazia rodeios. O que me deixava muito satisfeito. Era exatamente o que eu queria: uma mulher que *quisesse* trepar comigo. Então eu trepava com ela com vontade. Acho que ela me desprezava um pouco por ficar tão contente com isso e às vezes até levar café na cama para ela. Ela era meio largada, nunca preparava um jantar direito para eu encontrar quando voltava para casa do trabalho e, se eu dissesse alguma coisa, caía em cima de mim. E eu revidava, olho por olho. Ela jogava uma xícara em mim e eu a agarrava pelo pescoço e apertava com força. Esse tipo de coisa. Mas ela me tratava com insolência. E com o tempo passou a nunca mais me aceitar quando eu queria; nunca. Sempre me recusava, e do jeito mais brutal possível. E então, quando conseguia me deixar desanimado e eu não queria mais nada, vinha toda carinhosa para meu lado. E eu sempre aceitava. Mas, quando eu a possuía, jamais gozava junto comigo. *Nunca!* Só ficava esperando. Se eu passasse meia hora me segurando, ela se segurava mais tempo ainda. E quando eu gozava e acabava, aí ela começava por conta própria, e eu precisava ficar parado dentro dela enquanto ela provocava seu próprio gozo, se retorcendo e gritando. E, quando eu gozava depressa, ela se esfregava e esfregava lá embaixo até gozar, num verdadeiro furor. E aí dizia que tinha sido ótimo. Aos poucos fiquei farto disso tudo: e ela ficou ainda pior. Era cada vez mais difícil fazê-la gozar, e parecia que ela me rasgava lá embaixo, como se tivesse um bico pronto a arrancar esse pedaço meu. Deus do céu, a gente acha que ali toda mulher é macia, como um figo. Mas posso lhe dizer que algumas mulheres têm um bico no meio das pernas, e atacam o homem até ele ficar doente. Elas, elas, só elas! Rasgando e gritando! Dizem que os homens sofrem de egoísmo sensual, mas duvido muito que esse egoísmo se compare à cegueira do bico voraz de uma mulher, depois que ela sofre esse tipo de transformação. Como as putas velhas! E nem depende da vontade delas. Eu falei com ela, contei como detestava aquilo. E ela até tentou. Tentou ficar parada e deixar que *eu* cuidasse de tudo. Mas nunca adiantava. Todo o meu esforço não produzia nela nenhuma sensação. Era ela que precisava fazer tudo, moer ela própria o café. E a necessidade foi ficando cada vez maior, uma fome mais intensa, ela precisava fazer o que queria e rasgar, rasgar, rasgar, como se só sentisse alguma coisa na ponta daquele bico, sua parte mais extrema, que esfregava e esfolava. Eram assim as putas de antigamente, pelo que dizem. Era uma vontade baixa que ela sentia, uma vontade do tipo mais voraz: como a das mulheres que bebem. E no final eu não suportava mais aquilo. Dormíamos separados. Foi ela que começou, nos acessos dela, quando queria se ver livre de mim, quando dizia que eu queria mandar nela. E arrumou um quarto à parte. Mas chegou o momento em que eu nem queria mais que ela viesse ao meu quarto. Não queria! Detestava aquilo. E ela me detestava. Meu Deus, como ela me detestava antes do nascimento da criança! Às vezes até acho que foi o ódio que a fez engravidar. De qualquer maneira, depois que a menina nasceu eu a deixei em paz. E aí veio a guerra e eu me alistei. E só voltei para cá depois de saber que ela estava com esse sujeito de Stacks Gate."

Ele parou de falar, muito pálido.

"Que sujeito de Stacks Gate?", perguntou Connie.

"Um sujeito que parece um bebê grande, muito boquirroto. Ela o trata mal e os dois bebem muito."

"Imagine se ela voltasse!"

"Meu Deus, é mesmo! Eu teria simplesmente de ir embora — desaparecer de novo."

Fez-se um silêncio. O papelão no fogo se transformara em cinzas.

"Quer dizer que quando você encontrou uma mulher que o queria", disse Connie, "foi bem mais do que esperava."

"É! É o que parece. Mas mesmo assim eu ainda prefiro Bertha às que nunca queriam: o amor branco da minha juventude, aquele outro lírio de perfume venenoso e mais o resto."

"Que resto?", perguntou Connie.

"O resto? Não existe resto. Só que na minha experiência a massa das mulheres é assim: a maioria delas quer um homem, não o sexo, mas resolve tolerar o sexo como parte do acordo. As mais antiquadas se deitam lá como se nem fosse com elas e deixam você fazer o que quiser. Depois nem se incomodam: depois, até gostam de você. Mas a coisa em si não é nada para elas, até um pouco desagradável. E a maioria dos homens gosta desse jeito. Mas eu detesto. Só que algumas mulheres falsas, que também são assim, fingem que não são. Simulam paixão, que sentem coisas extremas. Mas é tudo conversa fiada. Tudo fingimento. Depois vêm as que adoram tudo, todo tipo de sensação, carícia e prazer, qualquer coisa: menos o jeito natural. Sempre fazem você gozar quando *não* está no lugar onde devia na hora de gozar. E depois vêm as do tipo mais calejado, que são o diabo para você fazer gozar, e acabam gozando pelas próprias mãos, como era minha mulher. Querem ser a parte ativa. E depois ainda vêm as do tipo que estão mortas por dentro: totalmente mortas, e sabem disso. E depois o tipo que esgota você antes de conseguir chegar ao prazer, e continua a remexer os quadris até conseguir algum prazer esfregando-se nas suas coxas. Mas essas, na maioria, são do tipo das lésbicas. É impressionante como as mulheres são lésbicas, consciente ou inconscientemente. Minha impressão é que quase todas são lésbicas..."

"E isso o incomoda?", perguntou Connie.

"Tenho vontade de matar as mulheres assim. Quando me vejo com uma mulher que na verdade é lésbica, começo a uivar por dentro, com vontade de acabar com ela."

"E o que você faz?"

"Vou embora o mais depressa que consigo."

"E você acha as mulheres lésbicas piores que os homens homossexuais?"

"*Eu* acho! Porque sofri muito mais na mão delas. Em abstrato, de maneira geral, não tenho opinião formada. Quando eu me surpreendo com uma mulher lésbica, quer ela saiba ou não que é assim, eu vejo vermelho. Não, não! Mas eu queria não ter mais nada a ver com mulher nenhuma. Queria viver sozinho: cuidando do meu sossego e da minha decência."

Estava pálido, com o cenho franzido.

"E ficou aborrecido quando eu apareci?", perguntou ela.

"Fiquei aborrecido — e contente."

"E agora, como está?"

"Por fora, estou aborrecido: com todas as complicações, todo o desgosto e todas as recriminações que hão de acontecer agora, mais cedo ou mais tarde. Nessas horas meu sangue esfria e eu desanimo. Mas, quando meu sangue se acelera, eu me sinto contente. Até mesmo triunfante. Na verdade eu estava virando uma pessoa amarga. Achei que não me restava mais sexo na vida: nunca uma mulher que realmente gozasse naturalmente junto com o homem: afora as negras — e de algum modo — bem, somos homens brancos: e elas são um pouco como a lama."

"Mas agora está contente comigo?", perguntou ela.

"Estou! Quando consigo esquecer do resto. Quando não consigo, fico com vontade de me enfiar debaixo da mesa e morrer."

"Por que debaixo da mesa?"

"Por quê?", riu ele. "Para me esconder, eu acho. Criança!"

"Você parece ter tido experiências horríveis com as mulheres", disse ela.

"A verdade é que eu não conseguia me enganar. Os homens quase sempre se acomodam com as coisas. Assumem uma pose e aceitam a mentira. Jamais consegui me enganar. Eu sabia o que queria com as mulheres e não podia dizer que tinha encontrado, quando na verdade estava longe disso."

"Mas agora encontrou?"

"Parece que pode ser."

"Então por que está tão pálido e sombrio?"

"Lembranças demais: e talvez medo de mim mesmo."

Ela ficou sentada em silêncio. Estava ficando tarde.

"E você acha que é importante... um homem e uma mulher?", perguntou ela.

"Para mim é. Para mim, é o cerne da minha vida: se eu tiver uma relação certa com uma mulher."

"E se não acontecesse com você?"

"Eu precisaria dar um jeito de viver sem isso."

Novamente ela refletiu algum tempo, antes de perguntar:

"E você acha que sempre teve razão, com as mulheres?"

"Meu Deus, não! Fui eu que deixei que minha mulher acabasse do jeito que é: em grande parte foi por culpa minha. Eu fazia tudo que ela queria. E sou muito desconfiado. O que era de esperar. Preciso de muito tempo para conseguir confiar em alguém, dentro de mim. Talvez eu também seja falso. Eu desconfio sempre. E a ternura não pode ser mal entendida."

Ela olhou para ele.

"Você não desconfia com o corpo, quando seu sangue se acelera", disse ela. "Nessa hora não desconfia, não é?"

"Não, infelizmente! E foi assim que eu me meti nas piores situações. E é por isso que mentalmente eu desconfio tanto."

"Deixe que sua mente continue a desconfiar. Não faz diferença!"

A cachorra suspirou de desconforto no capacho. O fogo, sobrecarregado de cinzas, apagou-se.

"Somos *mesmo* dois guerreiros cansados da luta", disse Connie.

"Você também sofreu na guerra?", riu ele. "E agora estamos voltando ao campo de batalha!"

"Pois é! E estou assustada!"

"É!"

Ele se levantou, pôs os sapatos dela para secar, limpou os seus e os alinhou perto do fogo. Pela manhã ele os engraxaria. Fez o possível com o atiçador para remover a cinza do papelão de cima do fogo. "Mesmo queimado, continua imundo", disse ele. Depois pegou uns gravetos e os dispôs na grelha para a manhã. E então deu uma saída com a cachorra.

Quando ele voltou, Connie disse:

"Quero sair um pouco, também."

Saiu sozinha na escuridão. Havia estrelas no céu. Sentia o perfume das flores no ar noturno. E percebia que seus sapatos molhados encharcavam-se mais ainda. Mas tinha vontade de ir embora, para longe dele e de todo mundo.

Fazia muito frio. Ela estremeceu e voltou para dentro da casa. Ele estava sentado à frente do fogo baixo.

"Ah! Frio!", estremeceu ela.

Ele pôs lenha no fogo e foi buscar mais ainda, até a lareira ser tomada pelas chamas. A fluência do fogo amarelo e voraz deixou os dois satisfeitos, aquecendo seus rostos e suas almas.

"Não importa!", disse ela, pegando a mão dele, que estava silencioso e distante. "Cada um faz o melhor que pode."

"É!", suspirou ele, com um breve sorriso.

Ela escorregou para perto dele e para seus braços, os dois ali sentados diante do fogo.

"Então esqueça!", sussurrou ela. "Esqueça!"

Ele a abraçou com força, ao calor intenso do fogo. As chamas eram como o próprio esquecimento. E o peso macio, cálido e maduro do corpo dela! Aos poucos seu sangue se inflamou, tornou a alimentar sua força e um vigor altivo.

"Talvez as mulheres *realmente* quisessem amá-lo da melhor maneira, sem conseguir. Talvez não tenha sido totalmente culpa delas", disse ela.

"Eu sei. Você acha que eu não sei que eu era uma serpente pisada, com a espinha partida?"

Ela o apertou com força de repente. Não queria recomeçar tudo aquilo. Mas talvez sua perversidade a tivesse feito voltar ao assunto.

"Mas agora não é mais", disse ela. "Não é mais uma serpente pisada de espinha partida!"

"Não sei o que eu sou. Temos dias negros pela frente."

"Não!", protestou ela, agarrando-se a ele. "Por quê? Por quê?"

"Dias negros se aproximam — para nós e para todo mundo", repetiu ele com um tom de ameaça profética.

"Não! Não diga uma coisa dessas!"

Ele se calou. Mas ela sentiu o vácuo escuro do desespero dentro dele. Que era a morte de todo desejo, a morte de todo amor; aquele desespero que se assemelhava a uma caverna escura no interior de todo homem, a caverna em que o espírito deles se perdia.

"E você fala com tanta frieza sobre o sexo", disse ela. "Fala como se só estivesse preocupado com seu próprio prazer, com sua satisfação."

Protestava em tom nervoso contra o que ele dizia.

"Não!", disse ele. "Queria obter meu prazer e minha satisfação com uma mulher, e jamais conseguia: porque só podia obter prazer e satisfação com ela se ela obtivesse a mesma coisa comigo, ao mesmo tempo. E nunca era assim. Precisava acontecer com os dois."

"Mas você nunca acreditou nas suas mulheres. E na verdade nem acredita muito em mim", disse ela.

"Não sei o que significa acreditar numa mulher."
"É justamente isso!"
Ela ainda estava aninhada no seu colo. Mas o espírito dele estava cinzento e ausente, não se encontrava ali com ela. E cada coisa que ela lhe dizia o levava ainda mais para longe.
"Mas no que você acredita?", insistiu ela.
"Não sei."
"Em nada — como todo homem que eu já conheci", disse ela.
Ficaram ambos em silêncio. Em seguida ele despertou e disse:
"Eu acredito numa coisa. Acredito em ser gentil. Acredito especialmente em ser gentil no amor, em trepar com gentileza. Acredito que, se os homens trepassem com gentileza e as mulheres os recebessem com gentileza, tudo acabaria dando certo. Esse sexo de coração frio é que é insuportável, e uma idiotice."
"Mas você não trepa comigo de coração frio", protestou ela.
"Não quero trepar com você de jeito nenhum. Neste momento meu coração está mais gelado que uma batata fria."
"Oh...!", disse ela, beijando-o com um sorriso. "Vamos levá-la ao fogo."
Ele riu e endireitou as costas.
"É verdade!", disse ele. "Qualquer coisa por um pouco de calor no coração. Mas não é disso que as mulheres gostam. Na verdade, nem você realmente gosta disso. Você gosta de uma boa foda firme, penetrante, a sangue-frio, e depois faz de conta que foi tudo açúcar. Onde está sua ternura por mim? Você desconfia tanto de mim quanto um gato de um cachorro. Estou lhe dizendo que tudo depende dos dois, até mesmo o carinho e a gentileza. Você gosta muito de trepar, sem dúvida: mas quer que tudo seja entendido como uma coisa grande e misteriosa, só

para confirmar o quanto se acha importante. Sua própria importância vale mais para você, cinquenta vezes mais, que qualquer homem, ou que estar com um homem."

"Foi o que eu disse de você. Sua presunção vem antes de tudo para você."

"Pois bem! Então está certo!", disse ele, fazendo menção de levantar-se da cadeira. "Vamos ficar cada um no seu canto. Prefiro morrer a voltar a trepar a sangue-frio."

Ela escorregou do colo dele e ele se levantou.

"Você acha que é isso que *eu* quero?", perguntou ela.

"Espero que não", respondeu ele. "Mas, seja como for, você se deita na cama — e eu durmo aqui mesmo."

Ela olhou para ele. Estava pálido, a testa franzida, tão distante e inacessível como as calotas geladas do polo. Os homens eram todos iguais.

"Só posso voltar para casa de manhã...", disse ela.

"Não! Vá para a cama. São quinze para a uma."

"Vou coisa nenhuma", disse ela.

Ele atravessou a sala e pegou suas botas.

"Então quem vai sair sou eu!", disse ele.

Começou a calçar as botas. Ela ficou olhando para ele.

"Espere!", a voz dela falhava. "Espere! O que houve entre nós dois?"

Ele estava curvado, atando o cordão das botas, e não respondeu. O tempo passou. Ela foi tomada por uma fraqueza, como um desmaio. Toda a consciência a abandonou, e ela ficou ali de pé com os olhos arregalados, olhando para ele a partir de um ponto desconhecido, sem saber mais de nada.

Ele levantou os olhos devido àquele silêncio e a viu perdida, com os olhos muito abertos. E, como que impelido por uma rajada de vento, levantou-se e veio claudicando até onde ela estava, um pé calçado e outro descalço, e a tomou nos braços, apertando-a contra seu corpo, que de alguma forma doía todo. E lá ficou ele a abraçá-la, e lá ela se deixou ficar.

Até as mãos dele se estenderem às cegas e apalparem o corpo dela, enfiando-se por baixo da sua roupa até onde ela era macia e mais quente.

"Minha garota!", murmurou ele em dialeto. "Minha garotinha. Num vamo brigar! Nunca! Eu te adoro e passo a mão aqui nocê. Chega de falar. Num discute comigo! Não! Não! Não! Vamo ficar juntos."

Ela ergueu os olhos para ele.

"Não fique perturbado", disse ela com voz firme. "Não adianta ficar assim. Você quer realmente ficar comigo?"

Ela o fitou com olhos bem abertos e firmes. Ele parou e calou-se de repente, virando o rosto de lado. Seu corpo todo ficou perfeitamente imóvel, mas não se afastou dela. Então ele levantou a cabeça e olhou nos olhos dela, com seu estranho meio sorriso e toda emoção controlada.

"Quero!", disse ele. "Vamos ficar juntos! Vamos fazer um juramento."

"De verdade?", perguntou ela, com os olhos marejados de lágrimas.

"É, de verdade! Coração, e estômago e pau."

Ele ainda sorria um pouco para ela, com uma cintilação de ironia nos olhos e um toque de amargura.

Ela chorava em silêncio; ele se deitou com ela e a penetrou ali mesmo no tapete da lareira, para recuperarem a calma. E em seguida foram logo para a cama, porque o frio aumentava e os dois estavam muito cansados. Ela se aninhou bem junto a ele, sentindo-se pequena e protegida, e os dois adormeceram de imediato, ao mesmo tempo. E assim permaneceram deitados, sem se mexer, até o sol se erguer sobre o bosque e o dia começar.

Então ele acordou e viu a luz. As cortinas estavam fechadas. Ficou ouvindo o canto alto dos melros e dos tordos no bosque. A manhã já estaria muito clara às cinco e meia, hora em que se levantava. Ele adormecera tão depressa! Era um dia tão diferente! A mulher ainda estava enrodilhada, adormecida e vulnerável. Passou a mão nela, e ela abriu os olhos azuis sonhadores, sorrindo inconsciente para o rosto dele.

"Está acordado?", perguntou ela.

Ele a olhava nos olhos. Sorriu e deu-lhe um beijo. E bruscamente ela despertou e sentou-se ereta na cama.

"Estranho eu estar aqui!", disse ela.

Examinou o quartinho de dormir caiado, com seu teto em desnível e uma água-furtada, com as cortinas cerradas. O quarto continha apenas uma pequena cômoda pintada de amarelo e uma cadeira, além da pequena cama branca em que os dois estavam deitados.

"Estranho estarmos aqui!", disse ela, olhando para ele. Ele a observava deitado, acariciando seus seios com os dedos por baixo da camisola fina. Quando ele se mostrava caloroso e relaxado, parecia mais jovem e mais bonito. Os olhos dele podiam ser tão carinhosos. E ela se sentia jovem e refrescada como uma flor.

"Quero tirar isso!", disse ela, pegando a camisola fina de algodão e puxando-a pela cabeça. Ficou sentada ali com os ombros nus e os seios de bom tamanho levemente tingidos de dourado. Ele adorava balançar de leve os seios dela, como se fossem sinos.

"Você também precisa tirar o pijama", disse ela.

"Eu não!"

"Sim! Sim!", ordenou ela.

E ele tirou a camisa do pijama de algodão, baixando as calças. Salvo pelas mãos, os pulsos, o rosto e o pescoço, sua pele tinha uma brancura de leite, com a carne magra e musculosa. A Connie ele tornou a parecer de uma beleza dilacerante, como quando ela o vira se lavando naquela tarde.

A luz dourada do sol atingiu as cortinas brancas fechadas. Connie teve a impressão de que ela queria entrar.

"Ah, vamos abrir as cortinas! Os passarinhos estão cantando tanto! Deixe o sol entrar", disse ela.

Ele desceu da cama de costas para ela, nu, branco e magro, e foi até a janela, um pouco curvado, puxando as cortinas e olhando para fora por algum tempo. Suas costas eram brancas e belas, as nádegas pequenas lindas, com uma masculinidade extraordinária e delicada, a nuca bronzeada e delicada, mas ainda assim forte. Havia uma força interior, mais que exterior, naquele corpo belo e delicado.

"Mas você é lindo!", disse ela. "Tão puro e orgulhoso! Venha!" E ela estendeu os braços.

Ele estava acanhado de virar-se para ela, devido à nudez ereta. Pegou a camisa no chão e a segurou junto ao corpo para aproximar-se dela.

"Não!", disse ela, ainda com os braços afastados de seus seios pendentes. "Deixe-me ver!"

Ele soltou a camisa e ficou parado, olhando para ela. O sol, atravessando a janela baixa, entrou com um raio que iluminou suas coxas e sua barriga lisa, além do falo ereto que se erguia escuro e com uma aparência quente da pequena mancha de pelos de um ruivo dourado. Ela estava assustada e com medo.

"Que estranho!", disse ela lentamente. "Como ele é estranho aí de pé! Tão grande! E tão escuro, e seguro de si! É assim mesmo que ele é?"

O homem olhou para baixo e riu. Entre seus peitos magros os pelos eram escuros, quase negros. Mas na base de seu ventre, onde o falo se erguia grosso e arqueado, eram de um vermelho acobreado, bem vivo, formando como que uma nuvem.

"Tão orgulhoso!", murmurou ela, com um certo desconforto. "E tão cheio de autoridade! Agora eu sei por que os homens são tão opressores! Mas na verdade ele é lindo! Como se fosse outra criatura! Um pouco assustador! Mas na verdade lindo. E se levanta para *mim*!" Mordeu o lábio inferior, de medo e excitação.

O homem contemplou em silêncio o falo tenso que

não baixava. "É!", disse ele afinal, com voz fraca. "É, meu garoto! Cê tá aí mesmo, tou vendo. E de cabeça em pé! Aí sozinho, né? E num presta contas pra ninguém! Cê num dá a menor importância pra mim, John Thomas.[106] Cê é quem manda. Em mim! Pois é bem mais atrevido que eu, pra dizer o mínimo. John Thomas! É *ela* que cê quer? Cê quer minha dama, lady Jane? Cê me levou de novo pro fundo do poço! É, e agora ainda me aparece aí todo risonho! Pergunta pra ela! Pergunta pra lady Jane! Diz pra ela: Abre os portões pro rei poder entrar em sua glória! Ah, como cê é descarado! Boceta, é o que cê quer. Diz pra lady Jane que cê quer boceta, John Thomas. E a boceta de lady Jane!"

"Ah, não brigue assim com ele!", disse Connie, arrastando-se de joelhos na cama na direção dele e abraçando seus quadris brancos e delgados, e puxando-o na sua direção de tal modo que seus seios pendentes e frementes encostaram na ponta do falo ereto e agitado, lá colhendo uma gota úmida. Ela apertou o homem com força.

"Deite-se!", disse ele. "Deite-se! Deixe-me vir!"

Agora estava apressado.

E mais tarde, depois que ficaram bem imóveis, a mulher precisou tornar a descobrir o homem, para estudar o mistério do falo.

"E agora ele está pequenino e mole como um broto de vida!", disse ela, tomando o pequeno pênis na mão. "Não é mesmo lindo? Tão independente, tão estranho! E tão inocente! E entra tão fundo em mim! Você nunca mais pode insultá-lo, sabia? Ele também é meu. Não é só seu. Pertence a mim! Tão lindo e tão inocente!" E continuava com o pênis mole na mão.

Ele riu.

"Abençoado o laço que liga nossos corações com amor verdadeiro", disse ele.

"Claro que sim!", disse ela. E mesmo quando está tão mole e miúdo, sinto meu coração totalmente ligado a ele. E como esses seus cabelos daqui são lindos! Muito diferentes do resto!"

"É a cabeleira de John Thomas, não são meus!", disse ele.

"John Thomas! John Thomas!", e ela deu um beijo rápido no pênis mole, que recomeçava a agitar-se.

"Pois é!", disse o homem, espreguiçando o corpo quase doloridamente. "A raiz desse fidalgo mora na minha alma! E às vezes não sei o que fazer com ele. Ele tem vontade própria, e é muito difícil de contentar. Mesmo assim, não quero que mandem matá-lo."

"Não admira que os homens sempre tenham medo dele!", disse ela. "É uma criatura terrível."

O frêmito percorria o corpo do homem, à medida que o fluxo de sua consciência tornava a mudar de direção, voltando-se para baixo. E ele nada pôde fazer enquanto o pênis, em ondulações suaves e lentas, encheu-se, tomou corpo e se ergueu, e endureceu, pondo-se de pé ali ereto e altivo, como se quisesse imitar uma torre. A mulher também tremia um pouco enquanto a tudo assistia.

"Pronto! Agora pode ficar com ele! É seu", disse o homem.

E ela estremeceu, enquanto seu espírito se derretia. Ondas vivas e suaves de prazer indescritível a cobriram quando ele a penetrou, dando início à sequência de emoções peculiares e fluidas que se espalhavam e se espalhavam em ondas até ela se ver arrebatada pelo último jorro cego de sensação extrema.

Ele ouviu os apitos distantes de Stacks Gate, assinalando as sete horas. Era manhã de segunda-feira. Estremeceu um pouco, e com o rosto entre os seios dela cobriu com eles seus ouvidos, para não escutar.

Ela nem ouvira os apitos. Estava perfeitamente imóvel, a alma lavada até a transparência.

"Você precisa se levantar, não é?", murmurou ele.

"Que horas?", perguntou ela numa voz sem cor.

"Sete horas, os apitos acabaram de tocar."

"Então eu preciso ir."

Estava contrariada, como sempre, com a opressão do mundo exterior.

Ele sentou-se na cama e olhou sem expressão para fora da janela.

"Você me ama, não é?", perguntou ela calmamente.

Ele baixou os olhos para ela.

"Cê sabe o que cê sabe. Perguntar pra quê?", disse ele, um pouco agitado.

"Quero que você fique comigo — que não me deixe ir embora", disse ela.

Os olhos dele pareciam tomados por sombras cálidas e macias incapazes de pensar.

"Quando? Agora?"

"Agora no seu coração. Depois quero vir e viver com você para sempre... dentro de pouco tempo."

Ele ficou sentado na cama, nu, de cabeça baixa, incapaz de pensar.

"Você não quer?", perguntou ela.

"Quero!", disse ele.

Então, com os mesmos olhos sombreados por outra chama da consciência, quase semelhante ao sono, ele olhou para ela.

"Cê num pode pedir nada pra mim agora", disse ele. "Me deixa em paz. Eu gosto de você. Adoro cê deitada aí. Num tem mulher mais linda que quando fode profundamente, e a boceta é boa. Gosto de como cê é, das suas pernas, da forma que cê tem e da força de mulher que cê mostra. Adoro sua força de mulher. Adoro você com meus colhões e com meu coração. Mas num pede nada pra mim agora. Num me pede pra dizer nada. Deixa eu ficar do jeito que eu tou enquanto posso. Depois cê pode me pedir tudo que quiser. Mas por enquanto me deixa aqui, me deixa em paz!"

E bem de leve pousou a mão em seu monte de vênus, nos macios pelos castanhos, enquanto ele próprio se deixava ficar sentado nu e parado na cama, o rosto imóvel em total absorção física, quase como o rosto do Buda. Imóvel, e tomado pela chama invisível de outra consciência, ficou ali sentado com a mão nela, esperando passar.

Depois de algum tempo, estendeu a mão para a camisa e se vestiu depressa e em silêncio, olhando mais uma vez para ela ainda deitada ali e nua, com um leve matiz dourado, como uma rosa Gloire de Dijon, depois ergueu-se da cama e saiu. Ela o ouviu abrir a porta no térreo da casa.

E deixou-se ficar ali, ruminando. Era muito difícil mexer-se: afastar-se da aura dele. Ele gritou do pé da escada: "Sete e meia!". Ela suspirou e levantou-se da cama. Aquele quartinho, tão despojado! Nada nele além da cômoda miúda e da cama acanhada. Mas as tábuas do assoalho estavam limpas e esfregadas. E num canto, perto da janela, havia uma prateleira com alguns livros, parte deles de uma biblioteca de empréstimo.[107] Foi olhar. Havia livros sobre a Rússia bolchevista, livros de viagem, um volume sobre átomos e elétrons, outro sobre a composição do núcleo da Terra e as causas dos terremotos. Em seguida alguns romances, e mais três livros sobre a Índia. Quer dizer que no fim das contas ele também era dado à leitura.

O sol que entrava pela janela banhou suas pernas e seus braços nus. Do lado de fora ela viu a cachorra Flossie vagando em torno da casa. As aveleiras estavam salpicadas de verde, e por baixo delas crescia o verde mais escuro dos ramos de mercuriális. A manhã era muito clara, com vários pássaros voando e gorjeando em triunfo. Se pelo menos ela pudesse ficar! Se pelo menos não existisse aquele outro mundo horrendo da fumaça e do ferro! Se pelo menos *ele* pudesse criar um mundo para ela.

Desceu as escadas, os degraus íngremes e estreitos de madeira. Ainda assim, ela se contentaria com aquela casinha... se pelo menos se situasse num mundo à parte.

Ele estava lavado e refrescado, e o fogo ardia.

"Quer comer alguma coisa?", perguntou ele.

"Não! Só me empreste um pente."

Ela o acompanhou até a despensa e penteou os cabelos diante do palmo de espelho junto à porta dos fundos. E então ficou pronta para ir embora.

Parou no jardinzinho da frente, olhando as flores orvalhadas, o canteiro cinzento de cravinas já em botão.

"Eu gostaria que todo o resto do mundo desaparecesse", disse ela, "e eu viesse viver aqui com você."

"Mas não vai desaparecer", disse ele.

Caminharam quase em silêncio através do lindo bosque orvalhado. Mas estavam lado a lado num mundo à parte.

Era amargo para ela voltar a Wragby.

"Quero logo vir morar com você o tempo todo", disse ela ao se despedir.

Ele sorriu sem outra resposta.

Ela voltou para casa depressa e sem ser notada, e subiu para seu quarto.

Havia uma carta de Hilda na bandeja do café.

"Papai vai para Londres esta semana, e devo passar na sua casa na quinta-feira da outra semana, dia 17 de junho. Você precisa estar pronta para podermos partir logo. Não quero perder tempo em Wragby, esse lugar horrível. Devo passar a noite em Retford com os Coleman, de maneira que devo chegar à sua casa na hora do almoço de quinta-feira. Depois podemos partir na hora do chá, e talvez dormir em Grantham.[108] Não faz sentido passar uma noite com Clifford. Se ele é contra sua partida, não vai ser nada agradável para ele."

Pronto! Ela estava sendo empurrada novamente pelo tabuleiro.

Clifford era contra sua partida, mas só porque não se sentia seguro na ausência dela. Sua presença, por algum motivo, fazia-o sentir-se seguro e livre para dedicar-se a suas ocupações. Passava muito tempo na mina, e remoendo no espírito os problemas quase insolúveis envolvidos na extração mais econômica possível do seu carvão e depois nas maneiras de vendê-lo. Sabia que precisava encontrar alguma forma de utilizar o carvão, ou convertê--lo, para não ser forçado a vender a qualquer preço ou se ver às voltas com as dificuldades ou a impossibilidade de vender. Mas, se produzisse energia elétrica, teria como vendê-la? Ou utilizá-la toda? E transformar o carvão em óleo ainda era caro e complicado demais. Para manter a indústria viva, precisava haver mais indústria, e mais indústria, e mais indústria, como ocorria com a loucura.

Era uma loucura, e só um louco para ser bem-sucedido. Pois bem, ele era um tanto louco. Era o que Connie achava. Até a intensidade e a meticulosidade com que tratava dos negócios das minas lhe pareciam manifestações de loucura; suas inspirações eram as inspirações da insanidade.

Contava a Connie todos os seus planos mais sérios e ela os ouvia como que enfeitiçada, deixando-o discorrer. Em seguida a torrente de palavras cessava, ele ligava o rádio e ficava ausente, enquanto seus esquemas continuavam aparentemente a se desenrolar em sua cabeça numa espécie de sonho.

E toda noite ele jogava vinte e um — o jogo dos soldados ingleses — com a sra. Bolton, apostando seis *pence* a cada rodada. E novamente, no jogo, ele se entregava a uma espécie de inconsciência, ou intoxicação ausente, ou intoxicação de ausência, o que fosse. Connie não aguentava vê-lo assim. Mas, depois que ela ia se deitar, ele e a sra. Bolton ficavam jogando até as duas ou três da madrugada, pelo menos, sempre estranhamente animados. A sra. Bolton fora tão contagiada por aquela animação quanto ele: mais ainda, pois quase sempre perdia.

Ela disse a Connie um dia: "Perdi vinte e três xelins para sir Clifford a noite passada".

"E ele aceitou seu dinheiro?", perguntou Connie, atônita.

"Mas é claro, lady Chatterley! Dívida sagrada!"

Connie reclamou com todas as letras e enfureceu-se com ambos. O resultado foi que sir Clifford aumentou o salário anual da sra. Bolton em cem libras, o que lhe dava margem para perder no jogo. Enquanto isso, aos olhos de Connie, Clifford ficava na verdade cada vez mais morto.

Finalmente ela lhe contou que ia partir no dia 17.

"No dia 17!", respondeu ele. "E volta quando?"

"Por volta de 20 de julho, no máximo."

"Está certo! Dia 20 de julho."

Fitou-a com uma expressão vazia e estranha, com o ar vago de uma criança, mas com a desconcertante argúcia baldada de um velho.

"Você não vai me deixar na mão agora, não é?", perguntou ele.

"Como?"

"Indo embora. Quer dizer, você vai voltar mesmo?"

"Estou garantindo com a máxima certeza que vou voltar."

"Sim! Muito bem! Dia 20 de julho!"

Olhou para ela de um modo tão estranho.

Mas na verdade queria que ela partisse. Coisa curiosa. Queria que ela partisse, sem a menor dúvida, para ter suas pequenas aventuras e, talvez, voltar para casa grávida e tudo o mais. Ao mesmo tempo tinha medo da sua partida, simplesmente tinha medo.

Ela estremecia ao ver sua primeira oportunidade de afastar-se dele, na expectativa de que a ocasião, ela própria e ele estivessem prontos.

Sentou-se para conversar com o guarda-caça sobre sua viagem ao estrangeiro.

"E então, quando eu voltar", disse ela, "posso dizer a Clifford que resolvi deixá-lo. E nós dois podemos ir embora. Ninguém precisa sequer saber que é você. Podemos ir para outro país, que tal? Para a África ou a Austrália. Vamos?"

Estava muito animada com seu plano.

"Você nunca esteve nas colônias, não é?", perguntou ele.

"Não! E você?"

"Estive na Índia, no Egito e na África do Sul."

"E por que não podemos ir para a África do Sul?"

"É até possível!", respondeu ele lentamente.

"Mas você não quer?", perguntou ela.

"Não vejo diferença. Tanto faz o que eu queira."

"Mas não se sente feliz? Por que não? Não vamos ficar na pobreza. Tenho uma renda de umas seiscentas libras por ano, escrevi e perguntei. Não é muito, mas basta, não é?"

"Para mim é uma fortuna."

"Ah, como vai ser bom!"

"Mas eu preciso me divorciar... e você também... ou vamos ter complicações."

Tinham muito em que pensar.

Num outro dia, ela lhe fez perguntas sobre sua história. Estavam na cabana e chovia muito.

"E você não era feliz quando era tenente, oficial e cavalheiro?"

"Feliz? Tudo bem. Eu gostava do meu coronel."

"Amava?"

"Sim, amava."

"E ele, o amava também?"

"Sim! De certo modo, ele me amava."

"Então conte."

"O que posso contar? Ele tinha subido de patente em patente. Adorava o exército. E nunca se casou. Era vinte anos mais velho que eu. Um homem muito inteligente, e sozinho no exército, como costuma acontecer com esses homens. Um homem apaixonado, ao modo dele: e oficial muito competente. Eu vivia mais ou menos enfeitiçado por ele, naquele tempo. Deixava que ele conduzisse minha vida. E nunca me arrependi."

"E ficou muito sentido quando ele morreu?"

"Eu próprio quase morri também. E, quando voltei a mim, soube que mais uma parte minha estava acabada. Mas sempre soube que aquilo acabaria em morte. Como tudo acaba, no fim das contas."

Ela ficou sentada, ruminando. A trovoada estrondava

do lado de fora. Era como se estivessem a bordo de uma pequena arca em pleno Dilúvio.

"Você parece ter deixado tanta coisa *para trás*", disse ela.

"É mesmo? Minha impressão é de que já morri uma ou duas vezes. Mas continuo aqui, seguindo em frente, e na iminência de arrumar novos problemas."

Ela pensava concentrada, enquanto ouvia a chuva.

"E não estava mais feliz como oficial, depois que seu coronel morreu?"

"Não! Era uma gente sovina." Riu de repente. "O coronel sempre dizia: meu rapaz, as classes médias inglesas precisam mastigar trinta vezes cada garfada porque, com as tripas estreitas que têm, mesmo uma ervilha pode obstruir tudo. São a gente mais avarenta que existe: todos cheios de si, com medo de que os cordões das botinas estejam mal amarrados, apodrecidos até a alma e sempre convencidos de que têm razão. E é isso que mais me irrita. Reverência, reverência, puxam o saco dos outros até cansar: mas ainda assim estão sempre com a razão. E todos pedantes, ainda por cima. Pedantes! Uma geração de pedantes afeminados sem os devidos colhões."

Connie riu. A chuva não parava de cair.

"Ele os detestava!"

"Não", disse ele. "Nem se dava ao trabalho de odiar ninguém. Só lhes tinha antipatia. É diferente. Porque, como ele dizia, os soldados estão ficando igualmente pedantes, mesquinhos e sem colhões. É a tendência da humanidade, ir ficando cada vez mais assim."

"E as pessoas comuns também — os trabalhadores?"

"Todo mundo. Estão perdendo todo o brio — os carros, o cinema e os aviões estão consumindo o pouco que ainda lhes resta. Cada geração produz uma geração ainda mais acovardada, com tubos de borracha no lugar de tripas, com pernas e cabeças de lata. Gente de lata! É uma espécie de bolchevismo persistente — que liquida o que é humano e idolatra o que é mecânico. Dinheiro, dinheiro, dinheiro! Toda essa gente moderna só se contenta quando consegue extinguir o antigo sentimento humano das pessoas, reduzindo a pó o velho Adão e a velha Eva. São todos iguais. E é a mesma coisa no mundo inteiro: exterminar a realidade humana, uma libra por prepúcio, duas libras por cada par de bolas. E as bocetas não passam de máquinas de foder! Tudo a mesma coisa. Basta lhes dar dinheiro que eles cortam fora o pau do mundo inteiro. Basta lhes dar dinheiro, dinheiro, dinheiro para acabar com o brio de toda a humanidade e reduzir todos eles a máquinas giratórias."

Ficou ali sentado na cabana, o rosto dominado por uma expressão de ironia zombeteira. Mesmo nessa hora, porém, mantinha um ouvido atento, prestando atenção aos sons da tempestade que caía no bosque. Aquilo o fazia sentir-se tão só.

"Mas essa coisa nunca vai acabar?", perguntou ela.

"Acho que sim. Vai resultar na sua própria salvação. Quando o último homem de verdade for morto, e restarem apenas homens domesticados: brancos, pretos, amarelos, homens domesticados de todas as cores, e então *todos* ficarão loucos. Porque a raiz da sanidade fica nos colhões. *Todos* ficarão loucos, e vão organizar um imenso auto da fé. Ato de fé! Pois bem, vão manifestar sua pequena fé num grande ato. Oferecendo uns aos outros em sacrifício."

"Quer dizer que vão se matar?"

"Isso mesmo! Se continuarmos no ritmo de hoje, daqui a cem anos não haverá mais de dez mil pessoas vivendo nesta ilha: talvez nem cheguem a dez. Todos os demais terão sido amorosamente extintos uns pelos outros."

O trovão soava mais distante.

"Que beleza!", disse ela.

"Realmente! Nada tem efeito mais calmante que contemplar o extermínio da espécie humana e a longa espera que virá em seguida antes que uma nova espécie se desenvolva. E, se a coisa continuar assim, com todo mundo, os intelectuais, os artistas, o governo, os industriais e os trabalhadores todos dedicados a extinguir freneticamente o que ainda lhes resta de sentimento humano, a última gota de sua intuição, seu derradeiro instinto saudável — se isso continuar na progressão geométrica de agora: então vai ser mesmo o fim da espécie humana! Adeus, queridos! A serpente acaba de engolir a si mesma[109] e só deixa um vazio, consideravelmente estragado mas ainda com alguma possibilidade. Muito bom! Quando cães selvagens e ferozes latirem em Wragby, e cavalos selvagens saírem dos túneis da minas e pisotearem as máquinas de Tevershall! *Te deum laudamus!*"[110]

Connie riu, mas não muito alegremente.

"Então você devia ficar satisfeito por serem todos bolchevistas!", disse ela. "Devia ficar satisfeito por estarem apressando o fim de tudo!"

"E fico. Não sou eu quem vai fazê-los parar! Mesmo que eu quisesse, não conseguiria."

"Então por que tanta amargura?"

"Amargura nenhuma! Se meu pau se levantar pela última vez, tanto se me dá!"

"E se nós tivermos um filho?", perguntou ela.

Ele deixou a cabeça pender.

"Ora", disse ele finalmente, "acho um erro grave trazer uma criança a este mundo."

"Não! Não diga isto! Não diga isto!", pediu ela. "Acho que vou ter um filho. Diga que você vai ficar contente." E pousou a mão na dele.

"Fico contente de ver você feliz", disse ele. "Mas vejo isso como uma traição terrível à criatura que vai nascer."

"Ah, não!", exclamou ela, chocada. "Então você não *pode* me querer! Não *pode* me querer, se é isso que sente!"

Novamente ele se calou, com o rosto sombrio. Do lado de fora só se ouvia o estrépito da chuva.

"Não é bem assim!", murmurou ela. "Não é bem assim! Existe uma outra verdade." Ela sentia que a amargura dele se devia em parte à sua partida, àquela viagem a Veneza por sua livre vontade. E isso até lhe dava alguma satisfação.

Ela abriu a roupa dele, descobriu sua barriga e beijou-lhe o umbigo. Em seguida apoiou o rosto naquela barriga e rodeou com o braço seus quadris quentes e silenciosos. Estavam a sós em pleno Dilúvio.

"Diga que você quer um filho e espera o melhor para ele!", murmurou ela, pressionando o rosto contra a barriga dele. "Diga que quer!"

"Ora!", disse ele afinal: e ela sentiu as curiosas ondulações das variações de atenção e relaxamento espalhando-se pelo corpo dele. "Ora... às vezes eu acho... se a pessoa tentar... se a pessoa quiser de verdade, mesmo aqui, no meio dos mineiros! Agora eles estão mal de trabalho, ganhando pouco. Se alguém pudesse dizer pra eles: Agora cês deviam parar de pensar só no dinheiro. Em matéria de *necessidade*, a gente percisa de pouco. A gente num devia viver só pra ganhar dinheiro."

Ela esfregou levemente o rosto na barriga dele e pegou seus ovos com a mão. O pênis agitou-se de leve, com uma estranha vida própria, mas não se pôs de pé. A chuva lá fora caía com toda força.

"A gente devia viver pra alguma outra coisa. Não pra ganhar dinheiro, nem pra gente mesmos e nem pros outros. Agora a gente é obrigado. A gente é obrigado a ganhar um pouco de dinheiro pra gente mesmos, e mais um bocado pros patrões. Mas a gente devia parar! Pouco a pouco, devia parar. Nem percisa fazer muito escarcéu. Pouco a pouco, a gente devia ir largando a vida industrial, e voltar. Um pouco só de dinheiro já dá conta. Pra qualquer um, pra mim e pra você, pros patrões e pros donos de terra, até mesmo pro rei. Um pouco só de dinheiro. Um pouquinho só de dinheiro já dá conta. É só tomar essa decisão que a gente se livra de toda a dificuldade." Fez uma pausa, depois prosseguiu:

"E posso dizer pra eles: Vejam! Vejam o Joe! Como ele anda desempenado! Como ele se move, vivo e totalmente alerta! Como ele é agradável! E vejam o Jonah! É desajeitado, é feio, porque nunca se anima com nada. E posso dizer a eles: Olhem! olhem pra cês mesmos! Um ombro mais alto que o outro, as pernas tortas, os pés inchados! O que cês fizeram consigo mesmos, por causa desse trabalho maldito? Ficaram estragados, estragaram as suas vidas. Num deviam trabalhar pra se estragar assim. Ninguém percisa trabalhar esse tanto. Tirem a roupa e se olhem bem. Cês deviam tar vivos e ser bonitos, mas tão feios e quase mortos. Isso é o que eu diria. E meus homens eu faria usar roupas diferentes: talvez calças vermelhas justas, de um vermelho vivo, e paletós brancos bem curtos. Ora, se os homens andassem com as pernas bonitas, enfiadas em calças vermelhas, só isso já podia mudá-los num mês. Voltariam a ser homens, a ser homens! E as mulheres podiam se vestir como quisessem. Porque a partir do momento que os homens andassem com calças justas de um vermelho vivo, as nádegas bem à mostra logo abaixo de um paletó branco curto: aí as mulheres iam começar a ser mulheres. É só porque os homens *num são* homens que as mulheres precisam ser. E depois de algum tempo botar abaixo toda Tevershall e construir no lugar alguns belos edifícios, onde coubesse todo mundo. E limpar toda a região. E num ter filhos além da conta, porque o mundo já tá cheio demais.

"Mas eu num ia ficar pregando sermões: bastava tirar a roupa dos homens e dizer: Olhem pra si mesmos! É nisso que dá trabalhar por dinheiro! Tenham dó de si mesmos! É nisso que dá trabalhar por dinheiro. Vocês só fazem trabalhar por dinheiro! Olhem pra Tevershall! É um lugar horrível! E é horrível porque foi construído enquanto vocês trabalhavam por dinheiro. Olhem pras suas garotas! Elas num gostam de vocês, cês num gostam delas. Porque cês passam o tempo todo trabalhando e pensando só em dinheiro. Num sabem falar direito, nem andar nem viver, e nem sabem direito tar com uma mulher. Num tão vivos. Olhem pra si mesmos!"

Fez-se um silêncio completo. Connie só escutava até certo ponto, enquanto trançava nos pelos da base do ventre dele alguns miosótis que colhera a caminho da cabana. Lá fora, o mundo silenciara, e fazia frio.

"Você tem quatro tipos de cabelo", disse ela. "No peito é quase preto e na cabeça não é escuro: mas seu bigode é duro e de um ruivo escuro, e seus cabelos aqui, seus pelos do amor, parecem uma moita de visgo de um vermelho dourado. São os mais bonitos de todos!"

Ele olhou para baixo e viu as manchas brancas dos miosótis nos pelos do seu ventre.

"Ah! É aí o lugar certo para guardar os miosótis, ou não-me-esqueças... nos pelos de um homem, ou de uma mulher. Mas você não se importa com o futuro?"

Ela ergueu os olhos para ele.

"Sim, e muito!", disse ela.

"Porque quando eu sinto que o mundo dos homens está condenado, que condenou-se a si mesmo por sua própria estupidez mesquinha, então eu sinto que as colônias ainda ficam perto demais. Nem a lua fica longe o bastante, porque mesmo de lá se pode ver a Terra, suja, feia, sensaborona entre os astros: arruinada pelos homens. Nessas horas eu sinto que engoli bílis pura, que ela está corroendo minhas entranhas e não há lugar longe o bastante para o qual se possa fugir. Mas, quando tenho uma oportunidade, esqueço tudo de novo. Embora seja um absurdo o que fizemos com as pessoas nos últimos cem anos: homens transformados em insetos trabalhadores, toda a masculinidade removida, sem qualquer vida autêntica. Por mim, eu faria desaparecer todas as máquinas da face da Terra e acabaria de uma vez por todas com a era industrial, um erro pavoroso. Mas, como está fora do meu alcance, e do alcance de qualquer pessoa, prefiro calar a boca e tentar viver minha vida: se é que tenho uma vida a viver, o que eu duvido muito."

A trovoada tinha parado do lado de fora, e a chuva, que amainara, tornou repentinamente a cair com força, com um último luzeiro de raios e o ronco da tempestade que se afastava. Connie estava inquieta. Ele tinha falado por tanto tempo — e na verdade estava falando sozinho, e não com ela. Dava a impressão de ter sido tomado pelo desespero, quando ela estava alegre e detestava o desespero. Sabia que a partida dela, que ele acabara de compreender intimamente, o mergulhara naquele estado de espírito. E isso lhe deu uma certa sensação de triunfo.

Ela abriu a porta e olhou para a chuva pesada e vertical, que lembrava uma cortina de aço, e teve um desejo súbito de sair correndo pela chuva, de ir embora. Levantou-se e começou depressa a tirar as meias, depois o vestido e as roupas de baixo, e ele perdeu o fôlego. Seus seios pontudos e vivazes de animal balançavam e sacudiam a cada movimento. Ela exibia a cor do marfim àquela luz esverdeada. Tornou a calçar as botas de borracha e saiu correndo da casa com um riso selvagem, erguendo os seios para a chuva forte e abrindo os braços, e correndo como um borrão na chuva com os movimentos eurrítmicos de dança que aprendera em Dresden tantos anos antes. Era uma estranha figura pálida que oscilava, abaixando-se e levantando-se de novo, inclinando o corpo de maneira a deixar a chuva bater e cintilar nos quadris largos, dando meia-volta e voltando de frente pela chuva, depois tornando a curvar-se de maneira que seus quadris e suas nádegas ofereciam-se como uma espécie de homenagem na direção dele, reiterando uma reverência insana.

Ele riu e tirou as roupas também. Era demais. Pulou para fora, nu e branco, tremendo de leve, entregando-

-se à chuva forte e inclinada. Flossie saiu pulando à sua frente com latidos frenéticos. Connie, com os cabelos totalmente encharcados e grudados ao crânio, virou o rosto corado e o viu. Seus olhos azuis cintilaram de excitação, enquanto ela se virava e saía correndo a toda a velocidade, para fora da clareira e ao longo da picada, vergastada pelos galhos molhados. Ela corria à frente dele, que não enxergava nada além da cabeça redonda e molhada, as costas reluzentes que se inclinavam para a frente na corrida, as nádegas redondas e lustrosas: uma linda nudez feminina, curvada e em fuga.

Ela quase chegara ao caminho principal quando ele a alcançou e tentou abraçá-la pela cintura encharcada com o braço nu. Ela gritou e endireitou-se, e sua carne macia e fria encostou no corpo dele. Ele a puxou toda contra ele, sem controle, aquela carne fria e feminina que logo ficou quente como o fogo, ao contato com ele. A chuva escorria pelos dois corpos até fazê-los fumegar. Ele segurou suas nádegas adoráveis e pesadas, cada uma com uma das mãos, e as puxou na sua direção com um arranco trêmulo e frenético sob a chuva. Depois, bruscamente, ele a levantou no ar e desabou com ela no chão, em meio ao silêncio trovejante da chuva, e, com movimentos secos e breves, ele a possuiu, terminando depressa como um animal.

Levantou-se em seguida, enxugando a chuva dos olhos.

"Venha para dentro", disse ele, e começaram a correr de volta para a cabana. Ele corria depressa, em linha reta: não gostava da chuva. Mas ela vinha mais devagar, colhendo miosótis, campainhas e candelárias, dando mais alguns passos e parando para olhá-lo correndo à sua frente.

Quando ela chegou à cabana com suas flores, ofegando muito, ele já acendera o fogo e os gravetos estalavam. Os seios dela subiam e desciam, seus cabelos estavam empastados pela chuva, seu rosto estava corado e seu corpo cintilava e escorria água. Com os olhos muito abertos e sem fôlego, a cabeça molhada e pequena e os quadris largos, encharcados e ingênuos, ela parecia alguma outra criatura.

Ele pegou o lençol velho e a esfregou, enquanto ela se deixava enxugar como uma criança. Em seguida ele enxugou o próprio corpo, depois de fechar a porta da cabana. O fogo aumentara. Ela cobriu a cabeça com a outra ponta do lençol e começou a enxugar os cabelos molhados.

"Estamos nos secando juntos com a mesma toalha, e isso quer dizer que vamos brigar!", disse ele.

Ela ergueu os olhos por um instante, o cabelo todo desalinhado.

"Não!", disse ela, arregalando os olhos. "Não é uma toalha, é um lençol!"

E continuou a enxugar a cabeça, enquanto ele secava a sua própria.

Ainda ofegantes de tanto movimento, cada um dos dois enrolado num cobertor militar, mas com a frente do corpo desguarnecida e voltada para o fogo, sentaram-se lado a lado numa acha de lenha diante das chamas, para sossegar. Connie detestava a aspereza daquele cobertor contra a pele. Mas àquela altura o lençol ficara completamente ensopado.

Deixou cair seu cobertor e ajoelhou-se diante da lareira de tijolo, aproximando a cabeça do fogo e balançando os cabelos para secá-los. Ele fitava o lindo caimento curvo da base das suas costas, que hoje o estavam deixando totalmente fascinado. Inclinavam-se como uma rampa suave até chegar à fartura redonda de suas nádegas! E entre elas, aninhadas naquele calor recôndito, as entradas secretas!

Acariciou suas ancas com a mão, apalpando longa e sutilmente as curvas e a fartura dos dois globos.

"Cê tem uma bunda tão linda", disse ele, com os tons guturais e carinhosos do dialeto. "A mais linda do mundo todo. A mais linda que qualquer mulher já teve! E é totalmente de mulher, sem a menor dúvida uma bunda de mulher. Num é que nem essas meninas de bundinha pequena que parecem um garoto, cê não! Cê tem uma bunda redonda de verdade, do jeito que todo homem no fundo gosta. Uma bunda que dava pro mundo inteiro se apoiar em cima!"

E o tempo todo que falava ele acariciava caprichosamente as formas redondas, até ela ter a impressão de que suas mãos emanavam um fogo viscoso. E as pontas dos dedos dele ultrapassaram as duas aberturas secretas do seu corpo, várias vezes, como uma escova de fogo muito macia.

"E se cê cagar e mijar, melhor. Num quero uma mulher que num mije nem cague." Connie não conseguiu conter um jorro repentino de riso surpreso, mas ele seguiu em frente sem lhe dar atenção. "Cê é de verdade, de verdade! Cê é de verdade, quase feito uma cachorra. Por aqui cê caga, por aqui cê mija, eu boto a mão nas duas saídas, e gosto de você por causa disso. Cê tem a bunda que toda mulher deve ter, uma bunda de mulher, cheia de orgulho. Num tem nenhuma vergonha do que é, longe disso."

Com a mão em concha, cobriu com firmeza seus pontos secretos, numa espécie de abraço.

"Eu gosto dela", disse ele. "Eu gosto dela! E se eu só tivesse dez minutos pra viver, mas pudesse passar a mão na tua bunda e ficar conhecendo como ela é, pra mim ia ser igual a viver uma vida *inteira*, entendeu? Com indústria ou sem indústria! Uma das minhas vidas é só isso aqui."

Ela se virou e sentou-se no colo dele, abraçando-o com força.

"Beije-me!", sussurrou ela.

Ela sabia que a ideia da separação entre eles estava latente nas mentes de ambos, e finalmente sentiu essa tristeza.

Sentou-se nas coxas dele, com a cabeça apoiada em seu peito e as pernas lustrosas e brancas como marfim um pouco afastadas, ambos fracamente iluminados pela luz do fogo. Sentado de cabeça baixa, ele contemplava as dobras do corpo dela ao fulgor das chamas, e o tufo de macios pelos castanhos que terminava numa ponta entre suas coxas abertas. Estendeu a mão para a mesa atrás de si e pegou o ramo de flores, ainda tão molhadas que gotas de chuva caíram sobre ela.

"As flores enfrentam qualquer tempo do lado de fora", disse ele. "Não têm casa."

"Nem mesmo uma cabana!", murmurou ela.

Com dedos silenciosos ele trançou alguns miosótis nos pelos finos e castanhos de seu monte de Vênus.

"Pronto!", disse ele. "Os miosótis no lugar certo — não-me-esqueças!"

Ela olhou para baixo, vendo as pequenas flores leitosas em meio aos pelos castanhos do seu púbis.

"Ficou tão bonito!", disse ela.

"Bonito como a vida", respondeu ele.

E entremeou nos pelos um broto rosado de cravina.

"Pronto! Este sou eu, num lugar onde cê nunca vai me esquecer! Moisés no meio das sarças!"[111]

"Você não está aborrecido porque eu vou viajar, não é?", perguntou ela em tom tristonho, erguendo os olhos para o rosto dele.

Mas sua expressão estava inescrutável, sob as sobrancelhas espessas. E ele não revelou sentimento algum.

"Você faça o que bem entender", disse ele.

Falava num inglês perfeito.

"Mas se você não quiser eu deixo de ir", disse ela, abraçando-o com força.

Fez-se um silêncio. Ele se inclinou e pôs mais uma acha de lenha no fogo. As chamas iluminaram seu rosto silencioso e distraído com mais intensidade. Ela ficou esperando, mas ele não disse nada.

"Só achei que seria uma boa maneira de começar minha separação de Clifford. Eu quero ter um filho. E isso me daria uma oportunidade de... de...", interrompeu-se.

"De fazer todo mundo imaginar alguma mentira", disse ele.

"Exatamente, entre outras coisas. Você acha melhor que imaginem a verdade?"

"Não me importo com o que eles possam imaginar."

"Mas eu sim! Não quero que me dissequem com suas mentes frias e desagradáveis: não enquanto ainda estou em Wragby. Depois que eu for embora eles podem pensar o que quiserem."

Ele não disse nada.

"Mas sir Clifford imagina que você vai voltar para ele?"

"Ah, eu preciso voltar", disse ela, e o silêncio se prolongou.

"E está disposta a ter seu filho em Wragby?", perguntou ele.

Ela apertou o braço em torno do pescoço dele.

"Se você não me levar embora, é o que vou ter de fazer", disse ela.

"Levá-la para onde?"

"Para qualquer lugar! Para longe daqui! Para bem longe de Wragby."

"Quando?"

"Ora... depois que eu voltar."

"Mas qual é a vantagem de voltar — para depois partir uma segunda vez — se você já está indo embora?", perguntou ele.

"Ah, mas eu preciso voltar. Eu prometi! Prometi solenemente a ele! Além disso, na verdade vou estar voltando para você."

"Para o guarda-caça do seu marido?"

"Não vejo que importância tem isso", disse ela.

"Não?", ele refletiu um pouco. "E quando você pretende ir embora de novo, depois, em definitivo? Quando, exatamente?"

"Ah, não sei. Primeiro eu volto de Veneza — e aí preparamos tudo."

"Preparamos como?"

"Oh... eu conto para Clifford. Vou precisar contar para ele."

"É mesmo?"

Ele não disse mais nada. Ela tornou a passar os braços em torno do seu pescoço.

"Não dificulte mais ainda as coisas para mim", pediu ela.

"Dificultar que coisas?"

"A ida para Veneza — e todas as outras providências."

Um meio sorriso, muito ligeiro, cintilou no rosto dele.

"Não quero dificultar nada", disse ele. "Só quero descobrir o que você pretende. Mas nem você mesma sabe ao certo. O que quer é ganhar tempo: ir embora e poder pensar sobre tudo. E creio que tem razão. Acho sensato. Você ainda pode achar melhor continuar senhora de Wragby. Seria justo. Não tenho uma Wragby para lhe oferecer. Na verdade, você sabe o que pode esperar de mim. Não, não, acho que você está certa! De verdade! E não tenho a menor vontade de viver por sua conta, sustentado por você. Mais isso, ainda."

Ela sentiu que, de alguma forma, ele lhe respondera à altura.

"Mas você me quer, não quer?", perguntou ela.

"E você, me quer?"

"Você sabe que sim. É mais que evidente."

"Claro! Mas *quando* você me quer?"

"Você sabe que vamos poder combinar tudo depois que eu voltar. Agora já não sei mais o que dizer. Preciso me acalmar para poder ver com clareza."

"Isso mesmo. Se acalmar e ver com clareza!"

Ela ficou um pouco ofendida.

"Mas você confia em mim, não confia?"

"Ah, inteiramente!"

Ela percebeu a ironia em sua voz.

"Então me diga de uma vez", disse ela em tom terminante, "você acha que seria melhor eu *não* ir para Veneza?"

"Estou convencido de que é melhor você *ir* para Veneza", respondeu ele, com a voz fria e levemente zombeteira.

"Você sabe que a viagem é quinta-feira que vem?", perguntou ela.

"Sei!"

Agora ela começou a refletir. E finalmente disse:

"E então vamos saber melhor em que ponto estamos quando eu voltar, não é?"

"Ah, certamente!"

Aquele curioso abismo de silêncio entre eles dois!

"Estive com o advogado falando sobre meu divórcio", disse ele, um pouco constrangido.

Ela estremeceu de repente.

"É mesmo!", disse ela. "E o que ele disse?"

"Que eu devia ter me divorciado antes — que pode haver alguma dificuldade. Mas, como eu estive no exército — ele acha que tudo vai correr bem. Contanto que com isso *ela* não resolva cair em cima de mim!"

"Ela precisa saber?"

"Precisa! Vai receber uma notificação, assim como o homem com quem ela vive, que é corresponsável."

"Não são horríveis esses rituais? Acho que vou precisar passar pela mesma coisa com Clifford..."

Uma pausa.

"E é claro", disse ele, "que vou precisar ter um comportamento impecável nos próximos seis ou oito meses. Então, você indo para Veneza, a tentação fica eliminada pelo menos por uma ou duas semanas."

"Quer dizer que eu sou uma tentação?", disse ela, acariciando-lhe o rosto. "Que bom que você me acha uma tentação! Mas não vamos pensar nisso! Você me deixa assustada quando começa a pensar: fico totalmente desconcertada. Não vamos cogitar isso agora. Vamos ter muito tempo para pensar enquanto estivermos separados. E a ideia é justamente essa! Mas estive pensando, e resolvi que *preciso* vir passar mais uma noite com você antes de ir. Preciso vir passar mais uma noite no chalé. Pode ser na quinta-feira?"

"Não é o dia em que sua irmã vai chegar a Wragby?"

"É! Mas ela propôs que fôssemos embora na hora do chá. E podíamos realmente partir na hora do chá. Mas ela iria dormir em algum outro lugar e eu viria dormir com você."

"Para isso ela precisaria saber de tudo."

"Ah, mas vou contar a ela. E já contei, mais ou menos. Vou ter de contar tudo a Hilda: ela me ajuda muito e é tão sensata."

Ele refletia sobre o plano dela.

"Então vocês partiriam de Wragby na hora do chá, como se estivessem indo para Londres? E que caminho iriam tomar?"

"Por Nottingham e Grantham."

"E então sua irmã a deixaria em algum lugar e você voltaria para cá de carro ou a pé? Acho isso muito arriscado."

"É mesmo? Bem, então... então Hilda podia me trazer de volta. Podia ir dormir em Mansfield, me trazer aqui à noite e vir me buscar de novo na manhã seguinte. É fácil."

"E se passarem por alguém?"

"Vou estar de óculos de proteção, e usando um véu."

Ele refletiu por algum tempo.

"Bem", disse ele, "faça o que achar melhor, como sempre."

"Mas você não iria gostar?"

"Ah, sim! Iria gostar com certeza", disse ele, em tom um pouco desanimado. "Talvez seja bom mesmo eu continuar a malhar enquanto o ferro está quente."

"Sabe o que eu pensei?", perguntou ela de repente.

"Agora me ocorreu. Você é o *Cavaleiro do Pilão Ardente*."[112]

"É? E você? A Dama do Almofariz em Chamas?"

"Sou!", disse ela. "Isso mesmo! Você é o Cavaleiro do Pilão, e eu a Dama do Almofariz!"

"Está certo... aceito o título. John Thomas vira sir John, à altura da sua lady Jane."

"Sim! John Thomas vira cavaleiro! Eu sou a donzela da cabeleira florida, e você também precisa de flores. Sim!"

E entrelaçou duas candelárias cor-de-rosa na moita de pelos ruivos acima do pênis dele.

"Pronto!", disse ela. "Lindo! Lindo! Sir John!"

E acrescentou alguns miosótis aos pelos negros do peito de Mellors.

"Não vai me esquecer *aí*, não é?" Beijou-o no peito e alojou duas flores de miosótis acima de cada um dos seus mamilos, tornando a beijá-lo.

"Pode me transformar num canteiro florido!", disse ele. Riu, e as flores se desprenderam do seu peito.

"Espere um pouco!", disse ele.

Levantou-se e abriu a porta da cabana. Flossie, atravessada na porta, ergueu-se e olhou para ele.

"Sou eu mesmo!", disse a ela.

A chuva tinha parado. Reinava uma calma úmida, pesada e aromática. A noite estava chegando.

Ele saiu andando pela picada na direção oposta à do caminho principal. Connie ficou olhando sua silhueta magra e branca, que lembrava um fantasma, uma aparição a afastar-se dela. Quando não conseguiu mais vê-lo, sentiu-se tomada pelo desânimo. Ficou parada na porta da cabana, enrolada num cobertor, olhando para o silêncio encharcado e imóvel.

Mas ele já vinha de volta, trotando com uma postura estranha e trazendo muitas flores. Inspirou-lhe um certo medo, como se não fosse totalmente humano. E quando chegou perto, os olhos dele a fitaram, mas ela não entendeu o que queriam dizer.

Ele trouxera aquilégias e candelárias, e relva fresca, ramos de carvalho e madressilvas em botão. Amarrou delicados ramos de carvalho em torno da cabeça dela, e talos de madressilva em torno dos seus seios, nos quais prendeu cachos de campainhas e candelárias: em seu umbigo pousou uma flor cor-de-rosa de candelária, e nos pelos do seu ventre, miosótis e aspérulas.

"Eis você em toda a sua glória!", disse ele. "Lady Jane, no seu casamento com John Thomas!"

Prendeu flores aos pelos de seu próprio corpo, enrolou um pouco de lisimáquia em torno do pênis e espetou uma flor isolada de jacinto em seu umbigo. Ela o observava admirada, toda aquela estranha atividade. E em resposta prendeu uma flor de candelária ao seu bigode, onde ficou presa, pendendo debaixo de seu nariz.

"Este é o casamento entre John Thomas e lady Jane", disse ele. "E a gente percisa deixar que Constance e Oliver sigam cada um o seu caminho. Talvez..." Ele abriu a mão com um gesto e depois soprou com força, expulsando as flores de seu nariz e do seu umbigo. Em seguida deu um espirro.

"Talvez o quê?", perguntou ela, esperando que ele prosseguisse.

Ele olhou para ela um tanto admirado.

"O quê?", perguntou.

"Talvez o quê? Continue o que estava dizendo", insistiu ela.

"Ah, e o que eu estava dizendo mesmo?..."

Ele esquecera. E foi uma das grandes decepções da vida dela, ele nunca chegar ao fim daquela frase.

Um raio amarelo de sol iluminou o topo das árvores.

"O sol!", disse ele. "Hora de partir. O tempo, minha dama, o tempo! O que é que voa sem asas, minha dama? O tempo! O tempo!"

Estendeu a mão para sua camisa.

"Pode dar boa-noite para John Thomas", disse ele, olhando para o próprio pênis. "Ele está a salvo, cercado de lisimáquia! No momento nem tem muito de pilão ardente."

E vestiu a fina camisa de flanela por cima da cabeça.

"O momento em que um homem corre mais perigo", disse ele, quando sua cabeça emergiu, "é quando ele veste a camisa. Ele enfia a cabeça num saco. E é por isso que eu prefiro as camisas americanas, que você veste abertas e abotoa como um paletó." E ela sem tirar os olhos dele. Vestiu suas cuecas, que abotoou na cintura.

"Olhe só para Jane!", disse ele. "Toda florida! Quem vai enfeitar você de flores ano que vem, minha pequena? Eu, ou outra pessoa? 'Adeus, minha flor, despeço-me de ti!'[113] Detesto esta canção, é do começo da guerra." Sentara-se na cadeira, e vestia as meias. Ela permanecia imóvel, de pé. Ele pousou a mão na curva de suas nádegas. "Minha linda lady Jane!", disse ele. "Talvez em Veneza você encontre um homem que enfeite seus pelos com jasmins, e seu umbigo com flores de romã. Pobre lady Jane!"

"Não diga essas coisas!", protestou ela. "Você só fala assim para me magoar."

Ele deixou pender a cabeça. E em seguida falou, em dialeto:

"Pode bem ser que sim, pode bem ser que sim! Então num vou falar mais nada, e encerrado o assunto. Mas cê percisa se vestir e voltar pro seu palacete da Inglaterra, tão majestoso. Tá na hora! Chegou a hora de sir John e da pequena lady Jane! Veste a combinação, lady Chatterley! Parece até qualquer uma, aí de pé sem nada, nem mesmo uma combinação, só uns farrapos de flor. Pronto, pronto, eu tiro essa roupa, meu passarinho do rabo branco..." E retirou as flores dos cabelos dela, beijando seus cabelos molhados, e as flores dos seus seios, beijando seus seios, beijando depois seu umbigo e seus pelos, onde deixou as flores trançadas. "Essas percisam ficar enquanto puderem", disse ele. "E pronto! Já tá nua de novo, menina de bunda de fora mostrando um pouquinho da sua lady Jane! Agora bota a combinação, porque tá na hora de ir pra casa, ou lady Chatley vai se atrasar pro jantar, e onde é que cê se meteu, linda menina?"

Ela nunca sabia como responder quando ele se lançava no dialeto local. De maneira que se vestiu e preparou-se para voltar para casa, para Wragby, de maneira um tanto inglória. Ou pelo menos era assim que se sentia: Wragby, uma casa um tanto inglória.

Ele a acompanhou até o caminho principal. Seus jovens faisões estavam abrigados sob o teto.

Quando ele e ela emergiram no caminho, encontraram a sra. Bolton, que, muito pálida, caminhava na direção dos dois a passos oscilantes.

"Oh, lady Chatterley, estávamos pensando se alguma coisa teria acontecido!"

"Não! Não aconteceu nada."

A sra. Bolton olhou para o rosto do homem, lustroso e renovado pelo amor. Enfrentou seus olhos meio risonhos e meio zombeteiros. Ele sempre ria do infortúnio. Mas olhou para ela com gentileza.

"Boa noite, senhora Bolton! Lady Chatterley estará bem a partir de agora, e assim posso me despedir. Boa noite, lady Chatterley! Boa noite, senhora Bolton!"

Fez uma reverência e deu-lhes as costas.

Connie chegou em casa e foi submetida a um autêntico interrogatório. Clifford tinha saído na hora do chá, voltara pouco antes da tempestade, e onde estaria lady Chatterley? Ninguém sabia — só a sra. Bolton sugeriu que ela saíra para passear no bosque. No bosque, no meio daquela chuva toda? Clifford entregara-se a um estado de frenesi nervoso. Tinha um sobressalto a cada relâmpago e empalidecia a cada trovoada. Olhava para aquela chuva gelada como se fosse o fim do mundo. E ficava cada vez mais alterado.

A sra. Bolton tentou acalmá-lo.

"Ela deve estar abrigada na cabana até a chuva passar. Não se preocupe, ela há de estar bem."

"Não gosto de pensar que ela esteja no meio do bosque durante uma tempestade assim! Não quero que ela ande pelo bosque! Faz mais de duas horas que ela saiu! A que horas ela saiu?"

"Um pouco antes de o senhor chegar."

"Eu não a vi passar pelo parque. Deus sabe onde ela anda e o que terá acontecido com ela."

"Ah, nada aconteceu com ela. O senhor vai ver, ela vai voltar para casa assim que a chuva parar. Só está retida pela chuva."

Mas lady Chatterley não voltou depois da chuva. Na verdade o tempo continuou passando, o sol saiu dourado para espiar de novo, e nenhum sinal dela. O sol se pôs, começou a escurecer e o primeiro gongo do jantar já soara.

"Não adianta!", disse Clifford, muito nervoso. "Vou mandar Field e Betts à procura dela."

"Não faça isso!", exclamou a sra. Bolton. "Podem achar que foi um caso de suicídio, ou coisa assim. Não vá começar uma onda de mexericos. Deixe que eu vou até a cabana ver se ela não está lá. Pode deixar que eu vou encontrá-la."

Então, depois de alguma conversa, Clifford deixou que ela fosse.

E foi assim que Connie se deparou com ela no caminho, sozinha e vagando pálida pelo bosque.[114]

"Não se aborreça por eu ter vindo à sua procura, lady Chatterley! Mas sir Clifford ficou tão nervoso! Tinha certeza de que a senhora havia sido atingida por um raio ou morta pela queda de uma árvore. E estava decidido a mandar Field e Betts para virem procurar seu corpo no bosque. Então achei que era melhor eu vir do que criar todo esse tumulto com os criados."

Falava agitada. Percebia no rosto de Connie a maciez e o ar meio sonhador da paixão, e sentia a irritação dela contra si.

"Sem dúvida!", disse Connie. E não conseguiu dizer mais nada.

As duas mulheres continuaram a patinhar por aquele mundo encharcado, sem dizer palavra, enquanto gotas imensas caíam como explosões no chão do bosque. Quando chegaram ao parque, Connie adiantou-se e a sra. Bolton ofegava um pouco. Estava engordando.

"Que bobagem de Clifford, criar todo esse caso!", disse Connie finalmente, irritada, na verdade falando sozinha.

"Ah, mas a senhora sabe como são os homens. Gostam de ficar nervosos. Mas ele vai ficar bem assim que vir a senhora."

Connie ficou muito contrariada de constatar que a sra. Bolton sabia do seu segredo: não podia haver a menor dúvida quanto a isso.

De repente, Constance se deteve no meio do caminho.

"É monstruoso, alguém sair atrás de mim!", disse ela, com os olhos faiscando.

"Ah, não diga uma coisa dessas, lady Chatterley! Ele ia acabar mandando os dois homens — e eles iriam direto para a cabana. Eu não sabia bem onde fica, na verdade..."

Connie corou com uma raiva ainda mais intensa, diante dessa ideia. No entanto, enquanto ainda trazia as marcas da paixão, era incapaz de mentir. Nem poderia fingir que não havia nada entre ela e o guarda-caça. Olhou para a outra mulher, parada diante dela com um ar tão dissimulado e a cabeça baixa: ainda assim, de algum modo, uma aliada, graças à sua condição feminina.

"Que seja!", disse ela. "Se é assim que tem de ser. Tanto se me dá!"

"Mas a senhora não precisa se preocupar, lady Chatterley! Só estava abrigada da chuva na cabana. Não aconteceu absolutamente nada."

Entraram na casa. Connie se dirigiu ao quarto de Clifford, furiosa com ele, furiosa com aquele rosto pálido e angustiado e aqueles seus olhos saltados.

"Francamente, acho que você não precisa mandar os criados atrás de mim!", reclamou ela.

"Meu Deus!", explodiu ele. "Onde você andou, mulher? Faz horas que você saiu, horas — e numa tempestade dessas! Que diabos você vai fazer toda hora nesse maldito bosque? O que andou fazendo? Faz horas que a chuva já parou — horas! Você sabe que horas são? Assim você me deixa louco. Onde você andou? Que diabos você anda fazendo?"

"E se eu decidir que não vou responder às suas perguntas?" Ela tirou o chapéu e sacudiu os cabelos.

Ele a fitou com os olhos arregalados, cujo branco se

tingia de amarelo. Passava muito mal quando tinha esses acessos de raiva: nos dias seguintes, dava um trabalho infinito à sra. Bolton. Connie sentiu um súbito remorso.

"Mas veja bem!", disse ela, em tom mais suave. "Qualquer um iria achar que eu estava em algum lugar! Só fiz esperar a tempestade passar sentada na cabana, onde acendi um fogo e fiquei abrigada e muito satisfeita."

Agora falava com mais calma. Afinal, por que deixá-lo ainda mais alterado? Ele a olhou com ar de suspeita.

"Mas olhe só seu cabelo!", disse ele. "Veja seu estado!"

"Eu sei!", respondeu ela calmamente. "É que eu corri na chuva sem roupa."

Ele a fitou, incapaz de falar.

"Você só pode estar louca!", disse ele.

"Por quê? Porque tive a ideia de tomar um banho de chuva?"

"E como você se enxugou?"

"Com uma toalha velha... ao lado do fogo."

Ele continuava a olhar para ela totalmente aturdido.

"E imagine se alguém aparecesse", disse ele.

"E quem havia de aparecer?"

"Quem? Ora, qualquer pessoa! E Mellors? Ele nunca aparece? Ele sempre passa por lá mais ou menos a essa hora."

"Foi, ele apareceu mais tarde, quando o tempo abriu... para dar milho aos faisões."

Ela falava com uma impressionante despreocupação. A sra. Bolton, que escutava da sala ao lado, ficou admirada. Pensar que uma mulher podia responder com tamanha naturalidade!

"Mas imagine se ele tivesse aparecido quando você estava correndo na chuva sem roupa, como uma doida?"

"Acho que teria levado o maior susto da vida dele, e fugido o mais depressa que podia."

Clifford, imóvel de espanto, continuava a olhar para ela. O que se passava em seu próprio subconsciente ele jamais haveria de saber. E estava atônito demais para formar qualquer pensamento mais nítido em sua consciência. Limitou-se a aceitar o que ela dizia, em meio a uma espécie de vazio mental. E ainda sentiu admiração por ela. Que lhe parecia tão animada, bonita e suave: suavizada pelo amor.

"No mínimo", disse ele, relaxando, "você vai ter muita sorte se escapar dessa sem um resfriado violento."

"Ah, não me resfriei", respondeu ela. Pensava nas palavras do outro homem: Cê tem a bunda mais bonita do mundo! E desejava, desejava com todas as forças, poder dizer a Clifford que aquelas palavras lhe tinham sido ditas durante a famosa tempestade. Mas fazer o quê! Assumiu uma postura de rainha ofendida e subiu ao seu quarto para trocar de roupa.

Naquela noite Clifford tentou ser-lhe agradável. Estava lendo um dos mais recentes livros científico-religiosos:[115] tinha uma veia religiosa de tipo espúrio e preocupava-se egocentricamente com o futuro de seu próprio ego. Era do seu costume conversar com Connie sobre os livros que lia, já que a conversa entre os dois precisava ser produzida, quase que por química. Precisavam criá-la em suas mentes quase que usando uma fórmula química.

"O que você acha disso aqui, aliás?", disse ele, pegando o seu livro. "Você não iria precisar refrescar o ardor do seu corpo correndo na chuva, se já tivéssemos atravessado mais alguns milênios de evolução. Ah... achei! 'O universo nos revela dois aspectos: por um lado desgasta nosso físico, e por outro provoca nossa ascensão espiritual'."

Connie ficou escutando, à espera de mais. Mas Clifford tinha parado de ler. Olhou para ele, surpresa.

"Se ascendemos espiritualmente", disse ela, "o que fica para trás, no lugar onde antes tínhamos o rabo?"

"Ah!", disse ele. "O texto interpretado ao pé da letra. A *ascensão*, acho eu, aqui é só o oposto desse *desgaste*."

"Uma espécie de erupção espiritual, então?"

"Não, falando sério, sem brincar: você acha que isso tem alguma verdade?"

Ela tornou a olhar para ele.

"O físico desgastado?", disse ela. "Mas só vejo você cada dia mais gordo, e eu também não estou perdendo peso. Você acha que o sol ficou menor que antes? A mim não parece. E eu imagino que a maçã que Adão ofereceu a Eva não fosse na verdade muito maior que um caroço das nossas laranjas. Você acha que era?"

"Bom, escute o que ele diz em seguida: 'E assim vem adquirindo, com uma lentidão inimaginável para nossa maneira de medir o tempo, novas condições criativas, em meio às quais o mundo físico tal como hoje o conhecemos acabará representado por uma ondulação que mal se poderá distinguir da inexistência'."

Ela escutou com um brilho bem-humorado nos olhos. As coisas mais impróprias lhe ocorriam à mente. Mas limitou-se a dizer:

"Quanta bobagem! Como se essa conscienciazinha pretensiosa pudesse perceber o que está acontecendo tão devagar, ao longo de tanto tempo! Tudo isso só quer dizer que *ele* é um fracasso físico na face da Terra, razão pela qual decidiu decretar a falência física de todo o universo. Não passa de um puritano impertinente!"

"Ah, mas escute! Não interrompa as palavras solenes do grande homem! 'O tipo de ordem que reina hoje no mundo originou-se num passado inimaginável, e num futuro inimaginável haverá de se extinguir. Resta o mundo inesgotável das formas abstratas e da criatividade, cujo caráter mutável é determinado a cada momento por suas próprias criaturas, e Deus, de cuja sabedoria dependem todas as formas de ordem.' Pronto, é assim que ele conclui."

Connie escutava com um ar de desdém.

"Ele está espiritualmente liquidado", disse ela. "É cada uma! Tempos inimagináveis, tipos de ordem que se extinguem, o reino das formas abstratas, o caráter mutável da criatividade, e Deus misturado com as formas de ordem! Ora, não passa de uma idiotice!"

"Concordo que a associação é um pouco vaga — como uma mistura de gases, por assim dizer", disse Clifford. "Ainda assim, vejo algum valor na ideia de que o universo está se gastando fisicamente e ascendendo espiritualmente."

"É mesmo? Então ele que ascenda, contanto que me deixe em segurança e com toda a solidez física aqui embaixo mesmo."

"Mas você gosta do seu lado físico?", perguntou ele.

"Adoro!" E por sua mente passaram as palavras: É a mais linda, a mais linda bunda de mulher que existe!

"É uma coisa um tanto fora do comum, porque não há como negar que o corpo físico é um estorvo. Mas bem imagino que as mulheres não encontrem um prazer supremo na vida do intelecto."

"Prazer supremo?", disse ela, olhando para ele. "E esse tipo de idiotice é o prazer supremo da vida do intelecto? Não, muito obrigada! Prefiro o corpo. Acredito que a vida do corpo tem uma realidade superior à da vida da mente: quando o corpo realmente desperta para a vida. Mas tanta gente, como essa sua famosa máquina de vento, só tem mesmo a mente, presa a um cadáver físico."

Ele a fitou surpreso.

"A vida do corpo", disse ele, "não difere da vida dos animais."

"A qual é bem melhor que a dos cadáveres professorais. Mas não é verdade! O corpo humano só agora está despertando para a vida autêntica. Com os gregos ele viveu uma certa centelha, que Platão e Aristóteles cuidaram de matar e depois Jesus liquidou de vez. Mas agora o corpo está adquirindo uma vida genuína, erguendo-se da sepultura. E despertando para uma vida linda num universo lindo, a vida do corpo humano."

"Minha querida, você fala como o arauto de novos

tempos! É verdade que está saindo de férias: mas por favor não demonstre uma animação tão indecorosa com a ideia. Acredite, seja qual for o Deus que existe, aos poucos Ele vem eliminando as entranhas e o sistema digestivo do ser humano, como parte do processo de desenvolvimento de uma criatura mais elevada e espiritual."

"E por que eu haveria de acreditar em você, Clifford, quando sinto que, seja qual for o Deus que existe, como diz você, finalmente despertou nas minhas entranhas e hoje flutua feliz dentro de mim, produzindo ondas luminosas como a aurora? Por que eu haveria de acreditar em você, quando sinto justamente o contrário?"

"Ah, exatamente! E o que terá provocado essa mudança extraordinária em você? Correr nua em pelo em plena chuva e brincar de Bacante? A ânsia por novas sensações ou a antecipação da viagem a Veneza?"

"As duas coisas! Você acha impróprio que eu esteja animada com essa viagem?", perguntou ela.

"Acho horrível você demonstrar esse sentimento de maneira tão manifesta."

"Então vou escondê-lo."

"Ah, nem se dê ao trabalho! Agora você quase me contagiou com sua animação. Chego quase a imaginar que sou *eu* quem está de partida."

"Bom, e por que você não vem comigo?"

"Já falamos sobre isso. E, na verdade, acho que para você será melhor poder se afastar por algum tempo. O melhor, agora, é dar adeus a isso tudo! Mas toda partida significa um encontro em algum outro lugar. E cada novo encontro é uma nova ligação..."

"Não pretendo assumir nenhuma nova ligação."

"Não faça promessas vãs", disse ele.

Ela se calou.

"Está bem! Não farei promessas!", disse ela.

Mas estava muito animada, apesar de tudo, com a

viagem: sentir suas ligações que se desfaziam. Era mais forte que ela.

Clifford, que não conseguiu dormir, passou a noite inteira jogando com a sra. Bolton, até ela sentir tanto sono que mal conseguia manter-se viva.

Finalmente se aproximava o dia da chegada de Hilda. Connie combinara com Mellors que, se tudo parecesse bem encaminhado para passarem a noite juntos, ela penduraria uma xale verde na janela. Se houvesse problemas, o xale seria vermelho.

A sra. Bolton ajudou Connie a fazer as malas.

"Vai ser tão bom para a senhora mudar de ares, lady Chatterley."

"Acho que sim. A senhora não se incomoda de ficar sozinha com sir Clifford nas suas mãos por algum tempo, não é?"

"Ah, não! Sou perfeitamente capaz de cuidar dele. Quer dizer, sei fazer tudo que ele precisa. A senhora não acha que ele está melhor do que antes?"

"Ah, muito! A senhora fez maravilhas com ele!"

"É mesmo?... Mas os homens são todos iguais: bebês, que precisam ser bajulados e engambelados para acharem que tudo está correndo do jeito como querem. Não concorda, lady Chatterley?"

"Acho que não tenho muita experiência nessa área."

Connie fez uma pausa em seus afazeres.

"Seu marido também, a senhora precisava cuidar dele e engambelá-lo como se fosse um bebê?", perguntou ela, fitando a outra mulher.

A sra. Bolton também parou.

"Bem!", disse ela. "Eu precisava bajular um pouco no caso dele também. Ele sempre sabia o que eu queria, isso eu posso dizer. Mas geralmente acabava fazendo minhas vontades."

"Nunca fez questão dessa coisa de amo e senhor?"

"Não! Pelo menos... às vezes ele ficava com uma certa expressão nos olhos, e aí eu sabia que precisava fazer as vontades dele. Mas geralmente era eu quem levava a melhor. Não, ele nunca se fazia de amo e senhor. Mas eu também não. Eu sabia quando não podia passar do ponto com ele, e desistia: mesmo se às vezes me custava caro."

"E quando a senhora se recusava a ceder?"

"Ah, não sei. Nunca chegamos a esse ponto. Mesmo quando ele não tinha razão, se ele fincava o pé, eu cedia. Nunca quis pôr em risco o que existia entre nós dois. E se você realmente se opõe à vontade do homem, é o fim de tudo. Quando gosta dele, precisa ceder quando ele finca o pé; tenha ou não tenha razão, precisa ceder. Ou então alguma coisa se rompe. Mas justiça seja feita, Ted às vezes me dava razão, quando era eu que fincava o pé e ele estava errado. De maneira que eu acho que funciona para os dois lados."

"E é a mesma coisa com seus pacientes?", perguntou Connie.

"Ah, aí é diferente. No caso deles eu nem me incomodo. Eu sei o que é melhor para eles, ou tento descobrir — e então procuro dar um jeito de fazer, pelo bem deles. Não é igual a uma pessoa de quem a gente gosta. É muito diferente. Depois que você gosta de verdade de um homem, pode tratar qualquer outro homem com afeto, se ele precisa de você. Mas não é a mesma coisa. Não é uma pessoa que você *quer* do mesmo jeito. E duvido muito que, depois de ter gostado *de verdade* de um homem, consiga gostar de algum outro do mesmo jeito."

Essas palavras deixaram Connie preocupada.

"A senhora acha que só se pode gostar uma vez na vida?", perguntou ela.

"Ou nenhuma. A maioria das mulheres nunca chega a gostar — nem começa. Nem sabe o que isso quer dizer. E muitos homens também. Mas, quando eu vejo uma mulher que gosta, meu coração fica do lado dela."

"E a senhora acha que os homens se ofendem com facilidade?"

"Sim! Quando têm o orgulho ofendido. Mas as mulheres não são iguais? Só que o orgulho do homem e o da mulher são um pouco diferentes."

Connie refletiu um pouco. Começou a sentir novas apreensões em relação à sua viagem. Afinal, não estava indo para longe do seu homem, mesmo que só por pouco tempo? E ele sabia. Era por isso que se mostrava tão estranho e sarcástico.

Mesmo assim, a existência humana é controlada em boa parte pela máquina das circunstâncias externas. E ela era escrava dessa máquina. Não tinha como se libertar por completo em cinco minutos. Nem era o que ela queria.

Hilda chegou cedo na manhã de quinta-feira, num elegante automóvel de dois lugares, com sua mala bem amarrada na parte traseira. Tinha o mesmo ar reservado e juvenil de sempre, mas a mesma vontade própria. E tinha uma vontade própria que era realmente infernal, como bem constatara seu marido. Mas o marido estava se divorciando dela. Sim — e ela estava até facilitando a coisa toda, embora não tivesse um amante. Por enquanto, dizia-se simplesmente "desinteressada" dos homens. Contentava-se de ser a senhora do seu destino, e também de seus dois filhos, que estava determinada a criar "da maneira certa", fosse ela qual fosse.

Connie também só tinha direito a uma mala. Mas enviara um baú a Londres para a casa do seu pai, que faria a viagem de trem. Não fazia sentido levar um carro até Veneza. E a Itália, no mês de julho, devia estar quente demais para viagens de automóvel. Ele preferia o conforto do trem. Tinha acabado de chegar da Escócia.

Assim, como uma ajuizada comandante de campo, Hilda tinha se desincumbido de toda a parte material da viagem. Ela e Connie conversavam no quarto do andar de cima.

"Mas Hilda!", dizia Connie, um pouco assustada. "Quero passar a noite de hoje aqui. Não aqui: perto daqui!"

Hilda fixou os olhos cinzentos e inescrutáveis na irmã. Parecia calma, mas tendia a acessos de fúria.

"Onde, perto daqui?", perguntou ela em voz baixa.

"Bem... você sabe que estou apaixonada por alguém, não sabe...?"

"Imaginei que alguma coisa estava acontecendo."

"Pois bem... ele mora aqui perto... e eu queria passar esta última noite com ele. Preciso! Eu prometi." Connie ficou insistente.

Hilda baixou sua cabeça de Minerva[116] em silêncio. Em seguida ergueu os olhos.

"Você vai me dizer quem é?", perguntou ela.

"É nosso guarda-caça", disse Connie com a voz falhando, e corou violentamente, como uma criança envergonhada.

"Connie!", disse Hilda, erguendo ligeiramente o nariz de repulsa: um gesto que herdara da mãe.

"Eu sei: mas na verdade ele é maravilhoso. Ele... ele... ele realmente entende o que é carinho", disse Connie, como que se desculpasse por ele.

Hilda, lembrando uma Atena robusta e muito corada, baixou a cabeça e refletiu. Estava realmente muito irada. Mas não se atrevia a demonstrá-lo, porque Connie, a exemplo do pai das duas, ficaria imediatamente turbulenta e intratável.

Verdade que Hilda não gostava de Clifford: aquela certeza inabalável de que era alguém especial! Achava que ele se aproveitava vergonhosa e desavergonhadamente de Connie. Esperava que sua irmã resolvesse de fato abandoná-lo. Mas, vindo da sólida classe média escocesa, tinha horror a qualquer "rebaixamento", pessoal ou da família.

Finalmente levantou os olhos.

"Você vai se arrepender", disse ela.

"Não, não vou", exclamou Connie, muito vermelha.

"Ele é uma exceção, e eu estou *realmente* apaixonada. Ele é um amante formidável."

Hilda continuava pensando.

"Você vai superar o sentimento por ele em muito pouco tempo", disse ela, "e ainda vai passar muita vergonha por causa disso."

"Não! Espero ainda ter um filho dele."

"*Connie!*", disse Hilda, com a violência de uma martelada, e pálida de ódio.

"E vou ter, se puder. Ficaria muito orgulhosa de ter um filho dele."

Não adiantava conversar com ela, concluiu Hilda.

"E Clifford não desconfia?", perguntou ela.

"Ah, não! Por que haveria de desconfiar?"

"Não tenho dúvida de que você deve ter dado a ele muitos motivos de desconfiança", disse Hilda.

"De maneira alguma."

"E essa história de hoje à noite me parece uma imprudência gratuita. Onde esse homem mora?"

"No chalé do outro lado do bosque."

"Ele é solteiro?"

"Não! Mas foi abandonado pela mulher."

"Quantos anos ele tem?"

"Não sei. É mais velho que eu."

Hilda ficava mais furiosa a cada resposta, furiosa como a mãe costumava ficar, numa espécie de paroxismo. Mas ainda assim continuava escondendo o que sentia.

"Eu desistiria dessa aventura de hoje à noite se fosse você", aconselhou a irmã em tom sereno.

"Não posso! *Preciso* estar com ele hoje à noite ou não vou conseguir partir para Veneza. Não será possível."

Hilda identificou a obstinação idêntica à do pai e cedeu, por mera diplomacia. E concordou em ir de carro até Mansfield, com a irmã, para jantar — e deixar Connie de volta na beira da estrada depois de escurecer, e vir buscá-la no mesmo lugar na manhã seguinte: enquanto ela própria dormia em Mansfield, a apenas meia hora de lá com a estrada desimpedida. Mas estava furiosa. E lançou na contabilidade contra a irmã aquela mudança dos seus planos.

Connie estendeu um xale verde-esmeralda no parapeito da janela.

Tomada pela raiva, Hilda se viu simpatizando com Clifford. Pelo menos a cabeça dele funcionava. E se o sexo não, melhor ainda: menos motivo para brigas! Hilda estava farta dessa história de sexo, em que os homens se transformavam em pequenas criaturas horrendas e egoístas. Na verdade, Connie tinha menos problemas que muitíssimas mulheres, mas não se dava conta disso.

E Clifford concluiu que Hilda, no fim das contas, era uma mulher decididamente inteligente, e que podia ser ajuda de primeira ordem para qualquer homem, caso ele entrasse para a política, por exemplo. Sim, ela não tinha nada da tolice de Connie. Perto dela Connie era uma criança: mas era preciso dar-lhe um desconto, porque não era totalmente digna de confiança.

Tomaram uma xícara de chá no salão, antes da hora habitual, com as janelas abertas para deixar entrar o sol. Todos pareciam um tanto ofegantes.

"Até logo, Connie! Volte para mim em segurança."

"Até logo, Clifford! Pode deixar, eu não demoro." Connie mostrava-se quase carinhosa.

"Até logo, Hilda! Você vai ficar de olho nela, não vai?"

"Com os dois olhos!", disse Hilda. "Pode deixar que ela não irá muito longe."

"Então está combinado!"

"Até logo, senhora Bolton! Eu sei que irá cuidar condignamente de sir Clifford."

"Vou fazer o possível, lady Chatterley."

"E escreva para me dar notícias e me falar de sir Clifford, contar como ele está."

"Pode deixar, lady Chatterley, eu escrevo. E divirta-se, depois volte para nos alegrar."

Todos trocaram acenos. O carro partiu. Connie olhou para trás e viu Clifford no alto dos degraus, instalado na cadeira de rodas que usava dentro de casa. Afinal, era seu marido. E Wragby era seu lar: o resultado das circunstâncias.

A sra. Chambers segurou o portão aberto e desejou boas férias a lady Chatterley. O carro ultrapassou o pequeno arvoredo que assinalava o final do parque e enveredou pela rua repleta de mineiros que voltavam para casa. Hilda tomou a Crosshill Road, que não era a estrada principal mas ia até Mansfield. Connie envergou os óculos protetores. A estrada corria paralela aos trilhos da ferrovia, que ficavam num nível inferior. Em seguida, atravessava a via férrea por uma ponte.

"É ali que fica, a estrada para o chalé!", disse Connie.

Hilda olhou para ela impaciente.

"É um absurdo não seguirmos viagem direto!", disse ela. "Podíamos estar em Pall Mall[117] antes das nove!"

"Fico com pena por sua causa", disse Connie, por trás dos óculos de proteção.

Logo chegaram a Mansfield, uma cidade mineira que tinha sido um local outrora romântico, mas hoje era desalentador. Hilda parou no hotel indicado pelo guia rodoviário e alugou um quarto. Aquilo tudo era completamente desinteressante, e ela estava quase furiosa demais para dizer o que fosse. No entanto, Connie *precisava* lhe contar alguma coisa sobre a história daquele homem.

"*Ele! Ele!* Que nome você usa para chamá-lo? Você só fala *ele!*", disse Hilda.

"Nunca o chamei por nome nenhum, nem ele a mim: o que não deixa de ser curioso, pensando bem. Às vezes falamos de lady Jane e de John Thomas. Mas o nome dele é Oliver Mellors."

"E você acha boa ideia deixar de ser lady Chatterley para se tornar a senhora Oliver Mellors?"

"Iria adorar."

Connie não tinha jeito. E, de qualquer maneira, se o homem tinha sido tenente do exército na Índia por quatro ou cinco anos, devia ser mais ou menos apresentável. Tudo indicava que tinha caráter. Hilda começou a ceder um pouco.

"Mas você vai se fartar dele em pouco tempo", disse ela, "e então ficará com vergonha dessa ligação. Não podemos nos misturar com trabalhadores."

"Logo você, tão socialista! Sempre do lado das classes trabalhadoras!"

"Posso me alinhar com eles numa crise política, mas justamente por isso sei o quanto é impossível misturar minha vida com a deles. Não por esnobismo, mas simplesmente porque o ritmo é totalmente outro."

Hilda tivera muito contato com verdadeiros intelectuais políticos, de maneira que, infelizmente, não havia resposta para suas palavras.

O monótono anoitecer se arrastava no hotel, e finalmente tiveram um jantar monótono. Em seguida, Connie enfiou algumas coisas numa bolsa de seda e penteou os cabelos.

"Afinal, Hilda", disse ela, "o amor às vezes é maravilhoso; quando você se sente *viva*, parte de toda a criação." Ela quase se vangloriava.

"Imagino que qualquer mosquito se sinta parte da criação", disse Hilda.

"Você acha que sim? Que bom para ele!"

A noite estava lindamente clara e convidativa, mesmo naquela cidade sem graça. E ficaria clara até amanhecer. Com o rosto parecendo uma máscara, crispado pelo ressentimento, Hilda tornou a ligar o carro e as duas voltaram por onde tinham vindo, dessa vez pela outra estrada, via Bolsover. Connie usava os óculos de proteção e um gorro, como disfarce, e fez todo o trajeto em silêncio. Diante da oposição de Hilda, alinhava-se ferozmente ao homem, e ficaria ao lado dele em qualquer situação.

Acenderam os faróis quando passaram por Crosshill, e o trenzinho iluminado que passou fumegando por elas debaixo da ponte reforçou a impressão de uma noite de verdade. Hilda tinha calculado a curva de maneira a entrar na alameda ao final da ponte. Reduziu a velocidade de repente e saiu da estrada, a luz muito branca dos faróis iluminando a alameda coberta de grama por cortar. Connie olhou para fora. Viu uma sombra e abriu a porta.

"Chegamos!", disse ela baixinho.

Mas Hilda tinha apagado as luzes e estava absorta dando marcha a ré, manobrando o carro.

"Nada na ponte?", perguntou ela.

"Está tudo bem", disse a voz do homem.

Ela atravessou de volta a ponte, trocou de marcha, voltou com o carro por alguns metros de estrada e entrou de ré na alameda, passando debaixo de um olmo, esmagando a grama e as samambaias. E então apagou todas as luzes. Connie desceu. O homem estava à sombra das árvores.

"Precisou esperar muito?", perguntou Connie.

"Nem tanto", respondeu ele.

Os dois ficaram esperando que Hilda descesse do carro. Mas ela fechou a porta e permaneceu sentada ao volante.

"Esta é minha irmã, Hilda. Não quer vir falar com ela? Hilda, este é o senhor Mellors."

O guarda-caça tirou o chapéu, mas não se aproximou.

"Venha até o chalé conosco, Hilda", pediu Connie. "Não fica longe."

"E o carro?"

"Todo mundo por aqui deixa os carros estacionados. Você traz a chave."

Hilda ficou em silêncio, deliberando. Depois olhou para trás, pela alameda.

"Posso dar marcha a ré e parar atrás daquelas plantas?", perguntou ela.

"Ah, sim!", respondeu o guarda-caça.

Ela engatou a ré e descreveu uma curva lenta, ficando invisível da estrada. Trancou o carro e desceu. Era noite fechada, mas muito clara. As sebes cresciam altas e sem poda, ao longo daquela alameda sem uso, e produziam uma impressão de escuridão mais densa. Havia um aroma fresco no ar. O guarda-caça caminhava à frente, seguido por Connie e depois Hilda, em silêncio. Iluminava os trechos mais complicados com uma lanterna a pilha, e os três avançaram enquanto uma coruja piava baixinho entre os carvalhos e Flossie seguia à frente em silêncio. Ninguém falava: não havia o que dizer.

Finalmente Connie avistou a luz amarelada da casa, e seu coração disparou. Estava um pouco assustada. Continuaram em frente, sempre em fila indiana.

Ele destrancou a porta e entrou à frente delas na salinha aquecida, mas despojada. O fogo ardia baixo e rubro atrás da grade. A mesa estava posta com dois pratos e dois copos, e dessa vez uma toalha de mesa branca de verdade. Hilda sacudiu os cabelos e correu com os olhos a sala nua e sem alegria. Em seguida, invocou toda a sua coragem e olhou diretamente para o homem.

Era moderadamente alto e magro, e ela o achou bonito. Mantinha-se a uma certa distância e não parecia nem um pouco disposto a conversar.

"Sente-se, Hilda", disse Connie.

"Sim", disse ele. "Posso lhes oferecer um chá, ou alguma coisa... ou aceitam um copo de cerveja? Está bastante fresca."

"Cerveja!", disse Connie.

"Cerveja para mim, por favor!", disse Hilda, com uma timidez fingida. Ele olhou para ela, piscando muito os olhos.

Pegou uma jarra azul e foi até a despensa. Quando voltou com a cerveja, seu rosto mudara novamente.

Connie sentou-se junto à porta, e Hilda na cadeira dele, de costas para a parede, junto à janela.

"Está na cadeira dele", disse Connie baixinho. E Hilda se levantou, como se a cadeira estivesse queimando.

"Fica sentada, fica sentada! Cê pode sentar em qualquer cadeira, ninguém aqui é o pai urso", disse ele, com a mais absoluta tranquilidade.

E trouxe um copo para Hilda, servindo primeiro a ela a cerveja da jarra azul.

"Já cigarros", disse ele, "eu num tenho aqui, mas acho que cês devem ter. Eu num fumo. Cês querem comer alguma coisa? E virou-se diretamente para Connie. "Quer comer alguma coisinha, se eu trouxer pra mesa? Cê costuma comer essa hora." Falava o dialeto com uma segurança curiosa e muito calma, como se fosse o dono de uma estalagem.

"O que você tem?", perguntou Connie, corando.

"Presunto cozido, queijo e nozes, se cê quiser. Pouquinha coisa."

"Está bem", disse Connie. "Quer também, Hilda?"

Hilda olhou para ele.

"Por que está falando com esse sotaque do Yorkshire?", perguntou ela baixinho.

"Não, não é do Yorkshire, é de Derby."

Ele lhe devolveu o olhar com aquele sorriso tênue e distante.

"Derby, então! Por que está falando o dialeto de Derby? No começo falava inglês normal."

"É memo? E num posso mudar quando me dá na telha? Não, nada disso, deixa eu falar do meu jeito se eu quiser. Se cê num tiver nada contra."

"Parece um pouco forçado", disse Hilda.

"É, até pode ser! Mas em Tevershall, o jeito de cê falar é que ia parecer forçado." Tornou a olhar para ela, com uma distância calculada, de esguelha, como se perguntasse: Ora, quem cê pensa que é?

Saiu pisando duro rumo à despensa, para buscar a comida.

As irmãs ficaram sentadas em silêncio. Ele trouxe mais um prato, uma faca e um garfo. E então disse:

"Se cês num se incomodam, vou tirar o casaco, como eu costumo fazer."

Tirou o casaco e pendurou no cabide, sentando-se à mesa em mangas de camisa: uma camisa de flanela fina, cor de creme.

"Cês podem se servir!", disse ele. "Podem se servir! Não percisa esperar pra isso!"

Cortou o pão e depois ficou ali sentado, imóvel. Hilda sentiu, como antes ocorrera com Connie, a força do seu silêncio e do seu isolamento. Viu a mão dele, pequena e sensível, à vontade na mesa. Ele não era um simples trabalhador braçal, nada disso: era um papel! Um papel que estava representando!

"De toda maneira!", disse ela, enquanto pegava um pedaço de queijo. "Seria mais natural se você falasse conosco em inglês normal, e não no dialeto da região."

Ele olhou para ela, sentindo o quanto ela era dotada de uma vontade.

"É mesmo?", disse ele, em inglês normal. "É mesmo? E alguma coisa dita entre você e mim pode soar natural, além de você me dizer que prefere me ver no inferno do que junto com sua irmã; e além de alguma coisa igualmente desagradável que eu lhe diga em resposta? Alguma outra conversa pode ser natural?"

"Ah, sim!", disse Hilda. "Simples bons modos seriam bem naturais."

"É mais forte que eu, por assim dizer!", respondeu ele: em seguida começou a rir. "Nada disso", completou, "é que eu tou cansado dos bons modos. Cê devia me deixar em paz!"

Hilda ficou francamente atônita, e furiosamente contrariada. Afinal, ele podia dar algum sinal de que percebia estar recebendo um tratamento condigno. Em vez disso, com todo aquele teatro e mais os ares de grão-

-senhor que se dava, parecia imaginar que era ele quem lhes concedia uma grande honra. Que desfaçatez! E a pobre Connie perdida, nas garras daquele homem!

Os três comeram em silêncio. Hilda ficou observando para ver como ele se comportava à mesa. E não teve como deixar de perceber que era instintivamente muito mais delicado e cortês do que ela própria. Ela tinha um jeito um tanto brusco e escocês. Além disso, ele ostentava a segurança tranquila e contida dos ingleses, sem pontas soltas. Seria muito difícil derrotá-lo em alguma coisa.

Mas tampouco iria deixar que ele a derrotasse.

"E você acha mesmo", perguntou ela, em tom um pouco mais ameno, "que vale a pena correr esse perigo?"

"Se vale a pena correr qual perigo?"

"Essa aventura com minha irmã."

Ele exibiu por um segundo aquele seu sorriso irritante.

"É pra ela que cê devia preguntar!", e em seguida olhou para Connie. "É porque cê quer que cê vem pra cá, né não, garota? Ou eu já te forcei a fazer alguma coisa?"

Connie olhou para Hilda.

"Eu preferia que você não insistisse nesse assunto, Hilda."

"Naturalmente eu também preferia. Mas alguém precisa pensar nas coisas. Você precisa ter alguma continuidade na sua vida. Não pode estragar tudo e pronto."

Fez-se uma pausa de um momento.

"Ora, a continuidade!", disse ele. "E o que isso quer dizer? Qual é a continuidade da *sua* vida? Ouvi dizer que cê tava se divorciando. Que continuidade é essa? Sua teimosia continua sempre a mesma — isso dá pra ver. E do que cê acha que isso adianta pra ela? Cê vai ficar farta dessa continuidade quando envelhecer. Uma mulher teimosa de temperamento forte: ah, isso vai continuar pra sempre. E graças a Deus num sou eu que precisa lidar com você!"

"Que direito você tem de falar assim comigo?", disse Hilda.

"Exatamente! Que direito cê tem de querer se meter na vida dos outros com essa história de continuidade? Cada um que continua o que quiser."

"Meu caro, você acha que estou preocupada com você?", perguntou Hilda.

"Tá, sim", disse ele. "É comigo, sim. Medindo forças. Cê é mais ou menos minha cunhada."

"Ainda falta muito para isso, eu lhe garanto."

"Nem falta tanto assim, *eu* garanto *procê*. E também tenho cá minha continuidade, pode apostar! Igualzinho como cê tem, o tempo todo. E se sua irmã ali me procura pra trepar um pouco e um pouco de carinho, ela sabe o que quer. E já passou pela minha cama: onde cê nunca teve, graças a Deus, com essa sua continuidade." E fez uma longa pausa, antes de acrescentar: "Ora, eu num uso minhas calças com os fundilhos pra frente. E se alguma coisa boa me acontece, eu agradeço minha estrela. Um homem pode ter muito prazer com aquela menina ali — o que duvido muito que conseguisse com uma pessoa do jeito que cê é. O que num deixa de ser uma pena, porque cê até podia ser uma fruta doce, em vez desse legume azedo. Mas as mulheres do seu tipo percisam é de receber o enxerto certo."

Estava olhando para ela com um sorriso estranho e encoberto, ligeiramente sensual e apreciativo.

"E homens como você", respondeu ela, "deviam ir presos, em vez de continuarem por aí justificando a própria vulgaridade e o egoísmo do desejo."

"Ora! É uma bênção que ainda existam alguns homens como eu. Mas a senhora merece exatamente o destino que tem: ficar completamente sozinha."

Hilda se levantara e fora até a porta. Ele se pôs de pé e tirou o casaco do cabide.

"Sou capaz de achar sozinha o caminho de volta", disse ela.

"Duvido muito", respondeu ele com toda a calma.

Saíram de novo caminhando naquela ridícula fila indiana, em silêncio. Uma coruja ainda piava. Ele pensou que precisava dar um tiro no animal.

O carro estava intacto, só um pouco coberto de orvalho. Hilda entrou e deu a partida. Os outros dois ficaram esperando.

"O que eu quero dizer", declarou ela da sua trincheira, "é que duvido muito que no final vocês achem que valeu a pena — para nenhum dos dois."

"O que faz bem a um homem envenena outro", respondeu ele, da escuridão. "Mas são meus comes e bebes."

Os faróis se acenderam.

"Não vá me deixar esperando de manhã, Connie."

"Não, pode deixar. Boa noite, Hilda!"

O carro voltou lentamente para a estrada e em seguida se afastou depressa, deixando a noite em silêncio.

Timidamente Connie tomou o braço dele, e voltaram depressa pelo mesmo caminho. Ele não disse nada. Finalmente ela o fez parar.

"Beije-me!", murmurou ela.

"Não, espere um pouco! Primeiro eu preciso esfriar o ânimo", disse ele.

Ela achou graça. Ainda segurava o braço dele com firmeza, e caminharam os dois depressa pela alameda, em silêncio. Sentia-se tão contente de estar com ele agora. E estremeceu, pensando que Hilda poderia tê-la forçado a ir embora. Ele guardava um silêncio inescrutável.

Quando chegaram de volta ao chalé, ela quase pulou de felicidade por se ver livre da irmã.

"Mas você tratou Hilda muito mal", disse ela.

"Devia era ter lhe dado um bofetão na hora certa."

"Mas por quê? Ela foi *tão* boa."

Ele não respondeu e continuou a cuidar de suas tarefas noturnas, com movimentos pausados e como que inalteráveis. Por fora estava irritado, mas não com ela. Pelo menos era o que Connie achava. Estava aborrecido, mas no fundo da sua raiva ele gostava dela. E a raiva lhe conferia uma beleza especial, um fulgor introvertido que a tocava e deixava com as pernas bambas. Ainda assim, ele não tomava conhecimento da sua presença.

Até sentar-se e começar a desatar os cordões das botas. Aí ele olhou para ela, através das sobrancelhas, com os olhos ainda tomados pela raiva.

"Cê num vai subir?", perguntou ele. "Pega a vela!"

E indicou a vela que ardia em cima da mesa com um leve gesto brusco da cabeça. Ela pegou a vela, obediente, e ele ficou observando a curva generosa de seus quadris enquanto ela subia os primeiros degraus.

Foi uma noite de paixão sensual, em que ela ficou um pouco surpresa, e quase forçada: ainda assim trespassada mais uma vez por sensações profundas de sensualidade, diferentes, mais vivas, mais terríveis que as emoções da ternura, porém, naquele momento, ainda mais desejáveis. Embora um pouco assustada, deixou que ele fizesse o que queria, e aquela sensualidade ousada e sem pudores abalou-a profundamente, deixou-a nua até o cerne e a transformou numa outra mulher. Não era exatamente amor. Não era voluptuosidade. Era uma sensualidade penetrante e ardente como o fogo, transformando toda alma em combustível.

E consumindo totalmente seus pudores, seus pudores mais profundos e antigos, presentes nos lugares mais recônditos. Custou-lhe muito esforço deixar que ele fizesse o que queria, impondo-lhe sua vontade. Ela precisou reduzir-se a um estado de total passividade e complacência, como uma escrava fisicamente subjugada. Ainda assim a paixão ardia em torno dela, voraz, e quando a chama sensual lambeu suas entranhas e seus seios, ela realmente teve a impressão de que morria: mas uma morte magnífica e pungente.

Muitas vezes ela se perguntara o que Abelardo quisera dizer ao afirmar que em seu ano de amor ele e Heloísa tinham atravessado todos os estágios e refinamentos da paixão.[118] Aquela mesma coisa, mil anos antes: dez mil anos antes! Aquela mesma coisa nos vasos gregos — em toda parte! Os refinamentos da paixão, as extravagâncias da sensualidade! E era necessário, toda vez, aniquilar a escória dos falsos pudores e reduzir à pureza o minério mais pesado do corpo. Com o fogo da simples sensualidade.

Naquela curta noite de verão ela aprendeu tantas coisas. Achava que uma mulher podia morrer de vergonha, mas na verdade era a vergonha que morria. A vergonha, que é o medo: a vergonha orgânica profunda, o medo físico muito arcaico que se refugia encolhido no cerne do corpo de cada um e só pode ser afugentado pelo fogo da sensualidade, finalmente despertava e era desentocado pelo assédio fálico do homem, e ela alcançou o coração mais profundo da selva de si mesma. Agora, sentia ter chegado ao verdadeiro leito rochoso da sua natureza, e que perdera toda a vergonha. Reduzira-se à sua essência sensual, nua e sem pudores. Sentia um triunfo, uma tentação de ostentar sua façanha. Então! Era assim! Era assim, a vida! É assim que realmente somos! Não restava nada a encobrir ou a servir de motivo para envergonhar-se. Ela revelara sua nudez mais extrema a um homem, a outra criatura.

E que demônio destemido era esse homem! Realmente um demônio! Ela precisava de força para acompanhá-lo. Mas também precisava atingir, no coração da selva do seu corpo, o último e mais profundo recesso da vergonha orgânica. Só o falo tinha como atingi-lo. E como ele a vasculhara! E como, tomada pelo medo, ela o detestara! Mas, na verdade, como o tinha desejado! Agora ela sabia. No íntimo da sua alma, fundamentalmente, ela carecia daquele desentocamento fálico, que sempre desejara em segredo e jamais julgara que ocorreria. Agora, inesperadamente, acontecia com ela, um homem compartilhava sua nudez última e final e ela não sentia vergonha.

Como mentem os poetas e todos os outros! Fazem-nos crer que desejamos o sentimento. Quando o que queremos acima de tudo é essa sensualidade dilacerante, voraz e na verdade assustadora. Encontrar um homem que se atreva a ela, sem vergonha, pecado ou dúvida! Se em seguida sentir vergonha, e a deixar envergonhada, tanto pior! Pena que os homens corajosos e sensuais sejam tão raros! Pena que os homens na maioria sejam tão apegados à pose e cheios de pudores. Como Clifford! Como Michaelis, também! Ambos sensualmente apegados antes de tudo à sua pose, e degradantes também. O prazer supremo do intelecto! Do que isso vale para uma mulher? Do que vale, na verdade, para o próprio homem? Só o deixa confuso e faz com que se comporte com grande apego à pose, inclusive intelectualmente. Precisamos da pura sensualidade inclusive para depurar e acelerar o intelecto. Uma sensualidade ardente, em estado puro; não a confusão.

Ah, Deus, como um homem é coisa rara! São todos cães que trotam, farejam e copulam. Ter encontrado um homem que não sentia medo nem vergonha! E agora ela olhava para ele, dormindo como um animal selvagem adormecido, a uma imensa distância dali. E se aninhou a seu lado, para não ficar longe dele.

Até ele despertar e acordá-la completamente. Estava sentado na cama, olhando para ela, que viu sua própria nudez nos olhos dele, um reconhecimento imediato de quem era. E aquele conhecimento fluido e masculino de quem ela era parecia transbordar de volta dos olhos dele e envolvê-la voluptuosamente. Ah, como era voluptuoso e adorável sentir-se com os membros e o corpo semientorpecidos, pesados e intoxicados de paixão!

"Está na hora de acordar?", disse ela.

"Seis e meia."

Ela precisava estar na entrada da alameda às oito. Sempre, sempre, sempre aquelas obrigações!

"Então ainda não precisamos nos levantar", disse ela.

"Posso preparar o café da manhã e trazer aqui em cima — quer?"

"Oh, sim!"

Flossie choramingou baixinho no térreo da casa. Ele se levantou, tirou o pijama e esfregou-se com uma toalha. Quando o ser humano é destemido e cheio de vida, como é lindo! Foi o que ela pensou, enquanto o observava em silêncio.

"Abra a cortina, por favor."

O sol já iluminava as folhas verdes mais tenras da manhã, e o bosque se apresentava fresco e azulado a toda volta. Ela sentou-se na cama, olhando sonhadora pela janela do quarto, os seios nus apertados entre os braços nus. Ele se vestia. Ela devaneava sobre a vida, uma vida junto com ele: uma vida, pura e simples.

Ele estava indo embora, afastando-se da nudez perigosa e acocorada da mulher.

"Será que eu perdi totalmente minha camisola?", disse ela.

Ele enfiou a mão em meio às roupas de cama e puxou para fora o traje de seda fina.

"Sabia que tinha sentido seda com os pés", disse ele.

Mas a camisola estava rasgada praticamente ao meio.

"Não tem importância!", disse ela. "Na verdade o lugar dela é aqui. Não vou levá-la comigo."

"Isso, deixe aqui — e sempre posso dormir com ela entre as pernas, me fazendo companhia. Tem algum nome bordado, ou marca?"

"Não! É só uma camisola velha e comum."

Vestiu a camisola rasgada e ficou olhando sonhadora pela janela, que estava aberta, deixando entrar o ar da manhã e o som dos pássaros. Muitos passarinhos passavam voando. Então ela viu Flossie sair correndo da casa. O dia amanhecera.

Embaixo, ela o ouviu acender o fogo, tirar água com a bomba, sair pela porta dos fundos. Aos poucos começou a sentir o cheiro de bacon, e finalmente ele apareceu no alto da escada com uma enorme bandeja preta que mal passava pela porta. Pousou a bandeja na cama e serviu o chá. Connie se agachou, ainda com a camisola rasgada, e atacou faminta sua comida. Ele se acomodou na única cadeira do quarto, com seu prato no colo.

"Como está gostoso!", disse ela. "Como é bom podermos tomar o café da manhã juntos."

Ele comia em silêncio, prestando atenção no tempo que passava às pressas. O que a fez lembrar.

"Ah, como eu queria ficar aqui com você, e que Wragby estivesse a um milhão de quilômetros! Na verdade é de Wragby que estou indo embora. Você sabe disso, não é?"

"Sei!"

"E me promete que vamos viver juntos o resto da vida, você e eu! Promete?"

"Prometo! Assim que a gente puder."

"Isso mesmo! E vamos poder logo! *Vamos*, não é?", inclinou-se para a frente, derramando um pouco de chá e segurando-o pelo pulso.

"Vamos!", disse ele, limpando o chá.

"A partir de agora não há jeito de *não* ficarmos juntos, não é?", disse ela suplicante.

Ele olhou para ela com seu sorriso rápido.

"Não!", disse ele. "Só que você precisa ir embora daqui a vinte e cinco minutos."

"É mesmo!", exclamou ela. De repente, ele ergueu um dedo de advertência e pôs-se de pé.

Flossie dera um latido curto, depois três ladridos mais altos e agudos de aviso. Em silêncio ele pôs seu prato na bandeja e desceu as escadas. Constance o ouviu saindo pelo caminho do jardim. Uma campainha de bicicleta tinha tilintado naquela direção.

"Bom dia, senhor Mellors! Carta registrada!"

"Ah, sim! Cê tem um lápis?"

"Aqui."

Uma pausa.

"Canadá!", disse a voz do desconhecido.

"Ah! Tenho um amigo lá, na Colúmbia Britânica. Num sei o que ele resolveu me mandar."

"Pode ser que teja mandando uma fortuna pra você."

"Acho mais fácil ele tar querendo me pedir alguma coisa."

Pausa.

"Bom! Lindo dia!"

"Pois é!"

"Bom dia!"

"Dia!"

Depois de algum tempo ele voltou a subir as escadas, com um ar contrariado.

"O carteiro", disse ele.

"Muito cedo!", ela respondeu.

"É a entrega rural — costuma começar por aqui às sete, nos dias que ele vem."

"E seu amigo lhe mandou uma fortuna?"

"Não! Só umas fotografias e papéis sobre algum lugar na Colúmbia Britânica."

"E você iria para lá?"

"Achei que talvez podíamos ir juntos, nós dois."

"Ah, sim! Ouvi dizer que é um lugar lindo!"

Mas ele ficara incomodado com a visita do carteiro.

"Malditas bicicletas, chegam antes de você saber de onde vieram. Espero que ele não tenha reparado nada."

"Mas afinal, o que ele podia reparar?"

"Agora você precisa se levantar e se arrumar. Vou só dar mais uma volta em torno da casa."

Ela o viu sair explorando o caminho, com a cachorra e a arma. Desceu e se lavou, e estava pronta quando ele chegou de volta, seus poucos pertences guardados na bolsinha de seda.

Ele trancou a casa e eles saíram andando, mas pelo meio do bosque, e não pela alameda. Ele estava desconfiado.

"Você não acha que a verdadeira finalidade da vida são noites como a de ontem?", perguntou ela.

"Acho! Mas a gente nunca pode esquecer dos outros momentos", respondeu ele, bruscamente.

Continuaram a caminhar pela alameda de relva alta, ele à frente, em silêncio.

"E depois nós *vamos* viver juntos e ter uma vida nossa, não é?", insistiu ela.

"Vamos!", respondeu ele, avançando sem olhar em volta. "Na hora certa! Agora cê tá indo pra Veneza, ou coisa assim."

Ela o seguia sem dizer nada e com o coração desfeito. Ah, como ela *lamentava* ir embora!

Finalmente ele parou.

"Vou passar por ali", disse ele, apontando para a direita.

Mas ela rodeou seu pescoço com os braços e agarrou-se a ele.

"Você vai continuar gostando de mim, não vai?", sussurrou ela. "Adorei a noite de ontem. Mas você vai continuar gostando de mim, não vai?"

Ele a beijou e a abraçou com força por alguns instantes. Depois suspirou e tornou a beijá-la.

"Perciso ir ver se o carro já chegou."

Atravessou algumas moitas de espinheiro e tufos de samambaias, abrindo um rastro mais claro. Ao cabo de um ou dois minutos, reapareceu.

"O carro inda num chegou", disse ele. "Mas o carrinho do padeiro tá parado na estrada."

Parecia ansioso e perturbado.

"Escuta!"

Ouviram um carro buzinar baixinho enquanto se aproximava, reduzindo a velocidade na ponte.

"Ela já tá aí! Vai logo!", disse ele. "Eu fico aqui. Vai logo, num faz ela esperar."

Tristonha, ela seguiu a pista que ele abrira através do mato e chegou a uma sebe. Ele estava logo atrás dela.

"Por ali! Passa por ali!", disse ele, apontando para uma abertura. "Eu num vou aparecer."

Ela olhou para ele, tomada de desespero. Mas ele a beijou e a fez seguir em frente. Ela atravessou a sebe sofrendo e chegou à cerca de madeira, descendo o barranco baixo e entrando na alameda, onde Hilda já descia do carro, muito aborrecida.

"Finalmente!", disse Hilda. "E *ele*, onde está?"

"Não vem até aqui."

O rosto de Connie estava banhado em lágrimas quando ela entrou no carro com sua bolsinha. Hilda pegou o capacete de couro com os óculos de proteção que cobriam metade do rosto.

"Ponha isso!", disse ela. E Connie vestiu o disfarce, depois o casaco comprido de viagem, e sentou-se no carro, uma criatura de olhos arregalados, desumana e irreconhecível. Hilda deu partida no carro com um movimento seguro. Saíram da alameda e logo chegaram à estrada. Connie tinha olhado em volta, mas nenhum sinal dele. Adeus! Adeus! Chorava lágrimas amargas. A despedida fora tão brusca, tão inesperada. Era como a morte.

"Graças a Deus você vai passar algum tempo longe dele!", disse Hilda, desviando-se para evitar a travessia da aldeia de Crosshill.

"A questão, Hilda", disse Connie depois do almoço, quando já se aproximavam de Londres, "é que você nunca soube o que é o verdadeiro carinho ou a sensualidade genuína: e se um dia vier a conhecer — com a mesma pessoa — vai ver... vai ver que faz muita diferença."

"Pelo amor de Deus, não venha se gabar da sua experiência!", disse Hilda. "Nunca encontrei um homem que fosse capaz de intimidade com uma mulher — de se entregar totalmente a ela. Era o que eu queria. Não faço questão desse carinho presunçoso, dessa sensualidade deles. Não me basta ser a queridinha de homem nenhum, nem sua *chair à plaisir*.[119] Eu queria uma intimidade completa, e não encontrei. E para mim chega."

Connie pensou nas palavras dela. Intimidade completa! Imaginava que isso significasse duas pessoas revelando uma à outra tudo que lhes dizia respeito. Mas isso era muito tedioso. Todas essas conversas exaustivas entre um homem e uma mulher! Isso era uma doença!

"Acho que você pensa demais em si mesma o tempo todo, com todo mundo", disse ela à irmã.

"Espero que pelo menos não tenha a natureza de uma escrava", respondeu Hilda.

"Mas talvez tenha! Talvez seja escrava da ideia que faz de si mesma."

Hilda continuou a dirigir em silêncio depois da manifestação de insolência dessa Connie tão atrevida.

"Pelo menos não sou escrava da ideia que outra pessoa faz de mim: especialmente quando a outra pessoa é um empregado do meu marido", retorquiu finalmente, tomada pela raiva.

"Mas não é nada disso", respondeu Connie calmamente.

Ela sempre se deixara dominar pela irmã mais velha. Agora, embora dentro de si mesma estivesse chorando em algum lugar, via-se livre do domínio das *outras mulheres*. Ah! O que já era um alívio e tanto, como se tivesse conseguido dar início a uma vida nova: livre do estranho domínio e da obsessão das *outras mulheres*. Como elas eram horríveis, as mulheres!

Ficou feliz de encontrar seu pai, de quem sempre tinha sido a favorita. Ela e Hilda hospedaram-se num hotelzinho de Pall Mall e sir Malcolm ficou no seu clube. Mas saía com as filhas à noite, e elas gostavam de estar com ele.

Ainda era bem-apanhado e robusto, embora cultivasse um certo temor do mundo novo que brotara à sua volta. Casara-se em segundas núpcias na Escócia, com uma mulher mais nova e mais rica que ele. Mas passava todo o tempo livre que podia longe dela: exatamente como fizera no primeiro casamento.

Connie sentou-se ao lado dele na ópera. Ele era moderadamente corpulento e tinha coxas grossas, ainda fortes e musculosas: as coxas de um homem rico que tivera prazeres na vida. Seu egoísmo bem-humorado, seu tipo obstinado de independência, sua sensualidade sem peias, tudo aquilo parecia a Connie estar presente em suas coxas fortes. Apenas um homem! Que agora envelhecia, o que era triste. Porque em suas pernas fortes e grossas de homem não havia nada da sensibilidade alerta e da capacidade de ternura que são a essência mesma da juventude, aquilo que nunca morre, enquanto está presente.

Connie despertava para a existência das pernas. Tornaram-se mais importantes para ela do que os rostos, que tinham deixado de ser tão reais. Como eram poucas as pessoas que tinham pernas vivazes e atentas! Olhou para os homens sentados no balcão. Volumosas coxas flácidas envoltas em tecido frouxo, ou finos varapaus em trajes fúnebres, ou pernas jovens de boas formas mas sem qualquer sentido, nem sensualidade, nem ternura, nem sensibilidade, apenas pernas comuns que se deslocavam de um lado para o outro. Nem mesmo a sensualidade das pernas do seu pai. Eram todas recatadas, recatadas demais para a vida.

Mas as mulheres não tinham pernas recatadas. As estacas terríveis da maioria das mulheres! Uma coisa chocante, quase suficiente para justificar o homicídio! Ou as tristes varetas finas! Ou as pernas bem torneadas com meias de seda, sem o menor sinal de vida! Horríveis, esses milhões de pernas sem sentido que se deslocavam à volta dela!

Sentia-se infeliz em Londres. As pessoas lhe pareciam espectrais e vazias. Não manifestavam uma alegria vivaz, por mais que pudessem ter uma aparência animada ou bonita. Tudo era estéril. E Connie tinha a fome feminina de felicidade, da promessa de felicidade.

Em Paris, pelo menos, sentiu ainda uma certa sensualidade. Mas era uma sensualidade tão esgotada, cansada e gasta, gasta devido à falta de ternura. Ah, Paris era triste, uma das cidades mais tristes: cansada de sua sensualidade hoje mecânica, cansada da tensão do dinheiro, dinheiro, dinheiro, cansada até mesmo do ressentimento e da mentira, mortalmente cansada, e ainda não suficientemente americanizada ou londrinizada para esconder aquele desgaste por baixo de algum frenesi mecânico! Ah, aqueles homens tão masculinos, os *flâneurs*[120] sempre de olho atento às mulheres, os consumidores de bons jantares! Como estavam cansados! Cansados, esgotados pela falta de um mínimo de ternura, tanto dada quanto recebida. As mulheres eficientes e às vezes encantadoras tinham alguma noção das realidades sensuais: levavam essa vantagem sobre suas saltitantes irmãs inglesas. Mas a ternura, conheciam ainda menos. Secas, com a tensão seca e incessante da vontade, também elas estavam quase esgotadas. O mundo humano estava se exaurindo. Talvez se tornasse puramente destrutivo. Uma espécie de anarquia! Clifford e seu anarquismo conservador! Talvez não continuasse conservador por muito tempo. Talvez se transformasse num anarquismo radical.

Connie se descobriu cada vez mais retraída e intimidada pelo mundo. Às vezes sentia uma felicidade passageira nos grandes bulevares, no Bois ou nos Jardins do Luxemburgo.[121] Mas Paris já estava abarrotada de americanos e ingleses, estranhos americanos usando os mais bizarros uniformes, e os ingleses enfadonhos de sempre, tão inevitáveis no estrangeiro.

Ficou aliviada de seguir viagem. O tempo esquentara de uma hora para outra, de maneira que Hilda atravessou a Suíça e a Passagem de Brenner, depois cruzou os Dolomitas[122] rumo a Veneza. Hilda adorava estar no comando, dirigindo o carro e tomando conta de tudo. Connie se contentava em ficar calada.

E a viagem foi na verdade muito agradável, embora Connie continuasse a repetir-se: Por que não me ocorre nenhum sentimento verdadeiro? Por que nada me impressiona? É horrível eu não ter mais o mesmo gosto pela paisagem! Mas não tenho. É um horror. Sou como são Bernardo, que era capaz de atravessar de barco o lago de Lucerna sem sequer lançar um olhar às montanhas e às águas tão verdes. Não me importo mais com a beleza da paisagem. Por que perder tempo olhando esses panoramas? Por quê? Eu me recuso.

Não, ela não encontrou nada de vital na França, na Suíça, no Tirol ou na Itália. Apenas se deixava conduzir através de tudo. E era menos real que Wragby. Menos real que a horrível Wragby! Sentia que não daria a mínima se nunca mais tornasse a ver a França, a Suíça ou a Itália. Elas continuariam por lá. Wragby era mais real.

E as pessoas! As pessoas eram todas iguais, com muito poucas diferenças. Todas queriam ganhar algum dinheiro de você: ou, se também fossem viajantes, queriam diversão, talvez, como quem extrai sangue da pedra. Pobres montanhas! Pobres panoramas! Precisavam ser espremidos até a última gota para prover alguma emoção, alguma alegria. O que movia essas pessoas, tão *determinadas* a aproveitar suas viagens?

"Não!", pensou Connie consigo mesma. "Eu preferia estar em Wragby, onde posso passear sem dizer nada, sem ficar contemplando nada ou ter o desempenho que for. Esse desempenho do turista que aproveita a viagem é humilhante demais: é uma tal frustração."

Ela queria voltar para Wragby, mesmo que fosse para Clifford, para o pobre e entrevado Clifford. Pelo menos não era tão imbecil quanto aquele enxame de viajantes em férias.

Mas no fundo de sua consciência ela se mantinha conectada ao outro homem. Não podia permitir que sua ligação com ele se acabasse: oh, não podia permitir que se acabasse, caso contrário estaria perdida, completamente perdida em meio àquela ralé rica de consumidores de alegrias! Ah, a "boa vida"! Mais uma forma moderna de doença.

Deixaram o carro em Mestre,[123] numa garagem, e tomaram o vapor de linha para Veneza. Era uma linda tarde de verão, as águas da laguna estavam agitadas, o sol forte fazia Veneza, que lhes dava as costas do outro lado das águas, parecer borrada.

No cais da estação pegaram uma gôndola, dando o endereço ao gondoleiro. Ele ostentava todas as marcas do ofício, com a blusa riscada de branco e azul, mas não tinha muito boa aparência nem era muito impressionante.

"Sim! A Villa Esmeralda! Sim! Eu conheço! Fui gondoleiro para um senhor que ficava lá! Mas é longe."

Parecia um sujeito um tanto infantil, bastante impetuoso. Remava com um certo excesso de energia, percorrendo os canais secundários mais sombreados com as paredes horríveis cobertas de limo, os canais que atravessam os bairros mais pobres, onde a roupa lavada pende em cordas e predomina um cheiro leve, ou forte, de esgoto.

Mas finalmente chegou a um dos canais mais largos, com calçadas dos dois lados e pontes arqueadas, que correm em linha reta, perpendiculares ao Grande Canal. As duas mulheres estavam abrigadas pelo toldinho, o homem de pé, atrás delas.

"As *signorine* vão passar muito tempo na Villa Esmeralda?", perguntou ele, remando sem esforço e enxugando o rosto suado com um lenço branco e azul.

"Uns vinte dias — e somos ambas casadas", disse Hilda, em sua voz curiosamente baixa que fazia seu italiano parecer tão estrangeiro.

"Ah! Vinte dias", disse o homem. Fez uma pausa. E em seguida perguntou: "As senhoras querem uma gôndola pelos vinte dias mais ou menos que vão passar na Villa Esmeralda? Ou ao dia, ou por semana?".

Connie e Hilda pensaram na proposta. Em Veneza, é sempre melhor ter uma gôndola própria, assim como é preferível ter um carro próprio em terra.

"O que existe na Villa — quantos barcos?"

"Uma lancha a motor, e uma gôndola também. Mas..." O *mas* queria dizer: não estarão lá só para seu uso.

"E quanto o senhor cobra?"

Eram cerca de trinta xelins por dia, ou dez libras por semana.

"É o preço normal?", perguntou Hilda.

"Menos que o normal, *signora*, menos. O preço normal..."

As irmãs refletiram.

"Bem", disse Hilda, "venha amanhã de manhã, e então combinamos. Como é seu nome?"

O nome era Giovanni, e ele quis saber a que horas devia vir e quem devia dizer que o havia chamado. Hilda não tinha cartão: Connie lhe deu um dos dela. Ele lançou um olhar rápido ao cartão, com seus olhos quentes de um azul meridional — depois tornou a olhar para ela.

"Ah!", disse ele, iluminando-se. "Milady! Milady, não é?"

"Milady Costanza!", disse Connie.

Ele assentiu com a cabeça, repetindo: "Milady Costanza!", e guardou cuidadosamente o cartão no bolso da blusa.

A Villa Esmeralda ficava bem distante, num dos limites da laguna, de frente para Chioggia.[124] A casa não era muito antiga e até bastante agradável, com varandas voltadas para o mar e, mais além, um jardim espaçoso com árvores escuras, separado da laguna por um muro.

O anfitrião era um escocês corpulento e bastante rude que fizera uma fortuna na Itália antes da guerra, recebendo um título de nobreza por seu ultrapatriotismo durante o conflito. Sua mulher era o tipo de pessoa magra, pálida e alerta sem fortuna própria, e destinada ao infortúnio de precisar tolerar os feitos amorosos consideravelmente sórdidos do marido. E ele ainda era terrível com os empregados. No entanto, depois do ligeiro derrame que tivera no inverno, agora ficara mais fácil de lidar.

A casa estava bastante cheia. Além de sir Malcolm e suas duas filhas, havia mais sete pessoas, um casal escocês, também com duas filhas; uma jovem *contessa* italiana, viúva; um jovem príncipe da Geórgia; e um clérigo inglês também relativamente jovem que tivera pneumonia e vinha funcionando como capelão para sir Alexander, por conta dos problemas de saúde deste. O príncipe não tinha um tostão, era bonito e daria um excelente chofer, se tivesse a petulância necessária, e... *basta*! A condessa era uma senhora tranquila cujos interesses estavam alhures. O clérigo era um sujeito rude e simples de uma paróquia de Bucks:[125] por sorte deixara a mulher e os dois filhos em casa. E a família Guthrie, os outros escoceses, eram da classe média estável de Edimburgo, esforçados em aproveitar tudo de maneira sólida, atrevendo-se a tudo sem pôr nada em risco.

Connie e Hilda excluíram o príncipe de imediato. A família Guthrie era mais ou menos como elas, substancial, mas tediosa; e as meninas estavam à caça de maridos. O capelão não era mau sujeito, mas humilde em excesso. Sir Alexander, depois do leve derrame, exibia uma jovialidade terrivelmente pesada, mas ainda ficava animado na presença de tantas belas jovens. Lady Cooper era uma pessoa quieta e dissimulada que passara por maus bocados, pobrezinha, e encarava todas as outras mulheres com uma atenção fria que se tornara natural para ela, dizendo coisinhas desalmadas e perversas que demonstravam o quanto tinha a natureza humana em péssima conta. Também era brutal e malévola com os criados, descobriu Connie: mas às escondidas. E manobrava com habilidade para que sir Alexander sempre achasse que era ele quem reinava absoluto sobre tudo aquilo, com sua barriga volumosa e pretensamente vital, e suas piadas sempre aborrecidas, sua "humorosidade", como dizia Hilda.

Sir Malcolm pintava. Sim, ainda produzia uma paisagem da laguna veneziana de tempos em tempos, para contrastar com os habituais panoramas escoceses. De manhã, era conduzido num barco a remo, com uma tela imensa, para sua "locação". Um pouco depois, era lady Cooper quem era transportada para o centro da cidade, com seu bloco de rascunho e suas aquarelas. Era uma aquarelista inveterada, e as paredes da casa estavam forradas de palácios cor-de-rosa, canais sombrios, pontes altas, fachadas medievais e assim por diante. Um pouco

mais tarde, a família Guthrie, o príncipe, a condessa, sir
Alexander e às vezes o sr. Lind, o capelão, partiam para
o Lido,[126] onde tomavam banho de mar, voltando para
casa e um almoço tardio à uma e meia da tarde.

O grupo dos ocupantes da casa, visto como um grupo,
era especialmente maçante. Mas as duas irmãs não se incomodavam com isso. Passavam o tempo todo fora. O pai
as levava para a exposição, quilômetros e quilômetros de
cansativas pinturas. Levava as duas para encontros com
velhos amigos dele na Villa Lucchese, nas tardes quentes
instalava-se com as filhas na Piazza, depois de reservar
uma mesa no Florian's: e as levava ao teatro, para ver
as peças de Goldoni.[127] Havia festas iluminadas à beira
d'água, havia bailes. Era a suprema estação de férias. O
Lido, com seus vários hectares de corpos avermelhados de
sol ou cobertos de pijama, era como uma faixa de terra
ocupada por uma fileira infindável de focas à espera do
acasalamento. Gente demais na *piazza*, pernas e braços
e troncos humanos demais no Lido, gôndolas demais,
lanchas a motor demais, barcos a vapor demais, pombos
demais, cubos de gelo demais, bebida demais, criados demais esperando por uma gorjeta, línguas demais sendo
faladas, demais, demais, sol demais, cheiro de Veneza
além da conta, cargas de morango em excesso, xales de
seda demais, fatias grossas demais de melancia vermelha
como carne crua à venda nas barracas: no fim das contas,
era diversão demais. Um excesso absurdo de diversão!

Connie e Hilda circulavam com seus vestidos leves de
verão. Havia dúzias de pessoas que elas conheciam, dúzias de pessoas que as conheciam, e Michaelis não podia
deixar de aparecer. "Olá! Onde está hospedada? Quer
tomar um sorvete ou alguma outra coisa? Venha comigo
para algum lugar na minha gôndola." E até Michaelis
estava *quase* queimado de sol: embora assada de sol fosse uma descrição mais adequada para aquela massa de
carne humana.

De certa forma, era agradável. Era *quase* divertido. Mas tanta bebida, tantos mergulhos na água morna e tantos banhos de sol, tantas danças esfregando a barriga com algum sujeito nas noites quentes, refrescadas a sorvete, eram no fim das contas um narcótico. E era isso que todos queriam, uma droga: as águas tranquilas, uma droga; o sol, uma droga; o jazz, uma droga; cigarros, coquetéis, sorvetes, vermute... Ah, viver sempre drogado! Diversão! Diversão!

Hilda bem que gostava de viver drogada, até certo ponto. Gostava de olhar para as outras mulheres e especular a respeito delas. As mulheres tinham um interesse absorvente por outras mulheres. Como é que ela está? Que homem ela terá conquistado? O quanto estará aproveitando isso tudo? Os homens lembravam cachorros grandes com suas calças brancas de flanela, esperando um tapinha na cabeça, esperando para se espojar, esperando para apertar a barriga de alguma mulher contra a sua ao som do jazz.

Hilda gostava de jazz, porque assim podia colar a barriga na barriga de algum daqueles supostos homens e deixá-lo controlar seus movimentos a partir desse centro visceral, deslocando-se para cá e para lá pela pista de dança, para depois se desprender e ignorar "aquela criatura", que ela se limitara a usar.

A pobre Connie sentia-se bastante infeliz. Não dançava ao som do jazz, porque era simplesmente incapaz de colar a barriga ao ventre de uma "criatura" qualquer. Detestava aquela massa informe de carne quase nua no Lido: a água salgada mal bastava para molhar a todos. Não gostava de sir Alexander nem de lady Cooper. Não queria Michaelis nem ninguém atrás dela.

Os momentos mais felizes eram quando conseguia levar Hilda para atravessar com ela a laguna para algum ponto distante, alguma prainha isolada onde podiam nadar quase sozinhas, depois que a gôndola atracava no lado interno dos recifes.

Giovanni convocou outro gondoleiro para ajudá-lo, porque a distância era grande e ele suava demais ao sol. Giovanni era muito gentil: afetuoso, como os italianos costumam ser, e desapaixonado. Os italianos não são apaixonados: a paixão tem reservas profundas. Comovem-se com facilidade e muitas vezes são afetuosos, mas raramente exibem alguma paixão realmente duradoura.

Giovanni, então. Já sentia um certo apego por suas senhoras, como no passado se mostrara devotado no transporte de outras mulheres. Sentia-se perfeitamente disposto a prostituir-se com elas, se quisessem. Secretamente esperava que sim: depois elas lhe dariam um belo presente, o que chegaria em muito boa hora, pois tinha planos de casar-se num futuro próximo. Falou-lhes do seu casamento e as duas mostraram-se interessadas na medida certa.

Ele achava que aquela viagem a alguma praia solitária do outro lado da laguna só podia ser um pretexto: um pretexto para *l'amore*. De maneira que levou um camarada para ajudá-lo — porque a distância de fato era muito grande; e, afinal, as senhoras eram duas. Duas mulheres, dois parceiros. Simples aritmética! E duas belas mulheres, afinal! Sentia um justo orgulho das clientes. E embora fosse a Signora quem lhe pagava e lhe dava as ordens, ele esperava que fosse a jovem Milady que o escolhesse para *l'amore*. A paga também haveria de ser maior.

O outro remador que convocou chamava-se Daniele. Normalmente não era gondoleiro, de maneira que não tinha o mesmo ar de mascate ou gigolô. Costumava trabalhar numa *sandola*, um barco maior, no transporte de frutas e legumes entre as ilhas.

Daniele era muito bonito, alto e bem formado, com cachos de um louro claro em torno da cabeça pequena e redonda, além de um belo rosto masculino, lembrando um pouco um leão, e olhos azuis perdidos na distância. Não era efusivo, loquaz e dado à bebida como Giovanni. Era calado, e remava com força e graça, como se estivesse sozinho nas águas. As senhoras eram senhoras, distantes dele. Sequer olhava na direção das duas. Mantinha os olhos fixos em frente.

Era um homem de verdade, que se aborrecia um pouco quando Giovanni bebia vinho demais e remava mal, dando pancadas efusivas na água com o grande remo. Era homem do mesmo estofo que Mellors, não prostituído. Connie se condoía da mulher do sempre borbulhante Giovanni. Mas a mulher de Daniele devia ser uma daquelas doces mulheres do povo veneziano que ainda se podia ver nos recessos do labirinto da cidade, reservadas como flores.

Ah, como é triste que primeiro o homem prostitua a mulher, e depois a mulher prostitua o homem. Giovanni ansiava por prostituir-se, suando como um cachorro babão, louco para entregar-se a uma mulher. E por dinheiro! Connie contemplava Veneza ao longe, baixa e rosada à beira das águas. Construída pelo dinheiro, florescente graças ao dinheiro e morta por causa do dinheiro. A letalidade do dinheiro! O dinheiro, o dinheiro, o dinheiro, a prostituição e a morte.

Mas Daniele ainda era um homem, capaz da fidelidade livre de um homem. Não usava a blusa de gondoleiro: só um blusão de malha azul. Era um pouco selvagem, altivo e desprovido de polimento. E trabalhava para o vaidoso Giovanni, contratado por sua vez pelas duas mulheres. E assim eram as coisas! Quando Jesus recusou o dinheiro do demônio, deixou o diabo como um banqueiro judeu, senhor da situação.[128]

Connie voltou da luz ofuscante da laguna, numa espécie de estupor, e encontrou cartas de casa. Clifford escrevia regularmente. Escrevia cartas muito boas: poderiam até figurar num livro. E por esse motivo Connie não as achava muito interessantes.

Vivia no estupor da luminosidade da laguna, do sabor salgado da água, dos espaços vazios, do nada: mas saúde, saúde, o estupor completo da saúde. Era gratificante, e ela se deixava acalentar por esse estupor, sem cuidar de mais nada. Além disso, estava grávida. Agora sabia. De maneira que o estupor, o sal da laguna, os banhos de mar, o tempo que passava estendida na areia, as caminhadas à cata de conchas e os longos, longos passeios de gôndola eram complementados pela gravidez que ela carregava, que também a preenchia de saúde e satisfação e reforçava seu estupor.

Fazia quinze dias que ela estava em Veneza, e pretendia ficar mais dez ou quinze dias — o calor do sol ofuscava qualquer contagem do tempo, e a plenitude do bem-estar físico tornava o esquecimento completo. Ela vivia numa espécie de estupor do bem-estar.

Do qual foi despertada por uma carta de Clifford.

"Aqui também tivemos uma certa animação local. Parece que a esposa renegada de Mellors, o guarda-caça, apareceu no chalé dele e não foi bem recebida. Ele a mandou embora e trancou a porta. Dizem, todavia, que quando ele voltou do bosque encontrou a dama já não mais tão jovem amplamente refestelada em sua cama, *in puris naturalibus* — ou, talvez seja melhor dizer, *in impuris naturalibus*.[129] Ela tinha quebrado o vidro de uma janela para entrar. Incapaz de expulsar aquela Vênus um tanto gasta do seu leito, ele bateu em retirada e refugiou-se, ao que dizem, na casa da mãe, em Tevershall. Enquanto isso, a Vênus de Stacks Gate instalou-se no chalé, que alega ser sua residência, e Apolo,[130] ao que tudo indica, permanece domiciliado em Tevershall.

"Conto-lhe tudo isso de segunda mão, pois Mellors não me procurou pessoalmente. Todo esse lixo local me chegou através da nossa fiel ave coletora, nosso abutre de plantão, a sra. Bolton. E eu não estaria aqui repetindo a história se ela não tivesse exclamado: lady Chatterley nunca mais irá ao bosque, com *essa mulher* por lá!

"Adorei a imagem de sir Malcolm entrando no mar com os cabelos brancos ao vento e a pele rosada reluzente. Invejo seu sol. Aqui, chove. Mas não invejo a inveterada carnalidade mortal de sir Malcolm, embora me pareça adequada à idade dele. Tudo indica que ficamos mais carnais e mais mortais à medida que envelhecemos. Só a juventude conhece o sabor da imortalidade."

A notícia afetou Connie, em seu estado de bem-estar e semiestupefação, deixando-a incomodada quase à exasperação. Logo agora ela precisava ser perturbada por aquela mulher monstruosa! Logo agora precisava afligir-se!

Connie não recebeu carta alguma de Mellors. Tinham combinado que não se escreveriam. Mas agora queria notícias diretas. Afinal, era o pai do filho que ela esperava. Bem que podia lhe escrever!

Que coisa detestável! Agora tudo se transformara num grande embrulho. Como essas pessoas rasteiras eram vis! E como a vida ali era agradável, entregue ao sol e à indolência, em comparação com aquela triste confusão das Midlands inglesas! Afinal, um céu ensolarado era a coisa mais importante da vida.

Ela não mencionou sua gravidez, nem mesmo a Hilda. E escreveu à sra. Bolton pedindo informações mais precisas.

Duncan Forbes, um pintor amigo da família, tinha chegado à Villa Esmeralda, vindo de Roma. Agora ele era sempre o terceiro a bordo da gôndola, ia ao banho de mar com as irmãs do outro lado da laguna e estava sempre com as duas: um jovem calado e quase taciturno, bastante vanguardista em sua arte.

Ela recebeu uma carta da sra. Bolton: "A senhora há de ficar satisfeita, tenho certeza, quando encontrar sir Clifford. Ele está com ótima aparência, e trabalhando muito, com grandes projetos. Claro que está ansioso por vê-la novamente entre nós. A casa fica aborrecida sem sua presença, e todos haveremos de recebê-la muito felizes com sua volta.

"Quanto ao sr. Mellors. Não sei até onde sir Clifford lhe contou. Parece que a mulher dele apareceu de volta numa certa tarde, e ele a encontrou sentada junto à porta de casa ao voltar do bosque. Ela disse que tinha voltado e queria viver novamente com ele, já que era sua esposa legal e ele não se divorciara dela. Mas ele não quis nem saber, nem deixou que ela entrasse na casa, na qual ele próprio tampouco entrou, voltando para o bosque sem sequer abrir a porta.

"Mas quando voltou, já à noite, encontrou a casa arrombada e subiu para ver o que ela tinha feito: e a encontrou deitada na cama, sem um farrapo de roupa sequer. Ofereceu-lhe dinheiro, mas ela respondeu que era mulher dele e que ele tinha de aceitá-la de volta — nem imagino o tipo de cena que terá acontecido. Foi a mãe dele que me contou a história, e está muito abalada. Ele disse que preferia morrer a voltar a morar com ela, depois recolheu suas coisas e foi direto para a casa da mãe, na encosta de Tevershall. Passou a noite lá e voltou para o bosque na manhã seguinte passando pelo parque, sem nem se aproximar do chalé. Parece que nesse segundo dia ele nem viu a mulher. Mas no dia seguinte ela apareceu na casa do irmão dela, Dan, em Beggarlee, falando sem parar e com a maior crueza, dizendo que era a esposa legal dele e que ele tinha recebido outras mulheres no chalé, porque ela tinha encontrado um frasco de perfume na gaveta e pontas de cigarro de piteira dourada no meio das cinzas da lareira, e não sei o que mais. Depois, parece que o carteiro, Fred Kirk, disse que ouviu alguém falando no quarto do sr. Mellors um dia de manhã cedo, e que um carro tinha entrado pela alameda à beira da estrada até perto do chalé. O sr. Mellors continuou na casa da mãe, indo sempre para o bosque através do parque, e parece que ela continuou no chalé. E os rumores não paravam mais. Finalmente, o sr. Mellors e Tom Phillips foram até o chalé, tiraram a maior parte da mobília e das roupas de cama e ainda desprenderam a manivela da bomba, de maneira que ela foi obrigada a desocupar o chalé. Mas em vez de voltar para Stacks Gate ela se hospedou na casa daquela sra. Swain de Beggarlee, porque a mulher do irmão dela, Dan, não aceitou que ficasse na casa deles. E todo dia ela ia até a casa da velha sra. Mellors para tentar se encontrar com ele, e começou a jurar que ele tinha ido para a cama com ela no chalé, indo procurar um advogado para obrigar Mellors a lhe pagar pensão. Ela engordou muito, ficou mais vulgar do que nunca, e forte como um touro. E anda por aí dizendo as piores coisas sobre ele, que ele recebia mulheres no chalé, e da maneira como a tratava quando eram casados, as coisas horríveis, animalescas que fazia com ela, e não sei mais o quê. Estou vendo que é terrível o estrago que uma mulher pode fazer depois que começa a falar. E, por mais baixa que ela seja, sempre vai haver quem acredite no que diz, e uma parte dessa sujeira acaba pegando. Ela conta que o sr. Mellors era um desses homens baixos e animalescos, que tratam as mulheres de um modo chocante. E as pessoas estão sempre dispostas a acreditar no que se diz contra qualquer um, especialmente quando são coisas desse tipo. Ela já declarou que não vai deixá-lo em paz até o fim da vida dele. Mas eu pergunto: se ele a tratava de um modo assim tão animalesco, por que ela faz tanta questão de voltar para ele? Mas é claro que ela está chegando no momento de mudança da vida dela, porque é mais velha que ele. E essas mulheres vulgares e violentas sempre ficam um tanto enlouquecidas no momento em que chega a mudança na vida delas."

Foi um golpe terrível para Connie. Lá estava ela, com toda a certeza, à beira de se ver envolvida na baixeza e na lama. Sentiu raiva dele por não ter se livrado dessa Bertha Coutts: não, por ter se casado com ela. Talvez ele sentisse uma certa atração pela baixeza. Connie se lembrou da última noite que passara com ele e estremeceu. Ele tinha experimentado toda aquela sensualidade, mesmo com essa Bertha Coutts! Na verdade, era uma coisa repelente. Seria até bom ver-se livre desse homem, separar-se dele para sempre. Talvez ele fosse vulgar demais, na verdade uma criatura reles.

Ficou enojada com toda aquela história, quase invejando a inexperiência e a virgindade simples das meninas da família Guthrie. E agora ficava repelida pela ideia de que alguém pudesse saber dos encontros entre ela e o guarda-caça. Que humilhação indescritível! Sentia-se desconfortável, assustada, e invejava a suprema respeitabilidade das jovens Guthrie. Se Clifford soubesse de seu caso — que humilhação indescritível! Sentiu medo, verdadeiro terror, da sociedade e de suas presas venenosas. Quase desejou poder livrar-se da criança e ver-se desembaraçada daquilo tudo. Em suma, recaiu num estado de infelicidade profunda.

Quanto ao frasco de perfume, tinha sido um capricho seu. Não conseguira se impedir de perfumar um ou dois lenços e as camisas da gaveta dele — por mero impulso infantil — e ainda deixara um frasco de perfume de violeta silvestre Coty,[131] quase vazio, em meio a seus pertences. Queria que ele se lembrasse dela pelo aroma. Quanto às pontas de cigarro, eram de Hilda.

Não conseguiu se impedir de confidenciar parte da história a Duncan Forbes. Não revelou que tinha sido amante do guarda-caça — só que gostava dele, e contou toda a história a Forbes.

"Ah", disse Forbes, "duvido que alguém vá desistir antes de derrubar totalmente esse homem no chão e acabar com ele. Se ele se recusou a entrar para a classe média quando teve uma oportunidade; e se ele é um homem que assume o próprio sexo, vão acabar com ele. É a única coisa que ninguém admite, uma pessoa franca e aberta em relação ao próprio sexo. Você pode fazer as sujeiras que quiser. Na verdade, quanto mais sujeiras fizer no sexo, mais eles gostam. Mas, se você acredita no sexo e não quer deixar que seja visto como uma coisa suja, aí eles acabam com você. É o último tabu insensato que ainda resta: o sexo visto como algo natural e vital. Ninguém aceita, e preferem matar a pessoa a deixar que ela aja assim. Não vão sossegar enquanto não acabarem com esse homem. E o que ele fez, no fim das contas? Se ele amou a mulher de todas as maneiras possíveis, não estava no direito dele? Ela devia ficar orgulhosa. Mas depois, mesmo uma cadela vulgar como ela se volta contra ele, e usa o instinto de hiena que a multidão tem contra o sexo para acabar com ele. Você precisa rastejar, sentir-se mal e degradado pelo pecado do sexo, e só então pode praticar. Ah, vão fazer o possível para acabar com esse pobre-diabo."

Connie agora sentia uma repulsa oposta. O que ele tinha feito, afinal? O que ele tinha feito a ela, Connie, além de lhe proporcionar um prazer extremo e uma sensação de liberdade e de vida? Ele tinha libertado o fluxo caloroso e natural da sexualidade dela. E por isso queriam acabar com ele.

Não, não, não podia ser. Ela viu a imagem dele, nu e branco com as mãos e o rosto bronzeados, olhando para baixo e falando com seu pênis ereto como se fosse outra criatura, com aquele sorriso habitual no rosto. E ouviu a voz dele: Cê tem a bunda mais linda do mundo inteiro! E sentiu as mãos quentes e suaves dele segurando novamente seu traseiro, passando por seus lugares secretos, como uma bênção. E um calor se espalhou pelo seu ventre, pequenas chamas tremularam nos seus joelhos, e ela disse: Oh, não! Oh, não! Não posso recuar agora! Não posso desistir dele. Preciso me manter fiel a ele e ao que ele me deu, haja o que houver. Minha vida não tinha calor nem fogo algum antes que ele me trouxesse. E não vou desistir.

E ela cometeu uma grande ousadia. Mandou uma carta para Ivy Bolton em que incluía um bilhete para o guarda-caça, pedindo que a sra. Bolton lhe encaminhasse. E no bilhete ela dizia: "Fiquei muito preocupada ao saber dos problemas que sua mulher está criando, mas não se incomode, é só um tipo de histeria. E há de passar tão depressa quanto começou. Mas sinto muitíssimo por tudo, e espero que não o esteja prejudicando além da conta. Afinal, não vale a pena. É só uma mulher histérica decidida a fazer-lhe mal. Devo estar de volta dentro de dez dias, e espero que tudo já esteja bem".

Dali a poucos dias, recebeu nova carta de Clifford. Que estava evidentemente alterado.

"Fiquei encantado de saber que você pretende deixar Veneza no dia 16. Mas, se estiver aproveitando as férias, não se apresse em voltar. Sentimos sua falta, Wragby sente sua falta. Mas é essencial que você tome todo o sol que precisa, sol e pijama, como diz o anúncio do Lido. Então por favor fique mais um pouco, se a temporada está deixando você alegre e preparada para nosso já inverno suficientemente árduo. Hoje mesmo já está chovendo.

"Venho sendo assídua e admiravelmente bem tratado pela sra. Bolton. Ela é um espécime à parte. Quanto mais eu vivo, mais percebo que criaturas estranhas são os seres humanos. Alguns deles chegam a dar a impressão de terem cem pernas, como uma centopeia, ou seis, como uma lagosta. A coerência e a dignidade humanas que esperamos dos nossos semelhantes parecem simplesmente não existir. E chegamos a duvidar que possam existir em algum grau, mesmo em nós próprios.

"O escândalo do guarda-caça continua e vem crescendo, como uma bola de neve. A sra. Bolton me mantém informado. Ela me lembra um peixe que, embora mudo, absorve tudo que se diz através das guelras, graças ao simples ato de existir. Tudo passa pelo filtro das suas brânquias, e nada a surpreende. É como se os acontecimentos da vida dos outros fossem o oxigênio de que precisa para sustentar a sua.

"Ela está muito preocupada com o escândalo Mellors e, se eu não me cuidar, não descansa enquanto não me levar até o fundo. A maior indignação que ela manifesta, e que mesmo nesse caso parece a indignação encenada por uma atriz interpretando um papel, é contra a mulher de Mellors, que ela insiste em chamar de Bertha Coutts. Já me deixei conduzir até as profundezas lodosas das vidas das Berthas Coutts deste mundo, e quando, finalmente livre da torrente de relatos e comentários, consigo voltar lentamente até a superfície, olho para a luz do dia e até me admiro de sua simples existência.

"Parece-me absolutamente verdadeiro que este nosso mundo, que percebemos como a superfície de todas as coisas, é na verdade o *leito* de um oceano profundo: nossas árvores são todas plantas submarinas, e integramos uma fauna estranha e escamosa que se alimenta de restos depositados, como os camarões. É só raramente que a alma sufocada consegue ascender das profundezas insondáveis em que vivemos até bem alto, até a superfície do éter onde encontra ar de verdade. Estou convencido de que a atmosfera que normalmente respiramos é uma espécie de água, e os homens e as mulheres, um tipo de criatura marinha.

"Mas às vezes a alma realmente demanda as alturas e sobe como uma gaivota até a luz, tomada de êxtase, depois de ter capturado suas presas nas profundezas das águas. É nosso destino moral, imagino, essa vida de predadores da triste vida subaquática dos nossos semelhantes, na selva submarina da humanidade. Mas nosso destino imortal, depois de engolir nossas presas submersas, é escapar de volta para o éter luminoso, subindo até emergir na superfície do Velho Oceano e encontrar a verdadeira luz. E é nesse momento que percebemos nossa natureza eterna.

"Quando ouço a sra. Bolton falar, sinto-me submergindo mais e mais, até as profundezas onde os peixes dos segredos humanos nadam e se contorcem. O apetite carnal nos faz fechar o bico em torno de uma presa: e depois tornamos a subir, de novo para o alto, do mais denso para o mais etéreo, do úmido para o seco. Para você sou capaz de descrever o processo. Mas com a sra. Bolton sinto apenas o mergulho, o deslocamento constante para baixo, até pousar em meio às algas e aos monstros descorados das mais inatingíveis profundezas.

"Sinto que vamos perder nosso guarda-caça. O escândalo da mulher vadia, em vez de arrefecer, vem repercutindo e adquirindo dimensões cada vez maiores. Ela o acusa de coisas indizíveis e, curiosamente, conseguiu arregimentar o apoio da maioria das mulheres dos mineiros, peixes horrendos, e a aldeia ferve com a podridão dos rumores.

"Ouvi dizer que essa Bertha Coutts mantém Mellors refugiado na casa da respectiva mãe, depois de ter virado o chalé e a cabana de pernas para o ar. Um dia ela abordou a própria filha quando a menina voltava da escola; mas a garota, em vez de beijar a mão da mãe amorosa, deu-lhe uma forte mordida, recebendo em seguida da outra mão uma bofetada que a fez cair rodopiando na sarjeta: de onde foi resgatada por uma avó assolada pelo tormento e pela indignação.

"Ela conseguiu espalhar uma quantidade espantosa de gás venenoso. Relatou em detalhes incidentes de sua vida conjugal que normalmente jazem nos mais profundos sepulcros do segredo marital, do silêncio entre os casais. Tendo decidido exumá-los, ao cabo de dez anos de sepultamento, hoje exibe uma coleção das mais bizarras. Fiquei sabendo desses detalhes por Linley e pelo médico: este último acha tudo muito engraçado. Claro que na verdade não há problema nenhum. A humanidade sempre demonstrou uma estranha avidez por posturas sexuais fora do comum, e se um homem decide usar sua mulher, como disse Benvenuto Cellini, 'à moda italiana',[132] bem, é uma questão de gosto. Mas me surpreende que nosso guarda-caça seja capaz de tantos truques. Sem dúvida, deve tê-los aprendido num primeiro momento com a própria Bertha Coutts. De qualquer maneira, essas coisas só dizem respeito à degradação pessoal lá deles, e ninguém mais tem a ver com isso.

"Entretanto, todo mundo está acompanhando: como eu próprio. Doze anos atrás, a decência comum cobriria a coisa toda de silêncio. Mas a decência comum não existe mais, as mulheres dos mineiros estão em pé de guerra e recusam-se a baixar de tom. Até parece que todos os filhos de Tevershall nascidos nos últimos cinquenta anos foram produto de uma imaculada concepção, e que cada uma de nossas inconformadas habitantes é uma puríssima Joana d'Arc. Que nosso guarda-caça exiba esses traços do grande Rabelais[133] parece torná-lo ainda mais monstruoso e repelente que um assassino como o dr. Crippen.[134] Muito embora, se formos crer em tudo que se diz, esses habitantes de Tevershall tenham um comportamento bastante desregrado.

"O problema, todavia, é que a execrável Bertha Coutts não se limita às suas próprias experiências e ao mal que lhe tenha sido feito. Ela descobriu, em altíssimos brados, que seu marido 'recebia' mulheres no chalé onde morava, e andou apontando algumas a esmo. O que arrastou alguns nomes decentes na lama, e a coisa chegou claramente longe demais. Medidas judiciais foram tomadas contra a mulher.

"Precisei conversar com Mellors sobre a questão, pois era impossível manter a mulher afastada do bosque. Ele age como se nada tivesse acontecido, com aquele ar de quem não se importa com coisa alguma, com ninguém nem consigo mesmo. Ainda assim, desconfio que se sinta como um cachorro com a lata amarrada na cauda: embora faça o possível para fingir que a lata nem existe. Mas ouvi dizer que na aldeia as mulheres puxam as crianças para dentro de casa à sua passagem, como se ele fosse o próprio marquês de Sade.[135] Ele continua a circular exibindo uma certa petulância, mas me parece que leva a lata bem presa à cauda, e que por dentro se repete, como o dom Rodrigo da balada espanhola: 'Ah, agora ele me morde justo onde eu mais pequei!'.[136]

"Perguntei se ele se julgava capaz de continuar cumprindo seus deveres, e ele respondeu que achava não ter sido nada negligente. Respondi que a invasão daquela mulher era um incômodo: ao que ele me respondeu que não tinha poderes para prendê-la. Então aludi ao escândalo e ao rumo desagradável que vem tomando. 'Sei', disse ele. 'Se cada um fodesse o quanto precisa, não ia perder tempo dando ouvidos a toda essa conversa fiada sobre as fodas de outro homem.'

"Falou com uma certa amargura, e sem dúvida o que ele disse contém o germe da verdade. A maneira como falou, porém, não foi nem delicada nem respeitosa. Dei--lhe a entender que pensava assim, e então tornei a ouvir o tinido da lata. 'Não tem cabimento um homem na sua condição, sir Clifford, vir me censurar por ter um par de bolas no meio das pernas.'

"E é claro que essas coisas, ditas a torto e a direito para quem quiser ouvir, não ajudam nem um pouco a causa de Mellors; o vigário, Linley e Burroughs, todos acham que o melhor para ele seria deixar a região.

"Perguntei-lhe se era verdade que ele recebia mulheres no chalé, e ele só respondeu: 'Ora, e o que senhor tem com isso, sir Clifford?'. Respondi preferir que a decência fosse observada na minha propriedade, ao que ele respondeu: 'Então o senhor devia mandar abotoar a boca de todas as mulheres'. Quando eu insisti em falar da vida que ele levava no chalé, ele disse: 'Claro que sempre se pode fazer um escândalo sobre a vida que eu levo com minha cachorra Flossie. Talvez nem tudo tenha chegado aos seus ouvidos'. Na verdade, em matéria de impertinência ele é difícil de superar.

"Perguntei se ele não teria dificuldade em encontrar um outro emprego. Ele disse: 'Se o senhor está querendo dizer que quer me despedir desse emprego, saiba que seria a coisa mais fácil do mundo'. E não criou a menor dificuldade, combinando que vai embora no final da semana que vem. E ainda parece disposto a transmitir ao jovem Joe Chambers quase todos os mistérios do seu ofício. Eu disse que lhe pagaria um mês de salário a mais, quando ele fosse embora. Ele respondeu que preferia que eu guardasse meu dinheiro, pois não tinha nenhum motivo para aliviar minha consciência. Perguntei o que queria dizer, e ele respondeu: 'O senhor não me deve nada além da conta, sir Clifford, e por isso não precisa me pagar nada a mais. Se o senhor acha que estou incomodando, basta me dizer'.

"Bom, eis o ponto em que estamos no momento. A mulher foi embora: não sabemos para onde. Mas, se mostrar a cara em Tevershall, pode ser presa. E ouvi dizer que ela morre de medo da prisão, onde merecia tanto estar. Mellors vai embora no sábado da outra semana, e logo este lugar voltará ao normal.

"Enquanto isso, querida Connie, se você preferir ficar em Veneza ou na Suíça até o começo de agosto, eu ficaria contente de saber que você se mantém a salvo de toda essa boataria maldosa, que certamente já terá cessado até o fim do mês.

"Então, você pode ver que somos monstros das profundezas, e, quando a lagosta caminha no lodo, turva a água para todo mundo. Talvez o melhor seja encarar tudo isso filosoficamente."

A exasperação da carta de Clifford, além de sua falta de simpatia por qualquer dos envolvidos, teve um efeito péssimo sobre Connie. Mas ela entendeu tudo melhor quando recebeu a seguinte carta de Mellors: "O gato saiu do saco, junto com vários outros bichos. Você deve ter sabido que minha esposa Bertha voltou para meus braços contrafeitos, assumindo residência no chalé: onde, para falar com clareza e sem o menor respeito, sentiu um cheiro suspeito no ar, na forma de um frasco da Coty. Outros indícios ela não encontrou, pelo menos por alguns dias, quando começou a reclamar aos berros da fotografia queimada. Encontrou o vidro e o fundo de madeira da moldura no quartinho. Infelizmente, na madeira do fundo da moldura alguém tinha feito desenhos rápidos e riscado as iniciais, várias vezes repetidas, C. S. R. O que ainda assim não lhe serviu de pista até ela invadir a cabana, onde encontrou um dos seus livros, uma autobiografia da atriz Judith,[137] com seu nome, Constance Stewart Reid, na folha de rosto. A partir daí, por alguns dias ela saiu proclamando em altos brados que minha amada secreta era ninguém menos que lady Chatterley em pessoa. A notícia chegou finalmente aos ouvidos do pároco, o sr. Burroughs,[138] e daí a sir Clifford. Em seguida eles tomaram medidas legais contra a senhora dos meus dias, que por sua vez desapareceu, sempre tendo cultivado um medo mortal da polícia.

"Sir Clifford pediu para me ver, e estive com ele. Ele falava com muitos rodeios e parecia aborrecido comigo. Em seguida me perguntou se eu sabia que até mesmo o nome de lady Chatterley vinha sendo mencionado. Eu disse que nunca dava ouvidos a esses rumores, e ficava surpreso de ouvir essa história logo da boca do próprio sir Clifford. Ele disse que era evidentemente um grande insulto, e respondi que tinha uma folhinha com um retrato da rainha Mary[139] na minha despensa, sem dúvida porque Sua Majestade fazia parte do meu harém. Mas ele não gostou do meu sarcasmo. Praticamente me disse que eu era uma criatura indigna de confiança, que só sabia andar por aí com as calças desabotoadas, e respondi praticamente que ele próprio não tinha o que desabotoar, ao que ele me despediu, e vou embora sábado da semana que vem, depois do que nunca mais volto a este lugar.

"Vou para Londres, e a minha antiga senhoria, a sra. Inger, em 17 Coburg Square, ou terá um quarto para mim ou me ajudará a encontrar hospedagem.

"Pode ter certeza de que seus pecados sempre acabam se virando contra você, especialmente se você for casado e o nome dela for Bertha."

Nenhuma palavra sobre ela, ou diretamente para ela, o que deixou Connie muito triste. Ele podia ter lhe dirigido algumas palavras de consolo, ou para tranquilizá-la. Mas ela percebeu que ele quis deixá-la à vontade, se por acaso quisesse voltar para Wragby ou para Clifford. O que também a deixou magoada. Ele não precisava exibir aquele falso cavalheirismo. Por ela, ele podia ter dito a Clifford: 'Sim, ela é minha amante, o que muito me orgulha'. Mas sua coragem não fora até esse ponto.

De maneira que o nome dela estava ligado ao dele em Tevershall! Era uma calamidade. Mas aquela boataria logo haveria de cessar.

Ficou irritada, com uma raiva complicada e confusa que a deixava inerte. Não sabia o que fazer nem dizer, de maneira que não disse nem fez nada. Ainda assim continuou suas férias em Veneza como antes, saindo de gôndola com Duncan Forbes, tomando banhos de mar, deixando que os dias passassem. Duncan, que nutria uma paixão deprimida por ela dez anos antes, tornou a se apaixonar. Mas ela lhe disse: só quero uma coisa dos homens; que me deixem em paz.

De maneira que Duncan a deixava em paz: na verdade satisfeito de poder atender a um pedido dela. Ainda assim, oferecia-lhe uma correnteza constante e suave de um tipo estranho e invertido de amor. Queria apenas *estar* com ela.

"Você alguma vez já pensou", perguntou ele um dia, "como as pessoas são pouco ligadas umas às outras? Daniele, por exemplo! É bonito como um filho do sol. Mas veja só como parece solitário em sua beleza. Ainda assim, aposto que é casado e tem família, e não seria capaz de afastar-se deles de maneira alguma."

"Pergunte a ele", disse Connie.

E Duncan perguntou. Daniele respondeu que tinha esposa e dois filhos, ambos meninos, de sete e nove anos. Mas não revelou qualquer emoção quanto ao fato.

"Pode ser que só as pessoas capazes de uniões verdadeiras tenham esse ar de que vivem sozinhas no universo", disse Connie. "Os outros são de certo modo mais maleáveis e pegajosos, e somem na massa, como Giovanni." "E", pensou ela consigo mesma, "como você, Duncan."

Ela precisava decidir o que faria. Sua partida de Veneza estava marcada para o mesmo sábado em que ele deixaria Wragby: dali a seis dias. O que poderia fazê-la chegar em Londres na segunda-feira seguinte, quando então poderia encontrá-lo. Escreveu para o endereço de Londres que ele lhe dera, pedindo que ele respondesse por carta para o hotel Hartland e que fosse visitá-la no início da noite de segunda-feira, às sete.

Por dentro, sentia uma irritação complexa e curiosa, e reagia a tudo com indiferença. Recusava-se a contar seus segredos até mesmo a Hilda, e a irmã, ofendida por seu silêncio constante, acabara ficando íntima de uma holandesa. Connie detestava essas intimidades quase sufocantes entre mulheres, intimidades que Hilda sempre travava em pouquíssimo tempo.

Sir Malcolm decidiu que viajaria com Connie, e que Duncan podia voltar com Hilda. O velho artista sempre proporcionava a si mesmo o maior conforto: comprou leitos no Orient Express,[140] apesar da antipatia de Connie pelos *trains de luxe*, pela atmosfera de depravação vulgar que ali reina nos dias de hoje. No entanto, assim a viagem até Paris ficaria mais curta.

Sir Malcolm sempre sentia um grande desconforto em voltar para a esposa. Era um hábito que mantinha desde o primeiro casamento. Mas dali a pouco tempo receberia um grupo de convidados para a caça à perdiz,[141] e queria chegar bem adiantado. Connie, bonita e queimada de sol, viajava calada, totalmente esquecida da paisagem.

"Um pouco tedioso para você, voltar para Wragby", disse-lhe o pai, percebendo sua melancolia.

"Não sei bem se vou voltar para Wragby", disse ela, com uma brusquidão inesperada, fitando-o nos olhos com seus grandes olhos azuis. Os grandes olhos azuis do pai assumiram a expressão assustada de um homem cuja consciência social não está totalmente em paz.

"Quer dizer que vai ficar algum tempo em Paris?"

"Não! Estou falando de nunca mais voltar para Wragby."

Ele já estava incomodado com seus próprios pequenos problemas, e sinceramente esperava não ter de se preocupar com os dela.

"Mas por quê, assim de repente?", perguntou.

"Vou ter um filho."

Era a primeira vez que ela dizia essas palavras para qualquer pessoa, e foi como se um sulco se abrisse em sua vida.

"Como é que você sabe?", perguntou seu pai.

Ela sorriu.

"Como é que eu *posso* saber?"

"Mas... mas... o filho não é de Clifford, claro?"

"Não! É de outro homem."

Ela se divertia em atormentá-lo.

"É alguém que eu conheça?", perguntou sir Malcolm.

"Não! Você nunca esteve com ele."

Fez-se uma longa pausa.

"E o que você está planejando?"

"Não sei. Eis o problema."

"Não vai acertar as coisas com Clifford?"

"Acho que Clifford até aceitaria", disse Connie. "Ele me disse, depois da última conversa que vocês tiveram, que não se incomodaria se eu tivesse um filho: contanto que tudo fosse feito da maneira mais discreta."

"Era a única coisa sensata a dizer, nas circunstâncias. Então imagino que tudo irá ficar bem."

"De que maneira?", perguntou Connie, olhando o pai nos olhos. Eram azuis e grandes como os dela, mas com um certo desconcerto, às vezes uma expressão que lembrava um menino encabulado, às vezes um ar de obstinação egoísta, mas no geral bem-humorados e atentos.

"Você pode dar um herdeiro a Clifford e a todos os Chatterley, pondo um novo baronete em Wragby."

O rosto de sir Malcolm exibia um sorriso quase sensual.

"Mas acho que não é o que eu quero", disse ela.

"Por que não? Sentimentos fortes pelo outro homem? Ora! Se quer que eu lhe diga a verdade, minha filha, eis aqui: o mundo segue em frente. Wragby está de pé, e vai continuar de pé. O mundo é mais ou menos uma coisa fixa, e externamente precisamos nos adaptar a ele. Em particular, no meu entender, cada um pode fazer o que quiser. As emoções variam. Você pode gostar de um homem este ano e de outro no ano que vem. Mas Wragby continua de pé. E você deve preferir Wragby, enquanto Wragby preferir você. Tirando isso, faça o que quiser. Mas vai ganhar muito pouco se viver um rompimento. Pode romper, se quiser. Tem renda própria, a única coisa que jamais irá perder. Mas não vai lhe valer tanto assim. Já produzir um novo baronete para Wragby é a coisa mais interessante que pode fazer."

Sir Malcolm se recostou em seu assento e tornou a sorrir. Connie não respondeu nada.

"Espero que finalmente você tenha encontrado um homem de verdade", disse ele depois de algum tempo, sensual e alerta.

"Encontrei. E é este o problema. São poucos os que andam por aí", disse ela.

"Não, imagine só!", respondeu ele. "Não são! Pois bem, minha querida, pelo seu jeito dá para ver que ele teve muita sorte. Imagino que não vá lhe criar problemas?"

"Oh, não! Ele me deixou com toda a liberdade de decidir o que eu quiser."

"Muito bem! Muito bem! Um homem de verdade."

Sir Malcolm estava satisfeito. Connie era sua filha predileta, e sempre tinha gostado da mulher presente nela. Era menos parecida com a mãe do que Hilda. E ele sempre antipatizara com Clifford. De maneira que estava satisfeito, e tratava a filha com extrema ternura, como se o filho que ela trazia no ventre fosse seu.

Acompanhou-a no carro até o hotel Hartland e ajudou-a a instalar-se; em seguida partiu para seu clube. Ela dispensara a companhia dele aquela noite.

Encontrou uma carta de Mellors. "Não virei ao seu hotel, mas estarei à sua espera na entrada do Golden Cock, na Adam Street, às sete horas."

E lá estava ele, alto e magro, e tão diferente, trajando um terno de tecido escuro. Ele tinha uma distinção natural, mas não o ar de elegância sob medida da classe dela. Ainda assim, ela percebeu de imediato que ele poderia circular por toda parte. Tinha um porte inato que na verdade era muito mais bonito que o da classe dela.

"Ah! Ei-la afinal! Como está bem!"

"Estou! Mas você não."

Examinou ansiosa o rosto dele. Estava emagrecido, com os malares salientes. Mas os olhos sorriam para ela, que se sentiu à vontade com ele. E foi imediato: de um momento para o outro, a tensão de manter as aparências desfez-se nela. Algo físico fluía dele e a deixava internamente relaxada e feliz, sentindo-se em casa. Com o instinto feminino para a felicidade agora alertado, ela registrou a mudança na mesma hora. "Fico feliz quando ele está por perto." Nem todo o sol de Veneza produzira nela aquela sensação interna de plenitude e calor.

"Foi horrível para você?", perguntou ela enquanto se instalava à frente dele a uma das mesas. Ele estava magro demais — agora ela via. A mão dele estava pousada no tampo da mesa como ela se lembrava, com o curioso relaxamento inconsciente de um animal adormecido. Ela queria muito pegá-la e cobri-la de beijos. Mas não se atrevia.

"As pessoas são sempre horríveis", disse ele.

"E você ficou muito abalado?"

"Eu me incomodei, como sempre vou me incomodar. E sabia que era bobagem me incomodar."

"Sentia-se como um cachorro com uma lata amarrada na cauda? Clifford disse que era assim que você se sentia."

Ele olhou para ela. Foi crueldade dela naquele momento: ele sofrera amargamente pelo seu orgulho.

"Acho que sim", disse ele.

Ela nunca conheceu a amargura feroz com que ele reagia a insultos.

Houve uma longa pausa.

"E você sentiu minha falta?", perguntou ela.

"Fiquei satisfeito por você estar longe de tudo."

Mais uma pausa.

"Mas as pessoas *acreditaram* na história sobre nós dois?", perguntou ela.

"Não! Acho que nem por um momento."

"E Clifford?"

"Eu diria que não. Ele descartou a ideia sem nem lhe dar muita atenção. Mas naturalmente quis me ver pelas costas o mais rápido possível."

"Vou ter um filho."

A expressão desapareceu totalmente do rosto e do corpo dele. Fitou-a com os olhos toldados, com uma expressão que ela não entendia: como se algum espírito sombrio a contemplasse.

"Diga que você fica contente!", pediu ela, tentando

pegar na sua mão. E vislumbrou nele uma certa alegria. Mas contida por coisas que não conseguia entender.

"É o futuro", disse ele.

"Mas você não fica satisfeito?", insistiu ela.

"Desconfio terrivelmente do futuro."

"Mas não precisa ficar incomodado com a responsabilidade. Clifford está disposto a criar o filho como se fosse dele — com prazer."

Ela o viu empalidecer e contrair-se todo diante da ideia. E ele não disse nada.

"Você acha que eu devo voltar para Clifford e dar um novo baronete a Wragby?", perguntou ela.

Ele olhou para ela, pálido e muito distante. O meio sorriso desagradável cintilou em seu rosto.

"Nem precisaria lhe contar quem é o pai."

"Ah!", disse ela, "ele aceitaria o filho de qualquer maneira — se eu quisesse."

Ele pensou um pouco.

"É!", disse ele finalmente, como se falasse sozinho. "Imagino que sim."

Houve um silêncio. Um abismo imenso abriu-se entre os dois.

"Mas você não quer que eu volte para Clifford, ou quer?", perguntou ela.

"O que você prefere?", respondeu ele.

"Quero viver com você", respondeu ela sem rodeios.

Independente da sua vontade, pequenas chamas se agitaram em seu ventre quando ele ouviu essas palavras, e ele deixou cair a cabeça. Em seguida tornou a fitá-la, com aqueles olhos assombrados.

"Para seu governo", disse ele, "estou reduzido a zero."

"Mas tem mais que a maioria dos homens. E você sabe disso", respondeu ela.

"De certa maneira, sei." Ficou calado por algum tempo, pensando. Em seguida recomeçou. "Já disseram que eu tinha coisas demais de mulher em mim. Mas não é isso. Não sou mulher porque não ache divertido atirar em faisões: e nem porque não queira ganhar dinheiro ou subir na vida. Eu podia ter subido na carreira militar, sem muitos problemas — mas não gostava do exército. Embora eu tivesse uma certa facilidade para lidar com os homens: eles gostavam de mim, e sentiam um certo temor reverencial de mim quando me enfurecia. Não, era a estupidez opressiva dos oficiais superiores que transformava o exército em coisa morta: absolutamente insensata e morta. Gosto dos homens, e eles gostam de mim. Mas não suporto a arrogância estúpida e autoritária das pessoas que governam o mundo. E é por isso que não consigo subir na vida. Detesto a arrogância do dinheiro e a arrogância de classe. Assim, no mundo de hoje, o que eu poderia oferecer a uma mulher?"

"E precisa oferecer alguma coisa? Não é um negócio. Simplesmente nos amamos", disse ela.

"Ora, ora! É mais que isso. A vida é movimento, e precisamos ir sempre em frente. Minha vida nunca esteve nos trilhos certos, e nunca vai entrar. E por isso eu vivo por aí sozinho e sem rumo. E não tem o menor cabimento admitir uma mulher na minha vida, a menos que aconteça alguma coisa e minha vida comece a andar em alguma direção, pelo menos interiormente, para manter o interesse vivo entre nós dois. O homem sempre precisa apresentar *algum* sentido na vida dele para a mulher, se forem ter uma vida privada, e se ela for uma mulher de verdade. Não posso ser apenas seu concubino."

"Por que não?", perguntou ela.

"Ora, porque não. Em pouco tempo você começaria a me odiar."

"Como se você não pudesse confiar em mim", disse ela.

O sorriso cintilou no rosto dele.

"O dinheiro é seu, a posição é sua, as decisões correrão por sua conta. Não sou apenas o sujeito que fode com a patroa, no fim das contas."

"Que mais você é?"

"Boa pergunta. Sem dúvida é difícil ver. Mas sou uma outra coisa — pelo menos para mim mesmo. E sei qual é o sentido da minha existência — embora entenda perfeitamente que ninguém mais consiga enxergá-lo."

"E sua existência por acaso vai ter menos sentido se você for viver comigo?"

Ele fez uma longa pausa antes de responder:

"É possível."

Ela também pensou bastante.

"E qual é o sentido da sua existência?"

"Já disse, é invisível. Não acredito no mundo, nem no dinheiro, nem no progresso, nem no futuro da nossa civilização. Se existe um futuro para a humanidade, ela vai precisar mudar muito em relação ao que é hoje."

"E como vai poder ser o verdadeiro futuro?"

"Sabe Deus! Sinto alguma coisa dentro de mim, misturada com muita raiva. Mas não sei ao certo o que seja de verdade."

"Posso lhe dizer?", perguntou ela, olhando-o nos olhos. "Posso lhe dizer o que você tem e outros homens não, e que vai determinar o futuro? Posso dizer?"

"Diga", respondeu ele.

"É a coragem da sua ternura, justamente: de quando você põe a mão na minha bunda e diz que ela é linda."

O sorriso refulgiu no rosto dele.

"Isso?", disse ele.

E ficou pensando, ali sentado.

"Isso mesmo!", disse ele. "Você tem razão. É isso mesmo. É isso, do começo ao fim. Eu sabia, no exército. Eu precisava manter contato com eles, fisicamente, sem nunca desistir disso. Precisava ter uma consciência física deles — e também ter por eles uma certa ternura — mesmo que eu os fizesse passar pelo inferno. É uma questão de manter-se consciente, como dizia o Buda. Mas mesmo ele evitava essa consciência corpórea, e essa ternura física natural, que é a melhor, mesmo entre homens; de uma forma devidamente masculina. E que faz deles homens realmente humanos, e não tão próximos dos macacos. Ah! É a ternura, de fato; na verdade uma consciência do sexo. Na verdade o sexo é apenas toque, contato, o contato mais próximo que pode existir. E é o contato que nos mete medo. Vivemos num estado de semiconsciência, vivemos apenas pela metade. Precisamos nos tornar mais vivos e conscientes. Especialmente os ingleses, precisam entrar em contato uns com os outros, um contato delicado e terno. É nossa maior necessidade."

Ela olhou para ele.

"Então por que você tem medo de mim?", perguntou.

Ele a fitou por um longo tempo antes de responder.

"Na verdade por causa do dinheiro e da posição. Por causa do mundo em você."

"Mas não existe ternura em mim?", perguntou ela, ansiosa.

Ele a fitou com os olhos sombreados e absortos.

"É! Mas ela vai e vem, como acontece comigo também."

"Mas você não tem confiança na ternura que existe... entre você e mim?", perguntou ela, olhando-o com ansiedade.

Viu o rosto dele suavizar-se, despindo-se da armadura.

"Talvez!", disse ele.

Ficaram ambos em silêncio.

"Quero que você me abrace", disse ela. "Quero que você me diga que está feliz porque vamos ter um filho."

Ela estava tão linda, tão calorosa e cheia de carinho, que as entranhas dele ansiaram por ela.

"Acho que podemos ir até meu quarto", disse ele.

"Embora seja novamente um comportamento escandaloso."

Mas ela viu o esquecimento do mundo tornando a tomar conta dele, enquanto seu rosto assumia a expressão suave e pura da paixão terna.

Caminharam pelas ruas menos movimentadas até a Coburg Square, onde ele alugara um quarto no último piso da casa, uma água-furtada onde preparava a própria comida num fogareiro a gás. Era pequeno, mas decente e limpo.

Ela tirou a roupa e ajudou-o a fazer o mesmo. Estava linda, com o viço inicial da gravidez.

"Eu devia deixá-la em paz", disse ele.

"Não!", respondeu ela. "Quero que me ame! Quero que me ame e diga que vai ficar comigo. Diga que vai ficar comigo! Diga que nunca vai me deixar ir embora, nem para o mundo nem para mais ninguém!"

Ela se aproximou dele, abraçando com força seu corpo nu magro e forte, o único lar que ela jamais tivera.

"Então eu fico contigo", disse ele. "Se é o que cê quer, eu fico contigo."

E abraçou-a completamente, com força.

"E me diga que ficou contente com a criança", repetiu ela. "Beije-a! Beije meu ventre e diga que está contente que ela esteja ali."

Isso já foi mais difícil para ele.

"Eu tenho medo de botar uma criança no mundo", disse ele. "Tenho muito medo do futuro dela."

"Mas foi você que pôs esta criança dentro de mim. Precisa tratá-la com carinho, e isso já será um futuro. Beije-a! Beije!"

Ele estremeceu, porque era verdade. "Trate-a com carinho, e isso já será um futuro para ela." Naquele momento ele sentiu um amor absoluto pela mulher. Beijou seu ventre e seu monte de Vênus, para através dali o beijo chegar a seu útero e ao feto alojado no útero.

"Ah, você me ama! Você me ama!", disse ela, numa exclamação que lembrava um dos gritos cegos e inarticulados que emitia durante o amor. E ele a penetrou suavemente, sentindo o fluxo de carinho que corria libertado das entranhas dele para as dela, as entranhas da paixão comum que ardia entre eles.

E ele percebeu, enquanto a penetrava, que aquele era o caminho para estabelecer um contato carinhoso, sem perder em muito seu orgulho, sua dignidade ou sua integridade de homem. Afinal, se ela possuía dinheiro e meios, e ele não, o orgulho e a honra deveriam obrigá-lo a conter sua ternura por ela, em vista disso. "Sou favorável ao toque da consciência corporal entre os seres humanos", disse ele para si mesmo, "e ao toque do carinho. E ela é minha companheira. E é uma batalha contra o dinheiro, contra a máquina e o ideal simiesco e insensível do mundo. E ela estará a meu lado. Graças a Deus encontrei uma mulher! Graças a Deus encontrei uma mulher que está comigo, terna e consciente de quem eu sou. Graças a Deus ela não é uma grosseirona nem uma idiota. Graças a Deus é uma mulher carinhosa, consciente." E no momento em que sua semente jorrou, sua alma também entregou-se a ela, num ato muito mais de criação que de procriação.

Agora ela estava totalmente decidida a não se separar dele. Mas de que maneira, e com que recursos, era o que ainda precisavam decidir.

"Você odeia Bertha Coutts?", perguntou ela.

"Não fale comigo sobre ela."

"Sim! Você precisa deixar que eu fale. Porque houve um momento em que gostou dela. E porque foi tão íntimo dela como é de mim. Por isso é que precisa me contar. Não é terrível, depois de ter sido íntimo dela, odiá-la tanto assim? Como isso se explica?"

"Não sei. Ela sempre manteve o ânimo armado contra mim, sempre; o ânimo mais assustador da mulher:

sua liberdade! A liberdade terrível da mulher, que resulta na brutalidade mais animalesca! Ah, ela sempre manteve a liberdade comigo e contra mim, como se jogasse vitríolo no meu rosto."

"Mas nem agora ela está livre de você. Ela ainda o ama?"

"Não, não. Se não está livre de mim, é porque ainda sente uma raiva louca, e ainda *precisa* me atacar."

"Mas ela deve tê-lo amado."

"Não! Quer dizer... em certos momentos ela me amou. Sentia-se atraída por mim. E acho que até isso ela odiava. Num ou noutro momento ela me amava. Mas sempre se arrependia e começava a me atacar. O desejo mais profundo dela era me destruir, e nada mudava isso. A *vontade* dela era forte demais, desde o início."

"Mas talvez ela achasse que você não a amava de verdade, e quisesse obrigá-lo ao amor."

"Meu Deus, obrigar da pior maneira."

"Mas na verdade você não a amava, ou amava? Nisso ela se enganou."

"Mas como eu podia amá-la? No começo sim, no começo eu a amava. Mas de algum modo ela sempre me fez mal. Não, nem vamos falar disso. Foi uma desgraça, isso sim. E ela era uma mulher fadada à desgraça. Da última vez, eu teria sido capaz de matá-la como se atirasse numa doninha: uma criatura faminta e maldita em forma de mulher! Se pelo menos eu tivesse dado um tiro nela, e posto um paradeiro nesse sofrimento! O que devia ser permitido. Quando a mulher se deixa possuir totalmente por sua própria vontade, a vontade dela contra tudo, é uma coisa assustadora, e ela devia ser sacrificada."

"E os homens não deviam ser sacrificados quando ficam possuídos pela própria vontade?"

"Isso! É a mesma coisa! Mas preciso me livrar dela, ou ela irá voltar para me aborrecer. Eu tentei avisá-la. Preciso me divorciar assim que puder. E nós dois precisamos tomar cuidado. Não podemos ser vistos juntos.[142] Eu jamais, *jamais* me perdoaria se ela esbarrasse conosco."

Connie refletiu um pouco.

"Então não podemos ficar juntos?", perguntou ela.

"Não pelos próximos seis meses, mais ou menos. Acho que meu divórcio deve começar em setembro; então até março..."

"Mas o bebê deve nascer no final de fevereiro", disse ela.

Ele ficou calado.

"Eu podia desejar a morte de todos os Cliffords e Berthas", disse ele.

"Você não está sendo muito terno com eles", disse ela.

"Terno? Mas talvez o melhor a fazer por eles fosse dar-lhes a morte. Não sabem viver! Só sabem frustrar a vida. As almas sofrem dentro deles. A morte devia ser-lhes doce. E eu devia ter permissão para matá-los."

"Mas não faria uma coisa dessas", disse ela.

"Claro que sim! E com menos escrúpulo do que sinto ao atirar num furão. O animal, pelo menos, tem uma certa graça e uma certa solidão. Mas eles existem aos milhares. Ah, eu mataria todos a tiros."

"Então talvez seja melhor você não ter a permissão."

"Bem..."

Connie agora tinha muito em que pensar. Era evidente que ele estava absolutamente decidido a ver-se livre de Bertha Coutts. O que ela achava plenamente justificado. Aquele último ataque fora violento demais. Mas isso significava ela viver sozinha, até a primavera. Tentaria obter o divórcio de Clifford. Mas como? Se o nome de Mellors aparecesse, isso impediria o divórcio *dele*. Que aborrecimento! Será que a pessoa não podia simplesmente ir embora, para os confins da Terra, e se livrar disso tudo?

Não. Nos dias de hoje os confins da Terra ficavam a menos de cinco minutos de Charing Cross.[143] Com o telégrafo sem fio, os confins da Terra deixaram de existir. Reis do Daomé[144] e lamas do Tibete recebiam notícias imediatas de Londres e Nova York.

Paciência! Paciência! O mundo é um mecanismo vasto, intricado e desagradável, e é preciso manter-se de olhos bem abertos para não se emaranhar nele.

Connie contou as novas a seu pai.

"A questão, papai, é que ele era guarda-caça de Clifford: mas também foi oficial do exército na Índia. Só que ele, como o coronel C. E. Florence, preferiu voltar a ser soldado raso."[145]

Sir Malcolm, porém, não tinha muita simpatia pelo insatisfatório misticismo do famoso C. E. Florence. Via um excesso de publicidade por trás de toda aquela modéstia. Parecia-lhe exatamente o tipo de presunção que o cavaleiro detestava acima de todas, a presunção do autoaviltamento.

"E de onde surgiu esse seu guarda-caça?", perguntou sir Malcolm em tom irritado.

"É filho de um mineiro de Tevershall. Mas é absolutamente apresentável."

O artista reconhecido com o título de par do reino ficou ainda mais irado.

"Pois está me parecendo um interesseiro", disse ele. "E você, ao que tudo indica, é uma mina de ouro das mais fáceis de cavar."

"Não, papai, não é isso. Se você conhecê-lo, você vai ver. Ele é um homem. E Clifford sempre o detestou, porque não é humilde."

"Aparentemente, dessa vez ele teve a impressão certa."

O que sir Malcolm não suportava era o escândalo em que sua filha se via envolvida numa trama com um guarda-caça. Não se incomodava com a trama: mas se importava com o escândalo.

"Não gosto desse sujeito. Sem dúvida ele conseguiu chegar aonde queria com você. Mas, meu Deus, pense só em tudo que vão dizer. Pense na sua madrasta, como ela vai ficar!"

"Eu sei", disse Connie. "O falatório é horrendo: especialmente para quem vive em sociedade. E ele quer tanto conseguir logo o divórcio. Achei que talvez pudéssemos dizer que o filho era de outro, sem nem trazer à baila o nome de Mellors."

"Outro homem? Que outro homem?"

"Duncan Forbes, talvez. Ele é nosso amigo desde sempre. E é um artista razoavelmente conhecido. E gosta de mim."

"Por essa eu não esperava! Pobre Duncan! E que vantagem pode haver nisso tudo para ele?"

"Não sei. Mas acho que ele pode até gostar da ideia."

"Você acha que pode? Bom, ele é pelo menos uma pessoa engraçada. Mas você nunca teve um caso com ele, ou teve?"

"Não! Mas nem é isso que ele quer. Ele me ama e só me quer perto dele — mas não para me tocar."

"Meu Deus, que geração!"

"O que ele mais queria era que eu posasse para ele. Só que eu nunca aceitei."

"Deus o ajude! Mas ele me parece submisso o suficiente para aceitar qualquer coisa."

"Quer dizer que você não se incomodaria muito se o falatório fosse sobre ele?"

"Meu Deus, Connie! Todos esses planos e estratagemas!"

"Eu sei! Quase me deixam doente! Mas o que eu posso fazer?"

"Intrigas e segredos; segredos e enredos! Acabo achando que já vivi além da conta!"

"Ora, papai, se você não teve segredos e intrigas no seu tempo, pode falar o quanto quiser."

"Mas era diferente, acredite."

"É *sempre* diferente."

Hilda chegou, enfurecendo-se também quando soube dos últimos desdobramentos. E tampouco suportava a ideia de um escândalo público envolvendo sua irmã e o guarda-caça. Degradante demais, demais!

"Por que não podemos simplesmente desaparecer, um depois do outro, e ir para a Colúmbia Britânica, sem escândalo nenhum?", perguntou Connie.

Mas não adiantava. O escândalo aconteceria mesmo assim. E, se Connie pretendia viajar com aquele homem, o melhor era que pudesse casar-se com ele. Era o que Hilda achava. Sir Malcolm não tinha certeza. O caso ainda podia cair no esquecimento.

"Mas você concorda em conhecê-lo, papai?"

Pobre sir Malcolm! Era tudo que ele não queria. E o pobre Mellors menos ainda. Entretanto, acabaram se conhecendo: um almoço numa sala privativa do clube, só entre os dois homens que se mediam com os olhos. Sir Malcolm tomou uma boa quantidade de uísque, e Mellors também bebeu. E conversaram o tempo todo a respeito da Índia, sobre a qual o homem mais jovem tinha muita informação.

Essa conversa durou toda a refeição. Só quando o café foi servido e o garçom se retirou, sir Malcolm acendeu um charuto e disse, enfaticamente:

"E então, meu jovem, o que me diz da minha filha?"

O sorriso lampejou no rosto de Mellors.

"Ora, sir Malcolm, o que posso lhe dizer?"

"Ela está esperando um filho seu, afinal."

"É uma honra...!", sorriu Mellors.

"Uma honra, por Deus!" Sir Malcolm emitiu um jorro de riso curto, e adotou os modos do escocês lascivo. "Honra! E como foi a coisa, hein? Boa, meu rapaz?"

"Boa!"

"Aposto que sim! Ha-ha! Minha filha, sangue do meu sangue, ora! Eu pelo meu lado nunca recusei uma boa foda. Já a mãe dela... oh, santo Deus!" E ergueu os olhos para os céus. "Mas você conseguiu despertar o gosto dela, ah, conseguiu, isso dá para ver. Ha-ha! Ela tem meu sangue! Você ateou fogo naquele palheiro. Ha-ha-ha! E fiquei muito contente, isso eu posso lhe dizer. Ela estava precisando. Ah, ela é uma ótima menina, uma ótima menina, e eu sabia que ia apreciar o que merece, se algum homem conseguisse acender o fogo dela. Ha-ha-ha! Guarda-caça, hein, meu rapaz? Pois andou caçando muito bem, e sem licença, se quer saber o que eu acho! Ha-ha! Mas agora, escute aqui, falando sério, o que você pretende fazer com essa história? Falando sério!"

Falando sério, não foram muito longe. Mellors, embora um pouco embriagado, era de longe o mais sóbrio dos dois. Manteve a conversa o mais coerente que podia; o que não queria dizer muita coisa.

"Então você é guarda-caça! Ah, faz muito bem! Caçar essas beldades bem merece o esforço, não é? O melhor teste com as mulheres é dar-lhes um beliscão no traseiro. Pela maneira como o traseiro reage já dá para saber como ela vai se comportar. Ha-ha! Estou com inveja de você, meu rapaz! Quantos anos você tem?"

"Trinta e nove!"

O par do reino ergueu as sobrancelhas.

"Tudo isso! Bem, ainda lhe restam uns vinte anos, pelo seu jeito. Ah, guarda-caça ou não, você é chegado a uma boa carne. Isso eu consigo ver com um olho tapado. Não é igual àquele maldito Clifford! Um sujeito sem sangue nas veias e sem o menor gosto pela foda. Gostei de você, meu rapaz. Acredito que deve ter colhões de respeito; ah, é um galo de briga, isso dá para ver. Um lutador. Guarda-caça! Ha-ha! Eu é que não daria minha caça para você guardar! Mas escute aqui, falando sério, o que você vai fazer? O mundo está cheio de velhas desgraçadas..."

Falando sério, não chegaram a nada, além de compactuarem na antiga maçonaria da sensualidade masculina.

"E escute aqui, rapaz, se eu puder fazer alguma coisa por você, conte comigo. Guarda-caça! Deus do céu, essa é muito boa! Gostei! Ah, gostei muito! Mostra que a menina tem coragem. O quê? No fim das contas, você sabe que ela tem uma renda própria, moderada, moderada, mas bem a salvo de passar fome. E vou deixar tudo que tenho para ela. Juro por Deus que vou. Ela merece, por ter mostrado coragem nesse mundo de velhas. Faz setenta anos que eu me esforço para me livrar das saias das velhas, e ainda não consegui. Mas você é o homem! Você é o homem, isso eu sei."

"Ainda bem que o senhor pensa assim. Geralmente elas me dizem, meio de lado, que eu não passo de um animal."

"Ah, mas é evidente! Meu caro, o que mais poderiam achar as velhas, a não ser que você é um animal?"

Despediram-se muito cordialmente, e Mellors passou o resto do dia rindo por dentro.

No dia seguinte almoçou com Connie e Hilda, em algum lugar discreto.

"É uma pena que a situação esteja tão feia por toda parte", disse Hilda.

"Pois eu aproveitei muito", disse ele.

"Acho que devia ter evitado pôr uma criança no mundo antes de estarem os dois livres para se casar e ter filhos."

"O Senhor soprou a centelha um pouco antes da hora", disse ele.

"Acho que o Senhor não teve nada a ver com isso. Claro que Connie tem dinheiro para sustentar vocês dois, mas a situação é intolerável."

"Mas você só é obrigada a tolerar muito indiretamente, não é?", disse ele.

"Se pelo menos vocês fossem da mesma classe..."

"Ou se eu morasse numa jaula do zoológico..."

Silêncio.

"Acho", disse Hilda, "que seria melhor se ela apontasse outro homem como corresponsável, e que você ficasse totalmente de fora dessa história."

"Mas achei que estava inapelavelmente dentro."

"Digo, do processo de divórcio."

Ele olhou para ela admirado. Connie não se atrevera a falar com ele do plano envolvendo Duncan.

"Não entendi", disse ele.

"Temos um amigo que deve aceitar ser apontado como corresponsável... para evitar que seu nome apareça", disse Hilda.

"Um homem?"

"É claro!"

"Ela teve mais algum...?"

Olhou admirado para Connie.

"Não, não!", apressou-se ela a dizer. "Só uma velha amizade... pura e simples... nada de amor."

"Então por que o sujeito aceita levar a culpa? Se não teve nada com você?"

"Alguns homens são assim, cavalheiros de verdade... e não deixam para se apresentar só depois de ter alguma coisa com as mulheres", disse Hilda.

"Ao contrário de mim, não é? Mas quem é o rapaz?"

"Um amigo que nós conhecemos desde crianças, na Escócia — um artista."

"Duncan Forbes!", exclamou ele na mesma hora, pois Connie tinha falado dele. "E como vocês vão fazer para botar a culpa nele?"

"Eles podiam passar algum tempo juntos num hotel — ou ela podia até se hospedar no apartamento dele."

"Acho que estão fazendo barulho demais por nada", disse ele.

"E o que você sugere?", perguntou Hilda. "Se seu nome aparecer, você não conseguirá se divorciar da sua mulher, que ao que tudo indica é uma pessoa intratável."

"É verdade!", disse ele, cabisbaixo.

Houve um longo silêncio.

"Podíamos ir embora logo", disse ele.

"Nada pode acontecer logo, no caso de Connie", disse Hilda. "Clifford é conhecido demais."

Novamente um silêncio de pura frustração.

"O mundo é do jeito que é. Se vocês pretendem viver juntos sem sofrer nenhuma perseguição, precisam se casar. Para poderem se casar, os dois precisam estar divorciados. E então, como vão fazer?"

Ele ficou calado por um longo tempo.

"O que *você* faria no nosso lugar?", perguntou ele.

"Vamos ver se Duncan concorda em assumir o papel de corresponsável: depois fazemos Clifford se divorciar de Connie: e você precisa conseguir seu divórcio: e, enquanto não estão livres, vocês dois precisam ficar distantes."

"Parece a descrição de um hospício."

"Provavelmente! E o mundo vai olhar para vocês como dois loucos: ou coisa ainda pior."

"Qual coisa pior?"

"Criminosos, imagino eu."

"Pois espero que eu ainda consiga cravar meu punhal mais algumas vezes", disse ele, sorrindo. Depois ficou em silêncio, e irritado.

"Bem!", disse ele afinal. "Concordo com qualquer coisa. O mundo é um lugar completamente idiota e ninguém pode acabar com ele, muito embora eu me disponha a fazer o possível. Mas você tem razão. Precisamos nos livrar dessa situação da melhor maneira possível."

Olhou para Connie, tomado pela humilhação, a raiva e o sofrimento.

"Minha menina!", disse ele. "O mundo está querendo cortar a ponta das tuas asas!"

"Só se nós dois deixarmos", disse ela.

Ela se incomodava bem menos que ele com toda aquela trama contra o mundo.

Duncan, quando abordado, insistiu também em conhecer o guarda-caça infrator, de maneira que organizaram um jantar, dessa vez no apartamento do artista: só os quatro. Duncan era um sujeito baixo, largo, moreno e taciturno como Hamlet, com cabelos pretos escorridos e uma estranha presunção de celta. Sua arte era toda tubos, válvulas, espirais e cores estranhas, ultramoderna mas com uma certa força, até mesmo alguma pureza de forma e tom: Mellors foi o único a achá-la cruel e repelente. Não se atreveu a dizer o que pensava, pois Duncan era praticamente um louco no que dizia respeito à sua produção artística; para ele, tratava-se de um culto pessoal, de uma religião privativa.

Estavam olhando os quadros no ateliê, e Duncan não tirava os olhos castanhos e miúdos do outro homem. E quis ouvir o que o guarda-caça tinha a dizer. Já conhecia as opiniões de Connie e Hilda.

"Pois me parece um crime", disse finalmente Mellors: palavras que Duncan jamais esperava ouvir de um guarda-caça.

"Um crime contra quem?", perguntou Hilda, em tom frio e desdenhoso.

"Contra mim! Isso mata as entranhas da compaixão em qualquer um."

Uma onda de puro ódio tomou conta do artista. Percebeu a nota de repulsa na voz do outro homem e o tom de desprezo. E ele próprio *detestou* aquela referência às entranhas da compaixão. Sentimentalismo doentio! Mellors, alto, magro e com ar cansado, percorria os quadros com um olhar distante que lembrava um pouco a dança alada de uma mariposa.

"Talvez seja o assassinato da estupidez — da estupidez sentimental", rosnou o artista.

"Você acha? Acho que esses tubos e essas vibrações corrugadas são por sua vez bastante estúpidas, e bastante sentimentais. Para mim mostram que o artista sente muita pena de si mesmo, e uma preocupação nervosa com o juízo que faz de si."

Numa nova onda de ódio, o rosto do artista ficou amarelo. Mas com uma espécie de altivez silenciosa ele virou os quadros de frente para a parede.

"Acho que já podemos ir para a sala de jantar", disse ele.

E saíram andando em fila, todos calados.

Depois do café, Duncan disse:

"Não me incomodo nem um pouco de me passar pelo pai do filho de Connie. Mas só com a condição de que ela venha posar para mim. Faz anos que eu quero que ela seja minha modelo, mas ela sempre recusou." E fez sua declaração com o tom sombrio e terminante de um inquisidor que dá início a um auto de fé.

"Ah!", disse Mellors. "Quer dizer que só aceita sob condição?"

"Exatamente! Só aceito com essa condição." O artista tentou manifestar o máximo desprezo pelo outro com suas palavras. Mas exagerou um pouco.

"Melhor me usar como modelo ao mesmo tempo", disse Mellors. "Melhor pintar uma cena de grupo, Vulcano[146] e Vênus emaranhados na rede da arte. Eu fui ferreiro, antes de ser guarda-caça."

"Obrigado", disse o artista. "Mas acho que não me interesso pela figura de Vulcano."

"Nem mesmo se eu aparecer devidamente composto de tubos?"

Não houve resposta. O artista ficou ofendido demais para dizer qualquer coisa.

Foi uma noite melancólica, em que o artista se empenhava em ignorar a presença do outro homem e só falava muito pouco, como se cada palavra para as mulheres precisasse ser arrancada das profundezas de sua pretensão.

"Você não gostou dele, mas na verdade ele é bem melhor que isso. É um homem muito bom", explicou Connie depois que foram embora.

"É um cachorrinho preto sempre de mau humor corrugado", disse Mellors.

"Não, hoje ele não foi agradável."
"E você vai mesmo posar para ele?"
"Ah, agora não me incomodo. Ele não vai me tocar. E não me incomodo com nada, se puder nos ajudar a termos nossa vida em comum."
"Mas ele vai cuspir em você na tela."
"Não me importa. Só vai estar pintando os sentimentos dele por mim, o que não me incomoda em nada. Não o deixaria tocar em mim por nada no mundo. Mas, se ele acha que pode conseguir alguma coisa com esse olhar arregalado de artista, deixe-o olhar. Pode me transformar em quantos canos e corrugações ele quiser. O problema é dele. Ele ficou furioso por você ter dito aquilo: que a arte tubificada que ele produz é sentimental e pretensiosa. E é claro que é a verdade..."

19

"Caro Clifford, infelizmente o que você antevia acabou acontecendo. Estou de fato apaixonada por outro homem, e espero que você me conceda o divórcio. No momento, estou hospedada com Duncan no apartamento dele. Eu lhe contei que ele estava em Veneza conosco. Fico muito triste por você: mas tente aceitar tranquilamente. Você na verdade não precisa mais de mim, e não suporto a ideia de voltar para Wragby. Sinto muitíssimo. Mas tente me perdoar, divorciar-se de mim e encontrar uma pessoa melhor. Na verdade não sou a pessoa certa para você, sou impaciente e egoísta demais, ao que me parece. Mas não posso mais voltar a viver com você. E fico muito triste com isso, por sua causa. Mas, se você não se deixar alterar além da conta, vai ver que para você também não faz tanta diferença assim. Você nem gostava tanto de mim pessoalmente. Então procure me perdoar e livrar-se logo de mim."

Clifford, *por dentro*, não ficou surpreso de receber esta carta. No fundo, já sabia havia muito que ela iria deixá-lo. Mas se recusara terminantemente a admitir o fato de dentro para fora. Externamente, portanto, foi um choque, um baque terrível para ele. Ele conservara o sentimento de uma confiança serena em Connie.

E é assim mesmo que somos. Pelo exercício da vontade, impedimos o acesso da consciência a nosso conhecimento intuitivo interno. E isso produz um estado de medo, ou apreensão, que torna o golpe dez vezes pior quando finalmente nos atinge.

Clifford parecia uma criança histérica. Deixou a sra. Bolton terrivelmente alarmada de vê-lo ali, sentado na cama, desfeito e pálido.

"Mas sir Clifford, o que aconteceu?"

Nenhuma resposta! Ficou apavorada com a possibilidade de um derrame. Correu para ele e apalpou-lhe o rosto, tomou-lhe o pulso.

"Alguma dor? Tente me dizer onde está doendo. Responda!"

Nada.

"Oh, meu Deus! Então vou telefonar para Sheffield e chamar o doutor Carrington, e pedir que o doutor Lecky também venha correndo."

Já estava chegando à porta do quarto quando ele respondeu, sem expressão alguma na voz:

"Não!"

Deteve-se e olhou para ele, que tinha o rosto amarelo e sem expressão, como o rosto de um idiota.

"Prefere então que eu não mande chamar o médico?"

"Prefiro! Não quero que ele venha", veio a voz sepulcral.

"Mas sir Clifford, o senhor está doente, e não posso me responsabilizar sozinha. Preciso chamar o médico, ou depois irão botar a culpa em mim."

Uma pausa, e então a voz oca disse:

"Não estou doente. Minha mulher é que não vai voltar." Era como se a voz brotasse de uma tela.

"Não vai voltar? Está falando de lady Chatterley?" A sra. Bolton aproximou-se da cama. "Ah, não acredite nisso. Pode ter certeza de que ela vai voltar."

A imagem da tela na cama não se alterou, mas fez chegar a ela uma carta do outro lado da moldura.

"Leia!", disse a voz sepulcral.

"Ora, mas é uma carta de lady Chatterley, tenho certeza de que ela não quer que eu leia as cartas que escreve para o senhor, sir Clifford. Pode me contar o que ela diz, se quiser."

Mas o rosto com os olhos azuis fixos e esbugalhados não se moveu.

"Leia!", repetiu a voz.

"Bom, então só vou ler porque é uma ordem sua, sir Clifford", disse ela.

E leu a carta.

"Francamente, fico *muito* surpresa com lady Chatterley", disse ela. "Ela prometeu com tanta sinceridade que iria voltar!"

O rosto na cama deu a impressão de assumir um ar ainda mais acentuado de perturbação vaga, mas profunda. A sra. Bolton, só de olhar para ele, ficou muito preocupada. Sabia o que estava enfrentando: um caso de histeria masculina. Não tinha trabalhado como enfermeira de soldados sem ter aprendido alguma coisa sobre essa doença tão desagradável.

Ficou um pouco impaciente com sir Clifford. Qualquer homem minimamente inteligente já teria *percebido* que a mulher estava apaixonada por outro homem e pretendia deixá-lo. E ela tinha certeza de que, no íntimo, sir Clifford tinha plena consciência disso: só se recusava a admiti-lo. Se tivesse admitido, e cuidado de preparar-se para o fato; ou se tivesse admitido, e cuidado de discutir com a mulher, tomando posição contra aquilo: aí teria agido como um homem. Mas não! Ele sabia, mas o tempo todo tentava se enganar. Sentia o diabo a torcer a cauda, e fazia de conta que eram anjos a mandar-lhe sorrisos. E esse estado de falsidade agora acabara provocando aquela crise de mentira e deslocamento, de histeria, que é uma forma de insanidade. "E só é assim", pensou ela consigo mesma, odiando um pouco o paciente, "porque ele só pensa em si mesmo. Vive tão envolvido com sua própria alma imortal que, no momento em que leva um choque, reage como uma múmia imobilizada pelas ataduras. Olhe só como ele está!"

Mas a histeria é um mal perigoso: e ela era enfermeira, tinha o dever de tirá-lo da crise. Qualquer tentativa de apelar para seu orgulho ou sua masculinidade só o faria piorar: porque a masculinidade dele estava morta, pelo menos naquele momento, se não definitivamente. Ele só iria debater-se cada vez com menos força, amolecendo aos poucos, como um verme, cada vez mais fora do eixo.

A única coisa a fazer era proporcionar livre curso à piedade que ele sentia de si mesmo. Como a dama do poema de Tennyson, ele morreria se não chorasse.[147]

De maneira que a sra. Bolton começou a chorar primeiro. Cobriu o rosto com as mãos e explodiu em soluços curtos e convulsivos. "Jamais esperei uma coisa dessas de lady Chatterley, nunca, nunca!", chorava ela, invocando todas as suas memórias amargas e todas as suas sensações de sofrimento para poder chorar as lágrimas das próprias dores. Depois que começou, seu choro se tornou autêntico, pois tinha motivos para chorar.

Clifford pensou na maneira como fora atraiçoado por Connie, por aquela mulher, e, num contágio de sofrimento, lágrimas lhe vieram aos olhos e começaram a correr por suas faces. Chorava por si mesmo. A sra. Bolton, assim que viu lágrimas no rosto sem expressão do paciente, enxugou às pressas as suas próprias com o lencinho e debruçou-se sobre ele.

"Não se atormente, sir Clifford!", disse ela, com uma emoção exuberante. "Não se atormente, porque só vai se magoar mais!"

O corpo dele estremeceu de chofre numa inspiração profunda de soluço abafado, e as lágrimas desceram mais soltas pelo seu rosto. Ela pôs a mão no braço dele, e suas próprias lágrimas voltaram a correr. Novamen-

te ele estremeceu, como se tivesse uma convulsão, e ela
passou o braço pelo seu ombro. "Pronto, pronto! Pronto — pronto! Não se atormente! Não se atormente!",
gemeu ela, rodeando os ombros largos de Clifford com
os braços enquanto ele pousava o rosto em seu peito e
soluçava, sacudindo e contraindo os ombros enquanto
ela acariciava de leve seus cabelos de um louro opaco
e dizia: "Pronto! Pronto! Pronto! Então pronto! Então
pronto! Pode esquecer! Agora pode esquecer!".

E ele a abraçou pela cintura e agarrou-se a ela como
uma criança, encharcando com suas lágrimas o regaço
de seu avental branco engomado e o peito de seu vestido
de algodão azul-claro. Finalmente ele deu plena vazão
ao que sentia.

E então ela lhe deu um beijo e o embalou contra o
peito enquanto se dizia no íntimo: "Oh, sir Clifford! Oh,
poderosa família Chatterley! Foi assim que acabaram!".
E finalmente ele acabou adormecendo, como um menino.
Ela ficou exausta e foi para seu quarto, onde ria e chorava ao mesmo tempo, também tomada por sua vez pela
histeria. Era tão ridículo! Era tão horrível! Uma queda tamanha! Tão vergonhosa! Era *de fato* um abalo tremendo.

Depois disso, sir Clifford passou a comportar-se com
a sra. Bolton como uma criança. Segurava sua mão,
apoiava a cabeça em seu peito e, quando ela o beijava
de leve, dizia: "Sim! Um beijo! Um beijo!". E quando ela
lavava seu vasto corpo alourado, ele dizia a mesma coisa:
"Um beijo!". E ela beijava de leve seu corpo, em qualquer lugar, como que brincando. E ele se deixava ficar
ali deitado com um rosto estranho e inexpressivo como
o de uma criança, com um leve toque do espanto de uma
criança. E fixava nela seus olhos arregalados e infantis,
absorto naquela veneração da Madona. Era uma entrega
absoluta da parte dele, abrindo mão de toda a masculinidade e recaindo numa postura infantil que, na verdade,
era perversa. E então estendia a mão para o peito dela e

apalpava seus seios, que beijava exaltado, na exaltação da perversão, de ser criança quando era um homem.

A sra. Bolton sentia-se ao mesmo tempo emocionada e envergonhada; adorava e detestava aquilo tudo. Ainda assim, jamais o rejeitava ou censurava. E recaíram os dois numa intimidade física mais intensa, uma intimidade da perversão, em que ele era uma criança dotada de uma aparente candura e de uma suposta admiração que chegavam a parecer um êxtase religioso: a encarnação perversa e literal de "se não vos fizerdes como crianças".[148] Enquanto ela se tornava a Magna Mater,[149] repleta de energia e potência, tendo o grande homem-menino louro totalmente subjugado à sua vontade e a seu menor toque.

O curioso é que quando esse homem-menino em que Clifford se convertera — e em que já se vinha transformando havia alguns anos — emergiu no mundo, mostrou-se muito mais arguto e perceptivo que o homem de verdade que tinha sido. O homem-menino perverso converteu-se num *autêntico* empresário; em matéria de negócios, exibia uma masculinidade absoluta, afiada como uma navalha e inflexível como uma peça de aço. Quando estava reunido com outros homens, perseguindo seus objetivos e se valendo de suas minas, demonstrava uma sagacidade quase sobrenatural, grande resistência e uma postura sempre objetiva e direta. Era como se aquela passividade, sua prostituição à Magna Mater, lhe tivesse concedido uma percepção aguçada das transações materiais do mundo dos negócios, conferindo-lhe uma certa energia notável e desumana. Chafurdar desse modo em suas emoções particulares, aviltar tão completamente sua porção masculina, parecia dotá-lo de uma segunda natureza, fria e quase visionária, e extremamente perceptiva para os negócios. Nos seus empreendimentos, mostrava-se quase desumano.

E nisso a sra. Bolton triunfava. "Como ele está progredindo!", dizia-se ela cheia de orgulho. "E graças a mim! Garanto que ele nunca teria chegado a esse ponto com lady Chatterley. Ela não é do tipo que ajuda o homem a progredir. Queria coisas demais para si mesma."

Ao mesmo tempo, em algum recesso de sua tortuosa alma feminina, como ela desdenhava e odiava Clifford! Ele era seu gigante caído, seu monstro choramingas. E ao mesmo tempo que ela o ajudava e apoiava o máximo que podia, em algum canto remoto de sua antiga feminilidade salutar ela lhe votava um desprezo feroz e sem limites. O vagabundo mais ordinário era superior a ele.

O comportamento de Clifford em relação a Connie era curioso. Fazia questão de tornar a vê-la. E insistia, ainda por cima, em obrigá-la a vir a Wragby, ponto em que não transigia de maneira alguma. Connie lhe prometera com todas as letras que voltaria para Wragby.

"Mas de que vai adiantar?", dizia a sra. Bolton. "Não pode simplesmente esquecer-se dela e separar-se de uma vez?"

"Não! Ela me disse que voltaria, e precisa aparecer aqui."

A sra. Bolton desistiu de discutir com ele. Sabia com o que estava lidando.

"Não preciso lhe contar o efeito que sua carta teve sobre mim", escreveu ele a Connie em Londres. "Talvez possa imaginar, se fizer um esforço, embora sem dúvida prefira não gastar sua imaginação comigo.

"Só posso lhe dizer uma coisa: preciso vê-la em pessoa, aqui em Wragby, antes de poder tomar qualquer decisão. Você me deu sua palavra de que voltaria a Wragby, e estou cobrando sua promessa. Não acreditarei em nada, nem serei capaz de mostrar-me compreensivo com nada, antes de vê-la em pessoa aqui, em circunstâncias normais. Nem preciso lhe dizer que ninguém em Wragby suspeita de nada, de maneira que sua volta seria perfeitamente normal. E então, se você julgar, depois de conversarmos bem, que ainda mantém sua decisão, sem dúvida poderemos chegar a algum acordo."

Connie mostrou a carta a Mellors.

"Ele quer começar a vingar-se de você", disse ele, devolvendo-lhe a carta.

Connie ficou calada. Estava um pouco surpresa de descobrir que tinha medo de Clifford. Tinha medo de aproximar-se dele. Tinha medo dele como de uma criatura malévola e perigosa.

"O que eu devo fazer?", perguntou ela.

"Nada, se não quiser fazer nada."

Ela escreveu em resposta, tentando dissuadir Clifford. E ele respondeu: "Se você não voltar agora para Wragby, vou concluir que ainda pretende voltar algum dia, e agir de acordo. Continuarei vivendo da mesma forma, esperando por você aqui, ainda que precise esperar cinquenta anos".

Ela ficou assustada. Aquilo era de uma violência insidiosa. E ela não duvidava que ele de fato cumprisse a ameaça. Jamais lhe daria o divórcio e o filho acabaria sendo dele, a menos que ela encontrasse algum meio de provar sua ilegitimidade.

Depois de algum tempo de preocupação e inquietude, decidiu ir até Wragby. Hilda iria com ela. Escreveu dando a notícia a Clifford. E ele respondeu: "Não receberei sua irmã com boas-vindas, mas tampouco lhe negarei minha hospitalidade. Não tenho dúvida de que ela a ajudou a desertar de seus deveres e responsabilidades, de maneira que não se pode esperar que eu demonstre algum prazer com sua visita...".

As duas foram a Wragby. Clifford não estava em casa quando chegaram. Quem as recebeu foi a sra. Bolton.

"Ah, lady Chatterley, não é a volta festiva que todos esperávamos, não é?", disse ela.

"Pois é!", respondeu Connie.

De maneira que aquela mulher sabia! E quanto aos demais criados, sabiam ou desconfiavam?

Entrou na casa, que agora detestava com cada fibra do corpo. Aquele lugar imenso e muito espalhado lhe parecia maligno, um castigo. Não era mais senhora da propriedade, mas vítima daquele local.

"Não posso ficar muito tempo aqui", sussurrou ela para Hilda, aterrorizada.

E foi penoso voltar a seu próprio quarto, retomar posse daquele aposento como se nada houvesse acontecido. Detestava cada minuto entre as paredes de Wragby.

Só foram encontrar-se com Clifford quando desceram para o jantar. Ele estava vestido a rigor, de gravata preta: muito reservado e afetando uma pose de cavalheiro superior. Teve um comportamento impecável durante a refeição, cultivando uma conversa cortês: mas tudo parecia dar-se sob o signo da loucura.

"Quanto os criados sabem?", perguntou Connie, quando a mulher deixou a sala.

"Das suas intenções? Absolutamente nada."

"A senhora Bolton sabe."

Ele mudou de cor.

"A senhora Bolton não é exatamente uma criada", disse ele.

"Ah, por mim eu não me importo."

A tensão ainda pairava depois do café, quando Hilda disse que ia subir para seu quarto.

Clifford e Connie ficaram sentados em silêncio depois que ela deixou a sala. Nenhum dos dois queria começar a conversa. Ainda bem, pensou Connie, que ele não estava tendo um comportamento patético e que ainda conservava a altivez possível. Ela permaneceu calada, examinando as próprias mãos.

"Imagino que você não se incomodou nem um pouco de não ter cumprido a palavra dada?", disse ele finalmente.

"Não pude fazer nada", murmurou ela.

"E, se você não pôde, quem poderia?"

"Acho que ninguém."

Ele a fitou com uma raiva fria e curiosa. Estava acostumado com ela. Era como se a trouxesse impregnada em seu espírito. E como, agora, ela se atrevia a mudar de rumo e destruir a trama cotidiana de sua vida? Como se atrevia a causar tamanho dano à sua personalidade?

"E o *que* fez você mudar de ideia quanto a tudo?", perguntou ele.

"O amor!", disse ela. Era melhor ser direta e banal.

"Amor, por Duncan Forbes? Mas você nunca achou que ele merecesse, no tempo que me conheceu. E quer me dizer agora que sente mais amor por ele que por qualquer outra coisa na vida?"

"As pessoas mudam", disse ela.

"Pode ser! Você bem pode ter seus caprichos. Mas ainda precisa me convencer de que mudou tanto assim. Simplesmente não acredito no seu amor por Duncan Forbes."

"Mas por que você *precisa* acreditar? Só precisa divorciar-se de mim, e não acreditar nos meus sentimentos."

"E por que eu deveria divorciar-me de você?"

"Porque não quero mais viver aqui. E na verdade você tampouco me quer."

"Perdão! Mas eu não sou de mudar. Da minha parte, como você é minha esposa, prefiro que continue debaixo do meu teto, discretamente e com toda a dignidade. Deixando de lado os sentimentos pessoais — e pode acreditar que, no meu caso, é deixar muita coisa de lado —, para mim é mortalmente amargo assistir à ruptura da ordem da vida aqui em Wragby, e o esfacelamento da rotina da nossa vida, só por um capricho seu."

Ao final de algum tempo em silêncio, ela disse:

"Não posso fazer nada. Preciso ir embora. Estou esperando um filho."

Ele também ficou em silêncio por algum tempo.

"E é por causa da criança que precisa ir embora?", perguntou ele finalmente.

Ela assentiu com a cabeça.

"Mas por quê? Duncan Forbes tem tanto apego assim pelo rebento?"

"Mais apego, sem dúvida, do que você teria", respondeu ela.

"É mesmo? Quero minha mulher, e não vejo motivo para deixá-la ir embora. Se ela quiser ter um filho debaixo do meu teto, será muito bem tratada, e a criança muito bem-vinda: contanto que a decência e a ordem da vida sejam devidamente respeitadas. Ou vai me dizer que o poder de Duncan Forbes sobre você é maior que isso? Não posso acreditar."

Fez-se uma pausa.

"Mas você não entende", disse Connie, "que eu *preciso* me afastar de você, e *preciso* ir viver com o homem que eu amo?"

"Não, não entendo! Estou pouco me lixando para seu amor ou para o homem que você ama. Não acredito nessas baboseiras."

"O problema é que eu acredito."

"É mesmo? A questão, minha cara senhora, é que a senhora é inteligente demais para acreditar nesse seu amor por Duncan Forbes. Tenho certeza de que, mesmo agora, você ainda gosta mais de mim. Então por que eu deveria ceder a esses absurdos?"

Ela sentiu que nesse ponto ele tinha razão. E que não poderia mais ficar calada.

"Porque quem eu amo *não é* Duncan", disse ela, erguendo os olhos para ele. "Só dissemos que era Duncan para poupar seus sentimentos."

"Poupar meus sentimentos?"

"Sim! Porque o homem que eu realmente amo — e agora você vai me odiar — é o senhor Mellors, o antigo guarda-caça daqui."

Se ele pudesse sair da cadeira, teria dado um salto. Seu rosto ficou amarelo e seus olhos se arregalaram diante do desastre que contemplava. Então desabou mais ainda na cadeira, ofegando e olhando para o teto.

Finalmente se reergueu.

"Está querendo me dizer que é esta a verdade?", perguntou ele, com ar de repugnância.

"Sim! Você sabe que estou dizendo a verdade."

"E quando começou com ele?"

"Na primavera."

Ele ficou calado, como um animal preso numa armadilha.

"E então era *realmente* você, no quarto do chalé?"

De maneira que, no íntimo, ele sabia o tempo todo.

"Era!"

Ele ainda estava inclinado para a frente na cadeira, olhando fixamente para ela como uma fera encurralada.

"Meu Deus, você devia ser exterminada da face da Terra!"

"Por quê?", emitiu ela com voz fraca.

Mas ele não pareceu tê-la ouvido.

"Aquele verme! Aquele inseto atrevido! Aquele vagabundo miserável! E você, metida com ele o tempo todo, enquanto ainda vivia aqui e ele era um dos meus criados! Meu Deus, meu Deus, será que a baixeza das mulheres não tem fim?"

Estava fora de si de raiva, como ela tinha certeza de que ficaria.

"E está querendo me dizer que quer ter um filho com um imprestável como ele?"

"Quero! E vou ter."

"Vai ter! Quer dizer que já tem certeza! Desde quando?"

"Desde junho."

Ele engasgou, e voltou a ser dominado pela estranha expressão vazia de uma criança.

"É de espantar", disse ele finalmente, "que criaturas como essa tenham a permissão de nascer."

"Quais criaturas?", perguntou ela.

Ele a olhou com um ar estranho, sem responder. Era óbvio que não conseguia sequer admitir a existência de Mellors associado a qualquer aspecto da vida dele. Era um ódio absoluto, indizível, impotente.

"E quer me dizer que tem a intenção de casar-se com ele? E usar seu nome imundo?", perguntou ele finalmente.

"Sim! É minha intenção."

Ele ficou novamente mudo de espanto.

"Sim!", disse ele finalmente. "O que prova o quanto eu tinha razão no que sempre achei de você: você não é uma pessoa normal, não está no seu juízo perfeito. Você é uma dessas mulheres meio loucas e pervertidas que não conseguem deixar de correr atrás da degradação, que têm a *nostalgie de la boue*."[150]

De repente ele adquirira uma postura moral quase melancólica, em que via a si mesmo como a encarnação do bem e pessoas como Connie e Mellors como a encarnação da lama, do mal. Parecia cada vez mais vago, como se encerrado em densas nuvens.

"Então você não acha melhor se divorciar e livrar-se de mim de uma vez?", perguntou ela.

"Não! Você pode ir para onde quiser, mas não vou me divorciar de você", disse ele em tom vago.

"Por que não?"

Ele permaneceu calado, no silêncio da obstinação imbecil.

"Prefere que essa criança seja legalmente sua, sua herdeira legal?", perguntou ela.

"Nem quero saber da criança."

"Mas, se for um menino, será seu filho aos olhos da lei, herdeiro do seu título e de Wragby."

"Nada disso me preocupa", disse ele.

"Mas *precisa* preocupar! Vou fazer o possível para que essa criança não seja legalmente sua. Prefiro de longe que seja ilegítima, e só minha: se não puder ser de Mellors."

"Faça o que lhe parecer melhor."

Ele estava inflexível.

"E você não vai se divorciar de mim?", perguntou ela. "Sempre pode usar Duncan como pretexto. Não há a menor necessidade de usar o nome verdadeiro. Duncan não se incomoda."

"*Eu* jamais me divorciarei de você", disse ele, como se enterrasse um prego numa parede.

"Mas por quê? Só porque eu lhe pedi?"

"Porque eu sigo minhas inclinações, e não estou inclinado a isso."

Era inútil. Ela subiu e contou a conversa a Hilda.

"Melhor irmos embora amanhã cedo", disse Hilda, "e deixarmos que ele tome juízo por conta própria."

De maneira que Connie passou metade da noite embalando seus artigos pessoais. Pela manhã mandou que entregassem os baús na estação, sem dizer nada a Clifford. Decidiu que só estaria com ele pouco antes do almoço, para se despedir.

Mas conversou com a sra. Bolton.

"Preciso me despedir da senhora, a senhora sabe por quê. Mas espero que não comente nada."

"Ah, pode confiar em mim, lady Chatterley — apesar de ser um golpe duro para todos nós daqui, sem a menor dúvida. Mas espero que a senhora seja feliz com o outro cavalheiro."

"O outro cavalheiro! É o senhor Mellors... e eu gosto dele. Sir Clifford já sabe. Mas não diga nada a mais ninguém. E se um dia a senhora achar que sir Clifford pode estar disposto a divorciar-se de mim, mande-me uma notícia, por favor. Eu gostaria muito de estar devidamente casada com o homem de quem eu gosto."

"Imagino que sim, lady Chatterley! Ah, pode confiar em mim. Vou ser sincera com sir Clifford e ele vai ser leal com a senhora, porque estou vendo que os dois têm razão, cada um a seu modo."

"Obrigada! E escute! Queria lhe dar isto — posso?"

De maneira que Connie deixou novamente Wragby, e seguiu com Hilda para a Escócia.

Mellors foi para o interior e se empregou numa fazenda. O plano era obter logo seu divórcio, assim que possível, mesmo que Connie não conseguisse o dela. E por seis meses ele ficaria trabalhando nessa fazenda, até que ele e Connie adquirissem uma fazendinha própria, à qual ele pudesse dedicar sua energia. Porque ele sempre iria precisar de trabalho, ainda que braçal, e precisaria ganhar a vida, mesmo que o início fosse garantido pelo capital dela.

De maneira que precisariam esperar a chegada da primavera, até o nascimento do bebê, até que o começo do verão se anunciasse novamente.

"Grange Farm, Old Heanor, 29 de setembro.

"Cheguei aqui à custa de algumas maquinações, porque conheci Richards, o engenheiro da companhia, no exército. A fazenda pertence à mineradora Butler e Smitham Collier Company, e é usada para o plantio de aveia e a colheita de feno para os cavalos da mina — não é uma propriedade particular. Mas também tem vacas, porcos e todo o resto, e ganho trinta xelins por semana como empregado. Rowley, o administrador, me dá todas as tarefas que pode para eu aprender o máximo possível entre agora e a próxima Páscoa. Não tive notícias de Bertha. Não sei por que ela não compareceu à audiência do divórcio, e nem sei o que ela anda fazendo. Mas, se eu ficar quieto até março, acho que estarei livre. E não se preocupe com sir Clifford. Um dia desses ele vai querer livrar-se de você. Se ele a deixar em paz, já é muito.

"Alugo um quarto num chalé antigo em Engine Row, residência muito decente. O dono é maquinista da High Park, alto, usa barba e é muito devoto. A mulher parece um passarinho e gosta de tudo que é superior — de maneira que me comporto com muito bons modos, inglês correto, por favor e com licença o tempo todo. Mas perderam o filho único na guerra e é como se tivessem um buraco no meio da vida. Têm também uma filha alta e muito magra estudando para professora, e às vezes eu a ajudo a fazer os deveres, e quase parece que formamos uma família. Mas são pessoas muito decentes e extremamente gentis comigo. Acho que sou mais mimado aqui do que você aí.

"Gosto muito da vida do campo. Não é muito inspiradora, mas não é inspiração que eu procuro. Estou acostumado com cavalos, e as vacas, embora sejam criaturas muito femininas, me acalmam. Quando eu me acomodo com a cabeça encostada em seu flanco, ordenhando, sinto-me plenamente confortável. Eles têm seis belas Herefords aqui. A colheita da aveia acabou há pouco — e gostei muito, apesar de ter ficado com as mãos feridas e de ter tomado muita chuva. Nem reparo muito nas pessoas — mas de algum modo consigo me dar bem com elas. A maioria das coisas nem me incomoda.

"As minas daqui operam mal e mal — é um distrito mineiro, como Tevershall, só que bem mais bonito. Às vezes vou ao pub e converso um pouco com os homens. Eles resmungam muito, mas não vão conseguir mudar nada. Como todo mundo diz, os mineiros de Derbyshire e Nottinghamshire têm a cabeça no lugar. Mas o resto da anatomia deve estar no lugar errado, num mundo onde eles já não se enquadram. Eu gosto deles, mas nunca me deixam muito animado: não têm mais o mesmo ânimo aguerrido de galo de briga. Falam muito de nacionalização, nacionalização dos lucros, nacionalização de toda a indústria. Mas não é possível nacionalizar o carvão e deixar as outras indústrias no estado em que se encontram. Falam de novos usos para o carvão, como sir Clifford vem tentando encontrar. Pode funcionar aqui e ali, mas não de maneira geral: duvido muito. Acabam precisando vender tudo que produzem. Os homens são muito apáticos. Sentem que toda essa maldita coisa está condenada, e acredito que de fato esteja. E eles também estão condenados. Alguns dos jovens aqui e ali falam dos sovietes, mas sem muita convicção. Ninguém tem muita convicção sobre nada — além do quê, está tudo muito confuso e em péssima situação. Mesmo com um soviete seria preciso vender o carvão: e a dificuldade é esta. Temos essas enormes populações industriais e elas precisam ser alimentadas, então de alguma forma o maldito espetáculo tem de continuar. As mulheres falam bem mais que os homens hoje em dia, e parecem bem mais seguras de si. Os homens são moles, sentem que o fim se aproxima e seguem em frente como se não houvesse nada a fazer. De qualquer maneira, ninguém sabe ao certo o que poderia ser feito, apesar de tudo que se diz. Os jovens ficam furiosos porque não têm dinheiro para gastar. A vida deles gira em torno de gastar dinheiro, e agora não têm o que gastar. São assim, nossa civilização e nossa educação: fazem as massas dependerem inteiramente do dinheiro que gastam e aí o dinheiro se acaba. As minas funcionam dois dias, dois dias e meio por semana, e não há sinal de que as coisas irão melhorar com a chegada do inverno. O que obriga os homens a sustentar suas famílias com vinte e cinco ou trinta xelins. As mulheres são as que mais se enfurecem. Mas também são elas que têm a maior fúria de gastar, nos dias de hoje.

"Se fosse possível convencê-los de que viver e gastar são coisas diferentes! Mas não adianta. Se pelo menos fossem educados para *viver*, em vez de ganhar e gastar dinheiro, até poderiam ser felizes com vinte e cinco xelins. Se os homens usassem calças vermelhas, como eu dizia, não iam pensar tanto em dinheiro: se soubessem dançar, saltar e rodopiar, cantar e andar com altivez, poderiam viver com muito menos dinheiro. E ainda divertir as próprias mulheres, e divertir-se com elas. Precisam aprender a ficar nus e ser belos, todos eles, e deslocar-se com beleza, e cantar na missa, praticar as antigas danças de roda, entalhar à mão, cada um, o banco onde se senta, e bordar seus próprios emblemas. Aí não precisariam de dinheiro. E esse é o único meio de solucionar o problema industrial: treinar as pessoas para serem capazes de uma vida bela, que não as obrigue a gastar dinheiro. Mas é impossível. Hoje em dia todos só têm uma ideia. E a massa das pessoas nem devia tentar pensar — porque não *consegue*. Deviam estar todos vivos e animados, prestando homenagem ao grande deus Pã.[151] Que é, definitivamente, o único deus adequado para as massas. Os poucos, se quiserem, podem dedicar-se a cultos mais elevados. Mas as massas que continuem pagãs para todo o sempre.

"Só que os mineiros não são pagãos — muito pelo contrário. São todos tristes, homens amortecidos: mortos para suas mulheres, mortos para a vida. Os jovens desfilam de motocicleta com as meninas e dançam o jazz sempre que podem. Mas também estão mortos. E precisam de dinheiro para tudo. O dinheiro envenena quem tem, e mata de fome quem não tem.

"Imagino que você esteja farta disso tudo. Mas não quero ficar me estendendo aqui a meu respeito, quando nada está acontecendo comigo. Não gosto de ficar pensando muito em você, imaginando, o que só nos deixaria infelizes. Mas claro que agora só vivo para poder viver com você. Na verdade estou com medo. Estou sentindo o demônio no ar, e ele vai tentar acabar conosco. Ou não o demônio — mas Mammon: que no fim das contas, acho eu, não é mais que a vontade coletiva das pessoas, gastando dinheiro e detestando a vida. De qualquer maneira, sinto a presença de imensas mãos brancas pairando no ar, tentando agarrar a garganta de qualquer um que tente viver, viver para além do dinheiro, e esganá-lo. Tempos difíceis se aproximam.[152] Tempos difíceis se aproximam, rapazes, tempos difíceis se aproximam! Se as coisas continuarem do jeito que estão, o futuro só reserva morte e destruição para essas massas industriais. Às vezes sinto que minhas entranhas se desfazem — e você, aí, esperando um filho meu. Mas deixe estar. Todos os tempos difíceis que já aconteceram não conseguiram extinguir as cores: nem o amor pelas mulheres. De maneira que não vão conseguir anular meu desejo por você nem apagar a chama que existe entre nós dois. Ano que vem estaremos juntos. E, embora eu esteja com medo, acredito em você ficar comigo. Qualquer homem precisa fazer o possível e o impossível pelo que é melhor, e acreditar em alguma coisa que vá além de si mesmo. Não existe seguro contra o que nos espera, além de acreditarmos no que cada um tem de melhor e na força que existe para além disso. E por isso acredito na pequena chama que arde entre nós. Para mim, agora, é a única coisa que existe no mundo. Não tenho amigos, amigos da alma. Só você. E agora essa pequena chama é a única coisa com que me importo nesta vida. Existe o bebê, mas ele é um caso à parte. É meu Pentecostes, a chama bifurcada que existe entre nós dois.[153] A antiga ideia do Pentecostes não é certa. Eu e Deus, de certa forma, é um tanto arrogante. Mas a chamazinha bífida entre mim e você: esta sim! É a ela que sou fiel, e serei fiel, independentemente dos Cliffords e das Berthas, das empresas de mineração, dos governos e de todo o dinheiro da massa.

"É por isso que não gosto de começar a pensar em você. É uma coisa que só me tortura, e tampouco faz bem a você. Não quero que você fique longe de mim. Mas, se for começar a me queixar, alguma coisa se perde. Paciência, sempre paciência. Estou no meu quadragésimo inverno. E não tenho como cancelar os invernos que já se foram. Mas neste inverno irei me aferrar à minha pequena chama pentecostal, o que me trará alguma paz. E não vou deixar que sopro nenhum a apague. Acredito num mistério mais alto, que não permite que o vento carregue nem mesmo a flor do açafrão. E se você está na Escócia e eu nas Midlands, e não tenho como abraçá-la e enredar minhas pernas nas suas, ainda assim alguma coisa sua está comigo. Minha alma adeja de leve na pequena chama do meu pentecostes com você, como a paz que vem depois da foda. Nossas fodas fizeram brotar uma chama. Até o brotar das flores é provocado pela foda entre o sol e a Terra. Mas é uma coisa delicada, que requer paciência e uma longa espera.

"De maneira que hoje adoro a castidade, porque é a paz que vem depois da foda. Adoro viver em castidade. Gosto dela como cada floco gosta da neve. Gosto dessa castidade, que é a espera e a paz da nossa foda, pousada entre nós dois como um floco de neve de fogo branco que aponta para os dois lados. E quando a verdadeira primavera chegar, quando chegar o momento do reencontro, aí poderemos foder e tornar a fazer brilhar a pequena chama, viva e amarela. Mas agora não, ainda não! Agora é o tempo da castidade, e é bom ser casto, como um rio de água fresca correndo pela alma. Gosto muito da castidade que corre agora entre nós. É como água fresca, é como a chuva. Como os homens podem desejar a monotonia de flertar o tempo todo? Que desgraça ser como dom Juan,[154] incapaz sequer de foder até encontrar a paz, com a chama sempre acesa, impotente, incapaz de ser casto no frescor dos intervalos, como que à beira de um rio.

"Bom, as palavras são tantas porque não tenho como tocá-la. Se eu pudesse rodeá-la com meus braços, a tinta permaneceria no tinteiro. Podemos ser castos juntos da mesma forma como podemos foder juntos. Mas precisamos passar algum tempo separados, e imagino que seja de fato a decisão mais sensata. Se pelo menos eu pudesse ter certeza.

"Não importa, não importa, não vamos nos exaltar. Vamos confiar plenamente na pequena chama e no deus sem nome que a impede de apagar-se. Há tanta coisa sua aqui comigo, na verdade — que é uma pena você não estar aqui inteira.

"Não se incomode com sir Clifford. Se não tiver notícias dele, não se incomode. Ele não tem como atingi-la de maneira alguma. Basta esperar mais um pouco que finalmente ele haverá de querer livrar-se de você, expulsá-la de sua vida. E, se não for assim, daremos um jeito de evitá-lo. Mas há de ser. No final ele vai querer livrar-se de você, como uma coisa abominável.

"Agora nem consigo parar de lhe escrever.

"Mas muito de nós dois está unido, e só podemos ser fiéis a isso e orientar nossos rumos para que se cruzem logo. John Thomas dá boa-noite a lady Jane, um pouco cabisbaixo, mas com o coração repleto de esperança..."

A propósito de "O amante de lady Chatterley"

Devido à existência de várias edições pirateadas[1] de *O amante de lady Chatterley*, publiquei em 1929 essa edição popular a preço baixo, produzida na França e posta à venda por sessenta francos, esperando atender pelo menos à demanda europeia. Os piratas, certamente nos Estados Unidos, foram rápidos e eficientes. A primeira edição roubada já era vendida em Nova York pouco mais de um mês depois da chegada à América dos primeiros exemplares genuínos de Florença. Era um fac-símile do original, produzido por métodos fotográficos, e era vendido, até mesmo por livreiros fidedignos, ao público inocente como se *fossem* da primeira edição original. O preço era geralmente de quinze dólares, enquanto o original custava dez; e o comprador permanecia na mais crédula ignorância da fraude.

Essa galante tentativa foi seguida de outras. Disseram-me que existe mais uma edição fac-similar produzida em Nova York ou na Filadélfia: e eu próprio possuo um livro de aparência suja encadernado em tecido de um laranja opaco, com uma etiqueta verde, desfocadamente produzido por fotografia e contendo minha assinatura forjada pelo filho mais novo da família pirática. Foi quando essa edição apareceu em Londres, vinda de Nova York, perto do final de 1928, sendo oferecida ao público por trinta xelins, que publiquei em Florença minha pequena segunda edição de duzentos exemplares, que pus à venda pelo preço de um guinéu. Queria ter esperado um ano ou mais, mas me vi forçado a lançá-la para me contrapor ao pirata laranja sujo. Mas a quantidade era pequena demais. O pirata laranja persistiu.

Depois chegou-me às mãos um volume decididamente funéreo, encadernado em preto e alongado para parecer uma Bíblia ou um hinário, pelo aspecto melancólico. Tem duas folhas de rosto em lugar de uma, e em ambas desponta uma vinheta representando a águia americana, com seis estrelas em torno da cabeça e raios desprendendo-se das garras, tudo rodeado por uma coroa de louros a homenagear sua mais recente proeza de roubo literário. No todo é um volume sinistro como o Capitão Kidd,[2] com o rosto enegrecido de pólvora, recitando um sermão para as vítimas que obrigava a caminhar na prancha. Por que o pirata pode ter decidido alongar a página, acrescentando-lhe um falso cabeço, não sei. O efeito é peculiarmente deprimente, e de uma pretensão intelectual hedionda. Pois é claro que esse livro também foi produzido pelo método fotográfico. A assinatura, contudo, foi omitida. E contam-me que esse tomo lúgubre é vendido ao preço de dez, vinte, trinta, quarenta dólares, dependendo da veneta do livreiro e do grau de credulidade do comprador.

O que perfaz, sem qualquer dúvida, três edições pirateadas nos Estados Unidos. Ouvi menções a uma quarta, mais um fac-símile do original. Mas, como não a vi, não quero acreditar nela.

Existe, contudo, a edição pirateada europeia de mil e quinhentos exemplares, produzidos por uma livraria parisiense e trazendo os dizeres: *Imprimé en Allemagne*. Impresso na Alemanha. Quer tenha sido ou não impresso na Alemanha, certamente foi composto e não fotografado, pois alguns dos erros ortográficos do original foram corrigidos. E se trata de um volume muito respeitável, réplica muito próxima do original a que contudo falta a assinatura, e denunciado ainda pela margem de seda verde e amarela da encadernação da contracapa. Essa edição é vendida aos livreiros por cem francos e oferecida ao público por trezentos, quatrocentos, quinhentos francos. Dizem que livreiros muito inescrupulosos forjam a assinatura e oferecem o livro como a segunda edição original. Esperemos que não seja verdade.

Tudo parece denegrir em muito a "indústria". Ainda assim, há algumas compensações. Certos livreiros recusam-se terminantemente a negociar as edições pirateadas. Impedidos por escrúpulos tanto do sentimento quanto comerciais. Outros as vendem, mas sem grande simpatia. E, aparentemente, todos *prefeririam* ter em mãos uma edição autorizada. De maneira que existe a interferência genuína de um sentimento contrário aos piratas, ainda que não suficiente para excluí-los por completo.

Nenhuma dessas edições pirateadas teve qualquer autorização minha, e nenhuma delas valeu-me um tostão. Um livreiro meio arrependido de Nova York,[3] todavia, enviou-me alguns dólares que, disse ele, eram meus dez por cento de direitos autorais sobre todos os exemplares vendidos em sua loja. "Sei bem", escreveu-me ele, "que não passa de uma gota d'água no balde." Queria dizer, é claro, uma gota fora do balde. E como, em matéria de gota, tratava-se de uma bela quantia, que balde cheio não há de ter sido acaparado pelos piratas!

Recebi uma oferta tardia dos Piratas Europeus, que acharam os livreiros teimosos, propondo-me uma compensação sobre todos os exemplares vendidos no passado bem como no futuro, caso eu autorizasse sua edição. Bem, pensei cá comigo, num mundo regido por "acabe com ele ou ele acabará com você", por que não? Quando chegou a ocasião, entretanto, o orgulho se revoltou. Todos sabemos que Judas tem sempre o beijo pronto. Mas que eu ainda seja obrigado a beijá-lo de volta...![4]

De modo que consegui publicar a pequena edição barata francesa, fotografada do original e vendida a sessenta francos. Editores ingleses instam-me a produzir uma edição expurgada, prometendo um retorno imenso, quem sabe até um balde, desses que as crianças levam para a praia, e reiterando que eu devia demonstrar ao público que existe ali um belo romance, independentemente de todo o "erotismo" e de todas as "palavras proibidas". Comecei a ficar tentado e pensei em empreender o expurgo. Mas é impossível! Seria o mesmo que tentar mudar a forma do meu próprio nariz com um par de tesouras. O livro sangra.

E, a despeito de todo o antagonismo, produzi este romance como um livro honesto e salutar, necessário nos dias que correm. As palavras que tanto chocam num primeiro momento depois de algum tempo param totalmente de escandalizar. Será porque a mente fica depravada pelo hábito? Nem de longe. É porque as palavras chocam meramente os olhos, e nunca a mente. As pessoas de mente vazia podem continuar chocadas, mas elas não contam. As pessoas dotadas de intelecto descobrem que não estão chocadas, e na verdade nunca ficaram; e experimentam uma sensação de alívio.

E é disso que se trata, no fim das contas. Hoje, como seres humanos, superamos de longe, pela evolução e o cultivo, os tabus inerentes à nossa cultura. Esse é um fato fundamental que precisamos perceber. É provável que, para os cruzados, as meras palavras fossem poderosas e evocativas a um ponto que nem possamos imaginar. O poder evocativo das chamadas palavras obscenas devia ser muito perigoso para as naturezas semiconscientes, obscuras e violentas da Idade Média, e talvez ainda seja forte demais para a natureza das mentes mais lentas, menos evoluídas e mais rasteiras de hoje. Mas a verdadeira cultura nos faz dar a uma palavra apenas as respostas mentais e imaginativas próprias do intelecto, poupando-nos das respostas físicas violentas e indiscriminadas que poderiam destruir a decência social. No passado, o homem tinha a mente fraca demais, ou crua demais, para contemplar seu corpo físico e suas funções físicas sem se ver dominado por reações físicas que escapavam a seu controle. Mas hoje não é mais assim. A cultura e a civilização nos ensinaram a separar a palavra do fato, o pensamento da ação ou da reação física. Hoje sabemos que a ação não se segue necessariamente ao pensamento. Na verdade, o pensamento e a ação, a palavra e o fato, são formas diferentes de consciência, duas vidas separadas que levamos. Precisamos, muito sinceramente, manter uma conexão entre elas. Mas enquanto pensamos não agimos, e enquanto agimos não pensamos. A grande necessidade é agirmos de acordo com nossos pensamentos e pensarmos de acordo com nossos atos. Mas enquanto pensamos não temos como agir, e enquanto agimos não temos como pensar. As duas condições, o pensamento e a ação, são mutuamente excludentes. No entanto, precisam relacionar-se em harmonia.

E é este o verdadeiro tema do livro. Quero que homens e mulheres sejam capazes de *pensar* o sexo de maneira total, integrada, honesta e limpa. Mesmo que não consigamos *agir* sexualmente de maneira totalmente satisfatória, devemos pelo menos pensar sexualmente de maneira integrada e limpa. Toda essa conversa que fala das jovens e da virgindade como uma folha de papel em branco em que nada está escrito é um completo disparate. Uma jovem moça, ou um jovem rapaz, é um emaranhado de tormentos, uma confusão fervilhante de sentimentos sexuais e pensamentos sexuais que só os anos irão desembaraçar. Anos pensando honestamente sobre o sexo e anos aplicados à atuação sexual nos trazem finalmente aonde queremos chegar, à nossa verdadeira e realizada castidade, à nossa completude, ao ponto em que nossa ação sexual e nosso pensamento sexual entram em harmonia e um deixa de interferir no outro.

Longe de mim sugerir que todas as mulheres devam correr atrás de guarda-caças e transformá-los em seus amantes. Longe de mim sugerir que devam correr atrás de quem quer que seja. Muitos homens e mulheres são hoje mais felizes quando se abstêm e mantêm-se sexualmente isolados, é claro: e, ao mesmo tempo, quando compreendem e percebem o sexo de maneira mais completa. Vivemos antes um momento de compreensão que de ação. Já houve ação em excesso no passado, especialmente ação sexual, uma repetição cansativa e monocórdia, sem um pensamento que a acompanhasse, uma compreensão correspondente. Hoje, nossa tarefa é compreender o sexo. Hoje, a compreensão consciente e plena do sexo é mais importante que o ato em si. Ao cabo de séculos de pasmaceira, a mente exige que saibamos, e que saibamos tudo. O corpo, em grande parte, encontra-se na verdade num estado de latência. Quando as pessoas agem sexualmente, nos dias de hoje, na metade das vezes estão fingindo. E fingem porque julgam ser o que se espera delas. Enquanto na verdade só quem está interessada é a mente, e o corpo precisa ser despertado. Isso porque nossos antepassados atuaram sexualmente com tamanha assiduidade, sem jamais pensar ou compreender, que hoje o ato sexual tende a ser mecânico, aborrecido e decepcionante, e só uma renovada compreensão intelectual pode revitalizar a experiência.

A mente precisa atualizar-se no que diz respeito ao sexo: na verdade, no que diz respeito a todos os atos físicos. Mentalmente, estamos atrasados em nossos pensamentos sexuais, confundidos por uma certa vaguidão, um medo oculto e abjeto que vem de nossos ancestrais mais crus e bestiais. No que diz respeito ao sexo e ao físico, deixamos que nossa mente não evoluísse. Agora precisamos recuperar o terreno, e estabelecer um equilíbrio entre a consciência do sexo e o ato do sexo, a consciência reflexiva das sensações e experiências do corpo e essas próprias sensações e experiências. Equilibrar a consciência do ato e o ato em si. Pôr os dois em harmonia. O que significa ter a devida reverência pelo sexo e o devido respeito pelas estranhas experiências do corpo. O que significa ser capaz de usar as palavras ditas obscenas, pois são parte natural da consciência que a mente tem do corpo. A obscenidade só ocorre quando a mente despreza e teme o corpo, e o corpo odeia e resiste à consciência.

Quando lemos sobre o caso do "coronel" Barker,[5] vemos qual é o problema. O coronel Barker era uma mulher que se passava por homem. Chegou a se casar com uma mulher e viver com ela cinco anos de "felicidade conjugal". E a pobre mulher achando o tempo todo que tinha um casamento normal e feliz com um marido de verdade. A revelação final é de uma crueldade impensável para a pobre mulher. A situação é monstruosa. Ainda assim, existem hoje milhares de mulheres que poderiam ser logradas da mesma forma, permanecendo logradas. Por quê? Porque não sabem coisa alguma, são totalmente incapazes de pensar sexualmente, são idiotas no assunto. Melhor dar a todas as jovens este livro à idade de dezessete anos.

O mesmo se aplica ao caso do venerável professor e clérigo, por muito tempo absolutamente "puro e bom": aos sessenta e cinco anos, acaba julgado nos tribunais por atacar garotinhas. No mesmo momento em que o secretário do Interior, ele próprio um senhor idoso, reivindica e torna obrigatório um silêncio hipócrita quanto às questões sexuais. Será que a experiência desse outro cavalheiro de idade, tão zeloso e "puro" ele também, não o fez pensar nem um pouco?

Mas assim é. A mente tem um medo arcaico e insidioso do corpo e de suas potências. É a *mente* que precisamos libertar, civilizar quanto a essas questões. O terror que a mente tem do corpo deve ter levado mais homens à loucura do que se pode calcular. A insanidade de uma mente poderosa como a de Swift, pelo menos, pode ser parcialmente atribuída a essa causa. No poema à sua amada Celia, que tem o refrão louco: "Mas — Celia, Celia, Celia caga!", vê-se bem o que pode acometer uma mente poderosa quando ela entra em pânico. Mesmo um homem com o espírito aguçado de Swift não conseguiu ver o quanto caía no ridículo. Claro que Celia caga! Quem vive sem isso? E como seria pior se ela *não* o fizesse! E pensar na pobre Celia, que seu amante torna publicamente iníqua por suas funções corporais normais. É monstruoso. E tudo se deve à existência de palavras tabu, e ao fato de não mantermos a mente devidamente desenvolvida em matéria de consciência física e sexual.

Em contraste com a imposição puritana do silêncio, que produz o idiota sexual, temos a pessoa moderna, intelectualizada e em dia com a moda que decidiu melhorar e não aceita ser silenciada em assunto algum, e simplesmente "faz o que bem entende". Do medo do corpo e da negação de sua existência, os jovens avançados passam ao extremo oposto e o tratam como uma espécie de brinquedo, um brinquedo um pouco desobediente mas do qual sempre se pode extrair alguma diversão antes que acabe. Esses jovens zombam da importância do sexo, que encaram como mais um coquetel e com o qual escarnecem dos mais velhos. Esses jovens são avançados e superiores. Desprezam um livro como *O amante de lady Chatterley*. É simples e comum demais para eles. Não gostam das palavras fortes e acham antiquada a atitude em relação ao amor. Por que tanta história em torno disso? Melhor encarar tudo como uma brincadeira. O livro, dizem eles, exibe a mentalidade de um menino de catorze anos. Mas talvez a mentalidade de um menino de catorze anos, que ainda sente uma certa reverência natural e um justo temor diante do sexo, seja mais saudável que a mentalidade do jovem festeiro que não tem respeito por nada e cuja mente não tem mais a fazer que dedicar-se aos brinquedos da vida, entre os quais se destaca o sexo, e perder a razão no processo. Heliogábalo;[6] francamente!

Assim, entre o puritano banal que recai na indecência sexual ao envelhecer e a pessoa elegante e atualizada do mundo jovem, que diz: "Podemos fazer *qualquer coisa*. Se podemos pensar numa coisa, podemos fazê-la" — e ainda a pessoa rasteira e inculta de mente suja, que vive à procura de sujeira —, este livro mal encontra espaço para se encaixar. Mas a todos digo a mesma coisa: Conservem suas perversões, se gostarem delas — suas perversões de puritanismo, sua perversão da licenciosidade ligeira, sua perversão de uma mente suja. Mas eu permaneço fiel a meu livro e à minha posição: a vida só é tolerável quando a mente e o corpo estão em harmonia, quando existe um equilíbrio natural entre os dois e cada um mantém o respeito natural pelo outro.

E é óbvio que, hoje, esse equilíbrio e essa harmonia não existem. O corpo, na melhor das hipóteses, é um instrumento da mente e, na pior, seu brinquedo. O homem de negócios mantém-se "em forma", ou seja, mantém seu corpo em boas condições de funcionamento, em proveito de seu negócio, e o jovem comum que emprega muito tempo em manter-se em forma o faz também, geralmente, por um excesso de absorção em si mesmo, de narcisismo. A mente lida com um conjunto estereotipado de ideias e "sentimentos", e o corpo é obrigado a atuar, como um cão amestrado: a pedir açúcar, precise ou não de açúcar, a trocar cordiais apertos de mão quando adoraria partir os ossos da mão que precisa apertar. O corpo dos homens e das mulheres de hoje não passa de um cão amestrado. E a ninguém isso se aplica mais que aos jovens livres e emancipados. Acima de tudo, seus corpos são os corpos de cães amestrados. E como o cão é treinado a fazer coisas que os cães de outrora não faziam, eles dizem que são livres, cheios da vitalidade autêntica, da vida de verdade.

Mas sabem perfeitamente que ela é falsa. Assim como o homem de negócios sabe, em algum lugar, que tudo nele está errado. Homens e mulheres não são cães: só parecem cães e agem como cães. Em algum ponto, bem no fundo, existem um grande despeito e uma insatisfação devoradora. O corpo, em sua existência natural e espontânea, está morto ou paralisado. Só lhe resta a vida secundária de um cão de circo, representando e se exibindo: e em seguida tombando esgotado.

Que vida ele podia ter, por si só? A vida do corpo é a vida das sensações e emoções. O corpo sente fome de verdade, sede de verdade, alegria de verdade ao sol ou na neve, um prazer de verdade com o perfume das rosas ou a visão de uma moita de lilases; raiva de verdade, tristeza de verdade, amor de verdade, ternura de verdade, calor de verdade, paixão de verdade, ódio de verdade, dor de verdade. Todas as emoções pertencem ao corpo, e a mente se limita a reconhecê-las. Podemos ouvir a mais triste das notícias e sentir apenas uma ligeira alteração mental. E depois, horas mais tarde, talvez já no sono, a percepção chega aos centros corpóreos e a dor de verdade oprime o coração.

Como são diferentes os sentimentos mentais e os verdadeiros sentimentos. Hoje, muitas pessoas vivem e morrem sem ter experimentado qualquer verdadeiro sentimento — embora tenham tido uma "vida emocional" aparentemente "rica", ostentando fortes sentimentos mentais. Mas é tudo uma contrafação. Em mágica, um dos chamados quadros "do oculto" representa um homem de pé, aparentemente, por trás de uma mesa plana coberta com um espelho que o reflete da cintura para cima, de modo que vemos o homem da cabeça até a cintura, e depois seu reflexo da cintura novamente até a cabeça.[7] E, seja qual for o significado disso em mágica, mostra bem o que somos hoje, criaturas cuja identidade emocional ativa não chega propriamente a existir, mas em que tudo se reflete da mente para baixo. Nossa formação, desde o início, nos *ensina* uma certa ordem de emoções, o que devemos sentir e não sentir, e de que maneira viver os sentimentos permitidos. Todo o resto simplesmente inexiste. A crítica vulgar de qualquer novo livro bom é: Claro que ninguém jamais sentiu essas coisas! As pessoas só se permitem um certo número de sentimentos limitados. E era assim também no século passado. Sentir desse modo apenas o que cada um se permite sentir acaba por matar toda a capacidade de sentimento, e na ordem emocional mais alta não sentimos nada. E isso ocorreu no presente século. As emoções mais altas estão estritamente mortas. Precisam ser simuladas.

E por emoções mais altas entendemos o amor em todas as suas manifestações, do desejo genuíno ao amor terno, o amor a nossos semelhantes e o amor a Deus: queremos dizer o amor, a alegria, o deleite, a esperança, a indignação autêntica, o senso apaixonado de justiça e injustiça, verdade e inverdade, honra e desonra, e uma verdadeira crença em *alguma coisa*: pois a crença é uma emoção profunda que obtém a conivência da mente. Todas essas coisas, hoje, estão mais ou menos mortas. Temos em seu lugar a contrafação estridente e sentimental dessas emoções.

Nunca uma era foi mais sentimental, mais desprovida de sentimentos genuínos, mais exagerada nos falsos sentimentos, que a nossa. O sentimentalismo e os sentimentos forjados tornaram-se uma espécie de jogo, em que cada um tenta superar o próximo. O rádio e o cinema nos trazem emoções forjadas o tempo todo, a imprensa e a literatura de hoje fazem o mesmo. Todos chafurdam em emoções: emoções falsas. Estendem-se no chão para lambê-las: vivem nelas e delas. Transpiram falsas emoções.

E, às vezes, parecem dar-se muito bem com isso tudo. E então, cada vez mais, se despedaçam. Rompem-se. A pessoa pode passar um bom tempo se enganando sobre seus sentimentos. Mas não para sempre. No final, é o próprio corpo que reage, e reage sem remorso.

Quanto aos outros — você pode enganar a maior parte das pessoas o tempo todo,[8] e todas as pessoas a maior parte do tempo, mas não todas as pessoas o tempo todo, com falsos sentimentos. Um jovem casal sente um amor falso e se engana completamente, cada um e um ao outro. Infelizmente, porém, o amor falso pode ser um bom bolo, mas péssimo pão. E produz uma terrível indigestão emocional. O que resulta num casamento moderno e numa separação mais moderna ainda.

O problema da emoção forjada é que ninguém se sente realmente feliz, ninguém se sente realmente satisfeito, ninguém se sente realmente em paz. Todos vivem correndo para fugir da emoção forjada que, neles, é o pior de tudo. Correm dos falsos sentimentos de Peter para os falsos sentimentos de Adrian, das emoções forjadas de Margaret para as de Virginia, do filme para o rádio, de Eastbourne para Brighton:[9] e, quanto mais muda, mais é a mesma coisa.

Acima de tudo, o amor hoje é um sentimento forjado. Aqui, acima de todas as coisas, dizem os jovens, reside o maior dos embustes. Isto é, se você levá-lo a sério. O amor não tem problemas se você o encarar de modo ligeiro, como uma diversão. Mas, se você começar a levá-lo a sério, pode cair estatelado.

Não há, dizem as jovens mulheres, homens *de verdade* para amar. E não há, dizem os rapazes, moças *de verdade* por quem se apaixonar. De modo que todos, de um lado e do outro, continuam a apaixonar-se por pessoas de mentira. O que significa que, se você for incapaz de verdadeiros sentimentos, precisa ter sentimentos falsos: pois certos sentimentos você *precisa* experimentar, como por exemplo apaixonar-se. Ainda existem alguns jovens que *gostariam* de ter sentimentos de verdade e ficam extremamente confusos por não conseguirem saber por que não conseguem. Especialmente em matéria de amor.

Mas, especialmente em matéria de amor, só emoções falsas existem nos dias de hoje. Ensinaram a todos nós que precisamos desconfiar emocionalmente de todos, dos pais para baixo, ou para cima. Não confie suas verdadeiras emoções *a ninguém*, se tiver alguma: eis o lema dos dias que correm. Pode até confiar-lhes seu dinheiro, mas *nunca* seus sentimentos. Pois eles acabarão pisoteados.

Creio nunca ter havido uma era de maior desconfiança entre as pessoas do que a atual: por baixo de uma confiança social superficial mas relativamente genuína. Muito poucos dos meus amigos bateriam minha carteira ou me deixariam entrar num lugar onde eu pudesse me ferir. Mas praticamente todos os meus amigos seriam capazes de ridicularizar minhas verdadeiras emoções. Não depende deles: é o espírito de nosso tempo. De maneira que esse é o destino do amor, e esse é o destino da amizade: pois tanto um quanto a outra envolvem uma simpatia emocional de fundo. E daí, o amor forjado, do qual não há como escapar.

E, com a emoção forjada, não existe sexo de verdade. O sexo é a única coisa que não há realmente como enganar: e encontra-se no centro do pior embuste de todos, o embuste emocional. Depois que se chega ao sexo, o embuste emocional só pode desabar. Mas, em todos os caminhos que levam ao sexo, o embuste emocional se intensifica cada vez mais. Até chegar lá. E aí desabar.

O sexo é implacável com a emoção forjada, e é impiedoso, devastador, com o amor falso. O ódio peculiar das pessoas que *não* se amaram, mas fingiram amar-se, e até talvez imaginaram ter-se de fato amado, é um dos fenômenos do nosso tempo. O fenômeno, claro, pertence a todos os tempos. Mas hoje ele é quase universal. Pessoas que julgaram amar-se muito e foram em frente por anos a fio, numa vida ideal: eis que de repente o ódio mais profundo e intenso aparece. Se não surge na juventude, esconde-se até o feliz casal se aproximar dos cinquenta, o momento da grande mudança sexual — e então — o cataclismo!

Nada é mais espantoso. Nada é mais surpreendente, em nosso tempo, do que a intensidade do ódio que homens e mulheres sentem uns pelos outros quando no passado "se amaram". Ele irrompe das maneiras mais extraordinárias. E, quando você conhece as pessoas intimamente, é quase universal. Tanto na faxineira quanto na dona da casa, tanto na duquesa quanto na mulher do policial.

E seria horrível se não nos lembrássemos de que em todos eles, tanto homens quanto mulheres, é uma reação orgânica contra o amor falsificado. E o amor, hoje, é falso. É uma coisa estereotipada. Todos os jovens sabem exatamente o que devem sentir e como devem se comportar no amor. E todos se sentem e se comportam exatamente assim. E trata-se do amor falsificado. Mas a vingança acaba por atingi-los, multiplicada por dez. O sexo, o próprio organismo sexual tanto no homem quanto na mulher, acumula uma raiva mortífera e desesperada, depois de ser alvo de uma certa quantidade de amor falsificado, mesmo que ele próprio também tenha dado apenas amor falso. O elemento da falsidade no amor finalmente enlouquece, ou mata o sexo, o sexo mais profundo que existe no indivíduo. Mas talvez seja possível dizer que ele *sempre* enfurece o sexo interior, mesmo que finalmente o mate. Sempre existe esse período de raiva. E a coisa mais estranha é que os piores culpados da prática do amor falso são os que se entregam ao furor mais intenso. Aqueles cujo amor era um pouco sincero sempre se mostram mais gentis, muito embora tenham sido os mais logrados.

Agora, eis a verdadeira tragédia: nenhum de nós é só uma coisa, nenhum de nós é *totalmente* amor falso ou *totalmente* amor verdadeiro. E em muitos casamentos, em meio à contrafação, tremula a pequena chama da coisa autêntica, de parte a parte. A tragédia é que, numa era especialmente consciente da contrafação, singularmente desconfiada da substituição e do embuste na emoção, especialmente na emoção sexual, a raiva e a suspeita contra o elemento falso podem sobrepujar e extinguir a pequena e genuína chama de uma verdadeira comunhão amorosa, que poderia fazer a felicidade de duas vidas. Aqui reside o perigo de revelar apenas a contrafação e o embuste emocional, como fazem os escritores mais "avançados". Embora o façam, claro, para contrabalançar o embuste ainda maior dos escritores que insistem na "doçura" sentimental.

Talvez eu tenha dado alguma ideia dos meus sentimentos acerca do sexo, o que provocou uma reação tão violenta e monótona. Quando um jovem "sério" me disse outro dia: "Não consigo acreditar na regeneração da Inglaterra pelo sexo", só pude responder: "Estou certo de que não consegue". Ele não tinha sexo nenhum, de qualquer forma: pois era pobre, envergonhado, desconfortável, um monge-narciso. E não sabia o que o sexo significa. Para ele, as pessoas têm apenas a mente, ou mente alguma, na maioria mente alguma, de maneira que só existem para servir de objeto de troça, e ele vagava sem destino à procura de coisas cruéis a dizer ou da verdade, hermeticamente encerrado em seu próprio ego.

Agora, quando jovens brilhantes como este falam comigo sobre sexo, ou nem se dignam a tanto, não digo nada. Não há nada a dizer. Mas sinto um cansaço terrível. Para eles, o sexo significa pura e simplesmente roupas de baixo de mulher, e a respectiva exploração às apalpadelas. Leram toda a literatura amorosa, *Anna Karenina*,[10] todo o resto, e contemplaram estátuas e retratos de Afrodite,[11] todos muito louváveis. Entretanto, quando se chega à realidade, ao dia de hoje, para eles o sexo se traduz em jovens mulheres insignificantes envergando roupas de baixo caras. Sejam eles jovens de

Oxford ou trabalhadores, é a mesma coisa. A história dos locais de veraneio onde as senhoras da cidade procuram jovens "parceiros de dança" serranos por uma temporada — ou menos — é típica. Era fim de setembro, quase todos os veranistas tinham partido. O jovem John, agricultor serrano, despedira-se de sua "senhora amiga" da capital e cismava solitário. "Olá, John! Vai sentir falta da sua amiga?" "Não!", responde ele. "É que ela usava roupas de baixo tão lindas..."

Eis o que o sexo significa para eles: só os adornos. A regeneração da Inglaterra por meio disso? Deus do céu! Pobre Inglaterra, precisa regenerar o sexo entre seus jovens, antes que eles possam regenerá-la da maneira que for. Se não é a Inglaterra que precisa ser regenerada, são os jovens ingleses.

Acusam-me de barbarismo: quero rebaixar a Inglaterra ao nível dos selvagens. Mas é essa estupidez brutal, o ar de morte em torno do sexo, que considero bárbara e selvagem. O homem que acha as roupas de baixo de uma mulher a coisa mais excitante que ela tem é um selvagem. Os selvagens são assim. Lemos da mulher selvagem que vestia três capotes, um por cima do outro, para excitar seu homem: e conseguia. Essa horrenda crueza de não enxergar no sexo nada além de um ato funcional e certas manobras em meio às roupas é, na minha opinião, um grau rasteiro de barbarismo e selvageria. E, no que se refere ao sexo, nossa civilização branca é brutal, bárbara e selvagem da pior maneira — especialmente a Inglaterra e os Estados Unidos.

Basta ver Bernard Shaw, um dos maiores expoentes da nossa civilização. Ele diz que as roupas provocam o sexo e que a falta de roupas tende a matar o sexo — falando de mulheres envoltas em véus ou de nossas irmãs de hoje, de pernas e braços descobertos; e zomba do papa por querer cobrir as mulheres; dizendo que a última pessoa no mundo que entende alguma coisa de sexo é o sumo pontífice da Europa: e que a pessoa que devia ser consultada era a Suprema Prostituta da Europa, se essa pessoa existisse.[12]

Aqui vemos a petulância e a vulgaridade, pelo menos de nossos pensadores mais importantes. A mulher seminua de hoje certamente não desperta muitos sentimentos sexuais nos homens velados de hoje — que tampouco despertam muitos sentimentos sexuais nas mulheres —, mas por quê? Por que a mulher despida de hoje desperta tão menos sentimentos sexuais que as mulheres veladas da década de 1880, de que fala o sr. Shaw? Seria bobagem responder que se trata de meros véus.

Quando o sexo de uma mulher é ele próprio dinâmico e vivo, ele se constitui num poder por conta própria, independentemente da razão. E, por conta própria, emite seu sortilégio peculiar, atraindo os homens aos primeiros deleites do desejo. E a mulher precisa proteger-se, esconder-se o máximo que puder. Ela se envolve nos véus da timidez e do pudor, porque seu sexo é um poder em si mesmo, expondo-a ao desejo dos homens. Se uma mulher em quem o sexo estivesse vivo e positivo fosse expor sua carne nua como fazem as mulheres de hoje, os homens enlouqueceriam por ela. Como Davi enlouqueceu por Betsabá.[13]

Mas, depois que o sexo de uma mulher perde seu apelo dinâmico, e num certo sentido torna-se morto ou estático, a mulher passa a *querer* atrair os homens, pelo simples motivo de descobrir não lhes ser mais atraente. Assim, toda a atividade que antes era inconsciente e deleitosa torna-se consciente e repulsiva. A mulher expõe a carne cada vez mais e, quanto mais expõe, mais os homens se sentem sexualmente repelidos por ela. Mas não devemos esquecer que os homens, embora sexualmente repelidos, sentem-se *socialmente* atraídos por ela. Nos dias de hoje, essas duas coisas são opostas. Socialmente, os homens apreciam o gesto da mulher seminua, semidespida na rua. É *chic*, é uma declaração de independência e desafio, é moderno, é livre, é popular porque é estritamente assexual, ou antissexual. Nos dias de hoje, nem os homens nem as mulheres *querem* sentir o desejo de verdade. Querem a contrafação, o substituto mental.

Mas somos muito misturados, todos nós, e criaturas de vários desejos diversos e muitas vezes opostos. Os homens que se queixam mais amargamente da assexualidade das mulheres são os mesmos que estimulam as mulheres a serem mais ousadas e assexuadas. E o mesmo ocorre com elas. As mulheres que tanto adoram os homens por sua elegância social e sua assexualidade como machos os detestam mais amargamente por não serem "mais homens". Em público, *en masse*, e socialmente, todo mundo hoje quer o sexo falsificado. Mas, em certos momentos de suas vidas, todos os indivíduos detestam o sexo falso com um ódio mortífero e irracional, e os que o praticam a torto e a direito talvez sejam os que sintam um ódio mais violento, na outra pessoa — ou pessoas.

As moças de hoje poderiam cobrir-se até os olhos, usar anáguas engomadas, perucas e todo o resto, e embora não tivessem, talvez, o mesmo efeito peculiar de insensibilização dos corações masculinos que nossas mulheres seminuas na realidade exercem, tampouco produziriam um aumento da verdadeira atração sexual. Se não houver sexo para encobrir, não adianta o uso de véus. Ou não adianta muito. O homem quase sempre quer ser enganado — por algum tempo — até mesmo pelo vazio coberto de véus.

A questão é que, quando as mulheres são sexualmente ativas, trepidantes e atraentes, independentemente da própria vontade, então elas sempre se cobrem e se envolvem em roupas, de modo gracioso. A extravagância das anquinhas de 1880 e coisas semelhantes era apenas um anúncio da assexualidade que se avizinhava.

Ao mesmo tempo que o sexo é um poder em si mesmo, as mulheres experimentam todo tipo de disfarces fascinantes, e os homens se pavoneiam. Quando o papa insiste em recomendar que as mulheres cubram a carne nua na igreja, não é ao sexo que ele se opõe, mas aos truques assexuados do despudor feminino. O papa e os padres concluem que a ostentação da carne nua das mulheres na rua e na igreja produz um estado de espírito mau e "impuro" tanto nos homens quanto nas mulheres. E têm razão. Mas não porque a exposição desperte o desejo sexual. Não desperta, ou só muito raramente: até o sr. Shaw sabe disso. Mas, quando a carne nua das mulheres não desperta nenhum tipo de desejo, alguma coisa está muito errada. Alguma coisa está tristemente errada. Pois os braços nus das mulheres de hoje provocam uma sensação de leviandade, cinismo e vulgaridade que, na verdade, é o último sentimento que se quer levar para uma igreja, quando a pessoa tem algum respeito por ela. Os braços nus das mulheres numa igreja italiana são de fato um sinal de desrespeito, tendo em vista a tradição.

A Igreja católica, especialmente no sul, não é nem antissexual, como as Igrejas dos países mais a norte, nem assexual, como o sr. Shaw e outros pensadores sobre o sexo. A Igreja católica reconhece o sexo e declara que o matrimônio é um sacramento baseado na comunhão sexual, para fins de procriação. Mas a procriação, no sul, não é o mesmo fato, ou ato, cru e científico que é mais a norte. O ato da procriação ainda está carregado de todo o mistério sensual e de toda a importância do passado arcaico. O homem é um criador potencial e nisso reside seu esplendor. Traço que foi totalmente removido pelas Igrejas reformadas do norte e a trivialidade lógica de Shaw.

Mas tudo isso que desapareceu ao norte a Igreja tentou manter ao sul, sabendo que tem importância básica para a vida. A ideia de ser um criador e legislador potencial, na qualidade de pai e marido, talvez seja essencial na vida cotidiana de um homem, para que ele possa viver realizado e satisfeito. A ideia da eternidade do matrimônio talvez seja necessária à paz interior, tanto do homem quanto da mulher. Mesmo que transmita uma ideia de condenação, é necessária. A Igreja católica não gasta seu tempo lembrando às pessoas que nos céus não existe desposar nem se deixar desposar. E insiste: quem se casa, casa-se para sempre! E os fiéis aceitam o decreto, a pena e sua dignidade. Para o sacerdote, o sexo é a chave do matrimônio, o matrimônio é a chave da vida cotidiana das pessoas e a Igreja é a chave para uma vida maior.

De modo que a atração sexual em si não é mortífera para a Igreja. Muito mais letal é o desafio antissexual dos braços nus e da petulância, a "liberdade", o cinismo, a irreverência. O sexo pode ser obsceno na Igreja, ou blasfemo, mas nunca cínico ou ateu. Potencialmente, os braços nus das mulheres de hoje são cínicos e ateus, da forma perigosa e vulgar do ateísmo. É natural que a Igreja se manifeste contra eles. O sumo pontífice da Europa entende mais de sexo que o sr. Shaw, de qualquer maneira, porque conhece melhor a natureza essencial do ser humano. Tradicionalmente, tem uma experiência milenar. O sr. Shaw ficou pronto num dia. E o sr. Shaw, como dramaturgo, habilitou-se a executar truques com o sexo falsificado do público moderno. Não há dúvida de que sabe fazê-lo. E os filmes mais baratos também sabem. Mas é igualmente óbvio que ele *não* consegue atingir o sexo mais profundo dos indivíduos reais, de cuja existência mal parece suspeitar.

E, como um paralelo de si mesmo, o sr. Shaw sugere que a Suprema Prostituta da Europa seja a pessoa a consultar sobre o sexo, em lugar do sumo pontífice. O paralelo é justo. A Suprema Prostituta da Europa saberia na verdade tanto sobre o sexo quanto o próprio sr. Shaw. Ou seja, não muito. Tanto como o sr. Shaw, a Suprema Prostituta da Europa entenderia muito do sexo falsificado dos homens, essa contrafação inferior manipulada à custa de truques. E, assim como ele, não entenderia nada do verdadeiro sexo no homem, que acompanha o ritmo das estações e dos anos, a crise do solstício do inverno e a paixão da Páscoa. Sobre isso a Suprema Prostituta não saberia nada, sem a menor dúvida, porque para ser uma prostituta ela precisaria ter perdido essa noção. Ainda assim, porém, saberia mais que o sr. Shaw. Saberia que o sexo profundo e rítmico da vida interior do homem *existe*. Saberia, porque várias vezes teria deparado com ele. Toda a literatura do mundo demonstra a impotência final da prostituta em matéria de sexo, sua incapacidade de manter um homem, sua raiva contra o instinto profundo de fidelidade que existe no homem, que é, como mostra a história do mundo, um pouco mais profundo e poderoso que o instinto da promiscuidade sexual sem fidelidade. Toda a literatura mundial mostra o quanto é profundo o instinto da fidelidade tanto no homem quanto na mulher, como tanto homens quanto mulheres almejam incansavelmente a satisfação desse instinto, debatendo-se contra sua incapacidade de encontrar a fidelidade que realmente lhes convém. O instinto de fidelidade talvez seja o mais profundo do grande complexo que chamamos de sexo. Onde existe verdadeiro sexo existe uma paixão subjacente pela fidelidade. E a prostituta sabe disso, pois é contra ela que precisa combater. Só pode manter os homens que não pratiquem sexo verdadeiro, apenas as contrafações; e esses ela despreza. Os homens que praticam o verdadeiro sexo só podem inevitavelmente deixá-la, pois ela é incapaz de satisfazer seu real desejo.

A Suprema Prostituta sabe disso. Assim como o papa, se ele se der ao trabalho de pensar no assunto, pois tudo isso está presente na consciência tradicional da Igreja. Mas o Sumo Dramaturgo não sabe. Tem uma lacuna curiosa em sua formação. Para ele, todo sexo é infidelidade e só a infidelidade é sexo. O casamento é uma coisa assexuada e não conta. O sexo só se manifesta na infidelidade, e a rainha do sexo é a Suprema Prostituta. Se o sexo aflora no matrimônio, é só porque uma das partes se apaixona por outra pessoa e tem o impulso de ser infiel. A infidelidade é sexo, e as prostitutas sabem de tudo a respeito, as esposas não sabem nada e não são nada, desse ponto de vista.

Esse é o ensinamento do Sumo Dramaturgo e dos Sumos Pensadores da nossa geração. E o público vulgar concorda totalmente com eles. O sexo é uma coisa que você só tem para poder usar transgredindo. Além da transgressão, ou seja, além da infidelidade e da fornicação, o sexo não existe. Nossos principais pensadores, culminando no petulante e presunçoso sr. Shaw, ensinam esse lixo com tamanho empenho que ele quase se transformou em fato. O sexo é quase inexistente, salvo nas formas falsificadas da prostituição e da fornicação rasa. E o casamento é vazio, oco.

Mas essa questão do sexo e do casamento é de importância lapidar. Nossa vida social se organiza em torno do matrimônio, e o matrimônio, dizem os sociólogos, baseia-se na propriedade. Descobriu-se que o casamento é a melhor maneira de conservar a propriedade e estimular a produção. E não há mais nada a dizer.

Será? Estamos apenas nos estertores de uma grande revolta contra o casamento, uma revolta apaixonada contra seus laços e restrições. Na verdade, pelo menos três quartos da infelicidade da vida moderna podem ser atribuídos ao casamento. Existem poucas pessoas casadas nos dias de hoje, e poucas não casadas que não tenham sentido um ódio intenso e ardoroso contra o casamento em si, o casamento como instituição e imposição à vida humana. Bem maior que a revolta contra os governos é essa revolta contra o casamento.

E praticamente não existe quem duvide que, assim que encontrarmos algum modo viável de livrar-nos dele, o casamento será abolido. Os sovietes abolem o casamento: ou aboliram. Se novos Estados "modernos" surgirem, é quase certo que sigam seu exemplo. Tentarão encontrar algum substituto social para o casamento, abolindo a odiada servidão da conjugalidade. A maternidade sustentada pelo Estado, o Estado sustentando as crianças e a independência das mulheres. Está no programa de todo grande plano de reformas. E significa, claro, a abolição do casamento.

A única pergunta que devemos nos fazer é a seguinte: será isso de fato que desejamos? Queremos a independência absoluta das mulheres, a maternidade e as crianças sustentadas pelo Estado, e consequentemente o fim da necessidade do casamento? É mesmo o que queremos? Porque tudo que importa é que os homens e as mulheres possam fazer só o que *realmente* querem. Embora aqui, como em toda parte, devamos nos lembrar de que o homem tem uma dupla série de desejos, os rasos e os profundos, os desejos pessoais, superficiais e temporários e os desejos interiores, impessoais, vastos, que só podem realizar-se em grandes períodos de tempo. Os desejos momentâneos são fáceis de reconhecer, mas os outros, os mais profundos, são difíceis. Cabe aos nossos Sumos Pensadores falar-nos dos nossos desejos mais profundos, e não ficar repetindo aos gritos nossos desejos menores em nossos ouvidos.

A Igreja se apoia no reconhecimento de alguns, pelo menos, dos maiores e mais profundos desejos do homem, desejos que levam anos, ou toda a vida, ou mesmo séculos para se realizar. E a Igreja, por mais celibatários que possam ser seus sacerdotes, por mais que tenha sido construída sobre a pedra solitária de Pedro ou de Paulo,[14] na vida real se apoia no fato do casamento. A Igreja, na verdade, depende da insolubilidade do matrimônio. Se tornarmos o casamento consideravelmente instável e dissolúvel, se destruirmos a permanência do matrimônio, a Igreja desaba. Basta ver o imenso declínio da Igreja anglicana.

E isso porque a Igreja se apoia no elemento de *união* da humanidade. E o primeiro elemento da união no mundo cristão é o laço matrimonial. O laço matrimonial, o compromisso do casamento, chamado como quisermos, é o elo fundamental que une a sociedade cristã. Se for rompido, precisaremos retornar ao domínio abusivo do Estado, que existia antes da era cristã. O Estado romano era todo-poderoso, o pai romano representava o Estado, a família romana era propriedade do pai, que ele mantinha mais ou menos como um feudo para o Estado propriamente dito. E o mesmo ocorria na Grécia, sem tanto apego à *permanência* da propriedade, mas antes com um toque fascinante da posse momentânea. A família era muito mais insegura na Grécia que em Roma.

Nos dois casos, porém, a família era o homem, como representante do Estado. Há Estados onde a família é a mulher: ou houve. Há Estados onde a família quase não existe, Estados confessionais onde o controle sacerdotal é tudo, funcionando inclusive como controle familiar. E existe ainda o Estado soviético, onde novamente a família supostamente não devia existir, e o Estado controla cada indivíduo direta e mecanicamente, tanto quanto os grandes Estados religiosos do tipo do Egito antigo podem ter controlado diretamente cada indivíduo, por meio do ritual e da vigilância dos sacerdotes.

E a questão é a seguinte: queremos uma volta atrás, ou adiante, no sentido de alguma dessas formas de controle estatal? Queremos ser como os romanos sob o Império, ou mesmo nos tempos da República? Queremos ser, no que se refere à nossa família e à nossa liberdade, como os cidadãos gregos de uma cidade-Estado helênica? Queremos nos imaginar na estranha condição controlada pelos sacerdotes, e preenchida de rituais, dos primeiros egípcios? Queremos ser controlados por um soviete?

Pelo meu lado, respondo "Não!" a todas essas perguntas. E isso dito, precisamos voltar e refletir sobre a famosa frase, de que a maior contribuição à vida social do homem feita pelo cristianismo talvez seja o casamento. O cristianismo instaurou o casamento no mundo: o casamento tal como o conhecemos. O cristianismo estabeleceu a pequena autonomia da família dentro do domínio mais amplo do Estado. O cristianismo tornou o casamento, em certos aspectos, inviolável, inclusive pelo Estado. Foi o casamento, talvez, que conferiu ao homem o melhor da sua liberdade, proporcionando-lhe seu modesto reino no interior do reino maior do Estado, dando-lhe um espaço independente no qual ele pode fincar pé e resistir a um Estado injusto. Marido e mulher, um rei e uma rainha com um ou dois súditos, e uns poucos metros quadrados de território próprio: eis, na verdade, o que é o casamento. É uma liberdade verdadeira porque é uma realização verdadeira, para o homem, a mulher e as crianças.

Queremos então romper o casamento? Se o rompermos, isso significa que cairemos em maior medida sob o arbítrio direto do Estado. E queremos estar sujeitos a um arbítrio maior do Estado, de qualquer Estado? Da minha parte, pelo menos, não.

E a Igreja criou o matrimônio transformando-o num sacramento, um sacramento do homem e da mulher unidos na comunhão do sexo, e que nunca podem se separar, só pela morte. E, mesmo separados pela morte, ainda não estarão livres do matrimônio. O matrimônio, até onde vai o indivíduo, eterno. O matrimônio que cria um corpo completo a partir de dois incompletos, e permite o desenvolvimento complexo da alma do homem e da alma da mulher em uníssono, ao longo de toda uma vida. O matrimônio sagrado e inviolável, o grande caminho da realização terrena para o homem e a mulher, em uníssono, sob o domínio espiritual da Igreja.

Essa é a maior contribuição do cristianismo à vida do

homem, e costuma ser subestimada. O casamento, afinal, é ou não é um grande passo no sentido da realização na vida, para homens e mulheres? É ou não é? É uma grande ajuda à realização do homem e da mulher, ou uma frustração? Eis uma questão de fato muito importante, que todo homem e toda mulher deviam responder.

Se adotarmos a ideia não conformista, protestante, de nós mesmos, somos todos almas individuais isoladas, e a suprema finalidade de cada um é salvar sua respectiva alma; nesse caso, o casamento é sem dúvida um estorvo. Se só me cabe salvar minha própria alma, é melhor deixar de lado o casamento. Como bem sabiam os monges e os eremitas. Mas, se meu único objetivo for salvar as almas dos outros, também é melhor deixar de lado o casamento, como sabiam os apóstolos e os santos.

Mas vamos supor que minha inclinação não seja salvar minha própria alma nem as almas alheias. Vamos supor que a Salvação me seja incompreensível, como confesso que me escapa. "Ser salvo" para mim soa como um mero jargão, o jargão da vaidade e da presunção. Supondo, então, que eu não consiga ver essa história de Salvador e Salvação, supondo que eu veja a alma como algo que precisa ser desenvolvido e realizado através de toda a vida, alimentada e protegida, desenvolvida e mais ainda realizada, até o fim; e aí, como ficamos?

Então eu percebo que o casamento, ou coisa semelhante, é essencial, e que a Igreja antiga conhecia melhor as necessidades duradouras do homem, para além das carências espasmódicas de hoje e de ontem. A Igreja estabeleceu o casamento para a vida toda, visando a realização da alma ao longo da vida, e não o adiamento dessa realização para depois da morte.

A Igreja antiga sabia que a vida aqui é o que nos cabe, para ser vivida, para ser vivida em plenitude. A regra severa de são Bento,[15] as palavras ousadas de são Francisco de Assis[16] — foram fulgurações ocasionais no céu constante da Igreja. O próprio ritmo da vida era preservado pela Igreja, hora a hora, dia a dia, estação a estação, ano a ano, era a era, entre o povo, e as fulgurações mais extremas eram ajustadas a esse ritmo constante. Podemos sentir isso nos países do sul, no campo, quando ouvimos o dobrar dos sinos ao amanhecer, ao meio-dia, ao cair da noite, marcando as horas com o som da missa ou das orações. É o ritmo do sol diário. Podemos sentir isso nas festas, nas procissões, no Natal, no dia de Reis, na Páscoa, em Pentecostes, no dia de São João, em Todos os Santos, na festa de Finados. É o avanço do ano, o movimento do sol de solstício a equinócio, o advento das estações, o fim de cada uma delas. E é também o ritmo interno do homem e da mulher, a tristeza da Quaresma, o deleite da Páscoa, o prodígio de Pentecostes, as velas nas sepulturas em Finados, a árvore iluminada de Natal, todos representando emoções rítmicas semelhantes nas almas de homens e mulheres. E os homens experimentam o grande ritmo da emoção de um modo masculino, enquanto as mulheres o vivem de um modo feminino, e no uníssono de homens e mulheres ele se completa.

Santo Agostinho disse que Deus recriava o universo a cada dia: e para a alma viva emocional, é verdade. Cada aurora amanhece num universo totalmente novo, cada Páscoa acende uma glória inteiramente nova de um mundo novo que brota em flor totalmente nova. E a alma do homem e a alma da mulher são novas da mesma forma, com o deleite infinito da vida e a eterna renovação da vida. Assim um homem e uma mulher são novos um para o outro ao longo de toda a vida, no ritmo do casamento que corresponde ao ritmo do ano.

O sexo é o equilíbrio entre o masculino e o feminino no universo, a atração, a repulsão, o trânsito da neutralidade, a nova atração, a nova repulsão, sempre diferente, sempre renovada. O longo período neutro da Quaresma, quando o sangue baixa, e o deleite do beijo da Páscoa, a folia sexual da primavera, a paixão do verão no apogeu, a lenta retração, revolta e melancolia do outono, novamente o cinza, e depois o estímulo aguçado do inverno, das noites longas. O sexo acompanha o ritmo do ano, no homem e na mulher, mudando o tempo todo: o ritmo do sol em sua relação com a Terra. Ah, que catástrofe para o homem quando ele se destacou do ritmo do ano, do seu uníssono com o sol e a Terra. Ah, que catástrofe, que desmembramento do amor quando ele se transformou num sentimento pessoal, meramente pessoal, separado do nascer e do pôr do sol, e apartado da conexão mágica com os solstícios e os equinócios! Eis nosso problema. Sangramos pelas raízes, porque fomos cortados da Terra, do sol e das estrelas, e o amor é uma sombra do que foi porque, pobre flor, nós o separamos de seu galho na árvore da Vida, e esperamos que continuasse aberto em nosso vaso civilizado em cima da mesa.

O casamento é a chave da vida humana, mas não existe casamento separado do sol que gira e da Terra que oscila, do movimento dos planetas e da magnificência das estrelas fixas. Afinal, cada homem não é diferente, diferente por completo, ao amanhecer, do que é ao pôr do sol? E cada mulher também? E não são a sequência de harmonias e as dissonâncias de suas variações que respondem pela música secreta da vida?

E não é assim pela vida afora? Um homem é diferente aos trinta anos, aos quarenta, aos cinquenta, aos sessenta, aos setenta: e a mulher a seu lado é diferente. Mas não existe uma estranha conjunção em suas diferenças? Não existe uma harmonia peculiar, ao longo da juventude, do período de nascimento dos filhos, do período de florescimento e da infância dos rebentos, do período da mudança da vida para a mulher, doloroso mas também uma renovação, o período da paixão atenuada mas dos deleites tranquilos do afeto, o período vago e desigual da aproximação da morte, quando o homem e a mulher se entreolham com a apreensão vaga de uma separação que não é uma separação verdadeira: não existirá, nisso tudo, alguma desconhecida ação recíproca de equilíbrio, harmonia, plenitude, como uma sinfonia sem som que se desloca no ritmo de fase em fase, tão diferente, tão profundamente diferente em cada um dos vários movimentos, mas ainda assim uma sinfonia, composta do canto mudo de duas vidas estranhas e incompatíveis, de um homem e de uma mulher?

Isso é o casamento, o mistério do casamento: o casamento que se realiza aqui, nesta vida. Melhor acreditar que nos céus não existe desposar nem ser desposado. Tudo isso precisa se realizar aqui, e se não se realizar aqui nunca irá se realizar. Os grandes santos só vivem, mesmo Jesus só vive, para acrescentar uma nova qualidade e uma nova beleza ao sacramento permanente do matrimônio.

Entretanto — e este *entretanto* se atravessa em nosso coração como uma bala — o casamento não é casamento se não for básica e permanentemente fálico, o que não tem ligação com o sol e a Terra, a lua, as estrelas fixas e os planetas, o ritmo dos dias, o ritmo dos trimestres, dos anos, das décadas e dos séculos. O casamento só é casamento se houver uma correspondência de sangue. Pois o sangue é a substância da alma e da consciência mais profunda. É graças ao sangue que vivemos: e é com o coração e o fígado que vivemos, nos deslocamos e constituímos nossa existência. Para o sangue, saber e ser, ou sentir, são uma única e mesma coisa: nem serpente nem maçã separaram as duas coisas. De tal modo que só quando a conjunção é do sangue o casamento é de fato um casamento. O sangue do homem e o sangue da mulher seguem dois circuitos eternamente diversos e jamais se misturam. O que sabemos inclusive cientificamente. Mas constituem os dois rios que rodeiam toda a vida, e no casamento o círculo se completa, e no sexo os dois rios se tocam e renovam mutuamente suas águas, sem jamais confluírem ou se confundirem. Sabemos disso. O falo é uma coluna de sangue que preenche o vale de sangue da mulher. O grande rio do sangue masculino toca as profundezas do grande rio do sangue feminino, mas nenhum deles extravasa suas margens. É a mais profunda de todas as comunhões, como todas as religiões, *na prática*, bem sabem. E é um dos maiores mistérios: na verdade, o maior, como quase todo apocalipse mostra, ilustrando a realização suprema do casamento místico.

E é este o significado do ato sexual: essa comunhão, esse toque recíproco dos dois rios, o Eufrates e o Tigre, para usar um velho jargão, e a terra que cercam da Mesopotâmia,[17] sede do Paraíso, ou do Jardim do Éden, onde o homem teve seu começo. Isso é o casamento, esse circuito dos dois rios, essa comunhão das duas correntes sanguíneas, isso e mais nada: como bem sabem todas as religiões.

Dois rios de sangue são o marido e a mulher, dois cursos eternos e distintos, que têm o poder de tocar-se, comungar e assim renovar-se, sem qualquer ruptura das margens sutis, qualquer confusão ou confluência. E o falo é o elo entre os dois rios, que estabelece a conexão entre os dois cursos d'água e confere à sua dualidade um circuito único, para sempre. E isto, essa unidade gradualmente alcançada ao longo de uma vida em comum, é a maior realização do tempo e da eternidade. Dela brotam todas as coisas humanas, as crianças, a beleza e as coisas benfeitas, todas as verdadeiras criações da humanidade. E tudo que sabemos da vontade de Deus é que ele deseja que isso, essa unicidade, tenha lugar, construída ao longo de toda uma vida, essa unicidade na grande corrente sanguínea dual da humanidade.

O homem morre, a mulher morre, e talvez separadas as almas regressem para o Criador. Quem sabe? Mas sabemos que a unicidade da corrente sanguínea do homem e da mulher no casamento completa o universo, no que diz respeito à humanidade, complementando o curso do sol e o fluxo das estrelas.

Existe, claro, a contrapartida de tudo isso, a contrafação. É o casamento falso, como quase todos os casamentos de hoje. As pessoas modernas são apenas personalidades, e o casamento moderno ocorre quando duas pessoas ficam "encantadas" com a personalidade um do outro: quando têm o mesmo gosto em matéria de mobília, ou livros, ou esportes, ou diversão, quando adoram "conversar" um com o outro, quando admiram "a mente" um do outro. Isto, essa afinidade das mentes e das personalidades, é uma excelente base para a amizade entre os sexos, mas uma base desastrosa para o casamento. Já que o casamento desencadeia inevitavelmente a atividade sexual, e a atividade sexual é, sempre foi e sempre será em alguma medida, hostil à relação mental, *pessoal*, entre o homem e a mulher. É quase um axioma que o casamento entre duas *personalidades* termine num ódio físico impressionante. Indivíduos pessoalmente muito ligados num primeiro momento acabam detestando-se com um ódio que nem sabem explicar, que tentam esconder, pois lhes dá vergonha, e que ainda assim é dolorosamente óbvio, especialmente para um e outro. Em pessoas com fortes sentimentos individuais, a irritação que se acumula no casamento aumenta muitas vezes a um ponto de ódio que se assemelha à loucura. E, aparentemente, tudo sem a menor razão.

Mas a verdadeira razão é que a simpatia dos nervos, da mente e do interesse pessoal é, infelizmente, hostil à simpatia do sangue, nos sexos. O culto moderno da personalidade é excelente para a amizade entre os sexos, mas fatal para o casamento. No todo, seria melhor se as pessoas modernas nem se casassem. Assim poderiam permanecer muito mais fiéis ao que são, à sua própria personalidade.

No entanto, casamento ou não, a coisa fatal acaba acontecendo. Se você só foi movido pela simpatia pessoal e pelo amor pessoal, em seguida a raiva e o ódio irão se apoderar de sua alma, devido à frustração e à negação da simpatia do sangue, do contato do sangue. No celibato, a negação é esterilizante e amarga, mas no casamento a negação produz uma espécie de fúria. E não podemos evitá-la, hoje, da mesma forma como não podemos evitar tempestades. É parte do fenômeno da psique. A questão importante é que o próprio sexo é posto inteiramente a serviço da personalidade e do "amor" pessoal, sem jamais produzir satisfação ou gratificação sexual. Na verdade, é provável que exista mais atividade sexual num casamento "pessoal" que num casamento de sangue. A mulher suspira por um amante perpétuo: e na relação do casamento pessoal ela consegue. E como ela finalmente acaba por detestá-lo, com seu desejo interminável que nunca a leva a lugar nenhum nem a realiza!

É um erro que cometi, falar de sexo sempre inferindo que o sexo significava a empatia do sangue e o contato do sangue. E tecnicamente é assim. Mas, na realidade, quase todo sexo moderno é puramente uma questão de nervos, frio e exangue. É o sexo pessoal. E esse sexo pessoal branco, frio, nervoso e "poético", praticamente todo o sexo que os modernos conhecem, tem um efeito fisiológico, além de psicológico, muito peculiar. As duas correntes sanguíneas entram em contato, no homem e na mulher, assim como ocorre na urgência da paixão de sangue e do desejo de sangue. Mas enquanto o contato na urgência do desejo de sangue é positivo, criando algo de novo no sangue, na insistência desse desejo nervoso, pessoal, o contato de sangue se transforma apenas em atrito destrutivo, resultando num empalidecimento e num empobrecimento do sangue. O sexo pessoal, nervoso ou espiritual é destrutivo para o sangue, tem uma atividade catabólica,[18] enquanto o coito no calor do desejo sanguíneo é uma atividade do metabolismo. O catabolismo da atividade sexual "nervosa" pode produzir por algum tempo uma espécie de êxtase e um aguçamento da consciência. Mas isso, como o efeito do álcool ou das drogas, resulta da decomposição de certos corpúsculos do sangue, e é um processo de empobrecimento. E essa é uma das muitas razões para a falta de energia das pessoas modernas. A atividade sexual, que deveria ser energizante e renovadora, torna-se exaustiva e debilitante. Assim, quando o jovem se recusa a acreditar na regeneração da Inglaterra pelo sexo, sou forçado a concordar com ele. Pois o sexo moderno é praticamente todo ele pessoal e nervoso, e tem um efeito exaustivo e desintegrador. O efeito desintegrador da atividade sexual moderna é inegável. Só é menos fatal que o efeito desintegrador da masturbação, ainda mais mortífero.

De maneira que finalmente começo a compreender o que meus críticos dizem contra minha exaltação do sexo. Eles só conhecem uma forma de sexo; na verdade, para eles *só existe* uma forma de sexo: o sexo do tipo "branco", nervoso, pessoal e desintegrador. E sobre isso, claro, é preciso florear e mentir, mas nem assim ele desperta muitas esperanças. E estou de acordo. Concordo que não podemos ter esperança de regenerar a Inglaterra a partir desse tipo de sexo.

Ao mesmo tempo, não vejo qualquer esperança de regeneração para uma Inglaterra assexuada. Uma Inglaterra que tenha perdido o sexo não me parece guardar nenhuma esperança. E ninguém de fato se sente muito esperançoso. Embora possa ter sido tolice minha insistir em falar do sexo quando o sexo atual é precisamente do tipo a que *não* me refiro *nem* prefiro, ainda assim não tenho como retirar tudo que disse e passar a crer na regeneração da Inglaterra pela pura assexualidade. Uma Inglaterra assexuada não soa muito promissora aos meus ouvidos.

E o outro sexo, a sangue quente, que estabelece a ligação viva e revitalizante entre o homem e a mulher, como podemos recuperá-lo? Não sei. No entanto, recuperá-lo é necessário: pelo menos para os jovens. Ou estaremos todos perdidos. Pois a ponte para o futuro é o falo, e ponto final. Mas não o pobre falo nervoso e falsificado do moderno amor "nervoso". Ele não.

Pois o novo impulso da vida jamais poderá ocorrer sem o contato do sangue, o verdadeiro e positivo contato do sangue, não a reação nervosa e negativa. E o contato sanguíneo essencial ocorre entre homem e mulher, sempre ocorreu e sempre ocorrerá. O contato do sexo positivo. Os contatos homossexuais são secundários, mesmo que não sejam meros substitutos da reação exasperada ao sexo nervoso absolutamente insatisfatório entre homens e mulheres.

Se quisermos regenerar a Inglaterra — para usar a expressão do jovem de que falei, para quem parece haver uma necessidade de *regeneração*, a palavra exata que ele usou —, então será pelo surgimento de um novo contato do sangue, um novo toque e um novo casamento. Será uma regeneração antes fálica que sexual. Pois o falo é apenas o grande símbolo antigo da vitalidade divina no homem, e da conexão imediata.

Será também uma renovação do casamento: o verdadeiro matrimônio fálico. E, mais além ainda, será o casamento restabelecido em sua relação com os ritmos cósmicos. O ritmo do cosmos é algo que não temos como evitar sem empobrecer terrivelmente nossas vidas. Os primeiros cristãos tentaram extinguir o antigo ritmo pagão dos rituais cósmicos, e conseguiram até certo ponto. Mataram os planetas e o zodíaco, talvez porque a astrologia já tivesse degenerado em mera leitura da sorte. Quiseram matar as festas do ano. Mas a Igreja, que sabe que o homem não vive apenas ligado ao homem, mas ao sol, à lua, à Terra e às suas revoluções, restaurou as festas e os dias sagrados, quase da mesma forma que existiam entre os pagãos, e os camponeses cristãos continuaram vivendo de modo muito parecido ao dos camponeses pagãos, com a pausa do amanhecer para a adoração, e ao pôr do sol, e ao meio-dia, os três grandes momentos diários do sol: depois o novo dia santo, parte do antigo ciclo de sete: depois a Páscoa, a morte e ressurreição de Deus, o Pentecostes, o Fogo do Meio do Verão,[19] os mortos de novembro e os espíritos das sepulturas, depois o Natal, depois a Festa dos Três Reis. Por séculos a massa das pessoas viveu nesse ritmo, sob o domínio da Igreja. E é na massa que as raízes da religião são eternas. Quando a massa de um povo perde o ritmo religioso, esse povo morre, sem esperança. Mas o protestantismo veio e desferiu um golpe violento no ritmo religioso e ritualístico do ano, na vida humana. E a dissidência anglicana conhecida como não conformista *quase* terminou o trabalho. Hoje temos um povo pobre, cego e desconectado, sem nada além da política e dos feriados bancários para satisfazer a eterna necessidade humana de viver em harmonia ritual com o cosmos em suas revoluções, em submissão eterna às leis maiores. E o casamento, sendo uma das grandes necessidades, sofreu o mesmo com o fim da preponderância das leis maiores, dos ritmos cósmicos que deveriam sempre preponderar sobre a vida. A humanidade precisa retornar ao ritmo do cosmos e à permanência do matrimônio.

Tudo isso é um glossário, ou prolegômenos, a meu romance *O amante de lady Chatterley*. O homem tem necessidades pequenas e necessidades mais profundas. Recaímos no erro de viver de nossas pequenas necessidades, a ponto de quase nos termos perdido de nossas necessidades mais profundas numa espécie de loucura. Existe uma moralidade pequena, ligada às pessoas e às necessidades pequenas do homem: e essa moral, ai de nós, é a que observamos em nossa vida. Mas existe uma moral mais profunda, que diz respeito a todas as mulheres e todos os homens, a todas as nações, raças e classes de homens. Essa moral maior afeta o destino da humanidade em longos períodos de tempo, aplica-se às maiores necessidades do homem, e muitas vezes entra em conflito com a pequena moral das necessidades menores. A consciência trágica nos ensina, inclusive, que uma das maiores necessidades do homem é um conhecimento e uma experiência da morte, todo homem precisa conhecer a morte em seu próprio corpo. Mas a consciência maior das épocas pré-trágica e pós-trágica nos ensina — embora ainda não tenhamos chegado à época pós-trágica — que a maior necessidade do homem é a renovação permanente do ritmo completo da vida e da morte, do ritmo do ano solar, o ano da vida de um corpo, e do ano maior das estrelas, o ano da imortalidade da alma. Essa é nossa necessidade, nossa necessidade imperativa. É uma necessidade da mente e da alma, do corpo, do espírito e do sexo: todos. Não adianta pedir a um Verbo que preencha essa necessidade. Nenhum Verbo, nenhum Logos,[20] nenhuma Elocução será capaz disso. O Verbo já foi pronunciado, quase todo. Só precisamos prestar realmente atenção. Mas quem irá convocar-nos para o Fato, o grande Fato das estações e do ano, o Fato do ciclo da alma, o Fato da vida da mulher unida à de um homem, o pequeno Fato das variações da lua, o Fato maior do movimento do sol, e o maior de todos, das grandes estrelas imóveis? É o *Fato* da vida que hoje precisamos aprender: pois supostamente já aprendemos o Verbo, e basta olhar para o que somos, ai de nós. Podemos ser perfeitos em relação ao Verbo, mas estamos loucos em relação ao Fato. Preparemo-nos agora para a morte de nossa "pequena" vida atual e a reemergência numa vida maior, em contato com o cosmos mais vasto.

É, praticamente, uma questão de relação. *Precisamos* voltar a entrar em relação, uma relação animada e revigorante, com o cosmos e o universo. O caminho passa pelo ritual diário e por um novo despertar. *Precisamos* voltar a praticar os rituais do amanhecer, do meio-dia e do pôr do sol, o ritual de acender o fogo e servir a água, o ritual da primeira respiração, e da última. Isso cabe ao indivíduo e a toda casa, um ritual do dia. O ritual da lua em suas fases, da estrela matutina e da estrela vespertina, deve ser observado por homens e mulheres em separado. Em seguida o ritual das estações, com o Drama e a Paixão da alma incorporados em procissão e dança, cabe à comunidade, um ato de homens e mulheres, toda a comunidade, reunida. E o ritual dos grandes acontecimentos do ano das estrelas cabe às nações e aos povos inteiros. A esses rituais precisamos retornar: ou modificá-los evolutivamente para que se harmonizem às nossas necessidades. Pois a verdade é que estamos perecendo por falta de atenção para com nossas necessidades maiores, estamos desconectados de nossa renovação e de nosso alimento interiores, fontes que correm eternamente no universo. Do ponto de vista da vitalidade, a raça humana está morrendo. É como uma imensa árvore tombada, com as raízes para o ar. Precisamos tornar a nos plantar no universo.

O que significa um retorno às formas antigas. Mas precisamos recriar essas formas, o que é mais difícil que pregar um evangelho. As Escrituras vieram nos dizer que fomos todos salvos. Olhamos para o mundo de hoje e percebemos que a humanidade, infelizmente, em vez de ter sido salva do pecado, fosse este qual fosse, está quase totalmente perdida, perdida para a vida, e próxima da anulação e do extermínio. Precisamos retornar, bem para trás, antes do início das concepções idealistas, antes de Platão, antes do surgimento da ideia trágica da vida, a fim de voltarmos a nos reerguer. Pois o evangelho da salvação através dos ideais e da fuga ao corpo coincidiu com a concepção trágica da vida humana. Salvação e tragédia são a mesma coisa, e ambas passam ao largo do verdadeiro problema.

Retornar a um passado remoto, anterior ao surgimento das religiões e filosofias idealistas que incitaram o homem à grande digressão da tragédia. Os últimos três mil anos da humanidade foram uma digressão em busca dos ideais, da incorporalidade e da tragédia, e agora precisamos encerrar essa excursão. E é como o final de uma tragédia no teatro. O palco está coalhado de cadáveres, pior ainda, de cadáveres sem sentido, e o pano cai.

Mas, na vida, a cortina nunca se fecha encerrando o palco. Ali jazem os cadáveres e os corpos inertes, e alguém precisa removê-los, alguém precisa seguir em frente. Hoje é o dia seguinte. Hoje já é o dia seguinte ao fim da época trágica e idealista. A inércia mais extrema recai sobre os protagonistas restantes. Ainda assim, precisamos seguir em frente.

Precisamos restabelecer as grandes relações que os idealistas elevados, com seu pessimismo subjacente, sua crença de que a vida não é mais que conflito fútil, a ser evitado até a morte, destruíram para nós. Buda, Platão, Jesus, todos os três eram absolutamente pessimistas no que diz respeito à vida, pregando que a única felicidade reside em abstrair-se da vida, a vida diária, sazonal, anual, do nascimento, da morte e da fruição, e viver no espírito "imutável" ou eterno. Mas agora, ao final de quase três mil anos, agora que nos abstraímos quase totalmente da vida rítmica das estações, do nascimento, da morte e da fruição, agora percebemos que essa abstração não nos traz nem a bem-aventurança nem a libertação, mas só a nulidade. Resulta numa inércia nula. E os grandes salvadores e mestres só desfazem nossa conexão com a vida. Foi o *excursus* trágico.

O universo está morto para nós, e como poderá recuperar a vida? O "conhecimento" matou o sol, transformando-o numa bola de gás salpicada de manchas; o "conhecimento" matou a lua, que se transformou numa pequena terra morta esburacada por crateras extintas, como se tivesse sofrido de varíola; a máquina matou a Terra, transformando-a numa superfície de relevo mais ou menos irregular sobre a qual nos deslocamos. Como, disso tudo, poderemos voltar às grandes esferas dos céus da alma, que nos enchem de uma alegria indizível? Como podemos recuperar Apolo, Átis, Deméter, Perséfone e os salões de Dis?[21] Como poderemos ver a estrela Héspero ou Betelgeuse?[22]

Precisamos recuperá-los todos, pois eles são o mundo em que vive nossa alma, nossa consciência maior. O mundo da razão e da ciência — a lua, um pedaço morto de terra, o sol, uma bola de gás salpicada de manchas —, eis o pequeno mundo seco e estéril habitado pela mente abstraída. O mundo da nossa pequena consciência, que conhecemos em nosso *isolamento* falacioso. É assim que conhecemos o mundo quando o conhecemos separado de nós, no isolamento mesquinho de tudo. Quando conhecemos o mundo em conjunção conosco mesmos, conhecemos a terra jacintina ou plutônica,[23] sabemos que a lua nos confere nosso corpo como um deleite, que também rouba de nós, apreendemos o ronronar do grande leão dourado do sol, que nos lambe como uma leoa lambe os filhotes, dando-nos coragem, ou então, como o enfurecido leão vermelho, nos lanha com suas garras afiadas. Há muitas maneiras de conhecer, muitos tipos de conhecimento. Mas as duas grandes maneiras de conhecer, para o homem, são conhecer separado do todo, o que produz o conhecimento mental, racional, científico, ou conhecer em unidade com o todo, o que é religioso e poético. A religião cristã perdeu, com o protestantismo, a unidade com o universo, a integralidade do corpo, o sexo, as emoções, as paixões, a Terra, o sol e as estrelas.

Mas a relação é tríplice. Primeiro, existe a relação com o universo vivo. Depois vem a relação entre o homem e a mulher. E em seguida vem a relação entre homem e homem. E cada uma delas é uma relação carnal, do sangue e não só do espírito ou da mente. Abstraímos o universo em Matéria e Energia, abstraímos homens e mulheres em entidades isoladas, incapazes de unidade — de modo que todas as três grandes relações ficaram incorpóreas, mortas.

Nenhuma delas, contudo, está tão morta quanto a relação entre homem e homem, acho eu. Se formos analisar até o fim o que os homens sentem uns pelos outros hoje, veremos que todo homem encara cada um dos outros homens como uma ameaça. É curioso, mas, quanto mais mental e ideal é o homem, mais ele parece perceber a presença física de outro homem como uma ameaça; uma ameaça, por assim dizer, à sua própria existência. Cada homem que se aproxima de mim ameaça minha existência: não, mais ainda, meu ser.

Esse é o fato desagradável subjacente a toda a nossa civilização. Como dizia o anúncio de um dos romances sobre a guerra, é uma epopeia de "amizade e esperança, lama e sangue". O que significa, obviamente, que a amizade e a esperança só podem acabar em lama e sangue.

Quando a grande cruzada contra o sexo e o corpo começou em plena força, com Platão, era uma cruzada em defesa dos "ideais" e desse conhecimento "espiritual", separado do todo. O sexo é o grande unificador. Em sua grande vibração mais lenta está o calor do coração que produz a felicidade das pessoas juntas, em união. As filosofias e religiões idealistas propuseram-se deliberadamente a acabar com isso. E conseguiram. Agora acabaram. A última grande ebulição da amizade e da esperança foi esmagada em lama e sangue. Agora os homens são, cada um, uma pequena entidade separada. Enquanto a "gentileza" é a ordem do dia corrente — todo mundo *precisa* ser "gentil" —, por baixo dessa gentileza encontramos um coração frio, uma falta de coração, um calejamento, que é muito sombrio. Todo homem *é* de fato uma ameaça a cada outro homem.

Os homens só se conhecem na ameaça. O individualismo triunfou. Se sou um mero indivíduo, então todas as outras criaturas, especialmente todos os outros homens, lançam-se contra mim como uma ameaça. Eis a peculiaridade de nossa sociedade de hoje. Somos todos extremamente corteses e "gentis" uns com os outros, simplesmente porque os outros nos dão medo.

A sensação de isolamento, seguida da sensação de ameaça e de medo, tende a surgir à medida que declina nosso sentimento de unidade e comunhão com nossos semelhantes, e aumentam os sentimentos de individualismo e a personalidade, que é uma existência em isolamento. As classes ditas "cultas" são as primeiras a desenvolver uma "personalidade" e o individualismo, e as primeiras a caírem nesse estado de ameaça e medo inconscientes. As classes trabalhadoras conservam o antigo calor sanguíneo da unidade e do companheirismo por mais algumas décadas. E em seguida perdem-no também. E então a consciência de classe torna-se dominante, e o ódio de classe. O ódio de classe e a consciência de classe são apenas um sinal de que a antiga unidade, o antigo calor sanguíneo deixou de existir, e cada homem só se percebe separado do todo. Em seguida temos esses agrupamentos hostis de homens com a finalidade de oposição e de luta política. A luta civil se transforma numa condição necessária de autoafirmação.

Essa, novamente, é a tragédia da vida social dos dias de hoje. Na antiga Inglaterra, a curiosa conexão pelo sangue mantinha as classes reunidas. Os nobres podiam ser arrogantes, violentos, atrabiliários e injustos, mas ainda assim de algum modo viviam *em unidade* com o povo, como parte da mesma corrente de sangue. O que podemos sentir em Defoe ou em Fielding. E depois, na mesquinha Jane Austen, isso já desapareceu. Essa velha donzela já tipifica a "personalidade" em vez do caráter, o conhecimento em separado no lugar do conhecimento conjunto, e ela soa, ao meu sentimento, absolutamente desagradável, inglesa no mau sentido da palavra, mesquinho e esnobe, tanto quanto Fielding é inglês no bom sentido, o sentido generoso.

Assim, em O *amante de lady Chatterley*, temos um homem, sir Clifford, que é puramente uma personalidade, tendo perdido por completo qualquer conexão com os homens e mulheres seus semelhantes, exceto a criadagem. Todo o calor se perdeu, o coração ficou frio, o coração não tem existência humana. Ele é um produto puro da nossa civilização, mas é a morte da humanidade maior do mundo. É gentil por obrigação, mas não sabe o que significa o calor da solidariedade. Ele é o que é. E perde a mulher que escolheu.

O outro homem ainda conserva o calor de homem, mas está sendo acossado, destruído. E mesmo isso só se decidirá se a mulher que se volta para ele for realmente se alinhar a seu lado e ao lado da vitalidade que ele representa.

Perguntaram-me muitas vezes se criei Clifford paralisado intencionalmente, se essa paralisia é simbólica. E os amigos literários me dizem que teria sido melhor deixá-lo inteiro e potente, e ainda assim fazer a mulher deixá-lo.

Quanto à "intencionalidade" do simbolismo — não sei. Certamente não no início, quando Clifford foi criado. Quando criei Clifford e Connie, não tinha ideia do que eles eram, ou por quê. Eles simplesmente me ocorreram, de maneira bem próxima do resultado final. Mas o romance foi escrito, do começo ao fim, três vezes. E, quando leio a primeira versão, reconheço que o entrevamento de Clifford era simbólico da paralisia, da paralisia emocional ou passional mais profunda, da maioria dos homens de seu tipo e de sua classe, nos dias de hoje. Percebi que talvez fosse aproveitar-me injustamente de Connie, paralisá-lo tecnicamente. Tornava tão mais vulgar da parte dela deixá-lo. Ainda assim a história me ocorreu como veio, por conta própria, e deixei que viesse. Quer consideremos ou não esse aspecto simbólico, ele foi inevitável, pois me ocorreu assim.

E estas notas, que escrevo quase dois anos depois de haver terminado de escrever o romance, não pretendem explicar ou expandir nada: só revelar as crenças emocionais que talvez sejam necessárias como pano de fundo para o livro. É tão obviamente um livro escrito em desafio da convenção que talvez eu precise apresentar algum motivo para essa atitude de ruptura: pois o desejo tolo de *épater les bougeois*, de chocar as pessoas banais, não merece ser cultivado. Se uso palavras tabu, é por um motivo. Jamais libertaremos a realidade fálica do matiz de "elevação" se não usarmos para ela uma linguagem fálica própria, usando as palavras obscenas. A maior blasfêmia de todas contra a realidade fálica é esse "transporte a um plano mais alto". Da mesma forma, se a aristocrata se casar com o guarda-caça — o que ela ainda não fez — não será por despeito de classe, mas a despeito da classe.

Finalmente, há os correspondentes que reclamam de mim por descrever as edições pirateadas — algumas delas —, mas não a original. A primeira edição original, publicada em Florença, é encadernada em capa dura, num papel fosco vermelho bem escuro com minha fênix (símbolo da imortalidade, a ave que se reergue do ninho em meio às chamas) impressa em preto na capa, e uma pequena etiqueta de papel na contracapa. O papel é bom, papel italiano com tonalidade creme enrolado a mão, mas o tipo, embora satisfatório, é comum, e a encadernação é apenas a costumeira de uma pequena tipografia florentina. Não foi uma produção de grande capricho: no entanto é um volume agradável, mais que muitos livros "superiores".

E se encontramos muitos erros de ortografia — e eles existem — é porque o livro foi composto numa tipografia italiana, uma pequena empresa familiar em que ninguém sabia uma palavra de inglês. Nenhum deles sabia nada de inglês, de maneira que foram poupados de ruborizar-se: e o processo de correção das provas foi terrível. O tipógrafo ia bem por algumas páginas, mas depois se embebedava, ou coisa assim. E então as palavras começavam uma dança estranha e macabra, mas não em inglês. De modo que, se tiverem restado alguns dos inúmeros erros, devo na verdade agradecer por não serem em quantidade muito maior.

Então um jornal escreveu se apiedando do pobre tipógrafo que fora logrado a imprimir o livro. Logro nenhum. Homenzinho de bigode branco recém-casado em segundas núpcias, foi-lhe dito claramente: o livro contém tais e tais palavras, em inglês, e descreve certas coisas. Não imprima, se acha que pode lhe criar problemas! O que ele descreve?, perguntou ele. E quando ouviu a resposta, comentou, com a indiferença breve de um florentino: Oh! *Ma!* Mas isso nós fazemos todo dia! E tudo indica que, para ele, a questão estava totalmente decidida. Como não era nada político nem perverso, não havia problema. Questões cotidianas, triviais.

Mas foi uma luta, e é um prodígio que o livro tenha saído tão bem quanto saiu. Ele só tinha tipos para compor a metade: de maneira que metade foi composta, mil exemplares foram impressos, e, como medida de cautela, os duzentos em papel comum, a pequena segunda edição, também: em seguida os tipos foram redistribuídos e a segunda metade foi composta.

E então veio a luta da entrega. O livro foi apreendido quase imediatamente pela alfândega americana. Felizmente, na Inglaterra houve uma demora. De modo que praticamente toda a primeira edição — pelo menos oitocentos exemplares, certamente — deve ter entrado na Inglaterra.

Em seguida vieram as tempestades de vituperações vulgares. Mas eram inevitáveis. "Mas isso nós fazemos todo dia", diz o impressor italiano. "Monstruoso e horrendo!", grita uma parte da imprensa britânica. "Obrigado por um livro realmente sexual sobre o sexo, finalmente. Estou tão cansado de livros assexuados sobre o sexo", diz-me um dos cidadãos mais distintos de Florença — um italiano. "Não sei... não sei... se não é um pouco forte demais", diz um tímido crítico florentino — italiano também. "Escute, *signor* Lawrence, o senhor acha realmente necessário *dizer* essas coisas?" Respondi que sim, e ele ficou pensativo. "Bem, um deles era um aventureiro cheio de ideias, e o outro um idiota em matéria de sexo", disse-me uma leitora americana, referindo-se aos dois homens do livro, "de maneira que infelizmente Connie não tinha muita escolha — *como sempre*!"

Cronologia

1885   11 DE SETEMBRO: David Herbert Lawrence nasce em Eastwood, Nottinghamshire, o terceiro filho de Arthur John (mineiro de carvão) e Lydia Lawrence.

1898-1901   Frequenta a Nottingham High School.

1901   OUTUBRO-DEZEMBRO: Empregado na fábrica de J. C. Heywood em Nottingham; adoece.

1902-5   Professor-aluno em Eastwood e Ilkeston; conhece a família Chambers, inclusive Jessie, em 1902.

1905-6   Professor não formado em Eastwood; começa a escrever poesia, mostra-a a Jessie.

1906-8   Estuda para se diplomar professor no Nottingham University College; inicia seu primeiro romance, *The white peacock* [O pavão branco], em 1906.

1907   Escreve os primeiros contos; "A prelude" [Um prelúdio], o primeiro conto publicado, aparece no *Nottinghamshire Guardian* (assinado por Jessie).

1908-11   Professor primário na Davidson Road School, Croydon.

1909   Jessie envia uma coletânea de poemas de Lawrence à *English Review*; Ford Madox Hueffer (editor) aceita cinco deles e recomenda *The white peacock* a um editor. Escreve "Odour of chrysanthemums" [Cheiro de crisântemo] (1911) e a primeira peça, *A collier's Friday night* [Noite de sexta-feira de um mineiro].

1910 Noivado com Louie Burrows; falecimento de sua mãe. Primeiros esboços de *The trespasser* [O intruso] e "Paul Morel" (posteriormente *Filhos e amantes*).

1911 Publicação de *The white peacock*. Segundo rascunho de "Paul Morel"; escreve e revisa contos; publicação de "Odour of chrysanthemums". Terceiro rascunho de "Paul Morel" (1912). Seriamente acometido de pneumonia (novembro-dezembro).

1912 Convalesce em Bournemouth; em fevereiro, rompe o noivado, retorna a Eastwood e abandona o cargo de professor. Conhece Frieda Weekley (nascida Von Richthofen), esposa de um professor da Nottingham University, e, em maio, vai com ela à Alemanha e, a seguir, à Itália durante o inverno. Publica *The trespasser*. Revisa "Paul Morel", transformando-o em *Filhos e amantes*.

1913 Esboça ensaios italianos e começa a escrever "The sisters" [As irmãs] (que virão a ser *O arco-íris* e *Mulheres apaixonadas*). Publicação de *Love poems* [Poemas de amor]. Abril-junho na Alemanha; escreve "O oficial prussiano" e outras histórias. Publicação de *Filhos e amantes* (maio). Passa o verão na Inglaterra com Frieda, depois retornam à Itália. Trabalha em "The sisters".

1914 Publicação de *The widowing of mrs Holroyd* [O enviuvamento da sra. Holroyd] (peça) nos Estados Unidos. Conclui "The wedding ring" [O anel de noivado] (última versão de "The sisters") e volta para a Inglaterra com Frieda. Finalizado o divórcio dela, eles se casam no dia 13 de julho. Com a irrupção da guerra (agosto), a Methuen & Co. cancela o compromisso de publicar "The wedding ring". A guerra impede o retorno à Itália; mora em Buckinghamshire e Sussex. Reescreve "The wedding ring" como *O arco-íris* (1915).

1915 Escreve "England, my England" [Inglaterra, minha Inglaterra]; trabalha em ensaios para *Twilight in Italy* [Crepúsculo na Itália]. Muda-se para Londres em agosto. *O arco-íris* é publicado em setembro, mas recolhido em outubro: processado por obscenidade, é proibido um mês depois. Tem esperança de viajar aos Estados Unidos com Frieda, mas, no fim de dezembro, eles se fixam em Cornwall (outubro de 1917).

1916 Reescreve a outra metade do material de "The sisters" como *Mulheres apaixonadas*; concluído em novembro, é recusado por vários editores (1917). Leitura de literatura americana. Publicação de *Twilight in Italy* e *Amores* (poemas).

1917 Começa a trabalhar em *Studies in classic American literature* [Estudos sobre a literatura americana clássica] (doravante *Studies*). Revisa *Mulheres apaixonadas*. Expulso de Cornwall com Frieda em outubro por força da *Defence of the realm act* [Lei de defesa do reino]; voltam a Londres. Início do romance *A vara de Aarão*. Publicação de *Look! We have come through!* [Olhe! Nós conseguimos!] (poemas).

1918 Mora principalmente em Berkshire e Derbyshire (meados de 1919). Publica *New poems* [Novos poemas]; primeiras versões de oito ensaios de *Studies* publicados periodicamente (1919). Termina a guerra (novembro). Escreve "The fox" [A raposa].

1919 Revisa ensaios de *Studies* em versões intermediárias. Revisa *Mulheres apaixonadas* para a editora Thomas Seltzer (Estados Unidos). Em novembro, viaja à Itália.

1920 Muda-se para a Sicília (fevereiro) e se fixa em Taormina. Publicação de *Mulheres apaixonadas* nos Estados Unidos, *Touch and go* (peça), *Bay* (poemas) e *A menina perdida* na Inglaterra.

1921 Visita a Sardenha com Frieda e escreve *Sea and Sardinia: movements in European history* [Mar e Sardenha: movimentos na história europeia] (livro didático) e publica *Mulheres apaixonadas* na Inglaterra; *Psychoanalysis and the unconscious* [A psicanálise e o inconsciente] e *Sea and Sardinia* são publicados nos Estados Unidos. Viaja à Itália, à Alemanha e à Áustria (abril-setembro) e então retorna a Taormina. Conclui *A vara de Aarão*, escreve "The captain's doll" [A boneca do capitão] e "The ladybird" [A joaninha], revisa "The fox".

1922 FEVEREIRO-SETEMBRO: Viagens com Frieda ao Ceilão, à Austrália e aos Estados Unidos. Publicação de *A vara de Aarão*; em setembro, escreve *Canguru* na Austrália. Chega a Taos, Novo México; reescreve *Studies* (versão final). Publicação de *Fantasia of the unconscious* [Fantasia do inconsciente] e *England, my England and other stories*. Em dezembro, muda-se para Del Monte Ranch, perto de Taos.

1923 Publicação de "The ladybird" (com "The fox" e "The captain's doll"). Viaja ao México com Frieda. Em agosto, publicação de *Studies* (Estados Unidos). Escreve "Quetzalcoatl" (primeira versão de *A serpente emplumada*). Publica *Canguru* e *Birds, beasts and flowers* [Pássaros, bichos e flores] (poemas). Reescreve *The boy in the bush* [O garoto no sertão] a partir do manuscrito de Mollie Skinner. Em agosto, Frieda volta à Inglaterra; Lawrence regressa em dezembro.

1924 Na França e na Alemanha; depois regressa a Kiowa Ranch, perto de Taos. Publicação de *The boy in the bush*; escreve "Uma mulher fugiu a cavalo", "St. Mawr" e "A princesa". Falecimento de seu pai. Vai ao México com Frieda.

1925 Termina *A serpente emplumada* em Oaxaca; adoece, quase morre e descobre que tem tuberculose. Volta à Cidade do México e, depois, a Kiowa Ranch. Publicação de "St. Mawr" (com "A princesa"). Viaja à Itália via Londres. Publica *Reflections on the death of a porcupine* [Reflexões sobre a morte de um porco-espinho] (ensaios); escreve *A virgem e o cigano* (janeiro de 1926).

1926 Publicação de *A serpente emplumada* e *David* (peça). Visita a Inglaterra pela última vez; regressa à Itália e escreve a primeira versão de *O amante de lady Chatterley*, depois a segunda versão (1927).

1927   Excursão a sítios etruscos com Earl Brewster; escreve *Sketches of Etruscan places* [Esboços de lugares etruscos]; escreve a primeira parte de *The escaped cock* [O galo fugido] (segunda parte em 1928). Sofre uma série de hemorragias bronquiais. Publica *Mornings in Mexico* [Manhãs no México] (ensaios). Começa a terceira versão de *O amante de lady Chatterley*.

1928   Publicação de *Uma mulher fugiu a cavalo e outras histórias*. Conclui, revisa e publica privadamente a terceira versão de *O amante de lady Chatterley* em edição limitada (fim de junho); distribui a obra por intermédio de uma rede de amigos, porém muitos exemplares são confiscados pelas autoridades nos Estados Unidos e na Inglaterra. Viaja à Suíça para tratar da saúde, e depois a Bandol, no sul da França. Publicação de *The collected poems of D. H. Lawrence* [Antologia de poemas de D. H. Lawrence]; escreve muitos poemas de *Pansies* [Amores-perfeitos].

1929   Organiza uma edição parisiense barata de *O amante de lady Chatterley* a fim de conter a pirataria. O datiloscrito de *Pansies* é apreendido pela polícia em Londres. Viaja à Espanha, à Itália e à Alemanha; agravamento da doença. A polícia invade uma exposição de pinturas suas em Londres (julho). Publicação das edições expurgada (julho) e não expurgada (agosto) de *Pansies*; publicação de *The escaped cock*. Retorna a Bandol.

1930   2 DE MARÇO: Morre de tuberculose em Vence, Alpes Marítimos, França, e lá é sepultado. Publicação de *Nettles* [Urtigas] (poemas), *Assorted articles* [Artigos vários], *A virgem e o cigano* e *Amor no feno e outros contos*.

1932   Publicação de *Sketches of Etruscan places* (como *Etruscan places*). Publicação de *Last poems* [Últimos poemas].

1933-4 Publicação da antologia de contos *The lovely lady* [A dama encantadora] (1933) e de *Um amante moderno* (1934).

1935   Frieda manda exumar e cremar o corpo de Lawrence, suas cinzas são levadas a Kiowa Ranch.
1936   Publicação de *Phoenix* [Fênix] (compilação).
1956   Morte de Frieda.
1960   A Penguin Books publica a primeira edição inglesa não expurgada de *O amante de lady Chatterley*, que levou ao famoso processo por obscenidade.

Apêndice

O amante de lady Chatterley e a paisagem das Midlands inglesas

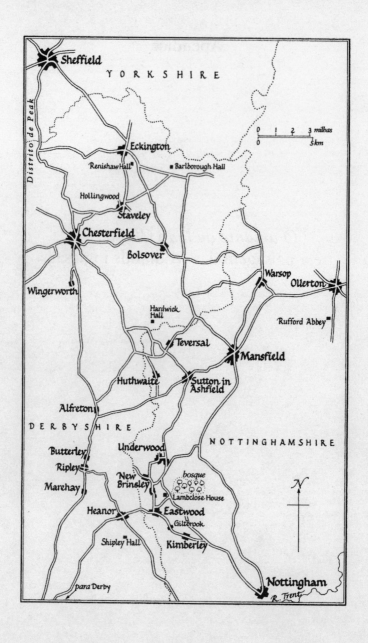

Talvez mais que qualquer outra obra de Lawrence, *O amante de lady Chatterley* cria problemas para o leitor interessado em identificar, nas Midlands inglesas, as localidades mencionadas. Posto que, em sua prática ficcional, ele continuasse rebatizando e recriando lugares reais, neste romance — bem como no conto "A virgem e o cigano", escrito em janeiro de 1926 — inventou uma região repleta de lugarejos reais, com topônimos ora verdadeiros, ora inventados; com famílias compostas de dois ou mais nomes de fato existentes; com endereços confusos ou desnorteadores; com nomes aplicados a localidades na verdade situadas em outra parte; com regiões que eram uma fusão de várias outras. Também usou pessoas e lugares que conhecia tanto de seus velhos tempos em Eastwood (até 1912) como do início e da metade da década de 1920. E assim criou uma espécie de arquetípica região das Midlands.

Em parte, esse procedimento parece ter sido deliberado; é provável que a consciência de Lawrence do caráter explicitamente sexual do romance o tenha levado a tomar o cuidado de dissimular algumas famílias e lugares reconhecíveis, assim como sua localização. Um exemplo é "Wragby", discutida abaixo; de maneira semelhante, ele disfarçou "Breadalby" em *Mulheres apaixonadas*, lançando mão, em ambos os casos, de duas pessoas reais muito diferentes para criar um retrato fictício. Mas, em comparação com seus romances e contos anteriores ambientados na região — alguns dos quais são tão precisos na recriação de lugares reais que servem perfeitamente de índice geográfico —, as obras do fim dos anos 1920 carecem da antiga e minuciosa reconstituição da vida nas Midlands; tendem a transformar o particular e o local em coisa mítica e nostálgica.

Apresentamos dois mapas da região de Eastwood e de Derbyshire para mostrar onde ficam muitas das localidades reais ou fictícias. Mas convém frisar que não se trata de mapas da ação do romance. Servem para auxiliar o leitor que quiser estudar o vínculo entre o método imaginativo de Lawrence e a paisagem que ele trabalhou.

Apresentamos a seguir uma breve relação das principais localidades do romance, citando referências tanto de lugares que não aparecem nos mapas, com sugestões de sua natureza composta, quanto de lugares que figuram no romance, mas com feições diversas.

"WRAGBY"

É provável que o nome da terra natal de Chatterley, "Wragby Hall" (45:25)[*], tenha sido tirado de um vilarejo de Lincolnshire, quinze quilômetros a nordeste de Lincoln, do qual Lawrence talvez se lembrasse das visitas que fez à costa leste na juventude; é bem possível que tenha passado por lá na viagem de carro a Mablethorpe em agosto de 1926, dois meses antes de iniciar o romance. A "Wragby" do livro é vizinha da aldeia mineira de "Tevershall", junto à qual fica o bosque, o outro foco importante do romance. Em boa parte do livro, "Wragby" é reconhecível no mesmo lugar (e na mesma relação com a aldeia de "Tevershall") que Lambclose House, a terra

[*] Respectivamente, número de página e linha.

da família Barber de Moorgreen, em relação com o município de Eastwood, onde Lawrence nasceu. Este já havia descrito Lambclose House em romances anteriores, particularmente como "Highclose" em *The white peacock* (Andrew Robertson (ed.), Cambridge, 1983, Nota explicativa em 9:10) e "Shortlands" em *Mulheres apaixonadas* (David Farmer, Lindeth Vasey e John Wotehrn (eds.), Cambridge, 1987, Anexo III, p. 524); ao passo que, em *O amante de lady Chatterley*, menciona *en passant* a "duquesa de Shortlands" (251:34). Mas, em outras ocasiões, "Wragby" fica em lugar diferente. Por exemplo, Connie Chatterley vai explicitamente para o "sul rumo ao Peak" (260:25), quando sai de lá no cap. 11, sugerindo uma posição ao norte do Peak District em Derbyshire. Não obstante, chega no mesmo dia à Chesterfield recriada por Lawrence, de modo que deve ter rumado para o leste de Peak District; e tudo indica que "Wragby" é uma recriação de Renishaw Hall, a terra da família Sitwell, que Lawrence visitou em setembro de 1926. Renishaw Hall fica a 1,5 quilômetro da cidadezinha mineira de Eckington e pouco mais de dez quilômetros a sudeste de Sheffield (que é citada uma vez como próxima de "Wragby", (78:20); Sheffield também tem "salões" de dança (189:14). Portanto, "Wragby" se parece com Renishaw Hall e é bem diferente da Lambclose House, que foi totalmente reconstruída no século XIX, tornando-se uma casa compacta de pedra cinzenta. Wragby é "um palacete baixo e comprido em pedra escura, construído a partir de meados do século XVIII e aos poucos ampliado até se converter numa série de cômodos que se enfileiravam sem muita distinção" (57:5-8); Renishaw Hall foi construída pouco antes de 1627, mas sofreu diversas alterações e ampliações no fim do século XVIII, até vir a ser o "fragoroso e longo" prédio de pedra escura que é hoje (N. Pevsner, *Derbyshire*, 2ª ed., 1978, p. 302); sua fachada norte tem exatamente noventa metros de comprimento.

"TEVERSHALL"

A aldeia "Tevershall" — nome tirado do povoado Teversal, em Derbyshire, apenas cinco quilômetros a sudeste da casa grande de Harwick Hall (cf. abaixo) — também aparece em duas localizações diferentes, dependendo da parte do romance que se lê. Quando a sra. Bolton a descreve no cap. 9, "Tevershall" lembra Eastwood, com alguns nomes disfarçados: "Pye Croft" (185:34) e suas casas de janelas salientes (186:17) recriam a rua Lynn Croft real (e com janelas salientes), na qual a família Lawrence morou em 1905-11; "Bestwood Hill" (186:2), usando o nome empregado por Lawrence para designar Eastwood em *Filhos e amantes* e outros textos, corresponde à Nottingham Road, que a sra. Bolton também chama de "encosta de Tevershall" (414:18); "Kinbrook" (186:10) mistura Kimberley com Giltbrook, 2,5 quilômetros a sudeste de Eastwood. A capela metodista primitiva (188:2), em Hill-Top, e o Miners Welfare (188:15), em Eastwood (cf. abaixo), não são dissimulados: tampouco a "charrete de Leiver" (154:2), a Garagem de Leiver, o sucessor dos Star Livery Stables de antes da guerra, seu terreno situado na rua Victoria, e provavelmente onde Field abastece o carro no cap. 11 (259:2-3). A "serraria de Hanson" (186:12-3) sugere a cervejaria de Hanson deveras existente em Kimberly. Mellors descreve seu trabalho nos "Butterley Offices" na juventude (327:10): i. e., um dos escritórios locais da Butterley Colliery Co.; a empresa tinha sede em Butterley (oito quilômetros a noroeste de Eastwood), mas era dona da mina Plumptre Colliery, em Eastwood, onde tinha escritórios antes da Primeira Guerra Mundial.

Quando Connie atravessa "Tevershall" de carro no cap. 11, o único nome dissimulado é o da própria aldeia; o narrador oferece uma pormenorizada recriação de Eastwood, ainda que levemente fora de sequência, lembrando o leitor do modo como "Bestwood" é uma recriação parecida em *Filhos e amantes*, tal como "Woodhouse" em *A menina perdida* e *Mr. Noon*. Connie "sobe a ladeira" (257:34) pela Nottingham Road, passando pelo "horror do cinema" (258:12): a "Empire Picture House", inaugurada em 1913 na esquina da rua King com a Nottingham Road. Vê a nova e grande capela primitiva (258:14) à direita; passa pela "capela wesleyana", mais acima (258:17), segue pela rua Victoria e passa pela "capela congregacional" (258:20) na Nottingham Road, com seu campanário. Também vê o "Três Tonéis" (visível do outro lado do espaço aberto desde a Nottingham Road) — e, mais adiante, o "Wellington" (também mencionado na carta de Mellors, (465:19) e o "Nelson" (259:19) — i. e., o "Lord Nelson". Os "novos prédios da escola" (258:22-3) que ela avista são os das Escolas Devonshire Drive, inauguradas em 1910. À esquerda, vê a agência do correio e as "lojas de tecidos e de roupas, grandes mas de ar maltratado" (259:9-10) — por exemplo, o prédio maciço da "London House", entre a rua Victoria e a Praça do Mercado (cf. *A garota perdida*, nota em 3:4) — e chega à Praça do Mercado, junto "à 'Sun'", que se pretendia um hotel, não um bar (259:12-3): i. e., a Pensão (ou o Hotel) Sun. "Sam Black" (259:11) é o nome dado por Lawrence ao proprietário rural Sam Wood. À esquerda de Connie, na rua Church, fica a igreja da Paróquia de Santa Maria (259:16); mas seu carro entra à direita, na Mansfield Road, passando pelo "Miners Arms" (259:18) e pelo "Mechanics Hall" (259:20) do antigo Instituto de Mecânica, construído em 1863. George Chatterley (cf. nota 2 à p. 539) tinha sido secretário da instituição até 1904; o próprio Instituto de Mecânica fora usado como um centro do "Miners Welfare" (259:21) a partir de 1920.

No entanto, à medida que o percurso de Connie avança, seu rumo é claramente "o sul", a partir de Derbyshire; e, ao que parece, "Tevershall" é uma recriação de Eckington: cf., abaixo, "A viagem de Connie no cap. 11".

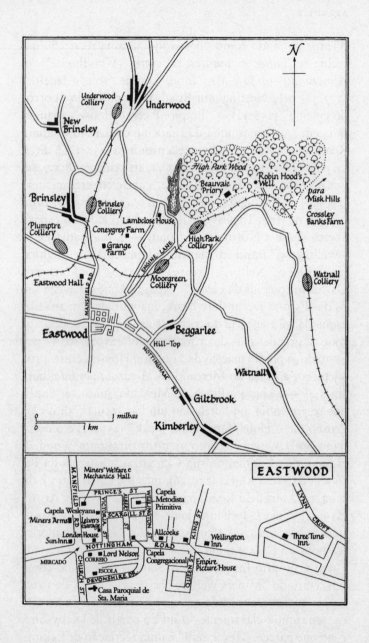

AS MINAS DE CARVÃO

Em vários pontos, a mineradora de propriedade da família de Clifford Chatterley sugere a Barber Walker & Co., empresa da vida real dirigida pela família Barber; foi recriada como a "Companhia de Minas de Tevershall" (155:10-1) no cap. 7, e como "Butler e Smitham Collier Company" (464:15) no cap. 19. A descrição da "mina de Tevershall" e a do incêndio da "boca da mina de Tevershall" (57:11 e 58:6) são reminiscentes da Plumptre Colliery, de propriedade da Butterley Colliery Co., mas fechada em 1912, cuja plataforma em chamas (recriada em *A vara de Aarão*, Mara Kalnins (ed.), Cambridge, 1988, 26:20-2) foi um fenômeno local, e também da Moorgreen Colliery, em Eastwood, propriedade da Barber Walker & Co., próxima o bastante para que seus odores e ruídos penetrassem a Lambclose House, assim como os odores e ruídos da "mina de Tevershall" se infiltram em "Wragby" no cap. 2 (58:10). No começo do século xx, "muitas minas de carvão ineficientes foram obrigadas a fechar" (Allan Griffin, *Mining in the East Midlands 1550-1947* [Mineração nas Midlands Orientais, 1550-1947], 1971, p. 232); no cap. 9, a jazida de "New London" da Digby Colliery Co. (190:19) está prestes a fechar (embora tenha ficado aberta até o fim da década de 1930), ao passo que a "New England" (192:7), nome também usado em *Filhos e amantes* — e talvez mais uma recriação da Plumptre Colliery, chamada "New Brunswick Colliery" em *A vara de Aarão* —, já tinha encerrado as atividades. Outra jazida fechada não identificada é a "Colwick Wood" (192:9), com seus trilhos enferrujados (Colwick é um subúrbio de Nottingham); só a Butterley Colliery Co. fechou sete poços na região das Midlands entre 1900 e 1914. A mina de "Whiteover" (190:27), aonde vão muitos homens de "Tevershall", provavelmente é uma recriação da mina da

Barber Walker & Co. em Watnall, cinco quilômetros a leste de Eastwood. O senhorio de Mellors, no cap. 19, é maquinista "da High Park" (464:28); — a High Park Colliery da Barber Walker & Co. — e mora em "Engine Row" (464:27): a Engine Lane ligava as minas de carvão de Moorgreen e High Park a Eastwood. A mina "Stacks Gate" (101:13) é discutida abaixo.

O BOSQUE

Bem perto de "Wragby" fica uma remanescência da "grande floresta em que Robin Hood costumava caçar" (100:15); era comum pensarem que a High Park Wood, próxima da Lambclose House, fosse uma remanescência da Sherwood Forest (cf. *The Prussian officer and other stories* [O oficial prussiano e outras histórias], John Worthen (ed.), Cambridge, 1983, nota sobre 88:6); a estrada principal de Eastwood para o "outrora romântico" (383:22) povoado de Mansfield, associado a Robin Hood, segue "mais ao norte" (100:20) de High Park Wood. Muitos passeios de Connie a partir de Wragby Hall descrevem aspectos da paisagem ao norte e ao leste de Eastwood que o jovem Lawrence conhecia intimamente, ainda que a maior parte dos nomes da vida real esteja dissimulada. Por exemplo, a fonte chamada Poço de John [John's Well] (163:12) lembra a Robin Hood's Well de High Park Wood (cf. *The Prussian officer*, nota sobre 95:28). A cabana do guarda-caça, "feita de toras rústicas" (164:7), sugere a que Lawrence viu no bosque em 1901, em sua primeira visita (cf. *D. H. Lawrence: a composite biography*, [D. H. Lawrence: uma biografia composta] Edward Nehls (ed.), Madison, 1959, III. 562), assim como a cabana de guarda-caça parecida (com gaiolas de faisão em volta) que Lawrence descreveu no conto "The shades of spring" [As sombras da primavera] (cf. *The Prussian officer*, 107:2). No cap. 16, o chalé do guarda-caça — uma construção escura de pedra castanha — fica no fim de um caminho próximo de uma ponte sobre uma ferrovia; esta segue por uma passagem que penetra a floresta. A estrada de ferro entre as minas High Park Wood e Watnall entrava por uma passagem funda que atravessava o High Park Wood, e a ponte sobre ela dava na Robbin Hood's Well. Contudo lá nunca houve um chalé; tampouco a estrada no fim do caminho ia para Mansfield, como no romance (383:11). A "Crosshill Road" (383:10), que sugere uma estrada que atravessava Misk Hills bem a nordeste de High Park Wood, é invenção de Lawrence, assim como a "aldeia de Crosshill" (399:24), a menos que se trate de uma recriação de Watnall; talvez o nome tenha sido influenciado por Crossleigh (ou Crossley) Banks Farm, 1,5 quilômetro a nordeste. Um chalé de arenito (um dos dois de Shortwood), a leste do priorado de Beauvale, pode ter contribuído para a cena e pode ter sido o chalé do "guarda-florestal" que "batia na mulher", o qual Lawrence mostrou a um amigo em 1926 (Britton 108).

Uma referência isolada sugere que ele também situou imaginativamente o bosque nas imediações de Renishaw Hall; no cap. 16, quando Connie e Hilda retornam de Mansfield para o chalé de Mellors, vão "pela outra estrada, via Bolsover" (384:32-3), que — caso o autor se refira à Bolsover realmente existente — mostra que elas vão para o noroeste de Mansfield, passando por Bolsover, rumo a Renishaw. Essa estrada também oferece um fim de pista e uma ponte sobre uma ferrovia que passa perto da estrada, com uma pista arrelvada que dá no portão leste de Renishaw Hall (Britton 149).

Quando Connie sai de "Wragby" no cap. 9, "*não* na direção do bosque, mas para o lado oposto" (224:35--6), vai a "Marehay" e "Marehay Farm". Os nomes são emprestados de Marehay e Marehay Farm da vida real, 1,5 quilômetro a sudoeste de Ripley, Derbyshire (sendo que a irmã do escritor, Ada, morava em Ripley); mas a Marehay do romance é recriação de Lawrence da Coneygrey Farm da vida real, 1,5 quilômetro ao norte de Eastwood, cujas terras lindam com as de Lambclose House, tal como as de "Marehay" "estendiam-se até a cerca do parque de Wragby" (225:9). O nome do arrendatário ("Flint") é o mesmo dos arrendatários da vida real (1908-28) da vizinha Willeywood Farm: já se sugeriu que a sra. Flint (ex-professora) é recriação de Mary Chambers Holbrook, uma velha amiga de Lawrence de Eastwood (Britton 115-6). Connie volta para casa "pelos criadouros". Vendo-a rumar para o sudoeste no parque, a sra. Bolton pensa que deve estar a caminho da "paróquia" (235:32): coisa que sugere ou o vicariato de Brinsley, três quilômetros a oeste de Lambclose House, ou a Casa Paroquial de Santa Maria, em Eastwood.

A VIAGEM DE CONNIE NO CAP. 11

Lawrence viajou a Derbyshire com a irmã Ada e seu marido W. E. Clarke por ocasião de suas visitas às Midlands em 1925 e 1926 (estiveram em Renishaw em 1926); e grande parte da descrição da viagem de Connie remete ao que ele viu nessas duas visitas. Quando o carro dela sai de "Tevershall" e na parte da viagem acima descrita, Connie se dirige a "Stacks Gate"; vai rumando "para o sul" (260:25), ladeira acima (260:22). O leitor pode ficar intrigado, pois Lawrence atribui "Stacks Gate" a dois lugares diferentes no romance. Nos caps. 5, 9 e 10 as novas fábricas e minas de "Stacks Gate" ficam a "menos de cinco quilômetros" da mina de Tevershall (191:28) e, aliás, estão ao alcance da vista e do ouvido desde o bosque de "Wragby" (101:13); de lá, Mellors consegue ouvir os motores e avistar as luzes (209:26-7 e 210:3), e se irrita com os mineiros de "Stacks Gate", que põem armadilhas no "lado de Marehay" (245:14).

Ao que parece, essa "Stacks Gate" de Nottinghamshire recria a mina de carvão da Barber Walker & Co. em Moorgreen ou em Underwood.

No entanto, uma vez no cap. 9 (190:26) e continuamente no cap. 11, a mina de carvão de "Stacks Gate" é muito mais distante. A sra. Bolton presume que Clifford nunca a viu (190:27), e a viagem de Connie pela região confirma que a "antiga Stacks Gate" (261:24) é a recriação de Lawrence da velha aldeia mineira de Stavely em Derbyshire (cinco quilômetros a nordeste de Chesterfield) e que a nova Stacks Gate corresponde à cidadezinha moderna de Hollingwood com suas fábricas (menos de um quilômetro a oeste). No fim dos anos 1920, Hollingwood contava "mais de setecentas casas e algumas lojas construídas pela Staveley Coal and Iron Company Limited" (*Kelly's directory*, 1928, p. 404). O "imenso e luxuoso hotel novo, o Coningsby Arms" (261:4-5), é a recriação de Lawrence do Hollingwood Hotel, "à margem da bárbara solidão da estrada" de Chesterfield (261:6-7).

A caminho da "Stacks Gate" de Derbyshire, Connie vê "à sua esquerda, numa altura superior à que se encontrava", o "volume sombrio e poderoso do Castelo Warsop" (260:29-30): conquanto o nome seja emprestado da aldeia de Warsop, nas Midlands, na borda da floresta de Sherwood e 22 quilômetros a leste de Chesterfield, o "Castelo Warsop" é uma recriação de Lawrence do Castelo Bolsover, claramente visível do terreno elevado ao redor de Staveley, com a "recente" (260:31-2) aldeia modelo de New Bolsover (construída em 1891-3) e, abaixo dela, o Poço Bolsover. O "duque" (260:34) de Portland (também barão Bolsover) era arrendante do Poço.

Agora Connie segue viagem a sudoeste de Staveley, em direção a "Uthwaite", que — com a "patética ponta em saca-rolha da torre da igreja local" (262:25-6) — é a recriação de Lawrence de Chesterfield e da igreja de Santa

Maria e Todos os Santos, com sua famosa torre espiralada. A "velha farmácia" da cidade (263:16) e, presumivelmente, a "loja da senhorita Bentley" (270:4) ficam no bairro das velhas "ruas tortas" (263:24), entre a igreja e a praça do mercado. O "hospital de Uthwaite" (155:8-9) é mencionado em outra parte como um lugar em que a sra. Bolton trabalhou, embora no parágrafo anterior Chesterfield também apareça com o próprio nome (154:12).

A caminho de "Uthwaite", Connie também avista "mais janelas que fachada, uma das mais famosas residências do período elisabetano" (262:8-10): a recriação de Lawrence de Hardwick Hall, "mais vidro que parede", situada onze quilômetros a sudeste de Staveley e visível para quem vai para o norte, partindo de Ripley em direção a Chesterfield ou ao sul desta, como fez Lawrence em 1926. Concluída em 1597, a Hall impressiona devido às numerosas janelas altas; sua pinacoteca, que ocupa sessenta metros ao longo da fachada leste, ostenta 27 mil vidraças.

Em "Uthwaite", "onde a família Chatterley ainda era *a* família Chatterley" (257:26), uma das "estalagens mais conhecidas" era "a Chatterley Arms" (262:29-30); de modo que "Uthwaite" também assimila feições de Eckington, 1,5 quilômetro a noroeste de Renishaw Hall com seu Hotel Sitwell Arms. Talvez a aldeia real de Huthwaite (oito quilômetros a sudoeste de Mansfield) seja o último original importante de "Uthwaite".

O mesmo se pode dizer de "Shipley" (265:2), para onde Connie segue depois de parar em "Uthwaite" (também visita "Shipley" no cap. 10). A Shipley Hall real, pouco mais de dois quilômetros a sudeste de Heanor, cercada de minas de carvão (265:28) e desocupada desde 1924 (mas demolida só em 1942), é apenas uma influência sobre a criação de Lawrence, que ele situa duas vezes no norte de Derbyshire, perto de "Uthwaite". "Shipley Hall" também combina Rufford Abbey (dez quilômetros a nordeste de Mansfield), originalmente uma fundação cisterciense e sede do lorde Saville, com Melbourne Hall (doze quilômetros a sudeste de Derby), dotada de jardins notáveis e compridas alamedas amarelas, e com Barlborough Hall (sete quilômetros a leste de Eckington), construída em 1583-4; famosa, entre outras coisas, pelos corredores "com curvas suaves, cheios de vida" (265:26); na década de 1920, era propriedade de Godfrey Locker-Lampson (1875-1946). Em várias ocasiões, o lorde Saville recebeu Eduardo VII em Rufford, mas, ao menos uma vez, Eduardo visitou Alfred Edward Miller Mundy (nascido em 1849), conhecido como Squire Mundy, em Shipley Hall. Squire Winter tem setenta anos (254:6) e morre pouco depois da visita de Connie (267:22); Squire Mundy faleceu em abril de 1920 aos setenta anos de idade.

Connie também observa a demolição de "Fritchley, um perfeito exemplo de mansão georgiana" (264:17). Lawrence recria Wingerworth Hall, quatro quilômetros ao sul de Chesterfield, residência da família Hunloke; concluída em 1729, foi demolida em 1924-7. Connie também reflete sobre a perda da mansão de "Eastwood" (265:2); Eastwood Hall, a morada da família Walker, foi incorporada pela Barber Walker & Co. Colliery, que lá instalou seu escritório.

NOTTINGHAM

Nottingham é fugazmente mencionada no romance. Fica ao sul e ao leste quando Connie está a caminho da "Stacks Gate" de Derbyshire (260:22); o "Mikado", na Long Row, 39, era um restaurante conhecido (189:29). O Trent, à beira do qual fica Nottingham, o principal rio das Midlands e o terceiro maior da Inglaterra, nasce em Staffordshire e corre para o leste até o estuário de Humber: na descrição, separa o norte do sul (59:27-8).

OUTROS TOPÔNIMOS

Mellors escreve a Connie em "Old Heanor" (464:11); Heanor é um vilarejo na serra, três quilômetros a oeste de Eastwood, mas tudo indica que o autor recria Brinsley ou New Brinsley, três quilômetros ao norte de Eastwood. A "Grange Farm" (464:11), em que Mellors trabalha, provavelmente é a recriação de Lawrence da Grange Farm real, a leste de Brinsley. Matlock (260:2), uma pequena colônia de férias em Derbyshire, que ele visitou com a mãe na juventude [*A composite biography*, Nehls (ed.), 1957, I. 54], e o povoado de Beggarlee, a nordeste de Eastwood e mencionado pela sra. Bolton (414:22-3), aparecem com o próprio nome: assim como Ollerton, catorze quilômetros a nordeste de Mansfield, que é mencionada no relato de Mellors de sua juventude (327:3). O distrito de "Peak", em Derbyshire, que fica a oeste de Sheffield, é situado ao "sul" (260:25). O nome de "lady Bennerley" (143:22) talvez tenha sido tomado da Bennerley Iron Works, 1,5 quilômetro a sudeste de Eastwood; "Fillingwood" (255:5) pode ser uma alusão a Hollingwood (cf., acima, "A viagem de Connie no cap. 11").

(Derek Britton, *Lady Chatterley*: *the making of the novel*, 1988)

Notas

1   Área do norte da França e província da Bélgica; sede de inúmeras batalhas na Primeira Guerra Mundial.
2   O nome "Chatterley" era comum na cidade natal de DHL, Eastwood: destacavam-se George Chatterley (1861- -1940), gerente da Barber Walker Co., e seu secretário entre 1918 e 1931, e suas filhas Constance (1883-?) e Winifred (1886-?). A ação principal do romance transcorre de 1922 a 1924. Quando é ferido em 1918, Clifford tinha "vinte e nove" anos: mas tinha "vinte e dois" em 1914, quando começa a guerra. Constance tinha "dezoito" em 1913 e "vinte e três" em 1918: mas tem "vinte e sete" no início de 1924. Mellors, nascido como DHL em 1885, tem "trinta e nove" ano sem agosto de 1924; no início do mesmo ano, Connie calculara que ele teria "trinta e sete ou trinta e oito anos".
3   Título hereditário superior ao de cavaleiro e inferior ao de barão. No caso de Clifford, se ele não tivesse um filho, o baronete seguinte seria o descendente mais próximo do sexo masculino de um detentor anterior do título. O tratamento convencional para um baronete é o do título antecedendo seu prenome ("sir Clifford"), e o de sua mulher, "lady" seguido do sobrenome ("lady Chatterley"). [No caso da presente tradução, o tratamento de segunda pessoa "your Lordship" ou "your Ladyship", de uso corrente em substituição a "you" nos dois casos, foi substituído pelo tratamento convencional descrito acima. (N. T.)]

4   Rua de lojas caras em Londres.
5   A Academia Real de Artes, fundada em 1768.
6   A Sociedade Fabiana foi fundada em 1883 com o fito de promover um socialismo moderado. Os pré-rafaelitas, um grupo de artistas plásticos reformistas criado em 1848, procuravam emular a pintura italiana do período "anterior a Rafael", especialmente seus detalhes muito nítidos e seu contato imediato com a natureza.
7   Os Wandervogel (literalmente, "pássaros migradores") eram membros de uma organização de jovens alemães que promovia a vida ao ar livre, especialmente as excursões a pé.
8   O amor tinha passado por ali (francês).
9   Distrito rico de Londres.
10 Distrito de Londres onde ficam as Casas do Parlamento e grande parte das repartições do governo.
11 Cidade alemã; as universidades alemãs ofereciam a melhor formação em tecnologia na Europa antes de 1914.
12 Marechal de campo Horatio Herbert Kitchener (1850--1916) — imortalizado durante a Primeira Guerra Mundial por um famoso cartaz de recrutamento em que seu rosto e o indicador apontado apareciam por cima dos dizeres "Seu país precisa de você" —, tornou-se secretário de Estado para a Guerra em 1914; foi o responsável por uma imensa expansão do exército britânico.
13 Em 1916, o Reino Unido instituiu o serviço militar obrigatório para os homens capazes entre os dezoito e os 41 anos de idade.
14 A confusão ridícula descrita no sétimo capítulo de *Alice no País das Maravilhas*, de Lewis Carroll (1865).
15 "Por lá" — na França e em Flandres, onde a Primeira Guerra Mundial (1914-8) ceifou milhões de vidas... David Lloyd George (1863-1945), um liberal, tornou-se primeiro-ministro em 1916 e conduziu o país em tempos de guerra de um modo que muitas vezes despertava o desprezo de DHL.
16 Jornalista, financista e membro liberal do Parlamento, Bottomley (1860-1933) ganhou e perdeu vastas somas de

dinheiro em ousadas especulações. Julgado por fraude em 1922, foi condenado a sete anos de trabalhos forçados. Foi fundador e editor do *John Bull* (1906-29), semanário que atacou violentamente *O amante de lady Chatterley* em 20 de outubro de 1928 e em 19 de janeiro de 1929.

17 Verdadeiras montanhas que se formavam nos locais onde o carvão era separado e peneirado junto à boca da mina: podiam sofrer ignição espontânea e queimar por anos a fio.

18 A comida natural que Deus fez chover sobre os israelitas que fugiam do Egito rumo à Terra Prometida (Êxodo 16). [As citações da Bíblia, na presente tradução, baseiam-se na versão revisada da tradução de João Ferreira de Almeida, 7ª impressão, Rio de Janeiro, Imprensa Bíblica Brasileira, 1991. (N. T.)]

19 No caso, o que se opõe à doutrina oficial da Igreja anglicana, sentido restrito de "inconformista" e "não conformista" na Inglaterra. Por extensão, independente ou radical.

20 "Corpo de delito", em latim legal; no caso, o corpo da vítima num homicídio.

21 Socialmente inaceitável (francês).

22 Mateus 6, 34.

23 Bairro elegante de Londres.

24 Embora mais adiante no romance o narrador atribua, incorretamente, a expressão ao romancista americano Henry James, foi o irmão deste, o filósofo William James (1842-1910), quem cunhou a expressão para se referir ao poder que o dinheiro tem de gerar a "frouxidão moral".

25 Pierre Auguste Renoir (1841-1919) e Paul Cézanne (1839-1906), pintores impressionistas franceses. Ver também a nota 36.

26 Referência ao poema *In Memoriam* (1850), de Tennyson, LIV, ll. 17-20: "*...what am I?/ An infant crying in the night:/ An infant crying for the light:/ And with no language but a cry*" ["...O que sou eu?/ Um bebê que chora no meio da noite:/ Um bebê que chora pela luz:/ E sem outra linguagem além do choro"].

27   Uma grande esperança atravessou a terra (francês). De "L'espoir em Dieu", *Poésies nouvelles* (1836-52), de Alfred de Musset (1810-57).
28   Cf. Mateus 7, 14.
29   Fora de combate (francês).
30   É a adaptação que Tommy Dukes apresenta dos primeiros versos do hino religioso de autoria do reverendo John Fawcett (1740-1817): *"Blest be the tie that binds/ Our hearts in Christian love"* ["Abençoado o laço que une/ Nossos corações no amor cristão"].
31   O filósofo grego Sócrates (470?-399 a.C.) dava início à "atividade crítica" formulando perguntas para instruir seus discípulos. Seu aluno Platão (427?-347 a.C.) escreveu vários diálogos filosóficos entre Sócrates e outros: no diálogo *Protágoras* aparecem tanto Protágoras (c. 485-c.410 a.C.), o primeiro e o mais famoso dos mestres gregos conhecidos como sofistas, e o general grego Alcibíades (c. 450-404 a.C.).
32   Cf. Mateus 12, 33.
33   Literalmente, "da cadeira" (latim); a partir de uma posição de autoridade.
34   Em Números 22, o asno de Balaão se dirige inesperadamente a seu dono, refutando o que ele diz.
35   Os bolcheviques, um grupo extremista formado em 1903, defendiam a derrubada violenta do capitalismo e em 1917 tomaram o poder durante a Revolução Russa. DHL considerava o bolchevismo como a forma soviética do comunismo.
36   Segundo seu filho Jean, Renoir teria feito a observação quando ficou com as mãos inutilizadas pelo reumatismo.
37   Cf. George Wither (1588-1667), "A lover's resolution", 11. 7-8: *"If she be not so to me,/ What care I how fair she be?"* ["Se comigo ela não for assim/ Que me importa quanto seja bela?"].
38   O papa Gregório VII (1021-85) — que defendia o celibato para os sacerdotes — era originalmente um monge chamado Hildebrando.
39   Um caminho através da floresta para viajantes a ca-

valo; o lendário fora da lei da floresta de Sherwood (na época com cerca de 6500 hectares), em Nottinghamshire.

40 Do *Grande testamento, balada das damas dos tempos idos*, de François Villon (1431-63?), poeta francês.

41 Ferreiro que trabalhava nos estábulos junto à entrada das galerias da mina.

42 Uma greve geral na Inglaterra começou em 1º de maio de 1926.

43 Dança popular criada em 1923, cujos passos incluíam balançar os braços, esticar as pernas e girar na ponta dos pés.

44 Patriarca que a Bíblia conta ter vivido 969 anos; cf. Gênesis 5, 21-7.

45 "Etapa a etapa" ou "passo a passo" (francês).

46 Jeremias 5, 1.

47 É outra coisa! (francês).

48 Mármore italiano, quase sempre muito branco, amplamente usado por escultores e construtores de monumentos.

49 Literalmente "grito do coração", apelo, queixa, pedido emocionado (francês).

50 Famosas localidades de veraneio da França; Cannes à beira do Mediterrâneo, como Nice; Biarritz na costa do Atlântico.

51 Treino específico para uma enfermeira que integra uma equipe de ambulância.

52 Canção de Hon (1840) cuja letra é atribuída a Walter Scott (1771-1832); no original: *"Touch not the nettle/ for the bonds of love are ill to loose"*.

53 Milton, *Paraíso perdido*, III, 41-2; no original: *"Seasons return, but not to me returns Spring"*.

54 "The garden of Proserpine" [O jardim de Prosérpina], de Algernon Charles Swinburne (1837-1909), verso 49; no original: *"Pale beyond porch and portal"*.

55 João 3, 7; "Creio... do corpo", do Credo dos Apóstolos; "Se o grão... fruto": paráfrase de João 12, 24.

56 De "Hymn to Proserpine" [Hino a Prosérpina], de Swinburne, verso 35, referindo-se a Cristo; no original: *"The world has gone pale with thy breath"*.

57 Perséfone (Prosérpina), filha de Zeus (Júpiter) e Deméter, foi sequestrada por Hades (Plutão) enquanto colhia flores. Levada para o reino subterrâneo de seu captor, este só lhe permitia que retornasse à terra uma vez por ano, na primavera.

58 Terceiro filho do rei Davi, Absalão organizou um levante contra o pai; quando a revolta fracassa, tenta escapar a cavalo, mas seus longos cabelos se emaranham nos ramos de uma árvore e ele acaba morto pelo comandante das forças de Davi. Ver II Samuel 13-19.

59 Shakespeare, *Conto de inverno*, ato IV, cena 4, 121.

60 Área montanhosa entre a Índia e o Afeganistão, cenário de frequentes conflitos armados.

61 Keats, "Ode on a Grecian urn" [Ode a uma urna grega] (1820), na tradução de Augusto de Campos. No original: *"Thou still unravished bride of quietness"*.

62 O que um jogador de xadrez precisava dizer quando desejasse modificar a posição de uma peça sem movimentá-la num lance; de *adouber* (francês), "pôr no lugar".

63 Elizabeth Cleghorn Gaskll (1810-1865), autora de *Cranford* (1853), retrato da vida provinciana; George Eliot (1819-1880) evocou a vida numa cidade pequena em *Adam Bede* (1859) e em *Silas Marner* (1861); Mary Russell Mitford (1787-1855) descreveu cenas da vida provinciana, em cinco volumes com o título de *Our village* [Nosso povoado] (1824-32).

64 Em fevereiro de 1922 a princesa Mary (1897-1965), filha do rei Jorge V, casou-se com Henry George Charles Lascelles (1882-1947).

65 Conhecida loja de departamentos londrina.

66 O Partido Comunista da Grã-Bretanha, formado em 1921, apoiava a luta dos mineiros por salários mais altos, melhores condições de trabalho e a nacionalização das minas.

67 O Derby de Epsom e as corridas de St. Leger, em Doncaster, são provas de corrida de cavalo famosas na Inglaterra.

68 Na mitologia grega, Tétis mergulha seu filho Aquiles nas águas do rio Estige para torná-lo invulnerável, mas deixa de banhar o calcanhar pelo qual o segurava, e no

qual Páris o fere mortalmente (daí o proverbial "calcanhar de Aquiles").

69 Motores que impeliam para cima e para baixo as gaiolas usadas para o transporte dos mineiros e do carvão. O terceiro turno era geralmente usado para a fiscalização de segurança e as turmas de reparos.

70 Deus pagão que simboliza a adoração do dinheiro.

71 Trata-se do rei Eduardo VII (1841-1910, rei de 1901 até a morte). Ver nota 84 sobre a rainha Vitória e o príncipe de Gales.

72 Bacantes eram as mulheres que adoravam o deus do vinho e do êxtase, Baco (também chamado Dioniso ou Íaco). Num frenesi religioso, eram capazes de despedaçar feras — ou homens; ver a peça *As Bacantes*, de Eurípides.

73 Francis Drake (c. 1543-96) foi o primeiro inglês a circum-navegar o globo.

74 Jean Baptiste Racine (1639-99), dramaturgo neoclássico francês.

75 Swinburne, "The pilgrims" [Os peregrinos], versos 6-7, de *Songs before sunrise* [Cantos antes do amanhecer], 1871. No original: "*For hands she hath none, nor eyes, nor feet, nor golden/ Treasure of hair*".

76 Verso de uma canção tradicional.

77 Cf. a epígrafe de "Ligeia", de Edgar Allan Poe (1809--49). No original: "*Who knoweth the mysteries of the Will — for it can triumph even against the angels*".

78 Landseer (1802-73), pintor popular de animais; Hunt (1790-1864), mais conhecido pelas naturezas-mortas em que combinava frutas, legumes, aves e seus ninhos.

79 Essência.

80 *Squire* é usado na Inglaterra como título dos aristocratas rurais, mais especialmente o maior proprietário de terras de um distrito. (N. T.)

81 Os trens que transportavam passageiros da Inglaterra chegavam ao terminal ferroviário do norte de Paris, com escala no cais que ligava o transporte de navio aos trens, em Calais. Clifford imagina quanto essa viagem poderia ser-lhe embaraçosa.

82 Normalmente, crianças de onze ou doze anos.
83 Ana (1665-1714), reinou de 1702 a 1714. Jones é o herói epônimo do romance (1749) de Henry Fielding (1707-54).
84 A rainha Vitória (1819-1901) reinou de 1837 a 1901. Edward, príncipe de Gales (1841-1910), reinou como Eduardo VII, de 1901 a 1910. Foi sucedido por seu filho, Jorge V (1865-1936), que reinou de 1910 a 1936.
85 Residência real em Norfolk, adquirida em 1863 por Eduardo VII (ver nota anterior).
86 Para fornecer comida aos pobres ou desempregados.
87 Edith Cavell (1865-1915), enfermeira inglesa que ajudou os soldados dos Aliados a escaparem da Bélgica ocupada para a fronteira holandesa. Em outubro de 1915, foi executada pelos alemães.
88 Connie confunde o bispo de Alexandria (m. 361) com São Jorge, patrono da Inglaterra.
89 O chá barato e produzido em massa pelo comerciante e vendedor de chá de Glasgow sir Thomas Lipton (1850--1931), na época muito acessível na Inglaterra.
90 Narrativa alegórica da corte feita a uma donzela (representada por um botão de rosa) na sociedade cortesã, escrita primeiro por Guillaume de Lorris, c. 1225-40, em seguida continuada por Jean de Meun em torno de 1280.
91 Levado a sério... não levado nada a sério (francês).
92 Shakespeare, *Júlio César*, ato I, cena 2, 140-1.
93 No Livro IX do *Fedro*, Platão compara a alma humana a um cocheiro que conduzisse um par de cavalos alados, um mau e um bom: as paixões e os desejos correspondem ao cavalo negro, ou mau.
94 Ver a nota seguinte. Como Jesus, são Francisco de Assis (1182-1226) renunciou à riqueza e à família para levar uma vida de pobreza.
95 Em Lucas 18, 22 Jesus diz ao rico: "vende tudo quanto tens e reparte pelos pobres".
96 Nascido em 37 d.C., Nero foi imperador de Roma e tirano de 54 d.C. até seu suicídio, em 68 d.C.
97 Pão e circo! (latim), da *Décima sátira* de Juvenal, l. 81. Juvenal (c. 55 d.C.-c. 127) acreditava que os romanos,

conquistadores do mundo, só se importavam no seu tempo com a comida e os jogos e espetáculos circenses.

98   Cf. "A Passer-By", de Robert Bridges (1844-1930), verso 1: "Aonde, ó barco esplêndido, te diriges com tuas velas enfunadas...".

99   Quadro vivo (francês): representação dramática por um grupo imóvel que mantém uma pose.

100 Porto francês do canal da Mancha, a cerca de 150 quilômetros de Paris.

101 A posição de nobre impõe obrigações (francês).

102 Especulador, aproveitador (alemão).

103 Marcel Proust (1871-1922), romancista francês, autor do romance em sete partes *Em busca do tempo perdido* (1913-27); o primeiro volume da tradução para o inglês, com o título de *Remembrance of things past*, foi publicado em 1922.

104 Expressão francesa, equivalente aproximada de "guerra é guerra".

105 Persépolis, antiga capital da Pérsia, destruída por Alexandre o Grande em 330 a.C. Timbuctu, antiga cidade africana próxima ao deserto do Saara.

106 DHL escreveu a Mabel Dodge Luhan (em 13 de março de 1928): "John Thomas é um dos nomes para o pênis, como você deve saber" (*Letters*, VI, 318).

107 Biblioteca comercial que cobrava pelo aluguel de seus livros.

108 Pontos de parada na antiga Great North Road, a estrada que ligava Londres a Edimburgo.

109 A serpente que engole a própria cauda é uma imagem da eternidade.

110 Louvamos-te, Deus (latim).

111 Êxodo 3, 2.

112 Peça cômica (1607-8), intitulada no original *Knight of the Burning Pestle*, de Francis Beaumont (1584-1616).

113 Trecho de uma canção popular do início do século XX; no original: "*Goodbye, my Blue Bell, farewell to you*".

114 Tirado de Keats, "La belle dame sans merci" (1819), verso 2; no original, "*alone and palely loitering*".

115 Trata-se de *Religon in the making* [A religião em desen-

volvimento], de Alfred North Whitehead (1861-1947), publicado em Cambridge em 1926. A citação é da última página do livro.

116 A deusa romana da guerra, comumente identificada à sua contrapartida grega, Atena.

117 Rua do West End londrino (ver p. 383).

118 Amantes célebres: ele (1079-1142), monge e teólogo, ela (c. 1098-1164), aluna sua que se torna freira depois do caso amoroso entre os dois. Abelardo escreveu que "não nos omitimos de nenhum estágio do amor em nossa cupidez" (*Letters of Abelard and Heloise*, 1925, p. 11).

119 Carne à vontade (francês), ou seja, à disposição dele para quando bem entendesse.

120 Homens que perambulam, vagueiam, caminham sem destino (francês).

121 O Bois de Boulogne, amplo parque de Paris situado à beira de uma curva do Sena; os jardins são um parque público de Paris afamado por sua beleza.

122 A principal passagem alpina entre a Áustria e a Itália; cadeia montanhosa no nordeste da Itália.

123 Cidade continental no nordeste da Itália, dez quilômetros a noroeste de Veneza.

124 Porto marítimo trinta quilômetros ao sul de Veneza, construído numa ilha da laguna de Veneza.

125 Buckinghamshire, condado da Inglaterra.

126 Ilha na laguna de Veneza, com uma praia afamada.

127 A Piazza San Marco, centro da atividade de Veneza; café famoso, no lado sul da Piazza; Carlo Goldoni (1707-93), prolífico dramaturgo veneziano.

128 Ver Mateus 4, 8-11, e Lucas 4, 5-8.

129 Na pureza das coisas naturais (ou seja, nua); na impureza das coisas naturais (latim).

130 Deusa romana do amor e da beleza; deus grego do sol.

131 Marca de perfumes e artigos de toucador.

132 Referência ao sexo anal nas *Memórias de Benvenuto Cellini* (escritas entre 1558 e 1566).

133 François Rabelais (c. 1483-1553), escritor cômico e satírico francês, autor de *Gargântua e Pantagruel* (1532-4), suposto defensor do comportamento permissivo.

134 O dr. Hawley Harvey Crippen (1862-1910) envenenou a mulher em 1910 e foi enforcado pelo crime depois de uma sensacional captura a bordo de um navio que envolveu o primeiro uso do rádio numa perseguição policial.

135 Donatien Alphonse François, conde de Sade (1740--1814), escritor francês, autor de fantasias sexuais, a partir de cujo nome cunhou-se o termo "sadismo".

136 Tirado de "The penitence of don Roderick" [A penitência de dom Rodrigo], reproduzido em *Ancient Spanish ballads* [Antigas baladas espanholas] (1823) de J. G. Lockhart: por penitência, depois de uma prevaricação sexual, Rodrigo precisa se deitar no lugar onde uma serpente de duas cabeças lhe devora os órgãos genitais com uma delas e, com a outra, o coração.

137 *My autobiography* (1912), da atriz Julie Bernat (1827--1912), conhecida como madame Judith.

138 Engano de Mellors: o sr. Burroughs, na verdade dr. Burroughs, é o médico da cidade.

139 Victoria Mary of Teck (1867-1953), consorte do rei Jorge v (ver nota 84).

140 Famoso trem de luxo que ligava Paris a Constantinopla; a partir de 1919, fazia o trajeto passando por Veneza.

141 A caça à perdiz começava no dia 12 de agosto, quando os proprietários de terras costumavam convidar os amigos para a abertura da temporada.

142 Em fevereiro de 1913, DHL explicou a então lei inglesa do divórcio para Else Jaffe: "na Inglaterra, depois da primeira audiência, o juiz pronuncia um decreto *nisi* — ou seja, o divórcio é concedido a menos que alguma coisa aconteça; e então, ao final de seis meses, o divórcio se torna *absoluto*, caso nada ocorra" (*Letters*, 1.514). Ver mais adiante: "enquanto não estão livres, vocês dois precisam ficar distantes".

143 Localidade (e estação ferroviária) de Londres.

144 Antigo nome do Benin, na costa ocidental da África.

145 O coronel T. E. Lawrence (1888-1935), conhecido como Lawrence da Arábia, serviu na Royal Air Force entre 1922 e 1923 e entre 1925 e 1935; tornou-se soldado raso em 1923.

146 Deus romano do fogo, patrono dos ferreiros; surpreendeu sua mulher Vênus com o amante Marte e emaranhou os dois numa rede.

147 Ver o poema *The princess* [A princesa] (1850), de Tennyson, versos 532-5: "Para casa trouxeram seu guerreiro morto;/ E ela não desfaleceu nem caiu em pranto./ Todas as suas aias, ao vê-la, disseram,/ 'Se não chorar ela morrerá'". (No original: *"Home they brought her warrior dead;/ She nor swoon'd nor utter'd cry./ All her maidens, watching, said,/ 'She must weep or she will die'"*.)

148 Mateus 18, 3.

149 Grande Mãe (latim): deusa que regenerava as lavouras.

150 A saudade da lama (francês), ou seja, o desejo de retornar às baixas origens; citação de *Le mariage d'Olympe* (1855), de Émile Augiers.

151 Adorado em todo o mundo grego, Pã é o deus da fertilidade, principalmente dos rebanhos; representado com os chifres, as orelhas e as patas de um bode.

152 Inversão deliberada da letra da canção popular inglesa "The good time coming" (1846), de Charles Mackay (1814-89): "Um tempo bom se aproxima, rapazes,/ Um tempo bom se aproxima". (No original, a canção diz *"There's a good time coming"* e a frase da carta de Mellors é *"There's a bad time coming"*.)

153 A festa judaica das Semanas (ou *Shavuot*), celebrada no quinquagésimo (em grego, *pentekostos*) dia depois do Pessach; mais tarde, converteu-se na festa cristã do Domingo de Pentecostes, celebrada no quinquagésimo dia depois da Páscoa para comemorar a descida do Espírito Santo sobre os Apóstolos, na forma de "línguas como que de fogo" (Atos, 2, 1-4).

154 Desde sua primeira aparição em *El burlador de Sevilla* (1630), de Tirso de Molina, e em incontáveis figurações desde então, dom Juan sempre representa o sedutor insaciável e ímpio.

A PROPÓSITO DE "O AMANTE DE LADY CHATTERLEY"

1 Para uma descrição dessas edições, ver Jay A. Gertzman, *A descriptive bibliography of "Lady Chatterley's Lover"* (Westport, 1989), p. 35-9.
2 William Kidd (c. 1645-1701), notório (e mais tarde romantizado) pirata; executado por pirataria e homicídio.
3 Terence Holliday enviou 180 dólares a DHL em 31 de janeiro de 1929.
4 Mateus, 26, 48-9.
5 Em 1929, Lillias I. V. Smith foi exposta como uma mulher que se apresentava como o "coronel Barker" e condenada a nove meses de prisão por perjúrio; tinha se "casado" com Edith Johnson em 1923.
6 Nascido em torno de 205 d.C., proclamado imperador de Roma em 218, Heliogábalo foi morto em 222 quando afrontou a religião do Estado, proclamando o deus solar Sírio Elagabalus como a divindade suprema de Roma.
7 Uma das cartas do baralho do tarô.
8 Adaptação da frase atribuída a Abraham Lincoln (1809-65), num discurso em Clinton, Iowa, em 8 de setembro de 1858.
9 Balneários na costa sul da Inglaterra.
10 Romance (1878) de Lev Tolstoi (1828-1910) lançado na Inglaterra (1901) em tradução de Constance Garnett, com o título de *Anna Karenin*.
11 Deusa grega do amor e da beleza; sua contrapartida romana é Vênus.
12 Em 13 de setembro de 1929, George Bernard Shaw, discursando num congresso sobre a reforma sexual em Londres, afirmou que as roupas realçavam o *"sex appeal"*, e que o papa devia instruir-se com a "Suprema Prostituta".
13 Em 2 Samuel 11, Davi, cativado pela beleza de Betsabá, a seduz e manda seu marido Urias morrer na guerra para poder desposá-la.
14 Cf. Mateus 16, 18.

15 São Bento de Núrsia (c. 480-c. 544), fundador da ordem monástica dos beneditinos; sua regra trazia instruções para o governo da ordem.

16 São Francisco (1182-1226) tentou reativar a atividade missionária da Igreja, mas interrompia com frequência suas viagens para recolher-se à solidão.

17 Literalmente, a terra entre os dois rios; a origem dos dois ficava, segundo a tradição, no Jardim do Éden.

18 Num trecho eliminado, DHL define "catabolismo" como "uma sutil degradação da substância do próprio sangue". Ver a edição Cambridge, nota 328:38, para a íntegra do trecho.

19 Festas com fogueiras realizavam-se por toda a Europa no solstício de verão (23 ou 24 de junho).

20 A palavra, o verbo (grego); especialmente como figura em João 1, 1.

21 Apolo: deus grego do sol; Átis: divindade venerada por todo o Império romano em conjunção com a Grande Mãe dos Deuses; Deméter: deusa grega da agricultura; Perséfone: filha de Deméter e Dis (Hades). Ver nota 57, sobre Perséfone.

22 A estrela do entardecer (o planeta Vênus); estrela gigante avermelhada na constelação de Órion.

23 "Jacintino" significa de um azul de jacinto, mas também se refere ao jovem Jacinto, que Apolo amava e mata inadvertidamente, plantando depois uma flor no lugar de sua morte. "Plutônica" descreve as rochas ígneas que se formam por baixo da superfície da terra pelo magma, mas também se refere a Plutão, deus do submundo; ver a nota 57, sobre Perséfone.

LEIA MAIS PENGUIN-COMPANHIA
CLÁSSICOS

Essencial Joaquim Nabuco

Organização e introdução de
EVALDO CABRAL DE MELLO

Joaquim Nabuco (1849-1910) foi um dos primeiros pensadores brasileiros a ver na escravidão o grande alicerce da nossa sociedade. Sendo ele um intelectual nascido e criado no ambiente da aristocracia escravista, a liderança pela campanha da Abolição não só causa espanto por sua coragem e lucidez como faz de Nabuco um dos maiores homens públicos que o país já teve.

A defesa da monarquia federativa, a campanha abolicionista, a atuação diplomática, a erudição e o espírito grandioso do autor pernambucano são apresentados aqui em textos do próprio Nabuco, na seleção criteriosa e esclarecedora feita pelo historiador Evaldo Cabral de Mello, também responsável pelo texto de introdução.

Selecionados de suas obras mais relevantes, como *O Abolicionismo* (1883), *Um estadista do Império* (1897), *Minha formação* (1900), entre outras, os textos permitem acompanhar não apenas a trajetória de Nabuco, a evolução de seu pensamento e de suas atitudes apaixonadas, mas sobretudo o tempo histórico brasileiro em algumas de suas décadas mais decisivas.

WWW.PENGUINCOMPANHIA.COM.BR

LEIA MAIS PENGUIN-COMPANHIA
CLÁSSICOS

Essencial Jorge Amado

Seleção e introdução de
ALBERTO DA COSTA E SILVA

Além de ter se tornado um dos maiores nomes da nossa literatura e o escritor brasileiro mais difundido no exterior, Jorge Amado é um verdadeiro clássico das nossas letras. Seus romances, como *Jubiabá*, *Capitães da Areia*, *Terras do sem-fim*, *Gabriela, cravo e canela*, *Dona Flor e seus dois maridos*, *Tenda dos Milagres* e *Tieta do Agreste*, se tornaram extremamente populares, foram traduzidos e publicados em mais de cinquenta países, viraram filmes e novelas. Seus personagens ganharam vida e construíram a imagem de um Brasil mestiço e marcado pelo sincretismo religioso, um país alegre e otimista, sem porém negar as profundas diferenças sociais e os conflitos que marcam a realidade brasileira.

Escritor profícuo, Jorge Amado também é dono de uma das obras mais vastas da literatura brasileira. Neste *Essencial Jorge Amado*, o historiador Alberto da Costa e Silva, que, ao lado de Lilia Moritz Schwarcz, coordena a Coleção Jorge Amado na Companhia das Letras, realizou uma seleção a fim de oferecer ao leitor um panorama geral desta obra. Como ocorre na coleção *Portable*, da Penguin, que inspirou a série, *Essencial Jorge Amado* dá um giro por toda a produção do autor: são trechos de romances, reportagens, contos e uma novela completa, *A morte e a morte de Quincas Berro Dágua*.

Cada trecho é precedido de um comentário de Alberto da Costa e Silva, que contextualiza a obra e a aproxima do leitor de hoje. Além disso, o historiador também assina a introdução do livro. Nesse texto, novos leitores de Jorge Amado encontrarão informações biográficas, análises e uma visão original sobre a obra de Amado. E os fãs de longa data poderão redescobrir, sob uma nova perspectiva, o trabalho deste que é um de nossos maiores autores.

LEIA MAIS PENGUIN-COMPANHIA
CLÁSSICOS

O Brasil holandês

Seleção, introdução e notas de
EVALDO CABRAL DE MELLO

A presença do conde Maurício de Nassau no Nordeste brasileiro, no início do século XVII, transformou Recife na cidade mais desenvolvida do Brasil. Em poucos anos, o que era um pequeno povoado de pescadores virou um centro cosmopolita.

A história do governo holandês no Nordeste brasileiro se confunde com a guerra entre Holanda e Espanha. Em 1580, quando os espanhóis incorporaram Portugal, lusitanos e holandeses já tinham uma longa história de relações comerciais. O Brasil era, então, o elo mais frágil do império castelhano, e prometia lucros fabulosos provenientes do açúcar e do pau-brasil.

Este volume reúne as passagens mais importantes dos documentos da época, desde as primeiras invasões na Bahia e Pernambuco até sua derrota e expulsão. Os textos — apresentados e contextualizados pela maior autoridade no período holandês no Brasil, o historiador Evaldo Cabral de Mello — foram escritos por viajantes, governantes e estudiosos. São depoimentos de quem participou ou assistiu aos fatos, e cuja vividez e precisão remete o leitor ao centro da história.

WWW.PENGUINCOMPANHIA.COM.BR

LEIA MAIS PENGUIN-COMPANHIA
CLÁSSICOS

Nicolau Maquiavel

O príncipe

Tradução de
MAURÍCIO SANTANA DIAS
Prefácio de
FERNANDO HENRIQUE CARDOSO

Àqueles que chegam desavisados ao texto límpido e elegante de Nicolau Maquiavel pode parecer que o autor escreveu, na Florença do século XVI, um manual abstrato para a conduta de um mandatário. Entretanto, esta obra clássica da filosofia moderna, fundadora da ciência política, é fruto da época em que foi concebida. Em 1513, depois da dissolução do governo republicano de Florença e do retorno da família Médici ao poder, Maquiavel é preso, acusado de conspiração. Perdoado pelo papa Leão X, ele se exila e passa a escrever suas grandes obras. *O príncipe*, publicado postumamente, em 1532, é uma esplêndida meditação sobre a conduta do governante e sobre o funcionamento do Estado, produzida num momento da história ocidental em que o direito ao poder já não depende apenas da hereditariedade e dos laços de sangue.

Mais que um tratado sobre as condições concretas do jogo político, *O príncipe* é um estudo sobre as oportunidades oferecidas pela fortuna, sobre as virtudes e os vícios intrínsecos ao comportamento dos governantes, com sugestões sobre moralidade, ética e organização urbana que, apesar da inspiração histórica, permanecem espantosamente atuais.

WWW.PENGUINCOMPANHIA.COM.BR

1ª EDIÇÃO [2010] 3 reimpressões

Esta obra foi composta em Sabon e impressa em ofsete
pela Geográfica sobre papel Pólen Natural da Suzano S.A.
para a Editora Schwarcz em fevereiro de 2023

A marca FSC® é a garantia de que a madeira utilizada na fabricação
do papel deste livro provém de florestas que foram gerenciadas de
maneira ambientalmente correta, socialmente justa e economicamente
viável, além de outras fontes de origem controlada.